लोक सेवा में नैतिकता

अ अक्षर
प्रतियोगी पुस्तकें

लोक सेवा में नैतिकता

आलोक रंजन

अनुवाद

पूजा श्रीवास्तव

राधाकृष्ण प्रकाशन

ISBN : 978-93-91950-58-3

लोक सेवा में नैतिकता

पहला संस्करण : 2022

दूसरा संस्करण : 2026

मूल्य : ₹250

प्रकाशक
राधाकृष्ण प्रकाशन प्राइवेट लिमिटेड
जी-17, जगतपुरी, दिल्ली-110 051
शाखाएँ : अशोक राजपथ, साइंस कॉलेज के सामने, पटना-800 006
पहली मंजिल, दरबारी बिल्डिंग, महात्मा गांधी मार्ग, प्रयागराज-211 001
36 ए, शेक्सपियर सरणी, कोलकाता-700 017
वेबसाइट : www.radhakrishnaprakashan.com
ई-मेल : info@radhakrishnaprakashan.com

मुद्रक
बी.के. ऑफसेट
नवीन शाहदरा, दिल्ली-110 032

LOK SEVA MEIN NAITIKTA
by Alok Ranjan
Translated by Pooja Srivastava

क्रम

अध्याय : 1

नैतिकता की अवधारणा

नैतिकता और मानवीय पहलू

नैतिकता का सार

नैतिक मूल्य वे मानक हैं जिनके द्वारा मानव कार्यों को सही या गलत होने के रूप में आँका जा सकता है। नैतिकता यह परिभाषित करती है कि किस क्रिया को सही या गलत कहा जा सकता है जबकि नैतिक मूल्य किसी विशेष कार्य को सही या गलत के रूप में आँकने के लिए मानकों की अवधारणा को प्रस्तुत करते हैं। इसका महत्त्व किसी व्यक्ति के निजी जीवन के साथ-साथ उसके पेशेवर जीवन में भी निर्णय लेने में है। जीवन के महत्त्वपूर्ण प्रश्न हैं कि किसी को जीवन कैसे जीना चाहिए; जीवन में खुशी का मतलब क्या है; आप किसी विशेष क्रिया को किस आधार पर श्रेष्ठ कहेंगे? हम कर्तव्य और न्याय से क्या समझते हैं? हम अन्य मनुष्यों, जीवित प्राणियों और पर्यावरण से कैसे सम्बन्धित हैं? ये प्रश्न सभ्यता की शुरुआत से मानव समाज की एक प्रमुख चिन्ता का विषय रहे हैं और मानव ने हमेशा नैतिकता और नैतिक मूल्यों के साथ जीवन जीने का प्रयास किया है जो समाज को एक साथ बाँधकर रखते हैं, और सही जीवन के माध्यम से प्रगति के पथ पर आगे ले जाते हैं। सरल भाषा में नैतिकता का सार जीवन जीने का एक सही तरीका है।

धर्मों की चिन्ता नैतिकता के समान रही है लेकिन नैतिकता धर्म नहीं है। एक व्यक्ति गैर-धार्मिक होते हुए भी नैतिक हो सकता है। बहरहाल, ऐसे धर्म का कोई मतलब नहीं, अगर यह नैतिकता का प्रचार नहीं करता है, हालाँकि धर्म की कसम खाने वाले सभी व्यक्ति नैतिक और नैतिक मूल्यों का जीवन नहीं जीते हैं। इस तरह से, यदि आप इसे ऐतिहासिक दृष्टि से देखते हैं तो आप पाते हैं कि नैतिकता सभी धर्मों की मूलभूत चिन्ता रही है। वैदिक दर्शन और उसके सारतत्त्व उपनिषदों ने स्पष्ट रूप से जीने के सही तरीक़े को परिभाषित किया है। यह कहता है कि भ्रम के माध्यम से प्रवेश करना और मानव अस्तित्व के अन्तिम सत्य को समझना यह समझना है कि क्या सही है। इसी तरह दुनिया के सभी महान धर्म नैतिक संहिताओं का प्रचार करते हैं। उदाहरण के लिए ईसा मसीह ने 'अपने पड़ोसी से प्रेम करो' की वकालत की। बुद्ध ने सच्चाई, सही जीवनचर्या, सही उद्देश्यों, सही भाषण और सही कार्य का समर्थन किया है। महान चीनी दार्शनिक

कन्फ्यूशियस ने कहा कि एक श्रेष्ठ व्यक्ति वह है जो मानवीय है, विचारशील है और जो व्यक्तिगत लाभ के बजाय दूसरों का भला करने की भावना से प्रेरित है। एक अन्य चीनी दार्शनिक लाओ-त्ज़ु ने सादगी और ईमानदारी के गुणों की चर्चा की है।

मनुष्य ने कानून के रूप में अपने ऊपर नियंत्रण की एक व्यवस्था बनाई है जिससे उसके जीवन की गतिविधियाँ सामान्य ढंग से चलती रहें लेकिन कानून का पालन करना ही नैतिक मूल्यों का पर्याय नहीं है। कानून की एक आदर्श व्यवस्था में नैतिक मानक घुले-मिले रहते हैं, लेकिन कानून कभी भी नैतिक मूल्यों से रहित नहीं हो सकता। इसी तरह सांस्कृतिक रूप से स्वीकृत मानदंडों का पालन भी नैतिकता नहीं है, उदाहरण के लिए, भारतीय समाज में जाति के आधार पर भेदभाव को स्वीकार किया गया था जो नैतिक रूप से गलत था।

आमतौर पर मूल्य, नैतिक मूल्य, नैतिकता और चरित्र पारस्परिक रूप से एक-दूसरे के लिए प्रयोग में लाए जाते हैं, लेकिन उनके बीच सूक्ष्म अन्तर होते हैं हालाँकि ये सभी परस्पर एक-दूसरे को पुष्ट करते रहते हैं। मूल्य किसी व्यक्ति या समूह द्वारा स्वीकृत सिद्धान्त या मानक हैं और उनके दृष्टिकोण और आकांक्षाओं को प्रभावित करते हैं। मूल्यों को जहाज़ के एंकर की तरह कहा जा सकता है। नैतिक मूल्य, नैतिक मानकों और आचार-व्यवहार पर उनके प्रभाव का अध्ययन है नैतिकता उचित-अनुचित के प्रश्नों से सम्बद्ध है साथ ही ये लोगों को ये सुझाती है कि उन्हें किस प्रकार का आचरण करना चाहिए और इसकी मूल भावना व्यक्ति की व्यक्तिगत चेतना में निहित होती है। चरित्र मूल्यों का एक विस्तार है और मन और भावना के गुणों पर केन्द्रित है जो किसी व्यक्ति या समूह की क्रियाकलापों में परिलक्षित होता है। चरित्र आचरण में ही अभिव्यक्त होता है। हम कह सकते हैं कि नैतिकता निजी प्रतिबद्धताओं का एक समूह है, भले ही अन्य लोगों द्वारा उसे स्वीकार न किया जाता हो मगर नैतिक मूल्यों के विषय में ऐसा नहीं है, कोई भी व्यक्ति एकान्तिक रूप से नीतिपरक नहीं हो सकता। नैतिक मूल्य लोगों को आत्म-साक्षात्कार के लिए प्रेरित करते हैं। एक व्यक्ति अपनी अन्तरात्मा की आवाज़ सुनकर भी नैतिक हो सकता है बिना इस बात की अपेक्षा किए कि दूसरे लोग भी उसी के जैसी नैतिक मान्यताओं का पालन करें।

लोक सेवकों को नैतिक रूप से अपने कर्तव्यों का पालन करना पड़ता है और बहुत बार उनके लिए नैतिक आचरण की एक संहिता निर्धारित होती है। उन्हें यह एहसास होना चाहिए कि सार्वजनिक कार्यालय का उपयोग उन्हें एक ट्रस्ट की तरह करना है, केवल सार्वजनिक हितों को आगे बढ़ाने के लिए, न कि व्यक्तिगत हितों को पूरा करने के लिए। उदारता, दक्षता, पारदर्शिता, अखंडता, निष्पक्षता, जवाबदेही और उपलब्धता सार्वजनिक सेवा सम्बन्धी आचार-संहिता की आधारशिला है। नोलन समिति ने सार्वजनिक जीवन में नैतिकता के सात सिद्धान्तों अर्थात् नि:स्वार्थता, निष्पक्षता, जवाबदेही, उदारता, ईमानदारी और नेतृत्व को सम्मिलित किया है। SARCC (दूसरा प्रशासनिक सुधार आयोग) ने नैतिक मूल्यों को उन मानकों के एक समूह के रूप में परिभाषित किया है जिन्हें समाज स्वयं पर लागू करता है—व्यवहार, विकल्पों और कार्यों को निर्देशित करने में मदद हेतु—और जिसकी अभिव्यक्ति हमारे क्रियाकलापों में होती है। उदाहरण

के लिए, भ्रष्टाचार में लिप्त होना और सार्वजनिक कार्यालय का दुरुपयोग अनैतिक व्यवहार का उदाहरण है। SARCC यह कहता है कि मूल्य और संस्थान दोनों मायने रखते हैं। मूल्यों की भूमिका समाज में दिशा-बोध कराने वाले सितारों की तरह होना चाहिए और वे सही या गलत की भावना के लिए हमारे समाज में प्रचुर मात्रा में मौजूद हैं, हमारी संस्कृति और सभ्यता के मूलभूत गुण के रूप में। यह कहा जाता है कि लोक सेवकों के नैतिक आचरण को बढ़ावा देने के लिए संस्थानों का निर्माण और प्रोत्साहन का स्वरूप अत्यन्त महत्त्वपूर्ण है। हालाँकि, वांछनीय व्यवहार को बढ़ावा देने के लिए राज्य ने कानूनों की व्यवस्था को अपनाया है जिसके अनुपालन से उपयुक्त व्यवहार को बढ़ावा मिलता है। नैतिक रूप से सुदृढ़ समाज के निर्माण के लिए कानून के शासन को लागू करना और भ्रष्टाचार के विरुद्ध कठोर सज़ा के प्रावधान का विशेष महत्त्व है।

यह पाया गया है कि नैतिकता पर चर्चा अक्सर तर्क से अधिक भावनाओं को उभारती है और बहुत बार पेशेवर निकाय नैतिक आचार-संहिता का विरोध प्रकट करते दिखाए देते हैं। बहुत बार हम लोक सेवकों को यह कहते हुए सुनते हैं कि वे अपने कर्तव्य जानते हैं और उन्हें नैतिकता पर व्याख्यान देने की आवश्यकता नहीं है। अक्सर लोग नैतिक मानकों को अव्यावहारिक और अवास्तविक मानते हैं। यह भी सच है कि अगर कोई संगठन नैतिक रूप से दोषपूर्ण है तो उसके सदस्य पूरी तरह से नैतिक मूल्यों के अनुरूप व्यवहार नहीं करेंगे। इस प्रकार नैतिक आचरण की संस्कृति अपने सदस्यों के बीच सुनिश्चित करने के लिए यह आवश्यक है कि किसी भी संगठन की आधारशिला नैतिक मूल्यों पर रखी गई हो। यह समझना महत्त्वपूर्ण है कि नैतिक आचरण अन्ततः एक व्यक्ति और संगठनों को उन्नति की ओर अग्रसर करता है। नैतिक मूल्य बेहतर प्रदर्शन को बढ़ावा देते हैं, उसे बाधित नहीं करते। उदाहरण के लिए, एक लोक सेवक यदि अपनी नौकरी के साथ न्याय करना चाहता है और सार्वजनिक सेवा में गुणवत्ता का प्रदर्शन करना चाहता है तो उसे समग्र सत्यनिष्ठा बनाए रखना ज़रूरी है।

निजी और सार्वजनिक सम्बन्धों में नैतिक मूल्य

नैतिक मूल्य निजी और सार्वजनिक दोनों सम्बन्धों को नियंत्रित करते है। दोनों के बीच कोई स्पष्ट सीमारेखा नहीं है क्योंकि किसी व्यक्ति को उसके सार्वजनिक आचरण के आधार पर नैतिक कहना उचित नहीं होगा यदि वह अपने निजी जीवन में अनैतिक गतिविधियों को अंजाम देता है।

उदाहरण के लिए—एक लोक सेवक अपने सार्वजनिक या व्यावसायिक जीवन में ईमानदार और निष्ठावान और सक्षम हो सकता है, लेकिन घर पर अपनी पत्नी के साथ बुरा व्यवहार कर सकता है जिसका अर्थ है कि निजी जीवन में वह नैतिक नहीं है। वास्तविक अर्थ में एक नैतिक व्यक्ति वह होता है जो अपने व्यक्तिगत और व्यावसायिक दोनों ही तरह के जीवन में नैतिक मूल्यों का पालन करता है। निजी सम्बन्ध वे हैं जो एक व्यक्ति के परिवार के सदस्यों जैसे पत्नी, माता-पिता, भाई-बहन और अन्य रिश्तेदारों तथा दोस्तों के साथ होते हैं। इसमें वे रिश्ते भी सम्मिलित होते हैं जिन्हें व्यक्ति समाज के एक सदस्य के रूप में, समाज के अन्य सदस्यों के साथ व्यक्तिगत रूप से निर्मित

करता है जैसे किसी वस्तु की खरीदारी के दौरान दुकानदार के साथ बना सम्बन्ध। परिवार की संस्कृति, व्यक्ति के व्यवहार के नैतिक मानदंडों को तय करती है। उदाहरण के लिए हमें अपने माता-पिता के प्रति सम्मानपूर्ण और आज्ञाकारी होना सिखाया जाता है। प्यार, विश्वास, एक दूसरे की मदद करना, नि:स्वार्थ भावना, परवाह करने का भाव, करुणा, सच्चाई और नैतिक व्यवहार के अन्य मूलभूत गुणों को, व्यक्ति परिवार में या तो माता-पिता के आचरण द्वारा प्रस्तुत किए गए उदाहरण से या उनके द्वारा दी गई शिक्षा के माध्यम से विकसित मूल्यों का पालन करके सीखता है। फिर वे मित्र ही होते हैं जिनके माध्यम से हम नैतिकता और मूल्यों को आत्मसात करते हैं और स्कूल एवं कॉलेज में एक शिक्षक हमारे लिए नैतिक मूल्यों या नैतिक मानकों को निर्धारित करता है। हमारी धार्मिक प्रथाएँ भी व्यक्तिगत मूल्यों का स्रोत हैं। पुरस्कार, दंड या अन्य प्रोत्साहनों अथवा दंडात्मक कार्यवाही के माध्यम से भी मनुष्य में नैतिकता और मूल्यों का आविर्भाव होता है। इनमें से अधिकांश मूल्य प्रकृति में सार्वभौमिक हैं जैसे हमेशा सच बोलना, किसी को चोट न पहुँचाना, चोरी न करना, दयालु और उदार होना और सम्बन्धों के प्रति ईमानदार और वफादार होना। प्रत्येक धर्म नैतिक आचरण की बात करता है और अपने अनुयायियों को निर्धारित नैतिक संहिता का पालन करने के लिए प्रेरित करता है। सार्वजनिक सम्बन्ध, एक पेशेवर के रूप में समाज के एक सदस्य के रूप में कार्यस्थल पर व्यक्ति की भूमिका को सन्दर्भित करते हैं—उदाहरण के लिए डॉक्टर और उसके रोगियों के बीच के रिश्ते। डॉक्टरों और चिकित्सा पेशेवरों के लिए नैतिक आचार-संहिता होती है जो रोगियों और उनके कार्यों के प्रति उनके व्यवहार का मार्गदर्शन करती है और प्रत्येक डॉक्टर से नैतिक आचार-संहिता का पालन करने की उम्मीद की जाती है। इसी तरह हर पेशा चाहे वह कानून हो, पत्रकारिता, शिक्षण या सरकारी सेवा हो सभी की अपनी आचार-संहिता है जो उनके सार्वजनिक नैतिक आचरण को परिभाषित करती है। उदाहरण के लिए, एक लोक सेवक से ईमानदार, निष्कपट, उदार, पारदर्शी, निष्पक्ष, उद्देश्यपरक, कुशल और कानून एवं संविधान के अनुसार कार्य करने के लिए प्रतिबद्ध होने की अपेक्षा की जाती है। प्रत्येक संगठन या संस्था की अपनी कार्य-संस्कृति होती है जो अपने सदस्यों और बाहरी दुनिया के बीच सम्बन्धों को नियंत्रित करती है। उदाहरण के लिए, सरकारी कर्मचारियों पर अक्सर ये आरोप लगाया जाता है कि उनका पूरा ज़ोर प्रक्रिया पर होता है न कि वास्तविक परिणाम देने में। हालाँकि, लोक सेवकों से ये उम्मीद की जाती है कि वे समाज के गरीब और हाशिये के वर्गों के बारे में सोचें। एक लोक सेवक को इस तरीक़े से कार्य करना चाहिए जिससे लोगों की सेवा हो सके। निजी क्षेत्र के संगठनों में अक्सर मुख्य उद्देश्य मुनाफा कमाना होता है और बहुत बार उनके व्यवहार को तद्नुसार नियंत्रित किया जाता है। उदाहरण के लिए, कई उद्योग समाज के स्वास्थ्य पर नकारात्मक प्रभाव के बारे में चिन्ता किए बिना अधिक लाभ प्राप्त करने के लिए पर्यावरणीय मानदंडों का उल्लंघन करते हैं। हालाँकि, यह सब अब समाज के दबाव के कारण बदल रहा है। भारत में भी कम्पनी कानून अधिनियमों में संशोधन किया गया है और सेबी ने अनुपालन के विस्तृत दिशा-निर्देश दिए हैं जिसे एक कम्पनी को सुनिश्चित करना है और यह कम्पनी के

नैतिक आचरण के लिए आधार प्रदान करता है। इसी तरह, निवेशक अब उन कम्पनियों में अधिक निवेश कर रहे हैं जो पर्यावरणीय, सामाजिक और कॉर्पोरेट प्रशासन सम्बन्धी नैतिकता के मानदंडों का पालन करते हैं। लाभ के साथ ही समाज के प्रति प्रतिबद्धता भी अब निजी संगठनों की नैतिकता को परिभाषित करती है।

आदर्श रूप से किसी व्यक्ति के आचरण में उसके निजी या सार्वजनिक सम्बन्धों में कोई अन्तर नहीं होना चाहिए। दोनों में उसे नैतिक मानकों और नैतिक संहिता का पालन करना चाहिए। हालाँकि, जैसा कि पहले अनुच्छेद में बताया गया है कि अक्सर ऐसे मामले होते हैं जहाँ व्यक्ति अपने सार्वजनिक जीवन में तो नैतिक हो सकता है, लेकिन अपने या अपने परिवार के सदस्यों के साथ अपने निजी सम्बन्धों में ऐसा नहीं होता है। ऐसे व्यक्ति को नैतिक व्यक्ति नहीं कहा जा सकता। निजी के साथ-साथ सार्वजनिक सम्बन्धों में नैतिक मूल्यों के प्रति प्रतिबद्धता आवश्यक है।

नैतिकता की शाखाएँ

1. वर्णनात्मक नैतिकता—वर्णनात्मक नैतिकता की यह शाखा नैतिकता के इतिहास और उद्भव से सम्बन्धित है और यह पता लगाने की कोशिश करती है कि नैतिक प्रतिनिधियों द्वारा उनके व्यवहार में निहित विकल्पों के पीछे क्या कारण है और यह लोगों की विश्वास प्रणाली से कैसे जुड़ा है। दूसरे शब्दों में, यह लोगों की नैतिक विश्वास प्रणाली को आनुभविक रूप से समझने का एक प्रयास है।
2. मानक नैतिकता—नैतिकता की यह शाखा नैतिक व्यवहार के सही मानकों को खोजने और प्राप्त करने और यह निर्धारित करने का प्रयास करती है कि लोगों को कैसे कार्य करना चाहिए। यह एक व्यक्ति को नैतिक पथ से भटकने की सज़ा के बारे में भी बताती है। अरस्तू, कांट, मिल और यहाँ तक कि भगवद् गीता के सिद्धान्त भी मानक नैतिकता के सिद्धान्त हैं और इनकी चर्चा एक अन्य अध्याय में की जाएगी।
3. मेटा नैतिकता—नैतिकता की यह शाखा नैतिक अवधारणा की उत्पत्ति और अर्थ का अध्ययन करती है। नैतिक नियमों, सिद्धान्तों, नैतिक शर्तों और नैतिक निर्णयों के अर्थ को समझने का भी प्रयास करती है।
4. अनुप्रयुक्त आचार—यह वास्तविक जीवन की समस्याओं के लिए नैतिकता के अनुप्रयोग से सम्बन्धित है। उदाहरण के लिए सरकारी नौकरियों में कमज़ोर वर्गों के लिए दहेज या आरक्षण लेना।

नैतिकता के निर्धारक तत्त्व

यह निर्धारित करने के लिए कि कोई अधिनियम नैतिक है या नहीं—

1. अधिनियम का उद्देश्य
2. जिन परिस्थितियों में अधिनियम लागू किया गया
3. कृत्य करने वाले व्यक्ति के मन में कृत्य का उद्देश्य या भावना

—इन चीजों को देखा जाता है।

मनुष्य द्वारा की गई प्रत्येक क्रिया का एक अच्छा, बुरा या निष्पक्ष पहलू होता है जो उसे परिभाषित करता है। उदाहरण के लिए, चोरी करना बुरी बात है जबकि ईमानदारी अच्छी है।

इसका अर्थ है कि किसी कार्य की आवश्यक प्रकृति या तो अच्छी, बुरी या निष्पक्ष हो सकती है और परिस्थितियों के दबाव के बावजूद वही रहेगी। किसी कार्य के नैतिक होने का दूसरा निर्धारक वह परिस्थितियाँ हैं, जिनमें यह प्रदर्शन किया गया है। परिस्थितियाँ निर्धारित करती हैं कि क्रिया कितनी अच्छी या बुरी है। तीसरा निर्धारक कार्रवाई का उद्देश्य या परिणाम है, उदाहरण के लिए अगर कोई लोक सेवक अनुचित व्यक्तिगत लाभ प्राप्त करने के इरादे से अनियमितता करता है तो उसका उद्देश्य गलत है और वह आपराधिक कार्रवाई के लिए उत्तरदायी है। हालाँकि, अगर उसका इरादा जनहित में किसी परियोजना को समय पर पूरा करने का है और वह कुछ प्रक्रियाओं से अलग हो जाता है तो उसका इरादा सही है और उसकी कार्रवाई को अनैतिक नहीं कहा जा सकता। इस प्रकार यह स्पष्ट है कि ये तीन कारक किसी क्रिया की नैतिकता का निर्धारण करते हैं। हम किसी व्यक्ति द्वारा की गई गलत कार्रवाई के लिए उसकी जवाबदेही की सीमा कैसे तय करेंगे? यदि कार्रवाई स्वैच्छिक है तो वह व्यक्ति पूरी तरह से ज़िम्मेदार होगा जिसका अर्थ है कि उसे स्थिति की पूरी जानकारी है और उसने इच्छा से कार्रवाई की है। हालाँकि, यह हो सकता है कि उसने दबाव, बाध्यता या अपने परिवार या स्वयं के लिए खतरे के तहत यह कार्रवाई की हो और इस तरह की कार्रवाई उसके परिणामों की जानकारी के साथ की गई हो, उसे अनैतिक नहीं कहा जा सकता। कभी-कभी ऐसा होता है कि किसी व्यक्ति पर भावनाएँ हावी हो जाती हैं और वह क्रोध में कार्य कर बैठता है, ऐसे समय में उसकी कार्रवाई अनैच्छिक होती है क्योंकि उसे दूसरों की कार्रवाई से उकसाया जाता है। यहाँ तक कि एक संयमित और गुस्से पर नियंत्रण रखने वाले व्यक्ति द्वारा किया गया ऐसा कोई कार्य कम अनैतिक माना जाता है अपेक्षाकृत उन लोगों द्वारा किए गए कार्य के जिन्होंने जानबूझकर ऐसा किया हो।

सवाल ये उठता है कि वह क्या है जो किसी व्यक्ति के नैतिक व्यवहार को निर्धारित करता है। इसके पीछे कई कारक हो सकते हैं जिनमें सबसे महत्त्वपूर्ण है व्यक्ति की निजी तौर पर मानवीय मूल्यों पर आस्था और विश्वास। प्रत्येक व्यक्ति का अपना एक नैतिक कोड होता है जो उसके व्यक्तिगत के साथ-साथ पेशेवर जीवन के निर्णयों को भी प्रभावित करता है। किसी संगठन की संस्कृति और नैतिक आचार-संहिता उसके सदस्यों के आचरण को भी प्रभावित करती है। अधिकांश पेशेवर निकायों और संगठनों में नैतिकता का एक कोड होता है जो उनके नैतिक आचरण के लिए मानक निर्धारित करता है। किसी देश या समाज के लोकाचार और मूल्य-प्रणाली का उसके सदस्यों के नैतिक आचरण पर भी सीधा प्रभाव पड़ता है।

नैतिकता के परिणाम

एक व्यक्ति अपने क्रियाकलापों से सम्बन्धित निर्णय लेता है और उस पर अमल करता है, जिसे नैतिक या अनैतिक के रूप में वर्णित किया जा सकता है। नियतत्ववाद का

एक सिद्धान्त है, जो मानता है कि मनुष्य के निर्णय और क्रियाकलाप वाह्य शक्तियों द्वारा प्रेरित या निर्धारित होते हैं, जिसका अर्थ है कि मनुष्य स्वयं के लिए चीज़ों को तय करने के लिए स्वायत्त या स्वतंत्र प्रतिनिधि नहीं हैं। यदि हम इस सिद्धान्त से चलते हैं तो मनुष्य को नैतिक रूप से उसके कार्यों के आधार पर जज नहीं किया जा सकता है क्योंकि यह बाहरी ताकतें हैं जो उनसे एक विशेष तरीक़े से कार्य करा रही हैं। यह उस दूसरे सिद्धान्त के बिलकुल उलट है जिसके अनुसार मनुष्य अपनी मर्ज़ी का मालिक है और वही यह तय करता है कि उसे क्या कार्रवाई करनी चाहिए और इसलिए नैतिकता और अपने कार्य में निहित नैतिकता के लिए वह स्वयं ज़िम्मेदार है।

नियतत्ववाद के विपक्षी दर्शन को उदारवाद कहा जाता है जो कहता है कि मानव क्रियाएँ मानव मन और तर्क से उत्पन्न होती हैं, जिन पर उनका अत्यधिक नियंत्रण होता है और इस तरह वे अपने कार्यों की नैतिकता के लिए ज़िम्मेदार होते हैं।

अगर आप प्रशासनिक सेवकों के सन्दर्भ में देखें तो पाएँगे कि बहुत से मामलों में वो निर्णय लेने के लिए स्वतंत्र नहीं होते क्योंकि उन्हें नियमों, कानूनों, अधिनियमों, दिशा-निर्देशों के साथ-साथ मौजूदा राजनीतिक, आर्थिक और सामाजिक परिस्थितियों के अनुसार निर्णय लेना पड़ता है। इन सब के बावजूद प्रशासनिक सेवकों को हमेशा अपने विवेक से निर्णय लेना होता है और यहीं पर इस बात का निर्णय होता है कि एक प्रशासनिक सेवक नैतिक रूप से कार्य कर रहा है या नहीं।

उदाहरण के लिए, अगर किसी प्रशासनिक सेवक पर कुछ करने के लिए बाहरी दबाव होता है, जिसे वह सही नहीं मानता है तो उसके पास इतनी आज़ादी होती है कि वह उस काम को करने से इनकार कर सके और औचित्यपूर्ण ढंग से अपनी बात रख सके। इसी तरह जहाँ तक ईमानदारी का सवाल है उस मामले में तो स्थिति बिलकुल स्पष्ट है कि प्रशासनिक सेवक की अपनी प्रतिबद्धता है जिसके आधार पर वह यह सुनिश्चित करता है कि वह ईमानदारी और निष्ठा के साथ काम करेगा अथवा नहीं। एक भ्रष्ट प्रशासनिक सेवक कभी इस बात की आड़ नहीं ले सकता कि उसने कुछ बाहरी दबाव के कारण इस तरह से काम किया। एक लोक सेवक की नैतिकता हमेशा व्यक्तिगत लाभ के बजाय सार्वजनिक हित को महत्त्वता देती है और उसके सभी आचरणों को यहीं से मार्गदर्शन मिलता है।

प्रत्येक क्रिया का एक परिणाम होता है और वही मानव-क्रियाओं पर लागू होता है। मनुष्य के प्रत्येक विचार को उन शब्दों या कार्यों के रूप में व्यक्त किया जाता है जिनका एक परिणाम होता है और जिसके लिए व्यक्ति स्वयं ज़िम्मेदार होता है। किसी कार्य के परिणाम अच्छे होने के साथ-साथ बुरे भी हो सकते हैं और इसे अक्सर दोहरे प्रभाव के रूप में जाना जाता है। यदि हम एक वांछनीय अन्त को प्राप्त करने के लिए गलत साधनों का चयन करते हैं तो हम कह सकते हैं कि यह स्वीकार्य नहीं है क्योंकि उपयोग किए गए साधनों का बुरा प्रभाव परिणाम के अच्छे प्रभाव से अधिक है। हिंसा या बल का उपयोग बुरा है लेकिन अगर कोई व्यक्ति आत्मरक्षा में बल का समर्थन करता है तो इसे सही या अच्छा माना जाता है। दुश्मन से लड़ते समय एक सेना दूसरे देश के सैनिकों को मार देती है, लेकिन देश हित में उसे अच्छा माना जाता है, इसलिए

हम देखते हैं किसी कार्य के परिणामों को अच्छा या बुरा कहा जा सकता है स्थिति के आधार पर और उस कार्य के पीछे की मंशा के आधार पर। इस दोहरे प्रभाव सिद्धान्त के विरोधियों का विचार है कि नैतिक प्रतिनिधि अपने कार्यों और इरादे या स्थिति के परिणामों के लिए पूरी तरह से ज़िम्मेदार हैं।

यह सच है कि मनुष्य अपने नैतिक कार्यों के लिए स्वयं ही ज़िम्मेदार है। यह नैतिक प्रतिनिधि पर निर्भर करता है कि वह सच बोलना चाहता है या चोरी करना, दूसरों को नुकसान पहुँचाना, किसी को मारना या किसी की सम्पत्ति को लूटना चाहता है। उसे अपने कार्यों के परिणामों की ज़िम्मेदारी लेनी चाहिए। यही बात लोक सेवकों पर लागू होती है, उन पर ये ज़िम्मेदारी होती है कि वे नैतिक आचरण का पालन करें और उनके किसी भी अनैतिक आचरण की ज़िम्मेदारी भी उनकी स्वयं की होगी। हालाँकि, आपराधिक कानून किसी व्यक्ति के विरुद्ध कार्रवाई करने के लिए आपराधिक इरादे को महत्त्वपूर्ण मानता है। इस प्रकार, किसी भी कार्य को करने का इरादा महत्त्वपूर्ण है और यदि इरादा बुरा नहीं है, तो परिणाम भी उतने हानिकारक नहीं होंगे जितने कि इरादे खराब होने पर होंगे।

मनुष्य अपने जीवन में खुशियों को तलाशता है और उसी के अनुसार कार्य करता है लेकिन उसके कुछ कार्य उसे खुशी देते हैं तो कुछ कार्य पीड़ा भी देते हैं। इंसान हमेशा वह करने का प्रयास करता है जिसके परिणामस्वरूप उसे ख़ुशी मिले। हालाँकि, यह भी एक तथ्य है कि जब हम वास्तविक दुनिया में चारों ओर देखते हैं, तो हम पाते हैं कि जो लोग हमेशा नैतिक रूप से कार्य करते हैं, उन्हें कभी-कभी बहुत पीड़ा और दु:ख का सामना भी करना पड़ता है जबकि अनैतिक या बुरे कार्य करने वाले अपेक्षाकृत रूप से सुखी जीवन का आनन्द लेते हैं। यह सवाल हमेशा व्यक्तियों के सामने दुविधा का कारण बनता है और अक्सर लोगों को ये सवाल पूछते हुए सुना जा सकता है कि अच्छे लोगों के साथ बुरा क्यों होता है? उदाहरण के लिए, एक भ्रष्ट अधिकारी जीवन की उच्च गुणवत्ता का आनन्द लेता है और अपने व्यवसाय के शीर्ष पर भी पहुँचता है जबकि एक ईमानदार अधिकारी कभी-कभी शीर्ष पर नहीं पहुँच पाता है या झूठे आरोपों का सामना करता है। हालाँकि, कुल मिलाकर ये कहा जा सकता है कि नैतिक कार्यों के अच्छे परिणाम होते हैं और किसी व्यक्ति या लोक सेवक के लिए नैतिक तरीक़े से व्यवहार करना महत्त्वपूर्ण होता है, भले ही कुछ समय के लिए उसे वांछित परिणाम न मिले।

मूल्यों में परिवार की भूमिका

हमने पहले ही नैतिकता को मानकों के एक समुच्चय के रूप में परिभाषित किया है जो किसी व्यक्ति के नैतिक व्यवहार को निर्धारित करता है। मूल्य ऐसे सिद्धान्त हैं जो व्यक्ति के दृष्टिकोण और उसके व्यवहार को प्रभावित करते हैं। मूल्य व्यक्ति की विचार प्रक्रिया और सही और गलत के प्रति उसके बोध से सम्बन्धित हैं। वे किसी व्यक्ति के व्यावसायिक पहलुओं के बजाय व्यक्तिगत रूप से जुड़े होते हैं और उन्हें नैतिक, सामाजिक, धार्मिक, राजनीतिक, और अन्य मूल्यों के रूप में वर्गीकृत किया जा सकता है। मूल्यों को उन अनुभवों से निर्धारित किया जाता है जो एक व्यक्ति के दूसरों के साथ

परस्पर संवाद में अभिव्यक्त होते हैं। हालाँकि कुछ निश्चित मूल्य हैं जैसे कि सत्य बोलना एक सार्वभौमिक मूल्य है, अन्य मूल्य ऐसे हैं जो एक व्यक्ति से दूसरे व्यक्ति में भिन्न होते हैं। परिवार, शिक्षक, दोस्त और समाज के अन्य सदस्य व्यक्ति की मूल्य-प्रणाली का निर्धारण करने में बड़ी भूमिका निभाते हैं।

परिवार अब तक किसी व्यक्ति की मूल्य-प्रणाली का सबसे महत्त्वपूर्ण स्रोत है। एक व्यक्ति अपने माता-पिता, अन्य रिश्तेदारों और भाई-बहनों के उदाहरण को देखकर मूल्यों को सीखता है। इनमें से कई मूल्यों को अनजाने में केवल वरिष्ठों और परिवार को देखकर और उनका अनुकरण करके सीखा जाता है। उदाहरण के लिए, यदि व्यक्ति का पिता शराब का सेवन करता है और इसे गलत नहीं मानता है, तो बच्चे का भी ऐसा ही मानना होगा। फिर एक बच्चा यह भी नोटिस करता है कि उसके माता-पिता समाज में एक-दूसरे के साथ कैसा व्यवहार करते हैं और उनके दृष्टिकोण और व्यवहार में समान मूल्य विकसित होते हैं। परिवार में माता-पिता और बुज़ुर्ग भी जानबूझकर अपने बच्चों को संस्कार देते हैं और उन्हें उदाहरण देकर और इनाम एवं दंड के उपयोग द्वारा लगातार मज़बूत करते हैं। उदाहरण के लिए, माता-पिता अपने बच्चों को अपने अध्ययन में कड़ी मेहनत और ईमानदारी से प्रभावित करते हैं और जब वे बड़े होते हैं तो ये मूल्य बच्चे के साथ रहते हैं। परिवार हमेशा साझेदारी, देखभाल, बलिदान, निस्वार्थता, दया, उदारता, नम्रता, शिष्टाचार और अन्य महत्त्वपूर्ण मूल्यों के महत्त्व पर ज़ोर देता है जो किसी व्यक्ति की मूल्य-प्रणाली के आवश्यक पहलू हैं। आम तौर पर यह सकारात्मक मूल्य हैं जो बड़ों से एक परिवार में एक व्यक्ति के पास जाते हैं। यह परिवार ही है जो व्यक्ति को ईश्वर में आस्था रखने, धार्मिक प्रथाओं का पालन करने, बड़ों के प्रति आज्ञाकारी होने, सम्मान करने और कभी धोखा न देने, झूठ बोलने या कुछ भी अवैध या गलत नहीं करने की शिक्षा देता है। हालाँकि, अक्सर एक व्यक्ति अपने परिवार से भी नकारात्मक मूल्यों को आत्मसात करता है। उदाहरण के लिए यदि किसी व्यक्ति के परिवार में महिलाओं का सम्मान नहीं होता है तो उसके व्यक्तित्व में महिलाओं के प्रति सही रवैया नहीं विकसित होगा। इसके अतिरिक्त, अक्सर सामाजिक मूल्य पीढ़ी दर पीढ़ी हस्तान्तरित होते हैं, परिवार की उन मूल्यों के प्रति आस्था जुड़ी होती है जिसे वह अपनी अगली पीढ़ी को हस्तान्तरित करता है। एक उत्कृष्ट उदाहरण भारत में जाति व्यवस्था में विश्वास है, जिसमें जातियों के साथ पक्षपात करने वाला, जातियों के बीच एक पदानुक्रम है, जो एक व्यक्ति को अपने से निम्न समझता है। इसी प्रकार, कभी-कभी ऐसा भी होता है कि एक साम्प्रदायिक सोच वाले परिवार का सदस्य होने के कारण भी एक व्यक्ति में साम्प्रदायिक भावनाएँ विकसित हो जाती हैं। इसके अतिरिक्त यदि किसी व्यक्ति का पिता बेईमान या भ्रष्ट है, तो इस बात की प्रबल सम्भावना है कि वह व्यक्ति उन अवगुणों को आत्मसात कर ले, क्योंकि वह उन्हें गलत नहीं मान रहा होगा। इसमें कोई सन्देह नहीं है कि परिवार उन मूल्यों को पोषित करते हैं जो किसी व्यक्ति के अवचेतन मन में प्रवेश करके उसकी मानसिकता, दृष्टिकोण और व्यवहार को निर्धारित करते हैं।

मूल्यों में समाज की भूमिका

प्रत्येक व्यक्ति अपने आसपास के समुदाय और समाज का सदस्य होता है और सामाजिक मूल्यों से प्रभावित होता है। उदाहरण के लिए, यदि किसी समाज में लोगों को लगता है कि अपना काम करवाने के लिए रिश्वत देना गलत नहीं है, तो समाज के लोग इस मूल्य को स्वीकार करते हैं। भारत में हम पाते हैं कि शादी के समय दूल्हे के परिवार द्वारा अक्सर दहेज की माँग की जाती है। इस प्रथा को समाज में व्यापक स्वीकृति प्राप्त है और उसके सदस्यों के नैतिक मूल्यों में बहुत गहरे समाहित है। अधिकांश युवा लड़के अपनी शादी में दहेज लेने से पीछे नहीं रहते, भले ही इसे नैतिक कृत्य के रूप में उचित नहीं ठहराया जा सकता। इसी प्रकार एक जाति विशेष के सदस्य, विशेषकर ग्रामीण क्षेत्र में, निम्न जातियों के सदस्यों के साथ बैठकर भोजन नहीं करना चाहते हैं और इस निन्दनीय मूल्य का पालन व्यक्ति जीवन-भर करते हैं। इसी तरह से कुछ समाज हैं जो दान के मूल्य को सर्वोच्च महत्त्व देते हैं और गरीबों की मदद करते हैं। समाज अपने सदस्यों को प्रचलित मूल्यों का पालन करने के लिए बाध्य करता है भले ही वह नैतिक हो अथवा नहीं, पारितोषिक या दंड के माध्यम से लोगों को एक विशेष प्रकार के मानदंडों के अनुरूप व्यवहार करने के लिए बाध्य करता है, केवल इसलिए कि उन्हें समाज में स्वीकृति प्राप्त है। परिवार समाज का ही एक सूक्ष्म रूप है जिसमें समाज द्वारा स्वीकृत नैतिक मानदंड समाहित रहते हैं।

मूल्यों के निर्माण में शैक्षणिक संस्थानों की भूमिका

परिवार के बाद शैक्षणिक संस्थान व्यक्ति की मूल्य-प्रणाली के निर्माण में प्रमुख भूमिका निभाते हैं। माता-पिता के बाद शिक्षकों की भूमिका सबसे महत्त्वपूर्ण होती है। एक बच्चा हमेशा अपने शिक्षकों का सम्मान करता है और उनके निर्देशों का पालन करता है। स्कूल या कॉलेज में एक व्यक्ति समय की पाबन्दी, आज्ञाकारिता, दूसरों के लिए सम्मान, अन्य बच्चों के साथ व्यवहार करना, टीम का सदस्य बनना और अपने लक्ष्यों को प्राप्त करने के लिए ईमानदारी के साथ कड़ी मेहनत करना सीखता है। एक व्यक्ति शैक्षिक संस्थानों में अनुशासन सीखता है। वह एक अच्छा नागरिक होने के लिए आवश्यक मूल्यों को आत्मसात करता है और चीज़ों को देखने और समस्याओं को हल करने के लिए तर्कसंगत, तार्किक, विश्लेषणात्मक और वैज्ञानिक तरीक़े विकसित करता है। स्कूलों और कॉलेजों में व्यक्ति के विचारों को विस्तार मिलता है और वह सफलता और विफलता दोनों के साथ सामंजस्य बिठाना सीखता है।

परिवार, शैक्षणिक संस्थान, शिक्षक, मित्र और समाज सभी व्यक्ति के व्यक्तित्व और उसकी बुनियादी मूल्य-प्रणाली के विकास में योगदान करते हैं। यदि आप किसी व्यक्ति के मूल्यों को बदलना चाहते हैं तो इन्हीं संस्थानों के माध्यम से ऐसा करना सम्भव है।

अध्याय : 2

मानव मूल्य—महान नेताओं, सुधारकों और प्रशासकों के जीवन और उनकी शिक्षाओं से सीख

परिचय

महान नेताओं, सुधारकों और प्रशासकों ने अपने जीवन और शिक्षा के उदाहरण से मानवीय मूल्यों पर आधारित जीवन जीने के तरीक़े पर बहुत प्रकाश डाला है। वे समाज में इस प्रकार का आदर्श स्थापित करते हैं कि लोग उनकी प्रशंसा और सम्मान करते हैं और उनके पदचिन्हों पर चलने की इच्छा रखते हैं।

हम पहले ही चर्चा कर चुके हैं कि मूल्य किसी भी व्यक्ति, संगठन, समाज या राष्ट्र के लिए मार्गदर्शक सिद्धान्त हैं। कुछ सार्वभौमिक मूल्य ऐसे होते हैं जो हर व्यक्ति के लिए हर आयु में अनुकरणीय होते हैं, जैसे कि ईमानदारी से जुड़े मूल्य।

इसके अतिरिक्त कुछ अन्य मूल्य ऐसे होते हैं जो किसी परिवार, समुदाय, समाज या राष्ट्र के सन्दर्भ में प्रासंगिक होते हैं और किसी काल-विशेष में प्रचलित मानसिकता को प्रदर्शित करते हैं। जैसे कि महिलाओं के प्रति समाज के रवैये में समय के साथ बहुत बदलाव आए हैं लेकिन अभी भी भिन्न-भिन्न लोगों पर ये धारणा भिन्न-भिन्न प्रकार से लागू होती है।

मानवीय मूल्य

सभी महान नेताओं और सुधारकों में कुछ बुनियादी मानवीय मूल्य विद्यमान होते हैं। वे सभी लोगों और समाज की सेवा करने तथा इसे सही दिशा में आगे बढ़ाने के लिए प्रतिबद्ध होते हैं। इन लोगों के हृदय में वंचितों के प्रति वास्तविक सहानुभूति और करुणा होती है। वे सभी अपने व्यवहार और कार्यों में सच्चे और ईमानदार लोग हैं। वे लोग मानवता के हित के लिए काम करते हैं न कि अपने व्यक्तिगत लाभ के लिए। वे लोगों के जीवन की गुणवत्ता को बेहतर बनाने की दिशा में काम करते हैं। उनका काम सत्य, प्रेम, देखभाल, चिन्ता, दया, करुणा, निस्वार्थता और न्याय के प्रति प्रतिबद्धता द्वारा निर्देशित है।

नेताओं के व्यक्तित्व में निर्णय लेने के साथ-साथ लोगों और उनके संगठनों के प्रति प्रतिबद्धता के लक्षण होते हैं। वे अपने अनुयायियों के बीच मतभेदों को दूर करते हैं

और एक बड़े लक्ष्य की पूर्ति के लिए एक टीम के रूप में काम करने के लिए उन्हें एक साथ लाते हैं। वे आदर्शवादी होने के साथ-साथ कर्मयोगी भी होते हैं। वे अपनी शक्ति का इस्तेमाल निजी स्वार्थ के लिए नहीं बल्कि परहित के लिए करते हैं—पूरी विनम्रता, दया और न्याय की भावना के साथ। प्रशासक विशेष रूप से निष्पक्षता, न्यायसंगतता, तटस्थता, पारदर्शिता और अखंडता जैसे गुणों पर ध्यान केन्द्रित करते हैं। सुधारक वे हैं जो समाज में प्रचलित गलत प्रथाओं के प्रति जागरूक और चिन्तित रहते हैं। उनके मन में मानवता के प्रति बहुत सम्मान होता है और लोगों की बेहतरी के लिए वे उनके जीवन की गुणवत्ता में सुधार लाना चाहते हैं।

हालाँकि UPSC के पाठ्यक्रम में इन नेताओं के नाम नहीं दिए गए हैं, जिनका अध्ययन किया जाना चाहिए, लेकिन हम कुछ महान लोगों के जीवन के उदाहरणों से सीख प्राप्त करेंगे।

महात्मा गांधी

महात्मा गांधी राष्ट्र के पिता के रूप में पूजनीय हैं। वह एक संत होने के साथ-साथ एक राजनीतिक नेता और सुधारक भी थे और उनका जीवन शायद उन विशेषताओं का सबसे बड़ा उदाहरण है जो एक नेता के पास होनी चाहिए। उन्होंने भारत को दमनकारी ब्रिटिश शासन से मुक्ति दिलाई लेकिन हमेशा सत्य और अहिंसा के लिए प्रतिबद्ध रहे। उन्होंने भारत को स्वतंत्रता देने के लिए ब्रिटिश सरकार पर लगातार दबाव बनाने के लिए अहिंसात्मक तरीकों का सहारा लिया। उन्हें कभी भी अपने लिए सत्ता की आकांक्षा नहीं थी, न ही उन्हें किसी पद की चाह रही।

गांधी मानते थे कि लक्ष्य प्राप्त करने के साधन उतने ही महत्त्वपूर्ण हैं जितना कि लक्ष्य। हिंसा में लिप्त होने की बात सुनते ही उन्होंने असहयोग आन्दोलन को स्थगित कर दिया। यह हम सभी के लिए एक बड़ा सबक है क्योंकि हम अक्सर यह कहकर अपने कार्यों को सही ठहराने की कोशिश करते हैं कि अन्त भला तो सब भला। गांधी जी प्रयुक्त साधनों की नैतिकता के बारे में चिन्तित थे। उदाहरण के लिए, आज कई राजनेताओं को लगता है कि उन्हें किसी तरह चुनाव जीतना है और राजनीतिक शक्ति हासिल करना है और इन लक्ष्यों को प्राप्त करने के लिए सभी प्रकार के अनैतिक साधनों का सहारा लेना पड़ता है। इसी प्रकार प्रशासक अपनी सत्यनिष्ठा का त्याग करते हैं और यह कहते हुए राजनीतिक दबाव में झुक जाते हैं कि इसका उद्देश्य समाज का भला करना है। गांधी की मूल्य प्रणाली किसी लक्ष्य को प्राप्त करने के लिए ऐसे तरीकों के उपयोग को स्वीकार नहीं करती, चाहे वह कितना भी वांछनीय क्यों न हो। जब भारत को स्वतंत्रता मिली, तब साम्प्रदायिक दंगे हुए थे। विभाजन की भयावहता उन बुनियादी मूल्यों के विरुद्ध थी जिन्हें गांधी मानते थे।

गांधी का जीवन रामायण, भगवद् गीता और उपनिषदों में निहित दर्शन और इन ग्रंथों द्वारा प्रतिपादित उच्चतम नैतिक मानकों पर आधारित जीवन का एक उदाहरण था। वह स्वयं हिन्दू थे और मानव जाति की एकता में विश्वास करते थे और सभी धर्मों के लिए समान सम्मान रखते थे। वह चाहते थे कि सभी समुदाय के लोग शान्ति, मित्रता,

भाईचारे और प्रेम के साथ रहें। उन्हें किसी से घृणा नहीं थी। उन्होंने ब्रिटिश साम्राज्यवादी व्यवस्था के विरुद्ध लड़ाई लड़ी लेकिन अंग्रेज़ों से नफरत नहीं की। उनका जीवन हमें मानव जीवन में मानवता की सार्वभौमिक दृष्टि रखना सिखाता है। गांधी की दुनिया में दो इंसानों के बीच कोई भेदभाव नहीं है।

गांधी व्यक्ति की गरिमा में विश्वास करते थे और उत्पीड़क राज्य के पक्ष में नहीं थे। वह एक महान समाज सुधारक भी थे जिन्होंने अस्पृश्यता के अभिशाप और निचली जातियों के प्रति होने वाले भेदभाव के विरुद्ध संघर्ष किया था। उनके लिए सभी इंसान एक समान थे।

गांधी भगवान को सभी तरह के प्रकाश और जीवन का स्रोत मानते थे और उनके लिए भगवान सत्य-ज्ञान-आनन्द (सत-चित-आनन्द) थे। उन्होंने प्रत्येक मनुष्य में भगवान को देखा और इसलिए मानवता की सेवा पर ज़ोर दिया। गांधी के लिए अहिंसा अभय का ही एक रूप है जिसके सहारे अन्याय का प्रतिकार किया जाना चाहिए। अहिंसा कायर की नहीं, बल्कि उस व्यक्ति की नीति थी, जिसके पास गहरी आन्तरिक शक्ति थी।

गांधी सभी धर्मों और समाज के आदर्शों का स्वागत करते थे। वह उच्च सत्य की प्राप्ति के लिए निरन्तर प्रयासरत होने में विश्वास करते थे।

साबरमती और कोचरब के आश्रमों के निवासियों ने ग्यारह संकल्पों को आत्मसात किया, जिसमें गांधी की विचारधारा में समाहित सत्य और अहिंसा के साथ-साथ, ब्रह्मचर्य, जिह्वा पर नियंत्रण, अचौर्य, व्यक्तिगत सम्पत्ति न बनाना, निर्भीकता और सभी धर्मों के प्रति सम्मान सम्मिलित हैं।

गांधी ने सात सामाजिक दोषों की पहचान की, जो इस प्रकार हैं—

1. सिद्धान्तरहित राजनीति—गांधी के अनुसार राजनीति में नैतिकता का पालन किया जाना चाहिए और लोगों के हित में कार्य करना चाहिए। गांधी ने राजनीति में धन और बाहुबल के भरपूर इस्तेमाल और राजनीतिक दलों की नैतिकता के लिए बिना किसी चिन्ता के वोट पाने की इच्छा की सराहना नहीं की।
2. श्रमरहित धन—जीवन जीने के लिए काम करना और ईमानदारी से काम करके धन प्राप्त करना महत्त्वपूर्ण है। गांधी मानवीय श्रम के पक्ष में थे।
3. नैतिकतारहित व्यवसाय—व्यवसाय को न केवल अधिकतम मुनाफे पर ध्यान केन्द्रित करना चाहिए बल्कि समाज और समुदाय के विकास और कल्याण पर भी ध्यान देना चाहिए। सभी व्यवसाय नैतिकता पर आधारित होने चाहिए और ऐसे व्यवसाय से अन्ततः व्यवसायी सहित सभी का कल्याण होगा।
4. चरित्रविहीन शिक्षा—कोई भी शिक्षा जो किसी व्यक्ति के चरित्र का निर्माण नहीं करती है, अपूर्ण और हानिकारक है और इससे समाज का कल्याण नहीं होगा।
5. मानवतारहित विज्ञान—गांधी विज्ञान के विरुद्ध नहीं थे, लेकिन उनका मानना था कि विज्ञान और प्रौद्योगिकी का उद्देश्य मानव कल्याण और लोगों के जीवन की गुणवत्ता में सुधार लाना होना चाहिए। प्रौद्योगिकी को मानव समाज को अमानवीयकरण की ओर नहीं ले जाना चाहिए।

6. विवेकरहित प्रसन्नता—गांधी, भारतीय संस्कृति और लोकाचार के सच्चे प्रतीक की तरह कामुक आनन्द के जीवन के विरुद्ध थे। उन्होंने व्यक्तिगत और सामाजिक कल्याण के लिए समर्पित जीवन की वकालत की।
7. त्यागरहित पूजा—बिना किसी बलिदान के भगवान की पूजा नहीं हो सकती। बलिदान बुरी आदतों, बुरे साथियों या गलत चाल-चलन का हो सकता है। कोई भी पूजा बलिदान के बिना परिपूर्ण नहीं हो सकती है। यह बलिदान ईश्वर के समक्ष किसी भी प्रकार के उपवास या स्वयं को कष्ट देने के रूप में हो सकता है।

उपरोक्त सिद्धान्तों का पालन करने और सात घातक पापों से बचने के लिए एक अच्छा जीवन जीने के लिए इससे बड़ा कोई नुस्खा नहीं हो सकता है।

गांधी, किसी राज्य में नागरिकों के अधिकारों और कर्तव्यों के बीच एक सकारात्मक सहसम्बन्ध देखते थे, उनका मानना था कि अधिकारों का आनन्द लेने के लिए किसी एक के कर्तव्यों का पालन करना चाहिए। गांधी का विचार था कि प्रत्येक मनुष्य को जीवन की आवश्यकताओं को पूरा करने का समान अधिकार है। आज हम बहुत लोगों को अपने अधिकारों की बात करते हुए देखते हैं लेकिन वे अपने कर्तव्यों के प्रति सचेत नहीं हैं। गांधी ऐसे व्यवहार को अनैतिक करार देते हैं।

गांधी की लोकतंत्र की अवधारणा नैतिकता, न्याय, सत्य और व्यक्तिगत स्वतंत्रता पर आधारित थी। उनके लिए एक आदर्श लोकतंत्र वह है जिसमें अधिकतम लोगों का कल्याण सुनिश्चित किया जाता है और मज़बूत लोगों द्वारा कमज़ोरों का शोषण नहीं किया जाता है। वह राजनीति का आध्यात्मिकीकरण करना चाहते थे और नैतिक आधार पर राज्य का समर्थन करते थे। सार्वजनिक नीति के सम्बन्ध में गांधी का स्पष्ट मत था कि एक सही नीति का सबसे बड़ा परीक्षण यह देखना है कि सबसे गरीब और सबसे कमज़ोर व्यक्ति पर इसका क्या प्रभाव पड़ेगा और क्या इस तरह के व्यक्ति का जीवन स्तर इससे बेहतर होगा।

गांधी के पास न्याय की स्पष्ट अवधारणा थी जिसमें छह मुख्य घटक थे—

1. शुद्ध न्याय—यह दया, करुणा, देखभाल और प्रेम से प्रेरित है।
2. शैतानी न्याय—इसकी प्रकृति दुष्ट है और यह मनुष्य के स्वार्थ से प्रेरित है।
3. प्राकृतिक अधिकारों का दावा—प्रकृति द्वारा दिए गए मूल अधिकार सभी को उपलब्ध होने चाहिए।
4. सामाजिक न्याय—एक ऐसा शोषणरहित समाज जिसमें सभी के साथ समान व्यवहार हो।
5. डर की अनुपस्थिति—बल या दबाव का उपयोग न किया जाए।
6. विरोधी दल को कोई नुकसान नहीं—गांधी को अपने दुश्मनों से भी नफरत करने में विश्वास नहीं था। उदाहरण के लिए—उन्होंने अंग्रेज़ों के प्रति कोई घृणा महसूस नहीं की भले ही वे ब्रिटिश औपनिवेशिक व्यवस्था के विरुद्ध थे।

गांधीवादी नैतिकता चार स्वयंसिद्धों पर आधारित है—सत्य, अहिंसा, सांसारिक धन के प्रति अनासक्ति और सर्वोदय (सभी का कल्याण)। वह आजीविका के लिए श्रम,

सरपरस्ती और राजनीति के आधुनिकीकरण जैसे संस्थागत परिवर्तनों के माध्यम से एक आदर्श समाज के लक्ष्य को प्राप्त करना चाहते थे। उनके लिए लक्ष्य प्राप्ति का साधन भी उतना ही महत्त्वपूर्ण था जितना कि परिणाम। उनका लक्ष्य एक नैतिक समाज का निर्माण करना और मानव का सर्वांगीण विकास करना था।

जहाँ तक उनके आर्थिक दर्शन का सवाल है, उनका विश्वास एक ऐसे सतत और सन्तुलित विकास से जुड़ा था जिसमें आत्म-दक्षता और आत्म-निर्भरता सम्मिलित हों और जो मानव को उन्नति की ओर प्रेरित करता हो। उनके अनुसार एक आर्थिक व्यवस्था सभी की आवश्यकताओं को पूरा करने वाली होना चाहिए न कि उनके लालच को। उनका मानना था कि अधिकांश भारत गाँवों में निवास करता है और इसीलिए प्राथमिक संगठन के रूप में गाँव पर ध्यान केन्द्रित करने पर उन्होंने विशेष ज़ोर दिया। उन्होंने खादी और ग्राम कुटीर उद्योगों के विकास की वकालत की और ग्राम उद्योगों को अधिक कुशल बनाने के लिए उपयुक्त तकनीक के माध्यम से तकनीकी सुधार की पक्षधरता की। वह राजनीतिक और आर्थिक शक्ति के विकेन्द्रीकरण के पक्ष में थे क्योंकि उनके अनुसार समग्र विकास और कल्याण इसी से होगा।

इसमें कोई सन्देह नहीं है कि गांधी अब तक के सबसे महान इंसानों में से एक थे और इसमें कोई आश्चर्य की बात नहीं है कि महान भौतिक विज्ञानी अल्बर्ट आइंस्टीन ने भी गांधी के लिए कहा था कि "आने वाली नस्लें शायद ही यकीन करें कि हाड़-मांस का बना हुआ कोई ऐसा व्यक्ति भी इस धरती पर चलता-फिरता था।"

नेल्सन मंडेला

गांधी की तरह नेल्सन मंडेला ने भी अन्याय और भेदभाव के विरुद्ध लड़ाई लड़ी और उनका जीवन दक्षिण अफ्रीका में रंगभेद के विरुद्ध लड़ाई की गाथा है—गोरों द्वारा कालों के प्रति किए जाने वाले अमानवीय व्यवहार के विरुद्ध। अपने लोगों के लिए गरिमा और समानता प्राप्त करने में सफल होने से पहले उन्हें तीस साल से अधिक समय तक जेल में रखा गया था। मंडेला का विचार था कि बहादुर व्यक्ति वह नहीं है जो डरता नहीं है बल्कि वह है जो अपने डर पर विजय प्राप्त करता है। उनके लिए प्रत्येक व्यक्ति के अपने देश और समुदाय के प्रति कुछ कर्तव्य होते हैं। गांधी की तरह ही नेल्सन मंडेला ने भी सत्य और न्याय की लड़ाई के लिए अहिंसा का प्रयोग किया। वह प्रेम और भाईचारे के सार्वभौमिक मूल्यों में विश्वास करते थे। उनके जीवन का सबसे महान क्षण वह था जब उन्हें जेल से रिहा किया गया। इसके बाद उन्होंने चुनाव लड़ा और चुनाव जीत कर वे दक्षिण अफ्रीका के राष्ट्रपति बने। उन्होंने अश्वेतों पर अत्याचार करने के लिए गोरों को क्षमा कर दिया और सभी मनुष्यों को एक समान माना और दक्षिण अफ्रीकियों के बीच भी कोई भेदभाव नहीं किया। उनका जीवन अन्यायपूर्ण व्यवस्था के विरुद्ध सतत संघर्ष और हमेशा स्वयं पर विश्वास करने और कभी हार न मानने के गुणों का एक बड़ा उदाहरण है। गोरों के विरुद्ध मंडेला में कोई नफरत नहीं थी लेकिन वह भेदभाव की व्यवस्था का विरोध कर रहे थे। वह मानव जाति की एकता में विश्वास करते थे।

मार्टिन लूथर किंग जूनियर

मार्टिन लूथर एक महान अश्वेत नेता थे जिन्होंने अपने जीवन को न्यायपूर्ण और समान समावेशी समाज के संघर्ष के प्रति समर्पित किया। उन्होंने संयुक्त राज्य अमेरिका के अश्वेत लोगों के अधिकारों के लिए अहिंसात्मक रूप से लड़ाई लड़ी। उनके प्रयासों के माध्यम से 1964 के नागरिक अधिकार अधिनियम और वोटिंग अधिकार अधिनियम 1965 को अश्वेतों को समान अधिकार और सम्मान देने के लिए पारित किया गया था। उनके दर्शन को उनके द्वारा किए गए सबसे प्रसिद्ध भाषण में सबसे अच्छा व्यक्त किया गया था, जो इस प्रकार था—

> "मैं आपसे एक बात कहना चाहता हूँ कि आज और आने वाले कल की कठिनाइयों से घिरे होते हुए भी मैंने एक सपना देखा है। ये सपना 'अमेरिकन ड्रीम' से गहरे तक जुड़ा हुआ है।
>
> "मेरा सपना है कि एक दिन यह देश ऊपर उठेगा और सही मायनों में अपने सिद्धान्तों को अपनाएगा : 'हम इस सत्य को स्वत: प्रमाणित मानते हैं कि धरती पर पैदा हुए सभी इंसान बराबर हैं।'"

उन्होंने नस्लीय आधार पर होने वाली असमानता का विरोध किया और एक ऐसे विश्व का सपना देखा जिसमें सभी लोग भाईचारे के साथ रहते हों। वह अपने लक्ष्य को प्यार के साथ प्राप्त करना चाहते थे न कि घृणा से। उनका एक प्रसिद्ध वक्तव्य इस बात की पुष्टि करता है जिसमें वे कहते हैं कि "आज़ादी की अपनी प्यास को हमें कटुता और घृणा से नहीं बुझाना है।"

अब्राहम लिंकन

लिंकन 1860 से 1864 तक अमेरिकी राष्ट्रपति रहे और उन्हें मुक्ति घोषणा पर हस्ताक्षर करके अमेरिका में दासता को समाप्त करने के लिए स्मरण किया जाता है। उन्होंने साहसपूर्वक गृहयुद्ध लड़ा और राष्ट्र को खंडित होने से बचाया। वह विरोध के बावजूद न्याय और समानता के लिए खड़े हुए। उन्होंने एक ध्येय और राष्ट्र के लिए अपना जीवन बलिदान कर दिया। उनका जीवन एक अद्‌भुत कहानी है कि कैसे उन्होंने विभिन्न स्तरों पर चुनाव लड़ा और हार गए लेकिन स्वयं पर विश्वास करते रहे और अन्त में संयुक्त राज्य अमेरिका के राष्ट्रपति चुने गए। उनका जीवन इस बात की प्रेरणा देता है कि परिणाम की परवाह किए बिना कैसे मूल्यों और सिद्धान्तों के लिए संघर्ष किया जा सकता है।

बाल गंगाधर तिलक, जवाहरलाल नेहरू, सरदार वल्लभ भाई पटेल, राजेन्द्र प्रसाद, जय प्रकाश नारायण और सुभाषचन्द्र बोस

यह उन लोगों की सूची है जिन्होंने अपने आकर्षक व्यवसाय का त्याग कर दिया और भारत देश की स्वतंत्रता के लिए सतत संघर्ष किया। यह केवल एक सांकेतिक सूची है क्योंकि इसमें भगत सिंह जैसे कई अन्य लोगों के नाम भी सम्मिलित हैं जिन्होंने देश के लिए अपने जीवन का बलिदान दिया। हम ऐसे महान लोगों से अपने सिद्धान्तों के लिए

संघर्ष करना सीखते हैं भले ही विरोधी कितना भी शक्तिशाली क्यों न हो। हम उनके जीवन से ये शिक्षा ग्रहण करते हैं कि जीवन का उद्देश्य विलासिता में नहीं बल्कि अपने आदर्शों में छिपा है और राष्ट्र का स्थान सर्वोच्च है।

इन महान नेताओं का उदाहरण हमें बताता है कि हमारे अपने कुछ सिद्धान्त होने चाहिए, हमें सच्चाई और न्याय की पक्षधरता करनी चाहिए और स्वयं से पहले दूसरों को प्राथमिकता देनी चाहिए और किसी भी प्रतिकूलता या विरोध का सामना दृढ़ता से करना चाहिए। प्रशासनिक सेवकों को यह सीखना चाहिए कि वे व्यक्तिगत लाभ या शक्ति प्राप्त करने के लिए नहीं बल्कि लोगों की सेवा करने के लिए इस सेवा को अपना रहे हैं और उन्हें नैतिक मूल्यों और नैतिकता के लिए प्रतिबद्ध होना चाहिए।

प्रशासकों से शिक्षा

ऐसे सभी प्रशासकों के नामों को सूचीबद्ध करना कठिन होगा जिन्होंने भारत को एक राष्ट्र के रूप में निर्मित होने में अपना योगदान दिया है। जवाहरलाल नेहरू ने नए भारतीय राष्ट्र की स्थापना की और यह सुनिश्चित किया कि लोकतंत्र भारत में गहरी जड़ें जमाए। उन्होंने अन्तरराष्ट्रीय सम्बन्धों में समाजवादी योजना, समावेशिता, वैज्ञानिक सोच और गुटनिरपेक्षता के युग का आरम्भ किया। इसी तरह, सरदार वल्लभभाई पटेल दृढ़ और स्थिर थे और उन्होंने यह सुनिश्चित किया कि भारतीय राष्ट्र छोटे-छोटे राष्ट्रों में न टूटे। उन्होंने भारत को एकजुट किया और इसी तरह सिविल सेवाओं को बनाए रखने का उत्तरदायित्व भी उन्होंने बखूबी निभाया। हम टीएन शेषन की उपलब्धियों के बारे में बात कर सकते हैं जिन्होंने यह सुनिश्चित किया कि भारत में चुनाव स्वतंत्र और निष्पक्ष हों और एपीजे अब्दुल कलाम जिन्होंने भारत के युवाओं में मूल्यों, वैज्ञानिक सोच और आत्मविश्वास को विकसित करने के लिए अथक प्रयास किया। ऐसे कई महान सिविल सेवक हुए हैं जिन्होंने सामाजिक परिवर्तन के लिए नवाचार को अपनाया। हम महान प्रशासकों के जीवन से सार्वजनिक सेवा और सत्यनिष्ठा के प्रति उनकी पूर्ण प्रतिबद्धता के बारे में बहुत कुछ सीख सकते हैं। उन्होंने राष्ट्र के विकास के लिए और यह सुनिश्चित करने के लिए काम किया कि संविधान और कानून का अक्षरशः पालन किया जाए। वे पारदर्शी, निष्पक्ष और तटस्थ थे और उनकी चिन्ता उनके व्यक्तिगत लाभ के लिए नहीं बल्कि समाज के हित के लिए थी। उन्होंने नागरिकों के हित में काम किया और त्वरित और सकारात्मक कार्रवाई में विश्वास किया, टीमों का निर्माण किया और उनके परिणाम भी प्रस्तुत किए। इन सबसे ऊपर मानवीय मूल्यों और सार्वजनिक सेवा मूल्यों के प्रति उनकी प्रतिबद्धता थी। बिना नैतिकता और नैतिक मूल्यों के कोई व्यक्ति महान नहीं बन सकता।

महान सुधारकों के जीवन और शिक्षा से सबक

भारत का यह सौभाग्य रहा है कि यहाँ तमाम ऐसे महान संत और आध्यात्मिक विचारक हुए हैं जिनके जीवन और शिक्षाएँ मानवीय मूल्यों, नैतिकता और नैतिक मूल्यों के सम्बन्ध में कई सबक देती हैं।

स्वामी विवेकानन्द

जब हम महान सुधारकों के बारे में सोचते हैं तो यह पहला नाम है जो हमारे दिमाग में आता है। उन्होंने उन सभी भारतीयों को आत्मविश्वास दिया, जिन्होंने हज़ारों वर्षों के वशीकरण के कारण अपने और अपनी संस्कृति में विश्वास खो दिया था। उन्होंने भारत की दबी हुई आत्मा को जगाया क्योंकि उन्होंने भारतीयों को एहसास दिलाया कि वे एक महान धर्म, एक महान संस्कृति और एक महान सभ्यता के उत्तराधिकारी हैं। उन्होंने भारतीयों से कहा कि "उठो और जागो और तब तक नहीं रुकना जब तक लक्ष्य पूरा न हो जाए।" वह राम कृष्ण मिशन के माध्यम से गरीबों और बीमारों की सेवा के लिए प्रतिबद्ध थे। वह आत्मा की सम्भावित पूर्णता और सभी धर्मों की सार्वभौमिकता में विश्वास करते थे। उनका कहना था कि भारत न केवल सार्वभौमिक सहिष्णुता बल्कि सार्वभौमिक स्वीकृति का एक उदाहरण है। उन्होंने पश्चिम में हिन्दू धर्म और भारतीय सभ्यता का सन्देश दिया और पश्चिमी विज्ञान और प्रौद्योगिकी के साथ भारतीय अध्यात्मवाद का सामंजस्य स्थापित करने का प्रयास किया। वह चाहते थे कि लोग अपने आप पर विश्वास रखें और आदर्शवाद एवं सेवा का जीवन जिएँ। उन्होंने व्यावहारिक वेदान्त की वकालत की जो जीवन जीने का एक मानवीय दर्शन है।

स्वामी रामकृष्ण परमहंस

रामकृष्ण परमहंस स्वामी विवेकानन्द के ऐसे प्रमत्त गुरु थे जिन्होंने पूरी सृष्टि में सभी मनुष्यों में भगवान को देखा था। उनका जीवन और शिक्षाएँ सभी धर्मों और मानव जाति में सद्भाव और एकता का प्रमाण थीं। उन्होंने मनुष्य को अपनी वासना, लालच और ऐसी सभी अनैतिक सोच और कार्यों से ऊपर उठने की वकालत की। उसके लिए जीव ही शिव था और इसलिए मानव के लिए सबसे बड़ा मूल्य दूसरों की सेवा करना था।

वह एक महान सामाजिक, शैक्षणिक और धार्मिक सुधारक थे जिन्होंने भारत में ब्रह्मसमाज की स्थापना की। ब्रह्मसमाज एक ऐसा संगठन था जो भारतीय समाज को भीतर से सुधारने के लिए प्रतिबद्ध था। उन्होंने सामाजिक अन्याय और समाज में प्रचलित असमान और अमानवीय सामाजिक प्रथाओं के विरुद्ध काम किया। उन्होंने सती प्रथा को समाप्त करने के लिए कड़ी मेहनत की, जो विधवाओं को अपने पति के अन्तिम संस्कार की चिता पर स्वयं का बलिदान देने के लिए मजबूर करती थी। उन्होंने बाल विवाह का भी विरोध किया। उन्होंने महसूस किया कि इन सुधारों से हिन्दू समाज और मज़बूत होगा। इसके अतिरिक्त उन्होंने कुछ और धार्मिक सुधारों जैसे किसी भी चित्र या मूर्ति की पूजा न करने, किसी भी अनुष्ठान में जानवर की बलि न देने और पूजा-पाठ में कर्मकांडों को न करने पर बल दिया। वह अत्यन्त उदार धार्मिक विचारों वाले थे। उन्होंने देश के विकास के लिए शैक्षणिक संस्थानों की भी स्थापना की। उनका मानना था कि भारत का एक उज्ज्वल भविष्य है।

दयानन्द सरस्वती

दयानन्द सरस्वती एक प्रबल सामाजिक और धार्मिक सुधारक थे जिन्होंने आर्य समाज की स्थापना की। उनका मानना था कि वेद सर्वोच्च सत्य हैं क्योंकि वे भगवान के प्रकट शब्द हैं। वह जाति व्यवस्था के विरोधी थे और सभी पुरुषों और महिलाओं को समान दर्जा देने के लिए प्रयासरत थे। वह सभी रूढ़िवादी धार्मिक प्रथाओं के विरुद्ध थे और कई विस्तृत हिन्दू अनुष्ठानों को सरल बनाने के समर्थक थे।

तिरुवल्लुवर

तिरुवल्लुवर एक महान कवि, उपदेशक और विचारक थे। उनके काम मानवीय और सार्वभौमिक नैतिक मूल्यों के लिए गहरी प्रतिबद्धता को सामने लाते हैं। उनकी महान कृति 'तिरुक्कुरल' पवित्र गुणों, सांसारिकता और प्रेम का विस्तृत आख्यान है। उन्होंने आभार, आत्म-नियंत्रण, उचित आचरण, विश्वास और अपने दुश्मनों को क्षमा करने पर बल दिया।

ऐसे कई महान सुधारक हैं जिनके बारे में हम चर्चा कर सकते हैं। हालाँकि, उनके जीवन और उनकी शिक्षाएँ लगभग एक जैसी हैं। वे विभिन्न धर्मों के बीच कोई अन्तर न होने और मानवीय एकता का समर्थन करते हैं। उन्होंने प्रेम, क्षमा, सत्य जैसे सार्वभौमिक मानवीय मूल्यों और उचित आचरण के अन्य पहलुओं की वकालत की। उन्होंने उन प्रथाओं और रीति-रिवाजों के मुद्दों को उठाया जो उनके अनुसार उचित नहीं थे, भले ही अधिकांश समाज उनका अनुसरण करता था। वह समाज से सभी बुराइयों को दूर करना चाहते थे और मनुष्य को उत्तम, महान और खुशहाल बनाना चाहते थे।

इस तरह से हम इन सभी महान सुधारकों, नेतृत्वकर्ताओं और प्रशासकों के जीवन और उनकी शिक्षाओं से नैतिक मूल्यों, नैतिकता और मानवीय मूल्यों के प्रति प्रतिबद्धता के बारे में सीखते हैं।

सन्दर्भ

- एथिक्स फॉर गवर्नेंस-रिइंवेंटिंग पब्लिक सर्विस, बी.पी. माथुर
- बिज़नेस एथिक्स एंड कॉर्पोरेट गवर्नेंस, बी.एन. घोष
- एथिक्स, इंटिग्रिटी एंड एप्टीटूय्ड, जी सुब्बा राव एवं पी.एन. रॉय चौधरी
- लेक्सिकन, एन.एन. ओझा द्वारा सम्पादित

अध्याय : 3

अभिवृत्ति

परिचय

अभिवृत्तियाँ ही ये निर्धारित करती हैं कि एक व्यक्ति वास्तविक जीवन की परिस्थितियों में कैसे व्यवहार करेगा। कैरियर या रिश्तों में किसी व्यक्ति की सफलता या असफलता उसकी अभिवृत्ति के कारण होने वाले स्वभाव पर निर्भर करती है। जेफ केलर ने अपनी प्रसिद्ध पुस्तक में भी कहा है कि अभिवृत्ति ही सब कुछ है। इसमें कोई सन्देह नहीं है कि अभिवृत्ति पर ही किसी व्यक्ति का खुश होना या दुखी होना, विजेता होना या पराजित होना निर्भर करता है। कोई भी व्यक्ति अपने जीवन में आने वाली सभी परिस्थितियों को नियंत्रित नहीं कर सकता है, लेकिन यह उस पर निर्भर है कि वह उस पर अपनी प्रतिक्रिया अपनी अभिवृत्ति के हिसाब से कैसे दे।

सन्दर्भ और संरचना

धारणा, मूल्य और अभिवृत्ति परस्पर सम्बन्धित शब्द हैं। हमारे मूल्य और अभिवृत्ति अवधारणात्मक प्रक्रिया बनते हैं और फिर यह तय करते हैं कि हम चीज़ों को कैसे देखते हैं। विभिन्न व्यक्ति किसी एक घटना को अपने मूल्यों और अभिवृत्ति में अन्तर होने के कारण अलग-अलग तरह से देखते हैं। उदाहरण के लिए, कानून और व्यवस्था के मामले में अक्सर अधिकारी, नागरिक और राजनीतिक दलों के सदस्य एक ही घटना को अलग-अलग तरीक़े से देखते हैं। इसकी एक-दूसरे से जुड़ी हुई तीन महत्त्वपूर्ण शर्तें हैं—विश्वास, अभिवृत्ति और मूल्य। विश्वास मुख्य रूप से स्वभाव में संज्ञानात्मक होते है। संज्ञानात्मकता से तात्पर्य तर्क, अन्तर्ज्ञान और धारणा के माध्यम से ज्ञान प्राप्त करने की प्रक्रिया से है। अभिवृत्तियाँ मूलत: अपनी प्रकृति में भावात्मक (भावनात्मक) होती हैं। अभिवृत्तियों का अपना सन्दर्भ होता है, जिसका एक लक्ष्य होता है जो भावनाओं से जुड़ा होता है। उदाहरण के लिए अगर मैं यह कहता हूँ कि मुझे एक ख़ास नौकरी पसन्द है, तो मैं उस नौकरी के प्रति अपनी अभिवृत्ति व्यक्त कर रहा हूँ और उसे पसन्द करने का अर्थ है कि मेरी अभिवृत्ति उस नौकरी के अनुकूल है और मैं दूसरों की तुलना में स्वयं को उस नौकरी के लिए अधिक योग्य पाता हूँ। मूल्य अपने में निर्णयमूलक होते हैं और इसका अर्थ होता है कि हम कुछ चीज़ों को दूसरों की अपेक्षा श्रेयस्कर समझते हैं।

अभिवृत्ति और मूल्य अवधारणात्मक प्रक्रिया के माध्यम से विकसित होते हैं। यह हमारी धारणा है जिसे हम दुनिया के बारे में अपना ज्ञान बनाते हैं। इस प्रक्रिया में मन को झकझोरने वाले संवेदी उद्दीपनों या डेटा को प्राप्त करना, चयन करना, व्यवस्थित करना, उनकी व्याख्या करना, जाँचना और प्रतिक्रिया देना सम्मिलित है। उद्दीपन बाहरी कारक हैं, लेकिन एक ग्रहणशील विचारक की विशेषताएँ आन्तरिक कारक हैं, जैसे मनोवैज्ञानिक आवश्यकताएँ, अनुभव, पृष्ठभूमि और व्यक्तित्व। डेटा प्राप्त करने के बाद ग्रहणशील विचारक इसकी व्याख्या करता है। इस व्याख्या में विभिन्न कारक योगदान करते हैं—

क. समझ का मौजूद दायरा—पहले की मान्यताओं के अनुसार किसी विशेष समूह के व्यवहार के बारे में पहले से बनी हुई धारणाएँ।

ख. बनी-बनाई धारणाएँ—एक समूह के बारे में अनुकूल या प्रतिकूल राय। लिंग सम्बन्धी बनी-बनाई धारणाएँ सटीक व माकूल उदाहरण हैं।

ग. व्यक्तित्व का (हालो प्रभाव)—किसी व्यक्ति के प्रति राय या अभिवृत्ति रखना। उदाहरण के लिए एक अधिकारी किसी कर्मचारी के बारे में बहुत अच्छी धारणा बनाए है और इसलिए वह उसके द्वारा की गई किसी भी त्रुटि को अनदेखा करेगा। इसे सकारात्मक हालो प्रभाव के रूप में जाना जाता है।

घ. अपनी अवधारणा के प्रति रक्षात्मक रहना—यदि किसी व्यक्ति को कोई (डेटा) ऐसा प्रमाण मिलता है, जिससे उसकी मान्यताओं को ठेस सी लगती दिखाई देती है, तो वह इसे अस्वीकार करने, अपने हिसाब से उचित सिद्ध करने या प्राप्त डेटा में संशोधन के लिए प्रयास करता है, जो अपनी सोच या अवधारणा के प्रति रक्षात्मक होने का उदाहरण है।

ड. अंतर्वैयक्तिक सन्दर्भ—यह किसी विशेष स्थिति में मौजूद विचारक और अन्य लोगों के बीच के सम्बन्ध के बारे में है।

च. संगठनात्मक सन्दर्भ—एक संगठन का वातावरण उसकी धारणाओं को प्रभावित करता है।

इस तरह हमने देखा है कि विभिन्न लोग एक ही स्थिति को अलग तरीक़े से लेते हैं, जिसका एक स्वाभाविक प्रभाव उनके व्यवहार पर पड़ता है।

आमतौर पर अभिवृत्ति का उपयोग किसी व्यक्ति के व्यवहार का वर्णन करने के लिए किया जाता है। अभिवृत्ति के तीन पहलू हैं—भावात्मक (भावनात्मक), संज्ञानात्मक (ज्ञान आधारित) और क्रियात्मक (कार्यमूलक)। संज्ञानात्मक घटक का अर्थ है कि आप स्वयं को उपलब्ध ज्ञान के आधार पर अपनी राय बनाते हैं। भावात्मक भावनाओं और अभिवृत्ति पर उनके प्रभाव को सन्दर्भित करता है, जबकि संज्ञानात्मक एक निश्चित रुझान या प्रवृत्ति द्वारा निर्धारित की जा रही अभिवृत्ति को दर्शाता है।

अभिवृत्ति को मन की छन्नी के रूप में समझा जा सकता है, जिसके माध्यम से एक व्यक्ति दुनिया का अनुभव करता है। एक व्यक्ति आशावादी हो सकता है और जीवन के प्रति सकारात्मक अभिवृत्ति रख सकता है या वह निराशावादी हो सकता है और नकारात्मक अभिवृत्ति रख सकता है। सकारात्मक अभिवृत्ति वाला व्यक्ति हमेशा

सोचता है कि "मैं कर सकता हूँ", जबकि नकारात्मक अभिवृत्ति वाला व्यक्ति सोचता है कि "मैं नहीं कर सकता"। नकारात्मक अभिवृत्ति वाला व्यक्ति समस्याओं पर ध्यान केन्द्रित करता है और हमेशा दूसरों में गलती निकालता है, जबकि सकारात्मक अभिवृत्ति वाला व्यक्ति हमेशा समस्याओं के समाधान पर ध्यान केन्द्रित करता है और दूसरों में अच्छाइयाँ ढूँढ़ता है। नकारात्मक अभिवृत्ति वाला व्यक्ति हमेशा सीमाओं को देखता है, जबकि सकारात्मक अभिवृत्ति वाला व्यक्ति हमेशा सम्भावनाओं पर ध्यान केन्द्रित करता है।

अभिवृत्ति को प्रभावित करने वाले कारक

किसी भी अभिवृत्ति की उत्पत्ति और उसे बनाए रखने में बहुत से सिद्धान्त चलन में हैं।

1. क्लासिक या पावलोवियन कंडीशनिंग—यह एक ऐसी प्रक्रिया है, जिसके द्वारा किसी व्यक्ति को वांछित तरीक़े से किसी संवेदनशील उद्दीपन पर प्रतिक्रिया करने के लिए उकसाया जाता है। इस प्रक्रिया के फलस्वरूप पैदा हुई उत्तेजना को अनुकूलन से जोड़ कर देखा जाता है। इसका एक क्लासिक उदाहरण पावलोव का एक प्रसिद्ध प्रयोग है, जिसमें एक घंटी बजाई गई थी और उसके बाद कुत्तों को भोजन दिया गया। भोजन के कारण कुत्तों के गुट में लार बनी। इसके कुछ समय के बाद घंटी बजने के बाद भोजन न मिलने पर भी कुत्तों में लार बनी। इसे पावलोवियन कंडीशनिंग के रूप में जाना जाता है, जहाँ घंटी बजाने पर हुई उत्तेजना ने कुत्तों में एक परिस्थितिजन्य प्रतिक्रिया उत्पन्न की। अभिवृत्ति के निर्माण में इस तरह की कंडीशनिंग महत्त्वपूर्ण भूमिका निभाती है। इसे अभिवृत्ति के अधिगम सिद्धान्त के रूप में भी जाना जाता है।

   इसका एक दूसरा उदाहरण यह है कि अगर कोई एक बच्चा अपने माता-पिता को क्रिकेट के खेल का आनन्द लेते हुए देखता है, तो इसका असर उस बच्चे पर भी पड़ता है। वह बच्चा जैसे-जैसे बड़ा होता है, क्रिकेट के प्रति उसके मन में वही सब होने लगता है जैसा उसके माता-पिता के मन में था।

2. मशीनी ढंग—कोई भी ऐसा व्यवहार जिसका अनुकूल परिणाम होता है, उस पर अधिक ज़ोर दिया जाता है जबकि नकारात्मक परिणाम वाले को दबा दिया जाता है। इस तरह की कंडीशनिंग में माता-पिता और शिक्षक महत्त्वपूर्ण भूमिका निभाते हैं।

3. अवलोकन सम्बन्धी शिक्षा—इसमें एक व्यक्ति विशेष तरीक़े से व्यवहार करना आरम्भ कर देता है, जिसमें वह पुरस्कार या दंड के आधार पर प्रत्येक व्यवहार का निरीक्षण करता है। वह दूसरों के अनुभव से सीखता है। उदाहरण के लिए एक बच्चा अपने माता-पिता को सरकारी सेवकों के बारे में प्रतिकूल टिप्पणी करते देखता है। वह अपने दोस्त से बात करते समय इसी तरह की टिप्पणियों को दोहरा सकता है, क्योंकि उसने अपने माता-पिता को देखकर यह सीखा है।

अभिवृत्ति का कार्यात्मक सिद्धान्त— (डैनियल काट्ज़)

अभिवृत्तियाँ मनुष्य के लिए बहुत से कामों को अंजाम देती हैं और उनकी शारीरिक, सामाजिक और भावनात्मक आवश्यकताओं को पूरा करती हैं। अभिवृत्ति के सिद्धान्तों के अनुसार अभिवृत्ति के निम्नलिखित कार्य हैं :

1. इसका एक बौद्धिक कार्य है, जिससे तात्पर्य है कि एक व्यक्ति अपने वातावरण को समझने और यह देखने की कोशिश करता है कि क्या उसके आसपास का वातावरण उसके विचारों और सोच के अनुरूप है। इस तरह वह अपने आस-पास की दुनिया को समझता है और उसी के अनुसार व्यवहार करने की कोशिश करता है। वह अपने आसपास की दुनिया को समझने के लिए बुनियादी ज्ञान हासिल करता है और उसी के अनुसार प्रतिक्रिया देता है। इस तरह एक व्यक्ति जीवन में आने वाली जटिलताओं के लिए स्पष्टता और अनुशासन लाता है, और एक सार्थक और संरचित वातावरण प्रदान करता है।
2. अभिवृत्ति के कुछ उपयोगितावादी प्रकार्य हैं, जिसका अर्थ है कि एक व्यक्ति उस अभिवृत्ति को विकसित करेगा, जो उसके प्रतिफल और लाभ को अधिकतम करने और नुकसान को कम करने में मदद करे। यही कारण है कि हम लोगों को उन वस्तुओं या चीज़ों के प्रति सकारात्मक अभिवृत्ति विकसित करते हुए देखते हैं, जो उन्हें सच में लाभप्रद परिणाम देती हैं। उदाहरण के लिए एक प्रशासनिक सेवक राजनीतिक नेता की हर इच्छापूर्ति के लिंए झुक जाएगा, क्योंकि वह जानता है कि वह उस नेता को अपने नज़दीक पाकर अपने कैरियर में फायदे में रहेगा। संक्षेप में इसका अर्थ है कि हम उन चीज़ों के प्रति अनुकूल अभिवृत्ति विकसित कर लेते हैं, जो हमें सहायता या पुरस्कार देती हैं। हम अपनी अभिवृत्ति को बदल भी सकते हैं, यदि इससे हम अपने लक्ष्यों को पूरा करने या नकारात्मक परिणामों से बचने में सक्षम हो सकते हैं।
3. अभिवृत्ति की एक सामाजिक भूमिका भी है और इसे अभिवृत्ति की सामाजिक पहचान के रूप में जाना जाता है। यह निर्धारित करता है कि कोई व्यक्ति सामाजिक सम्पर्क में आने पर स्वयं को कैसे व्यक्त करेगा और किस तरह अपनी पहचान स्थापित करने का प्रयास करेगा।
4. अभिवृत्ति एक व्यक्ति के आत्मसम्मान को बढ़ावा देती है। इसका मतलब है कि कोई व्यक्ति स्वयं के बारे में या जीवन के बारे में सच्चाई जानकर अपने को सुरक्षित घेरे में रखता है और इस तरह से बर्ताव करता है कि वह अपने रक्षातंत्र के भीतर से मानसिक और भावनात्मक संघर्ष के साथ सामंजस्य बिठा सके। यह अभिवृत्ति हमारे अहं की रक्षा करती है, और रक्षातंत्र के रूप में जीवन की कठोर वास्तविकता से बचाने का कार्य करती है। उदाहरण के

लिए हीनता की भावना रखने वाले लोगों में अक्सर श्रेष्ठता की अभिवृत्ति विकसित हो जाती है।

5. अभिवृत्ति का एक अन्य कार्य मानव मूल्य को व्यक्त करना है, जिसका अर्थ है कि एक व्यक्ति दिखाता है कि वह किस चीज़ का समर्थन करता है और उसकी स्वयं की छवि भी इस बात को अभिव्यक्त करती है कि वह किस चीज़ को मज़बूती प्रदान करता है। एक अधिकारी की स्वयं की लोकतांत्रिक होने की छवि हो सकती है, जिसके लिए वह अपनी अभिवृत्ति और व्यवहार की प्रक्रिया को भी उसी तरह विकसित करता है, जो कि स्वयं के प्रति उसकी राय को सुदृढ़ करता है।

    काट्ज़ का कार्यात्मक सिद्धान्त बताता है कि अभिवृत्तियाँ क्यों बदल जाती हैं। उनके अनुसार जब कोई अभिवृत्ति अपने उद्देश्य की पूर्ति करने में अक्षम हो जाती है तो बदल जाती है। समय के साथ व्यक्तिगत सम्बन्धों के प्रति अभिवृत्तियों में होने वाला बदलाव इसका एक उदाहरण है।

संज्ञानात्मक असंगति सिद्धान्त

यह सिद्धान्त दर्शाता है कि किसी व्यक्ति का व्यवहार उसकी अभिवृत्ति को प्रभावित करता है। ऐसा हो सकता है कि किसी व्यक्ति के विश्वास और अभिवृत्ति के बीच असहमति या असामंजस्य हो। यदि ऐसा होता है तो इससे असहजता उत्पन्न होती है। व्यक्ति तब अपने व्यवहार में परिवर्तन के माध्यम से मतभेद को कम करने का प्रयास करता है। यह तब होता है, जब हम एक विकल्प के पक्ष में निर्णय लेते हैं, भले ही हमारे पास दूसरे विकल्प के पक्ष में कारण हों। असंगति सिद्धान्त कहता है कि दो संज्ञानों के बीच सम्बन्ध संगत, असंगत अथवा अप्रासंगिक हो सकते हैं। संज्ञानात्मक असंगति एक अप्रिय स्थिति है, जिसे व्यक्ति हमेशा कम करने या समाप्त करने का प्रयास करता है। यह नए संज्ञानों को जोड़कर और प्रस्तुत को बदलकर किया जा सकता है। उदाहरण के लिए हम तय कर सकते हैं कि हम गलत थे और अपना विचार बदल सकते हैं या फिर तालमेल को बनाए रखने के लिए अधिक जानकारी जुटा सकते हैं अथवा असहमति के स्त्रोतों का खंडन करते हुए उसके प्रति अविश्वास जता सकते हैं।

असंगति के स्त्रोत हो सकते हैं

1. सूचना असंगति—हमें ऐसी जानकारी प्राप्त कराते हैं जो हमारी पहले की जानकारी या विश्वास से मेल नहीं खाती है।
2. असम्बद्ध अपेक्षाएँ—लोग स्वयं को उसके लिए तैयार करते हैं, जो घटित नहीं होता है या विपरीत होता है। उदाहरण के लिए, आप सिविल सेवा परीक्षा में सफल होने की उम्मीद करते हैं, लेकिन ऐसा करने में असफल रहते हैं।
3. व्यवहार के लिए अपर्याप्त औचित्यपूर्ण कारक—लोग ऐसे काम करते हैं, जिनका उनके पास कोई औचित्यपूर्ण कारक नहीं होता।

4. निर्णय के बाद की असहमति—निर्णय लेने के बाद आप असंगत महसूस करते हैं क्योंकि आपने किसी अच्छी वस्तु को अस्वीकार कर दिया है और कुछ ऐसी वस्तुओं को स्वीकार कर लिया है जो अच्छी नहीं हैं।

हालाँकि, सभी विसंगतियाँ असहमति की ओर नहीं ले जाती हैं। यह हो सकता है कि संज्ञात्मक बोध किसी व्यक्ति के लिए महत्त्वपूर्ण न हों और इससे किसी तरह की असुविधा या अन्तर्विरोध उत्पन्न नहीं होता हो तो सम्भव है कि उसका संज्ञान भी न लिया जाए या यदि किसी व्यक्ति को लगता है कि वह व्यक्तिगत रूप से ज़िम्मेदार नहीं है तो उसे असंगत महसूस करने की आवश्यकता नहीं है।

बेम की स्व-धारणा सिद्धान्त

यह सिद्धान्त कहता है कि हम अपने व्यवहार से अपनी अभिवृत्ति का अनुमान लगाते हैं और यह आमतौर पर असंगति सिद्धान्त का प्रस्तावित विकल्प है। हम अपने व्यवहार का निरीक्षण करते हैं और बिना किसी तनाव के शान्तिपूर्वक से उचित निष्कर्ष निकालते हैं। उदाहरण के लिए एक व्यक्ति यह अनुमान लगा सकता है कि वह दूसरे व्यक्ति को सिर्फ इसलिए पसन्द नहीं करता है, क्योंकि उसने उसके साथ अशिष्ट व्यवहार किया था। आत्मबोध और संज्ञानात्मक असंगति सिद्धान्त दोनों ही समान पूर्वानुमान लगाते हैं, लेकिन आत्मबोध सिद्धान्त उन वस्तुओं की व्याख्या कर सकता है, जो असंगति को पसन्द नहीं करती। लोगों को अचानक कुछ ऐसा करने के लिए पुरस्कृत किया जाता है, जो उन्होंने पहले किया था, क्योंकि उन्हें ऐसा करना पसन्द था, लेकिन अब पुरस्कार मिलने के बाद उनकी रुचि इस काम को करने में कम हो जाती है।

असंगति का सिद्धान्त सफलतापूर्वक बताता है कि क्या होता है, जब हम स्पष्ट रूप से परिभाषित अभिवृत्ति के विपरीत कार्य करते हैं। असंगति को कम करने के लिए हम अपनी अभिवृत्ति को बदलते हैं। हालाँकि, जब अभिवृत्ति अच्छी तरह से विकसित नहीं होती हैं, तो आत्म-धारणा सिद्धान्त उस अभिवृत्ति के विकास की व्याख्या करता है, जिस तरह से हम कार्य को करते हैं और जिस तरह से हम वस्तुओं को प्रकट करते हैं।

अभिवृत्ति और व्यवहार के बीच सम्बन्ध

जैसा कि हमने देखा कि अभिवृत्ति एक व्यक्ति का मानसिक दृष्टिकोण है, जो उसके सोचने और महसूस करने के तरीक़े को निर्धारित करता है और उसकी शिक्षा, अनुभव और पर्यावरण से प्रभावित होता है। व्यक्ति की अभिवृत्ति सकारात्मक, नकारात्मक या तटस्थ हो सकती है। व्यवहार किसी व्यक्ति की, किसी विशेष व्यक्ति के प्रति किसी तरह के क्रियाकलाप या वातावरण के प्रति प्रतिक्रिया है। इसी के द्वारा हम अन्य लोगों के प्रति नियंत्रण या कार्रवाई करते हैं। अभिवृत्ति व्यक्ति की मानसिकता है और व्यवहार अभिवृत्ति की वाह्य अभिव्यक्ति है। अभिवृत्ति दिखाती है कि आप क्या सोचते हैं या महसूस करते हैं, जबकि व्यवहार आपकी क्रियाओं को अभिव्यक्त करता है। अभिवृत्ति उन वस्तुओं को परिभाषित करती है, जैसी कि हम उन्हें समझते हैं, जबकि व्यवहार सामाजिक मानदंडों के अनुकूल होता है। अभिवृत्ति व्यवहार को कई तरह से प्रभावित

कर सकती है। सामाजिक मानदंड यह निर्धारित करते हैं कि विशेष सामाजिक समूह में किस तरह की अभिवृत्ति स्वीकार्य है और परिस्थितिजन्य बाधाएँ अपरोक्ष व्यवहार के रूप में व्यक्त की जा रही अभिवृत्तियों को अवरुद्ध कर सकती हैं। कई नीति-निर्माताओं को लगता है कि व्यवहार को पहले बदलना चाहिए और उसके बाद अभिवृत्ति में बदलाव लाना चाहिए। इसका एक उत्कृष्ट उदाहरण स्वच्छ भारत अभियान का कार्यान्वयन है। भारत में खुले में शौच की प्रवृत्ति केवल शौचालयों की कमी के कारण ही नहीं, बल्कि स्वच्छता और सफाई के प्रति जो सामान्य अभिवृत्ति थी, उस के कारण थी। इस कार्यक्रम ने हर घर में शौचालय का निर्माण किया और लोगों को खुले में शौच के स्वास्थ्य जोखिमों के बारे में जागरूक किया और शौचालय का उपयोग करने के लिए प्रेरित किया। गाँव में शौचालय का उपयोग नहीं करने वाले व्यक्ति शर्मिन्दा हुए और सामाजिक दबाव के परिणामस्वरूप लोगों के व्यवहार में बदलाव आया और उन्होंने शौचालय का उपयोग करना आरम्भ कर दिया। इससे धीरे-धीरे स्वच्छता के प्रति लोगों की अभिवृत्ति में बदलाव आया। इसी तरह से लड़कियों को स्कूल या कॉलेज भेजने के प्रति ग्रामीण इलाकों में नकारात्मक अभिवृत्ति थी। सरकार ने 'बेटी बचाओ बेटी पढ़ाओ' जैसे जागरूकता अभियान आरम्भ किए और स्कूलों में लड़कियों के लिए नामांकन अभियान आरंभ किया, ताकि लड़कियों को स्कूलों में भेजने के लिए सामाजिक रूप से स्वीकृत व्यवहार विकसित हो। धीरे-धीरे इसका विरोध करने वालों की अभिवृत्ति भी बदल गई। किसी व्यक्ति या समूह का किसी विशेष व्यवहार को अपनाने का निर्णय उन लोगों के व्यवहार, अनुमोदन या अन्यथा व्यवहार के सकारात्मक या नकारात्मक परिणामों और सांस्कृतिक, व्यक्तिगत या स्थितिजन्य कारकों जैसे व्यवहार को सुविधाजनक बनाने या बाधित करने वाले अन्य कारकों द्वारा निर्धारित किया जाता है।

अभिवृत्ति की व्यवहार के साथ तब संगति हो सकती है जब कि न केवल वह मज़बूत हो बल्कि व्यक्ति की अभिवृत्ति प्रणाली में एक महत्त्वपूर्ण स्थान रखती हो, और साथ ही व्यक्ति अपनी अभिवृत्ति की बहुत अच्छी तरह से जानकारी रखता हो। यदि व्यक्ति पर कोई मज़बूत बाहरी दबाव या समूह दबाव नहीं है तो अभिवृत्ति भी व्यवहार से मेल खाती है। यदि किसी व्यक्ति को लगता है कि उसके व्यवहार को दूसरे लोग नहीं देख रहे हैं या उसका मूल्यांकन नहीं कर रहे हैं तो उसकी अभिवृत्ति या व्यवहार में एक तरह की सुसंगतता होती है। यही बात इस मामले में भी सच है, जब एक व्यक्ति को लगता है कि व्यवहार का उच्च सकारात्मक परिणाम है। उच्च स्तर की सत्यनिष्ठा वाले लोगों में अभिवृत्ति व्यवहार के समान ही होती है जैसे कि महात्मा गांधी में थी।

सामाजिक प्रभाव और अनुनय

सामाजिक प्रभाव का मूल रूप से मतलब है कि व्यक्ति का व्यवहार सामाजिक प्रभावों अर्थात् बाहरी सामाजिक कारकों से प्रभावित होता है। एक व्यक्ति जो सामाजिक प्रभावों के अधीन है, उसका पालन तो कर सकता है, अर्थात उसके व्यवहार से ऐसा लगता है कि वह इन सामाजिक प्रभावों से सहमत है, लेकिन अन्दर से वह पूरी तरह से आश्वस्त नहीं होता। वह सामाजिक प्रभाव के अनुरूप व्यवहार करता है लेकिन पूर्ण समर्पण के

बिना। दूसरा लोगों में एक प्रवृत्ति होती है किसी प्रभावशाली व्यक्ति, जिसका वे सम्मान करते हैं और गहराई से जानते हैं, उसके साथ स्वयं को जोड़ने की। तीसरा, लोग दूसरों की विश्वास प्रणाली को आत्मसात कर सकते हैं। एक व्यक्ति का व्यवहार, परिवार, उसके मूल्यों और विश्वासों एवं उस मित्र समूह से प्रभावित होता है जिसके साथ वह जुड़ा होता है। सामाजिक प्रभाव नियामक या सूचनात्मक हो सकता है। पहले का अर्थ है कि एक व्यक्ति स्वीकृति प्राप्त करने के लिए भीड़ के साथ जाता है जबकि दूसरे का अर्थ है कि व्यक्ति भीड़ के व्यवहार का अनुसरण करता है क्योंकि उसे लगता है कि उन्हें स्थिति का ज्ञान उससे अधिक है। संकट की स्थिति में यह विशेष रूप से सच है। इस प्रकार सामाजिक प्रभाव को व्यक्ति के व्यवहार, विचार, भावनाओं और अभिवृत्ति में परिवर्तन के रूप में वर्णित किया जा सकता है, जो समाज में अन्य व्यक्ति या समूहों के साथ सम्पर्क के परिणामस्वरूप होता है। इस तरह एक व्यक्ति उन लोगों के साथ परस्पर संवाद के परिणामस्वरूप अपनी अभिवृत्ति और व्यवहार में वास्तविक परिवर्तन करता है, जिनके बारे में वह ये समझता है कि वे उसी के समान, अधिक योग्य या जानकार हैं।

'फ्रेंच और रैवेन' ने सामाजिक प्रभाव की धारणा को नियमबद्ध रूप में प्रस्तुत किया है, जिसके अनुसार सामाजिक प्रभाव पाँच सामाजिक शक्तियों के अनुप्रयोग का नतीजा होता है। ये पाँच सामाजिक शक्तियाँ हैं : पुरस्कार की शक्ति, प्रतिरोध की शक्ति, वैध शक्ति, विशेषज्ञ शक्ति या दिग्दर्शक शक्ति। एक व्यक्ति सामाजिक शक्ति के इन पहलुओं की प्रतिक्रिया के रूप में अपने दृष्टिकोण और विचारों को बदल सकता है। पुरस्कार की शक्ति का अर्थ है कि लाभान्वित होने वाले व्यक्ति सामाजिक पुरस्कारों के आधार पर अपने विचार बदलते हैं। प्रतिरोध की शक्ति का अर्थ है कि बाहरी बल के कारण व्यक्ति अपने विचार बदलने के लिए मजबूर है। वैध शक्ति का अर्थ है कि लोगों को लगता है कि वह जिन नियमों का पालन कर रहे हैं वह उचित और निष्पक्ष हैं, जबकि विशेषज्ञ शक्ति उच्च स्तर के ज्ञान या क्षमता के लिए सम्मान को बढ़ावा देती है, और दिग्दर्शक शक्ति का अर्थ है सहकर्मी सामाजिक समूह के साथ एकजुटता की अभिव्यक्ति।

मनुष्य सामाजिक प्राणी है और उसका व्यवहार और अभिवृत्तियाँ जाने-अनजाने सामाजिक प्रभावों से प्रभावित होती हैं। व्यक्तियों को सामाजिक मानदंडों द्वारा नियंत्रित किया जाता है और आमतौर पर उनके द्वारा सामाजिक समूहों में साझा किए जाने वाले विचार, भावना या व्यवहार के तरीकों को स्वीकार किया जाता है। इस प्रकार सामाजिक प्रभाव किसी उद्दीपन की प्रतिक्रिया के रूप में व्यक्ति के व्यवहार या कार्यों में बदलाव लाते हैं। कई अध्ययनों ने ऐसे सामाजिक प्रभावों की ओर संकेत किया है, जो किसी भी बहुसंख्यक समूह में प्रस्तुत होते हैं। उसी तरह बहुत सारे अध्ययनों से पता चलता है कि अल्पसंख्यक समूह के भीतर भी ऐसे कई सामाजिक प्रभाव बहुत प्रभावी रूप से उपस्थित होते हैं।

गतिशील सामाजिक प्रभाव सिद्धान्त

इस सिद्धान्त के तीन बुनियादी नियम हैं, जिनके अनुसार लोग किस प्रकार से सामाजिक प्रभावों के स्रोत या लक्ष्य हो सकते हैं। सामाजिक प्रभाव सामाजिक शक्तियों का

नतीजा हैं जिसमें प्रभाव के स्रोत की ताक़त, घटना की क्षमता और प्रभाव को तेज़ करने वाले स्रोतों की संख्या भी सम्मिलित होते हैं। इस सिद्धान्त का अर्थ है कि सुनिश्चित सामाजिक प्रभाव समूह की ताक़त, इसका महत्त्व, इसकी क्षमता और समूह में लोगों की संख्या पर निर्भर करता है। जैसे-जैसे शक्ति और निकटता बढ़ती है उसी के अनुरूप उसकी सुनिश्चितता बढ़ती है। यह सिद्धान्त समाज में एक दूसरे के व्यवहार के साथ तालमेल स्थापित करने और एक दूसरे को प्रभावित करते व्यक्तियों की परिकल्पना करता है।

इस गतिशील सिद्धान्त के अनुसार शक्ति, पिछले सिद्धान्त की तरह, सामाजिक प्रभाव, तात्कालिकता और स्रोतों की संख्या निर्धारित करती है। हालाँकि, ये समूह जटिल प्रणालियाँ हैं जो लगातार बदलती रहती हैं और कभी स्थिर नहीं होती। गतिशील सामाजिक प्रभाव सिद्धान्त ने समूहों को चार बुनियादी प्रक्रियाओं में पुनर्गठित किया है: समेकन, समूहबद्धता, सहसम्बन्ध, और सतत विविधता। ये प्रक्रिया समूह की गतिशीलता को संचालित करने और विचारों को पूरे समूह में फैलाने की अनुमति देती हैं।

समेकन : जब लोग एक-दूसरे के साथ बातचीत करते हैं, तो समय के साथ उनके कार्य, दृष्टिकोण और राय एक-दूसरे के लिए मानकीकृत हो जाते हैं।

समूहबद्धता : लोग समान राय वाले समूह के सदस्यों के साथ बातचीत करते हैं।

सहसम्बन्ध : समय के साथ, अलग-अलग विषयों पर अलग-अलग समूह के सदस्यों की राय एक दूसरे के साथ अभिसरण और सहसम्बद्ध होने लगती हैं।

निरन्तर विविधता : यदि अल्पसंख्यक समूह के सदस्य बहुमत के सदस्यों के साथ संवाद करते हैं लेकिन उनके प्रभाव का विरोध करते हैं, तो कुछ हद तक प्रतिकूलता हो सकती है।

ये सिद्धान्त हमें उस प्रभाव को समझने में मदद करते हैं जो अन्य लोगों या समूहों का एक दूसरे पर हो सकता है। सामाजिक प्रभाव सिद्धान्त बताता है कि स्रोत हमारे दैनिक जीवन में हमें प्रभावित कर सकते हैं। इस सिद्धान्त की ही देन है कि हम यह माप सकते हैं कि वे हमें कितना प्रभावित करते हैं। हम जान सकते हैं कि कौन से कारक हमें सबसे अधिक प्रभावित करने वाले हैं और यदि आवश्यक हो तो उनके सामाजिक प्रभाव से कैसे बचा जा सकता है।

सोशल मीडिया के प्रबल सामाजिक प्रभाव की इन दिनों आप सभी को जानकारी है। व्हाट्सएप ग्रुप के सदस्य अपने ग्रुप में व्यक्त विचारों से सहमत होने लगते हैं, भले ही वे अलग विचार रखते हों। यह दूसरों के अनुरूप होने की इच्छा के कारण है और यदि आप एक अलग राय देते हैं तो आलोचना होने का डर भी है। आज सोशल मीडिया यू ट्यूब, व्हाट्सएप ग्रुप, फेसबुक और ट्विटर के माध्यम से किसी व्यक्ति के दृष्टिकोण और व्यवहार को प्रभावित करने में एक बड़ी भूमिका निभाता है। राजनीतिक दल इसका उपयोग वोट पाने के लिए करते हैं जबकि कम्पनियाँ इसका उपयोग अपने उत्पाद के प्रति सकारात्मक भावना पैदा करने के लिए करती हैं।

अनुनय

अनुनय वह तरीका है जिससे हम किसी व्यक्ति के दृष्टिकोण और व्यवहार को बदलने का प्रयास करते हैं। अनुनय की शक्ति इस बात पर निर्भर करती है कि अनुनय का स्रोत कौन है, सन्देश क्या है और श्रोता कौन है। उदाहरण के लिए माननीय प्रधानमंत्री जी, वरिष्ठ नेता और ख्यातिप्राप्त चिकित्सक लगातार सोशल डिस्टेंसिंग, मास्क पहनने और हाथ धोने का सन्देश दे रहे हैं ताकि लोगों को कोरोना से लड़ने के लिए अपना व्यवहार बदलने को प्रेरित किया जा सके। अनुनय का स्रोत वह होना चाहिए जिस पर आप भरोसा करते हों या सम्मान करते हों, पसन्द करते हों और जिसके प्रति आकर्षित होते हों। उदाहरण के लिए, कई कम्पनियाँ क्रिकेटर या फिल्म स्टार जैसे ब्रांड एंबेसडर का उपयोग करके अपने उत्पादों का विज्ञापन करती हैं और लोगों को इस उत्पाद के प्रति सकारात्मक दृष्टिकोण रखने के लिए प्रेरित किया जाता है जिससे वे इसे खरीद सकें। यहाँ सेलिब्रिटी के आकर्षक व्यक्तित्व का उपयोग बिक्री के व्यवहार के लिए किया जा रहा है। वास्तव में, विज्ञापन और बिक्री को बढ़ावा देने की पूरी अवधारणा उपभोक्ता को एक विशेष तरीक़े से व्यवहार करने के लिए राजी करने का एक उत्कृष्ट उदाहरण है। राजनेता भाषणों की सामग्री का उपयोग करते हैं और लोगों से उस भाषा में बात करते हैं जिसे वे समझते हैं और उनके मतदान-व्यवहार को प्रभावित करने के वादे करते हैं। अक्सर कोई व्यक्ति किसी विशेष पार्टी को वोट देने का इच्छुक नहीं होता, लेकिन ऐसा करने के लिए उन लोगों द्वारा बार-बार सन्देश भेजा जाता है, जिनका वह सम्मान और प्रशंसा करता है।

अनुनय हमेशा सफल नहीं होती है और अक्सर लोग अनुनय का विरोध करते हैं। कभी-कभी लोग तर्कों का विरोध करने के लिए सामने आते हैं और अनुनय के कारण अपने दृष्टिकोण और व्यवहार को बदलने के लिए प्रतिरोधी होते हैं। इसे अभिवृत्ति प्रतिरोध के रूप में जाना जाता है। उदाहरण के लिए, एक व्यक्ति किसी विशेष पार्टी की विचारधारा से पूरी तरह आश्वस्त हो सकता है और इसलिए अपनी सोच को बदलने के प्रयास के विरुद्ध पूरी तरह से प्रतिरोधी मानसिकता अपना लेता है। साथ ही यदि किसी व्यक्ति को यह आगाह किया जाता है कि अनुनय-विनय के द्वारा उसके व्यवहार को बदलने का प्रयास किया जा रहा है तो वह इसका विरोध करता है और तर्कों का खंडन करने के सभी सम्भावित तरीकों के बारे में सोचता है।

उदाहरण के लिए एक मित्र आपको इस बात के लिए आगाह कर सकता है कि एक विशेष कार सेल्समैन आपको एक विशेष कार खरीदने के लिए प्रेरित करेगा लेकिन कार के इंजन के साथ कुछ समस्याएँ हैं। इस तरह जब आप को प्रभावित करने का प्रयास करता है, तो आप इस कार सेल्समैन से सहमत नहीं होते। फिर बूमरैंग प्रभाव होता है, जिसका अर्थ है कि एक व्यक्ति अपनी अभिवृत्ति को बदलने के प्रयास की प्रतिक्रिया बहुत दृढ़ता से करता है, जब उसे यह लगने लगता है कि दूसरा व्यक्ति उस पर अपनी इच्छा थोपने का प्रयास कर रहा है। इससे टकराव की स्थिति पैदा होती है। ऐसा अक्सर तब होता है, जब बीमा कम्पनियाँ अपने उत्पाद को बहुत आक्रामक तरीक़े से बाजार में

लाने का प्रयास करती हैं, ताकि उपभोक्ता को सोचने या विश्लेषण करने के लिए कोई अवकाश न मिले। अन्त में एक व्यक्ति जो बुद्धिमान है, जानकार है, वह अनुनय का विरोध करता है। यह स्टॉकपाइल इफेक्ट के रूप में जाना जाता है।

विज्ञापन कम्पनियों को सावधान रहना चाहिए कि वे किसी व्यक्ति को इस तरह से मनाएँ कि वह अनुनय का विरोध करना आरंभ न कर दे। सन्देश को सूक्ष्म, परिष्कृत और इस तरह प्रस्तुत किया जाना चाहिए कि प्राप्तकर्ता उनके प्रति सकारात्मक सोच विकसित करे।

अब यह स्पष्ट हो गया है कि अनुनय को एक प्रतीकात्मक प्रक्रिया के रूप में समझाया जा सकता है जिसमें संचारकर्ता किसी सन्देश के प्रसारण के माध्यम से किसी मुद्दे के बारे में अपना दृष्टिकोण या व्यवहार बदलने के उद्देश्य से लोगों को फुसलाने की कोशिश करते हैं। अनुनय के प्रमुख तत्त्व हैं—

1. अनुनय प्रतीकात्मक है, जिसमें शब्दों, छवियों और ध्वनियों का उपयोग किया जाता है।
2. इसमें एक-दूसरे को प्रभावित करने का जानबूझकर किया गया प्रयास अन्तर्निहित है।
3. लोग ज़ोर-ज़बरदस्ती नहीं बल्कि अपने चयन के लिए स्वतंत्र हैं।
4. प्रेरक सन्देश मौखिक और गैर-मौखिक रूप से दिया जा सकता है। टेलीविजन, रेडियो, इंटरनेट या फेस टू फेस कम्युनिकेशन इसके लिए इस्तेमाल की जाने वाली विधियाँ हो सकती हैं।

अनुनय के सिद्धान्त

अनुनय के बारे में दो प्रकार के सिद्धान्त हैं। एक विस्तार सम्भावना मॉडल (ईएलएम) है जिसका उपयोग परामर्श में किया जाता है। इस मॉडल का मानना है कि यदि कोई व्यक्ति किसी विशेष सन्देश के बारे में बहुत सोचता है तो उसके प्रभावित होने की सम्भावना है और इससे भी अधिक यदि उसे लगता है कि सन्देश उसके लिए प्रासंगिक है, उदाहरण के लिए किसी व्यक्ति को धूम्रपान छोड़ने के लिए प्रेरित करना। इस मॉडल में प्रसंस्करण मार्ग केन्द्रीय है जिसका अर्थ है कि सन्देश प्राप्त करने वाला व्यक्ति अनुनय की प्रक्रिया में एक सक्रिय भागीदार है। दूसरे सिद्धान्त को अनुमानी-प्रणालीगत सिद्धान्त (HSM) के रूप में जाना जाता है, जो बताता है कि अनुनय परिधीय प्रसंस्करण मार्ग के माध्यम से होगा, जो अप्रत्यक्ष है, और गैर-मौखिक संचार का उपयोग करता है। यह सिद्धान्त मानता है कि लोग आलसी होते हैं और अपने संज्ञानात्मक संसाधनों के उपयोग को कम करते हैं। ईएलएम सिद्धान्त के एचएसएम मॉडल की तुलना में स्थायी प्रभाव होने की अधिक सम्भावना है।

इस प्रकार हम देखते हैं कि अनुनय में प्रतिक्रियाओं को आकार देने, सुदृढ़ करने और बदलने का प्रभाव होता है। यह किसी व्यक्ति के दृष्टिकोण, इरादे, प्रेरणा या व्यवहार को बदलने की एक प्रभावी तकनीक है। इन दिनों आप सभी इस बात की जानकारी रखते हैं कि सोशल मीडिया पर कुछ इस तरह के प्रभावशाली लोग हैं जो लोगों को एक खास व्यवहार अपनाने के लिए प्रभावित और प्रेरित करते हैं।

नैतिक अभिवृत्ति

नैतिक अभिवृत्ति का सम्बन्ध उस वस्तु से है जिसे हम सही या गलत मानते हैं। वास्तव में अधिकांश मानवीय कार्य अपने लिए एक नैतिक औचित्य खोजने का प्रयास करते हैं। इस विश्व में कोई भी व्यक्ति अनैतिक या अनीतिपूर्ण कहलाना नहीं चाहेगा। सभी धर्मों का आधार नैतिकता रहा है। ईसाई धर्म की दस आज्ञाएँ और कुछ नहीं बल्कि नैतिक सिद्धान्त हैं। संसार के सभी धर्मों में इसी प्रकार के उपदेश मिलते हैं। मूल रूप से एक नैतिक दृष्टिकोण यह निर्धारित करता है कि कोई व्यक्ति किसी विशेष स्थिति में कैसे प्रतिक्रिया करेगा। मनुष्य को एक स्वतंत्र इच्छा का आशीर्वाद प्राप्त है, जिसका अर्थ है कि यह उन पर निर्भर है कि वे कैसे सोचते, बोलते या कार्य करते हैं। इसे विभिन्न विकल्पों के बीच भेदभाव करने और नैतिक रूप से सही चुनने की क्षमता के रूप में भी जाना जाता है। आपका विवेक हमेशा नैतिक चुनाव करने में आपका मार्गदर्शन करता है। नैतिक मूल्य या दृष्टिकोण आचार-संहिता के आधार हैं। अधिकांश नैतिक मूल्य सार्वभौमिक होते हैं और अन्य सभी मूल्यों में श्रेष्ठतम हैं। सच बोलना, अच्छा होना, विश्वनीय, सम्मानित, विनम्र और पवित्र होना ऐसे नैतिक मूल्यों के उदाहरण हैं। नैतिक दृष्टिकोण वाला व्यक्ति लम्पट, लालची, अभिमानी और ईर्ष्यालु नहीं होगा और कभी भी दूसरों की सम्पत्ति का लालच नहीं करेगा। हम कह सकते हैं कि नैतिक मूल्यों पर ज़ोर देने के कारण ही मानव सभ्यता बची और विकसित हुई है। सभी भारतीय और पश्चिमी दार्शनिकों ने व्यक्ति के विकास और सभ्यता के उत्थान में नैतिक दृष्टिकोण के महत्त्व को सामने रखा है।

हालाँकि, कुछ नैतिक मूल्य हैं जो किसी विशेष समाज या राष्ट्र के लिए प्रासंगिक हैं। उदाहरण के लिए, बड़ों और शिक्षकों का सम्मान भारतीय सभ्यता की पहचान है, लेकिन अन्य समाजों में इसका इतना महत्त्व नहीं है। इसी तरह कुछ समाजों में मांसाहारी भोजन करना और शराब पीना अनैतिक माना जाता है जबकि दूसरे समाजों में इसे स्वीकार किया जाता है। इसी तरह विभिन्न समाजों में महिलाओं या अन्य जातियों के प्रति दृष्टिकोण में अन्तर है।

यह कहना अतिशयोक्ति नहीं होगी कि मनुष्य और दूसरी प्रजातियों के बीच का अन्तर एक मज़बूत नैतिक संहिता का होता है जो उनके कार्यों को निर्देशित करता है।

राजनीतिक अभिवृत्ति

अरस्तू ने कहा था कि मनुष्य एक राजनीतिक प्राणी है। मानव उन समूहों में सहयोग और काम करता है, जहाँ हमेशा सत्ता के लिए संघर्ष होता है, यही राजनीति का मूल है। किसी भी समूह में ऐसे लोग होते हैं, जो एक समूह की सोच पर हावी होने और उसे प्रभावित करने की कोशिश करते हैं और उसे एक विशेष दिशा में ले जाते हैं। आप पाएँगे कि हमेशा किसी सामाजिक, धार्मिक, स्वैच्छिक, आर्थिक या राजनीतिक संगठन के अध्यक्ष, सचिव या अन्य पदाधिकारी बनने के इच्छुक लोगों के बीच बहुत अधिक प्रतिस्पर्धा होती है। लोगों की राजनीतिक अभिवृत्ति यह निर्धारित करती है कि समूह के भीतर सत्ता के संघर्ष में वे कैसे व्यवहार करेंगे।

आम तौर पर, राजनीतिक दृष्टिकोण शब्द से लोग यह समझते हैं कि कैसे राजनीतिक दलों की अलग-अलग विचारधाराएँ होती हैं और किसी राज्य या देश पर शासन करने के लिए ये दल सत्ता के लिए संघर्ष करते हैं। किसी व्यक्ति का राजनीतिक दृष्टिकोण यह निर्धारित करता है कि वह किस राजनीतिक दल का समर्थन करेगा। यह पार्टी की विचारधारा या किसी पार्टी द्वारा किए गए विशिष्ट वादों पर आधारित हो सकता है कि अगर वह सत्ता में आती है तो वह क्या करेगी। उदाहरण के लिए संयुक्त राज्य अमेरिका में केवल दो मुख्य दल रिपब्लिकन और डेमोक्रेट हैं। रिपब्लिकन करों में कमी या खुली उदार अर्थव्यवस्था के पक्ष में है और स्वास्थ्य देखभाल जैसी योजनाओं के प्रति रूढ़िवादी रवैया रखते हैं, लेकिन डेमोक्रेट स्वास्थ्य और शिक्षा जैसे मुद्दों में राज्य की अधिक भूमिका के प्रति झुकाव रखते हैं। भारत में भी लोग अपने राजनीतिक दृष्टिकोण के आधार पर भाजपा या कांग्रेस या वाम दलों को वोट दे सकते हैं। किसी व्यक्ति के राजनीतिक रवैये को मोटे तौर पर जब 'वाम' के रूप में वर्गीकृत किया जाता है तो उसका अर्थ है समाजवादी झुकाव और जब 'दक्षिणपंथी' कहा जाता है तो उसका अर्थ होता है मुक्त बाजार अर्थव्यवस्था के पक्ष में एक दृष्टिकोण। इस अन्तर के भीतर राजनीतिक रवैया उग्र सुधारवादी से उदारवादी, नम्र सुधारवादी से रूढ़िवादी और अन्त में प्रतिक्रियावादी हो सकता है। यह राजनीतिक अभिवृत्ति का एक पूरा स्पेक्ट्रम है।

राजनीतिक अभिवृत्ति बहुत कम उम्र में ही बनना आरंभ हो जाती है। एक व्यक्ति के अपने माता-पिता की राजनीतिक सोच से प्रभावित होने की सम्भावना होती है। तत्पश्चात स्कूल और कॉलेज के शिक्षक भी राजनीतिक दृष्टिकोण बनाने में महत्त्वपूर्ण भूमिका निभाते हैं। जिस तरह के मित्र होते हैं और जिन सामाजिक समूहों में व्यक्ति रहता है, वह भी राजनीतिक दृष्टिकोण बनाने या उसकी पुष्टि करने का एक महत्त्वपूर्ण कारक होते हैं। फिर भी बहुत बार राजनीतिक अभिवृत्ति एक राजनीतिक नेता के नेतृत्व गुणों से निर्धारित होती है जिसकी लोग प्रशंसा और अनुसरण करते हैं। हमने चुनाव के दौरान देखा है कि कैसे राजनीतिक दलों के चुनावी घोषणापत्र और दिए गए भाषणों के प्रकार, मतदान के स्वरूप को निर्धारित करते हैं। राजनीतिक व्यवहार को प्रभावित करने के साथ-साथ आर्थिक मुद्दों की चिन्ता और राजनीतिक दलों के प्रदर्शन के आकलन में वक्तृत्व और बयानबाजी की महत्त्वपूर्ण भूमिका होती है।

हमने हाल के इतिहास में अधिनायकवादी सरकारों और प्रजातंत्रों के बीच संघर्ष देखा है। रूसी क्रांति के बाद पिछली शताब्दी में पूँजीवाद की राजनीतिक विचारधारा के साथ-साथ उदार लोकतंत्र और राज्य सत्ता के साथ साम्यवाद को एक दूसरे के साथ प्रतिस्पर्धा करते हुए देखा गया। रूस बदल गया है लेकिन चीन साम्यवाद के गढ़ के रूप में अभी भी अस्तित्व में बना हुआ है, लेकिन एक खुली अर्थव्यवस्था के साथ। शेष विश्व में उदार लोकतंत्र के विभिन्न स्तर मौजूद हैं। यह किसी देश के इतिहास, संस्कृति, आर्थिक विकास और सामाजिक मूल्यों से जुड़े हुए हैं।

राजनीतिक दलों के कट्टर सदस्यों को छोड़ दें तो हम पाते हैं कि राजनीतिक अभिवृत्ति बदलती रहती है। सत्ता में पद की चाह में राजनेता एक पार्टी से दूसरी पार्टी में जाते हैं। इसी प्रकार मतदाता भी काम करने और नागरिकों की समस्याओं को हल

करने के लिए एक राजनीतिक दल के नेतृत्व और विचारधारा के आकलन के आधार पर अपना राजनीतिक दृष्टिकोण बदलते हैं। बेशक, किसी व्यक्ति के मूल्य, उसकी आयु, आर्थिक स्थिति, व्यक्तित्व की विशेषताएँ और धारणाएँ उसकी राजनीतिक अभिवृत्ति को निर्धारित करते हैं। भारत में विशेष रूप से यूपी और बिहार जैसे राज्यों में धर्म के साथ-साथ जाति और सामुदायिक कारक किसी विशेष पार्टी के लिए मतदान में एक प्रमुख भूमिका निभाते हैं और राजनीतिक दल भी उसी रेखा पर चलते हुए घोषणाएँ करते हैं और उसी आधार पर चुनाव लड़ने के लिए उम्मीदवारों का चयन करके इसे बढ़ावा देते हैं।

आज सोशल मीडिया और इलेक्ट्रॉनिक के साथ-साथ प्रिंट मीडिया किसी व्यक्ति की राजनीतिक अभिवृत्ति को प्रभावित करने में एक विशेष भूमिका निभाता है। राजनीतिक दलों को इस बात का एहसास है और वो मीडिया, विशेष रूप से सोशल मीडिया का पूरा उपयोग करते हैं, जिसकी लोगों तक प्रबल पहुँच है।

एक विजेता की अभिवृत्ति

जेफ केलर ने दो उल्लेखनीय पुस्तकें लिखी हैं—'एटीट्यूड इज़ एवरीथिंग' और 'विनिंग एटीट्यूड'। अभिवृत्ति का सफलता के साथ स्पष्ट सम्बन्ध होता है और सकारात्मक और सही दृष्टिकोण वाला व्यक्ति हमेशा विजेता बनता है। अभिवृत्ति हमारी सोच से निर्धारित होती है क्योंकि विचार तय करते हैं कि हम क्या बनेंगे। एक विजेता हमेशा अपने कार्यों की ज़िम्मेदारी लेता है और लगातार सफलता की कल्पना करता है। ऐसा व्यक्ति अपने लिए लक्ष्य निर्धारित करता है और उन्हें प्राप्त करने के लिए प्रतिबद्धताओं को निर्धारित करता है और किसी भी परिस्थिति में उसे छोड़ता नहीं है। धैर्य से चलते हुए सब कुछ प्राप्त किया जा सकता है। एक विजेता हमेशा अपनी मुश्किलों को अवसरों में बदल देता है—वह त्रासदी को जीत में बदल देता है। प्रतिकूलता उसे निराश नहीं करती है और वह इसका उपयोग अपनी छिपी क्षमता को बाहर लाने के लिए करता है और इससे कोई मूल्यवान सबक सीखता है जिससे एक नया दौर खुलता है। एक विजेता अपने विचारों, शब्दों या कार्यों में हमेशा सकारात्मक होता है। परिस्थितियाँ कैसी भी हों, वह कभी शिकायत नहीं करता, वह अपने डर का सामना करता है और अपने कम्फर्ट जोन से बाहर होने पर भी अच्छा प्रदर्शन करने का प्रयास करता है। एक विजेता कभी भी असफल होने से नहीं डरता है और सफलता और असफलता दोनों को सँभालने की क्षमता रखता है।

एक सिविल सेवक की अभिवृत्ति

एक सिविल सेवक की सफलता भी पूरी तरह से उसके दृष्टिकोण पर निर्भर करती है। उसके पास सकारात्मक दृष्टिकोण होना चाहिए और हमेशा परिणाम देने एवं लक्ष्य प्राप्ति का जज़्बा होना चाहिए। आम धारणा यह है कि सिविल सेवक हमेशा हर वस्तु के लिए 'नहीं' कहते हैं और सेवा देने की तुलना में प्रक्रियाओं का पालन करने पर अधिक ध्यान देते हैं। वास्तव में एक सिविल सेवक का रवैया यह देखने का होना चाहिए कि वह अपने पास आने वाले किसी भी नागरिक की मदद कैसे कर सकता है

और प्रभावी सार्वजनिक सेवा को सुनिश्चित करने के लिए किस प्रकार सुशासन को लागू कर सकता है। मैंने अपने कैरियर में कई बार देखा है कि अधिकारी किसी भी नए विचार या नवाचार को तुरन्त अस्वीकार कर देते हैं और यथास्थिति बनाए रखने में हमेशा सहजता महसूस करते हैं। यही कारण है कि समाज में सिविल सेवकों के बारे में नकारात्मक धारणाएँ बनी हुई हैं। यह रवैया बदलना होगा, साथ ही लोक सेवक की अभिवृत्ति और व्यवहार एक लोक सेवक की होनी चाहिए न कि किसी सम्राट की। उन्हें अहंकार के बजाय विनम्रता का रवैया अपनाना होगा। उनका रवैया नागरिकों के प्रति हितैषी, पारदर्शी, खुला और वस्तुनिष्ठ होना चाहिए। उन्हें वित्तीय और बौद्धिक सत्यनिष्ठा के प्रति पूर्ण प्रतिबद्धता का रवैया अपनाना चाहिए।

अध्याय : 4

सिविल सेवा के लिए अभिरुचि और मूल्य

परिचय

हमने देखा है कि मनुष्यों के लिए मूल्य कितने आवश्यक हैं। मूल्य ही तो हैं जो उनके कार्यों, विचारों, भाषण और व्यवहार को नियंत्रित करते हैं। मूल्य नैतिकता और नीतिशास्त्र के साथ घनिष्ठ रूप से जुड़े हुए हैं। प्रत्येक एक दूसरे का एक हिस्सा हैं और बारीकी से परस्पर जुड़े हुए हैं। सभी धर्मों द्वारा प्रतिपादित कुछ ऐसे सार्वभौमिक मूल्य हैं जो सार्वकालिक रूप से सभी समाजों के लिए सही हैं। गीता, दस धर्मादेश या फ़रमान, इस्लाम की दस शिक्षाएँ, सिख धर्म, बौद्ध धर्म, जैन धर्म और सभी धर्मों के सिद्धान्त, एक अच्छा इनसान बनने के लिए समान मूल्यों को निर्धारित करते हैं। सार्वभौमिक मूल्यों में सत्य, अहिंसा, चोरी न करना या धोखा न देना, किसी दूसरे व्यक्ति की स्त्री या अन्य व्यक्ति की सम्पत्ति का लोभ न करना, करुणा, उदारता, दान, गरीबों और दूसरों के लिए सहानुभूति रखना सम्मिलित है। मानव सभ्यता का अस्तित्व और उसकी उन्नति इन्हीं मूल्यों की नींव पर टिकी हैं। आज हम समाज में मूल्यों के लुप्त होते जाने से चिन्तित हैं क्योंकि इससे निश्चित रूप से मानव जाति का पतन होगा। साथ ही कुछ ऐसे मूल्य हैं जो एक विशेष संस्कृति, देश या लोगों के लिए विशिष्ट तौर पर लागू होते हैं और इनमें ऐसी चीज़ें सम्मिलित हैं जैसे कि बड़ों के साथ कैसा व्यवहार करना है, सामाजिक व्यवहार के तौर-तरीके, खान-पान, पहनावा, अभिवादन का तरीका और काम और कर्तव्य के प्रति दृष्टिकोण। हम कह सकते हैं कि सार्वभौमिक मूल्य हर समाज की नींव हैं जबकि अन्य मूल्य किसी राष्ट्र या समाज के विशेष परिस्थितियों, इतिहास और भूगोल से निर्धारित होते हैं।

नागरिक सेवाओं के लिए मूलभूत मूल्य

प्रत्येक पेशे या संगठन के पास अपने सदस्यों के व्यवहार और कार्रवाई का मार्गदर्शन करने के लिए मूल्यों का अपना समुच्चय है। सिविल सेवा में कुछ निर्धारित मूल्य भी होते हैं जो अपने सदस्यों को लोक सेवक के रूप में अपनी ज़िम्मेदारियों को निभाने में सक्षम बनाते हैं और लोगों को सार्वजनिक सेवाएँ और सुशासन प्रदान करते हैं। यह सच है कि एक सिविल सेवक नियमों, प्रणालियों और प्रक्रियाओं के अनुसार काम करता है,

हालाँकि विवेक के आधार पर निर्णय लेने का एक व्यापक क्षेत्र है जहाँ मूल्य ही हैं जो ये निर्धारित करते है कि एक सिविल सेवक को कैसे व्यवहार करना है। सिविल सेवक भी इंसान होते हैं और इसलिए वे सार्वभौमिक मूल्यों से निर्देशित होते हैं। उदाहरण के लिए किसी भी सिविल सेवक को रिश्वत नहीं लेनी चाहिए क्योंकि यह समाज से चोरी करने जैसा है। हालाँकि, कुछ निश्चित मूल्य हैं जो एक सिविल सेवक के कामों को आधार प्रदान करते हैं।

ईमानदारी और वफ़ादारी

ईमानदारी और वफ़ादारी सबसे प्राथमिक मूल्य हैं। एक सिविल सेवक नागरिकों के लाभ के लिए सार्वजनिक धन का उपयोग करता है और उससे ये उम्मीद की जाती है कि वह पूरी ईमानदारी और निष्ठा के साथ ऐसा करे। आज, भ्रष्टाचार की बढ़ती घटनाओं ने लोक सेवकों के मूल्यों की आधारशिला को हिला दिया है और दुर्भाग्य से अब ये प्रवृत्ति समाज में बहुत व्यापक रूप से प्रचलित हो गई है। सिविल सेवक नागरिकों की कीमत पर स्वयं को समृद्ध करने के लिए सत्ता और शक्ति का उपयोग करते हैं जो कि पूरी तरह से विश्वास का उल्लंघन है। वफ़ादारी का अर्थ है कि निजी लाभ के लिए सार्वजनिक कार्यालय का उपयोग नहीं किया जाएगा। एक सिविल सेवक को अपने कार्य करने के बदले में किसी भी व्यक्ति से किसी भी प्रकार के गैरकानूनी लाभ को स्वीकार नहीं करना चाहिए। उसे किसी भी दबाव या स्थिति की परवाह किए बिना निष्पक्ष रूप से काम करना चाहिए और हमेशा कानून के शासन को लागू करना चाहिए। उसे वरिष्ठों या राजनेताओं के अवैध अनुरोधों या निर्देशों के आगे नहीं झुकना चाहिए। उसे अपने सभी कार्यों में पारदर्शी और स्पष्ट होना चाहिए और ऐसा कुछ भी नहीं करना चाहिए जो आचार-संहिता के विरुद्ध या सिविल सेवकों से अपेक्षित आचरण के विरुद्ध हो। वित्तीय ईमानदारी और वफ़ादारी के अतिरिक्त, जिसके बारे में मैंने भ्रष्टाचार पर अध्याय में विस्तार से लिखा है, बौद्धिक सत्यनिष्ठा भी बहुत महत्त्वपूर्ण है। एक अधिकारी को अपने व्यवहार से आचरण का एक उदाहरण निर्धारित करना चाहिए और अपने कार्यों में सुसंगत होना चाहिए। उदाहरण के लिए यदि वह चाहता है कि उसकी टीम के सदस्य वस्तुनिष्ठ हों तो वह अपने व्यवहार से उनके लिए एक उदाहरण स्थापित करे।

निष्पक्षता

इसका अर्थ यह है कि एक सिविल सेवक को हमेशा किसी मामले में प्राथमिकता के आधार पर कार्य करना चाहिए न कि अन्य व्यक्तिपरक कारकों पर या किसी के पक्ष में या किसी को लाभ पहुँचाने की इच्छा के साथ। इसलिए अधिकतर यह देखा जाता है कि सिविल सेवक जाति, समुदाय, राजनीतिक सम्बद्धता या व्यक्तिगत सम्बन्धों के आधार पर कुछ समूहों का पक्ष लेते हैं। यह निष्पक्षता के उस मूल सिद्धान्त के विरुद्ध है जो एक सिविल सेवक के लिए अपने कर्तव्यों को पूरा करने के लिए आवश्यक है। उदाहरण के लिए उत्तर प्रदेश में मैंने कई अधिकारियों को अन्य योग्य लोगों की अपेक्षा उनकी अपनी जाति के सदस्यों का समर्थन करते हुए देखा है। जब भी किसी विशेष

निर्णय की बात आती हो तो बिना किसी व्यक्तिगत पूर्वाग्रह के उसकी जाँच की जानी चाहिए और वही निर्णय लेना चाहिए जो नियमों, कानूनों और विनियमों एवं नागरिकों के सर्वोत्तम हित में हो। मैंने कई अधिकारियों को सत्ताधारी राजनीतिक दल के अनुरूप कानून के शासन को तोड़ते-मरोड़ते देखा है। यह सही नहीं है और यह सुशासन के आधार को मिटा देता है।

निष्पक्षता और गैर-पक्षपात की अवधारणाएँ एक दूसरे से बहुत निकटता से जुड़ी हैं। गैर-पक्षपात का मतलब है कि सिविल सेवक को अपने सामने आने वाले किसी भी मामले का बिना किसी पूर्वाग्रह के निपटारा करना चाहिए। सिविल सेवक कुशल और प्रभावी तभी हो सकता है, जब वह निष्पक्ष और गैर-पक्षपाती हो। नीति निर्माण और प्रशासन के मामलों में राजनीतिक कार्यपालिका को सलाह देना सिविल सेवकों का कर्तव्य है। सिविल सेवक को अपने आदेश में सभी ज्ञान का उपयोग करके अपनी स्वतंत्र और स्पष्ट सलाह प्रदान करनी चाहिए और राजनीतिक कार्यकारी के सामने एक व्यापक और सन्तुलित तस्वीर रखनी चाहिए। इस सलाह में उसे कभी भी अपने व्यक्तिगत पूर्वाग्रह या पक्षपात का रंग सम्मिलित नहीं करना चाहिए। एक बार निर्णय लेने के बाद सिविल सेवक को उसी को लागू करना चाहिए। सार्वजनिक सेवाओं को भी गैर-पक्षपातपूर्ण तरीक़े से वितरित किया जाना चाहिए, ताकि लाभार्थियों को लाभ पहुँच सके।

वस्तुनिष्ठता की अवधारणा भी निष्पक्षता और गैर-पक्षपात का विस्तार है। अधिकारी को निर्णय लेना चाहिए और अवलोकन योग्य घटनाओं के आधार पर कार्य करना चाहिए और कभी भी किसी भी व्यक्तिगत पूर्वाग्रह या भावना को रास्ते में नहीं आने देना चाहिए। एक वस्तुनिष्ठ व्यक्ति हमेशा वस्तुनिष्ठ सत्य का पालन करता है जिसका अर्थ है कि वह निष्पक्ष है और किसी भी बाहरी प्रभाव में होने की सम्भावना नहीं है। वास्तव में आपने देखा होगा कि जब मंत्री शपथ लेते हैं तो वे कहते हैं कि वे बिना किसी भय या पक्षपात के अपने कर्तव्यों का निर्वहन करेंगे। यह शपथ अनिवार्य रूप से सार्वजनिक मामलों में निष्पक्षता के बारे में है। यह सच है कि राजनीतिक दल अपने स्वयं के पार्टी कार्यकर्ताओं या समर्थकों के पक्ष में निर्णय लेते हैं, लेकिन एक सिविल सेवक से सभी नागरिकों के साथ समान व्यवहार करने और बिलकुल निष्पक्ष और वस्तुनिष्ठ रहने की अपेक्षा की जाती है। उदाहरण के लिए, सत्ताधारी पार्टी अक्सर सरकारी पदों के लिए उम्मीदवारों के चयन में हस्तक्षेप करती है और ऐसा करने के लिए सिविल सेवकों पर दबाव डालती है। हालाँकि, यह एक सिविल सेवक का कर्तव्य है कि वह चयन प्रक्रिया का स्वरूप इस तरह से तैयार करे जो विशुद्ध रूप से योग्यता पर आधारित हो और उसे किसी भी व्यक्ति या समूह को अनुचित रूप से या अवैध रूप से पक्ष लेने के लिए किसी भी दबाव का विरोध करना चाहिए। यह निष्पक्षता और वस्तुनिष्ठता का सार है।

बहुत बार जब सरकारी योजनाओं का मूल्यांकन किया जाता है तो उनमें बहुत सारी कमियाँ मिलती हैं। राजनेता अप्रिय सूचनाओं को छिपाना पसन्द कर सकते हैं, लेकिन सिविल सेवक को सच्चा और उद्देश्यपरक होना चाहिए और फिर इस जानकारी का उपयोग योजनाओं के प्रतिपादन को बेहतर बनाने के लिए, रणनीति तैयार करने के लिए करना चाहिए। महत्त्वपूर्ण बिन्दु यह है कि सिविल सेवक केवल तभी वफ़ादार हो

सकता है जब वह वास्तव में उद्देश्यपूर्ण हो और इसी से प्रशासन के बारे में लोगों का दृष्टिकोण सकारात्मक बनता है।

इन अवधारणाओं से निकटता से जुड़ा हुआ है तटस्थता का सिद्धान्त जिसे एक सिविल सेवक के लिए एक आवश्यक विशेषता भी माना जाता है। वास्तव में, तटस्थता, निष्पक्षता और वस्तुनिष्ठता का अर्थ है कि सिविल सेवकों को अपने काम में पूरी तरह निष्पक्ष और बिना किसी पूर्वाग्रह के होना चाहिए। वे संविधान, कानून के शासन और नागरिकों के प्रति जवाबदेह होते हैं। दुर्भाग्य से पिछले कई वर्षों से सिविल सेवकों ने राजनीतिक रूप से गठबन्धन करना आरंभ कर दिया है, यह उचित नहीं है और एक सिविल सेवक को राजनीतिक रूप से तटस्थ रहना चाहिए। सिविल सेवक को सरकार को अपनी उद्देश्यपरक सलाह देनी होती है, लेकिन यह भी अपेक्षित होता है कि एक बार निर्णय लेने के बाद उन्हें लागू किया जाए। इसका मतलब यह नहीं है कि वह सत्ता में पार्टी के साथ गठबन्धन कर ले। लोकतंत्र में सिविल सेवक को, जो भी राजनीतिक दल सरकार बनाता है, के साथ काम करना होता है। सिविल सेवकों को कभी भी सत्ताधारी पार्टी की भाषा बोलना आरम्भ नहीं करना चाहिए और न ही उन्हें सत्ता के पक्ष में विपक्ष के विरोध को रोकने के लिए प्रतिनिधियों का समर्थन करना चाहिए। हाल ही में कई राज्यों जैसे यूपी के अधिकारी खुलकर एक विशेष पार्टी के समर्थकों के रूप में सामने आए हैं। यह एक सिविल सेवक की नैतिकता के विरुद्ध है। कोई भी सिविल सेवक किसी भी राजनीतिक दल या संगठन का सदस्य नहीं बन सकता या किसी भी राजनीतिक गतिविधि में किसी भी तरह से सहयोग, साधन मुहैया कराना या सहायता नहीं कर सकता है। उनके परिवार को भी कानून या सरकार के विरुद्ध व्यवहार करने से बचना होता है। हालाँकि इस सर्विस से जुड़े हुए सदस्य को भी वोट देने का अधिकार तो होता है, लेकिन उसे अपनी राजनीतिक पसन्द का प्रदर्शन नहीं करना चाहिए। एक प्रशासनिक सेवक सत्ताधारी सरकार की आलोचना करने का अधिकारी नहीं होता है।

काम और लोक सेवा के लिए समर्पण

एक सिविल सेवक को बहुत मेहनती और अपने कर्तव्यों के प्रति संजीदा होना चाहिए। उसमें सार्वजनिक सेवा के प्रति पूर्ण निष्ठा और समर्पण की भावना होनी चाहिए। उसे महसूस करना चाहिए कि वह एक सिविल सेवक है और वह अपने कार्यों के लिए जनता के प्रति जवाबदेह है। उसे लोगों की समस्याओं को समझने के लिए कड़ी मेहनत करनी चाहिए और उन्हें हल करने की पूरी कोशिश करनी चाहिए। उसे यह भी देखना होगा कि बुनियादी न्यूनतम सेवाएँ लोगों तक पहुँचें और उनके प्रयास से नागरिकों के जीवन स्तर में सुधार हो। उसके पास सार्वजनिक धन को सँभालने की ज़िम्मेदारी होती है और इसलिए उसे ईमानदारी और समर्पण के साथ ऐसा करना चाहिए ताकि खर्च किए गए प्रत्येक रुपये को लोगों के कल्याण में सुधार करने की दिशा में निर्देशित किया जाए। उसे यह सुनिश्चित करना चाहिए कि सभी सरकारी योजनाएँ और परियोजनाएँ क्रियान्वयन को सही ढंग से लागू करें और उन पर खर्च किया गया धन वास्तव में इच्छित लाभार्थी तक पहुँचे। उसकी प्रतिबद्धता राष्ट्र और उसके लोगों के प्रति है और इसलिए उसे प्रभावी

सार्वजनिक सेवा के प्रतिपादन को सुनिश्चित करना चाहिए। उसे अपना काम यंत्रवत नहीं करना चाहिए बल्कि उच्च आदर्शों से प्रेरित होना चाहिए। उसे मिशन की भावना से काम करना चाहिए और इस तथ्य पर गर्व करना चाहिए कि अपने काम के माध्यम से वह राष्ट्रहित में अपनी सेवाएँ दे रहा है। उसे एकाग्रता और नेतृत्व करने की भावना के साथ काम करना चाहिए ताकि वह लाभकारी हो और उसका परिणाम उन्मुख हो। उसे सेवा और बलिदान की भावना से काम करना चाहिए और कभी भी सार्वजनिक सेवा से ऊपर व्यक्तिगत इच्छाओं या लाभ को नहीं रखना चाहिए।

सहानुभूति

हमने इस अवधारणा पर भावनात्मक बुद्धिमत्ता से सम्बन्धित अध्याय में विस्तार से चर्चा की है। सहानुभूति का अर्थ है आप स्वयं को दूसरे व्यक्ति की भावनाओं, इच्छाओं, चिन्ताओं और कार्यों को पूरी तरह से समझने के लिए उस व्यक्ति की परिस्थितियों में डाल दें। यह केवल तभी सम्भव है जब कोई अधिकारी समझदार हो और स्वयं को नियंत्रित करने में सक्षम हो, इसके बाद, उसे दूसरे व्यक्ति को सुनना और उसकी भावनाओं को समझना होगा। सहानुभूति, लोगों से तालमेल बिठाने के लिए आवश्यक है और अगर कोई सहानुभूति नहीं रखता है तो वह कभी भी एक सच्चा नेता नहीं हो सकता है। एक सिविल सेवक को लोगों की समस्या को समझने के लिए सहानुभूति की आवश्यकता होती है, विशेषकर वंचित वर्ग के लोगों की समस्याओं को हल करने और उन्हें आश्वस्त करने के लिए।

कमज़ोर वर्गों के प्रति सहिष्णुता और करुणा

हम एक लोकतंत्र हैं और लोकतंत्र में फैसले हमेशा तर्क-वितर्क के आधार पर लिए जाते हैं और असहमति इसकी मूल आत्मा है। इसका अर्थ है कि हमें दूसरों के विचारों और व्यवहार के प्रति सहिष्णु होना चाहिए। एक सिविल सेवक को अक्सर ये पता चलता है कि लोगों को उसका कौन-सा कार्य पसन्द नहीं आया और जिसका लोग विरोध भी करेंगे। फिर भी उसे रोष में इसका जवाब नहीं देना चाहिए, उसे अपने फैसले को संशोधित करने के लिए उस पर चर्चा के लिए तैयार रहना चाहिए अथवा लोगों में अपने फैसले के प्रति सहमति बनाने या किसी भी तरह के परिवर्तन को लागू करने के लिए अपेक्षित रूप से लचीला होना चाहिए। बल्कि मैं तो यहाँ तक कहूँगा और यह कहने के लिए एक कदम आगे बढ़ूँगा कि एक सिविल सेवक को अपने से इतर दृष्टिकोण को सहजता से अपनाने के लिए सहिष्णुता की सीमा से भी परे जाना चाहिए। भारत एक बहुलवादी समाज है जहाँ धर्म, भाषा और संस्कृति के स्तर पर बहुत भिन्नता है। सिविल सेवक को इन मतभेदों को स्वीकार करना चाहिए और कभी भी अपने विचारों को बल से या अपने कार्यालय की शक्ति का उपयोग करके लागू नहीं करना चाहिए। उसे मानवाधिकारों का सम्मान करना चाहिए। हालाँकि, कुछ ऐसी वस्तुएँ आवश्यक हैं जो एक सिविल सेवक को कभी भी सहन नहीं करनी चाहिए। उसे सार्वजनिक जीवन में महिलाओं के विरुद्ध अपराधों, सामाजिक अन्याय या भ्रष्टाचार के प्रति शून्य सहिष्णुता

रखनी चाहिए। उसे कुछ भी ऐसा करने की अनुमति नहीं दी जानी चाहिए जो कानून के और संविधान द्वारा प्रतिस्थापित मूल्यों के विरुद्ध है।

विश्व के सभी प्रमुख धर्म करुणा को एक महान गुण के रूप में व्याख्यायित करते हैं। हमें सभी मनुष्यों और सभी जीवों के प्रति संवेदनशील होना चाहिए। दयालु लोगों में सभी के प्रति सहानुभूति होती है और लोगों की पीड़ा को कम करने की सक्रिय इच्छा होती है। एक सिविल सेवक से समाज के कमज़ोर वर्गों के कल्याण की दिशा में काम करने की उम्मीद की जाती है। उसे हाशिए पर खड़े लोगों और वंचित लोगों की ज़रूरतों के प्रति संवेदनशील होना चाहिए और उनके पक्ष में सकारात्मक कदम उठाने चाहिए। जहाँ भी अपेक्षित हो अपनी विचारशीलता का उपयोग कमज़ोर वर्गों के पक्ष में करना चाहिए। यद्यपि सिविल सेवक से निष्पक्ष होने की अपेक्षा की जाती है, फिर भी उसे गरीबों और कमज़ोरों के पक्ष में अपना झुकाव रखना चाहिए। भारत में हमारे पास अभी भी बड़ी संख्या में ऐसे लोग हैं जो गरीब हैं और उचित स्वास्थ्य देखभाल और शैक्षिक अवसरों तक उनकी पहुँच नहीं है, जिससे वे उचित रोजगार के लिए अयोग्य हैं। उच्च जातियों द्वारा निचली जातियों और समृद्ध वर्ग द्वारा गरीबों का शोषण यहाँ आम बात है। सिविल सेवक को करुणा के साथ कमज़ोरों के पक्ष में कार्य करना चाहिए। इसी तरह एक सिविल सेवक को इस बात का भी ध्यान रखना चाहिए कि महिलाओं के साथ किसी भी तरह का भेदभाव न होने पाए।

निष्कर्ष

कोई भी सिविल सेवक जिसके अन्दर वो मूलभूत मूल्य हैं जिनकी चर्चा अध्याय में की गई है, के लिए कहा जा सकता है कि उसके पास सिविल सर्विस के लिए अपेक्षित दृष्टिकोण है। कुछ लोग सवाल करते हैं कि क्या सिविल सेवा के लिए निर्धारित चयन प्रक्रिया उम्मीदवार की अभिरुचि को नापने में सक्षम है। मैं कहूँगा कि नैतिकता और कुछ हद तक निबन्ध के पेपर को छोड़कर सीधे परीक्षा योग्य अभिरुचि का परीक्षण वह नहीं करती है। बेशक, साक्षात्कार में व्यक्ति की सिविल सर्विस योग्य अभिरुचि को अवश्य परखा जा सकता है। हालाँकि, परीक्षा की पूरी प्रक्रिया ही ऐसी है कि केवल वह व्यक्ति, जो बहुत मेहनत करता हो, बुद्धिमान हो, दृढ़ संकल्पित हो, असफलता को स्वीकार करने के लिए तैयार हो, विभिन्न मुद्दों को बेहतर तरीक़े से समझता हो और जिसमें अच्छा मौखिक और लिखित संचार कौशल हो, इसमें सफल हो सकता है। एक सिविल सेवक के लिए ये आवश्यक गुण हैं। हालाँकि, वास्तविक जीवन में लोगों के साथ तालमेल बिठाने में एक अफसर की अपनी अभिरुचि ही काम आती है जो कि सबसे महत्त्वपूर्ण है। एक सिविल सेवक को एक टीम का नेतृत्व करना होता है और उसके पास एक सामान्य लक्ष्य की दिशा में काम करने के लिए अपनी टीम के सदस्यों का हौसला बढ़ाने और प्रेरित करने की क्षमता होनी चाहिए। इसके अतिरिक्त उसे लोगों की, विशेष रूप से कमज़ोर वर्गों की शिकायतों को सुनना, और संवेदनशीलता के साथ उन्हें हल करना चाहिए। यही वो मुद्दे हैं जिन पर अक्सर सिविल सेवा प्रवेश परीक्षा में बहुत उच्च रैंक हासिल करने वाले उम्मीदवार भी अपने सर्विस कैरियर में बहुत अच्छा

प्रदर्शन नहीं करते हैं। मैंने कई टॉपर्स को अपने कैरियर में असफल होते देखा है क्योंकि वे लोगों से जुड़ नहीं पाते हैं या फिर नौकरी के निरन्तर दबाव को सँभाल नहीं पाते हैं। उसी समय मैंने ऐसे अधिकारियों के मामले देखे हैं जो चयन के समय योग्यता में कम थे, लेकिन उनमें नौकरी पाने योग्य अभिरुचि थी और इसलिए वे बेहद लोकप्रिय और सफल हो गए। भारतीय सिविल सेवा में भी, मैंने पाया कि सभी अधिकारियों के पास सभी प्रकार की नौकरियों के लिए योग्यता नहीं है। कुछ ज़िलों को चलाने में अच्छे हैं जबकि अन्य सचिवालय में फाइलों को बेहतर ढंग से सँभाल सकते हैं। कुछ अधिकारी गृह, परिवहन और कर संग्रह जैसे नियामक विभागों के लिए अच्छे हैं जबकि अन्य रचनात्मक और लचीले हैं और इसलिए शिक्षा, स्वास्थ्य या कृषि जैसे विकास विभागों के लिए सबसे अनुकूल हैं। दुर्भाग्य से सरकार में पोस्टिंग एक अधिकारी की योग्यता के अनुसार नहीं की जाती, जिसके परिणामस्वरूप सही प्रकार के परिणाम प्राप्त नहीं किए जा रहे हैं। ब्रिटिश काल तक में वे आईसीएस अधिकारी जो प्रशासनिक नौकरी में सहज नहीं थे, उन्हें न्यायाधीश बना दिया गया, जहाँ वे बेहद सफल हुए।

आरंभिक दिनों में सिविल सेवा के लिए अभिरुचि व्यक्त नहीं हो पाती, लेकिन यदि चयन के बाद प्रशिक्षण कार्यक्रम ठीक से आयोजित किए जाते हैं, तो वे अधिकांश उम्मीदवारों में सिविल सेवा के लिए अभिरुचि विकसित कर सकते हैं। नेतृत्व जैसी अभिरुचि को प्रशिक्षण के माध्यम से विकसित किया जा सकता है और यह एक सिविल सेवक के लिए आवश्यक है। मूलभूत मूल्य व्यवस्था और बुनियादी मूल्यों को नौकरी से पहले प्रशिक्षण और अभिविन्यास के दौरान चयनित सिविल सेवकों में पूरी तरह से सम्मिलित किया जाना चाहिए।

अध्याय : 5

भावात्मक बुद्धि

परिचय

भावनाएँ उन अनुभूतियों या चेतना या उनकी मन:स्थितियों को सन्दर्भित करती हैं जिनमें हम प्रेम, आनन्द, दु:ख, घृणा या क्रोध का अनुभव करते हैं। प्रत्येक व्यक्ति के व्यक्तित्व का एक तर्कसंगत और भावनात्मक पहलू भी होता है। एक इंसान को पूरी तरह से तभी समझा जा सकता है जब आप उसकी बौद्धिक और भावनात्मक बनावट को समझते हों।

गोलमैन के अनुसार हमारे पास दो मस्तिष्क, दो मन और दो अलग-अलग प्रकार की बुद्धि हैं—तर्कसंगत और भावनात्मक। जीवन में सफलता भावनात्मक और तर्कसंगत बुद्धि दोनों से निर्धारित होती है जिसे अक्सर आईक्यू के रूप में मापा जाता है। हम सभी SAT, CAT, GMAT और GRE जैसी प्रवेश-परीक्षाओं से अवगत हैं। ये एक छात्र के मौखिक, विश्लेषणात्मक, तार्किक और गणितीय कौशल का परीक्षण करती हैं। इन परीक्षाओं में प्राप्त अंकों के आधार पर, जो कि आईक्यू की परीक्षा है, एक छात्र के भविष्य के कैरियर का निर्धारण किया जाता है। हालाँकि, जीवन में सफलता सुनिश्चित करने के लिए केवल आईक्यू ही पर्याप्त नहीं है जो व्यक्ति की भावनात्मक बुद्धिमत्ता पर भी निर्भर करता है। वास्तव में मनोवैज्ञानिक शोध से पता चला है कि आईक्यू जीवन में सफलता का निर्धारण करने वाले कारकों में केवल 20 प्रतिशत का योगदान होता है जबकि भावनात्मक बुद्धिमत्ता शेष 80 प्रतिशत को पूरा करती है। इसी तरह एक सफल सिविल सेवक के पास सफल होने के लिए आईक्यू और भावनात्मक बुद्धिमत्ता का सन्तुलन होना चाहिए। एक सिविल सेवक के काम का एक बड़ा हिस्सा लोगों के साथ तालमेल बिठाना होता है और इसके लिए उसे उनकी भावनाओं और व्यवहार की प्रक्रिया को समझने का गुण होना चाहिए ताकि उन्हें पर्याप्त रूप से प्रतिक्रिया दी जा सके, उन्हें सन्तुष्ट किया जा सके, उन्हें प्रेरित किया जा सके और व्यवस्था में समग्र तारतम्यता लाई जा सके।

भावनात्मक बुद्धिमत्ता की अवधारणा

भावनात्मक बुद्धिमत्ता स्वयं की भावनाओं के साथ-साथ दूसरों की भावनाओं को समझने की क्षमता है। यह दूसरों की भावनाओं को उनके मौखिक और गैर-मौखिक

संचार से समझने के साथ-साथ अपनी भावनाओं का सटीक आकलन करने की क्षमता है।

भावनात्मक बुद्धिमत्ता की संकल्पना

बुद्धिमत्ता एकायामी कौशल नहीं है। हावर्ड गार्डनर बुद्धिमत्ता के कई सिद्धान्तों का प्रतिपादन करते हैं जो जीवन में सफलता का मूलतत्त्व हैं। उन्होंने सात प्रकार की बुद्धिमत्ताओं की पहचान की—तार्किक, भाषाई, स्थानिक, स्वत: संवेदी, संगीतमय, पारस्परिक भाव और आन्तरिक भाव। अन्तिम दो भावनात्मक बुद्धिमत्ता का गठन करते हैं, जिसे डैनियल गोलमैन द्वारा इस प्रकार परिभाषित किया गया है कि ऐसी क्षमताएँ जैसे कि स्वयं को प्रोत्साहित करना और नैराश्य के क्षणों में भी प्रेरणा को बनाए रखना, आवेगों पर नियंत्रण रखना और आत्मसंयम बनाए रखना, अपनी मन: स्थिति को काबू में रखना और तनाव या चिन्ता को स्वयं पर ऐसे हावी न होने देना कि उनका असर सोचने की क्षमता, और भविष्य की उम्मीदों को आच्छादित करने लगे। ये वह सकारात्मक गुण हैं जो जीवन को लक्ष्यों की प्राप्ति और पूर्णता की ओर ले जाते हैं। गार्डनर के अनुसार भी पारस्परिकता का भाव ही वह गुण है जिसके ज़रिये दूसरों को बेहतर तरीक़े से समझा जा सकता है—उन्हें क्या प्रेरित करता है, वे कैसे काम करते हैं, उनका स्वभाव, प्रेरणाएँ, इच्छाएँ और मनोदशा के अनुकूल काम करने की उनकी क्षमता को भी समझा जा सकता है। उनके अनुसार आंतरिक बुद्धिमत्ता स्वयं के बारे में जागरूकता, स्वयं की भावनाओं को समझने और उन कारकों को समझने की क्षमता है जो हमारे व्यवहार को प्रभावित करते हैं।

मेयर और सलोवी ने भावनात्मक बुद्धिमत्ता की चार प्रमुख विशेषताओं को बताया है

1. भावनाओं को महसूस करना—भावनाओं को समझने के लिए सबसे पहले उन्हें पूरी ईमानदारी के साथ महसूस करना होता है।
2. भावनाओं के साथ तर्क—इसमें भावना और सोच एवं संज्ञानात्मक गतिविधि के बीच की कड़ी सम्मिलित है।
3. भावनाओं को समझना—दूसरों के व्यवहार की व्याख्या करने की क्षमता।
4. भावनाओं का प्रबन्धन—स्वयं को काबू में रखने और दूसरों की भावनाओं पर प्रतिक्रिया देने की क्षमता।

भावनात्मक बुद्धिमत्ता के सबसे प्रमुख प्रस्तुतकर्ता डैनियल गोलमैन हैं, जिनके अनुसार भावनात्मक बुद्धिमत्ता में पाँच मुख्य विशेषताएँ हैं :

1. **आत्म-जागरूकता :** यह किसी भी व्यक्ति की, अपनी भावनाओं अपनी प्रेरणाओं, अपनी मज़बूती और कमज़ोरियों को समझने और अपनी क्षमता का यथार्थवादी मूल्यांकन करने की क्षमता है।
2. **स्व-नियमन :** इसका अर्थ है अपनी भावनाओं पर नियंत्रण। उदाहरण के लिए आप अपने क्रोध को नियंत्रित करने और सभी स्थितियों में शान्त

रहने में सक्षम हैं। इसका अर्थ यह भी है कि आप असफलता में अपना आत्मविश्वास नहीं खोते हैं और पुन: प्रयास करने की क्षमता रखते हैं। ऐसा व्यक्ति हमेशा नियंत्रित और परिपक्व व्यवहार का प्रदर्शन करता है जो एक नेता के लिए आवश्यक है।

3. **प्रेरणा :** यह हमारी अपनी समझ के बारे में है जो हमें और बेहतर प्रदर्शन करने के लिए प्रेरित करती है। आत्म-प्रेरणा एक नेतृत्वकर्ता को आशावादी बनाती है और वह अपनी टीम के सदस्यों के बीच विश्वास और आशा का माहौल बनाने में सक्षम होता है।
4. **सहानुभूति :** यह शायद भावनात्मक बुद्धिमत्ता का सबसे महत्त्वपूर्ण गुण है। हमें यह समझने में सक्षम होना चाहिए कि हम जिस व्यक्ति के साथ व्यवहार कर रहे हैं वह कैसा महसूस कर रहा है। यह एक तरह से अपने आप को दूसरे की स्थिति में रख कर देखना है कि यदि हम दूसरे व्यक्ति की स्थिति में होते तो क्या अपेक्षा करते। हम अन्य व्यक्तियों की भावनाओं के अनुरूप प्रतिक्रिया देते हैं और इससे उनके साथ सम्बन्ध विकसित करने में मदद मिलती है। इसी तरह एक प्रभावशाली टीम लीडर बना जा सकता है।
5. **सामाजिक कौशल :** यह सामाजिक सम्बन्धों के मामले में हमारी भावनाओं को दुरुस्त रखने में मदद करता है। यह बातचीत, नेटवर्किंग, संघर्ष, समाधान और सहयोग को प्रोत्साहित करने में मदद करता है।

सिविल सेवक के लिए भावनात्मक बुद्धिमत्ता

लगभग सभी सिविल सेवक जो कठिन सिविल सेवा परीक्षा उत्तीर्ण करते हैं, उनमें उच्च स्तर की बौद्धिक क्षमता होती है लेकिन वास्तविक जीवन में उनका प्रदर्शन बहुत अलग होता है। मैंने कई उम्मीदवारों को देखा है जिन्होंने सिविल सेवा परीक्षा में टॉप किया है, लेकिन अपने पेशेवर जीवन में सफल नहीं हुए हैं। वास्तव में इस नौकरी में सबसे महत्त्वपूर्ण गुण लोगों से बेहतर तरीक़े से तालमेल बिठाने की क्षमता है और इसलिए एक अधिकारी की भावनात्मक बुद्धिमत्ता, उसकी सफलता को निर्धारित करती है।

आज कॉर्पोरेट जगत सफल संगठन-प्रबन्धकों के अतिरिक्त नेतृत्वकर्ताओं को प्राथमिकता देते हैं। सिविल सर्विस में भी ऐसे ही लोगों की आवश्यकता है। आज के सिविल सेवक को केवल यथास्थिति को नियंत्रित करने वाला नहीं बल्कि प्रभावी नेतृत्व प्रदान करने वाला और समाज में सकारात्मक बदलाव लाने वाला होना चाहिए। भावनात्मक बुद्धिमत्ता एक नेतृत्वकर्ता होने की मूलभूत पूर्वापेक्षित विशेषता है। एक नेतृत्वकर्ता को अपनी टीम को एक लक्ष्य की पूर्ति के लिए प्रेरित करने में सक्षम होना चाहिए। उसे अपनी टीम के समक्ष अपनी ईमानदारी और सत्यनिष्ठा से एक उदाहरण प्रस्तुत करना चाहिए जिससे उसकी टीम के सदस्य भी उसका अनुकरण कर सकें। एक सच्चे नेतृत्वकर्ता को सहभागी तरीक़े से काम करना चाहिए जिससे लोग अपने विचारों को आगे बढ़ा सकें,

फिर आम सहमति से एक निर्णय पर पहुँच सकें। साथ ही उसमें अपनी टीम के सदस्यों को अक्षरश: उस निर्णय को लागू करने के लिए प्रेरित और प्रोत्साहित करने की क्षमता होनी चाहिए। इस प्रकार यह स्पष्ट है कि एक सिविल सेवक एक सच्चा नेतृत्वकर्ता हो सकता है और सार्वजनिक सेवाओं को प्रभावी ढंग से लागू कर सकता है, यदि उसमें नतीजे देने के लिए अपनी टीम को प्रेरित और प्रोत्साहित करने की भावनात्मक बुद्धि है।

सिविल सेवक के लिए एक बहुत ही महत्त्वपूर्ण गुण है, अपने दृष्टिकोण और विचारों को लोगों तक पहुँचा सकने की क्षमता और उनकी शिकायतों को समझना। संचार एक दोतरफ़ा प्रक्रिया है। एक सिविल सेवक में प्रभावी ढंग से संवाद करने की क्षमता होनी चाहिए। उसे लिखित और मौखिक संचार दोनों में निपुण होना चाहिए। हालाँकि, संचार का सबसे महत्त्वपूर्ण पहलू दूसरों को सुनने और उनकी भावनाओं और दृष्टिकोण को समझने की क्षमता है। इसी को समानुभूति कहते हैं, जो भावनात्मक बुद्धिमत्ता का अनिवार्य गुण है। एक अधिकारी के रूप में एक सिविल सेवक को लोगों से मिलना होता है, उनकी शिकायतों को सुनना होता है। उन्हें आप ठीक से प्रतिक्रिया तभी दे सकते हैं जब आपने अपनी भावनात्मक बुद्धिमत्ता विकसित की हो। शिकायत करने वाले व्यक्ति के लिए उसकी समस्या उसके लिए बहुत गम्भीर है और वह आपसे उम्मीद करता है कि आप उसकी बात ठीक से सुनेंगे, समस्या पर ध्यान देंगे, उसे आश्वस्त करेंगे कि कार्रवाई की जाएगी और इस मुद्दे को सुलझाने की पूरी कोशिश करेंगे। एक अधिकारी ऐसा तभी कर सकता है जब वह स्वयं जागरूक हो और उसमें समानुभूति हो।

मुझे एक घटना याद है जब मैं मुख्यमंत्री का सचिव था और एक बूढ़ा व्यक्ति मुझसे मिलने आया था। मैंने उन्हें पहचान लिया था, वह मेरी पहले की जिला नियुक्ति में कलेक्ट्रेट के कार्यालय अधीक्षक के रूप में कार्यरत थे। वह आँखों में आँसू भरे, बेहद परेशान से दिख रहे थे। उन्होंने मुझे बताया कि वह कई साल पहले सेवानिवृत्त हुए थे और उन्हें पेंशन नहीं मिल रही क्योंकि कार्यालय के क्लर्क एक के बाद एक अनावश्यक आपत्ति उठा रहे हैं। वह घोर आर्थिक तंगी में थे। मैंने तुरन्त सम्बन्धित अधिकारी को फोन किया और उसे एक सप्ताह के भीतर मामले को सुलझाने के लिए कहा। एक सप्ताह के बाद पुराने कार्यालय अधीक्षक मुस्कुराते हुए मेरे पास आए और मुझे धन्यवाद दिया। उन्हें अपनी पेंशन मिलनी आरंभ हो गई थी और सभी मुद्दों का समाधान हो गया था। मुझे याद आया कि उनकी अपनी नौकरी के दौरान उन कार्यालय अधीक्षक के रूप में उनकी हर फाइल पर ढेरों आपत्तियाँ दर्ज रहती थीं और कई नागरिक उनके बारे में शिकायत किया करते थे। मैंने उनसे कहा कि उन्हें मुझे धन्यवाद देने की कोई आवश्यकता नहीं है, लेकिन उन्हें इस पर ठीक से विचार अवश्य करना चाहिए और सोचना चाहिए कि उन्होंने कितने लोगों के साथ वैसा ही व्यवहार किया था जैसा कि उनके साथ किया गया और उन लोगों ने भी वैसी ही निराशा और असहायता की भावना महसूस की होगी जैसी वह कर रहे थे। उन्हें मेरी बात समझ में आई और उन्होंने वास्तव में खेद महसूस किया। भावनात्मक बुद्धिमत्ता का अर्थ है दूसरों से वैसा ही व्यवहार करना जैसा कि आप चाहते हैं कि दूसरा व्यक्ति आपके प्रति करे। लोगों की शिकायत का निवारण करना एक

सिविल सेवक के काम का सबसे महत्त्वपूर्ण पहलू है और इसके लिए उच्च भावनात्मक बुद्धि का होना अपरिहार्य है।

एक सिविल सेवक को अपने क्रोध को नियंत्रित करने में सक्षम होना चाहिए और उसे कभी भी दूसरों को यह आभास नहीं होने देना चाहिए कि वह तनाव में है। इसके लिए उच्च स्तर की आत्म-जागरूकता और आत्म-नियमन की आवश्यकता होती है। कई अधिकारी आसानी से अपना आपा खो देते हैं, अपने अधीनस्थों पर चिल्लाते हैं और इस तरह वे अपनी टीम का सम्मान खो देते हैं और अपने लक्ष्य को प्राप्त करने से चूक जाते हैं। एक सिविल सेवक के लिए सभी परिस्थितियों में शान्त और स्थिरचित्त रहना आवश्यक है। उदाहरण के लिए एक ज़िला मजिस्ट्रेट या पुलिस अधीक्षक को कई तरह की कानून और व्यवस्था की स्थितियों का सामना करना पड़ता है और हिंसक भीड़ का सामना भी करना पड़ सकता है, जहाँ अगर वे तनावग्रस्त हो जाते हैं या अपना आपा खो देते हैं तो स्थिति और जटिल हो सकती है और इस तरह वे कभी भी कानून और व्यवस्था की स्थिति को सफलतापूर्वक हल नहीं कर पाएँगे।

उच्च भावनात्मक बुद्धिमत्ता वाला व्यक्ति शान्त रहेगा और इस तरह की संकट की स्थितियों में सही निर्णय लेने में सक्षम होगा और अपनी टीम को बेहतर प्रदर्शन करने के लिए प्रेरित करने में भी सक्षम होगा। टीम के सदस्य हमेशा नेता की ओर देखते हैं और उसी के अनुसार व्यवहार करते हैं। मुझे कानून और व्यवस्था से जुड़ी एक ऐसी ही घटना याद है जिसमें मेरे एडिशनल डिस्ट्रिक्ट मजिस्ट्रेट और पुलिस अधीक्षक ने भीड़ पर गोलीबारी का आदेश दिया था जिसमें कुछ लोगों की मौत हो गई थी। वे बहुत आशंकित थे कि जब एसपी और मैं (डीएम) घटनास्थल पर पहुँचेंगे तो हम उन लोगों की खिंचाई करेंगे कि वे उन हालात को सुलझा नहीं सके और गोली चलवाकर कानून-व्यवस्था की समस्या पैदा कर दी। जब हम मौके पर पहुँचे तो मैं उनके हाव-भाव से पढ़ सकता था कि उनमें साफ़ तौर पर आत्मविश्वास की कमी दिखाई दे रही थी। वे उत्कृष्ट अधिकारी थे और मुझे पता था कि उन्होंने पूरे विश्वास के साथ काम किया होगा। मैंने उनकी पीठ थपथपाई और कहा कि मुझे उन पर पूरा भरोसा है और इस बात का विश्वास है कि उन्होंने सही फैसला लिया है और मेरी ओर से उन्हें पूरा समर्थन है। मैंने तब उन्हें पूरी टीम को जुटाने और यह सुनिश्चित करने के लिए कहा कि प्रतिक्रिया में कोई और हिंसा न हो। उनके सारे हाव-भाव ही बदल गए और इलाके में शान्ति लाने के लिए उन्होंने अगले हफ्ते तक दिन-रात काम किया। यह अपनी टीम से सर्वश्रेष्ठ कार्य प्राप्त करने के लिए भावनात्मक बुद्धिमत्ता के उपयोग का एक उदाहरण है।

ऐसे कई अधिकारी हैं जिनके पास भावनात्मक बुद्धिमत्ता की कमी है, उनमें आत्मविश्वास की कमी होती है और इसलिए कुछ भी गलत होने पर हमेशा अधीनस्थों को दोष देते हैं। मैंने कई मीटिंग्स में देखा है कि वरिष्ठ अधिकारी अपनी टीम के सदस्यों को सबके

सामने दोषी ठहराना आरंभ कर देते हैं यदि मीटिंग में उनके विरुद्ध बात होने लगती है। किसी को कभी भी दूसरों के सामने अधीनस्थ को डाँटना या नीचा नहीं दिखाना चाहिए। अगर आप उनके प्रदर्शन के बारे में कुछ कहना चाहते हैं तो भी उनसे अकेले में बात करना सबसे अच्छा है। यह अच्छा प्रदर्शन करने वाली टीम बनाने का एक तरीका है और यह भावनात्मक बुद्धिमत्ता की पहचान है।

सिविल सेवक को अक्सर जनता द्वारा अभिमानी, घमंडी, असंवेदनशील और असभ्य माना जाता है। ये सभी नकारात्मक गुण हैं जो सिविल सेवक की भावनात्मक बुद्धिमत्ता में कमी का संकेत देते हैं। एक सिविल सेवक को हमेशा विनम्रता, सज्जनता और संवेदनशीलता के साथ व्यवहार करना चाहिए। उसे एक लोक सेवक की तरह व्यवहार करना होता है न कि किसी सम्राट की तरह। इसके लिए आत्म-जागरूकता, आत्म नियमन और सहानुभूति की आवश्यकता होती है। ये सभी भावनात्मक बुद्धिमत्ता के गुण हैं।

उच्च भावनात्मक बुद्धिमत्ता वाला एक सिविल सेवक हमेशा दूसरों की प्रशंसा करने के लिए तत्पर रहता है और कभी भी अन्य अधिकारियों के प्रति ईर्ष्या महसूस नहीं करता है। आमतौर पर अधिकारी दूसरों की आलोचना करने के लिए तो तैयार रहते हैं लेकिन एक दूसरे की प्रशंसा नहीं करते। ईर्ष्या या द्वेष अत्यन्त निकृष्ट भावनाएँ हैं क्योंकि उनसे तनाव होता है, ये भावनाएँ व्यक्ति को अलोकप्रिय बनाती है और अन्ततः आपके प्रदर्शन को प्रभावित करती हैं।

एक सिविल सेवक, विशेष रूप से भारतीय प्रशासनिक सेवा व भारतीय पुलिस सेवा, को नेताओं और मंत्रियों के साथ संयम बरतना पड़ता है। इन लोगों से परस्पर संवाद को ठीक से सँभालने के लिए उन्हें भावनात्मक परिपक्वता की बहुत आवश्यकता है। उन्हें लोगों के प्रतिनिधि को पूरा सम्मान देना चाहिए, लेकिन साथ ही साथ कानून के शासन और संविधान के प्रति अपनी निष्ठा बनाए रखना चाहिए। इन स्थितियों में उच्च स्तर की भावनात्मक बुद्धिमत्ता की आवश्यकता होती है। उनको जनप्रतिनिधियों के प्रति अवमानना का रवैया नहीं अपनाना चाहिए और यह धारणा नहीं बनानी चाहिए कि वे हमेशा गलत होते हैं। वास्तव में वे लोगों की वास्तविक समस्याओं के बारे में पूरी जानकारी नहीं रखते हैं और इसलिए एक सिविल सेवक को इस बात पर ध्यान देना चाहिए कि वे क्या कहते हैं। साथ ही एक सिविल सेवक को कभी भी दबाव में गलत कार्य नहीं करना चाहिए।

एक सिविल सेवक से ये अपेक्षा की जाती है कि वह नियमित रूप से बिना स्थितियों में लिप्त हुए सकारात्मक मनोदशा के साथ संघर्ष की स्थितियों को सँभालें। ऐसा करना भावनात्मक बुद्धिमत्ता के साथ ही सम्भव है। एक सिविल सेवक को नियमित रूप से परिवर्तनों से निपटना पड़ता है और अक्सर अपने नेतृत्व में भी परिवर्तन लाना पड़ता है। उसे ऐसे माहौल में काम करने के लिए सहज होना चाहिए और दूसरों को भी परिवर्तन

के मार्ग पर आगे बढ़ाने और नेतृत्व करने में सक्षम होना चाहिए। भावनात्मक बुद्धिमत्ता वाला व्यक्ति ही इस कसौटी पर खरा उतर सकता है।

यह एक सिविल सेवक का कर्तव्य है कि वह समाज के कमज़ोर वर्गों—गरीबों, अल्पसंख्यकों और अनुसूचित जातियों और अनुसूचित जनजातियों के हित में काम करे। इसके लिए उच्च स्तर की संवेदनशीलता और सहानुभूति की आवश्यकता होती है। साथ ही एक सिविल सेवक को लैंगिक मुद्दों के प्रति संवेदनशील होना चाहिए। लगभग प्रतिदिन हम ऐसे मामलों के बारे में सुनते हैं जहाँ महिलाओं से छेड़छाड़ की गई है और स्थानीय पुलिस स्टेशन या अधिकारियों ने समय पर कार्रवाई नहीं की है और बहुत ही असंवेदनशील और अस्वीकार्य व्यवहार किया। ये सभी निम्न स्तर की भावनात्मक बुद्धिमत्ता के संकेतक हैं। वास्तव में यह दुर्भाग्यपूर्ण है कि आमतौर पर प्रशासन कम भावनात्मक बुद्धिमत्ता प्रदर्शित करता है। अधिकांश सिविल सेवकों के व्यवहार में सहानुभूति और करुणा जैसे गुण अनुपस्थित होते हैं। सौभाग्य से, आईक्यू के विपरीत भावनात्मक भागफल (EQ) को प्रशिक्षण के माध्यम से एक व्यक्ति में विकसित किया जा सकता है और इसे एक सिविल सेवक के प्रशिक्षण-मॉड्यूल में एक अनिवार्य हिस्सा बन जाना चाहिए।

समय की आवश्यकता है कि प्रशासन को नागरिकों के अनुकूल बनाया जाए और निर्णय लेने की प्रक्रिया को विकेन्द्रीकृत किया जाए। सिविल सेवक को नागरिक समाज समूहों, गैर-सरकारी संगठनों, पंचायती राज संस्थानों और स्वयंसेवी संगठनों के साथ भी काम करना आवश्यक है। कम भावनात्मक बुद्धि वाला अधिकारी ठीक से ऐसा नहीं कर पाएगा क्योंकि वह इसे अपनी शक्तियों के कमज़ोर पड़ने के रूप में देखेगा। इसके लिए उच्च स्तर की भावनात्मक बुद्धिमत्ता की आवश्यकता होती है ताकि बिना सत्ता के प्रभामंडल के दबाव में आए नागरिक समूहों के साथ भागीदारी में काम किया जा सके। सिविल सेवक के पास उच्च भावनात्मक बुद्धिमत्ता के बिना सुशासन सम्भव नहीं है।

निष्कर्ष

भावनात्मक बुद्धिमत्ता वह गुण है जो एक अच्छे और खराब नेतृत्वकर्ता के बीच वास्तविक अन्तर पैदा करता है। उच्च आईक्यू वाले लोग स्वयं को समझने, नियंत्रण करने और प्रेरित करने में सक्षम होते हैं। लोगों की समस्याओं को हल करने में उनकी वास्तविक रुचि होती है और वे दूसरों का पक्ष समझने की संवेदनशीलता रखते हैं। वे अपने व्यवहार में परिपक्व, शान्त, आत्मविश्वासी और दूसरों की परवाह करने वाले होते हैं। ऐसे अधिकारियों को उनकी टीम के उन सदस्यों और नागरिकों के बीच लंबे समय तक याद रखा जाता है जो किसी भी रूप में कभी उनके सम्पर्क में रहे हों। भावनात्मक बुद्धि के साथ कार्य करने वाले ऐसे सिविल सेवक ही समाज के लिए वास्तविक योगदान दे सकते हैं।

अध्याय : 6

नैतिकतावादी चिन्तक और दार्शनिक तथा उनका योगदान

पश्चिमी दार्शनिक

परिचय

ग्रीस भूमध्य सागर पर एक छोटा सा राष्ट्र है लेकिन यह पश्चिमी सभ्यता का पालना था। व्यापार ने ग्रीस के लोगों को धन, आराम और सुरक्षा दी, जिससे वहाँ मनुष्य की प्रकृति और ब्रह्मांड के रहस्यों के बारे में अटकलें लगाई गईं। विज्ञान, गणित और खगोलविज्ञान विकसित हुआ और दर्शनशास्त्र का आरंभ हुआ। दर्शनशास्त्र की शुरुआत भौतिक दुनिया को समझने के प्रयास के साथ आरंभ हुई और डेमोक्रिटस (460-360 ईसा पूर्व) पहला भौतिकवादी विचारक था जिसने यह सुझाव दिया कि ब्रह्मांड में परमाणु और अन्तरिक्ष के अतिरिक्त कुछ भी नहीं है। एपिक्यूरस (342-270 ईसा पूर्व) द्वारा इस विचारधारा को आगे बढ़ाया गया। हालाँकि, ग्रीक दर्शन का प्रचुर विकास उन संशयवादियों-तर्कवादियों के साथ हुआ, जो ज्ञान के चलते-फिरते शिक्षक थे। उन्होंने जीवन के सभी पहलुओं पर चर्चा की और बिना किसी धार्मिक डर या राजनीतिक वर्जना के सवाल उठाए। वे तर्कशीलता को महत्त्व देते थे और उनमें से कुछ ने तर्क किया कि मूल रूप से सभी मनुष्य समान हैं लेकिन सभ्यता और मानव निर्मित संस्थानों ने उनमें असमानता पैदा की है। एक और तर्कधारा (School) का विचार था कि स्वभावत: सभी मनुष्य समान हैं और नैतिकता ताक़तवर को नियंत्रित करने के लिए कमज़ोर द्वारा किया गया आविष्कार है। इस स्कूल का मानना था कि शक्ति सर्वोच्च गुण है और सरकार का सर्वोत्तम रूप वह है जिसमें राज्य का शासन श्रेष्ठ अभिजन लोगों द्वारा किया जाता है। तर्कवादियों का मानना था कि दुनिया के केन्द्र में मनुष्य है। स्पार्टा ने पेलोपोनेसियन युद्ध (430-400 ईसा पूर्व) में एथेंस को पराजित करने के बाद स्पार्टा की कुलीन सरकार की प्रशंसा की और एथेंस के लोकतंत्र को युद्ध हारने का मुख्य कारण बताया गया। इसी सन्दर्भ में ग्रीक नैतिक दार्शनिकों और विचारकों का उदय व विकास हुआ।

नैतिकता के सिद्धान्त (नैतिकता के आयाम)

सापेक्षवाद

नैतिकता से सम्बन्धित कई सिद्धान्त हैं। पहले सिद्धान्त को नैतिक सापेक्षवाद का सिद्धान्त कहा जा सकता है जो अक्सर सार्वजनिक रूप से उन लोगों द्वारा अपनाया जाता है जो वास्तव में इस पर विश्वास नहीं करते। यह सिद्धान्त कहता है कि ऐसा कोई एकल नैतिक मानक नहीं है जो सभी लोगों या समाजों पर लागू होता हो। नैतिक सापेक्षतावादी एक सार्वभौमिक मानक के अस्तित्व में विश्वास नहीं करता है जो सभी पर लागू होता हो। कुछ लोग मृत्युदंड के पक्ष में हो सकते हैं जबकि अन्य इसका विरोध कर सकते हैं। यह सिद्धान्त कहता है कि हर किसी को अपने स्वयं के मानकों को लागू करना चाहिए और उसी आधार पर उसके बारे में कोई भी निर्णय लिया जाना चाहिए और इस तरह सापेक्षतावादी दृष्टिकोण उदारता, पूर्वाग्रहरहित, नेक और उचित होने का परिचायक है। हालाँकि, नैतिक सापेक्षतावाद की अवधारणा पर आधारित एक समाज की कल्पना करना कठिन है। उदाहरण के लिए एक व्यक्ति करों के भुगतान को अपना नैतिक कर्तव्य समझ सकता है जबकि किसी दूसरे व्यक्ति की राय उससे बिलकुल अलग हो सकती है। समाज को किसी बिन्दु पर एक राय होना ही होता है और अलग-अलग लोगों के लिए अलग-अलग मानक नहीं हो सकते। भले ही यह एक सच है कि लोगों के विश्वास और नैतिकता से जुड़े निर्णय अलग-अलग होते हैं। सापेक्षवाद बहुत व्यावहारिक अवधारणा नहीं है।

सार्वभौमिक नैतिक निरपेक्षवाद

सापेक्षवाद के ठीक विपरीत सार्वभौमिक नैतिक निरपेक्षवाद की अवधारणा है जिसे चार उप-समूहों में विभाजित किया जा सकता है—

1. उद्देश्यवाद (टेलिअलोजी)

हर कोई प्रसन्न रहना चाहता है और इसलिए दूसरों के लिए भी प्रसन्नता की कामना करनी चाहिए और सबसे अच्छा काम खुशियाँ बाँटना है। यह उपयोगितावाद के सिद्धान्त का मूल आधार है जो कि प्रमुख रूप से नैतिकता का उद्देश्यवाद सिद्धान्त है। इस सिद्धान्त के अनुसार किसी कार्य की नैतिकता उसके परिणामों के आधार पर निर्धारित होती है। इसका अर्थ यह है कि साध्य ही उसमें प्रयुक्त साधन के औचित्य को न्यायसंगत सिद्ध करेगा। यह एक तरह से नकारात्मक अर्थ हो सकता है लेकिन यहाँ उद्देश्य है अन्त में सभी की प्रसन्नता, इसलिए इसका एक सकारात्मक अर्थ भी है। उदाहरण के लिए, एक लोक सेवक को प्रसन्नता उसके पारिश्रमिक, काम की बेहतर परिस्थितियों और नौकरी की उन्नतिशील प्रकृति से मिल सकती है। जेरमी बेंथम और जे.एस. मिल प्रसिद्ध उपयोगितावादी दार्शनिक थे। संक्षेप में, इस सिद्धान्त के समर्थकों के अनुसार सबसे अधिक प्रसन्नता को बढ़ावा देना ही सबसे महत्त्वपूर्ण नैतिक सिद्धान्त है।

2. नीतिशास्त्र (डियोंटोलॉजी)

नीतिशास्त्र के सिद्धान्तकारों का मानना है कि किसी कार्य की नैतिकता परिणामों पर नहीं बल्कि स्वयं उस कार्य की महत्त्वपूर्ण विशेषताओं पर निर्भर करती है। इमैनुएल कांट इस स्कूल के सबसे उल्लेखनीय दार्शनिक हैं। कांट के लिए, नैतिकता का सबसे महत्त्वपूर्ण पहलू निरन्तरता है और इसका सबसे सुनहरा नियम यह है कि "दूसरों के साथ वैसा व्यवहार न करें जैसा आप चाहते हैं कि वे आपके साथ न करें।"

3. अन्त:प्रेरणावाद

ऐसी मान्यता है कि मनुष्य के पास एक स्वत: नैतिक भावना होती है जो किसी कार्य के नैतिक चरित्र को पहचानती है। उदाहरण के लिए, हमारी नैतिक भावना हमें बताती है कि कठिन समय में लोगों की सहायता करना हमेशा एक अच्छी बात है। इस सिद्धान्त के अनुसार नैतिक निर्णय, सिद्धान्तों और तर्कों से अधिक भावनाओं पर निर्भर करते हैं।

4. सद्गुण नीतिशास्त्र सिद्धान्त

चौथा प्रमुख समूह अरस्तू से जुड़ा गुण नीतिशास्त्र का सिद्धान्त है। यह सिद्धान्त किसी कार्य को चरित्र, विलक्षणता या गुण के आधार पर अच्छा मानता है, जो उस कार्य में निहित हो, उदाहरण के लिए, गरीबों को पैसा देना दया का कार्य है और उदारता एक नैतिक क्रिया है जबकि धोखा देना या झूठ बोलना एक अनैतिक कार्य है।

अगर हम इन सिद्धान्तों की तुलना करें तो आसान भाषा में कह सकते हैं कि उद्देश्यवाद के अनुसार व्यक्ति को प्रसन्नता बाँटने के उद्देश्य से कार्य करना चाहिए; नीतिशास्त्र कहता है कि व्यक्ति को समुचित सिद्धान्त के अनुसार कार्य करना चाहिए और निरन्तर रूप से उसका अनुकरण करना चाहिए; अन्त:प्रेरणावाद का विचार है कि हमें सही या गलत की अपनी आन्तरिक भावना के अनुसार कार्य करना चाहिए, जबकि सद्गुण सिद्धान्त का प्रस्ताव है कि एक व्यक्ति को एक अच्छे चरित्र के व्यक्ति के रूप में कार्य करना चाहिए और दूसरों के समक्ष एक ऐसा नैतिक उदाहरण स्थापित करना चाहिए जिसका वे अनुकरण कर सकें। इस प्रकार हम उन प्रश्नों की तुलना कर सकते हैं जिन पर प्रत्येक सिद्धान्त के अनुयायी चर्चा करना चाहेंगे।

उद्देश्यवाद

अ. मेरे कार्यों का क्या परिणाम होगा?
ब. मेरे कार्यों के दीर्घकालिक प्रभाव क्या होंगे?
स. क्या मेरे कार्य प्रसन्नता को बढ़ावा देते हैं?

धर्मशास्त्र

अ. इस मामले में कौन-सा सिद्धान्त लागू होता है?
ब. क्या यह सिद्धान्त सभी समान मामलों में लगातार लागू किया जा सकता है?

स. क्या इस सिद्धान्त को व्यवहार का एक सम्भावित सार्वभौमिक सिद्धान्त माना जा सकता है?
द. सभी लोगों को अपने आप में साध्य मानने के आदर्श का सबसे अच्छा उदाहरण कौन-सा कार्य है?
ई. कौन-सी कार्रवाई एक ऐसे समाज के आदर्श का सबसे अच्छा उदाहरण देती है और पूरी तरह से आगे बढ़ाती है जहाँ लोग संघर्ष के अतिरिक्त एक-दूसरे को बढ़ावा देते हैं?

अन्त:प्रेरणावाद

अ. मेरी अन्तरात्मा मुझे इस क्रिया के बारे में क्या बताती है?
ब. क्या मैं इस क्रिया के बारे में अच्छा महसूस करता हूँ?

सद्‌गुण नीतिशास्त्र सिद्धान्त

अ. यह क्रिया किस चरित्र की अवस्था को अभिव्यक्त करती है?
ब. इस क्रिया का मेरे चरित्र पर क्या प्रभाव पड़ेगा?
स. अन्य लोगों के चरित्र पर क्या प्रभाव पड़ेगा?
द. क्या यह कार्य किसी ऐसे व्यक्ति का है जिसके चरित्र की मैं प्रशंसा करूँगा?

इन सभी सिद्धान्तों की अपनी प्रासंगिकता है और ये मनुष्यों पर लागू होते हैं। हालाँकि, ऐसी परिस्थितियाँ हो सकती हैं जहाँ उनके बीच अस्पष्टता या संघर्ष हो।

सुकरात

पश्चिमी नैतिक दर्शन का हर अध्ययन सुकरात से आरंभ होता है। वह अपने आस-पास सभी आयुवर्ग और व्यवसायों के लोगों को सम्मिलित करने के लिए शहर के चारों ओर घूमते थे और उनके साथ मनुष्य और समाज से सम्बन्धित विभिन्न मुद्‌दों पर चर्चा करते थे। उनका तरीका बहस और सवाल पूछने का था। उन्होंने पूर्ण ज्ञानी होने का दावा नहीं किया बल्कि स्वयं को ज्ञान का साधक माना। उनके दर्शन का प्रारम्भिक बिन्दु यह था कि वह कुछ नहीं जानते मगर जानना चाहते हैं। यही कारण था कि उन्होंने सभी प्रचलित मान्यताओं, हठधर्मिता और सिद्धान्तों पर सन्देह करना आरंभ किया। वह इस महत्त्वपूर्ण प्रश्न का उत्तर जानना चाहते थे कि मनुष्य क्या है और वह क्या बन सकता है। वह भौतिक और नैतिक सवालों से जूझते थे और उनकी रुचियाँ वैज्ञानिक के बजाय नीति सम्बन्धी थीं। अपनी शिक्षा को उन्होंने अपने जीवन में उतारा और अपने विश्वास पर तब भी अडिग रहे जब उनको युवाओं को भ्रष्ट करने और देवताओं के प्रति असम्मान दिखाने के आरोप में मृत्यु की सज़ा सुनाई गई। सुकरात के लिए नैतिक मूल्यों का एक उद्‌देश्य है और उसमें यह विश्वास निहित है कि एक नीतिपरक और नैतिक जीवन मानवता को आनन्द की ओर ले जाएगा। वह इस विचार के पैरोकार थे कि मनुष्य के लिए एकमात्र सार्थक खोज सद्‌गुण है और मनुष्य को आत्म-सुधार की दिशा में काम करना चाहिए जो कि धन और वैभव जैसी सांसारिक सफलता में लिप्त होने से कहीं

अधिक महत्त्वपूर्ण और आनन्ददायक है। सुकरात के अनुसार सद्गुण को भौतिक सुख से कहीं अधिक प्राथमिकता दी जानी चाहिए।

सुकरात ईश्वर में विश्वास करते थे और व्यभिचार, माता-पिता के साथ दुर्व्यवहार, चोरी या मित्रों को धोखा देने जैसे अन्यायपूर्ण या अनैतिक कार्यों के लिए आलोचनात्मक थे। उनका विचार था कि सभी मनुष्य अपने जीवन में वही चाहते हैं जो उनके लिए कल्याणकारी या अच्छा हो, लेकिन वे अज्ञानी हैं और इसलिए वह यह नहीं जानते कि इसके बारे में क्या सही है। सुकरात के इस दृष्टिकोण के बारे में सवाल किए जा सकते हैं कि मनुष्य केवल अच्छी वस्तुओं की इच्छा रखते हैं और उन्हें अपनी इच्छाओं को पूरा करने के लिए केवल नैतिक ज्ञान की आवश्यकता होती है। उन्होंने अन्तरात्मा से जुड़े एक सरल जीवन की वकालत की और केवल शरीर की आवश्यकताओं पर ध्यान केन्द्रित नहीं किया। सुकरात के लिए शरीर सच्चा ज्ञान प्राप्त करने के मार्ग में एक बाधा हो सकता है। मूल रूप से सुकराती दृष्टिकोण यह था कि बिना सोचे-विचारे जीवन जीने लायक नहीं है और इसलिए, अच्छाई और सद्गुणों की व्याख्या पर पहुँचने के लिए प्रश्न पूछते रहना चाहिए।

सुकरात अपने समय से आगे थे और इसी कारण से लोकतांत्रिक एथेंस में लोग चाहते थे कि उन्हें दंडित किया जाए और इसलिए उन्हें हेमलॉक विष पीने के लिए कहा गया। उन्होंने बड़ी शान्ति और गरिमा के साथ ऐसा किया, न तो उन्होंने क्षमा माँगी और न ही जेल में रहने के दौरान सज़ा से बचने के लिए किसी को रिश्वत देने का प्रयास किया।

प्लेटो

प्लेटो सुकरात के अनुयायी थे और उन्हें यह देखकर बहुत प्रसन्नता होती थी कि उनके गुरु रूढ़ियों और धारणाओं पर तीखे सवाल करते थे। प्लेटो उन बहसों में सम्मिलित होते थे और प्रसन्न होते थे और ज्ञान के प्रति उनकी ललक और बढ़ गयी। अपने गुरु की मृत्यु ने उनमें लोकतंत्र के प्रति वितृष्णा भर दी। चूँकि वह सुकरात के छात्र थे यही कारण था कि एथेंस के लोकतांत्रिक नेताओं ने उन्हें सन्देह की दृष्टि से देखा और इसलिए उन्होंने एथेंस छोड़ दिया और कई वर्षों तक यात्रा की जिसके बाद वह एथेंस लौटकर आए और अपनी विचारधारा के आधार पर एक अकादमी की स्थापना की और 'रिपब्लिक' नामक प्रसिद्ध ग्रन्थ की रचना की। वह प्लेटोनिस्ट स्कूल ऑफ़ थॉट के संस्थापक थे और उनकी अकादमी सम्भवत: यूरोप में उच्च शिक्षा की पहली संस्था थी। उनके दर्शन के अनुसार सदाचार नैतिकता का सबसे महत्त्वपूर्ण तत्त्व है और किसी भी नैतिक क्रिया का उद्देश्य मनुष्य की भलाई और प्रसन्नता है। प्लेटो के नैतिक आदर्श आडम्बरहीन और आत्म-त्याग करने वाले प्रतीत होते हैं। प्लेटो के अनुसार आत्मा का स्वरूप सदैव शरीर के सुखों से निर्लिप्त रहने का है। हमेशा उच्च ज्ञान की खोज करने वाला समझा जाता है, जबकि सामुदायिक जीवन में व्यक्तिगत इच्छाओं पर सार्वजनिक हित हावी होते हैं।

अपने जीवन-काल में प्लेटो के नैतिक विचार बदलते रहे। प्लेटो किसी भी स्तर पर मानव-व्यवहार को नियंत्रित करने वाले नैतिकता के मूल सिद्धान्तों का संगठित या

व्यवस्थित निरूपण नहीं करते हैं। उनका सरोकार उन गुणों से है जो एक विशुद्ध आत्मा में होने चाहिए जो उनके अनुसार एक अच्छा जीवन जीने के लिए आवश्यक हैं। प्लेटो सुकराती पद्धति और सुकरात के प्रबल प्रशंसक और अनुयायी थे और ज्ञान एवं यथार्थ की प्रकृति के व्यापक अनुसंधान में लगे हुए थे। अपनी विवेचना को उन्होंने सुकरात और अन्य लोगों के साथ हुए संवाद के रूप में प्रस्तुत किया। उन्होंने साहस, न्याय, संयम और धर्मपरायणता जैसे पारम्परिक गुणों पर प्रश्न उठाए और फिर अपने अन्वेषणों का व्यापक विस्तार किया।

प्लेटो के अनुसार ज्ञान वह है जो एक बेहतर जीवन जीने के लिए आवश्यक है। उन्होंने प्रसन्नता और सद्गुण पर बहुत विस्तार से विचार किया है। उनके विचार से आत्मा के तीन नैसर्गिक गुण होते हैं और तीनों की अपनी अलग-अलग इच्छाएँ होती हैं। पहला तत्त्व है बुद्धि या ज्ञान का जिसमें सत्य और सभी के कल्याण की कामना समाहित रहती है। दूसरा तत्त्व है साहस जिसमें आत्मसम्मान का भाव और प्रतिस्पर्धी मूल्य समाहित रहते हैं और तीसरा तत्त्व है भूख का, तृष्णा का जिसमें खान-पान और सम्भोग से जुड़ी इच्छा होती है। प्लेटो का मानना है कि ये तीनों तत्त्व अलग-अलग दिशाओं की ओर उन्मुख होते हैं और सामंजस्य तभी आता है जब ये तीनों तत्त्व एक साथ मिलकर सन्तुलित रूप में कार्य करते हैं। प्लेटो न्याय की अवधारणा की भी विवेचना करते हैं और पाते हैं कि आत्मा के तत्त्व की तरह एक बेहतर ढंग से कार्यशील राज्य में भी तीन वर्ग होते हैं शासक, संरक्षक और उत्पादक। उनके अनुसार एक विवेकपूर्ण राज्य में शासक वर्ग को उचित-अनुचित का ज्ञान होता है। एक साहसी राज्य में संरक्षक वर्ग अपने शासक द्वारा युद्ध की ऊष्मा में उन आदेशों को मानने के लिए तैयार रहता है जो डर बनाए रखने के लिए दिए गए निर्देशों के अनुसार होते है। एक संयमित राज्य में सभी नागरिक इस बात पर सहमत होते हैं कि उन पर कौन शासन करेगा और एक न्यायपूर्ण राज्य में ये तीनों ही वर्ग मिल-जुलकर दिए गए कार्य को बेहतर ढंग से करते हैं। एक सदाचारी राज्य की स्थापना के लिए आवश्यक है कि उसके सभी वर्ग समरसतापूर्ण ढंग से कार्य करें और अगर कोई नगर स्वयं को गुणी कहलाना चाहता है तो उसके सभी नागरिक अच्छी तरह अपना योगदान दें। प्लेटो न्याय की अवधारणा के बारे एक व्यापक दृष्टिकोण रखते हैं जिसके अनुसार जिस व्यक्ति में यह सभी सद्गुण होते हैं वह अन्य सभी सद्गुणों में समान अधिकार रखता है और इस प्रकार एक समृद्ध आत्मीय गुण को प्राप्त करता है।

प्लेटो का एक प्रसिद्ध सिद्धान्त यह है कि ज्ञान तब तक मनुष्य का भला नहीं कर सकता जब तक वह स्वयं इस बात को आत्मसात न करे कि भलाई दरअसल है क्या और इसी आधार पर प्लेटो एक अत्यधिक महत्त्वाकांक्षी शिक्षा-कार्यक्रम को प्रस्तुत करते हैं। इसका प्रारंभ बचपन की कहानियों, कविता और संगीत के साथ होता है और फिर गणितीय सिद्धान्तों के प्रशिक्षण के रूप में आगे बढ़ता है। यह शिक्षा एक व्यक्ति को भलाई के प्रथम सिद्धान्त को समझने के लिए प्रेरित करती है।

प्लेटो को फॉर्म्स के सिद्धान्त के लिए जाना जाता है। प्लेटो के अनुसार जब कोई दार्शनिक आत्मज्ञान प्राप्त करता है वह फॉर्म्स का ज्ञान हासिल करता है और जिन दार्शनिकों के भीतर ऐसा अन्तर्ज्ञान होता है उन्हें ही राज्य का शासक होना चाहिए अथवा

इसी के विकल्प के रूप में शासकों को दार्शनिक होना चाहिए। प्लेटो अच्छाई के विचार और ईश्वर को एकरूप मानते थे। उन्होंने अच्छाई को एक विचार और एक व्यक्तिगत सद्गुण के रूप में माना जो राजनीतिक राज्य में नैतिक दुनिया का वर्णन करता है। 'रिपब्लिक' में प्लेटो का मानना है कि एक नैतिक राज्य के नागरिकों में ही व्यक्तिगत सद्गुण बनाए रखना सम्भव है और राज्यों की राजनीतिक बुराइयों का समाधान भी तभी सम्भव है जब दार्शनिकों को राजा बनाया जाए। सुकरात को दी गई सज़ा ने प्लेटो को यह विश्वास करने के लिए प्रेरित किया होगा क्योंकि उन्होंने लोकतंत्र में भीड़ की भूमिका को देखा था। हम देख सकते हैं कि प्लेटो समाज में समानता की बात नहीं कर रहे हैं और नागरिकों से अपेक्षा करते हैं कि वे अभिभावक, सैनिक, किसान या अन्य के रूप में स्थिति को स्वीकार करें। यह अवधारणा अन्याय के अस्तित्व को स्वीकारती है लेकिन प्लेटो वंशानुगत संरक्षकों द्वारा शासन की अवधारणा में कुछ भी गलत नहीं देखते हैं क्योंकि उन्हें अपना काम करने के लिए आवश्यक ज्ञान और प्रशिक्षण प्रदान किया गया है। प्लेटो का गणतंत्र किसी भी तरह से लोकतांत्रिक नहीं है और यह अधिनायकवादी प्रतीत होता है। यह अभिजात वर्ग के सिद्धान्तों पर आधारित है क्योंकि शक्ति संरक्षकों में निहित है जबकि अन्य को बाहर रखा गया है। प्लेटो न तो निजी सम्पत्ति के पक्ष में थे और न ही परिवार व्यवस्था के पक्ष में। वह सेंसरशिप के पक्ष में थे, इसलिए यह स्पष्ट है कि प्लेटो व्यक्ति को इस विश्वास के साथ राज्य के अधीन मानने का समर्थन करते थे कि दार्शनिकों द्वारा संचालित राज्य स्वत: ही सभी की भलाई सुनिश्चित करेगा।

अरस्तू

परिचय

अरस्तू का जन्म 384 ईसा पूर्व में एथेंस के उत्तर में लगभग 200 मील की दूरी पर मैसेडोनिया के एक शहर स्टैगिरा में हुआ था। वह एथेंस गए और 20 साल तक प्लेटो के छात्र रहे जहाँ प्लेटो ने उनकी बुद्धि की बहुत प्रशंसा की। मैसेडोनिया के राजा फिलिप ने सिकंदर की शिक्षा के लिए अरस्तू को बुलाया। विश्व-विजय के अपने अभियान पर निकलने से पहले सिकंदर ने दो साल तक अरस्तू से शिक्षा प्राप्त की, उसके बाद अरस्तू एथेंस लौट आए जहाँ उन्होंने लिसेयुम नामक दर्शनशास्त्र के अपने स्कूल की स्थापना की। अरस्तू 53 वर्ष के थे जब उन्होंने इस स्कूल की स्थापना की। वह इसके पहले से ही बहुत प्रसिद्ध थे और कई छात्र उनके स्कूल में आते थे। यह स्कूल प्लेटो द्वारा स्थापित अकादमी से अलग था और इसका झुकाव जीवविज्ञान और प्राकृतिक विज्ञान की ओर अधिक था। अरस्तू की अवलोकन क्षमता असाधारण थी। इसी अवलोकन क्षमता के माध्यम से उन्होंने ब्रह्माण्ड के रहस्यों का समझने का प्रयास किया, जबकि उस समय उनकी सहायता के लिए शायद ही कोई वैज्ञानिक उपकरण था। उन्होंने भौतिक दुनिया की कार्यप्रणाली को समझने के लिए अपने चारों ओर आँकड़ों का एक विशाल संग्रह एकत्र किया। अरस्तू ने तर्क, विज्ञान, सौंदर्यशास्त्र व दर्शन जैसे विषयों पर सैकड़ों पन्ने लिखे और संसार की लगभग सभी समस्याओं पर अपनी अवधारणा प्रस्तुत करके ज्ञान के अभूतपूर्व संकलन का योगदान दिया।

तर्क की नींव

अरस्तू ने तर्क का एक नया विज्ञान विकसित किया जिसके माध्यम से उन्होंने ग्रीक बुद्धि को एक विशेष तरीक़े से सोचने के लिए अनुशासित किया। यही तर्क है जो बुद्धि को विवेकशील ढंग से विचार करने के लिए आधार प्रदान करता है और विज्ञान के विकास में सहायक भी होता है। तर्क केवल सही ढंग से विचार करने की कला और पद्धति थी और अरस्तू का मानना था कि सही ढंग से विचार की प्रक्रिया को गणित और विज्ञान की तरह नियमबद्ध किया जा सकता है। इसका अर्थ है कि किसी भी महत्त्वपूर्ण तर्क की जाँच की जा सकती है और उसे परिभाषित किया जा सकता है। अरस्तू ने कहा है कि प्रत्येक अच्छी परिभाषा के दो भाग होते हैं—पहला, यह प्रश्न में किसी वस्तु को किसी वर्ग या समूह का मानता है, जिसकी सामान्य विशेषताएँ भी स्वयं की होती हैं, उदाहरण के लिए मनुष्य सबसे पहले एक जानवर है और दूसरा, यह इंगित करता है कि वस्तुएँ उस वर्ग की अन्य वस्तुओं से किस प्रकार भिन्न हैं। अरस्तु के लिए मनुष्य एक विवेकशील प्राणी (जंतु) था। इससे जुड़ा हुआ दर्शनशास्त्र के लिए अरस्तू का दूसरा महान योगदान न्यायवाद का सिद्धान्त है। एक न्यायशास्त्र प्रस्तावों की एक तिकड़ी है, जिसका निष्कर्ष अन्य दो परिसरों की सच्चाई का अनुसरण करता है, उदाहरण के लिए, मनुष्य एक तर्कसंगत जानवर है; लेकिन अशोक एक आदमी है; इसलिए अशोक एक विवेकशील प्राणी है। गणितीय शब्दों में यदि A, B है और C, A है तो C, B है।

अरस्तू और विज्ञान

कहा जाता है कि अरस्तू ने ही मानव जाति का विज्ञान से परिचय कराया। अरस्तू से पहले भी यूनान में वैज्ञानिक सोच थी लेकिन यह बहुत सटीक नहीं थी। अरस्तू ने यूनान में वैज्ञानिक विकास के सूत्र को पकड़ा और विस्तृत विवरणों में जाकर और अवलोकन करके और फिर इसे संगठित विचार के एक ही निकाय में एक साथ लाकर इसे आगे बढ़ाया। हालाँकि, उनकी भौतिकी लगभग तत्वमीमांसा की तरह थी जिसमें उन्होंने अवलोकन के माध्यम से पदार्थ, गति, स्थान, समय, अनंत, कारण और ऐसी अन्य अवधारणाओं का विश्लेषण किया। उन्होंने पहले के विचारकों के विचारों का विश्लेषण और खंडन किया। उन्होंने पाइथागोरस के इस विचार को खारिज कर दिया कि सूर्य हमारी प्रणाली का केन्द्र है बल्कि उनके अनुसार केन्द्र में पृथ्वी थी। उन्होंने प्राणि उद्यानों का निर्माण किया और एक सतत श्रृंखला में जीवन की अनंत विविधता को व्यवस्थित करने का प्रयास किया। उनके पर्यवेक्षण ने उन्हें विकासवाद के सिद्धान्त तक नहीं पहुँचाया। जीव विज्ञान सम्बन्धी उनके कई अवलोकन समय की कसौटी पर खरे नहीं उतरे, उदाहरण के लिए उनका मानना था कि महिलाओं के दाँत पुरुषों की तुलना में कम होते हैं और मनुष्य के दोनों ओर केवल आठ पसलियाँ होती हैं। हालाँकि, उन्होंने कुछ बहुत ही प्रासंगिक अवलोकन भी किए जैसे कि पक्षी और सरीसृप संरचना में बहुत निकट से जुड़े हुए हैं और उनकी घोषणा थी कि मनुष्य जानवरों के एक समूह से सम्बन्धित है, उनका यह भीं विचार था कि एक प्रजाति या व्यक्ति जितना अधिक विकसित और विशिष्ट

होगा, उसके वंशजों की संख्या उतनी ही कम होगी। उन्होंने भ्रूणविज्ञान के शास्त्र की भी स्थापना की। अरस्तू से पहले जीव विज्ञान का कोई संगठित विज्ञान नहीं था और इसलिए त्रुटियों के बावजूद इस क्षेत्र में अरस्तू का एक महान योगदान है।

तत्व-मीमांसा और ईश्वर

अरस्तू ने कहा कि दुनिया में हर वस्तु अपने से कुछ महान/उत्कृष्ट बनने की आन्तरिक इच्छा से प्रेरित होती है और सब कुछ का रूप और वास्तविकता कुछ ऐसी वस्तु से विकसित हुए हैं जो उसका अपरिष्कृत तत्त्व या पदार्थ था। उदाहरण के लिए, मनुष्य वह रूप है जिसकी वस्तु बालक थी। पदार्थ का अर्थ होगा रूप की सम्भावना जबकि रूप पदार्थ की अन्तिम वास्तविकता है। प्रकृति पदार्थ पर रूप की विजय है जिसका अर्थ है जीवन की निरन्तर प्रगति। इस दुनिया में विकास आकस्मिक नहीं है, लेकिन सब कुछ एक निश्चित दिशा में निर्देशित होता है। अरस्तू का मानना है कि ईश्वर का अस्तित्व तो है, हालाँकि यह अस्तित्व लोगों द्वारा की गई सरल और मानवीय भगवान की कल्पना जैसा नहीं है। ईश्वर शुद्ध ऊर्जा है और प्रकृति का एक अन्तिम कारण है, वस्तुओं की प्रबल प्रेरणा और उद्देश्य, दुनिया का रूप और इसकी महत्त्वपूर्ण प्रक्रियाओं और शक्तियों का कुल योग है। अरस्तू का आत्मा का सिद्धान्त कहता है कि आत्मा शरीर की शक्तियों का योग है और इसके बिना अस्तित्व में नहीं रह सकती। एक आत्मा केवल अपने शरीर में ही उपस्थिति हो सकती है।

अरस्तू ने सौंदर्यशास्त्र, सौंदर्य और कला के सिद्धान्त का अध्ययन किया। कला और कुछ नहीं बल्कि वास्तविकता की अनुकृति थी—बुद्धि के साथ-साथ भावनाओं का सबसे प्रमुख आकर्षण।

नैतिकता और प्रसन्नता

अरस्तू का सरोकार इस महत्त्वपूर्ण प्रश्न से था कि सर्वोत्तम जीवन क्या है? गुण क्या है? हमें प्रसन्नता और तृप्ति कैसे मिलेगी? अरस्तू ने कहा है कि जीवन का लक्ष्य अपने लिए अच्छाई नहीं बल्कि प्रसन्नता है। मनुष्य का मूल गुण उसकी सोचने की क्षमता है और इसी गुण के विकास से उसे तृप्ति और प्रसन्नता मिलेगी। उद्देश्यपूर्ण जीवन ही प्रसन्नता का मार्ग है। दृढ़ निश्चय, आत्मनियंत्रण, इच्छाओं में सम्यकता और साधनों की कुशलता में ही जीवन का पुण्य छिपा है। मनुष्य को सद्गुण की ओर ले जाने का जो मार्ग है वह है मध्य मार्ग या स्वर्णिम मार्ग। अरस्तू ने पराकाष्ठा से बचने की वकालत की और उनके अनुसार मध्य मार्ग ही सर्वाधिक उचित मार्ग है जो दो पराकाष्ठाओं के बीच सन्तुलन बनाने का मार्ग है। यह दो पराकाष्ठाएँ दो अवगुण हो सकते हैं, उदाहरण के लिए, दीनता और घमंड चरम दोष हैं लेकिन उचित अभिमान स्वर्णिम के साथ-साथ एक गुण भी है। इसी तरह कायरता और उतावलेपन के बीच साहस है; कंजूसी और फिजूलखर्ची के बीच उदारता है; आलस और लालच के बीच महत्त्वाकांक्षा है और अनिर्णय और आवेग के बीच आत्मनियंत्रण है।

स्वर्णिम मार्ग दो चरम सीमाओं का सटीक औसत नहीं है और प्रत्येक स्थिति की परिस्थितियों के अनुसार उतार-चढ़ाव करता है। मध्य मार्ग का यह सिद्धान्त ग्रीक दर्शन का एक महत्त्वपूर्ण हिस्सा है। अरस्तू का कहना है कि स्वर्णिम मध्य मार्ग ही प्रसन्नता का एकमात्र कारक नहीं है। हमारे पास सांसारिक वस्तुओं की उचित मात्रा होनी चाहिए। प्रसन्नता के लिए बाहरी सहायकों में सबसे महान मित्रता है और मित्रता के लिए समानता की आवश्यकता होती है। हालाँकि, प्रसन्नता का मूलतत्त्व हमारे भीतर रहता है आत्मा के पूर्ण ज्ञान और शुद्धता में। इन्द्रियों का सुख ही सही रास्ता नहीं है। मस्तिष्क का आनन्द ही वास्तविक आनन्द है। अरस्तू के अनुसार आदर्श व्यक्ति वह है जो स्वयं को अनावश्यक रूप से खतरे में नहीं डालता बल्कि किसी बड़े संकट के समय अपनी जान तक देने को तैयार रहता है; वह अपनी नापसन्दियों और वरीयताओं के विषय को छुपाता नहीं और अपनी बातचीत और कार्यों में बहुत स्पष्टवादी होता है; वह कभी भी किसी के प्रति द्वेष महसूस नहीं करता है और जीवन में मिलने वाले दुखों को भूल जाता है, उनसे पार हो जाता है; वह दूसरों की बुराई नहीं करता, उसकी बातों से ही उसके व्यक्तित्व का अनुमान लग जाता है; वह अपनी परिस्थितियों का सर्वोत्तम उपयोग करते हुए जीवन की दुर्घटनाओं को गरिमा और अनुग्रह के साथ सहन करता है। ऐसा व्यक्ति सदाचार, साहस, उदारता, निष्ठा और गरिमा से परिपूर्ण होता है। वह एक उदार चरित्र का व्यक्ति होता है, हालाँकि ऐसे व्यक्ति के गुण उसकी असाधारण सामाजिक स्थिति पर काफी हद तक निर्भर करते हैं। इस तरह कुलीनता के गुणों को वंशानुगत विशेषाधिकार और असमानता के साथ जोड़ा जाता है।

अरस्तू के अनुसार न्याय राज्य का गुण है न कि व्यक्ति का। वह दो प्रकार के न्याय की बात करते हैं—वितरणात्मक और सुधारात्मक। वितरणात्मक न्याय लोगों को योग्यता के अनुसार पुरस्कृत करने जबकि सुधारात्मक न्याय गलत काम करने वालों को दंड देने की बात करता है।

मानव इच्छा की स्वतंत्रता अरस्तू के लिए महत्त्वपूर्ण है और उचित कार्य मनुष्य की इच्छा के परिणाम होते हैं। व्यक्ति अपनी इच्छा से उचित और अनुचित के बीच चयन करता है। अरस्तू का यह सिद्धान्त सुकरात की इस मान्यता के बिलकुल विपरीत है जो यह मानते थे कि पुण्य कार्य अनैच्छिक होते हैं। अरस्तू ने कहा कि विषम परिस्थितियों को छोड़कर मानवीय इच्छाएँ स्वैच्छिक होती हैं।

अरस्तू के अनुसार तर्क द्वारा भावनाओं के नियंत्रण में ही नैतिक गुण निहित होते हैं। मानव-भावनाओं को नियंत्रित करना कठिन है लेकिन यदि उन्हें तर्क द्वारा नियंत्रित किया जाए तो यह अनुशासन की ओर ले जाता है जो आत्मनियंत्रण का मूल भाव है। इस सद्गुण का बार-बार अभ्यास करने से यह आचरण को आदत में परिवर्तित कर देता है।

राजनीति और राज्य

अरस्तू के अनुसार राजनीति नैतिकताओं के वर्गीकृत अन्तर पर आधारित होती है और नागरिकों का कल्याण ही राज्यों का एकमात्र उद्देश्य है। लोग केवल राज्य में ही

प्रसन्न और सदाचारी हो सकते हैं। अरस्तू के अनुसार मनुष्य एक राजनीतिक प्राणी है। अरस्तू राजशाही के पक्ष में नहीं थे, लेकिन उन्होंने कहा कि सबसे अच्छी व्यावहारिक राजनीति अभिजातवर्गीय राजनीति है, जिसमें कुछ शिक्षित और सक्षम लोगों का शासन हो। सरकार चलाना ऐसा जटिल मसला है कि जिसे केवल संख्या बल के आधार पर नहीं देखा जा सकता। इस प्रकार वे लोकतंत्र के पक्ष में नहीं थे क्योंकि यह समानता की झूठी धारणा पर आधारित है।

आलोचना

अरस्तू ने असमानता को स्वीकार किया और लोकतंत्र के बजाय अभिजातवर्गीय राजनीति को प्राथमिकता दी। उन्होंने दासता और महिलाओं पर पुरुषों की श्रेष्ठता को भी स्वीकार किया। वह बहुत उदारवादी थे और उन्होंने इस बात को महसूस नहीं किया कि भावनाएँ और संवेदनाएँ मानव-जीवन में एक महत्त्वपूर्ण भूमिका निभाती हैं। महान दार्शनिक बर्ट्रेंड रसेल ने उनकी नैतिकता को पारम्परिक और आत्मतुष्टि कहा। अरस्तू की नैतिकता को निकोमेकियन कहा गया, सार रूप में इसका आशय यह है कि जीवन का सबसे श्रेष्ठ फल प्रसन्नता का भाव है जिसे मानवीय गुणों को धैर्यपूर्वक धारण करके प्राप्त किया जा सकता है ताकि यह जीवन-भर मनुष्य के मानसिक अन्तर्जगत पर फैला रहे। यह दर्शाता है कि कैसे सही कार्यों, सही आदतों और सही चरित्र के माध्यम से एक सदाचारी व्यक्ति बनना सम्भव है। एक तरह से यह बौद्ध धर्म के दर्शन से काफी मिलता-जुलता है। निष्कर्ष रूप में बहुत सहजता से ये बात हम कह सकते हैं कि अरस्तू अब तक के सबसे महान दार्शनिक और विचारक थे जिन्होंने इस दुनिया में जीवन के सभी पहलुओं के बारे में बात की थी। उनका मस्तिष्क अद्भुत था और दर्शनशास्त्र पर उनके विचारों का सदियों तक बहुत गहरा प्रभाव रहा है।

एपिक्यूरियनिज़्म (भोगवाद) और स्टोइसिज़्म (वैराग्यवाद)

अरस्तू के बाद ग्रीक दर्शन ने स्वयं को नैतिकता से सम्बन्धित मुद्दों से जोड़ा। एपिक्यूरियनिज़्म और स्टोइसिज्म दो मुख्य स्कूल थे जो जीवन के उद्देश्य के बारे में अलग-अलग विचार रखते थे। एपिक्यूरस का विचार था कि जीवन का मुख्य उद्देश्य प्रसन्नता है जिसके लिए निरन्तर प्रयत्नशील रहना चाहिए। जीवन का अन्तिम लक्ष्य है प्रसन्नता प्राप्त करना और पीड़ा से बचना। प्रसन्नता तब मिलती है जब व्यक्ति मानसिक रूप से स्थिर और शान्त होता है। मनुष्य को सुख-प्राप्ति की अत्यधिक इच्छा नहीं रखनी चाहिए। सुख प्राप्त करने के लिए संयमपूर्ण सादा जीवन जीना बेहतर है। एपिक्यूरस ने महसूस किया कि धर्म और अंधविश्वास प्रसन्नता की राह में मुख्य बाधक हैं। मन की प्रसन्नता शरीर के सुख से श्रेष्ठ हैं इसलिए, एक व्यक्ति को मानसिक रूप से स्थिर और शान्त रहने का लक्ष्य रखना चाहिए। इस दर्शन की इस आधार पर आलोचना की गई कि इससे मनुष्य अपने पास जो कुछ भी है उससे सन्तुष्ट हो जाएगा और जीवन में अपनी स्थिति में सुधार के लिए कदम नहीं उठाएगा और जिससे समस्याएँ और परेशानियाँ हो सकती हैं और परिणामस्वरूप वह दुखी हो सकता है।

स्टोइकवाद प्लेटो के आदर्शवाद से सहमत नहीं था। स्टोइक्स का विचार था कि इंद्रियाँ वाह्य जगत से प्रभाव ग्रहण करती हैं और उन्हीं प्रभावों के आधार पर मनुष्य के ज्ञान की नींव पड़ती है यह विचार प्लेटो के विचारों के विपरीत है जिनका मानना था कि मस्तिष्क ज्ञान का स्रोत है और इंद्रियाँ त्रुटि और भ्रम का कारण बनती हैं। उनके लिए ईश्वर ब्रह्मांड को संचालित करने वाली एक परम सत्ता है और यह विश्व उद्देश्य और सद्भाव से चिह्नित है और कारण और प्रभाव से शासित है। मनुष्य होने की मूलभूत पहचान है कि उसके जीवन में एक उद्देश्य होता है और यह ब्रह्मांड निरपेक्ष नियमों द्वारा शासित है। एक अच्छा या नेक जीवन वह है जिसका कोई उद्देश्य हो और जिसकी नैतिकता का निर्धारण उसके बौद्धिक दृष्टिकोण से होता हो। स्टोइक लोगों की सोच में भावनाओं के लिए कोई स्थान नहीं था, जिसका अर्थ यह है कि वे जीवन को एक तपस्या की तरह जीने पर विश्वास करते हैं। उनके लिए ईश्वर ब्रह्मांड को संचालित करने वाली एक परम सत्ता है और संसार को उसके उद्देश्य और समरसता से पहचाना जाता है और उसका संचालन उद्देश्यपरक और प्रभाव को ध्यान में रखकर किया जाता है।

उनकी आस्था और उनका ज्ञान उनको भौतिकवाद को स्वीकार करने और अभौतिक तत्वों के अस्तित्व को नकारने के लिए प्रेरित करता है और उनके अनुसार ब्रह्माण्ड एक संयोजन है। उनके लिए केवल पुण्य कार्य ही श्रेष्ठ हैं और पाप निकृष्ट कार्य हैं, इनके अतिरिक्त बाकी सब कुछ पूर्ण उदासीनता का विषय है। एक बुद्धिमान व्यक्ति एक सदाचारी व्यक्ति होता है। उनके विचारों में अतिवाद होने के लिए उनकी आलोचना की गई, लेकिन निश्चित रूप से वे जीवन के प्रति एक महान दृष्टिकोण रखते थे।

उपयोगितावाद

हमने पहले के अध्याय में नैतिकता के सिद्धान्तों के बारे में चर्चा की है। उपयोगितावाद उद्देश्यवाद सिद्धांत का एक हिस्सा है जो बताता है कि एक इंसान को क्या करना चाहिए। यह नैतिक सिद्धान्तों के आधार पर मानव-क्रिया के उचित या अनुचित का निर्धारण करता है। इसका मूल सिद्धान्त यह है कि हमें केवल वही काम करना चाहिए जिससे अधिक से अधिक लोगों को अधिक से अधिक प्रसन्नता प्राप्त हो सके। इस विचारधारा के अनुसार मनुष्य का सांसारिक सुख ही एकमात्र उद्देश्य है और व्यक्तियों और संस्थाओं की सभी नीतियों और कार्यों से प्रसन्नता को प्राप्त करने की दिशा में काम करना चाहिए। इस दर्शन के मुख्य प्रस्तावक जेरमी बेंथम थे जबकि इस स्कूल के अन्य प्रमुख सदस्य डेविड ह्यूम और जॉन स्टुअर्ट मिल हैं। अर्थशास्त्र का नियोक्लासिकल स्कूल अधिकतम उपयोगितावाद की अवधारणा पर आधारित था। इसी दर्शन से लोक कल्याणकारी अर्थशास्त्र का भी उदय हुआ है। उपयोगितावाद आनन्द को अधिकतम करने, दर्द को कम करने, खुशी को अधिकतम करने और अधिकतम मात्रा में प्राप्त करने, सन्तुष्टि प्राप्त करने में विश्वास करता है। यह सिद्धान्त प्रभावित व्यक्तियों के नुकसान को कम करने और उनके लाभ व उपयोगिता को अधिकतम करने पर ज़ोर देता है। यदि किसी विशेष स्थिति में से चयन करने का विकल्प हो तो उपयोगितावादी उस कार्रवाई का चयन करेगा जो अधिकतम उपयोगिता को बढ़ावा देती हो।

इस सिद्धान्त की एक आलोचना इसलिए की जाती है कि यह अल्पसंख्यकों के अधिकारों और आवश्यकताओं की उपेक्षा करता है। दूसरे, अगर भ्रष्टाचार से अधिकतम लाभ या उपयोगिता प्राप्त की जा सके तो यह सिद्धान्त उसे भी स्वीकृति देता दिखता है। एक तरह से इस सिद्धान्त के अनुसार अधिकतम लोगों को ज़्यादा से ज़्यादा प्रसन्नता प्रदान करने के लिए अनीतिपूर्ण व अनैतिक क्रियाकलाप को प्रयोग में लाने में भी कोई बुराई नहीं है। उपयोगितावाद का सिद्धान्त लोकोपकारवादी सिद्धान्त का समर्थन नहीं करता अर्थात यह दूसरों के हितों को अपने हित से अधिक महत्त्व देने की बात नहीं करता। यह सामान्य रूप से प्रसन्नता प्राप्त करने की बात करता है और इस सिद्धान्त के अनुसार स्वयं की प्रसन्नता उतनी ही महत्त्वपूर्ण है जितनी किसी भी अन्य की। कई आलोचकों का मानना है कि बेंथम अहंकार या मानवीय स्वार्थ का समर्थन कर रहे थे, लेकिन यह सच नहीं है क्योंकि उपयोगितावाद के सिद्धान्त ने सभी के कल्याण को समान माना और तर्क दिया कि मनुष्य पूरी तरह से स्वार्थी और दूसरों की प्रसन्नता के प्रति उदासीन नहीं है। ऐसे अन्य लोग भी हैं जो यह कहकर इस सिद्धान्त की आलोचना करते हैं कि जीवन के कुछ अन्य उच्च लक्ष्य हैं। केवल प्रसन्नता प्राप्त करना ही जीवन का एकमात्र उद्देश्य नहीं है जैसा कि यह सिद्धान्त कहता है। फिर उच्च सुखों और निम्न सुखों के बीच भेद का मुद्दा है। यह सिद्धान्त यह भी नहीं बताता कि आखिर कुछ लोग बिना किसी स्वार्थ के अपने जीवन का बलिदान क्यों दे देते हैं जैसे कि सैनिक। कई लेखक इस आधार पर उपयोगितावाद की भी आलोचना करते हैं कि यह प्रसन्नता या उपयोगिता के वितरण सम्बन्धी पहलुओं की उपेक्षा करता है, जिसका अर्थ है कि यह सिद्धान्त किसी समाज के सभी सदस्यों को समान रूप से प्रसन्नता प्राप्त हो, इसकी विशेष परवाह नहीं करता। यह सिद्धान्त मानता है कि कोई भी कार्य जिससे समाज में अधिकाधिक लोगों को अधिकतम लाभ और प्रसन्नता मिलती है, वह एक न्यायपूर्ण कार्य है। यह अधिकतर लोगों की भलाई को ध्यान में रखता है लेकिन सभी लोगों की नहीं।

इम्मैनुएल कांट

कांट नैतिकता के धर्मशास्त्र (डियोंटोलॉजी) सिद्धान्त के अग्रणी दार्शनिक थे। हमने देखा है कि यह सिद्धान्त कहता है कि नैतिक व्यवहार का आधार है अधिकार और कर्तव्य, और किसी भी कार्य के परिणाम से अधिक महत्त्वपूर्ण होती है उस कार्य को किए जाने की अभिप्रेरणा। कांट का कहना था कि हमें दूसरों के साथ वैसा ही व्यवहार करना चाहिए जैसा हम चाहते हैं कि वे हमारे साथ करें। कांट के लिए सार्वभौमिक नैतिक सिद्धान्त न्याय, अधिकार, निष्पक्षता, ईमानदारी, सम्मान पर आधारित हैं। उनका कहना है कि नैतिकता निष्पक्ष है और सभी पर समान रूप से लागू होती है और यह हमारे कार्यों के परिणामों के बजाय हमारे इरादों से सम्बन्धित है। डेंटोलॉजी सिद्धान्त की दो शाखाएँ हैं—एक्ट डियोंटोलॉजिस्ट और रूल डियोंटोलॉजिस्ट। पहली शाखा का मानना है कि किसी व्यक्ति की नैतिकता ही उसके क्रियाकलापों का निर्धारण करती है, जबकि दूसरे वाले का मानना है कि नैतिकता के कुछ नियम हैं जिनका लोग अपने कार्यों में पालन करते हैं। डियोंटोलॉजी सिद्धान्त के अनुसार किसी व्यक्ति की नैतिकता उसके

व्यवहार को निर्देशित करने वाले नियमों पर आधारित होती है। कांट स्पष्ट रूप से कुछ उन नियमों को बताते हैं और उनमें दो निर्धारक बिन्दु हैं—किसी स्थिति विशेष में उसे वह कदम उठाना चाहिए जो उसे तब ही स्वीकार्य हो जबकि उसी स्थिति में फँसा कोई अन्य व्यक्ति वही कदम उठाता। दूसरा, अगर कोई नैतिक असमंजस हो तो व्यक्ति को वही कदम उठाना चाहिए जो कि उस स्थिति से जुड़े हुए सभी लोगों का सम्मान सुरक्षित रखे और वह सभी लोगों को एक साध्य और साधन के रूप में समान रूप से व्यवहृत कर सके। निर्णयकर्ताओं के समक्ष यह अभीष्ट एक निर्देशिका की तरह है जिससे कि वे अपने कर्तव्यों का ज़िम्मेदारी से निर्वहन कर सकें।

अधिकार का अर्थ है, कुछ विशेष वस्तुओं को करने के लिए अधिकृत होना। उदाहरण के लिए, एक पुजारी पूजा करने का हकदार है। अधिकार कानूनी, संवैधानिक, मौलिक या नैतिक हो सकते हैं और वे हमें स्वतंत्रता, चयन और सशक्तिकरण प्रदान करते हैं। उदाहरण के लिए जीवन का अधिकार हमारे संविधान द्वारा भारत के नागरिकों को दिया गया है। कांट का तर्क है कि अधिकार आन्तरिक मूल्य पर आधारित होते हैं जो कि तर्कसंगत निर्णय लेने और नैतिक रूप से अच्छा करने की आपकी क्षमता में निहित है।

कर्तव्य नैतिक दायित्व हैं जैसे स्वयं, दूसरों और ईश्वर के प्रति कर्तव्य जिसमें सत्य के प्रति सम्मान, कानून के प्रति सम्मान या सम्मानजनक जीवन जैसे कर्तव्य सम्मिलित हैं। ये स्पष्ट है कि आपको दूसरों की आवश्यकता की परवाह किए बिना नैतिक रूप से कार्य करना होगा। कर्तव्य के कांटियन सिद्धान्त के चार प्रकार हैं—

1. आपके कार्यों की नैतिकता इस बात पर निर्भर करती है कि आप क्या करने का इरादा रखते हैं न कि परिणामों पर।
2. नैतिक नियम निष्पक्ष होते हैं और सभी पर समान रूप से लागू होते हैं।
3. एक कार्य नैतिक है यदि आप उस नियम को सही ठहरा सकते हैं जिसका पालन हर कोई कर सकता है।
4. लोग केवल साध्य का साधन नहीं हैं। मनुष्य के साथ मानवीय ढंग से व्यवहार किया जाना चाहिए।

कांट का नैतिक नियम मनुष्य की तर्कसंगतता या तर्क से आता है। उसके लिए मानवीय कारण स्वायत्त है, किसी बाहरी स्रोत पर निर्भर नहीं है और नैतिक नियम इसी कारण से स्थित है। कांट का विचार था कि मनुष्य एक विवेकशील प्राणी है और मनुष्यों को साधन के रूप में नहीं बल्कि अपने आप में साध्य माना जाना चाहिए।

कांट की इस आधार पर आलोचना की गई है कि उनकी नैतिकता उन परिणामों की परवाह किए बिना अमूर्त कानूनों पर आधारित है जो सिद्धान्तों के कठोर पालन से हो सकते हैं। वह चाहता है कि नैतिक कानूनों का बिना शर्त पालन किया जाए, चाहे परिणाम कुछ भी हो। मनुष्य को अपनी नैतिकता का परिणाम जानने की आवश्यकता के बिना अपना कर्तव्य करना पड़ता है। नैतिकता अपने स्वयं का पुरस्कार है और व्यक्ति को हमेशा वही करना चाहिए जो उसे करना चाहिए।

टामस हॉब्स

इगोइज़्म नैतिक हित और नैतिक अहंवाद का नैतिकतावादी दर्शन है जो इस बात का दावा करती है कि किसी भी कार्य का नैतिक रूप से सही होना आवश्यक और पर्याप्त है क्योंकि इससे उसके स्वयं के निजी हितों में बढ़ोतरी होती है। अमेरिकी विचारक ऐन रैंड इस सिद्धान्त की पैरोकार थीं। टामस हॉब्स मनोवैज्ञानिक अहंवाद के पैरोकार थे जो दावा करते हैं कि प्रत्येक व्यक्ति का केवल एक अन्तिम उद्देश्य होता और वह है उसका अपना कल्याण। हॉब्स का तर्क है कि समाज की उत्पत्ति स्वार्थ और भय से होती है, न कि अपने जैसे अन्य लोगों के लिए किसी भी प्राकृतिक भावना से। वह इसे स्वाभाविक और उचित पाते हैं कि प्रत्येक व्यक्ति को अपने कल्याण और सुख में रुचि लेनी चाहिए और जीवन का एकमात्र नियम आत्मरक्षा है। हॉब्स का विचार था कि प्रकृति के नियम अपरिवर्तनीय और शाश्वत हैं। एक व्यक्ति के दूसरे के साथ व्यवहार करने के कुछ नैतिक नियम होते हैं, ये नैतिक नियम तर्क पर आधारित होते हैं। उनके अनुसार समाज में नैतिकता बनाए रखने के लिए सम्प्रभुता की आवश्यकता होती है। नैतिकता का आधार कानून है और कानून सम्पूर्ण सम्प्रभुता वाले हैं। केवल सरकार की संस्थाएँ किसी को पारितोषिक या दंड दे सकती हैं। केवल ऐसी स्थिति में ही नैतिक व्यवहार सम्भव है। हॉब्स के अनुसार बिना नागरिक सत्ता के नैतिकता के अवयवों का पालन नहीं हो सकता।

जॉन लॉक

लॉक राजनीतिक सिद्धान्त के अपने योगदान और हॉब्स के विरोधाभासी विचारों के लिए जाने जाते हैं। उनका विश्वास था कि प्रकृति की वास्तविक स्थिति प्रसन्नचित्त है और उसको तर्क और सहिष्णुता से चित्रित किया जा सकता है। उस स्थिति में हर एक व्यक्ति बराबर और स्वतंत्र है और किसी को भी दूसरे के जीवन, स्वास्थ्य, स्वतंत्रता और सम्पत्ति को हानि पहुँचाने का अधिकार नहीं है। राज्य की रचना सामाजिक अनुबंध से होती है और यह प्राकृतिक नियमों से निर्देशित होती है। नियम का नैतिक सिद्धान्त मानवता की प्राकृतिक अच्छाई के विश्वास पर आधारित है। आनन्द और हर्ष की खोज जब तार्किक रूप से की जाती है तो वह निज के आनन्द और लोक कल्याण को अग्रसरित होती है।

जीन जाक रूसो

रूसो एक नैतिकतावादी और राजनीतिक सिद्धान्तवादी थे। उनका विश्वास था कि मनुष्य स्वभाव से भला है। एक आदर्श सामाजिक व्यवस्था वह होगी जिसमें हर एक व्यक्ति ऐसी सामान्य इच्छा को मानेगा जो कि तार्किक लोगों द्वारा लोकहित के लिए चुनी गई हो परन्तु सामान्य इच्छा का अर्थ बहुमत की इच्छा या सभी नागरिकों की इच्छा नहीं है। इसकी कल्पना राज्य-इच्छा या राष्ट्र-इच्छा से की गई थी। सामान्य इच्छा सदैव उचित और लोकहित में होगी। रूसो का मत था सम्पूर्ण प्रगति तभी हो सकती है जब प्रकृति की सत्ता का लाभ सामाजिक जीवन के लाभ के साथ सम्मिश्रित हो जाए। उन्हें सामान्य

इच्छा की उपयुक्तता में लोकहित के अस्तित्व के होने का सम्पूर्ण विश्वास था। रूसो ने हृदयगत भावनाओं के समर्थन में तर्क को नकार दिया। उनकी निगाह में तर्क दुरूह और कठिन था। रूसो का 'नोबल सैवेज' एक अच्छा पति और दयालु पिता था; वह लालची नहीं था और स्वाभाविक दयालुता में विश्वास रखता था।

न्याय की अवधारणा और सिद्धान्त

पश्चिमी दार्शनिकों के अनुसार ब्रह्माण्ड में तीन तरह की उपयोगी वस्तुएँ हैं—सत्य, सौंदर्य और न्याय। न्याय की कई परिभाषाएँ हैं परन्तु हम यह कह सकते हैं कि यदि किसी व्यक्ति को उसकी योग्यता के अनुसार व्यवहार मिलता है तो यह न्याय कहा जा सकता है। इस संसार में कोई भी निरपेक्ष न्याय नहीं है, जो कुछ भी हम देखते हैं वो सापेक्ष न्याय है।

न्याय भी कई प्रकार के हैं। पहले को प्रक्रियात्मक न्याय कह सकते हैं, जो ये बताता है कि कोई कार्य विधि अथवा प्रक्रिया के अनुसार किया गया है। एक सरकारी कर्मचारी के लिए यह बहुत महत्त्वपूर्ण है कि उसे विधि के अनुसार प्रशासन चलाना है और सरकार द्वारा निर्धारित प्रक्रिया का सदैव पालन करना है। दूसरा विनियात्मक न्याय कहलाता है जिसके अनुसार सब लोगों के साथ समान व्यवहार हो चाहे उनकी पृष्ठभूमि कुछ भी हो और सब को विकास का बराबर अवसर मिले। सभी सरकारें इस उद्देश्य की पूर्ति का प्रयास करती हैं क्यूंकि वो एक ऐसी व्यवस्था चाहती हैं जिसमें सभी के लिए ब्राबर का अवसर उपलब्ध हो और ये सिद्धांत संविधान में भी प्रतिष्ठित किया गया है। तीसरी तरह का न्याय क्षतिपूरक न्याय है जो अतीत में हुए असमान व्यवहार से हुए अन्याय की क्षतिपूर्ति का अधिकार सुनिश्चित करता है और ये भी आवश्यक है की क्षतिपूर्ति युक्तिपूर्ण हो। इसका एक उदाहरण निर्धनों और वंचितों को दी जाने वाली सुविधा है जो उन्हें उनकी अवस्था और जीवन को ध्यान में रख कर दी जाती है। चौथा न्याय दंडात्मक न्याय है जो अपराधी को दंड के रूप में दिया जाता है जैसे कि किसी व्यक्ति को ऐसे कार्यों से रोकने के लिए अर्थदंड लगाना। पाँचवा न्याय सामाजिक न्याय है जो कि किसी एक समाज को न्याय देता है जिस समाज ने अतीत में अन्याय से कष्ट उठाया है। अनुसूचित जाति और जनजाति के आरक्षण को इस श्रेणी में रखा जा सकता है। और आखिर में संवितरक न्याय है जो ये कहता है कि समाज में लाभ और कर्तव्यों का बराबर वितरण होना चाहिए।

न्याय का मूल सिद्धान्त निष्पक्षता का सिद्धान्त है।

न्याय के सिद्धान्त

1. **उपयोगितावादी सिद्धान्त—** यह सिद्धान्त अधिकतम लोगों को अधिकाधिक प्रसन्नता देने का सिद्धान्त है। यह बहुसंख्यक को तो न्याय दिलाता है परन्तु अल्पसंख्यक वर्ग के विरुद्ध कार्य करने के लिए इसकी आलोचना की जा सकती है।

2. **समतावादी सिद्धान्त**— यह एक तरह का संवितरक न्याय है जो ये कहता है कि कर्त्तव्य और उत्तरदायित्व समान रूप से वितरित होने चाहिए। परन्तु इसकी आलोचना इस आधार पर की जा सकती है कि सभी मनुष्य एक जैसे नहीं हैं, उन सबकी अलग-अलग आवश्यकताएँ हैं और अगर सब लोगों से बराबरी से व्यवहार किया जाएगा तो मेधावी लोगों को अधिक मेहनत करने की प्रेरणा नहीं मिलेगी। बहुतों का मानना है कि समानता की अवधारणा का अर्थ है क्षमता, आवश्यकता और संसाधनों के वितरण में समानता जो कि समानता से अधिक महत्त्वपूर्ण है। परन्तु जहाँ तक राजनीतिक समानता की बात है, हर एक सरकार के लिए सभी को समानता का अधिकार देना बहुत महत्त्वपूर्ण है।
3. **न्याय का पूँजीवादी सिद्धान्त**—यह पूँजीवाद के अर्थशास्त्रीय वाद का आधार है, जो ये बताता है कि हर एक को उसके योगदान के अनुसार न्याय मिलना चाहिए। अर्थात् अधिक उत्पादकता वाला कर्मचारी कम उत्पादकता वाले कर्मचारी से अधिक कमायेगा। इसलिए इस न्याय के सिद्धान्त के अनुसार असमानता स्वीकृत है और इसकी इस आधार पर आलोचना होती है कि यह ध्यान में नहीं रखा जाता है कि हर एक व्यक्ति में अलग क्षमता है और अवसर की उपलब्धता है एवं साथ में उत्पादकता का आकलन बहुत कठिन है।
4. **कार्ल मार्क्स और न्याय का सिद्धान्त**— मार्क्स का मानना था कि पूँजीवाद एक न्यायसंगत व्यवस्था नहीं है क्यूँकि इसने पूँजीवादियों को श्रमिकों के शोषण का अवसर दिया, जो कि बिलकुल भी न्यायसंगत नहीं है। उनका अधिशेष मूल्य का श्रम सिद्धान्त कहता है कि पूँजीवादी एक श्रमिक को उसकी उत्पादकता के अनुसार भुगतान नहीं करता है और हर एक श्रमिक कुछ अधिशेष मूल्य सृजित करता है जिसका उसे भुगतान नहीं मिलता। उनका सोचना था कि पूँजीवादी बस पूँजी के केन्द्रीयकरण में विश्वास रखता है जो कि अक्सर एकाधिकारी पूँजीवाद है और सर्वहारा का शोषण है। मशीनों के द्वारा श्रम से अतिरिक्त श्रमिकों का विस्थापन होता है जो कि निर्धनता को बढ़ावा देता है। मार्क्स के अनुसार, पूँजीवाद ने संवितरक अन्याय और श्रमिकों के अलगाव को बढ़ावा दिया। उनका विश्वास था कि साम्यवाद ही सर्वश्रेष्ठ व्यवस्था है और पूँजीवाद को हटा कर साम्यवाद लाने का हिंसक वर्ग-संघर्ष ही एक रास्ता है। परन्तु बाद की घटनाओं को देखने से पता चलता है कि यह सिद्धान्त सही साबित नहीं हुआ, जहाँ पर समय के अनुसार पूँजीवाद अपने आप को बदलने में सफल रहा है और साथ में श्रमिकों के लाभ का भी ध्यान रखा गया है। सोवियत यूनियन और पूर्वी यूरोप के देशों में साम्यवाद असफल रहा है और यहाँ तक कि चीन ने भी अधिनायकवादी राजनीतिक व्यवस्था में खुले बाज़ार की प्रणाली को अपना लिया है।

जॉन रॉल्स का न्याय का सिद्धान्त

यह न्याय का सिद्धान्त (1971) एक मील का पत्थर माना जाता है जिसे उपयोगितावादी सिद्धान्त का एक विकल्प कहा जाता है। रॉल्स इस विचार से अप्रसन्न थे कि उस समय तक राजनीतिक सिद्धान्त दो प्रमुख विचारों, उपयोगितावाद और सहज ज्ञान के बीच ही घूम रहा था। उन्होंने अन्तर्ज्ञान की संकल्पना और वितरणात्मक न्याय को नियंत्रित करने वाले सिद्धान्तों की व्याख्या करने का प्रयास किया। उनका सिद्धान्त तीन मूल तत्वों पर आधारित था—

1. **सभी नागरिकों के लिए समान स्वतंत्रता**— उदाहरण के लिए भारत का संविधान हम सबको अभिव्यक्ति की स्वतंत्रता और निजी सम्पति के स्वामित्व का अधिकार देता है। रॉल्स का सोचना था कि हर एक नागरिक को सार्थक जीवन बिताने के लिए यह चीज़ें अति आवश्यक हैं और इनका वितरण समान रूप से होना चाहिए। यह सिद्धान्त हमारे संविधान में बहुत गहरे में प्रतिष्ठापित है और यही हमारी लोकतांत्रिक सरकार की सरंचना का आधार है। भारत में देश के शासन का तरीका लोकतांत्रिक है और प्रत्येक व्यक्ति को अपना मतदान करने और लोकतांत्रिक व्यवस्था में सम्मिलित होने का अधिकार है।
2. **सबके लिए अवसर की समानता**— एक न्यायपूर्ण समाज के लिए यह आवश्यक है कि हर एक व्यक्ति अपने आतंरिक कौशल और सामर्थ्य का भरपूर लाभ उठा सके और जीवन में आगे बढ़ सके। भारतीय संविधान विशेष रूप से सभी को बराबर का अवसर प्रदान करता है और सरकार की नीति और योजनाएँ इसी सिद्धान्त से चलती हैं। वास्तव में, जहाँ भी कहीं यह लगता है कि कुछ लोगों को बाकी लोगों से काम के अवसर कम मिल रहे हैं तो सरकार उन्हें विशेष सुविधा देने के लिए हस्तक्षेप करती है। गरीबी उन्मूलन की योजनाएँ और रोजगार देने की योजनाएँ इसी श्रेणी में आती हैं। अनुसूचित जाति और जनजाति के लिए आरक्षण भी इसका एक उदाहरण है। इसके पीछे यह भावना है कि लोगों की स्थितियाँ अलग-अलग हैं जिन पर ध्यान दिया जाना चाहिए।

रॉल्स मूल स्थिति के बारे में बात करते हैं जो प्रारम्भिक तटस्थ स्थिति है और होना इस तरह से चाहिए कि न्याय के सिद्धान्त सभी पर समान रूप से लागू हों। यह सार्वभौमिकता का सिद्धान्त कहलाता है। रॉल्स का चिन्तन वितरणात्मक न्याय के दो मूलभूत प्रश्न उठाता है कि हम न्याय के सिद्धान्त कैसे खोज सकते हैं और ये सिद्धान्त क्या हैं। उनका विचार है कि प्रतिभागियों के बीच लाभों के विभाजन को निर्धारित करने के लिए सिद्धान्तों का एक संग्रह होना आवश्यक है। सामाजिक न्याय की उनकी अवधारणा द्वारा एक ऐसा मानक प्रदान करना जिससे समाज के मूलभूत ढाँचे के वितरणात्मक पहलुओं का आकलन किया जा सके। रॉल्स योग्यता और प्रतिभा के महत्त्व को अस्वीकार करते हैं और केवल इस आधार पर किसी व्यक्ति को कोई लाभ नहीं मिलना चाहिए जो किसी कम भाग्यवान के प्रतिकूल हो।

रॉल्स के अनुसार, न्याय एक परिकल्पित सामाजिक अनुबंध के आधार पर प्राप्त किया जा सकता है जो न्याय के सिद्धान्तों को निर्धारित करता है और जो समानता की अवधारणा से प्रकट हुआ है। इस तरह से रॉल्स सब के लिए समान आरम्भ और सभी के साथ निष्पक्षता के साथ विनिमयात्मक न्याय की बात कर रहे हैं। सामाजिक वस्तुओं पर लोगों का दावा प्राकृतिक दान पर निर्भर नहीं होना चाहिए। वह विभेद सिद्धान्त लागू करते हुए कहते हैं कि लोग अपनी प्रतिभा के लिए अतिरिक्त पुरस्कार तभी प्राप्त कर सकते हैं अगर वो निर्धनों के हित में हो। इस तरह से रॉल्स अपने न्याय के सिद्धान्त में असमानता के मुद्दों को सुलझाते हैं। रॉल्स यह भी मानते हैं कि तर्कसंगत व्यक्ति दो अन्य अलग सिद्धान्तों से भी सहमत होंगे—मूल अधिकारों के निर्धारण में समानता और कर्तव्यों और सामाजिक-आर्थिक असमानताओं की अनुमति केवल तभी दी जाती है जब इनका परिणाम सभी के लिए लाभ की भरपाई में हो। न्याय सामाजिक अनुबंध के अनुसार निष्पक्षता समझौते का परिणाम है। जॉन रॉल्स दिए गए लक्ष्यों को प्राप्त करने के लिए तर्कसंगतता को सबसे प्रभावी साधन मानते हैं।

उनके सिद्धान्त की इस आधार पर आलोचना की जाती है कि असमान सिद्धान्तों को सम्पन्न लोग स्वीकार नहीं करेंगे जो कि गरीबों की उन्नति के लिए अपने धन का त्याग नहीं करेंगे। यद्यपि, वास्तव में, भारत जैसे देशों में सरकार सम्पन्न लोगों पर कर लगाती है और उस धन का उपयोग निर्धनों के विकास की योजनाओं और परियोजनाओं के लिए करती है। इसलिए, हम देखते हैं कि समाज में निष्पक्षता और न्याय लाने के लिए सरकार असमान सिद्धान्तों का उपयोग करती है।

मुक्तिवादी सिद्धान्त

इस सोच के सबसे महत्त्वपूर्ण प्रस्तावक रॉबर्ट नोजिक (1974) हैं। उनके अनुसार सम्पन्न से निर्धन को आय और धन का हस्तान्तरण अन्यायपूर्ण है। उनका सोचना है कि केवल अगर विनिमय स्वैच्छिक है तो ही इसे न्यायपूर्ण कहा जा सकता है। यह व्यक्ति की स्वतंत्र इच्छा पर निर्भर करेगा न कि उस पर पड़ने वाले किसी बाहरी दबाव पर। न्याय लोगों की स्वतंत्र चयन की सच्ची स्वतंत्रता से प्रकट होता है, इसलिए यह सिद्धान्त निर्धन और अभावग्रस्त को लाभ पहुँचाने हेतु सरकार द्वारा हस्तपेक्ष के पक्ष में नहीं है। अगर हम इस सिद्धान्त पर विश्वास करें तो इसका तात्पर्य यह है कि सामाजिक असमानताएँ बनी रहेंगी और निर्धन, निर्धन ही रहेंगे। एक न्यायपूर्ण समाज के लिए निर्धनता, बीमारी और निरक्षरता से मुक्ति भी महत्त्वपूर्ण है। न्याय के लिए केवल उत्पीड़न से मुक्ति ही महत्त्वपूर्ण नहीं है बल्कि उन सामाजिक आर्थिक परिस्थितियों से मुक्ति भी महत्त्वपूर्ण है जिनके कारण समाज के कुछ वर्ग पिछड़े रह जाते हैं।

भारतीय लोकनीति और नैतिक सोच का योगदान

प्रस्तावना

भारत सबसे प्राचीन सभ्यताओं में से एक है और इसकी संस्कृति और लोकनीति जीवन के अर्थ और जीने के सही तरीक़े के बारे में नैतिक और सदाचार उपदेशों से भरी हुई

है। हिन्दू संस्कृति में धर्म का सबसे प्रधान महत्त्व रहा है जहाँ यह माना जाता था कि धर्म के बिना मानव-सुख सम्भव नहीं है। भारतीय नीतिशास्त्र अति विशाल है और इसमें दर्शन के कई विद्यालय हैं जो ईश्वर प्रकृति और मनुष्य का सही आचरण परिभाषित करते हैं। एक तरफ गीता जैसे ग्रन्थ हैं जो बताते हैं कि ईश्वर ही सबका स्रोत है और ईश्वर अनुभव ही जीवन का उद्देश्य है परन्तु अन्य विद्यालय भी हैं विशेष रूप से बौद्ध और जैन धर्म जो या तो ईश्वर के अस्तित्व के बारे में मौन हैं या उससे इनकार करते हैं।

बौद्ध धर्म

छठी शताब्दी ई.पू. में जीवन के उद्देश्य से सम्बन्धित प्रश्नों के उत्तर देने के प्रयास के रूप में बौद्ध धर्म नैतिक आदर्शों की एक प्रणाली के रूप में विकसित हुआ। बुद्ध ईश्वर के अस्तित्व के बारे में मौन थे और उनकी शिक्षाएँ उनके द्वारा सिखाए गए "चार आर्य सत्यों" पर आधारित हैं। बुद्ध के अनुसार चार आर्य सत्य हैं—

1. संसार में दु:ख ही दु:ख है और लोग दर्द, निर्धनता, व्याधि और वृद्धावस्था से पीड़ित हैं।
2. दु:ख का एक कारण है तृष्णा। तृष्णा ही दु:ख को उत्पन्न करती है। निष्कर्ष ये है कि एक कार्य है और एक कारण है।
3. यदि हम कारण को दूर कर दें तो दु:ख का अन्त हो सकता है।
4. यदि व्यक्ति नैतिक मार्ग का अनुसरण करे और अनावश्यक तृष्णाओं का पीछा ना करे तो वो सारे दुखों और कष्टों को समाप्त कर सकता है और अपने आपको जन्म और मरण के चक्र से भी मुक्त कर सकता है (निर्वाण की प्राप्ति)।

इसको प्राप्त करने का नैतिक मार्ग श्रेष्ठ अष्टांगिक मार्ग है—

1. सम्यक् दृष्टि
2. सम्यक् संकल्प
3. सम्यक् वचन
4. सम्यक् कर्मस्त
5. सम्यक् आजीव
6. सम्यक् व्यायाम
7. सम्यक् स्मृति
8. सम्यक् समाधि

यदि लोग इस अष्टांगिक मार्ग का अनुसरण करते हैं तो वे स्वयं को तृष्णा के बन्धन से मुक्त कर सकते हैं जो कि दुख का मूल कारण है। ये मार्ग आपस में सम्बंधित हैं और जीवन जीने का सही तरीका बताते हैं, यदि व्यक्ति को दु:ख को पराजित करना है। वह पहले तीन रास्ते दुख की प्रकृति को समझने में मदद करते हैं जबकि चौथा रास्ता इसे समाप्त करने के तरीक़े के बारे में है। सर्वोत्तम परिणाम के लिए बुद्ध ने मध्य मार्ग का समर्थन किया। इसका अर्थ यह हुआ कि व्यक्ति को न तो घोर तपस्या के कठोर

मार्ग का अनुसरण करना चाहिए और न ही पूर्ण भोग के मार्ग का। आत्म-दमन और आत्म-भोग दोनों से बचना चाहिए और मध्यम मार्ग से ही व्यक्ति निर्वाण और आत्मज्ञान प्राप्त कर सकता है। निर्वाण ही पूर्ण तृष्णारहित स्थिति है।

भगवान बुद्ध ने अहिंसा और सभी के प्रति प्रेम और करुणा से भरे जीवन का समर्थन किया। उनका विचार था कि लोगों को घृणा को प्रेम से और बुराई को अच्छाई से दूर करना चाहिए। उनका जीवन इस तरह के जीवन जीने का एक उदाहरण है। वह चाहते थे कि मनुष्य विचारशील, नि:स्वार्थ हो और उन्होंने आन्तरिक शुद्धि पर बहुत ज़ोर दिया। मनुष्य जन्म और मृत्यु के दुष्चक्र में फँसा हुआ है जिससे कि कष्ट निरन्तर रहता है और केवल सम्यक ज्ञान के माध्यम से ही इस चक्र को तोड़ा जा सकता है। बुद्ध की शिक्षा का एक केन्द्रीय विचार यह है कि हमारे पिछले कर्म (कार्य) ही हमारी वर्तमान अवस्था और जीवन की स्थिति को निर्धारित करते हैं।

बुद्ध का दृष्टिकोण तर्कसंगत है जहाँ यह मनुष्य पर निर्भर है कि वह जीवन जीने के ऐसे तरीक़े का पालन करे जिससे वह इस दुनिया में दर्द और पीड़ा से उबर सके।

जैन धर्म

छठी शताब्दी ई.पू. ने जैन धर्म को भी जन्म दिया और महावीर जैन 24 तीर्थंकरों में से अन्तिम और सबसे महत्त्वपूर्ण थे जिन्होंने इस धर्म के विकास में योगदान दिया। जैन धर्म ईश्वर के अस्तित्व को नहीं मानता, लेकिन यह मानता है कि हमारा दु:ख जन्म और मृत्यु के चक्र में फँसने के कारण है और इसका मुख्य कारण हमारी अज्ञानता है। इस अज्ञान को सम्यक ज्ञान से दूर किया जा सकता है जो आत्मज्ञान और मुक्ति (मोक्ष) की ओर ले जाता है। इसे प्राप्त करने के लिए पाँच नैतिक सिद्धान्तों का पालन करना पड़ता है।

1. अहिंसा और किसी भी व्यक्ति अथवा पशु को चोट न पहुँचाना।
2. सत्य
3. अस्तेय
4. अपरिग्रह
5. ब्रह्मचर्य

भिन्न-भिन्न प्रकार के मनुष्य विभिन्न परिस्थितियों में कार्य करते हैं इसलिए इन पाँच सिद्धान्तों का पालन भी पृथक होगा—भिक्षुओं के लिए अति कठोर और दृढ़ परन्तु गृहस्थों के लिए शिथिल।

जैन धर्म प्रत्येक जीवित प्राणी को सम्भावित रूप से दिव्य मानता है और किसी को भी उन्हें नुकसान नहीं पहुँचाना चाहिए। अहिंसा आत्म-चेतना का मार्ग है। हमें हमारी आत्मा के वास्तविक स्वरूप का एहसास तब होता है जब हम कर्तव्यबद्ध दायित्वों से मुक्त होकर दिव्य चेतना प्राप्त करते हैं। आत्मा को आन्तरिक शत्रुओं पर विजय प्राप्त करने के लिए निरन्तर अभ्यास का प्रयास करना पड़ता है। जैन धर्म आत्मविकास का एक अत्यन्त नैतिक धर्म है। जैन धर्म भी मानव-व्यवहार को निर्देशित करने के लिए तीन नियमों को निर्धारित करता है

1. सम्यक दर्शन
2. सम्यक ज्ञान
3. सम्यक चरित्र

जैन धर्म का उद्देश्य परिपूर्णता प्राप्त करना है और इसके लिए यह शरीर, वाणी और मन के संयम की सलाह देता है। प्रत्येक जैन को नम्रता, पवित्रता, सत्यता, क्षमा और सरलता जैसे गुणों का विकास करना चाहिए।

हिन्दू धर्म

बौद्ध धर्म और जैन धर्म से पहले धर्मसूत्रों का काल था जो हिन्दू जीवन शैली के लिए नैतिक सिद्धान्तों और आज्ञाओं के साथ सामने आया था। इन धर्मसूत्रों में नैतिक मानकों और नैतिक व्यवहार के मानदंडों की चर्चा की गई है। इनमें से सबसे महत्त्वपूर्ण 'मनु स्मृति' है जो विभिन्न सामाजिक वर्गों के लोगों के कर्तव्यों और उत्तरदायित्वों का विवरण देती है। 'मनुस्मृति' के अनुसार मनुष्य के जीवन में चार अवस्थाएँ होती हैं—

1. ब्रह्मचर्य
2. गृहस्थ
3. वानप्रस्थ
4. संन्यास

मनुष्य का जीवन काल 100 वर्ष का अपेक्षित है और इनमें से प्रत्येक चरण 25 वर्ष का है। पहला चरण अध्ययन और चरित्र-निर्माण के बारे में है; दूसरा चरण गृहस्थ जीवन और जीविकोपार्जन करने और अपने परिवार की देखभाल करने के बारे में है; तीसरा चरण सक्रिय जीवन से दूर जाने और स्वयं को आध्यात्मिक गतिविधियों में समर्पित करने के बारे में है और चौथा चरण पारिवारिक जीवन से पूरी तरह से दूर जाने के बारे में है। इस प्रकार एक मनुष्य से सन्तुलित जीवन जीना अपेक्षित था। हिन्दू धर्म सन्तुलन की इस प्रणाली को और आगे जीवन के चार उद्देश्यों तक देकर ले जाता है।

1. धर्म
2. अर्थ
3. काम
4. मोक्ष

इस तरह देखा जा सकता है कि जीवन के बारे में हिन्दू दृष्टिकोण बहुत व्यापक है और एक व्यक्ति से अपेक्षा की जाती है कि उसका सरोकार जीवन के भौतिक और आध्यात्मिक पहलुओं से हो। इन्द्रिय सुख को नीची दृष्टि से नहीं देखा जाता परन्तु सभी रूपों की अति से बचा जाना चाहिए। व्यक्ति धन संग्रह कर सकता है। स्वतंत्र परन्तु न्याय-संगत तरीक़े से बिना किसी को धोखा दिए या भ्रष्टाचार के। धार्मिक आदर्शों को मनुष्य की सभी गतिविधियों का मार्गदर्शक होना चाहिए और मोक्ष ही अन्तिम उद्देश्य होना चाहिए। व्यक्ति को ईश्वर से डरना चाहिए और हमेशा सही तरीक़े से आचरण करना चाहिए।

वर्णाश्रम

हिन्दू धर्म ने प्रत्येक वर्ण के सामाजिक कर्तव्यों को निर्धारित करते हुए एक वर्ण आधारित सामाजिक व्यवस्था तैयार की। ये चार वर्ण हैं—

1. ब्राह्मण
2. क्षत्रिय
3. वैश्य
4. शूद्र

यह सामाजिक विभाजन क्षमता के आधार पर होना था न कि जन्म के आधार पर, लेकिन समय के साथ इसने जाति व्यवस्था को जन्म दिया जो वंशानुगत हो गई और उच्च जातियों द्वारा निचली जातियों का शोषण एक सामाजिक बुराई बन गई।

रामायण

'रामायण' एक महान महाकाव्य है जो भगवान राम की कहानी और रावण पर उनकी जीत का वर्णन करता है और बुराई पर अच्छाई की जीत का प्रतीक है। इस ग्रंथ को हज़ारों वर्षों से भारतीयों की पीढ़ियों द्वारा आत्मसात किया गया है और यह मानव से अपेक्षित सभी नैतिक और अनैतिक आचरणों के मार्गदर्शन का स्रोत बन गई है। राम एक आदर्श व्यक्ति हैं और उनका व्यक्तित्व उन सभी गुणों से सम्पन्न है जो एक व्यक्ति में होने चाहिए जो उन्हें देवत्व के स्तर तक ले जाते हैं और वे भगवान के अवतार के रूप में पूजे जाते हैं। राम एक आदर्श और आज्ञाकारी पुत्र थे, जिन्होंने अपने प्रस्तावित राज्याभिषेक से ठीक एक दिन पहले महल छोड़ दिया और अपने पिता दशरथ द्वारा अपनी एक रानी कैकेयी को दिए गए वचन का सम्मान करने के लिए 14 वर्षों के लिए वनवास में चले गए। उन्होंने ऐसा, धैर्य और शान्ति से, बिना रानी कैकेयी के प्रति किसी विद्वेष के किया। वह एक स्नेहपूर्ण पति और भाई थे और सभी को प्रेम और सम्मान देते थे। रावण को पराजित करने के बाद उन्होंने अयोध्या का राज्य सँभाला और उनका शासन परिपूर्ण और आदर्श था और इसे रामराज्य कहा जाता है। उनका जीवन अपने सभी नागरिकों के कल्याण के लिए समर्पित था। उन्होंने व्यक्तिगत लाभ या आराम के लिए नहीं बल्कि लोगों की सेवा करने और उन्हें न्याय और सुशासन देने के लिए राज किया। राम के अपने राज्य पर शासन करने के इस दृष्टिकोण से लोक सेवक बहुत कुछ सीख सकते हैं। राम अपने व्यक्तिगत और सार्वजनिक जीवन में अपने आचरण में परिपूर्ण थे और उन्होंने उन उच्च आदर्शों को स्थापित किया जिनके प्रति सभी मनुष्यों को आकांक्षा करनी चाहिए।

महाभारत

हिन्दू सभ्यता का दूसरा प्रमुख महाकाव्य 'महाभारत' है। यह सत्य और न्याय का प्रतिनिधित्व करने वाले पांडवों और अन्याय एवं अनैतिकता के प्रतीक कौरवों के बीच

के एक विध्वंसकारी युद्ध की कहानी है। यह महाकाव्य अन्याय पर न्याय और बुराई पर अच्छाई की जीत का भी प्रतीक है। पांडवों को भगवान कृष्ण के आशीर्वाद और समर्थन के बिना यह जीत सम्भव नहीं थी। यह दर्शाता है कि बुराई की ताक़तों पर विजय पाने के लिए केवल अच्छा होना ही पर्याप्त नहीं है बल्कि ईश्वर के प्रति समर्पण भी होना चाहिए। 'महाभारत' एक महाकाव्य है जो नैतिक और अनैतिक आचरण दोनों को चित्रित करता है और महाकाव्य के विभिन्न पात्रों द्वारा व्यक्त मानव के सम्पूर्ण श्रेष्ठ और कलुषित गुणों को सामने लाता है। इसमें नैतिक दुविधाओं से सम्बन्धित प्रश्न हैं जो इस महाकाव्य में सामने लाए गए हैं जैसे कि जब रानी द्रौपदी को अनैतिक दुर्योधन के निर्देश पर बलपूर्वक सबके सामने निर्वस्त्र करने का प्रयास किया गया तो भीष्म, द्रोण और सभी वयोवृद्ध चुप रहे। 'महाभारत' का सबसे महत्त्वपूर्ण अंश 'भगवद् गीता' है जो कि कुरुक्षेत्र के युद्ध के मैदान में भगवान कृष्ण द्वारा अर्जुन को सुनाई गई और यह ग्रंथ सदाचार और नैतिकता का वह सम्पूर्ण संलेख है जिसके पालन की मनुष्यों से अपेक्षा की जाती है।

भगवद् गीता

'गीता' सभी उपनिषदों का सार है जो कि प्राचीन भारत की सभी दार्शनिक निधियों का भंडार हैं। 'गीता' को श्रीकृष्ण ने महाभारत के युद्ध आरंभ होने से ठीक पहले अर्जुन को उपदेश रूप में सुनाया था। शंकराचार्य ने गीता के महत्त्व की खोज की और उस पर एक भाष्य लिखकर लोगों के लिए उपदेश दिया। गीता का ज्ञान वेदों की सभी आवश्यक शिक्षाओं का संग्रह है और इसका उद्देश्य परम सत्य के बारे में ज्ञान प्राप्त करना है जो ईश्वर या ब्रह्म है। गीता—जैसा कि श्री कृष्ण द्वारा वर्णित किया गया है—अर्जुन को उसके कर्तव्यों से अवगत कराती है कि उसे अन्याय के विरुद्ध युद्ध करना है और किसी भी दुर्बलता या अज्ञानता से अपने लक्ष्य से भ्रमित नहीं होना है। गीता की सबसे महत्त्वपूर्ण कृतियाँ वह हैं जो कर्म या निष्काम कर्म के सभी महत्त्वपूर्ण दर्शनों को स्पष्ट करती हैं। यह बताती है कि व्यक्ति का अधिकार केवल कर्म करने का ही है और उसे अपने कर्मों के फल की चिन्ता नहीं करनी चाहिए और न ही उसे अकर्म में आसक्त होना चाहिए। यह सिद्धान्त इस बात पर महत्त्व देता है कि मनुष्य को अपने कर्मों के फल का त्याग करते हुए निरन्तर कर्म करना चाहिए। जब मनुष्य के कर्म भौतिक या कामुक इच्छा से प्रेरित होते हैं तो दुख और पीड़ा होती है। निष्काम कर्म से ही मनुष्य ज्ञान प्राप्त कर सकता है और अज्ञान से बाहर आ सकता है। कर्म सदैव अकर्म से श्रेष्ठ है परन्तु मन से इन्द्रियों को वश में करना महत्त्वपूर्ण है। इन्द्रियविषयक जीवन पाप का जीवन है और निरर्थक है। भगवान कृष्ण कहते हैं कि मनुष्य को स्वयं को मोह, काम और क्रोध से दूर करना चाहिए और उनकी (भगवान) शरण में जाना चाहिए और ऐसा करने से वह ज्ञान की अग्नि से शुद्ध हो जाएगा। व्यक्ति को शान्त, स्थिर, शान्ति-प्रिय होना चाहिए तथा सुख और दुःख में समभाव रखना चाहिए। गीता उच्च बोध का जीवन जीने का समर्थन करती है, जो कि सात्विक है और राजसिक या तामसिक के विपरीत है जो अज्ञानता और निष्क्रियता का जीवन है। जीवन का उद्देश्य सात्विक जीवन शैली

की ओर विकसित होना है जो तभी सम्भव है जब व्यक्ति कर्म बन्धन से मुक्त हो। वह व्यक्ति सभी भ्रमों से पूर्णतया मुक्त है और हृदय से ईश्वर की उपासना करता है।

गीता उन गुणों को रेखांकित करती है जो एक उत्कृष्ट मनुष्य के लिए आवश्यक हैं। वो गुण हैं निर्भयता, हृदय की पवित्रता, ज्ञान में निष्ठा, दान, इन्द्रियों पर नियंत्रण, शास्त्रों का अध्ययन, तपस्या और सत्यनिष्ठा। गीता यह कहती है कि ऊर्जा, दृढ़ता, पवित्रता, घृणा और अभिमानहीनता दैवीय गुण हैं जिन्हें मनुष्य द्वारा विकसित किया जाना चाहिए क्योंकि इसी रास्ते से वे स्वयं को भ्रम के बन्धन से मुक्त कर पाएँगे। गीता उन गुणों को भी इंगित करती है जिनका त्याग करना चाहिए जिनमें आडम्बर, अहंकार, आत्म-दंभ, क्रोध, कठोरता, वासना और लालच सम्मिलित हैं। वह मनुष्य जो अतृप्त कामवासनाओं से भरा हुआ है, वह मोहित और अशुद्ध है। ऐसा व्यक्ति काम, लोभ और क्रोध के चंगुल में फँसा हुआ है और स्वयं को नष्ट कर रहा है और स्वयं की मदद की गुहार लगाता है। गीता में बताए गए परम ज्ञान और प्रज्ञा के द्वारा ही मनुष्य अपने आप को अंधकार से मुक्त कर सकता है और एक सार्थक जीवन जी सकता है। गीता का प्रयत्न है कि मनुष्य योगी के समान हो जो सदा स्थिर और अविचल हो और ईश्वर से एकाकार होने के लिए प्रयत्नशील हो।

गीता कर्मयोग पर बल देती है जो ज्ञान पर आधारित है और भक्ति द्वारा समर्थित है। इन्द्रिय नियंत्रण ही धार्मिक जीवन का आधार है। मनुष्य को अपनी क्रियाविधि चुनने की स्वतंत्र इच्छा दी गई है और इसलिए वे अपने कार्यों (कर्म) के लिए उत्तरदायी हैं और उन्हें इस जीवन या आने वाले जीवन में इसके परिणामों का सामना करना पड़ता है। गीता का मानना है कि आत्मा सदैव जीवित रहती है और नष्ट नहीं होती अपितु एक जीवन से दूसरे जीवन में शरीर बदलती है। गीता कर्मकांड के पक्ष में है और मन की समता की वकालत करती है जिसका अर्थ है कि जो व्यक्ति दुख या सुख से विचलित नहीं होता है और आसक्ति, भय और क्रोध से मुक्त होता है, ऐसे व्यक्ति को ही सत्य ज्ञान की प्राप्ति होती है।

भगवद् गीता कर्म का सिद्धान्त है और ईश्वर प्राप्ति से प्रेरित है। कर्म मानव जीवन का आधार है और अकर्म से पूर्ण रूप से दूर रहना चाहिए किन्तु कर्म नि:स्वार्थ और श्रेष्ठ उद्देश्यों पर आधारित होना चाहिए। गीता का सन्देश भारतीय दर्शन का सार है और साथ ही साथ सार्वभौमिक और कालातीत है।

अद्वैत वेदान्त (शंकराचार्य)

शंकराचार्य द्वारा स्थापित यह दर्शन उपनिषदों में प्रतिपादित है और यह बताता है कि गीता में बताई गईं सर्वव्यापी आत्मा और व्यक्तिगत आत्मा एक ही हैं और केवल अज्ञान के कारण ही मनुष्य उन्हें अलग-अलग देखता है। इस अज्ञान को जिसे अविद्या कहा गया है और यदि व्यक्ति को जीवन मृत्यु के चक्र से मुक्ति प्राप्त करनी है तो उसका नाश सत्य ज्ञान द्वारा ही किया जा सकता है। इसे प्राप्त करने का सत्य मार्ग भक्ति और ज्ञान का मार्ग है। गीता ही एकमात्र सत्य है और यह इन्द्रियगत संसार मिथ्या है। शंकराचार्य ने भोग विलास के जीवन जीने की प्रकृति को प्रवृत्ति कहा है जो कि नैतिकता का निम्न मार्ग है, जबकि नैतिकता के श्रेष्ठ मार्ग को निवृत्ति कहा है जो कि मन का अनुभवजन्य

भोग विलास से दूर रहने का स्वभाव है। जब व्यक्ति सभी कर्मों और सभी इच्छाओं के फल को त्याग देता है तब निवृत्ति को प्राप्त होता है। स्वयं के कर्तव्य का पालन ही बन्धन और अज्ञान से मुक्ति का मार्ग है। ब्रह्म (ईश्वर) की प्राप्ति हमें सर्वोच्च आनन्द और पूर्ण सुख देती है। शंकराचार्य के सिद्धान्त का सार अद्वैतवाद है जिसका अर्थ है कि आत्मा और ब्रह्म एक ही हैं।

विशिष्टाद्वैत (रामानुज)

रामानुज शंकराचार्य के अद्वैत दर्शन के आलोचक थे और उन्होंने इसे विशिष्टाद्वैत के रूप में संशोधित किया। वो ईश्वर के अद्वैत होने में विश्वास करते थे परन्तु उनका कहना था कि संसार की सब दृश्य वस्तुएँ उसी की अभिव्यक्ति और गुण हैं। उन्होंने ईश्वर भक्ति को विशेष महत्त्व दिया। वह स्वयं विष्णु और नारायण की भक्ति करते थे और विश्वास करते थे कि भक्ति में अपार शक्ति है जो पूर्व कर्मों के अशुभ फल को दूर कर सकती है और मोक्ष प्राप्ति में मदद करती है। ईश्वर कृपा के लिए व्यक्ति को सदाचारी और नैतिक जीवन जीना चाहिए।

योग—पतंजलि का अष्टांग मार्ग

योग का अर्थ है ईश्वर से एकाकार और पतंजलि ने इसकी प्राप्ति के लिए अष्टांग मार्ग का समर्थन किया है। आम बोलचाल में हम प्राय: योग को केवल योगाभ्यास या आसन के साथ जोड़ते हैं, जो योग के अष्टांग मार्ग का केवल एक अंश है, जिसमें निम्नलिखित अंग भी निहित हैं :

यम—व्यक्ति को उचित कर्म में संलिप्त होना चाहिए जैसे की अहिंसा, सत्य, शुचिता, अस्तेय और अपरिग्रह।

नियम—इसमें विचार और कर्म की शुद्धता, आत्म-अनुशासन, शास्त्रों का स्वाध्याय और ईश्वर प्रणिधान सम्मिलित हैं।

आसन—यह योगाभ्यास को सन्दर्भित करता है।

प्राणायाम—यह श्वास के नियंत्रण को सन्दर्भित करता है।

प्रत्याहार—यह मन को इंद्रियों से विमुख करने और इंद्रिय-नियंत्रण के बारे में है।

धारणा—चित्त की एकाग्रता।

ध्यान—यह ईश्वर ध्यान के बारे में है।

समाधि—परमात्मा के साथ एकाकार होने का अन्तिम चरण।

गुरु नानक

वह एक महान आध्यात्मिक गुरु थे और सिख धर्म के संस्थापक थे। उन्हें एक ईश्वर में विश्वास था और उनका कहना था कि हिन्दू और मुस्लिम में कोई भेद नहीं है। वह मूर्ति-पूजा और कर्मकांड के पक्ष में नहीं थे। उनका विश्वास ईश्वर के निरन्तर स्मरण में था। उनकी शिक्षा के तीन मुख्य सिद्धान्त हैं—

1. वग चख—जरूरतमन्दों की सहायता करना

2. कीरत कर—ईमानदारी से जीवनयापन करने के लिए काम करना।
3. नाम जपन—ईश्वर का नाम जपना

गुरु नानक एक महान शिक्षक और दार्शनिक थे जिनकी शिक्षा सदाचारी या नैतिक जीवन जीने के आवश्यक गुणों को विस्तार से बताती है।

चार्वाक नैतिकता

यह दर्शन-प्रणाली ईश्वर में विश्वास नहीं करती और ये कहती है कि मृत्यु के पश्चात् कोई जीवन नहीं है और यह संसार प्राकृतिक क्रम-विकास का परिणाम है। धर्म मनुष्य द्वारा आविष्कृत है और ना कि किसी ईश्वरीय सत्ता से निर्गत है तथा आत्मा और कुछ नहीं बल्कि चेतन शरीर का एक हिस्सा है। चेतना द्रव्य से उत्पन्न होती है और मृत्यु ही मुक्ति है। सभी धार्मिक अनुष्ठान अनावश्यक हैं और भोग या सुख ही जीवन का लक्ष्य है। चार्वाक का मत है कि मनुष्य केवल अपनी इन्द्रियों की तृप्ति से ही सुखी होता है और जीवन का उद्देश्य सुख को उच्चतम सीमा तक बढ़ाना और कष्ट को कम करना है। चार्वाक के इस इन्द्रियविषयक आनन्द की इस नैतिकता की भारतीय दर्शन के अन्य धाराओं द्वारा आलोचना की गई है जो जीवन के उच्च उद्देश्य और नैतिक गुणों के जीवन की बात करते हैं जो कि सच्चे आनन्द की ओर ले जाता है।

कौटिल्य

अब तक हमने नैतिकता में भारतीय संस्कृति की आध्यात्मिक विरासत के बारे में बात की है। परन्तु हमें कौटिल्य या चाणक्य के विषय में बात करने की आवश्यकता है जो प्रसिद्ध राजनीतिक दार्शनिक थे और उनकी पुस्तक 'अर्थशास्त्र' में स्थापित उनकी शिक्षा ने राजाओं के शासन या प्रशासन या शासन-प्रबन्धन के तरीक़े को प्रभावित किया।

कौटिल्य के अनुसार राज्य के तत्त्व हैं—

1. राजा
2. मंत्री गण और अन्य अधिकारी
3. राज्यों का क्षेत्र और उसका जन समुदाय
4. आरक्षित कस्बे और नगर
5. राजकोष और धन
6. सेना और रक्षा, कानून और व्यवस्था
7. मित्र राष्ट्र

उनका मत था कि लोगों से राज्य बनता है और जन समुदाय के बिना कोई राष्ट्र नहीं हो सकता और राजा का कर्त्तव्य है जन समुदाय की रक्षा करना। उन्होंने दंडनीति का समर्थन किया जिसमें कानून और व्यवस्था बनाए रखने के लिए दंड का उपयोग है। जनसमुदाय का कल्याण एक आदर्श राजा का प्रमुख कार्य है जो नेतृत्व, बुद्धि और ऊर्जा के उच्चतम गुणों का प्रदर्शन करता हो। राजा से आत्म-नियंत्रण और आत्म-अनुशासन

की अपेक्षा की जाती है और वह स्वयं के उदाहरण से जन समुदाय का नेतृत्व करता है। अर्थशास्त्र द्वारा राजा के लिए एक विस्तृत आचार-संहिता निर्धारित की गई है जिसमें जन समुदाय तक पहुँच की गुणवत्ता और शिकायतों का त्वरित समाधान सम्मिलित है।

राजा के सलाहकार प्रतिभाशाली और बुद्धिमान होने चाहिए जिनके अच्छे निर्णयों पर राजा निर्भर कर सकता है। वो लोग सत्यनिष्ठ होने चाहिए और राजा को उनके गुणों के परीक्षण के पश्चात् ही उनकी नियुक्ति करनी चाहिए। इसी प्रकार, उच्च स्तरीय राजकीय अधिकारी सक्षम, उत्तरदायी और निष्कपट होने चाहिए और अपने कार्यों के प्रति उत्तरदायी होने चाहिए और वे राजा को सही परामर्श देने वाले हों। कौटिल्य लोक सेवाओं और कुशल प्रशासन के महत्त्व पर ज़ोर देते हैं जो कि असंदिग्ध चरित्र और नेतृत्व के उच्चतम गुण वाले लोगों से गठित किया गया हो। उन्हें कठोर आचार-संहिता का पालन करना चाहिए और दक्षता के साथ कार्य करना चाहिए। दक्षता बनाए रखने के लिए उन्होंने शक्तियों के नियतकालीन आवर्तन का समर्थन किया। उन्होंने भ्रष्ट और अक्षम अधिकारियों के विरुद्ध कड़ी कार्रवाई का सुझाव दिया। कौटिल्य ने राज्य के धन के लेखांकन, लेखा परीक्षा और प्रबन्धन के बारे में बहुत विस्तार से वर्णन किया है ताकि धन का व्यय उचित तरीक़े से किया जा सके। वह चाहते हैं कि आर्थिक विकास और धनोत्पादन के लिए राजा हमेशा अर्थव्यवस्था के प्रबन्धन में सक्रिय रहे।

राजा का एक अनिवार्य कर्तव्य न्याय प्रदान करना और कानून व्यवस्था बनाए रखना था। उन्होंने राजा को अपने राज्य में हर गतिविधि के बारे में सुचना देने के लिए भेदियों और गुप्तचरों के साथ एक गुप्त सेवा के निर्माण का भी सुझाव दिया। कौटिल्य ने विदेश नीति और पड़ोसी राज्यों के साथ सम्बन्ध बनाने और शत्रुओं से निपटने का सिद्धान्त भी दिया। उन्होंने सेना के निर्माण और उन पर नियंत्रण रखने के बारे में भी बताया। उन्होंने अत्यधिक प्रभावी कराधान संरचना और वित्तीय प्रबन्धन की प्रणाली का समर्थन किया। वह राजा और उच्च राजकीय अधिकारियों के चरित्र, अनुशासन और आत्म-नियंत्रण के प्रबल समर्थक थे। राजनीति और अर्थशास्त्र के बारे में उन्होंने भारतीय चिन्तन में महत्त्वपूर्ण योगदान दिया है।

सन्दर्भ—

1. बिजनेस एथिक्स एंड कॉरपोरेट गवर्नेंस—बी.एन. घोष
2. एथिक्स फॉर गवर्नेंस—रीइंवेंटिंग पब्लिक सर्विस—बी.पी. माथुर
3. भगवद् गीता का सार्वभौमिक सन्देश (तीन खंड)—स्वामी रंगनाथनन्द
4. स्टोरी ऑफ़ फिलॉसफी—विल ड्यूरन्त
5. हिस्ट्री ऑफ़ फिलॉसफी—बर्ट्रेंड रसेल
6. एथिक्स इंटीग्रिटी एंड एप्टीटयूड—जी सुब्बा राव और पी. एन. रॉय चौधरी
7. लेक्सिकॉन (क्रॉनिकल) एन.एन. ओझा द्वारा सम्पादित

अध्याय : 7

सिविल सेवा के मूल्य और नैतिकता

लोक प्रशासन में लोक/सिविल सेवा के मूल्य और नैतिकता

स्थिति और समस्याएँ

लोक सेवा एक सार्वजनिक ट्रस्ट है। सिविल सेवकों को यह महसूस करना बहुत आवश्यक है कि उनका काम लोगों की सेवा करना है न कि उनके मालिक के रूप में कार्य करना। लोक सेवक के लिए जनहित सर्वोपरि होना चाहिए और उसे अपने व्यवहार में निष्पक्ष होना चाहिए। उसे हमेशा जनहित के प्रति उत्तरदायी होना चाहिए और सार्वजनिक संसाधनों का उचित व कुशलतापूर्वक प्रबन्धन करना चाहिए और यही सुशासन का आधार है। एक लोक सेवक को निष्पक्ष, गैर-पक्षपाती, उद्देश्य-कुशल, पारदर्शी और ईमानदार होना चाहिए। उसे लोगों के प्रति जवाबदेह होना चाहिए और हमेशा कानून के शासन और संविधान में निर्धारित सिद्धान्तों के अनुसार ही कार्य करना चाहिए तथा अपने सभी कार्यों में लोकतांत्रिक सिद्धान्तों का सम्मान करना चाहिए। इन सबसे ऊपर उसे पूर्ण वित्तीय और बौद्धिक सत्यनिष्ठा प्रदर्शित करनी चाहिए।

एक सिविल सेवक को उच्चस्तरीय पेशेवर क्षमता, दक्षता और प्रभावशीलता का प्रदर्शन करना होता है। उसे हर समय संविधान और कानून की रक्षा करनी होती है। लोक सेवा और लोक प्रशासन की नैतिकता के मूल मूल्य पारदर्शिता, अखंडता, वैधता, निष्पक्षता, जवाबदेही, दक्षता और प्रभावशीलता हैं। एक सिविल सेवक को सार्वजनिक प्रबन्धन में तैनात सार्वजनिक सम्पत्ति का सर्वोत्तम उपयोग करना चाहिए एवं बर्बादी और अपव्यय एवं सार्वजनिक सम्पत्ति के क्षरण से बचना चाहिए।

अमेरिकी समाज ने लोक प्रशासन में लोक सेवक के लिए संहिता निर्धारित की है। यह संहिता कहती है कि लोक सेवक को हर समय जनहित को निजी स्वार्थ से ऊपर रखना चाहिए और जनता की भलाई के लिए संस्थागत निष्ठा को कम महत्त्व देना चाहिए। जनहित को बढ़ावा देने के लिए अपने विवेक का प्रयोग किया जाना चाहिए। उन्हें सकारात्मक कार्रवाई को बढ़ावा देना चाहिए, साथ ही किसी भी तरह के भेदभाव और उत्पीड़न का विरोध करना चाहिए। लोक सेवक का महत्त्वपूर्ण काम लोगों को सरकार के मामलों में भाग लेने के लिए प्रोत्साहित करना भी है। उन्हें संविधान और कानून का सम्मान करना चाहिए और नागरिकों के अधिकारों की रक्षा में समानता,

निष्पक्षता, प्रतिनिधित्व, जवाबदेही और उचित प्रक्रिया के संवैधानिक सिद्धान्तों को बढ़ावा देना चाहिए। उन्हें अपने कर्तव्यों के प्रति ईमानदार और अपने आचरण में निष्पक्ष होना चाहिए। एक सिविल सेवक को कुशल और प्रभावी तरीक़े से लोगों की सेवा करनी चाहिए और हमेशा पेशेवर श्रेष्ठता के लिए प्रयासरत रहना चाहिए।

सार्वजनिक जीवन के सबसे मानक सिद्धान्तों में से एक ब्रिटेन में नोलन समिति द्वारा निर्धारित किया गया है। उन्होंने सात सिद्धान्त दिए हैं—

1. निस्वार्थता—सार्वजनिक पद के धारकों को व्यक्तिगत स्वार्थ के लिए नहीं, बल्कि केवल जनहित के लिए कुछ भी करना चाहिए।
2. वस्तुनिष्ठता—सभी निर्णय योग्यता के आधार पर लिए जाने चाहिए।
3. जवाबदेही—लोक सेवक जनता के प्रति अपने निर्णयों के लिए जवाबदेह होते हैं और किसी भी उचित जाँच के लिए तैयार होते हैं।
4. पारदर्शिता—लोक सेवक को अपने सभी निर्णयों और कार्यों में पारदर्शी और खुला होना चाहिए।
5. ईमानदारी—लोक सेवक को पूरी ईमानदारी और निष्ठा के साथ काम करना चाहिए।
6. नेतृत्व—लोक सेवक को इन सभी सिद्धान्तों को बढ़ावा देने चाहिए, साथ ही अपने नेतृत्व द्वारा लोगों को मदद करके एक अच्छा उदाहरण स्थापित करना चाहिए।

उपरोक्त सिफारिशों के आधार पर ब्रिटेन ने मंत्रियों, सांसदों और लोक सेवकों के लिए मूल्यों और नैतिकता की एक संहिता तैयार की है।

ओईसीडी (आर्थिक निगम और विकास संगठन) का एक अध्ययन, जिसमें 37 देशों की सदस्यता है, सार्वजनिक प्रबन्धन के लिए आठ मूल मूल्यों पर सहमत हुआ है। वे मूल्य हैं निष्पक्षता, वैधता, अखंडता, पारदर्शिता, दक्षता, समानता, ज़िम्मेदारी और न्याय। विश्व-भर की सरकारें सार्वजनिक जीवन में आचरण के उच्च मानकों की आवश्यकता के बारे में चिन्तित हैं। ओईसीडी ने संस्थानों, प्रणालियों और तंत्रों की समीक्षा करने में देशों की सहायता करने के लिए "सार्वजनिक सेवा में नैतिकता का प्रबन्धन" के लिए बारह सिद्धान्त जारी किए हैं। वे व्यापक सार्वजनिक प्रबन्धन वातावरण के साथ एकीकृत करने के विचार के साथ सार्वजनिक सेवा नैतिकता को बढ़ावा देने के लिए हैं। ये सिद्धान्त हैं :

1. सार्वजनिक सेवा के लिए नैतिक मानक स्पष्ट होने चाहिए।
2. नैतिक मानकों को कानूनी ढाँचे-कानूनों और विनियमों में प्रतिबिंबित किया जाना चाहिए।
3. लोक सेवकों को नैतिक मार्गदर्शन उपलब्ध होना चाहिए।
4. लोक सेवकों को लोक सेवा के भीतर वास्तविक या संदिग्ध गलत कार्य को उजागर करने के सन्दर्भ में अपने अधिकारों और दायित्वों के बारे में पता होना चाहिए।
5. नैतिकता के प्रति राजनीतिक प्रतिबद्धता को लोक सेवकों के नैतिक आचरण को सुदृढ़ करना चाहिए।

6. निर्णय लेने की प्रक्रिया पारदर्शी और जाँच के लिए खुली होनी चाहिए।
7. लोक सेवकों के व्यवहार का मार्गदर्शन करने के लिए नैतिक मानकों को परिभाषित करने वाले स्पष्ट नियम होने चाहिए।
8. प्रशासकों को नैतिक आचरण का प्रदर्शन और प्रचार करना चाहिए।
9. किसी संगठन की नीतियों और प्रथाओं को नैतिक मानकों के प्रति अपनी प्रतिबद्धता प्रदर्शित करनी चाहिए।
10. मानव संसाधन की सार्वजनिक सेवा शर्तों में नैतिक आचरण को बढ़ावा देना चाहिए।
11. सार्वजनिक सेवा के भीतर पर्याप्त जवाबदेही तंत्र होना चाहिए।
12. कदाचार से निपटने के लिए उचित प्रक्रियाएँ और प्रतिबन्ध मौजूद होने चाहिए।

लोक सेवा मूल्यों और प्रशासन में नैतिकता के बारे में वर्तमान स्थिति में बहुत सुधार की आवश्यकता है। जनता सन्तुष्ट नहीं है कि लोक प्रशासन की संरचना उनके हित में काम कर रही है और आप अक्सर लोगों को लोक सेवाओं की खराब गुणवत्ता या लोक सेवकों से प्रतिक्रिया की कमी के बारे में शिकायत करते सुनते हैं।

लोगों की उपरोक्त धारणा के कई कारण हैं और इसे केवल सार्वजनिक सेवा के मूल मूल्यों और नैतिकता के प्रति प्रतिबद्धता के द्वारा ही संबोधित किया जा सकता है। पुस्तक के अन्य अध्यायों में कुछ मुख्य समस्या-क्षेत्रों पर चर्चा की गई है, लेकिन मैं उन्हें यहाँ ज़ोर देने के लिए दोहराऊँगा। सार्वजनिक जीवन में भ्रष्टाचार बढ़ता ही जा रहा है। यह चुनावों में धनबल के प्रयोग से आरंभ होता है और फिर मंत्रियों और सिविल सेवकों द्वारा सरकारी खज़ाने की कीमत पर अवैध व्यक्तिगत लाभ कमाने तक ज़ारी रहता है। सरकार में बहुत अधिक राजनीतिक हस्तक्षेप है और सिविल सेवक पर बहुत अधिक दबाव है कि अपना कर्तव्य निष्पक्षता और ईमानदारी से न निभाए। लोक सेवकों की मूल्य-प्रणाली में भी सामान्य गिरावट आई है, जो ईमानदारी, समर्पण और व्यावसायिकता के साथ लोगों को सार्वजनिक सेवा देने की तुलना में अपने राजनीतिक आकाओं को प्रसन्न करने और धन इकट्ठा करने में अधिक रुचि रखते हैं। शासन के तीनों अंगों—विधायिका, कार्यपालिका और न्यायपालिका का कर्तव्य है कि वे सार्वजनिक सेवा के नैतिक आचरण के प्रति प्रतिबद्धता की संस्कृति का निर्माण करने के लिए मिलकर काम करें। एक ऐसा वातावरण बनाने की आवश्यकता है जहाँ नैतिक कार्य को पुरस्कृत किया जाए और विपरीत को दंडित किया जाए। सिविल सेवकों को विभिन्न नैतिक मुद्दों का सामना करना पड़ता है जैसे—भ्रष्ट अधिकारी उनके विरुद्ध कोई कार्रवाई नहीं करते हैं और शीर्ष पदों पर पहुँच जाते हैं। एक ऐसी प्रणाली स्थापित करनी होगी जहाँ कैरियर की उन्नति सिविल सेवकों के पेशेवर और नैतिक आचरण से जुड़ी हो।

सरकारी और निजी संस्थानों में नैतिक चिन्ता और दुविधाएँ

नैतिक दुविधा एक ऐसी स्थिति है जहाँ एक व्यक्ति या एक लोक सेवक को दो विकल्पों के बीच चयन करना होता है और दोनों ही विकल्प नैतिक रूप से सही होते हैं। यदि

वह एक को चुनता है, तो वह दूसरे के विरुद्ध हो सकता है या दूसरे का महत्त्व कम हो सकता है। इस स्थिति में व्यक्ति को अपने विवेक का प्रयोग करना होता है कि कौन-सी कार्रवाई नैतिक रूप से अधिक सही या उपयुक्त है। यह अक्सर स्थिति के सन्दर्भ पर निर्भर करता है और इस बात पर भी निर्भर करता है कि किसी व्यक्ति के लिए सबसे अधिक क्या महत्त्व रखता है। किसी सरकारी या निजी संस्थान में काम करने वाले व्यक्ति को भी अपने निजी जीवन में नैतिक दुविधाओं का सामना करना पड़ता है। इसकी प्रतिक्रिया एक व्यक्ति से दूसरे व्यक्ति में भिन्न हो सकती है।

नैतिक दुविधाओं के कुछ सबसे बड़े उदाहरण मेरे मस्तिष्क में महान महाकाव्य 'महाभारत' से सम्बन्धित हैं। मैं केवल कुछ दृष्टांत देता हूँ। द्रौपदी को बलपूर्वक उस कक्ष में लाया गया है, जहाँ पांडवों और कौरवों के बीच पासे का खेल खेला जा रहा था। युधिष्ठिर पासे के खेल में अपना राज्य, अपने भाइयों और अपनी पत्नी द्रौपदी को हार गए। कौरवों के नेता दुर्योधन ने द्रौपदी का सार्वजनिक रूप से चीरहरण करने का आदेश दिया। द्रौपदी सभी वरिष्ठों और गुरुओं से मदद के लिए गुहार लगाती रही। भीष्म परिवार के सबसे वृद्ध सदस्य थे और वो अपनी बहादुरी, साहस और मूल्यों के लिए अत्यधिक सम्मानित थे। जो कुछ हो रहा था, उससे वह बेहद परेशान थे और जानते थे कि नैतिक रूप से उन्हें खड़ा होना चाहिए और द्रौपदी के साथ हो रहे इस दुष्ट कृत्य को रोकना चाहिए, लेकिन उन्होंने हमेशा हस्तिनापुर राजा का समर्थन करने का संकल्प लिया था एवं नैतिक रूप से उनका समर्थन करने के और कभी उनका विरोध न करने के लिए प्रतिबद्ध थे। यह एक तरह की विकट नैतिक दुविधा थी। दुर्भाग्य से भीष्म ने हस्तिनापुर के राजा का हमेशा समर्थन करने की अपनी शपथ का सम्मान करने का निर्णय लिया और द्रौपदी के चीरहरण को रोकने के लिए प्रयास नहीं किया। वो उनके इस निर्णय पर सवाल उठा सकते थे। अगर वह कुछ कहते तो अप्रिय स्थिति से बचा जा सकता था और कौरवों और पांडवों के बीच कड़वाहट को बढ़ने से रोका जा सकता था। हालाँकि, उन्होंने राजा के प्रति निष्ठा का विकल्प चुना। इसी प्रकार हम देखते हैं कि अर्जुन युद्ध के मैदान में एक नैतिक दुविधा का सामना कर रहे थे। उन्हें युद्ध लड़ना था, क्योंकि दूसरे पक्ष ने उनके और उनके भाइयों के साथ अन्याय किया था। साथ ही वह अपने रिश्तेदारों और गुरुओं को दूसरी ओर देखते हैं और सम्भवत: युद्ध में उन्हें मारने के बारे में सोचकर दुखी हो जाते है और दुविधा में पड़ जाते है। उस वक्त भगवान श्रीकृष्ण ने अर्जुन को उनकी नैतिक दुविधा को दूर करने के लिए गीता का ज्ञान दिया, जिससे उन्हें न्याय के लिए और बुराई पर अच्छाई की जीत के लिए युद्ध करने में मदद मिली।

हम अपने जीवन में भी ऐसी ही कई स्थितियों का सामना करते हैं। यह एक ऐसे संत की कहानी है, जो कभी झूठ नहीं बोलते थे। एक दिन वह पेड़ के नीचे बैठकर ध्यान कर रहे थे। तभी वह एक आदमी को दौड़ते हुए देखते हैं। यह आदमी उन्हें बताता है कि कुछ डकैत उसे मारने के लिए उसका पीछा कर रहे हैं। कुछ देर बाद डकैत मौके पर पहुँच जाते हैं और संत से पूछते हैं कि क्या उसने एक आदमी को जाते हुए देखा है और वह किस रास्ते से गया है। संत इस बात से सहमत हैं कि उन्होंने आदमी को देखा

है, लेकिन गलत दिशा में इशारा करते हैं, ताकि उस आदमी की जान बच सके। संत ने झूठ बोला, जिसे हम अनैतिक कहेंगे, लेकिन उसने यह झूठ एक व्यक्ति के जीवन को बचाने के लिए बोला, जो कि एक नैतिक कार्य है। मुझे विश्वास है कि हम संत के निर्णय से सहमत होंगे। यह एक नैतिक दुविधा है, जहाँ आप विकल्पों में से विवेक के विकल्प को चुनते हैं, जो नैतिक रूप से सही है।

एक लोक सेवक को भी बहुत सी परिस्थितियों का सामना करना पड़ता है, जहाँ हितों के टकराव और नैतिक दुविधाएँ होती हैं। उसे कभी-कभी एक पेशेवर कार्रवाई के बीच फैसला करना पड़ता है, जो सरकारी तौर पर अनिवार्य है, जबकि व्यक्तिगत मूल्य उस कार्रवाई के पक्ष में नहीं हैं। ऐसी स्थितियाँ भी हैं, जहाँ यदि कोई व्यक्ति नैतिक रूप से कार्य करता है, तो वह पेशेवर रूप से गलत हो जाता है और इसी को नैतिक दुविधा कहते है।

एक सिविल सेवक को अपने विचार निष्पक्ष और स्पष्ट रूप से राजनीतिक कार्यकारी को देने होते हैं, जो निर्णय लेता है। ऐसा हो सकता है कि सिविल सेवक को उसके राजनीतिक बॉस के निर्णयों के अनुसार कार्रवाई करनी पड़े, जिस पर उसका विश्वास न हो। यह एक विशिष्ट नैतिक दुविधा है। हालाँकि, यह सिविल सेवक का कर्तव्य है कि वह सभी कारण बताते हुए अपने विचारों को सामने रखे, लेकिन सक्षम प्राधिकारी द्वारा जो भी निर्णय लिया जाए, फिर उसे पूरा करना होता है। इसी तरह, एक सिविल सेवक को ऐसी स्थिति का सामना करना पड़ सकता है, जहाँ वह पाता है कि अगर वह सही काम करता है तो भ्रष्टाचार को उजागर करता है, जिसमें उसके शीर्ष अधिकारी भी सम्मिलित हो सकते हैं, उनके नाराज़ होने की सम्भावना भी है। इस स्थिति में यह स्पष्ट है कि उसे किसी भी मूल्य पर भ्रष्टाचार के विरुद्ध कार्रवाई करनी चाहिए, भले ही उसे वरिष्ठ अधिकारियों के विरुद्ध ही क्यों न जाना पड़े। एक सिविल सेवक को ऐसी स्थिति का भी सामना करना पड़ सकता है, जहाँ एक निजी कम्पनी में उसके बेटे को एक उत्कृष्ट नौकरी की पेशकश की जाए और बदले में कोई एहसान भी न लेना हो, लेकिन वह यह भी जानता है कि निजी कम्पनी से एहसान लेना अनैतिक है, जिसका वे बाद में लाभ उठाएँगे। अपने बेटे के प्रति उनका कर्तव्य एक सिविल सेवक की आचार-संहिता के विपरीत है। इस तरह की स्थिति को प्रसिद्ध हिन्दी फिल्म 'शक्ति' में सबसे अच्छी तरह से चित्रित किया गया था, जिसमें दिलीप कुमार एक बहुत ही ईमानदार और सख्त पुलिस अधिकारी हैं, जिनके बेटे (अमिताभ बच्चन) का अपराधियों द्वारा अपहरण कर लिया जाता है और वे कुछ बड़े अपराधियों को हिरासत से छोड़ने के बदले में उनके बेटे को रिहा करने के लिए कहते हैं। उनकी पत्नी और अन्य रिश्तेदारों ने उस पर दबाव डाला, लेकिन वह एक सिविल सेवक के रूप में अपने कर्तव्य के लिए प्रतिबद्ध हैं और जनहित में वह ऐसा नहीं करते हैं, हालाँकि वह अपने बेटे को बचाने में सफल होते हैं। क्या होता, अगर वह सफल नहीं होते, तो उनके बेटे की जान चली जाती? फिल्म में अमिताभ बच्चन इस बात से रुष्ट हो जाते हैं कि उनके पिता ने बच्चे के लिए प्यार से अधिक अपने कर्तव्य को प्राथमिकता दी। वह एक अपराधी बन जाते हैं और अन्ततः फ़िल्म दिखाती है कि एक पुलिस अधिकारी के रूप में दिलीप कुमार को उन्हें गिरफ्तार

करना या मारना है। यह एक गम्भीर मामला है, जो जनता के प्रति कर्तव्य और व्यक्तिगत मुद्दों के बीच संघर्ष को जीवंत करता है और इस प्रकार की नैतिक दुविधाओं से लोक सेवकों को अपने कैरियर में अक्सर निपटना पड़ता है।

एक सिविल सेवक को अक्सर एक भ्रष्ट अधिकारी का समर्थन केवल इसलिए करना पड़ता है, क्योंकि उसे राजनीतिक समर्थन मिला हुआ होता है। यदि वह अपने वरिष्ठों के साथ अच्छे सम्बन्ध बनाए रखना चाहता है, तो उसे अवैध आदेशों को भी पूरा करना होता है। इन नैतिक दुविधाओं का उत्तर स्पष्ट है—उन्हें नैतिक मार्ग चुनना होगा और भ्रष्ट अधिकारियों को केवल ऊपर से दबाव होने के कारण पनपने या अवैध काम करने की अनुमति नहीं देनी होगी। इससे अल्पकालिक समस्याएँ हो सकती हैं, लेकिन अन्त में नैतिकता और मूल्यों की हमेशा जीत होती है। एक लोक सेवक के सामने एक बहुत ही विशिष्ट नैतिक दुविधा तब होती है, जब उसे दो अधिकारियों के बीच चयन करना होता है, उनमें से एक अत्यन्त सक्षम लेकिन बेईमान होता है और दूसरा ईमानदार होता है, लेकिन काम नहीं करता है। सिविल सेवक को कुशलतापूर्वक और प्रभावी ढंग से काम करना होता है और परिणाम देना होता है और साथ ही किसी भी बेईमानी की अनुमति नहीं देनी होती है। एक रास्ता यह हो सकता है कि सक्षम अधिकारी का चयन किया जाए, लेकिन उसे चेतावनी दी जाए कि वह बेईमानी न करे और उसे बहुत अधिक वित्तीय शक्तियाँ न सौंपें और अपने विवेक का उपयोग करें।

एक सिविल सेवक को नियमों और प्रक्रियाओं का पालन करना और परिणाम भी देना होता है। कभी-कभी ये नियम और प्रक्रियाएँ इतनी जटिल और विस्तृत होती हैं कि वे सार्वजनिक सेवाओं के कुशल वितरण और परिणाम देने के मार्ग में बाधा डालती हैं। एक सिविल सेवक को यह सुनिश्चित करना होता है कि वह परिणाम देता है, हालाँकि यदि वह नियमों की अनदेखी करता है तो उसे अनियमितताओं के लिए दंडित किया जा सकता है। सिविल सेवक को परिणाम देने के लिए लालफीताशाही से बाहर निकलने का रास्ता खोजना होगा। यदि आवश्यक हो तो उसे नियमों और प्रक्रियाओं को सरल बनाना चाहिए और जहाँ आवश्यक हो उनमें बदलाव भी करना चाहिए। भारत सरकार ने ऐसा अपने शासन-सुधारों के हिस्से के रूप में किया है।

बहुत बार एक सिविल सेवक को एक बाँध के निर्माण जैसी बड़ी परियोजना को हाथ में लेना पड़ता है जो कि क्षेत्र के किसानों की कृषि उत्पादकता और आर्थिक स्थिति में सुधार के लिए आवश्यक है। हालाँकि, इस तरह की बड़ी परियोजनाओं का अर्थ यह भी है कि बड़ी संख्या में लोगों का उनके गाँवों से विस्थापन और उनके पारम्परिक रोज़गार के नुकसान के साथ-साथ पर्यावरण और वन्य जीवन पर प्रतिकूल प्रभाव पड़ता है। यह एक बार फिर एक नैतिक दुविधा है। इसका समाधान यह होगा कि एक बाँध का निर्माण किया जाए लेकिन विस्थापित लोगों को पूरी तरह से राहत और पुनर्वास प्रदान किया जाए, कम से कम पेड़ों और वनस्पतियों को नष्ट किया जाए और यह देखा जाए कि वन्य जीवन अनावश्यक रूप से परेशान न हो। वास्तव में पर्यावरण और विकास के बीच संघर्ष सभी परियोजनाओं में एक बहुत ही सामान्य नैतिक दुविधा है और सिविल सेवक को दोनों पक्षों को सन्तुलित करना होता है।

एक लोक सेवक को वृहद-आर्थिक नीतियों की परियोजना पर काम करते समय केवल आर्थिक विकास या वितरणात्मक न्याय पर ध्यान केन्द्रित करने की नैतिक दुविधा का सामना करना पड़ता है। पहला सभी के जीवन स्तर को ऊपर उठाता है, लेकिन असमानताओं को बढ़ाता है, जबकि बाद वाला विकास प्रक्रिया को धीमा कर सकता है। एक बार फिर लोक सेवक को समावेशी विकास पर ध्यान केन्द्रित कर दुविधा का समाधान करना होता है।

संवैधानिक नैतिकता का सिद्धान्त

एक सिविल सेवक को संविधान के प्रति निष्ठावान होना चाहिए। संविधान में विशिष्ट प्रावधान हैं, जिनका पालन करने के लिए एक सिविल सेवक शपथ के लिए बाध्य है। हालाँकि, संवैधानिक नैतिकता वह सिद्धान्त है जो एक सिविल सेवक के नैतिक आचरण का मार्गदर्शन करता है। यह सिद्धान्त सरकार के लोकतांत्रिक स्वरूप का मूल आधार है और सत्ता में बैठे लोगों को अपने सभी कार्यों में इस नैतिकता द्वारा निर्देशित किया जाना चाहिए। विधायिका, कार्यपालिका और न्यायपालिका सभी को संवैधानिक नैतिकता के सिद्धान्त का पालन करना है, जो संविधान की आत्मा है और इसके आदर्शों और प्रेरणा की घोषणा करता है। संविधान के भाग-3 में व्यक्ति की गरिमा से सम्बन्धित प्रावधान है और यह इस अवधारणा का एक हिस्सा भी है। यह नैतिक आधार है जिस पर संविधान का मसौदा तैयार किया गया है और यह कल्पना करता है कि हम अपने देश को किस तरह का समाज बनाना चाहते हैं और किस तरह का शासन वांछनीय है। किसी भी समय सरकार के किसी भी कार्यालय को निर्णय लेकर समस्या का सामना करना पड़ता है, तो यह संवैधानिक नैतिकता है कि हमें उनका मार्गदर्शन करना चाहिए। सरकार की शक्ति का प्रयोग जनहित में किया जाना चाहिए। हमारा संविधान हमारी संस्कृति और विविधता की बहुलता को मान्यता देता है। संविधान की प्रस्तावना में कहा गया है कि भारत एक सम्प्रभु, समाजवादी, धर्मनिरपेक्ष, लोकतांत्रिक गणराज्य है और इसका उद्देश्य अपने सभी नागरिकों को सामाजिक, आर्थिक, राजनीतिक विचार, अभिव्यक्ति, विश्वास और पूजा की स्वतंत्रता के लिए न्याय दिलाना है। यह अपने नागरिक को स्थिति और अवसर की समानता का आश्वासन भी देता है और व्यक्ति की गरिमा और राष्ट्र की एकता को सुनिश्चित करने वाले सभी वर्गों के बीच बढ़ावा देने का प्रयास करता है। प्रस्तावना का प्रत्येक शब्द संवैधानिक नैतिकता की अभिव्यक्ति है और देश के शासन में सम्मिलित सभी लोगों को इसका आचरण व मार्गदर्शन करना चाहिए।

नैतिक चिन्ताएँ

बहुत सारी नैतिक चिन्ताएँ हैं जो एक नैतिक दुविधा या अक्सर खराब शासन का कारण बन सकती हैं। सुशासन और नैतिक आचरण एक दूसरे से जुड़े हुए हैं। अधिकारियों के बीच बढ़ते भ्रष्टाचार और उनके विरुद्ध कार्रवाई की कमी, राजनीतिक हस्तक्षेप, जवाबदेही की कमी, पारदर्शिता की कमी, राजनीतिक संरक्षण, भाई-भतीजावाद तथा गरीबों और वंचितों के प्रति चिन्ता की कमी से सम्बन्धित विभिन्न नैतिक मुद्दे हैं।

SARCC ने इनमें से कुछ प्रमुख नैतिक सरोकारों को सूचीबद्ध किया है, जो हैं—

1. भ्रष्टाचार विशेष रूप से नौकरशाही के अत्याधुनिक स्तर पर।
2. नागरिकों की शिकायतों के प्रति लोक सेवकों में प्रतिबद्धता की स्पष्ट कमी है।
3. लालफीताशाही और अनावश्यक जटिल प्रक्रियाओं से नागरिकों को कठिनाई होती है।
4. खराब प्रदर्शन या ईमानदारी की कमी के लिए सरकारी कर्मचारियों को शायद ही कभी जवाबदेह ठहराया जाता है।
5. लोक पदाधिकारियों तक पहुँच न होना और उनका अहंकार और उदासीनता का रवैया।
6. अधिकारियों के बार-बार स्थानान्तरण से उनकी प्रभावशीलता कम हो जाती है।
7. भ्रष्ट राजनेताओं और नौकरशाहों के बीच अनैतिक गठजोड़।

निजी संस्थानों में नैतिक चिन्ताएँ और दुविधाएँ

सरकार में निजी क्षेत्र और गैर-सरकारी संगठनों में नैतिक चिन्ताएँ और दुविधाएँ होती हैं। निजी कॉर्पोरेट क्षेत्र मुख्य रूप से लाभ कमाने से सम्बन्धित है, क्योंकि अगर वे निवेश किए गए धन पर लाभ नहीं कमाएँगे, तो उनकी मौजूदगी समाप्त हो जाएगी। ऐसी बहुत सारी नैतिक चिन्ताएँ हैं, जिन पर ध्यान दिया जाना चाहिए। उदाहरण के लिए, एक निजी क्षेत्र का उद्योग वायु, जल या ध्वनि प्रदूषण के माध्यम से पर्यावरण को नुकसान नहीं पहुँचा सकता, क्योंकि इससे नागरिकों के स्वास्थ्य पर प्रतिकूल प्रभाव पड़ेगा और विकास भी नहीं होगा। इसके अतिरिक्त उन्हें अपने श्रमिकों की देखभाल करनी चाहिए और यह सुनिश्चित करना चाहिए कि उनका शोषण न हो। श्रमिकों की जान को खतरा न हो, इसके लिए प्रबन्धन को अपने कर्मचारियों को सुरक्षात्मक उपकरण प्रदान करके इसकी व्यवस्था करनी चाहिए। निजी क्षेत्र को यह भी सुनिश्चित करना होगा कि वे भ्रष्ट, अनैतिक या अनैतिक प्रथाओं के माध्यम से लाभ न कमाएँ। यदि उन पर सरकार का कर बकाया है, तो उन्हें उन करों से बचने का प्रयास नहीं करना चाहिए, क्योंकि यह कर लोगों के विकास के लिए आवश्यक हैं। कई कम्पनियाँ अपने बिजली बिलों को कम करने या अनुचित श्रम प्रथाओं में सम्मिलित होने के लिए निचले स्तर के अधिकारियों को रिश्वत देते हैं। इस अनैतिकता से बचना उतना ही महत्त्वपूर्ण है जितना कि लाभ कमाना। निजी क्षेत्र का भी समुदाय के प्रति कर्तव्य है और उसे अपने आसपास के लोगों को बुनियादी न्यूनतम सेवाएँ प्रदान करने का प्रयास करना चाहिए। यह कॉर्पोरेट सामाजिक ज़िम्मेदारी का एक अंग है, जिसका उन्हें पूरी ईमानदारी के साथ पालन करना चाहिए। कई निजी क्षेत्र की कम्पनियाँ बैंकों से ऋण लेती हैं और उनका उपयोग निजी लाभ और व्यक्तिगत सम्पत्ति विकसित करने के लिए करती हैं और दोषी बन जाती हैं। यह सार्वजनिक धन के दुरुपयोग का एक उदाहरण है और एक आपराधिक कृत्य है। वर्तमान में किंगफिशर के विजय माल्या और नीरव मोदी जैसे लोगों पर इस अपराध का

आरोप लगाया गया है। निजी क्षेत्र के संगठनों का यह कर्तव्य है कि वे अपने खातों की सही और निष्पक्ष तस्वीर पेश करें न कि शेयरधारकों के धन को हथियाने के लिए झूठ का सहारा लें। इसी संदर्भ में सत्यम कंप्यूटर का मामला ध्यान में आता है। उनके घटिया उत्पादों के उत्पादन के बारे में गलत तथ्यों का विज्ञापन किए जाने के भी मामले हैं।

कानून, नियम, विनियम और विवेक तथा नैतिक मार्गदर्शन

मनुष्य अपने कार्यों द्वारा आन्तरिक रूप से निर्देशित होते हैं, जिससे यह पता चलता है कि कौन-सा कार्य नैतिक है और कैसे उसका पालन किया जाना चाहिए और इसलिए वह नैतिक मार्गदर्शन का एक बहुत ही महत्त्वपूर्ण स्रोत है। समाज के एक सदस्य के रूप में सरकार कानून, विनियम और नियम बनाती है, जिसे मनुष्य के लिए नैतिक मार्गदर्शन का बाहरी कारक कहा जा सकता है। किसी भी इंसान से कानून तोड़ने की आशा नहीं की जाती है। अगर वह ऐसा करता है, तो उसे इसकी सज़ा मिलती है। लोक सेवक अपने कार्यों में नियमों, विनियमों और कानूनों द्वारा काम करते हैं, लेकिन उनके पास विवेक भी होता है, जो हमेशा नैतिक मार्गदर्शन के स्रोत के रूप में कार्य करता है। वास्तव में, जब भी किसी निर्णय के बारे में कोई सन्देह होता है, तो वह अन्तरात्मा की आवाज़ होती है, जिसे एक लोक सेवक को सुनना चाहिए।

कानून

हमारी लोकतांत्रिक व्यवस्था में विधायिका द्वारा कानूनों पर बहस की जाती है और उन्हें अधिनियमित किया जाता है। कार्यपालिका को इन कानूनों के अनुसार कार्य करना होता है और उन्हें लागू करना होता है। वहीं न्यायपालिका की भूमिका कानूनों की व्याख्या करना और यह देखना भी है कि क्या वे संवैधानिक हैं। कानूनों के कुछ उदाहरण मोटर वाहन अधिनियम, निजी विश्वविद्यालय अधिनियम, राष्ट्रीय सुरक्षा अधिनियम, खाद्य अपमिश्रण अधिनियम आदि हो सकते हैं।

कानूनों से लोगों की सामान्य इच्छा की अभिव्यक्ति होने की उम्मीद की जाती है और वे यह सुनिश्चित करते हैं कि शासन सभी नागरिकों के लिए एक समान हो और समाज में अनुशासन की भावना हो। सेंट थॉमस एक्विनास ने कानून को "समुदाय की देखभाल करने वाले उसके द्वारा प्रख्यापित सामान्य अच्छे के लिए कारण का एक अध्यादेश" के रूप में परिभाषित किया। यह लोगों से एक निश्चित कार्रवाई को प्रेरित करता है या उन्हें एक निश्चित कार्रवाई करने से रोकता है। सेंट थॉमस ने दो तरह के कानूनों को मान्यता दी—

1. प्राकृतिक नियम
2. सकारात्मक कानून

जॉन ऑस्टिन ने कानून के आदेश सिद्धान्त को प्रतिपादित किया, जहाँ कानून एक सम्प्रभु की ओर से एक आदेश है और इसे मंजूरी या दंड द्वारा प्रबलित किया जाता है और लोगों से उनका पालन करने की अपेक्षा की जाती है। उपरोक्त सिद्धान्त नैतिकता

की अवधारणा को कानून की अवधारणा से अलग करता है। सकारात्मक कानून के सिद्धान्त सकारात्मक कानून और नैतिकता के बीच किसी भी सम्बन्ध को स्वीकार नहीं करते हैं, हालाँकि अधिकांश कानून समाज की नैतिक नींव से उभरे हैं।

हम अक्सर लोक सेवकों के बारे में बात करते हैं, जो कानून के शासन के अनुसार काम करते हैं। इसका अर्थ यह है कि वे देश के कानूनों को कानून के अक्षर और भावना के अनुसार एकरूपता और बिना किसी भेदभाव के लागू करते हैं। एक लोक सेवक के सबसे महत्त्वपूर्ण नैतिक कर्तव्यों में से एक है कानून के शासन को बनाए रखना। इन दिनों राजनीतिक हस्तक्षेप कभी-कभी इस हद तक होता है कि सिविल सेवक चुनिन्दा रूप से उस कानून को लागू करते हैं, जो उनसे अपेक्षित सत्यनिष्ठा के विरुद्ध है।

नियम और विनियम

नियमों और विनियमों का अधिकतर एक ही अर्थ होता है। कानूनों को ठीक से लागू करने के लिए सक्षम प्राधिकारी द्वारा विस्तृत दिशा-निर्देश देते हुए नियम तैयार किए जाते हैं, जिसमें यह भी सम्मिलित होता है कि किसी विशेष कानून को कैसे लागू किया जाए। उदाहरण के लिए वायु प्रदूषण अधिनियम से सम्बन्धित नियम निर्दिष्ट करेंगे कि प्रदूषण का कौन-सा स्तर स्वीकार्य नहीं है, ऐसे प्रदूषण और इन सभी सम्भावित स्रोतों से प्रदूषण को नियंत्रित करने के लिए कदम उठाए जाएँ। सरकार की कार्यकारी शाखा नियम बनाने की शक्तियों का प्रयोग करती है, लेकिन नियम कानून से परे नहीं जा सकते हैं और अधीनस्थ कानून की तरह हैं, क्योंकि उन्हें विधायिका द्वारा अनुमोदित किया जाना है। किसी विशेष गतिविधि को विनियमित करने के लिए सक्षम प्राधिकारी द्वारा विनियम भी जारी किए जाते हैं। उदाहरण के लिए, भारतीय सुरक्षा और विनिमय बोर्ड वित्तीय बाज़ारों के कामकाज को नियंत्रित करता है और भारतीय रिजर्व बैंक देश के सभी बैंकों के कामकाज को नियंत्रित करता है। विनियमों को कानून द्वारा लागू निर्देश या कानून कहा जा सकता है जबकि नियमों को दिशा-निर्देश या निर्देश के रूप में वर्णित किया जा सकता है जिनसे किसी संगठन या देश में किसी व्यक्ति के व्यवहार को नियंत्रित किया जा सकता है। स्कूल, कॉलेज, बैंक, क्लब, कार्यालय या निगम जैसे अधिकांश संस्थानों के कामकाज पर नियम और कानून लागू होते हैं। नियम आमतौर पर लचीले होते हैं, जबकि विनियम कठोर होते हैं। नियम विशेष परिस्थितियों से प्रवाहित होते हैं, जबकि विनियम किसी अधिनियम से प्रवाहित होते हैं। नियम किसी व्यक्ति या संगठन द्वारा निर्धारित किए जा सकते हैं जबकि विनियम सरकार द्वारा बनाए जाते हैं। सामान्य तौर पर हम कह सकते हैं कि नियम जनता के लिए जारी किए गए निर्देशों का एक समूह है जबकि विनियम जो कानूनी रूप से शासी प्राधिकरण द्वारा स्वीकार किए जाते हैं वे हैं। दोनों को संविधान के साथ संगत होना चाहिए और लोगों द्वारा इसका पालन किया जाना चाहिए जो उनके अच्छे के लिए हैं और किसी भी उल्लंघन के लिए जुर्माना लगाया जा सकता है।

एक लोक सेवक को अपने कामकाज में यह सुनिश्चित करना होता है कि सरकार द्वारा बनाए गए कानूनों, नियमों और विनियमों का पालन हो। ऐसा करना उसका नैतिक कर्तव्य है और यदि कोई लोक सेवक ऐसा नहीं करता है, तो उसे अनैतिक कहा जा

सकता है। एक लोक सेवक को यह देखना होता है कि कानूनों, नियमों और विनियमों को ठीक से लागू किया गया है और इस सम्बन्ध में उसकी ओर से कोई लापरवाही नहीं है। तथापि, यदि परिस्थितियों में परिवर्तन के कारण किसी लोक सेवक को कोई विशेष नियम या विनियम मिलता है, जो नैतिकता के अनुरूप नहीं है, तो उसे उस नियम में संशोधन करने के लिए कदम उठाना चाहिए। कानूनों में भी विभिन्न परिस्थितियों में परिवर्तन हो सकता है, लेकिन उन्हें हमेशा विधायिका द्वारा पारित किया जाता है। उदाहरण के लिए—1991 से पहले औद्योगिक लाइसेंसिंग अधिनियम के अनुसार कोई भी उद्योग सक्षम प्राधिकारी से लाइसेंस प्राप्त किए बिना स्थापित नहीं किया जा सकता था। हालाँकि, इससे एक ऐसा माहौल बन गया था, जहाँ भारत में औद्योगिक और आर्थिक विकास धीमा हो गया था। 1991 में, उद्योगों को प्रवेश और निकास की स्वतंत्रता देते हुए अधिनियम में संशोधन किया गया और इन प्रमुख सुधारों ने देश की अर्थव्यवस्था को बदल दिया।

एक लोक सेवक को नियमों और कानूनों को लागू करवाते समय हमेशा नैतिकता का पालन करना चाहिए। यदि वह ऐसा नहीं करता है, तो उसका कार्य अनियमित या आपराधिक भी हो सकता है और उसे इसके लिए कार्रवाई या दंड का सामना करना पड़ सकता है।

अन्तरात्मा की पुकार

विवेक मनुष्य का स्वयं से बात करने का आन्तरिक भाव है और यह नैतिक मार्गदर्शन का सबसे बड़ा स्रोत है। ऐसा कहा जाता है कि विवेक ईश्वर की वाणी है, जो उन्हें बुराई पर अच्छाई और अन्याय पर न्याय का चयन करने में सक्षम बनाता है। यह किसी भी मानवीय क्रिया का नैतिक आधार है। यह कोई बाहरी दंड या इनाम नहीं है, जो अन्तरात्मा की मार्गदर्शक शक्ति है। यह नैतिकता की आन्तरिक भावना और सही और गलत की भावना है, जो व्यक्ति को अपने विवेक के अनुसार कार्य करने के लिए प्रेरित करती है। विवेक कानून और इसके अनुप्रयोग से कहीं अधिक व्यापक है, क्योंकि यह मानव गतिविधि के सभी पहलुओं पर लागू होता है। यह मानव बुद्धि और चेतना का एक पहलू है और मनुष्य में एक विशेष संकाय जन्मजात है। हालाँकि, हाल के सिद्धान्त कहते हैं कि यह मनुष्य का व्यक्तिगत और सामाजिक अनुभव है, जो उसके विवेक का मार्गदर्शन करता है और इस प्रकार इसे सामाजिक विकास और व्यक्तिगत विकास का उत्पाद माना जा सकता है। अन्त:करण और कानून को आमतौर पर एक-दूसरे का विरोध नहीं करना चाहिए और वास्तव में इन्हें एक दूसरे के पूरक होना चाहिए। उदाहरण के लिए—भ्रष्टाचार निवारण अधिनियम जैसे कानून हैं, जो सार्वजनिक सेवा में भ्रष्टाचार को प्रतिबन्धित करते हैं और भ्रष्ट कृत्यों में लिप्त होने के लिए दंड निर्धारित करते हैं। एक लोक सेवक की अन्तरात्मा उसे हमेशा कहती थी कि भ्रष्ट कार्य करना गलत है और जो कोई भी लोक सेवक अपने विवेक की बात सुनेगा, वह कभी भी भ्रष्ट नहीं होगा। यह अलग बात है कि व्यक्ति के साथ-साथ लोक सेवक अक्सर अपने अनैतिक व्यवहार का कारण देकर विवेक की पुकार को दबाते हैं, जैसे एक भ्रष्ट अधिकारी

यह कहकर स्वयं को सही ठहराता है कि हर कोई भ्रष्ट है या उसे अपने परिवार की आवश्यकताओं के लिए धन की आवश्यकता है इत्यादि। अन्तरात्मा की पुकार इंसान को नैतिक बनाती है।

सरकारी नियमों को बजट प्रणाली, लेखा प्रणाली या कार्मिक प्रणाली जैसी प्रणालियों में एकत्रित किया जाता है। सरकारी कर्मचारी परिणाम प्राप्त करने के बजाय नियमों और कानूनों और प्रक्रियाओं पर अधिक ध्यान केन्द्रित करते हैं। वास्तव में नियमों और अप्रचलित विनियमों और यहाँ तक कि कानूनों की अधिकता है, जो देश के विकास को धीमा कर रही है। इनमें से कुछ नियम औपनिवेशिक काल के हैं, जो वर्तमान आर्थिक और राजनीतिक स्थितियों के लिए उपयुक्त नहीं हैं। भारत सरकार और कुछ राज्य सरकारों ने पिछले कुछ वर्षों में सभी पुराने नियमों और विनियमों की समीक्षा करने के लिए एक अभ्यास किया है और जो अब आवश्यक नहीं हैं, उन्हें हटा दिया गया है। यदि सुशासन चाहिए, तो यह प्रक्रिया नियमित रूप से जारी रहनी चाहिए। हाल ही में भारत सरकार द्वारा श्रम से सम्बन्धित बहुत सारे कानूनों को चार संहिताओं में संहिताबद्ध किया गया है और इसने श्रम कानूनों को समझने में आसान, व्यापक और आधुनिक समय के अनुकूल बना दिया है। इस प्रक्रिया में इंजीनियरिंग को प्राथमिकता देनी होगी अन्यथा लोग सरकार के कामकाज की आलोचना करते रहेंगे, क्योंकि यह सेवाओं के वास्तविक वितरण की तुलना में लालफीताशाही से अधिक चिन्तित है। सार्वजनिक सेवा के लिए परिणाम देना नैतिकता का एक अनिवार्य हिस्सा है। पुराने और बेकार कानूनों को समाप्त करने और कानूनों के सामंजस्य और एकीकरण की तत्काल आवश्यकता है। कानूनों में सूर्यास्त के प्रावधान की भी आवश्यकता है, ताकि एक विशेष अवधि के बाद एक क़ानून अमान्य हो जाए।

एक लोक सेवक को अपने विवेक के साथ-साथ नियमों, विनियमों और कानूनों या नैतिक मार्गदर्शन की ओर ध्यान देना होता है।

जवाबदेही और नैतिक शासन

नैतिक होने के लिए एक सरकारी प्रणाली को जवाबदेह होना चाहिए। एक लोक सेवक अपने पद को ट्रस्ट में रखता है और देश के विकास के लिए और लोगों को जीवन और सम्पत्ति की सुरक्षा प्रदान करने के लिए सार्वजनिक धन खर्च करता है। इसलिए एक लोक सेवक को अपने सभी कार्यों और इस देश के लोगों को परिणाम देने के लिए जवाबदेह होना चाहिए। उनका काम जनता की सेवा करना है, इसलिए वह उनकी सभी समस्याओं और शिकायतों को हल करने के लिए जवाबदेह हैं। यह मामला सार्वजनिक धन से सम्बन्धित है, इसलिए वह देश के करदाता के प्रति जवाबदेह है और उसे नैतिकता और अखंडता के उच्चतम मानकों को बनाए रखते हुए प्रदर्शन करना चाहिए।

यह सच है कि इस समय वांछित सार्वजनिक सेवा प्रदान करने के लिए बहुत कुछ अनदेखा कर दिया जाता है। सार्वजनिक सेवा प्रदान करने की गुणवत्ता और दक्षता कुल मिलाकर खराब गुणवत्ता की है। इसका एक मुख्य कारण जवाबदेही की कमी है। जवाबदेही निम्नलिखित उपायों द्वारा लाई जा सकती है—

1. सिविल सेवकों के लिए एक सख्त प्रदर्शन मूल्यांकन प्रणाली विकसित करना, जो उनके कैरियर की उन्नति और पदोन्नति को वास्तविक प्रदर्शन और नौकरी में सेवा प्रदान करने से जोड़ेगी। योग्यता को अधिक महत्त्व देने के लिए वर्तमान में योग्यता के अधीन वरिष्ठता पर पदोन्नति मिलने की प्रणाली को बदलना होगा। वार्षिक गोपनीय रिपोर्ट लिखने की प्रणाली में, लगभग हर अधिकारी को एक अच्छी रिपोर्ट दी जाती है, यह प्रणाली औसत दर्जे को प्रोत्साहित करती है। भारत सरकार ने अब प्रमोशन में 360 डिग्री फीडबैक प्रणाली आरंभ किया है। इसी तरह के नवाचारों की आवश्यकता है, ताकि सिस्टम केवल प्रदर्शन करने वालों को पुरस्कृत करे।
2. डोमेन/ शासन-क्षेत्र में विशेषज्ञता और क्षमता को बढ़ाना है। अधिकांश सिविल सेवाओं में अब नियमित रूप से सेवा प्रशिक्षण कार्यक्रम होते हैं, जो उनके नेतृत्व गुणों और पेशेवर क्षमता को बढ़ाने के अतिरिक्त उन्हें सामाजिक, आर्थिक और तकनीकी वातावरण में आधुनिक चुनौतियों और परिवर्तनों से अवगत कराते हैं। डोमेन/ शासन-क्षेत्र में विशेषज्ञता के सम्बन्ध में, सिविल सेवकों को बार-बार स्थानान्तरण की समस्या से बचाना होगा। एक सिविल सेवक के पास पोस्टिंग में दो से तीन साल का कार्यकाल होना चाहिए, ताकि वह अच्छी सेवा प्रदान कर सके। साथ ही आईएएस जैसी सेवा में कुछ निश्चित वर्षों के बाद अधिकारियों को विभिन्न डोमेन में विशेषज्ञता को बढ़ाना चाहिए। कुछ लोग ऐसे हैं, जो प्रतिस्पर्धा और व्यावसायीकरण को प्रोत्साहित करने के लिए मेरिट में पार्श्व प्रवेश के गुणों के बारे में तर्क देते हैं, लेकिन यह कितना उपयोगी होगा यह बहस का विषय है।
3. एक प्रभावशाली अनुशासनात्मक व्यवस्था को लागू करना महत्त्वपूर्ण है। एक दोषी या भ्रष्ट कर्मचारी के विरुद्ध कार्रवाई करना सम्भव होना चाहिए। यह एक ऐसी संस्कृति को बढ़ावा देगा, जहाँ ईमानदारी और अच्छे प्रदर्शन को पुरस्कृत किया जाता है और विपरीत को दंडित किया जाता है।

सरकार को जवाबदेह शासन देने के लिए अपनी कार्य-संस्कृति को बदलना होगा। काम के माहौल में सुधार की आवश्यकता है और नियमों और प्रक्रियाओं को सुव्यवस्थित करने की जरूरत है। प्राधिकरण के विकेन्द्रीकरण से जवाबदेही में भी सुधार होता है। कुछ देशों ने जवाबदेही में सुधार के लिए प्रदर्शन आधारित स्वायत्त संस्थाओं का निर्माण किया है। इन संस्थाओं में सरकार के साथ एक प्रदर्शन अनुबंध हासिल करने के लिए खुले बाजारों से चुने गए सिविल सेवक और अधिकारी होंगे। वे स्वयं अनुबंध पर होंगे। संस्थाओं को कर्मियों, वित्तीय और परिचालन मामलों में स्वतंत्रता दी जाएगी।

लोक सेवकों के जवाबदेही परीक्षण में असफल होने का मूल कारण यह है कि उनके पास मार्गदर्शन करने के लिए एक नैतिक दिशा सूचक यंत्र नहीं है। यह स्पष्ट होना चाहिए कि लोक प्रशासन एक ऐसी गतिविधि है, जिसके मूल्यों और नैतिकता में अपने नियम हैं और लोगों की व्यापक भलाई हमेशा, व्यक्तिगत हित के अतिरिक्त, लक्ष्य होना चाहिए।

अध्याय : 8

सिविल सेवाओं में ईमानदारी

सूचना का अधिकार : सुशासन की कुंजी

इसका महत्त्व

सुशासन का मूल सार पारदर्शिता, जवाबदेही और भागीदारी के साथ नागरिक सेवाओं का लाभ आम जनता तक पहुँचाना है। सूचना का अधिकार एक अत्यन्त महत्त्वपूर्ण प्रशासनिक नवाचार है जो शासन में पारदर्शिता से सम्बन्धित है। इसके पीछे का मूल विचार सरकार के काम-काज और जनता के बीच पारदर्शिता लाना है। इसका उद्देश्य सरकार को अधिक जवाबदेह बनाना और सार्वजनिक सेवा प्रदान करने की प्रक्रिया में नागरिकों की भागीदारी को भी बढ़ावा देना है। हम कह सकते हैं कि सूचना का अधिकार सुशासन का एक बुनियादी गुण है।

भारत एक लोकतंत्र है जिसका अर्थ है कि सरकार लोगों की और लोगों द्वारा है। यदि इस आदर्श को प्राप्त करना है तो लोगों को शासन की प्रक्रिया में भी भाग लेना चाहिए। सूचना का अधिकार जन केन्द्रित शासन को प्रेरित करता है। हम सभी जानते हैं कि सूचना में एक शक्ति है और नागरिकों के साथ सूचनाओं का आदान-प्रदान उनके सशक्तिकरण का एक साधन है। भारत एक कल्याणकारी राष्ट्र है और ऐसे राष्ट्र के उद्देश्यों को सर्वोत्तम रूप से तब ही पूरा किया जा सकता है जब हम समाज के गरीब और कमज़ोर वर्गों को सशक्त बनाते हैं। महान यूनानी दार्शनिक अरस्तू ने इस विचार को बहुत सुन्दर ढंग से अभिव्यक्त किया है, उनके अनुसार "यदि स्वतंत्रता और समानता, जैसा कि कुछ लोग सोचते हैं, मुख्य रूप से लोकतंत्र में पाए जाते हैं, तो वे सबसे अच्छी तरह से तब प्राप्त होंगे जब सभी व्यक्ति समान रूप से सरकार में भागीदारी करेंगे।"

ऐतिहासिक पृष्ठभूमि

सूचना का अधिकार अधिनियम राजस्थान में एक विरोध आन्दोलन के रूप में आरंभ हुआ जहाँ सामाजिक कार्यकर्ताओं और दिहाड़ी मजदूरों के एक समूह ने उन्हें भुगतान की गई मजदूरी में विसंगतियाँ पाईं और महसूस किया कि इसका कारण यह था कि इस तंत्र के माध्यम से नकली मस्टर रोल और सार्वजनिक धन की हेराफेरी की जा रही थी। कई सरकारी योजनाओं में यह एक सामान्य घटना है। यहाँ तक कि बहुप्रशंसित

मनरेगा भी इससे अछूती नहीं है, क्योंकि ऐसे कई उदाहरण हैं जहाँ फर्जी जॉब कार्ड बनाए गए और भ्रष्ट ग्राम प्रधानों और अधिकारियों द्वारा उनके एवज में पैसे निकाले गए। राजस्थान से उठा विरोध अन्य राज्यों जैसे तमिलनाडु और गोवा में फैल गया। तमिलनाडु और गोवा में सूचना का अधिकार अधिनियम लागू किया गया और 2000 में राजस्थान में सूचना का अधिकार अधिनियम लागू हुआ। राष्ट्रीय स्तर पर सूचना का अधिकार अधिनियम 2005 में पारित किया गया। यह सरकार की सभी शाखाओं पर लागू होता है लेकिन वर्तमान में केवल कार्यपालिका पर ही केन्द्रित है।

इसी तरह के कानून अन्य देशों में प्रख्यापित किए गए हैं। 1766 में ऐसा करने वाला स्वीडन पहला देश था लेकिन यह एक अलग सन्दर्भ में था। संयुक्त राज्य अमेरिका ने 1966 में सूचना की स्वतंत्रता कानून, 1976 में डेनमार्क और नॉर्वे और 2000 में ब्रिटेन में पारित किया गया। तब से अधिकांश देशों ने ऐसे कानून पारित किए हैं।

ऑफिशियल सीक्रेट्स एक्ट, 1923

आरटीआई अधिनियम के लागू होने से पहले सरकारी कामकाज के सभी पहलुओं के बारे में शासन की अवधारणा गोपनीयता बनाए रखने की थी। इसके बारे में प्रमुख कानूनी प्रावधान औपनिवेशिक काल के ऑफिशियल सीक्रेट्स एक्ट 1923 (ओएसए) में हैं। यह कानून सुरक्षा, जासूसी, राजद्रोह और राष्ट्र की एकता और अखंडता को प्रभावित करने वाले अन्य मामलों से सम्बन्धित मामलों में गोपनीयता और विश्वसनीयता बनाए रखने से सम्बन्धित है। औपनिवेशिक शासन को भारत के नागरिकों पर भरोसा नहीं था और इसलिए गोपनीयता अपवाद होने के बजाय चलन बन गई। हालाँकि ओएसए की धारा-5 राष्ट्रीय सुरक्षा के सम्भावित उल्लंघनों से निपटने के लिए थी, लेकिन इसने शासन से सम्बन्धित हर मुद्दे को समेटना आरंभ कर दिया। इसकी प्रवृत्ति जानकारी देने के बजाय उसे छुपाने की थी। ओएसए 1923 अभी भी अस्तित्व में है लेकिन वह आरटीआई अधिनियम के तहत सूचना के प्रकटीकरण के आड़े नहीं आएगा। आरटीआई की धारा-22 कहती है, "इस अधिनियम के प्रावधान ऑफिशियल सीक्रेट्स एक्ट 1923 और किसी भी अन्य कानून या इस अधिनियम के अतिरिक्त किसी अन्य कानून के आधार पर प्रभावी होने वाले किसी भी उपकरण में निहित असंगति के बावजूद प्रभावी होंगे"। हालाँकि ओएसए को अपने वर्तमान स्वरूप में बनाए रखना एक अप्रासंगिकता को ढोना है।

ओएसए की धारा-5 में न केवल दुश्मन के लिए उपयोगी किसी सूचना के देने पर दंड का प्रावधान है, बल्कि किसी सरकारी सेवक द्वारा अपने कार्यालय के आधार पर प्राप्त की गई किसी भी प्रकार की गुप्त जानकारी को अनधिकृत तरीक़े से सम्प्रेषित करना भी दंडनीय है। इसका अर्थ है कि फाइलों में दर्ज टिप्पणियों को भी गुप्त रखा जा सकता है। सरकार ओएसए के इस प्रावधान का उपयोग नागरिकों को जानकारी देने से रोकने और आरटीआई अधिनियम की प्रभावशीलता को कम करने के लिए कर सकती है। द्वितीय प्रशासनिक सुधार आयोग 2006 ने सिफारिश की है कि ओएसए 1923 को निरस्त किया जाना चाहिए और शासकीय गोपनीयताओं से सम्बन्धित राष्ट्रीय सुरक्षा अधिनियम में एक अध्याय के माध्यम से प्रतिस्थापित किया जाना चाहिए। इसके

अतिरिक्त आयोग शौरी कमीशन से सहमत है जिसने ओएसए की धारा 5(1) में संशोधन की सिफारिश की थी, और प्रावधान को केवल राष्ट्रीय सुरक्षा को प्रभावित करने वाले उल्लंघनों पर लागू करने की बात की थी।

भारतीय साक्ष्य अधिनियम 1872

सरकार को साक्ष्य के सम्बन्ध में एक निश्चित विशेषाधिकार प्राप्त है। भारतीय साक्ष्य अधिनियम 1872 अपनी धारा 123 में विभाग के प्रमुख की अनुमति के बिना राज्य के मामलों से सम्बन्धित अप्रकाशित आधिकारिक रिकॉर्ड से प्राप्त साक्ष्य देने पर रोक लगाता है। यह धारा 124 में आगे जोड़ता है कि किसी भी लोक अधिकारी को आधिकारिक विश्वास में उसके द्वारा किए गए संचार का खुलासा करने के लिए बाध्य नहीं किया जाएगा, यदि वह ये मानता है कि इससे सार्वजनिक हित पर प्रतिकूल प्रभाव पड़ेगा। दूसरे प्रशासनिक सुधार आयोग ने इन धाराओं में संशोधन की जोरदार सिफारिश की है।

गोपनीयता की शपथ

यह स्पष्ट है कि सरकार वर्षों से नागरिकों को जानकारी उपलब्ध कराने से कहीं अधिक गोपनीयता को महत्त्व देती रही है। सरकार इस तरह से एक दूरी बना कर रखती है जो लोकतंत्र के मूल सिद्धान्त के विरुद्ध है। हम सभी ने टेलीविजन पर केन्द्रीय और राज्य मंत्रियों के शपथ ग्रहण समारोहों को देखा होगा। पद ग्रहण करते समय मंत्रियों को गोपनीयता की शपथ दिलाई जाती है जो इस प्रकार है "मैं किसी भी व्यक्ति या व्यक्तियों को प्रत्यक्ष या अप्रत्यक्ष रूप से सम्प्रेषित या प्रकट नहीं करूँगा, जो मेरे विचार में लाया जाएगा या मेरे द्वारा संघ के मंत्री के रूप में जाना जाएगा, राज्य को छोड़कर जो ऐसे मंत्री के रूप में मेरे कर्तव्यों के उचित निर्वहन के लिए आवश्यक हो सकता है"। यह बहुत अजीब बात है कि एक मंत्री जिसकी निष्ठा जनता के साथ जुड़ी होती है, वह उसी जनता के प्रति गोपनीयता रखने की शपथ लेता है जिन्होंने उसे चुन कर भेजा है। यह औपनिवेशिक युग की विरासत है। लोकतंत्र की भावना से यह उचित होगा कि मंत्री गोपनीयता की बजाय पारदर्शिता की शपथ लें।

केन्द्रीय सिविल सेवा आचरण नियम

एक बार फिर से आचरण नियमों की धारा-11 किसी भी सरकारी कर्मचारी को किसी भी आधिकारिक दस्तावेज या सूचना को किसी ऐसे व्यक्ति को सम्प्रेषित करने से रोकती है जो ऐसा करने के लिए अधिकृत नहीं है। एक बार फिर जानकारी छिपाने पर ज़ोर दिया जा रहा है। द्वितीय प्रशासनिक सुधार आयोग ने सिफारिश की है कि इसमें भी पारदर्शिता की भावना से संशोधन किया जाना चाहिए।

इसी तरह कार्यालय प्रक्रियाओं की नियमावली भी आधिकारिक प्रशासन में अनधिकृत संचार की बात नहीं करती है।

उपरोक्त चर्चा से यह स्पष्ट है कि शासन करने का औपनिवेशिक दृष्टिकोण अपने कार्यों को गोपनीयता के आवरण में लपेटना था। सूचना का अधिकार अधिनियम एक

क्रांतिकारी शासन सुधार है जो गोपनीयता का पर्दा उठाने और शासन को खुला, पारदर्शी और जवाबदेह बनाने का प्रयास करता है। ओएसए अस्तित्व में है लेकिन आरटीआई अधिनियम के प्रावधान हैं जो ओएसए को निष्प्रभावी करते हैं। इस सम्बन्ध में हम पहले ही आरटीआई अधिनियम की धारा 22 का उल्लेख कर चुके हैं। आरटीआई अधिनियम की धारा 8 (2) भी है जो किसी भी जानकारी को प्रकट करने की अनुमति देती है यदि उनके प्रकटीकरण से संरक्षित हितों को नुकसान पहुँचने से अधिक सार्वजानिक हितों की पूर्ति होती है। इस प्रकार आरटीआई अधिनियम ओएसए के अस्तित्व में रहने पर भी अपने उद्देश्य को पूरा कर सकता है। हालाँकि भविष्य में सरकार ओएसए को निरस्त करने और इस अधिनियम की सम्बन्धित धाराओं को राष्ट्रीय सुरक्षा अधिनियम में एक अलग अध्याय के रूप में रखने पर विचार कर सकती है।

सूचना के अधिकार के तहत प्रकटीकरण से छूट में दी गई सूचना

किसी भी मामले में आरटीआई अधिनियम कुछ सूचनाओं की जानकारी देने से छूट देता है और यह जुर्माना लगाने के अतिरिक्त ओएसए अधिनियम के उद्देश्य को पूरा करने वाला होना चाहिए। कुछ छूट दी गई बातें इस प्रकार हैं :

1. भारत की सम्प्रभुता और अखंडता को प्रभावित करने वाली सूचना। राज्य की सुरक्षा या आर्थिक हितों से सम्बन्धित मामले।
2. विदेशी राज्यों के साथ बातचीत के सम्बन्ध में प्रकटीकरण।
3. कोई भी सूचना जिसका प्रकटीकरण किसी न्यायालय द्वारा निषिद्ध किया गया हो या संसद या राज्य विधानमंडल के विशेषाधिकार का उल्लंघन हो सकता हो।
4. सूचना जो किसी अपराध की जाँच पर प्रतिकूल प्रभाव डालेगी।
5. कैबिनेट के कागजात।

आरटीआई की प्रक्रिया

यह अधिनियम बहुत कम शुल्क के भुगतान पर सार्वभौमिक पहुँच प्रदान करता है। गरीबी रेखा से नीचे के लोगों से कुछ भी खर्चा नहीं लिया जाता है। लोग कारणों का उल्लेख करते हुए लिखित में जानकारी माँग सकते हैं। आम तौर पर सरकारी फाइलों और दस्तावेजों के नोट्स और उद्धरणों के बारे में, सरकारी परियोजनाओं और कार्यों के बारे में जानकारी माँगी जाती है। एक व्यक्ति को दस्तावेजों और अभिलेखों का निरीक्षण करने का अधिकार है और जानकारी लिखित या इलेक्ट्रॉनिक रूप में उपलब्ध कराई जा सकती है।

जानकारी उपलब्ध कराने हेतु प्रत्येक विभाग ने एक वरिष्ठ अधिकारी को पीआईओ (जन सूचना अधिकारी) के रूप में नामित किया है। जैसे ही वह निर्धारित शुल्क के साथ सूचना के लिए अनुरोध प्राप्त करता है, पीआईओ सूचना एकत्र करता है और इसे आवेदक को उपलब्ध कराता है। अधिनियम इस जानकारी को प्रस्तुत करने के लिए

समय सीमा निर्दिष्ट करता है। आम तौर पर 30 दिनों की अनुमति दी जाती है लेकिन 48 घंटों के भीतर तत्काल सूचना देनी पड़ सकती है।

कार्यान्वयन संरचना

आरटीआई अधिनियम ने राष्ट्रीय स्तर पर केन्द्रीय सूचना आयोग और राज्यों में राज्य सूचना आयोगों का गठन किया है। ये सूचना आयोग वैधानिक निकाय हैं। ये स्वतंत्र हैं और सरकारी विभाग द्वारा जनता को प्रदान नहीं की गई जानकारी के सम्बन्ध में शिकायतों और अपीलों को देखते हैं। केन्द्रीय सूचना आयोग का मुख्यालय दिल्ली में है और इसमें एक मुख्य सूचना आयुक्त होता है और भारत के राष्ट्रपति द्वारा नियुक्त सूचना आयुक्त दस से अधिक नहीं होते हैं। इसी प्रकार राज्य में भी सूचना आयुक्तों की सहायता के लिए एक मुख्य सूचना आयुक्त का पद है। इन सभी सूचना आयुक्तों को स्वायत्तता प्राप्त है क्योंकि उनके पास उन जन सूचना अधिकारियों को दंडित करने की शक्ति है जो जनता को सही जानकारी नहीं देते हैं।

सूचना आयुक्तों की स्वतंत्रता और स्थिति सुनिश्चित करने के लिए उनका चयन एक उच्च स्तरीय समिति द्वारा किया जाता है। राष्ट्रीय स्तर पर समिति में अध्यक्ष के रूप में प्रधान मंत्री और लोकसभा में विपक्ष के नेता और प्रधान मंत्री द्वारा सदस्यों के रूप में नामित एक केन्द्रीय कैबिनेट मंत्री सम्मिलित होते हैं। इसी तरह राज्य में मुख्यमंत्री ही अध्यक्ष होता है। आयुक्तों से कानून, विज्ञान और समाज सेवा, प्रबन्धन, पत्रकारिता और प्रशासन में व्यापक ज्ञान और अनुभव के साथ सार्वजनिक जीवन में प्रतिष्ठित व्यक्ति होने की उम्मीद की जाती है। आरटीआई अधिनियम में यह भी प्रावधान है कि मुख्य सूचना आयुक्त या सूचना आयुक्त संसद या किसी राज्य विधायिका का सदस्य नहीं होगा या किसी अन्य लाभ का पद धारण नहीं करेगा, न किसी राजनीतिक दल से जुड़ा होगा और कोई व्यवसाय या कोई पेशा नहीं करेगा। सरकारी निकाय और यहाँ तक कि निजीकृत सार्वजनिक उपयोगिता कम्पनियाँ और एनजीओ जो सरकार से अपने बुनियादी ढाँचे के फंड का 95 प्रतिशत प्राप्त करते हैं, वे आरटीआई अधिनियम के दायरे में हैं। मुख्य सूचना आयुक्त का कार्यकाल मूल रूप से पाँच वर्ष के रूप में निर्धारित किया गया था और सूचना आयुक्तों का कार्यकाल भी वही था। इसमें 2018 में संशोधन किया गया है। अब पाँच साल के बजाय आयुक्तों का कार्यकाल केन्द्र सरकार द्वारा निर्धारित किया जा सकता है। आरटीआई अधिनियम की मूल धारा-13 में मुख्य सूचना आयुक्त के वेतन, भत्ते और सेवा कार्यकाल मुख्य चुनाव आयुक्त के समान होने चाहिए। इसमें संशोधन किया गया है कि इसे इस प्रकार पढ़ा जाए कि इसे "केन्द्र सरकार द्वारा निर्धारित किया जा सकता है"। राज्य मुख्य सूचना आयुक्त और सूचना आयुक्त के कार्यकाल और स्थिति से सम्बन्धित धारा 16 में इसी तरह के संशोधन किए गए हैं। इस बात पर चर्चा चल रही है कि क्या इन संशोधनों ने उनकी स्वतंत्रता को प्रभावित करके और उन्हें सरकार के नियंत्रण में रखकर आयोग की संरचना को मौलिक रूप से बदल दिया है। सरकार ने यह कहते हुए अपने निर्णय को उचित ठहराया है कि आयोग एक वैधानिक

निकाय है और सरकार के पास इससे सम्बन्धित नियम बनाने की शक्ति है। तथापि एक मत यह भी है कि सूचना आयुक्तों को सरकार के अधीन बनाकर सूचना अधिनियम की कार्यप्रणाली को काफी कमज़ोर कर दिया गया है।

केन्द्रीय सूचना आयुक्त या मुख्य सूचना आयुक्त का कर्तव्य किसी भी व्यक्ति द्वारा शिकायत प्राप्त करना और उसकी जाँच करना है, जिसे सरकार द्वारा उसके लिए आवश्यक जानकारी नहीं दी गई है। जाँच करते समय आयुक्तों के पास वही शक्तियाँ होंगी जो सिविल प्रक्रिया संहिता 1908 के तहत एक मुकदमे की सुनवाई करते समय दीवानी अदालत में निहित होती हैं। कोई भी व्यक्ति जो निर्दिष्ट समय के भीतर निर्णय प्राप्त नहीं करता है या जन सूचना अधिकारी के निर्णय से असन्तुष्ट है, वह केन्द्रीय सूचना आयुक्त या मुख्य सूचना आयुक्त के समक्ष अपील दायर कर सकता है। केन्द्रीय सूचना आयुक्त और मुख्य सूचना आयुक्त के पास जुर्माना लगाने की शक्ति है, यदि उन्हें पता चलता है कि जानकारी जानबूझकर रोकी गई है या गलत तरीक़े से आपूर्ति की गई है। वे अधिकारियों के विरुद्ध विभागीय कार्रवाई की सिफारिश कर सकते हैं। हालाँकि आरटीआई अधिनियम के तहत कोई आपराधिक दायित्व नहीं है।

केन्द्रीय सूचना आयुक्त और मुख्य सूचना आयुक्त के संस्थानों के निर्माण के अतिरिक्त कार्यान्वयन में यह भी सम्मिलित है कि सरकारी विभागों द्वारा रिकॉर्ड कीपिंग व्यवस्थित और आधुनिक तरीक़े से की जाए। अधिनियम की भावना यह भी कहती है कि विभाग को स्वप्रेरणा से सूचना की घोषणा करनी चाहिए और जनहित का खुलासा करना चाहिए। यह बहुत महत्त्वपूर्ण है। लोकतंत्र के समुचित संचालन के लिए सरकार को स्वेच्छा से नागरिकों को जानकारी उपलब्ध करानी चाहिए। इन दिनों प्रत्येक विभाग से यह अपेक्षा की जाती है कि उसके पास एक वेबसाइट हो और विभाग के कामकाज के सभी पहलुओं के बारे में अद्यतन जानकारी वेबसाइट पर उपलब्ध कराई जाए। नागरिक चार्टर का होना भी स्वैच्छिक प्रकटीकरण की इस श्रेणी में आता है।

इस अधिनियम को समुचित रूप से क्रियान्वित करने में सरकारी अधिकारियों के लिए नियमित क्षमता निर्माण एवं जागरूकता कार्यक्रम तथा अधिनियम के अन्तर्गत नागरिकों को उनके अधिकारों के प्रति जागरूक करना सम्मिलित है। इस उद्देश्य के लिए नुक्कड़ नाटक, रेडियो विज्ञापन गीत, मुद्रित प्रकाशन का उपयोग किया जा सकता है। मुख्य सूचना आयुक्तों और सरकार के वरिष्ठतम स्तर पर अधिनियम के कामकाज की लगातार निगरानी की जानी चाहिए। दसवें वित्त आयोग ने रिकॉर्ड रखने और रिकॉर्ड के डिजिटलीकरण के लिए अनुदान दिया है।

अधिनियम का मूल्यांकन

अधिनियम ने निश्चित रूप से लोगों की कल्पना को साकार किया है और आम नागरिक को सशक्त बनाया है। भ्रष्टाचार में कमी लाने में इसकी सकारात्मक भूमिका रही है और सरकारी अधिकारियों की जवाबदेही में भी वृद्धि हुई है। यूपी राज्य में ही आरटीआई अधिनियम के तहत एक साल में 30 हज़ार मामले दर्ज किए जाते हैं जिससे इसके असर का पता चलता है। हालाँकि कुछ मुद्दे हैं जो अधिनियम के समुचित कार्य में बाधा डालते

हैं। आयोग में मामलों की एक बड़ी संख्या लंबित है और कभी-कभी जानकारी प्रदान करने में इतनी देर हो जाती है कि पूरी कार्यविधि बेकार हो जाती है। इसका एक कारण यह भी है कि कई महीनों से केन्द्रीय सूचना आयुक्त और मुख्य सूचना आयुक्त के पदों की रिक्तियाँ नहीं भरी जा रही हैं। सरकारी विभागों में भी किसी न किसी बहाने सूचना देने में देरी करने की प्रवृत्ति होती है। आयुक्त ऐसे मामलों में जुर्माना लगाते हैं लेकिन सरकार को सूचना देने में देरी के लिए इस तरह की प्रवृत्ति के बारे में अधिक गम्भीरता से विचार करने की आवश्यकता है। साथ ही नियुक्त किए गए अधिकांश आयुक्त या तो सेवानिवृत्त नौकरशाह या पत्रकार हैं। आयोग को समृद्ध बनाने के लिए जीवन के अन्य क्षेत्रों से प्रतिष्ठित लोगों को नियुक्त किया जाना चाहिए। नियुक्ति सरकार के हाथ में होने के कारण ऐसी स्थिति उत्पन्न हो जाती है कि जो सरकार के करीबी होते हैं उन्हें नियुक्त किया जाता है। स्वाभाविक रूप से वे सरकार के प्रति नरम रुख अपनाते हैं और शायद ही कभी उनमें निहित दंड की शक्तियों का सहारा लेते हैं।

अनुभव यह रहा है कि आम नागरिक से अधिक सरकारी कर्मचारी और वकील ही जानकारी माँगते हैं। इस जानकारी का उपयोग अक्सर व्यक्तिगत मामलों से सम्बन्धित मामलों में न्यायालयों या सेवा न्यायाधिकरणों के समक्ष प्रस्तुत करने के लिए किया जाता है। वास्तव में एक हानिकारक प्रवृत्ति सामने आई है जहाँ कुछ तथाकथित आरटीआई कार्यकर्ता सरकारी अधिकारियों को ब्लैकमेल करने के लिए एक उपकरण के रूप में इसका इस्तेमाल करते हैं। बेशक केन्द्रीय सूचना आयुक्त और मुख्य सूचना आयुक्त को इस तरह के कदाचार को समाप्त करने के लिए हस्तक्षेप करने में सक्षम होना चाहिए। आरटीआई अधिनियम वास्तव में शासन का लोकतंत्रीकरण कर सकता है। सिविल सेवकों को इस अधिनियम के प्रति सकारात्मक दृष्टिकोण रखना चाहिए और यह सुनिश्चित करना चाहिए कि नागरिक को जानकारी उपलब्ध हो। दरअसल एक सिविल सेवक के बुनियादी रवैये को बदलने की आवश्यकता है। उसे यह महसूस नहीं होना चाहिए कि जानकारी साझा करने से वह कम शक्तिशाली होता जा रहा है। वास्तव में यह रवैया होना चाहिए कि नागरिकों को यथासम्भव अधिक से अधिक जानकारी स्वेच्छा से प्रकट की जाए। साथ ही आम नागरिक को इस अधिनियम के कामकाज के बारे में और अधिक जागरूक करना होगा ताकि वे इसके प्रावधानों का उपयोग कर सकें।

नागरिक चार्टर :
महत्त्व और अवधारणा

सुशासन का मूल कार्य नागरिकों तक सार्वजनिक सेवाओं का लाभ कुशलतापूर्वक और प्रभावी तरीक़े से पहुँचाना है। नागरिक को अब उसी तरह से व्यवहार करना होगा जैसे एक निजी क्षेत्र की कम्पनी अपने ग्राहकों के साथ व्यवहार करेगी। आपने कहावत तो सुनी ही होगी कि ग्राहक राजा होता है। एक आदर्श सार्वजनिक सेवा वितरण प्रणाली में नागरिक के साथ समान व्यवहार करना होता है। इसका तात्पर्य यह है कि शासन में पारदर्शिता और जवाबदेही होनी चाहिए और नागरिकों की चिन्ताओं और शिकायतों पर हर सरकारी विभाग या संस्थाओं का मुख्य ध्यान होना चाहिए। सरकार को नागरिकों के

प्रति जवाबदेह होना चाहिए। प्रत्येक सरकारी अधिकारी को पता होना चाहिए कि वह किसके लिए ज़िम्मेदार और जवाबदेह है और नागरिक को भी यह पता होना चाहिए कि उसे किस समस्या के लिए किससे सम्पर्क करना चाहिए। नागरिक चार्टर शासन में एक और पथप्रदर्शक नवाचार है और अगर इसे ठीक से लागू किया जाए तो आम नागरिक के जीवन की गुणवत्ता में बड़ा बदलाव आ सकता है।

मूल रूप से किसी भी विभाग का नागरिक चार्टर आपको विभिन्न अधिकारियों के नाम, मोबाइल नंबर और वे किस विभाग को देख रहे हैं, इसकी जानकारी देगा। इसमें विभाग द्वारा दी जा रही सेवाओं का ब्योरा दिया जाएगा। महत्त्वपूर्ण बात यह है कि प्रत्येक सेवा के लिए गुणवत्ता मानकों को निर्धारित किया जाता है और चार्टर पर रखा जाता है और समय सीमा भी जिसके भीतर कोई सेवा उपलब्ध कराई जाएगी। उस चार्टर में विभाग के बारे में हर सम्भव जानकारी उपलब्ध कराई जाएगी। इस तरह यह सूचना के अधिकार अधिनियम की मूल भावना को आगे बढ़ा रहा है। चार्टर आपको यह भी बताएगा कि आपकी शिकायतों के निवारण के लिए किससे सम्पर्क करना है। यह आपके साथ नीति निर्माण के मामलों में भी सम्मिलित होगा और विभाग के कामकाज के साथ-साथ आपकी शिकायतों के बारे में आपके सुझाव भी आमंत्रित करेगा। नागरिक चार्टर को विभागों की वेबसाइट पर उपलब्ध कराया जा सकता है और वर्तमान स्थिति की सही तस्वीर देने के लिए इसे लगातार अद्यतन किया जाना चाहिए। संक्षेप में, हम कह सकते हैं कि नागरिक चार्टर एक ऐसा दस्तावेज है जो एक संगठन की विभिन्न सेवाओं के प्रति प्रतिबद्धता को सामने लाता है और नागरिकों को उनकी गुणवत्ता प्रदान करता है। यह नागरिक और विभाग के बीच नियमित सम्पर्क का एक साधन है।

अवधारणा की उत्पत्ति

नागरिक चार्टर की अवधारणा ब्रिटिश प्रधान मंत्री जॉन मेजर द्वारा वर्ष 1991 में सार्वजनिक सेवाओं में सुधार के इरादे से आरंभ की गई थी। 1998 में, यूके में, कई देशों द्वारा इस अवधारणा को अपनाने के बाद, इस अवधारणा का नाम बदलकर "सर्विस फर्स्ट" कर दिया गया। भारत में इस अवधारणा को पहली बार मई 1997 में मुख्यमंत्रियों के एक सम्मेलन में अपनाया गया था। इस सम्मेलन में यह निर्णय लिया गया था कि सभी केन्द्र और राज्य सरकार और सार्वजनिक क्षेत्र के उपक्रमों में एक नागरिक चार्टर होगा। यह अनिवार्य था कि ये चार्टर नागरिक की शिकायतों के निवारण के लिए सेवा मानकों, इन सेवाओं को प्रदान करने की समय सीमा और तंत्र को निर्दिष्ट करेंगे। प्रशासनिक सुधार एवं लोक शिकायत विभाग को इस गतिविधि के समन्वय की ज़िम्मेदारी दी गई थी। जो अधिक विवरण जानना चाहते हों वे विभागों की वेबसाइट तक पहुँच सकते हैं। पूरे भारत में विभिन्न एजेंसियों द्वारा सात सौ से अधिक चार्टर को अपनाया गया। एक कदम आगे बढ़ते हुए, भारत सरकार ने इस सम्बन्ध में एक विधेयक पेश किया, जिसका नाम था "नागरिकों के अधिकार पर बिल और सेवाओं के समयबद्ध वितरण और उनकी शिकायतों के निवारण के लिए।" इस बिल के लिए सभी अधिकारियों को

छह महीने के भीतर एक नागरिक चार्टर प्रकाशित करने की आवश्यकता थी। विधेयक के अधिनियमन और एक लोक शिकायत निवारण आयोग की स्थापना की भी सिफारिश की। हालाँकि 2014 में लोकसभा भंग होने के कारण बिल लुप्त हो गया।

2007 में दूसरे प्रशासनिक सुधार आयोग ने भी नागरिक चार्टर तैयार करने की सिफारिश की थी और गैर-अनुपालन के लिए दंड का भी सुझाव दिया था। 2008 में एक संसदीय समिति ने नागरिक चार्टर को वैधानिक दर्जा देने की सिफारिश की थी।

नागरिक चार्टर के घटक और विशेषताएँ

एक नागरिक चार्टर के प्रभावी होने के लिए निम्नलिखित घटक होने चाहिए—

1. संगठन का विजन और मिशन स्टेटमेंट। विज़न स्टेटमेंट एक विभाग के अन्तिम लक्ष्य और आदर्श को दर्शाते हैं जबकि मिशन स्टेटमेंट विशिष्ट उद्देश्यों को सूचीबद्ध करता है। उदाहरण के लिए, ऊर्जा विभाग का विजन सभी नागरिकों को निर्बाध 24×7 बिजली आपूर्ति प्रदान करना होगा। मिशन में सम्प्रेषण घाटे में कमी, बिजली की चोरी को कम करने, नए ट्रांसमिशन और वितरण सब स्टेशनों के निर्माण और नए बिजली उत्पादन संयंत्रों के संचालन जैसे उद्देश्यों की सूची होगी।
2. इसे विभाग द्वारा प्रदान की जाने वाली सेवाओं की प्रकृति के साथ-साथ गुणवत्ता मानकों और समय सीमा को भी सामने लाना चाहिए। इसे विभाग द्वारा प्रदान की जाने वाली सेवाओं के बारे में पूरी जानकारी देनी चाहिए और इसे सरल और स्पष्ट भाषा में लिखा जाना चाहिए। चार्टर को डिलीवरी सेवाओं के लिए स्पष्ट मानक निर्धारित करने चाहिए और उन्हें समयबद्ध बनाना चाहिए। उदाहरण के लिए बिजली विभाग, उद्योगों, कृषि और घरेलू उपभोक्ता को प्रदान की जाने वाली सेवाओं का उल्लेख करेगा। यह बिजली आपूर्ति की गुणवत्ता और नियमितता, मीटर लगाने की प्रणाली, उपभोक्ता को बिल भेजे जाने की तारीख और बिलों के ऑनलाइन भुगतान के तरीक़े और एक समय सीमा के भीतर बिजली कनेक्शन प्राप्त करने के मानकों को भी स्पष्ट रूप से सामने लाएगा।
3. इसमें उन नागरिकों का उल्लेख होना चाहिए जो दी जाने वाली सेवाओं के ग्राहक होंगे।
4. इसे स्पष्ट रूप से एक शिकायत निवारण तंत्र देना चाहिए। बिजली विभाग का चार्टर स्पष्ट रूप से दिखाएगा कि बिजली की विफलता, वोल्टेज की समस्या, मीटर की गलत रीडिंग, गलत बिलिंग और भ्रष्टाचार के मामले में ग्राहक को किससे सम्पर्क करना चाहिए। सम्बन्धित अधिकारी के नाम, मोबाइल और ई-मेल का उल्लेख किया जाना चाहिए। यह भी इंगित करेगा कि यदि शिकायत का निवारण नहीं किया जाता है तो किससे सम्पर्क किया जाना चाहिए।

सिटिजन चार्टर के भारतीय अनुभव

हालाँकि केन्द्र सरकार और राज्य सरकार के स्तर पर कई विभाग सिटिजन चार्टर लेकर आए हैं, लेकिन नवाचार के उद्देश्यों और दृष्टि को पूरी तरह से महसूस नहीं किया गया है। इसके प्राथमिक कारण निम्नवत हैं—

1. विभागों द्वारा कर्मचारियों और नागरिकों से उचित परामर्श के बिना सिटिजन चार्टर तैयार किया गया है। यह ऊपर से लागू करने वाली वस्तु बन गई है और विभागों के अन्य अधिकारी इसमें सम्मिलित नहीं हैं। आदर्श रूप से एक सिटिजन चार्टर जल्दबाजी में तैयार नहीं किया जाना चाहिए और इसे तैयार करने की प्रक्रिया सहभागी होनी चाहिए। इसे सफल बनाने के लिए सभी अधिकारियों और कर्मचारियों का सिटिजन चार्टर से अपनापन महसूस होना आवश्यक है, अन्यथा यह केवल औपचारिकता मात्र रह जाएगा।
2. विभाग के अधिकारियों और कर्मचारियों को सिटिजन चार्टर के मूल्य को समझने के लिए पूरी तरह से प्रशिक्षित नहीं किया गया है।
3. वरिष्ठ स्तर पर सिटिजन चार्टर के कामकाज की उचित निगरानी नहीं होती है। यदि चार्टर में उल्लिखित मानक की सेवाएँ प्रदान नहीं की जा रही हैं और शिकायतों पर ध्यान नहीं दिया जा रहा है तो चार्टर केवल एक कागज का टुकड़ा बन जाता है। सिटिजन चार्टर को सफल बनाने के लिए जवाबदेही तय करने के साथ कड़ी निगरानी आवश्यक है। दुर्भाग्यपूर्ण वास्तविकता यह है कि सरकारी अधिकारी और सार्वजनिक सेवा के कर्मचारी एक निश्चित मानक को पूरा करने के लिए जवाबदेह होने के लिए अनिच्छुक हैं।
4. जिस नागरिक के लिए चार्टर बनाया गया है, उसे अक्सर इसके अस्तित्व की जानकारी भी नहीं होती है। सरकार को इसके लिए एक बड़ा जागरूकता अभियान चलाना चाहिए और नागरिकों को उनके अधिकारों के बारे में लगातार जानकारी देते रहना चाहिए।
5. मौजूदा व्यवस्था में अगर किसी नागरिक को वादा की गई सेवा नहीं मिलती है तो वह इसके बारे में अधिक कुछ नहीं कर सकता है। दूसरे प्रशासनिक सुधार आयोग ने गैर-प्रदर्शन के लिए दंड की बात की है, हालाँकि, फिलहाल किसी के विरुद्ध कोई कार्रवाई नहीं की जाती है। नागरिक चार्टर पर प्रस्तावित विधेयक में, जिसकी समय सीमा खत्म हो गई है, लोक शिकायत निवारण आयुक्तों द्वारा लगाए जाने वाले दंड का भी प्रावधान किया गया है। जवाबदेही सुनिश्चित करने के लिए इनाम और सज़ा की कुछ व्यवस्था आरंभ करने की आवश्यकता है। प्रभावी उपाय के बिना प्रणाली अपनी विश्वसनीयता खो देती है।

प्रस्तावित आदर्श सिटिजन चार्टर

हम में से लगभग सभी किसी एक नगर निगम के कामकाज से अवगत हैं और हम सबको पानी की आपूर्ति, स्वच्छता, सड़कों या नालियों से सम्बन्धित कुछ

शिकायतें रहती हैं। नगर निगम के एक आदर्श सिटिजन चार्टर में निम्नलिखित बातें होनी चाहिए—

1. इसका विजन नगर निगम सेवाओं में नागरिक को पूर्ण सन्तुष्टि प्रदान करना और शहर को सबसे स्वच्छ और सबसे अधिक रहने योग्य बनाना होना चाहिए।
2. इसका उद्देश्य नागरिकों को सभी नगरपालिका सेवाओं की उच्च गुणवत्ता प्रदान करना होना चाहिए।
3. सभी सेवाओं को सेवा वितरण मानक और समय सीमा के साथ सूचीबद्ध किया जाना चाहिए। उदाहरण के लिए स्वच्छता सेवाएँ प्रदान की जानी चाहिए। इसमें इस बात का उल्लेख किया जाए कि घरों से कचरा एकत्र किया जाएगा और सड़कों पर कचरा नहीं डाला जाएगा। इसी प्रकार जलापूर्ति के घंटों की संख्या और उसकी गुणवत्ता का उल्लेख हो और यह सुनिश्चित हो कि इससे सम्बन्धित किसी भी शिकायत का एक निश्चित समय सीमा में समाधान किया जाएगा और जिसका संकेत भी अंकित किया जाए। इसमें यह भी उल्लेख हो कि जन्म या मृत्यु प्रमाण पत्र के लिए आवेदन कैसे करें और नगर निगम इसे कितने समय में उपलब्ध कराएगा। इसी प्रकार सम्पत्ति करों के ऑनलाइन भुगतान के बारे में विवरण प्रदान किया जाए और सीवर, नालियों की सफाई, सड़कों और गलियों की मरम्मत, स्ट्रीट लाइट और यातायात जैसी अन्य सेवाओं के लिए मानक और समय सीमा प्रदान की जाए।
4. प्रत्येक सेवा के लिए ज़िम्मेदार अधिकारियों के नाम, पदनाम, टेलीफोन नंबर और ई-मेल का उल्लेख किया जाएगा। उनसे सम्पर्क करने की प्रक्रिया बताई जाएगी।
5. नागरिक प्रमाणपत्र या अन्य मामलों के लिए आवेदन करने से सम्बन्धित प्रपत्रों का उपयोग कैसे कर सकते हैं, इसके बारे में विवरण दिया जाएगा।
6. ऑनलाइन शिकायत निवारण प्रणाली की स्पष्ट प्रणाली निर्दिष्ट की जाएगी। उदाहरण के लिए यदि आपको पानी की उचित आपूर्ति नहीं मिल रही है तो आपको पता चल जाएगा कि किससे सम्पर्क करना है और कितने दिनों में इस समस्या का समाधान होगा। आजकल अधिकांश नगर निगमों में शिकायत निवारण प्रणाली की एक आईटी आधारित प्रणाली है जहाँ आप शिकायत करने के लिए अपने मोबाइल का उपयोग कर सकते हैं और आपको प्रतिक्रिया मिलेगी और समस्या हल हो जाएगी।
7. चार्टर नागरिकों से आवश्यक सहयोग को भी निर्दिष्ट करेगा।

निष्कर्ष

नागरिक केन्द्रित शासन कल्याणकारी राज्य की नींव है। यह सरकारी विभागों को नागरिक की आवश्यकता के प्रति उत्तरदायी, जवाबदेह और संवेदनशील बनाता है। सरकार में पारदर्शिता और जवाबदेही लाने के लिए यह एक बड़ा सुधार है। नागरिक चार्टर सरकार

के प्रदर्शन में सुधार लाने और उचित सार्वजनिक सेवा वितरण सुनिश्चित करने का प्रयास करता है। इसे सफल बनाने के लिए राजनीतिक इच्छाशक्ति की आवश्यकता है।

सार्वजनिक वितरण-अवधारणा और गुणवत्ता युक्त सेवा

सुशासन का परिणाम सार्वजनिक सेवाओं के वितरण की उच्च गुणवत्ता है। कल्याणकारी राज्य का मूल उद्देश्य लोगों को शिक्षा, स्वास्थ्य, कानून व्यवस्था और सुरक्षा जैसी बुनियादी सार्वजनिक सेवाएँ प्रदान करना है। वास्तव में सरकार को राज्य के विकास और अपने नागरिकों की भलाई में एक प्रमुख भूमिका निभानी चाहिए। एक कल्याणकारी राज्य में समाज के गरीब और हाशिए के वर्गों पर ध्यान केन्द्रित किया जाता है और उन्हें कानून के समक्ष समानता और बुनियादी न्यूनतम जीवन स्तर प्रदान किया जाता है। सार्वजनिक सेवा की अवधारणा का अर्थ है सरकार द्वारा नागरिक को सार्वजनिक वस्तुओं और बुनियादी न्यूनतम सेवाओं का प्रावधान। न केवल एक निश्चित मात्रा में सार्वजनिक सेवा प्रदान की जानी चाहिए, बल्कि यह अच्छी गुणवत्ता वाली होनी चाहिए। उदाहरण के लिए यह सरकार की ज़िम्मेदारी है कि वह अपने नागरिकों को शिक्षा प्रदान करे। हालाँकि शिक्षा का अधिकार अधिनियम, जैसा कि सर्वोच्च न्यायालय द्वारा व्याख्या की गई है, स्पष्ट रूप से कहता है कि शिक्षा का अधिकार शिक्षा की अच्छी गुणवत्ता का अधिकार है। भारत एक लोकतंत्र है और इसकी सरकार में विधायिका, न्यायपालिका और कार्यपालिका सम्मिलित हैं और यह शक्तियों के पृथक्करण के सिद्धान्त पर आधारित है।

संसद और राज्य विधायिका के जनप्रतिनिधि जनता द्वारा चुने जाते हैं। बहुमत वाली राजनीतिक पार्टी सरकार बनाती है। प्रधानमंत्री/मुख्यमंत्री और अन्य कैबिनेट मंत्रियों को लोगों की ओर से राज्य का शासन चलाने और उनका सर्वांगीण विकास करने के लिए नियुक्त किया जाता है। कार्यपालिका लोगों के कल्याण के लिए नीतियाँ तय करती है और नीति निर्माण और नीतियों के कार्यान्विन में सहायता करने के लिए उसके पास सिविल सेवक होते हैं। यह पूरा शासन लोगों के लिए और उनके हितों की देखभाल के लिए है। ऐसी व्यवस्था में लोग मालिक होते हैं और सरकार का काम उनकी सेवा करना होता है। यह लोक सेवा की अवधारणा है और राजनीतिक प्रतिनिधि और सरकारी अधिकारी लोक सेवक हैं। औपनिवेशिक शासन के दौरान सिविल सेवक लोगों के प्रति जवाबदेह नहीं थे और राजाओं के रूप में व्यवहार करते थे। यह अब सच नहीं है। राजनीतिक प्रतिनिधि और सिविल सेवक इस देश के लोगों के प्रति जवाबदेह हैं और उन्हें लोक सेवक के रूप में अपने दायित्वों का निर्वहन करना होता है।

लोग करों का भुगतान करते हैं जिससे लोक सेवक अपना वेतन लेते हैं और लोगों के लाभ के लिए नीतियों और कार्यक्रमों को लागू करते हैं। विधायिका की ज़िम्मेदारी है कि वह कार्यपालिका को नागरिकों के सामने आने वाली समस्याओं और मुद्दों से अवगत कराये। वे इस उद्देश्य के लिए संसद और विधायिका की बैठकों का उपयोग करते हैं। विधायिका ऐसे प्रश्न पूछती है जिनका उत्तर कार्यपालिका को देना होता है और उन मुद्दों को भी उठाती है जिन पर लोगों की चिन्ताओं को प्रतिबिंबित करने के लिए बहस की जाती है। इसके अतिरिक्त सभी कानून विधायिका द्वारा बहस और चर्चा के बाद

तैयार किए जाते हैं। विधायिका की समितियाँ हैं जो मसौदा विधानों का गहन अध्ययन करती हैं और सार्वजनिक महत्त्व के मामलों में मौखिक साक्ष्य के लिए कार्यपालिका को भी बुलाती हैं। तीसरा घटक, न्यायपालिका यह सुनिश्चित करती है कि अधिकारियों की सभी कार्रवाई संविधान और कानून के शासन के अनुसार हो और नागरिकों के मौलिक अधिकारों की रक्षा करती हो। इन तीनों के काम करने से सार्वजनिक सेवाओं का वितरण होता है, हालाँकि, निश्चित रूप से प्राथमिक ज़िम्मेदारी कार्यपालिका की होती है।

सरकार के तीन स्तर हैं—केन्द्र सरकार, राज्य सरकार और स्थानीय सरकार। संविधान उन विषयों को स्पष्ट रूप से परिभाषित करता है जो केन्द्र सरकार, राज्य सरकार और समवर्ती सूची में हैं जहाँ राज्य और केन्द्र सरकार दोनों काम कर सकते हैं। इसके अतिरिक्त 73वें और 74वें संवैधानिक संशोधनों द्वारा संविधान में स्थानीय सरकारों की भूमिका को स्पष्ट रूप से परिभाषित किया गया है—शहरी और ग्रामीण दोनों। उदाहरण के लिए रक्षा और विदेश मामले विशुद्ध रूप से केन्द्र सरकार की ज़िम्मेदारी हैं, जबकि कानून व्यवस्था और कृषि राज्य के विषय हैं, जबकि शिक्षा और जंगल समवर्ती सूची में आते हैं।

वर्षों से कई योजनाओं, नीतियों और बजट आवंटन के बावजूद यह एक तथ्य है कि व्यवस्था में अभी भी बहुत कमियाँ हैं। उदाहरण के लिए सरकारी स्कूलों में शिक्षा की गुणवत्ता बेहद खराब है। शिक्षकों के अनुपस्थित रहने और उन्हें बेहतर ढंग से पढ़ाने के लिए न तो प्रेरित किया गया और न ही प्रशिक्षित किया गया है। परिणामस्वरूप सर्वेक्षणों में पाया गया कि कक्षा पाँच के छात्र न तो पढ़ सकते हैं और न ही कक्षा 2 या 3 के स्तर का अंकगणित कर सकते हैं। इसी प्रकार सरकारी अस्पतालों में प्रदान की जाने वाली स्वास्थ्य देखभाल का स्तर बहुत निम्न गुणवत्ता का है। डॉक्टर मौजूद नहीं हैं या मरीज पर ध्यान नहीं देते हैं और यहाँ तक कि बुनियादी चिकित्सा उपकरण भी काम नहीं करते हैं। इसी तरह, नगर निगम की स्वच्छता और पीने के पानी की सेवाएँ अपेक्षित मानकों के अनुरूप नहीं हैं। स्पष्ट रूप से सार्वजनिक सेवा वितरण की गुणवत्ता एक बड़ी समस्या है जिसके लिए लोक सेवक जवाबदेह हैं।

दूसरे प्रशासनिक सुधार आयोग ने पाया है कि "अकुशलता, भ्रष्टाचार और देरी, आम जन मानस में लोक प्रशासन की पहचान बन गई है।" विभिन्न नियोजित दस्तावेजों में पाया गया है कि भ्रष्टाचार वर्तमान लोक प्रशासन प्रणाली में अपव्यय, अक्षमताओं और असमानताओं का एक गम्भीर कारक है। पूर्व प्रधानमंत्रियों में से एक ने स्पष्ट रूप से उल्लेख किया कि बाढ़ ने फसल को खाना आरंभ कर दिया था और सरकारी कर्मचारी गरीबों पर अत्याचार कर रहे थे और उनमें अपने कर्तव्य से जुड़ी कोई नैतिकता नहीं थी। हाँ एक और प्रधानमंत्री ने एक बयान दिया था कि लोक सेवकों को सेवा प्रदाताओं के बजाय शोषण के एजेंट के रूप में माना जाता रहा है।

खराब सार्वजनिक सेवा वितरण के कारण

1. प्रशासन की औपनिवेशिक विरासत की निरन्तरता जो लोगों की सेवा करने या लोगों के अनुकूल होने के लिए नहीं थी।

2. व्यवस्था में जवाबदेही का अभाव। आज किसी भी लोक सेवक को यह नहीं लगता है कि वह नागरिकों को उच्च गुणवत्ता वाली सार्वजनिक सेवा देने के लिए जवाबदेह है। वे बजट से पैसा खर्च करते हैं, भौतिक प्रगति दिखाते हैं लेकिन वास्तविक परिणामों की परवाह नहीं करते हैं। उदाहरण के लिए भारत के स्वतंत्र होने के इतने वर्षों के बावजूद सरकारी स्वास्थ्य देखभाल की गुणवत्ता में अपेक्षित सीमा तक सुधार नहीं हुआ है। अधिकांश सरकारी कर्मचारियों को वरिष्ठता के आधार पर पदोन्नत किया जाता है। यहाँ तक कि जब योग्यता पदोन्नति के लिए एक मानदंड है, योग्यता का निर्धारण करने के लिए मानक अधिकारियों की वार्षिक प्रदर्शन रिपोर्ट कभी भी सही तस्वीर नहीं दर्शाती है क्योंकि प्रदर्शन मूल्यांकन गैर-गम्भीर तरीक़े से किया जाता है और प्रमुख भ्रष्टाचार के मामलों को छोड़कर अधिकारियों को आम तौर पर एक अच्छा प्रदर्शन मूल्यांकन प्राप्त होता है। खराब प्रदर्शन करने वालों की पहचान करने की कोई व्यवस्था नहीं है। इसका कारण यह है कि प्रदर्शन वास्तविक परिणामों से जुड़ा नहीं है। उच्च सिविल सेवाओं के लिए 360 डिग्री मूल्यांकन प्रणाली आरंभ करके अब भारत सरकार द्वारा कुछ प्रयास किए गए हैं। बावजूद इसके कि यदि कोई अधिकारी अपेक्षित परिणाम नहीं देता है तो भी उसे शीर्ष पर पदोन्नत किया जा सकता है। कोई भी संगठन जिसके पास इनाम और दंड की व्यवस्था नहीं है, उस संगठन से परिणाम मिलने की सम्भावना भी नहीं होती।
3. सरकार के कामकाज में एक प्रक्रिया उन्मुख कार्य-संस्कृति का प्रभुत्व है। बड़ी संख्या में नियम और कानून हैं। अधिकांश सिविल सेवक अपना सारा समय यह सुनिश्चित करने में लगाते हैं कि नियमों, विनियमों और प्रक्रियाओं का सही ढंग से पालन किया गया है। वास्तविक परिणामों की परवाह उन्हें कम ही होती है। वास्तविकता यह है कि यदि अपेक्षित परिणाम प्राप्त नहीं होते हैं तो एक अधिकारी को दंडित नहीं किया जाता है। जबकि, नियमों या प्रक्रियाओं में कोई विचलन होने पर अधिकारी को उत्तरदायी ठहराया जाता है और उसके विरुद्ध विभागीय और यहाँ तक कि आपराधिक कार्रवाई भी की जा सकती है। सिविल सेवक चार 'सी'—सीएजी, सीवीसी, कोर्ट और सीबीआई की निगरानी में काम करते हैं। इनमें से कोई भी परिणाम न देने के लिए एक सिविल सेवक को ज़िम्मेदार नहीं ठहराता जाता है, हालाँकि, यदि नियम या कानून या प्रक्रिया का कोई उल्लंघन सामने आता है, तो वे सिविल सेवक को फांसी पर लटका देंगे। भले ही एक सिविल सेवक का इरादा किसी कानून के उल्लंघन का न रहा हो। स्वाभाविक ही है कि ऐसे माहौल में अधिकारी निर्णय लेने में पंगु हो जाते हैं और सिविल सेवक "सुरक्षा पहले" वाला दृष्टिकोण अपनाते हैं। यह सच है कि संविधान का अनुच्छेद 311 सिविल सेवक को नौकरी की सुरक्षा प्रदान करता है लेकिन विभागीय या आपराधिक कार्यवाही का सामना करना एक अधिकारी के लिए बेहद

तनावपूर्ण हो सकता है और उसके कैरियर को बर्बाद कर देने की क्षमता रखता है।

4. व्यवस्था में बहुत अधिक राजनीतिक हस्तक्षेप है जो कुशल निर्णय लेने और सिविल सेवकों के पेशेवर कामकाज में बाधा डालता है। हमारी लोकतांत्रिक व्यवस्था में जनता का राजनीतिक प्रतिनिधि शासक होता है और लोक सेवकों को निर्वाचित जन प्रतिनिधियों के अधीन काम करना होता है। हालाँकि, ज़िम्मेदारियों का एक स्पष्ट सीमांकन है जिसका वास्तविक व्यवहार में पालन नहीं किया जाता है। नीतियों को लागू करना सिविल सेवक का काम है लेकिन हम पाते हैं कि राजनीतिक कार्यपालिका व्यवस्था में हस्तक्षेप करती है जिससे वह अक्षम हो जाती है। इसका उत्कृष्ट उदाहरण राजनीतिक प्रतिनिधियों द्वारा अधिकारियों के तबादले और पोस्टिंग हैं, जबकि यह करना एक अधिकारी के अधिकार क्षेत्र में होता है। एक अधिकारी को वह टीम नहीं मिलती जो वह चाहता है और अक्सर मजबूरी में राजनीतिक पहुँच रखने वाले गैर-निष्पादकों के साथ काम करना पड़ता है।
5. सेवाओं का राजनीतिकरण—यह पहले के बिन्दु से ही जुड़ा है। हम पाते हैं कि अधिकारी राजनीतिक दलों के साथ जुड़ गए हैं और कानून के शासन के अनुसार काम करने के बजाय वे सत्ताधारी दल के निर्देश पर काम करते हैं। यह प्रवृत्ति यूपी और बिहार जैसे पिछड़े राज्यों में अधिक प्रगुख है, जहाँ दुर्भाग्य से, नौकरशाही अक्सर जाति के आधार पर काम करती है।
6. सरकारी विभागों में उच्च स्तर का भ्रष्टाचार—इससे धन की हेराफेरी होती है और सेवा वितरण की गुणवत्ता खराब होती है।
7. सरकारी विभागों में व्यावसायिकता और क्षेत्र (डोमेन) विशेषज्ञता का अभाव प्रशिक्षण और क्षमता निर्माण पर बहुत कम ध्यान दिया जाता है। सरकारी अधिकारियों के बीच प्रेरणा का स्तर भी कम है क्योंकि उच्च प्रदर्शन के लिए कोई प्रोत्साहन नहीं है।

सार्वजनिक सेवा वितरण में सुधार के उपाय

1. प्रदर्शन को पदोन्नति और अन्य पुरस्कारों और दंडों के साथ जोड़ने के लिए एक प्रणाली विकसित करने की आवश्यकता है।
2. सिविल सेवा को राजनीतिक हस्तक्षेप से बचाना चाहिए। स्थानान्तरण और पोस्टिंग एक वस्तुनिष्ठ मानदंड पर होनी चाहिए और राजनेताओं के बजाय सेवा बोर्डों द्वारा की जानी चाहिए।
3. किसी अधिकारी को किसी विशेष पद पर न्यूनतम दो से तीन वर्ष का कार्यकाल दिया जाना चाहिए।
4. क्षेत्र विशेषज्ञता को प्रोत्साहित करने की आवश्यकता है।
5. बहुत अधिक केन्द्रीकरण से बचा जाना चाहिए और सार्वजनिक सेवाओं को विकेन्द्रीकृत तरीक़े से वितरित किया जाना चाहिए। उदाहरण के लिए पंचायतों

और स्थानीय निकायों द्वारा शिक्षा, स्वास्थ्य देखभाल का सर्वोत्तम ध्यान रखा जा सकता है।

6. समुदाय को सामाजिक क्षेत्र के कार्यक्रमों के वितरण में सम्मिलित किया जाना चाहिए। उदाहरण के लिए राष्ट्रीय स्वास्थ्य मिशन, समुदाय को सशक्त बनाकर अपने उद्देश्यों को प्राप्त करना चाहता है।
7. प्रौद्योगिकी का अधिक से अधिक उपयोग होना चाहिए। इससे बेहतर निगरानी और प्रवर्तन होगा। उदाहरण के लिए, स्मार्ट फोन का उपयोग करते हुए, विकास कार्यक्रमों के फोटोग्राफ और वीडियो निगरानी में सहायता के लिए सीधे वरिष्ठ अधिकारी को भेजे जा सकते हैं। साथ ही मोबाइल के माध्यम से योजनाओं के लाभार्थियों से उनकी सन्तुष्टि के स्तर का पता लगाने के लिए सीधा सम्पर्क किया जा सकता है। मोबाइल और इंटरनेट पर आधारित शिकायत प्रणाली लोगों को बेहतर गुणवत्ता वाली सेवा देने में मदद कर सकती है। यूपी में हमने एम्बुलेंस सेवा के लिए 108 आपातकालीन नंबर लागू किए, जिससे गम्भीर रूप से बीमार एक घंटे से भी कम समय में अस्पतालों तक पहुँच सकते हैं। इससे स्वास्थ्य देखभाल की गुणवत्ता में काफी सुधार हुआ। इसी तरह, डायल 100 के लागू होने से ऐसी स्थिति पैदा हो गई, जहाँ पुलिस 20 मिनट के भीतर मौके पर पहुँच जाती है, जिससे कानून व्यवस्था की स्थिति में काफी सुधार हुआ है। प्रौद्योगिकी भ्रष्टाचार को काफी हद तक कम कर सकती है।
8. भ्रष्टाचार को लेकर ज़ीरो टॉलरेंस की नीति होनी चाहिए। सरकारी प्रणालियों और प्रक्रियाओं को सरल और पारदर्शी बनाने की आवश्यकता है। जहाँ कहीं भी नागरिक सरकारी अन्तर्सम्बद्धता है, वहाँ प्रौद्योगिकी का उपयोग किया जाना चाहिए। लालफीताशाही को समाप्त करने की आवश्यकता है।
9. सार्वजनिक सेवा वितरण के सार्वजनिक निजी मॉडल को प्रोत्साहित किया जाना चाहिए। उदाहरण के लिए, पहले उल्लेखित 108 एम्बुलेंस में, एम्बुलेंस निजी संस्थाओं द्वारा संचालित की जाती थीं और उन्हें सरकारी बजट से भुगतान किया जाता था।
10. नीति निर्माण में हितधारकों की भागीदारी आवश्यक है ताकि यह सुनिश्चित हो सके कि नीतियाँ नागरिकों की आकांक्षाओं के लिए उत्तरदायी हैं।
11. मज़बूत प्रशासनिक नेतृत्व को विकसित और प्रोत्साहित करने की आवश्यकता है।
12. मजबूत राजनीतिक इच्छाशक्ति के बिना कोई भी प्रभावी सार्वजनिक सेवा प्रदान करना सम्भव नहीं है।

जन सेवाओं का अधिकार

भारत सरकार ने वस्तुओं और सेवाओं के समयबद्ध वितरण और उनकी शिकायतों के निवारण के लिए नागरिकों के अधिकारों पर एक विधेयक का प्रस्ताव रखा। इस

विधेयक में सार्वजनिक सेवाओं की समयबद्ध डिलीवरी सुनिश्चित करने और नागरिकों को उनकी शिकायतों के समाधान के लिए एक तंत्र प्रदान करने की माँग की गई थी। इस विधेयक का उद्देश्य सभी विभागों द्वारा एक सिटिज़न चार्टर को प्रकाशित करना, अनिवार्य बनाना और प्रदान की जाने वाली सार्वजनिक सेवाओं की गुणवत्ता को निर्दिष्ट करना है। इसके लिए सरकारी कर्मचारियों को जवाबदेह बनाया जाना था। विधेयक में एक केन्द्रीय और राज्य शिकायत और निवारण आयोग की स्थापना की परिकल्पना की गई थी। नागरिक चार्टर में सूचीबद्ध वस्तुओं और सेवाओं को प्रदान करने में विफलता या किसी सार्वजनिक प्राधिकरण के कामकाज या किसी कानून, नीति या कार्यक्रम के उल्लंघन के बारे में, एक नागरिक शिकायत दर्ज कर सकता है। इसमें अर्थदंड लगाने का प्रावधान भी था। हालाँकि विभिन्न कारणों से यह बिल लागू नहीं हो सका। इसमें कोई सन्देह नहीं है कि नागरिकों को कुशल सार्वजनिक सेवा वितरण सुनिश्चित करने के लिए एक संस्थागत तंत्र की निश्चित आवश्यकता है।

लोक सेवा गारंटी अधिनियम

कई राज्य सरकारों ने सार्वजनिक सेवा वितरण में जवाबदेही और गुणवत्ता की कमी की इस समस्या को दूर करने के लिए एक अधिनियम बनाया और उसे लाने का प्रयास किया है। इसमें मध्य प्रदेश राज्य अग्रणी था। वह 2010 में लोक सेवा गारंटी अधिनियम के साथ सामने आया। इस अधिनियम ने नागरिकों को सार्वजनिक सेवाओं के कानूनी अधिकार दिए और समय सीमा का पालन नहीं करने वाले अधिकारियों के विरुद्ध प्रतिबन्धों का प्रावधान किया। मध्य प्रदेश में इस अधिनियम के तहत 428 सेवाएँ सम्मिलित हैं। आज 20 से अधिक राज्यों ने एक समान अधिनियम लागू किया है। इससे निश्चित रूप से सार्वजनिक सेवा वितरण में सुधार हुआ है। उदाहरण के लिए इस अधिनियम में यह उल्लेख किया जाएगा कि आवेदन करने के 30 दिनों के भीतर बिजली कनेक्शन मिल जाएगा और इसके लिए ज़िम्मेदार अधिकारी का भी उल्लेख होगा। इसी तरह जाति प्रमाण पत्र या आय प्रमाण पत्र या वाहन पंजीकरण जैसी सेवाओं की समय सीमा का उल्लेख किया गया है। विभिन्न राज्यों ने लोक सेवा गारंटी अधिनियम के तहत कवर की जाने वाली सेवाओं की सूची की पहचान की है। हालाँकि, इसकी सफलता नागरिकों के जागरूकता-स्तर और सम्बन्धित अधिकारियों पर निगरानी और ज़िम्मेदारी के वास्तविक निर्धारण पर निर्भर करती है। वास्तविकता में भले ही निगरानी का स्तर अपेक्षित मानदंडों के अनुरूप नहीं रहा है, फिर भी यह एक बहुत ही मूल्यवान प्रशासनिक सुधार है।

गुणवत्तापूर्ण सार्वजनिक सेवा वितरण सुनिश्चित करने के लिए सरकार द्वारा अपनाया गया एक और प्रमुख शासन नवाचार है आउटकम बजट, जिसका अर्थ है कि सरकारी विभागों द्वारा प्राप्त वास्तविक परिणाम प्राप्त करने का लक्ष्य निर्धारित है और उन शर्तों में सरकारी व्यय के असर का मूल्यांकन किया जाना है। उदाहरण के लिए कृषि विभाग को यह दिखाना होगा कि सरकारी नीतियों और योजनाओं के कारण किसानों की आय का स्तर किस हद तक बढ़ा है। मैं, धन के उपयोग, अनुभाग में इस पर अधिक विस्तार से विचार करूँगा।

सार्वजनिक निधि का उपयोग :
परिचय

हर साल केन्द्र और राज्य सरकारें एक वार्षिक बजट तैयार करती हैं जो उस वर्ष उत्पन्न होने वाले संसाधनों और विभिन्न विभागों और योजनाओं पर होने वाले खर्च को दर्शाता है। इस बजट से ही सरकार लोगों की समस्याओं का समाधान करती है और उन्हें सार्वजनिक सेवाएँ प्रदान करना चाहती है। शासन की गुणवत्ता इस बात पर निर्भर करती है कि इन सार्वजनिक निधियों का उपयोग कैसे किया जाता है। सुशासन का अर्थ है कि इन निधियों का उपयोग इस तरह से किया जाए कि वांछित परिणाम प्राप्त हो सकें। यह देखना भी बहुत आवश्यक है कि इस पैसे के इस्तेमाल में पूरी ईमानदारी हो। पूरी राशि को जनहित में खर्च किया जाना चाहिए और अधिकारियों और अन्य लोगों द्वारा भ्रष्टाचार के ज़रिए बेईमानी नहीं करनी चाहिए। संक्षेप में वित्तीय औचित्य के सिद्धान्तों का पालन किया जाना चाहिए।

बजट

वार्षिक बजट तैयार करना एक बड़ी कार्यविधि है और जनता का बहुत ध्यान आकर्षित करती है। लोगों को उम्मीद रहती है कि टैक्स में राहत और नई योजनाओं का ऐलान होगा। केन्द्र सरकार का बजट हमेशा चर्चा और बहस का विषय होता है। राज्य के बजट को लेकर राज्यों में भी यही प्रक्रिया होती है। पूरी प्रक्रिया में कई महीने लगते हैं और इसमें सरकार के स्तर पर विस्तृत हितधारक परामर्श सम्मिलित होते हैं। बजट अर्थव्यवस्था को एक दिशा देता है और आर्थिक विकास का निर्धारक होता है। प्रत्येक विभाग अपनी माँग या धनराशि वित्त विभाग को भेजता है। यह माँग आवर्ती मदों जैसे वेतन या विभिन्न योजनाओं के लिए है। वित्त विभाग संसाधनों की उपलब्धता की स्थिति की समीक्षा करता है और पिछले वर्ष के बजट प्रावधान और व्यय को भी देखता है और फिर विभिन्न शीर्षों और उप-शीर्षों में विभाजित प्रत्येक विभाग के लिए बजट को अन्तिम रूप देता है और उनमें से प्रत्येक का एक अलग कोड होता है। बजट प्रस्तावों को अनुदान की माँग के रूप में समेकित किया जाता है। इसके बाद विधानमंडल में इस पर चर्चा होती है। वित्त मंत्री के बजट भाषण से आप सभी परिचित हैं, जिसे सभी नागरिक बड़ी उत्सुकता से देखते हैं। बजट भाषण सरकार की प्राथमिकताओं और कॉरपोरेट्स या नागरिकों को दी जा रही किसी भी कर राहत को भी बताता है। फिर बजट पर बहस होती है और उसे संसद में पारित किया जाता है। एक विनियोग अधिनियम पारित किया जाता है जो व्यय करने के लिए एक विधायी प्राधिकरण देता है। यह एक वार्षिक अभ्यास है। तथापि, यदि आवश्यक हो, तो सरकार एक साल की अवधि के भीतर एक अनुपूरक बजट पेश करती है।

पहले व्यय को योजना और गैर-योजना में वर्गीकृत किया जाता था। गैर-योजनागत व्यय में वह होता था जो सरकार तथाकथित गैर-उत्पादक क्षेत्रों जैसे वेतन, सब्सिडी और रखरखाव पर खर्च करती थी, जबकि योजना व्यय विभिन्न विभागों

की परियोजनाओं जैसे उत्पादक गतिविधियों पर खर्च से सम्बन्धित होता है। इस वर्गीकरण के कारण ऐसी स्थिति उत्पन्न हुई जहाँ रखरखाव के लिए धन नहीं दिया गया था क्योंकि गैर-योजना व्यय को कम उपयोगिता वाला माना जाता था। इससे परिसम्पत्तियों का खराब रखरखाव हुआ। अब यह भेद समाप्त कर दिया गया है। हर विभाग के बजट को राजस्व और पूँजीगत मदों में बाँटा गया है। पूँजी से राजस्व में धन का कोई विनियोग नहीं किया जा सकता है। उदाहरण के लिए अस्पताल के निर्माण के बजट को वेतन के भुगतान के लिए प्रयोग नहीं किया जा सकता है। यह वित्तीय प्रबन्धन का एक बुनियादी सिद्धान्त है। सरकार इस खर्च को पूँजी उधार के माध्यम से वित्तपोषित करती है और अगर यह पैसा राजस्व मदों पर खर्च किया जाता है तो सरकार कर्ज़ के जाल में फँस जाती है।

वर्ष-भर विभाग बजट के अनुसार विस्तृत प्रस्ताव तैयार करते हैं और आवश्यक गतिविधियों को अंजाम देने के लिए इस धन को फील्ड अधिकारियों को जारी करने के लिए वित्त विभाग की मंजूरी लेते हैं। इस प्रक्रिया में अक्सर काफी समय लग जाता है क्योंकि विभाग प्रस्ताव तैयार करने में काफी मेहनत करते हैं और वित्त विभाग में भी बहुत सारी आपत्तियाँ डालने की प्रवृत्ति होती है। यह सच है कि वित्तीय औचित्य सुनिश्चित करना वित्त विभाग का कर्तव्य है लेकिन कभी-कभी विभाग वित्त विभाग की ओर से नकारात्मक रवैये की शिकायत करते हैं। यह अक्सर ऐसी स्थिति की ओर ले जाता है जहाँ पूरे वर्ष के दौरान धन का उपयोग नहीं किया जाता है। कुछ विशेष परिस्थितियों को छोड़कर फंड बेकार चले जाते हैं। और जो धनराशि जारी नहीं की जाती है वह वित्तीय वर्ष के अन्त में समाप्त हो जाती है जिनका उद्देश्य भौतिक उत्पादन के लक्ष्य को प्राप्त करना होता है और वे लक्ष्य पूरे नहीं होते।

फंड के उपयोग में आने वाले मुद्दे

1. जैसा कि पहले ही ऊपर बताया जा चुका है कि फंड जारी करने की प्रक्रिया बोझिल हो सकती है और अक्सर बड़ी राशि का उपयोग सार्वजनिक सेवा वितरण को प्रभावित करने के लिए नहीं किया जाता है।
2. बहुत बार ऐसी स्थिति उत्पन्न हो जाती है जहाँ वित्तीय वर्ष (मार्च) के अन्त में धनराशि जारी करने की अचानक हड़बड़ी हो जाती है। इस घटना को अक्सर मार्च लूट कहा जाता है। इस व्यय की कोई जाँच नहीं की जाती है और उपयोग प्रमाण पत्र विभागों द्वारा दिए जाते हैं, भले ही वास्तविक कार्य आवश्यक मानकों पर नहीं किया गया हो। इससे भ्रष्टाचार होता है। यह सच है कि वित्त विभागों द्वारा एक बार में धनराशि जारी नहीं की जा सकती क्योंकि उन्हें सरकार के नकदी प्रवाह का भी प्रबन्धन करना होता है। सरकार के पास संसाधन भी साल भर में आते हैं न कि एक महीने में। इस समस्या से निपटने के लिए सरकार वार्षिक लक्ष्य को त्रैमासिक में विभाजित करती है। उदाहरण के लिए सरकार कह सकती है कि बजट का 30 प्रतिशत पहली तिमाही में, दूसरे में 20 प्रतिशत मानसून के कारण, 30 प्रतिशत तीसरे में और 20 प्रतिशत

अन्तिम तिमाही में खर्च किया जाना चाहिए। इस तरह नकदी प्रवाह के मुद्दे का भी ध्यान रखा जाता है और विभागों को अपनी गतिविधियों को करने के लिए पर्याप्त समय मिलता है। वास्तव में कई बार सरकार ने आदेश जारी किए हैं कि मार्च में कोई प्रतिबन्ध जारी नहीं किया जाएगा ताकि वित्तीय वर्ष के अन्त में भ्रष्टाचार की समस्या से निपटा जा सके।

3. बजट का उपयोग करने के लिए योजनाओं के लिए सामग्री की खरीद या भौतिक कार्यों को करने की आवश्यकता होती है। इसमें टेंडर की प्रक्रिया सम्मिलित है। इस प्रक्रिया में भ्रष्टाचार की काफी शिकायतें हैं। निविदा प्रक्रिया के पारदर्शी और निष्पक्ष नहीं होने और कुछ ठेकेदारों और आपूर्तिकर्ताओं को अनुचित लाभ मिलने के आरोप हैं। इसके अतिरिक्त यह भ्रष्टाचार सार्वजनिक सेवाओं के खराब वितरण की ओर जाता है। इससे निपटने का एक तरीका ई-निविदा की प्रणाली को अपनाकर प्रौद्योगिकी के उपयोग के माध्यम से किया गया है जिससे प्रणाली को खुला और भ्रष्टाचार से अपेक्षाकृत मुक्त बनाने में मदद मिली है।
4. धन के उपयोग में भ्रष्टाचार को नियंत्रित करने के लिए प्रौद्योगिकी का बड़े पैमाने पर उपयोग किया जा सकता है। वर्तमान में केन्द्र और राज्य दोनों सरकारों में सभी लेन-देन कम्प्यूटरीकृत हैं जो सार्वजनिक धन की करीबी और नियमित निगरानी को सक्षम बनाता है।
5. इस समस्या से निपटने के लिए प्रयोग में लाए जाने वाले तंत्रों में से एक प्रत्यक्ष नकद लाभ हस्तान्तरण का बढ़ता उपयोग रहा है। अर्थात् धन सरकारी एजेंसियों या विभागों के माध्यम से भेजे जाने के बजाय सीधे लाभार्थी के बैंक खाते में स्थानान्तरित किया जाता है। उदाहरण के लिए सरकार वृद्धों और विधवाओं को पेंशन देती है। इन योजनाओं में काफी भ्रष्टाचार हुआ करता था। अब सरकार इस पैसे को सीधे लाभार्थी के खाते में ट्रांसफर करती है जिससे भ्रष्टाचार समाप्त होता है। भारत सरकार पीएफएमएस (सार्वजनिक वित्तीय प्रबन्धन प्रणाली) नामक एक उत्कृष्ट उपकरण लेकर आई है जो इस प्रत्यक्ष नकद हस्तान्तरण को पारदर्शी तरीक़े से सँभालती है।
6. करों का एक बड़ा हिस्सा केन्द्र सरकार को जाता है क्योंकि आयकर जैसे कर राजस्व का प्रमुख स्रोत उनके पास है। अब वस्तु एवं सेवा कर (जीएसटी) भी भारत सरकार के पास जाता है जहाँ से प्रत्येक राज्य का हिस्सा उसे हस्तान्तरित किया जाता है। केन्द्रीय वित्त आयोग की सिफारिशों के अनुसार भारत सरकार के राजस्व का एक निश्चित प्रतिशत (वर्तमान में 42 प्रतिशत) राज्यों को हस्तान्तरित किया जाता है। भारत सरकार राज्य सरकारों को विशिष्ट योजनाओं या परियोजनाओं में धन देने के लिए केन्द्रीय क्षेत्र की योजनाओं और केन्द्र प्रायोजित योजनाओं (सीएसएस) का उपयोग करती है। सीएसएस योजनाओं पर होने वाले खर्च को केन्द्र और राज्यों के बीच एक निश्चित निर्धारित प्रतिशत में बाँटा जाता है। राज्य अक्सर शिकायत करते हैं कि इनमें

से कई योजनाएँ राज्य के लिए प्रासंगिक नहीं हैं क्योंकि प्रत्येक राज्य की स्थानीय स्थितियाँ अलग-अलग हैं। इससे अक्सर योजना का उद्देश्य पूरी तरह से साकार नहीं हो पाता। अब इन योजनाओं के डिजाइन में अधिक लचीलापन रखने का निर्णय लिया गया है। इससे निश्चित रूप से धन का बेहतर उपयोग होगा।

7. वास्तविक मुद्दा यह है कि धन का आवंटन और उपयोग किया जाता है लेकिन आवश्यक परिणाम प्राप्त नहीं होते। वास्तव में फोकस शारीरिक कुशलता एवं परिणाम पर होना चाहिए। अधिकांश सरकारें अब वित्तीय और भौतिक दोनों उपलब्धियों की निगरानी कर रही हैं। किए जा रहे कार्यों की गुणवत्ता का आकलन करने के लिए क्षेत्र का निरीक्षण करना महत्त्वपूर्ण है। हो सकता है कि बजट का उपयोग करने और सड़क बनाने के बावजूद गुणवत्ता बहुत खराब हो। गुणवत्ता की जाँच के लिए विस्तृत प्रणाली तैयार की जा सकती है। साथ ही तकनीक भी काफी मदद करती है। आजकल विकास परियोजनाओं की तस्वीरें और वीडियो नियमित रूप से स्मार्ट फोन के माध्यम से वरिष्ठ अधिकारियों को बेहतर निगरानी के लिए प्रेषित किए जाते हैं। अधिकारियों के प्रदर्शन को परिणामों की वास्तविक उपलब्धि से जोड़ा जाना चाहिए और भ्रष्टाचार के लिए जीरो टॉलरेंस होना चाहिए।
8. केवल परिणाम (आउटपुट) पर ध्यान देना भी पर्याप्त नहीं है। यह महत्त्वपूर्ण है कि सार्वजनिक धन का उचित उपयोग सुनिश्चित करने के लिए परिणामों की निगरानी की जाए। उदाहरण के लिए, शिक्षा विभाग अपने बजट का उपयोग कर सकता है और आवश्यक संख्या में स्कूल भवनों का निर्माण कर सकता है और शिक्षकों के वेतन का भुगतान कर सकता है। इसका अर्थ यह होगा कि परिणाम प्राप्त कर लिया गया है, लेकिन प्रश्न यह है कि शिक्षा की गुणवत्ता में किस हद तक सुधार हुआ है। इसके महत्त्व को समझते हुए भारत सरकार और कई राज्य सरकारों ने एक परिणाम बजट तैयार करना आरंभ कर दिया है जो कि परिणामों की उपलब्धियों के विरुद्ध विभागों और उनके अधिकारियों की जवाबदेही तय करने में मदद करेगा जो कि सरकारी व्यय का वास्तविक उद्देश्य है।
9. नागरिकों की स्थानीय आवश्यकताओं को पूरा करने के लिए ग्राम पंचायतों और शहरी स्थानीय निकायों को अधिक से अधिक धन हस्तान्तरित किया जा रहा है। निधियों के उपयोग के इस विकेन्द्रीकरण से बेहतर परिणाम मिले हैं।
10. यह भी सच है कि धन का उपयोग पिछड़े राज्यों के बजाय अग्रिम राज्यों में बेहतर तरीक़े से होता है। ऐसा कर्मचारियों की कमी, प्रशिक्षण की कमी, ठीक ढंग से निगरानी न होना, क्षेत्रों की दूरस्थता और भ्रष्टाचार के कारण होता है। पिछड़े राज्यों की धन को अवशोषित करने की यह खराब क्षमता इन राज्यों में गरीबी को बनाए रखती है। इन राज्यों द्वारा धन के उपयोग में सुधार के लिए उन राज्यों से प्रेरणा लेनी चाहिए जहाँ इनका बेहतर प्रबन्धन हुआ हो।

ऑडिट

केन्द्र और राज्य सरकारों के खातों का ऑडिट भारत के नियंत्रक और महालेखा परीक्षक (सीएजी) द्वारा किया जाता है ताकि यह सुनिश्चित किया जा सके कि सार्वजनिक धन का उचित उपयोग किया गया है और वह सरकारी वित्तीय नियमों के अनुकूल है। वे सिविल सेवा अधिकारी जो भारतीय लेखा परीक्षा और लेखा सेवाओं के लिए चयनित होते हैं, वे कैग की टीम का हिस्सा होते हैं। कैग भारत के संविधान के अनुच्छेद 149 से 151 और नियंत्रक और महालेखा परीक्षक (कर्तव्य, शक्तियाँ और सेवा की शर्त) अधिनियम के तहत अपने कर्तव्यों और शक्तियों को प्राप्त करता है। कैग केन्द्र सरकार, राज्य सरकारों और स्थानीय निकायों के खातों का एकमात्र लेखा परीक्षक है। केन्द्र सरकार के बही खातों को देखने के लिए कैग की रिपोर्ट भारत के राष्ट्रपति को और राज्य सरकार के बही खातों के लिए राज्यपाल को प्रस्तुत की जाती है। कैग अधिदेश में सरकारों की सभी रसीदें और व्यय या सभी वित्तीय लेन-देन सम्मिलित हैं। यह सरकार में लेखांकन की एक समान नीति सुनिश्चित करता है।

कैग यह सुनिश्चित करने के लिए खाते का ऑडिट करता है कि सरकारों द्वारा किया गया खर्च अधिकृत तरीक़े से और जिस उद्देश्य के लिए धन आवंटित किया गया था उसी के लिए खर्च किया गया है या नहीं। कैग यह भी देखता है कि क्या सार्वजनिक धन के उपयोग के लिए निर्धारित सभी वित्तीय नियमों, विनियमों और प्रक्रियाओं का पालन किया गया है। ये ऑडिट वित्तीय अनियमितता या फिजूलखर्ची के किसी भी मामले को सामने लाता है। सरकार जो पैसा खर्च करती है वह लोगों से आता है और इसलिए सिविल सेवकों को इस पैसे को बुद्धिमानी से, नियम के अनुसार और लोगों के लाभ के लिए खर्च करने के लिए बेहद जागरूक होना चाहिए। यदि वित्तीय औचित्य के इन सिद्धान्तों का पालन नहीं किया जाता है तो सम्बन्धित अधिकारी को जवाबदेह ठहराया जाता है और अनुशासनात्मक कार्रवाई का सामना करना पड़ता है।

कैग के ऑडिट की आलोचना इस वजह से होती रहती थी कि यह केवल वाउचर ऑडिट पर ध्यान केन्द्रित करता है और इस तथ्य को ध्यान में नहीं रखता है कि सरकारी विभागों का काम योजनाओं को पूरा करके उनका आउटपुट देना है। कैग द्वारा आरंभ की गई निष्पादन लेखापरीक्षा की प्रणाली द्वारा इस आलोचना का काफी हद तक ध्यान रखा गया है। हर साल यह विश्लेषण करने के लिए कि क्या धन का उपयोग दक्षता और प्रभावशीलता के साथ किया गया और वांछित उद्देश्यों को प्राप्त किया है, कैग कुछ विभागों या संगठनों की मदद लेता है।

कैग की ऑडिट टीम एक विशेष विभाग का दौरा करती है और उसके खातों की जाँच करती है और जहाँ वह सन्तुष्ट नहीं होती है वहाँ ऑडिट आपत्तियाँ उठाती है। सम्बन्धित विभाग तब इन आपत्तियों का जवाब देता है। यदि ऑडिट टीम सन्तुष्ट होती है तो वह आपत्तियाँ छोड़ देती है। यदि वह सन्तुष्ट नहीं होती है तो वह ऑडिट पैरा को लेकर अपनी रिपोर्ट को अन्तिम रूप देती है जो उसके अनुसार अनियमितताओं की ओर इशारा करती है। केन्द्र और राज्य सरकार दोनों स्तरों पर लोक लेखा समिति (पीएसी)

नाम की संस्था है जिसमें विधायिका के सदस्य होते हैं और व्यय पर संसदीय नियंत्रण का संस्थागत तंत्र है। पीएसी तब एक बैठक बुलाती है जहाँ सम्बन्धित विभाग का सचिव व्यक्तिगत रूप से उपस्थित होता है और इन लेखा परीक्षा अनुच्छेदों पर अपना साक्ष्य देता है। पीएसी को कैग के एक वरिष्ठ अधिकारी द्वारा सहायता प्रदान की जाती है। इनमें से कुछ बैठकें वास्तव में बहुत थकाऊ हो सकती हैं और मैंने सचिवों को इसकी तैयारी के लिए रातों की नींद हराम करते देखा है। सचिव को खड़े होकर सबूत देना होता है और समिति के सदस्य उस पर ज़िरह करते हैं। यदि सचिव द्वारा सन्तोषजनक उत्तर दे दिया जाता है तो लेखापरीक्षा अनुच्छेद को हटा दिया जाता है। अगर ऐसा नहीं होता है तो सम्बन्धित अधिकारियों पर जवाबदेही तय कर कार्रवाई की जाती है। पीएसी यह भी सुझाव देती है कि सिस्टम को इस तरह बनाया जाए कि भविष्य में इस अनीति की पुनरावृत्ति न हो।

ऊपर वर्णित आदेश की प्रक्रिया यह सुनिश्चित करती है कि सार्वजनिक धन को सही ढंग से और जनता के हित में खर्च किया जाए। फिर भी, यह तथ्य है कि कार्यपालिका के अधिकारियों को बहुत बार तुरन्त ही निर्णय लेने पड़ते हैं। और कभी-कभी जन हित में उन्हें कुछ प्रक्रियाओं को छोड़ना पड़ सकता है। हालाँकि उन्होंने जनहित में कार्य किया है, लेकिन उन्हें गैर-ज़िम्मेदारी का आरोप और विभागीय कार्यवाही का सामना करना पड़ सकता है। यही कारण है कि लोक सेवक प्राय: निर्णय ही नहीं लेते और नीतियाँ लकवाग्रस्त हो जाती हैं। अधिकारियों को अधिक चिन्ता इस बात की रहती है कि ऑडिट में आपत्तियाँ न आ जाएँ। बजाय इसके कि वह नियत समय में जनता को लाभ पहुँचाने वाले कार्य को अंजाम दे सकें। कुछ लोक सेवक तो इस चिन्ता में इतनी दूर तक चले जाते हैं कि वह गतिशील ही नहीं हो पाते और केवल यथास्थिति बनाए रखते हैं। यह महत्त्वपूर्ण है कि एक ऐसी प्रक्रिया बनाई जाए, जिससे वित्तीय शुचिता और बेहतरीन परिणामों के बीच में सन्तुलन बनाया जा सके।

हाल के दिनों में आप सभी ने 2जी घोटाले और कोयला घोटाले के बारे में पढ़ा होगा। पूर्व में कैग ने सरकारी खजाने को 1.76 लाख करोड़ के अनुमानित नुकसान की गणना की थी। बाद में इसने निजी डेवलपर्स को कोयला खदानों के मनमाने आवंटन पर सवाल उठाया। इन दोनों मुद्दों ने पूरे देश का ध्यान खींचा। सीबीआई जाँच के आदेश दिए गए और सुप्रीम कोर्ट ने भी हस्तक्षेप किया। वरिष्ठ अधिकारियों और मंत्रियों को गिरफ्तार किया गया। मामले अभी भी चल रहे हैं। इन मामलों में कैग की रिपोर्ट पर अलग-अलग राय है। उदाहरण के लिए यह महसूस किया जाता है कि 2जी घोटाले की रिपोर्ट ने भारत में दूरसंचार क्रांति पर प्रतिकूल प्रभाव डाला। जो भी हो ये मुद्दे इतने बड़े हो गए कि उस समय सत्ताधीन सरकार का पतन हो गया।

पीएसी के अतिरिक्त एक अनुमान समिति (इस्टीमेट्स कमेटी) है जो बजट अनुमानों की सटीकता को देखती है और विभागों द्वारा धन के समर्पण की भी जाँच करती है। फिर सार्वजनिक उपक्रमों पर एक समिति होती है जो सार्वजनिक क्षेत्र के उद्यमों पर वित्तीय नियंत्रण रखती है।

निष्कर्ष

हमने देखा है कि जनता का पैसा समुचित तरीक़े से लोगों के कल्याण में खर्च हो यह सुनिश्चित करने की एक व्यापक व्यवस्था है ताकि आवश्यक धन को इस तरह से खर्च किया जाए कि लोगों को अधिकतम परिणाम मिल सकें। अन्तत: किसी भी सरकारी कवायद का उद्देश्य देश का विकास करना और अधिकतम पारदर्शिता और ईमानदारी के साथ प्रभावी सार्वजनिक सेवाएँ प्रदान करना है।

कार्य-संस्कृति :

परिचय

प्रत्येक व्यक्ति और संगठन की कार्यनीति और कार्य-संस्कृति होती है। किसी संगठन की कार्य-संस्कृति उसके मूल्यों, दृष्टिकोणों, विश्वासों, आचरण और नैतिकता के सामान्य मानदंडों से सम्बन्धित होती है जिनका वह पालन करता है। यह कार्य-संस्कृति ही है जो किसी संगठन की प्रभावशीलता को निर्धारित करती है और अपने लक्ष्यों को प्राप्त करने के लिए इसका उपयोग करती है। यह कर्मचारियों के बीच पारस्परिक व्यवहार और उनके कर्तव्य के प्रति उनकी प्रतिबद्धता और संगठन के लक्ष्यों को पूरा करने के नियमों को निर्धारित करती है। किसी संगठन की कार्य-संस्कृति उसके व्यक्तिगत कर्मचारियों के कार्य के प्रति दृष्टिकोण में परिलक्षित होती है।

सरकारी कामकाज की कार्यशैली

सरकारी कामकाज की कार्यशैली को लेकर लोगों के मन में आमतौर पर अच्छी धारणा नहीं है। आम धारणा यह है कि सरकारी कर्मचारियों की अपने काम के प्रति बहुत कम प्रतिबद्धता होती है। वे आलसी, सुस्त, लालफीताशाही में डूबे, फैसला लेने से बचने वाले और भ्रष्ट माने जाते हैं। उन्हें अभिमानी, लोगों का नेतृत्व करने के प्रति उदासीन, नकारात्मक दृष्टिकोण वाले, सहायता न करने वाले, समस्या का समाधान ढूँढने से बचने वाले, लोगों की शिकायतों के प्रति असंवेदनशील और दुर्गम होने के रूप में माना जाता है। इस नकारात्मक धारणा के विपरीत लोगों को लगता है कि निजी क्षेत्र में सकारात्मक, परिणामोन्मुखी और ग्राहक केन्द्रित संस्कृति है। यह आकलन थोड़ा अनुचित हो सकता है और सिविल सेवा और सरकारी कर्मचारियों के लिए यह महत्त्वपूर्ण है कि यदि वे लोगों से बेहतर प्रतिक्रिया चाहते हैं तो अपने काम के प्रति अपना दृष्टिकोण बदलें। वास्तव में निजी क्षेत्र में नौकरी सुरक्षित नहीं है और आपको खराब प्रदर्शन के लिए बर्खास्त किया जा सकता है जिसे आम तौर पर मुनाफे के सन्दर्भ में मापा जाता है। निजी क्षेत्र में भी आपकी पदोन्नति आपकी योग्यता पर निर्भर करती है। इसके विपरीत सरकार में नौकरी की सुरक्षा है। किसी सरकारी कर्मचारी को बर्खास्त करना लगभग असम्भव है। सरकार में पदोन्नति आमतौर पर वरिष्ठता के आधार पर होती है। अच्छे, बुरे और औसत प्रदर्शन करने वाले अक्सर सेवा के वर्षों की संख्या के आधार पर शीर्ष पर पहुँच जाते हैं। क्षमता, विकास या नई चीज़ें सीखने के प्रति कोई प्रोत्साहन नहीं है। इस प्रकार इनाम

और दंड की यह व्यवस्था सरकारी कार्य-संस्कृति और निजी क्षेत्र में अन्तर का मुख्य कारण है। मैं इसमें यह कह सकता हूँ कि यह धारणा से जुड़ी समस्या भी है क्योंकि कई सरकारी अधिकारी बहुत मेहनती, बुद्धिमान और अपने काम के प्रति समर्पित हैं। बायोमेट्रिक उपस्थिति प्रणाली के साथ-साथ इस व्यवस्था पर अगर ऊपर से दृष्टि रखी जाए तो सरकारी कार्यालयों में भी समय की पाबन्दी की संस्कृति लाई जा सकती है।

सिविल सेवक के लिए आवश्यक कार्य-संस्कृति

1. समय की पाबन्दी बनाए रखना। अधिकांश सरकारी कार्यालयों में आप देख सकते हैं कि कर्मचारी कार्यालय में देर से आते हैं और बैठकों और कार्यों के लिए भी देर से पहुँचते हैं। बायोमेट्रिक उपस्थिति प्रणाली और ऊपर से निगरानी के द्वारा आसानी से समय से ऑफिस पहुँचने की संस्कृति बनाई जा सकती है।
2. कार्यालय के समय के दौरान वरिष्ठ अधिकारियों को यह सुनिश्चित करना चाहिए कि कर्मचारी एक दूसरे के साथ बेकार की बातचीत में अपना समय बर्बाद न करें और दोपहर के भोजन या चाय के ब्रेक लंबे समय तक न बिताएँ। ऑफिस का समय ऑफिस के काम के लिए होना चाहिए। बैठकें समय पर आरंभ होनी चाहिए। यदि किसी नागरिक को मिलने का समय दिया जाता है तो उसे बनाए रखा जाना चाहिए और नागरिक को लंबा इंतजार नहीं कराना चाहिए।
3. नागरिक के साथ वैसा ही व्यवहार किया जाना चाहिए जैसा एक निजी क्षेत्र की कम्पनी अपने ग्राहकों के साथ करती है। कार्य-संस्कृति नागरिक हितैषी होनी चाहिए। सिविल सेवक को अभिमानी और ऐसा नहीं होना चाहिए कि लोगों तक उनकी पहुँच न हो पाए। लोगों की समस्याओं के समाधान के लिए उनके पास प्रभावशाली दृष्टिकोण होना चाहिए।
4. कार्य करने में पूर्ण दक्षता होनी चाहिए। काम को इकट्ठा नहीं होने देना चाहिए और तुरन्त निर्णय लेना चाहिए।
5. सिविल सेवक का रवैया सकारात्मक और मददगार होना चाहिए। उन्हें हर बात को 'ना' कहने की आदत नहीं डालनी चाहिए।
6. सरकार के कामकाज में पूरी पारदर्शिता और खुलापन होना चाहिए। नीति निर्माण और कार्यान्वन में नागरिकों की भागीदारी का स्वागत किया जाना चाहिए।
7. सरकारी कर्मचारियों को उनके कार्यों के लिए जवाबदेह ठहराया जाना चाहिए। इनाम और दंड की एक प्रणाली होनी चाहिए जो अच्छे काम को प्रोत्साहित करे और खराब प्रदर्शन को दंडित करे।
8. सिविल सेवक को अपने काम में पूरी तरह से निष्पक्ष होना चाहिए।
9. सिविल सेवक को पूर्ण राजनीतिक तटस्थता बनाए रखनी चाहिए।
10. एक ऐसी कार्य-संस्कृति होनी चाहिए जो टीमों में काम करने और सरकार के लक्ष्यों को प्राप्त करने में वृद्धि करे।

11. अन्ततः कार्य-संस्कृति का सबसे महत्त्वपूर्ण पहलू वित्तीय और पेशेवर, दोनों तरह से पूर्ण सत्यनिष्ठा का होना है।

निष्कर्ष

कार्य-संस्कृति यह निर्धारित करती है कि कोई संगठन किस प्रकार कार्य करता है और लोग उस पर किस प्रकार से अमल करते हैं। सरकार की कार्य-संस्कृति में परिवर्तन लाने और इसे एक गतिशील परिणामोन्मुखी संगठन बनाने में वरिष्ठ सिविल सेवकों की प्रमुख भूमिका होती है।

नैतिकता के नियम और आचार-संहिता

परिचय

सिविल सेवाओं सहित अधिकांश व्यवसायों की अपनी पेशेवर आचार-संहिता होती है। ये मूल रूप से कुछ खास तरह की गतिविधियों को प्रतिबन्धित करते हैं। वे आचार-संहिता के विभिन्न रूप हैं। कभी-कभी लोग इन शब्दों का प्रयोग अदला-बदली के रूप में करते हैं। कोड ऑफ़ कंड्क्टस का दायरा आचार-संहिता की तुलना में बहुत संकीर्ण है। कोड ऑफ़ कंड्क्टस एक पेशे या संगठन के सदस्यों के लिए आवश्यक मूल्यों, सिद्धान्तों और व्यवहार को सामने लाता है। आचार-संहिता नैतिकता की एक प्रणाली है जिसमें जीवन के सभी पहलू सम्मिलित हैं। यह बताता है कि जीवन में क्या करना चाहिए और क्या नहीं करना चाहिए। कोड ऑफ़ कंड्क्टस के उल्लंघन को आचरण नियमों के अनुसार दंडित किया जा सकता है लेकिन वे आपराधिक अपराध नहीं हैं।

सिविल सेवकों के लिए एक नैतिक संहिता में वे मूल्य सम्मिलित हो सकते हैं जो उनके दृष्टिकोण, वरीयताओं, लक्ष्यों और आकांक्षाओं को प्रभावित करने वाले व्यवहार के स्वीकृत सिद्धान्त या मानक हैं। यह सिविल सेवकों द्वारा पालन किए जाने वाले नैतिक मानकों की रूपरेखा तैयार करता है। नैतिकता को धर्म या कानून का पालन करने के साथ जोड़ कर नहीं देखना चाहिए। इसमें जीवन के सभी पहलुओं को सम्मिलित किया गया है।

सार्वजनिक सेवा में नैतिकता के सिद्धान्त

यह स्पष्ट होना चाहिए कि सार्वजनिक सेवा एक सार्वजनिक ट्रस्ट है। नागरिक अपेक्षा करते हैं कि लोक सेवक जनहित में काम करें और सार्वजनिक धन का उपयोग गुणवत्तापूर्ण सार्वजनिक सेवा प्रदान करने के लिए करें। लोक सेवा नैतिकता सुशासन का एक अनिवार्य हिस्सा है। एक लोक सेवक व्यक्तिगत लाभ के लिए नहीं बल्कि लोक कल्याण के लिए काम करता है। उनसे योग्यता के आधार पर और तटस्थ, वस्तुनिष्ठ और निष्पक्ष तरीक़े से निर्णय लेने की आशा की जाती है। उन्हें अपने व्यवहार में खुला और पारदर्शी होना चाहिए तथा संविधान और कानून के शासन का सम्मान करना चाहिए। उनके काम में पूरी ईमानदारी होनी चाहिए। एक लोक सेवक को लोगों की समस्याओं

के प्रति उत्तरदायी होना चाहिए और लोगों की शिकायतों को हल करने में कुशल और प्रभावी होना चाहिए, तथा परिणाम देने के प्रति जागरूक होना चाहिए।

यूके में नोलन समिति ने सार्वजनिक जीवन के सात सिद्धान्त निर्धारित किए जो एक लोक सेवक से अपेक्षित नैतिकता के मानकों को व्यापक रूप से रेखांकित करते हैं। वे इस प्रकार हैं।

1. निस्वार्थता—विशुद्ध रूप से जनहित में काम करना न कि व्यक्तिगत लाभ के लिए।
2. वस्तुनिष्ठता—योग्यता के आधार पर हर निर्णय निष्पक्ष तरीक़े से लें।
3. जवाबदेही—सार्वजनिक पद के धारकों को अपने निर्णयों के लिए जवाबदेह होना चाहिए।
4. पारदर्शिता—जितना हो सके काम करने में पारदर्शिता रखें।
5. ईमानदारी—उनका कार्य भ्रष्टाचार मुक्त होना चाहिए।
6. नेतृत्व—लोक सेवक को अपने उदाहरण से सिद्धान्तों को बढ़ावा देना चाहिए।
7. सत्यनिष्ठा—वित्तीय और प्रशासनिक दोनों में ईमानदारी को बनाए रखा जाना चाहिए।

लोक सेवा विधेयक मसौदा

लोक सेवा विधेयक का मसौदा कार्मिक मंत्रालय के विचाराधीन है। यह विधेयक सिविल सेवकों से अपेक्षित सामान्य मूल्यों को निर्धारित करने का प्रयास करता है। इनमें संविधान के आदर्शों के प्रति प्रतिबद्धता, अराजनीतिक कामकाज, सुशासन, निष्पक्षता, तटस्थता, जवाबदेही, पारदर्शिता, उच्च नैतिक मानकों को बनाए रखना, फिजूलखर्ची से बचना, सहभागी कामकाज और योग्यता आधारित कामकाज सम्मिलित हैं। इस विधेयक में सार्वजनिक सेवा संहिता के उल्लंघन के लिए दंड की परिकल्पना की गई है जो इसे निर्धारित करती है। दूसरे प्रशासनिक सुधार की भी आयोग ने सिफारिश की है कि कानून द्वारा निर्धारित सार्वजनिक सेवा मूल्यों की एक व्यवस्था होनी चाहिए।

नैतिकता का बुनियादी ढाँचा

यह महसूस किया जाता है कि सार्वजनिक सेवाओं में नैतिकता का प्रबन्धन करने के लिए केवल आचार-संहिता होने से वांछित परिणाम नहीं मिलेगा। एक नैतिक बुनियादी ढाँचे की आवश्यकता होती है जिसमें निम्नलिखित बिन्दु सम्मिलित होने चाहिए—

1. शासन में नैतिकता के प्रति राजनीतिक प्रतिबद्धता।
2. व्यवहार के आवश्यक मानक को लागू करने के लिए एक प्रभावी कानूनी ढाँचा।
3. कुशल जवाबदेही तंत्र जैसे लेखा परीक्षा प्रक्रियाएँ और प्रदर्शन मूल्यांकन की प्रणालियाँ।
4. व्यावहारिक आचार-संहिता—मूल्यों, भूमिकाओं और ज़िम्मेदारी का बयान।

5. व्यावसायिक समाजीकरण तंत्र—शिक्षा और प्रशिक्षण।
6. सहायक सार्वजनिक सेवा शर्तें—वेतन और नौकरी की सुरक्षा के सम्बन्ध में।
7. एक नैतिकता समन्वय निकाय।
8. मीडिया सहित सक्रिय नागरिक समाज।

उपरोक्त परिस्थितियों से निर्मित वातावरण में नैतिक शासन की एक प्रणाली आकार लेने में सक्षम होगी।

आचार-संहिता

सेवा की एकरूपता और वांछित गुणवत्ता बनाए रखने के लिए प्रत्येक पेशे में एक आचार-संहिता होती है। डॉक्टरों, इंजीनियरों, वकीलों की अपनी पेशेवर आचार-संहिता है। चिकित्सा पेशा हिप्पोक्रेटिक शपथ का पालन करता है जो कहती है कि एक डॉक्टर हमेशा बीमारों के लाभ के लिए काम करेगा और किसी भी प्रकार के उपद्रव या भ्रष्टाचार में लिप्त नहीं होगा। इसमें आगे कहा गया है कि एक डॉक्टर रोगी के बारे में पूरी गोपनीयता बनाए रखेगा। महान महाकाव्य रामायण में, मेघनाद द्वारा चलाए गए एक तीर से जब लक्ष्मण अचेत हो जाते हैं तो उनकी चिकित्सा के लिए भगवान हनुमान वैद्य (डॉक्टर) सुषेन को लाते हैं। राम का युद्ध लंका से चल रहा था और सुषेन लंका के शाही वैद्य थे। उन्हें एक नैतिक दुविधा का सामना करना पड़ा क्योंकि उन्हें शत्रु की चिकित्सा के लिए लाया गया था। हालाँकि उन्होंने लक्ष्मण की चिकित्सा की क्योंकि उन्होंने महसूस किया कि चिकित्सा पेशे की आचार-संहिता के अनुसार उन्हें दुश्मन के शिविर में भी रोगी का इलाज करना था।

सिविल सेवा आचरण नियम और समान अखिल भारतीय सेवा आचरण नियम निर्दिष्ट करते हैं कि :

1. सेवा का प्रत्येक सदस्य हर समय पूर्ण सत्यनिष्ठा और कर्तव्य के प्रति समर्पण बनाए रखेगा।
2. वह राजनीतिक तटस्थता बनाए रखेगा।
3. वह उच्च नैतिक मानकों, सत्यनिष्ठा और ईमानदारी को बनाए रखेगा।
4. वह योग्यता और निष्पक्षता के सिद्धान्तों को बढ़ावा देगा।
5. वह कुल जवाबदेही और पारदर्शिता बनाए रखेगा।
6. वह जनता विशेषकर कमज़ोर वर्गों के प्रति उत्तरदायी होगा।
7. वह शिष्टाचार और अच्छा व्यवहार बनाए रखेगा।
8. वह संविधान की सर्वोच्चता और लोकतांत्रिक मूल्यों को बनाए रखने के लिए स्वयं को प्रतिबद्ध करेगा।
9. वह भारत की सम्प्रभुता और अखंडता की रक्षा करेगा।
10. वह केवल जनहित में निर्णय लेगा।
11. वह एक सिविल सेवक के पद का दुरुपयोग नहीं करेगा।
12. वह कानून के शासन के अनुसार काम करेगा।

उपरोक्त के अतिरिक्त जो 2014 में संशोधन द्वारा आचरण नियम में डाला गया था, 1968 का मूल आचरण नियम एक सिविल सेवक के बारे में बात करता है कि वह कम्पनियों या निजी फर्मों में अपने करीबी रिश्तेदारों को रोज़गार दिलाने के लिए अपने पद का उपयोग नहीं करेगा। वह किसी भी पुस्तक या सामग्री को प्रकाशित करने या मीडिया में भाग लेने से पहले अनुमति लेगा, वह सरकार की आलोचना नहीं करेगा, वह अनधिकृत तरीक़े से किसी भी जानकारी का संचार नहीं करेगा, वह दहेज या उपहार नहीं लेगा, वह सम्पत्ति का खुलासा करेगा, वह मादक पेय या पदार्थों का सेवन नहीं करेगा और हर स्थिति में उचित मर्यादा और व्यवहार बनाए रखेगा।

निष्कर्ष

यह देखा जा सकता है कि नैतिकता के नियम और आचरण संहिता के बीच कई सामान्य बिन्दु हैं। हालाँकि, केवल एक पेशे से जुड़ी हुई आचार-संहिता केवल एक पेशे से जुड़ा हुआ व्यवहार भर नहीं है। इसमें जीवन से जुड़े हुए मूल्य और नैतिकता सम्मिलित हैं। नैतिकता उस राजनीतिक और सामाजिक वातावरण से प्रभावित होती है जिसमें व्यक्ति रहता है। एक व्यक्ति अपने परिवार, स्कूल, शिक्षकों और दोस्तों से अपनी नैतिकता और नैतिक मूल्य विकसित करता है। समाज मानक निर्धारित करता है जो सामान्य नैतिक विवेक या सामाजिक नैतिकता के सिद्धान्तों को दर्शाता है और उन्हें लागू करने के लिए राज्य के कानूनों में सम्मिलित करता है। लोक सेवक को अपने उदाहरण से लोगों का सम्मान और विश्वास प्राप्त करने के लिए नैतिकता के उच्च मानक स्थापित करने पड़ते हैं।

अध्याय : 9

भ्रष्टाचार

कारण और उपाय

परिचय

भ्रष्टाचार आज भारतीय समाज में एक मूलभूत तत्त्व के रूप में सम्मिलित हो चुका है और समाज का अपरिहार्य अंग होने के कारण सार्वजनिक सेवा भी इसका अपवाद नहीं है। भ्रष्टाचार का उन्मूलन न केवल एक नैतिक अनिवार्यता है बल्कि एक आर्थिक आवश्यकता भी है। आम नागरिक की धारणा यह है कि राजनेताओं के साथ-साथ सिविल सेवक भी बहुत भ्रष्ट हैं और यहाँ अगर हथेलियों को पूरी तरह से चिकना नहीं किया तो सरकार में कोई काम नहीं हो सकता। यह आम तौर पर सच है लेकिन अभी भी कई ईमानदार राजनेता और सिविल सेवक हैं जो अवैध रूप से लाभ कमाने के लालच में नहीं आए हैं। यह भी सच है कि भ्रष्टाचार केवल सरकार या सार्वजनिक क्षेत्र तक ही सीमित नहीं है, निजी क्षेत्र भी इससे अछूता नहीं है। सरकार बड़ी मात्रा में धन का लेन-देन करती है, जिसकी व्यवस्था और नियंत्रण सरकारी कर्मचारियों के हाथों में होता है, जिससे भ्रष्टाचार को बढ़ावा मिलता है। हालाँकि, यह एक सच्चाई है कि रिश्वत लेने के इच्छुक प्रत्येक लोक सेवक को लोग या कम्पनियाँ अपना काम करवाने के लिए रिश्वत देने को तैयार रहते हैं। सबसे खराब स्थिति तब होती है जब पैसा अवैध काम करने के लिए नहीं बल्कि वास्तविक और कानूनी काम करने के लिए लिया या दिया जाता है। वित्तीय ईमानदारी सत्यनिष्ठा का एक अनिवार्य हिस्सा है जो एक बुनियादी गुण है जिसकी एक सिविल सेवक से अपेक्षा की जाती है लेकिन सत्यनिष्ठा उससे कहीं अधिक है। सत्यनिष्ठा का अर्थ है बुनियादी नैतिक मूल्य और हर समय सही काम करने की प्रतिबद्धता और कुछ भी गलत या अनियमित नहीं होने देना। इसका तात्पर्य सभी स्थितियों में कानून के शासन को लागू करना है जिसका अर्थ एक समग्र शासन संरचना है जो लोगों को न्याय देती है और गलत काम करने वालों को सज़ा देती है। इस अध्याय में वित्तीय ईमानदारी पर ध्यान दिया जाएगा क्योंकि अन्य अध्याय में सत्यनिष्ठा के समग्र पहलू पर चर्चा की गई है। जहाँ तक लोक सेवकों का सम्बन्ध है, भ्रष्टाचार को निजी लाभ के लिए सार्वजनिक कार्यालय का उपयोग करने के रूप में परिभाषित किया जा सकता है। सुशासन का सार सार्वजनिक सेवाओं का भ्रष्टाचारमुक्त वितरण है।

कारण

भ्रष्टाचार के प्रसार के लिए किसी एक ही कारण की पहचान करना मुश्किल है। भौतिकवादी समाज में आज लोग अधिक से अधिक धन अर्जित करना चाहते हैं और उच्च जीवन स्तर का आनन्द लेना चाहते हैं, भले ही वे इसे कानूनी रूप से वहन करने में सक्षम न हों। यह मूल्यों और चरित्र का मामला है और बड़े पैमाने पर भ्रष्टाचार का कारण। व्यक्ति और विशेष रूप से सरकारी अधिकारियों की मूल्य व्यवस्था में सामान्य गिरावट आयी है। मूल्यों के बिना, सही और गलत के मुद्दों पर लोगों का मार्गदर्शन करने वाला कोई ध्रुव तारा नहीं है।

दूसरे प्रशासनिक सुधार आयोग (एसएआरसी) के अनुसार भ्रष्टाचार कार्यालय के दुरुपयोग से सम्बन्धित है जो तीन कारकों से बढ़ रहा है। पहला, निर्विवाद सत्ता की औपनिवेशिक विरासत का अस्तित्व और मनमाने ढंग से सत्ता का प्रयोग करने की प्रवृत्ति; दूसरे, हमारे समाज में सत्ता की एक बड़ी विषमता है, जिसमें सत्ता केवल कुछ ही हाथों में केन्द्रित है, जो नैतिक व्यवहार के अनुरूप सामाजिक दबाव को कम करती है और भ्रष्टाचार में लिप्त होना आसान बनाती है, और तीसरा, स्वतंत्रता के बाद भारत सरकार द्वारा एक ऐसे नीतिगत ढाँचे का चुनाव जहाँ अर्थव्यवस्थाओं के सभी क्षेत्रों में राज्य का नियंत्रण था और सरकारी अधिकारियों को बहुत अधिक स्वाधीन शक्तियाँ दीं, जिन्होंने बेलगाम भ्रष्टाचार का माहौल बनाने के लिए आर्थिक गतिविधियों में अत्यधिक विनियमन और गम्भीर प्रतिबन्ध का इस्तेमाल किया। इसके अतिरिक्त राज्य सब्सिडी की प्रणाली और लाभार्थी उन्मुख विकास कार्यक्रमों की अधिकता ने भ्रष्टाचार को बढ़ाया क्योंकि अधिकारियों के हाथों में संरक्षण वितरित करने की बहुत शक्ति थी।

इस बात से इनकार नहीं किया जा सकता है कि प्रतिस्पर्धा और पारदर्शिता भ्रष्टाचार को कम करती है जबकि केन्द्रीकृत शक्ति वाले राज्य में भ्रष्टाचार के बढ़ने की सम्भावना बहुत अधिक होती है। साथ ही यह तथ्य कि सरकारी व्यवस्था में अपने कामकाज की प्रणाली पूरी तरह से गुप्त रहती है, नागरिकों के साथ कुछ भी साझा नहीं किया जाता, जिससे जानकारी के पूर्ण अभाव की स्थिति पैदा हो गई है जो भ्रष्टाचार को जन्म देती है। भारत में अत्यधिक केन्द्रीकरण मंत्र रहा है जिसके कारण कुछ ही हाथों में सत्ता का संकेन्द्रण हुआ और फलस्वरूप अधिक भ्रष्टाचार हुआ। विकेन्द्रीकरण से हमेशा भ्रष्टाचार में कमी आती है। यह भी सच है कि अधिकारी भ्रष्टाचार को कम जोखिम वाली उच्च लाभ वाली गतिविधि के रूप में देखते हैं जो उनके लिए भ्रष्ट प्रथाओं का सहारा लेने की प्रवृत्ति को बढ़ाता है। यदि भ्रष्टाचार के मामलों को गम्भीरता से लिया जाता है और अपराधियों को बिना किसी देरी के अनुकरणीय दंड दिया जाता है, तो निश्चित रूप से एक ऐसा वातावरण बनेगा जहाँ भ्रष्टाचार एक उच्च जोखिम वाली गतिविधि बन जाएगा और लोग इसमें लिप्त होने से बचेंगे। सबसे आश्चर्यजनक बात तो आज समाज में भ्रष्टाचार की स्वीकृति है। कुछ दशक पहले केवल कुछ ही अधिकारी ऐसे थे जो भ्रष्ट थे और उनकी आम तौर पर बहुत खराब प्रतिष्ठा थी और समाज उन्हें निम्न दृष्टि से देखता था। आज भ्रष्टाचार अपवाद नहीं बल्कि आम होता जा रहा है और अधिकारी

अपनी घटिया कमाई का दिखावा करने से भी नहीं हिचकिचाते। आज अधिकारियों के बीच कई सम्पत्तियों का मालिक होना, अपने बच्चों को पढ़ाई के लिए विदेश भेजना, पाँच सितारा होटलों में खाना और शानदार छुट्टियों का आनन्द लेना फैशन बन गया है। समाज भी इस व्यवहार की निन्दा नहीं करता और वास्तव में इस घटना की स्वीकृति भी है। मैंने पाया कि बहुत से लोग पैसा कमाने के इरादे से सिविल सेवाओं को चुनते हैं। मुझे एक मामला याद आता है जहाँ एक व्यक्ति निजी क्षेत्र में बहुत अच्छा कर रहा था और अच्छा वेतन कमा रहा था लेकिन सिविल सेवाओं के लिए इच्छुक था। मैंने उन्हें बताया कि एक सिविल सेवक के रूप में उन्हें जो वेतन मिलेगा वह उनके वर्तमान वेतन का एक चौथाई ही होगा। मुझे आश्चर्य हुआ जब उसने जवाब दिया कि वेतन कोई मायने नहीं रखता और जैसे ही वह एक सिविल सेवक बन जाएगा, वह बहुत अधिक कमाएगा! यदि लोग इस तरह की प्रेरणा से सिविल सेवा में सम्मिलित होते हैं तो आप उस तरह के भ्रष्टाचार के बारे में सोच सकते हैं जिसके लिए वे मानसिक रूप से पहले से तैयार हैं। यही कारण है कि अधिकारी अपने कैरियर के आरंभ से ही अपनी साख गँवा रहे हैं।

भ्रष्टाचार आर्थिक विकास को धीमा करने वाले प्रमुख कारकों में से एक है। निर्णय लेने में जानबूझकर देरी और उत्पीड़न ने अर्थव्यवस्था की गति को धीमा कर दिया है। ऐसे में भ्रष्टाचार की समस्या से निपटने की तत्काल आवश्यकता है।

भ्रष्टाचार की प्रकृति

भ्रष्टाचार की अलग-अलग परिभाषाएँ हैं लेकिन हम केन्द्रीय सतर्कता आयोग द्वारा निर्दिष्ट भ्रष्टाचार के अधिनियमों के अनुसार जा सकते हैं जिनमें निम्नलिखित बिन्दु सम्मिलित हैं—

1. किसी सरकारी कार्य के लिए किसी लोक सेवक द्वारा अवैध पारिश्रमिक या परितोषण की माँग करना या स्वीकार करना या ऐसे कार्य के लिए किसी अन्य अधिकारी के ऊपर अपने प्रभाव का उपयोग करना।
2. किसी ऐसे व्यक्ति से कोई मूल्यवान वस्तु प्राप्त करना जिसके साथ उससे केवल आधिकारिक व्यवहार ही अपेक्षित है और जहाँ वह अपने पद का प्रयोग कर सकता है। यह विचार के साथ या बिना विचार के भी हो सकता है।
3. किसी लोक सेवक के रूप में अवैध तरीक़े से या दुरुपयोग की स्थिति से कोई आर्थिक लाभ प्राप्त करना।
4. आय के ज्ञात स्रोतों से अधिक सम्पत्ति रखना।
5. दुर्विनियोजन, जालसाजी या धोखाधड़ी या इसी तरह के आपराधिक सम्बन्ध।

SARCC ने भ्रष्टाचार की परिभाषा को विस्तृत किया है और भ्रष्टाचार निवारण अधिनियम के तहत अपराधों में संशोधन करने की सिफारिश की है।

1. संविधान और लोकतांत्रिक संस्थाओं की घोर विकृति जो जानबूझकर पद की शपथ का उल्लंघन है।

2. अनुचित रूप से किसी का पक्ष लेना या नुकसान पहुँचाकर अधिकार का दुरुपयोग।
3. न्याय में बाधा।
4. जनता का पैसा बर्बाद करना।

SARCC द्वारा दी गई उपरोक्त परिभाषा में सत्यनिष्ठा के सभी पहलुओं को सम्मिलित किया गया है जो भ्रष्टाचार के मुद्दे को देखने का एक व्यापक तरीका है।

सिविल सेवकों और अन्य सरकारी अधिकारियों को उनकी सेवा में तीन प्रकार के भ्रष्टाचार का सामना करना पड़ता है। पहले को बलपूर्वक वसूली कहा जा सकता है जहाँ कर्मचारी बलपूर्वक पैसा लेते हैं या किसी अन्य रूप में रिश्वत लेते हैं ताकि वे गैर-कानूनी काम कर सकें। अधिकतर यह वैध कार्य तक भी विस्तारित होता है। इसका मतलब यह है कि यदि कोई व्यक्ति चाहता है कि कोई अधिकारी अवैध तरीक़े से उसका पक्ष ले, तो वह इस काम को करने के लिए रिश्वत देता है लेकिन बहुत बार सही काम करने के लिए भी लोगों को बलवत् रिश्वत देनी पड़ती है। यह सबसे खराब किस्म का भ्रष्टाचार है। जब तक नागरिक रिश्वत देने के लिए मजबूर नहीं हो जाता, तब तक सरकारी कर्मचारी निर्णय लेने में देरी करते हैं या फाइलों पर अनावश्यक आपत्तियाँ उठाते हैं। दूसरे प्रकार का भ्रष्टाचार नियमित कमीशन है जो कुछ अधिकारियों को विभाग के नियमित अभ्यास के हिस्से के रूप में मिलता है। इस श्रेणी में किसी भी प्रकार के निर्माण कार्य के लिए इंजीनियरों द्वारा ठेकेदारों से लिया जाने वाला कमीशन आता है। कई विभागों में किए गए भुगतान या जारी किए गए बजट की एक निश्चित राशि अधिकारियों के बीच साझा की जाती है। इसका सबसे बुरा उदाहरण मैंने देखा है कि जिला पुलिस अधिकारियों द्वारा प्रत्येक थाने से एकमुश्त धनराशि ली जाती है। इस प्रकार का भ्रष्टाचार दुर्भाग्य से अधिक से अधिक प्रचलित होता जा रहा है क्योंकि अधिकारी यह कहकर इसे सही ठहराते हैं कि यह कोई बड़ी बात नहीं है और एक नियमित अभ्यास है और एक अधिकारी के रूप में उनके प्रदर्शन को प्रभावित नहीं करता है।

इस तरह के तर्क को सिर्फ सच्चाई से ही काटा जा सकता है। इस तरह का भ्रष्टाचार अधिकारी के नैतिक अधिकार को कमज़ोर करता है और वह भ्रष्ट अधीनस्थों के विरुद्ध कार्रवाई नहीं कर पाता और निश्चित रूप से एक अधिकारी की दक्षता और प्रदर्शन पर प्रतिकूल प्रभाव डालता है। अधिकारियों द्वारा औचित्य का प्रयास केवल आत्म-भ्रम का एक अभ्यास है। तीसरा प्रकार निर्दोष प्रतीत होता है लेकिन इसके नकारात्मक प्रभाव दीर्घकालिक होते हैं। इस प्रकार का भ्रष्टाचार तब होता है जब कोई अधिकारी किसी वस्तु की माँग नहीं करता और योग्यता के आधार पर काम करता है लेकिन विरोधी पक्ष उसे धन्यवाद देने के प्रतीक के रूप में धन या वस्तु के रूप में उपहार देता है। उदाहरण के लिए एक अधिकारी योग्यता के आधार पर किसी पक्ष को सड़क निर्माण का ठेका देता है लेकिन पार्टी बाद में अधिकारी को धन्यवाद के रूप में एक महँगा उपहार या पैसा देता है। इसका नकारात्मक प्रभाव यह है कि अधिकारी समझौता कर लेता है और फिर पक्ष के विरुद्ध कार्रवाई नहीं कर सकता, भले ही वह निर्धारित मानकों के अनुसार

प्रदर्शन न करे। इस प्रकार भ्रष्टाचार किसी भी रूप में स्वीकार्य नहीं होना चाहिए और सभी स्तरों पर भ्रष्टाचार के प्रति जीरो टॉलरेंस होना चाहिए। एक अधिकारी स्वयं ईमानदार हो सकता है लेकिन अगर वह अपने विभाग में भ्रष्टाचार को रोकने के लिए कदम नहीं उठाता है तो उस भ्रष्टाचार की ज़िम्मेदारी उस पर भी आ जाती है।

SARCC ने दो तरह के भ्रष्टाचार की बात की है। पहला है जबरन भ्रष्टाचार जिसमें रिश्वत देने वाला जबरन वसूली का शिकार होता है। दूसरा है मिलीभगत भ्रष्टाचार जिसमें रिश्वत देने वाला और रिश्वत लेने वाला भागीदार के रूप में कार्य करता है और जनता के पैसे का गबन करता है।

सरकार के कुछ क्षेत्र जहाँ बड़े पैमाने पर भ्रष्टाचार दिखाई दे रहा है, वे विभिन्न परियोजनाओं और निर्माण गतिविधियों के टेंडर हैं। अक्सर पूरी निविदा प्रक्रिया इस तरह से आयोजित की जाती है कि पूरी प्रक्रिया एक विशेष पार्टी के पक्ष में जाए भले ही उससे बेहतर विकल्प क्यों न विद्यमान हो। दूसरा क्षेत्र कर्मचारियों की भर्ती है जहाँ प्रतिस्पर्धा कठिन है और लोग चयनित होने के लिए पैसे देने को तैयार हैं और अधिकारी चयन प्रक्रिया को इस तरह से सँभालते हैं कि केवल पैसे देने वालों का चयन हो जाता है। इस तरह का भ्रष्टाचार इतना व्यापक है कि लोग यह मानने से इनकार कर देते हैं कि कोई भी चयन प्रक्रिया निष्पक्ष हो सकती है। जो उद्यमी उद्योग स्थापित करना चाहते हैं, उनसे प्रत्येक चरण में भूमि आवंटन, बिजली कनेक्शन, प्रदूषण नियंत्रण विभाग से अनापत्ति प्राप्त करने और श्रम और कर सहित कई विभागों से मंजूरी प्राप्त करने के लिए अनाधिकारिक माँगें की जाती हैं। आम नागरिक को कर संग्रह अधिकारियों के हाथों बहुत उत्पीड़न का सामना करना पड़ता है और आम तौर पर दोनों के बीच मिलीभगत होती है जिससे सरकार द्वारा राजस्व की कम वसूली होती है। शायद ही कभी नागरिक पुलिस थानों में भ्रष्टाचार के विरुद्ध प्राथमिकी दर्ज करने के लिए जागरूक होते हैं। न्यायपालिका में भ्रष्टाचार के मामले और भी बुरे हैं।

राजनीतिक भ्रष्टाचार

राजनीतिक भ्रष्टाचार, भ्रष्टाचार का मूल स्रोत है। अगर भ्रष्टाचार को समाप्त करना है तो हमें ऊपर से आरंभ करना होगा और यह राजनीतिक भ्रष्टाचार है जिससे प्राथमिकता से निपटना होगा। हमारे निर्वाचित लोकतंत्र में राजनीतिक कार्यपालिका शासन संरचना के शीर्ष पर होती है। दुर्भाग्य से पिछले कुछ वर्षों में ऐसी स्थिति रही है जहाँ चुनाव लड़ने वाले उम्मीदवारों द्वारा अधिक से अधिक पैसा खर्च किया जा रहा है और इस धन का अधिकांश हिस्सा अवैध तरीक़े से उठाया गया है। खर्च का कुछ हिस्सा राजनीतिक दलों द्वारा वहन किया जाता है लेकिन यहाँ तक कि उनके द्वारा धन कैसे जुटाया गया है, इसमें कोई पारदर्शिता नहीं है। पार्टियों को व्यक्तियों और निगमों से दान लेने की अनुमति है लेकिन इसका कोई पारदर्शी खुलासा नहीं है। लोक प्रतिनिधित्व अधिनियम में चुनाव खर्च की अधिकतम सीमा का प्रावधान है और सर्वोच्च न्यायालय ने राजनीतिक दलों के लिए अधिनियम के अनुसार आयकर रिटर्न और सम्पत्ति कर विवरण दाखिल करना आवश्यक बना दिया है। चुनाव आयोग चुनाव उम्मीदवारों के चुनावी खर्च पर नज़र रखने

के लिए पर्यवेक्षक के रूप में वरिष्ठ अधिकारियों को भी नियुक्त करता है। हालाँकि, इन सभी उपायों और अक्सर सख्त कार्रवाई के बावजूद यह सच है कि चुनावों में बड़ी मात्रा में पैसा खर्च किया जाता है जिसका कोई हिसाब नहीं होता है। यह राजनीतिक भ्रष्टाचार का मूल आधार है। एक उम्मीदवार जो निर्वाचित होने के लिए एक बड़ी राशि खर्च करता है, वह इस पैसे को या इससे भी अधिक कमाने की कोशिश करता है यदि वह मंत्री बन जाता है या सत्ता में किसी अन्य महत्त्वपूर्ण पद पर पहुँच जाता है। इससे शासन की प्रक्रिया में अवांछित हस्तक्षेप होता है और कई राज्यों में स्थानान्तरण नियुक्ति उद्योग इसी का परिणाम है। सरकारी टेंडरों, ठेकों और परियोजनाओं में भ्रष्टाचार के मामले भी इसी बीमारी का परिणाम हैं। सत्ता में राजनीतिक दल चुनाव लड़ने के लिए पार्टी फंड बनाने के नाम पर अवैध धन स्वीकार करने के लिए जाने जाते हैं। जब यह भ्रष्टाचार ऊपर से आरंभ होता है तो यह सरकारी अधिकारियों और कर्मचारियों तक पूरी तरह से शासन के माहौल को खराब कर देता है।

संसद ने राजनीतिक चन्दे पर कानून पारित किया है जिसके तहत एक राजनीतिक दल के लिए बीस हज़ार रुपये से अधिक की वित्तीय सहायता और योगदान का खुलासा करना अनिवार्य हो गया है और राजनीतिक दलों को चन्दा देने वाले व्यक्तियों और कॉरपोरेट्स को पूरी टैक्स छूट दी गई है। फिर भी हम यह नहीं कह सकते कि राजनीतिक चन्दे से जुड़े भ्रष्टाचार के स्तर में कोई सुधार हुआ है। SARCC ने चुनावों में अवैध धन के उपयोग को कम करने के लिए राजनीतिक दलों के आंशिक राज्य वित्त पोषण की सिफारिश की है, लेकिन यह सुनिश्चित नहीं है कि इससे भी मदद मिलेगी। वोट पाने के लिए प्रत्याशी नकदी और शराब बाँटने की हद तक जाने के लिए जाने जाते हैं। कुछ देशों में चुनावों के लिए कुल राज्य वित्त पोषण होता है लेकिन अभी तक यह मॉडल भारत के लिए व्यवहार्य नहीं पाया गया है। यह कहना अतिशयोक्ति नहीं होगी कि अवैध माध्यमों से चुनावों के लिए की जाने वाली ये पोलिटिकल फंडिंग समाज में सभी भ्रष्टाचारों की जड़ में हैं। हालात इतने खराब हो गए हैं कि कुछ राजनीतिक दलों से चुनाव टिकट पाने के लिए उम्मीदवारों को भारी मात्रा में पैसे देने की बात सुनी जाती है। कोई भी राजनेता जो इस तरह से निर्वाचित होता है, वह निश्चित रूप से अवैध तरीकों से अपना खर्च वसूल करना चाहेगा।

धनबल के अतिरिक्त चुनाव बाहुबल से प्रभावित होते हैं और यह एक चौंकाने वाली बात है कि बड़ी संख्या में विधायकों का आपराधिक रिकॉर्ड है और कई बहुत गम्भीर प्रकृति के आरोपों का सामना कर रहे हैं। मौजूदा कानून उन्हें अन्तिम सज़ा मिलने तक चुनाव लड़ने की अनुमति देता है। कानूनी प्रक्रिया में लंबा समय लगता है और इन विधायकों के पास कार्यवाही में देरी करने और प्रभावित करने की शक्ति होती है और इसके परिणामस्वरूप उनके विरुद्ध गम्भीर आरोप होने के बावजूद वे निर्वाचित प्रतिनिधि बने रहते हैं। सुप्रीम कोर्ट और चुनाव आयोग ने एक उम्मीदवार के लिए अदालत द्वारा किसी भी दोषसिद्धि या उसके विरुद्ध किसी भी आपराधिक मामले के लंबित होने की घोषणा करना अनिवार्य बनाकर हस्तक्षेप किया है। उम्मीदवार से अपनी सम्पत्ति और देनदारियों की घोषणा करने की भी उम्मीद की जाती है। सुप्रीम कोर्ट ने फैसला सुनाया है

कि एक ऐसा व्यक्ति जिस पर किसी आपराधिक कृत्य का आरोप हो वह विधायक होने से अयोग्य घोषित किया जा सकता है। कुछ हद तक इससे राजनीति के अपराधीकरण को कम करने में मदद मिल सकती है।

चुनाव आयोग ने सभी राजनीतिक दलों के लिए दैनिक व्यय विवरण पर ज़ोर देने और बड़ी संख्या में पर्यवेक्षकों की नियुक्ति के लिए एक कोड ऑफ कंडक्ट निर्धारित किया है। साथ ही स्वतंत्र एवं निर्भय मतदान के लिए पुलिस व्यवस्था सुनिश्चित की गई है और इलेक्ट्रॉनिक वोटिंग मशीन की शुरुआत से भी फर्क पड़ा है। साथ ही सभी मतदाताओं को प्रतिरूपण रोकने के लिए फोटो पहचान पत्र उपलब्ध कराए गए हैं और मतदाता सूची को कम्प्यूटरीकृत किया गया है।

एक अन्य राजनीतिक सुधार के रूप में मंत्रिपरिषद के आकार को संसद या राज्य विधायिका के कुल सदस्यों के 15 प्रतिशत तक घटा दिया गया है। भ्रष्टाचार का एक और रूप जो इन दिनों दिखाई दे रहा है, वह है निर्वाचित विधायक अपनी प्रतिबद्धता को दूसरी पार्टी के प्रति स्थानान्तरित कर देते हैं और भारी मात्रा में धन स्वीकार करके सरकार को सत्ता में ले आते हैं। यह एक शर्मनाक तमाशा है कि निर्वाचित प्रतिनिधियों को पाँच सितारा होटलों और रिसॉर्ट में पैसे या पदों के वादों के लालच में आने से बचाने के लिए झुंड में रखा जाता है। दलबदल विरोधी कानून कहता है कि संसद या विधायिका के सदस्य के रूप में अयोग्य होने से बचने के लिए एक राजनीतिक दल के कम से कम एक तिहाई सदस्यों को दूसरी पार्टी में स्थानान्तरित कर देना चाहिए। इससे कुछ हद तक मदद मिली है लेकिन फिर भी इस तरह के मामले सामने आते रहते हैं और अयोग्य होने पर भी उन्हें पैसे मिलते हैं और वे फिर से चुनाव लड़ते हैं।

इस बात से तो इनकार नहीं किया जा सकता कि भारत के चुनाव आयोग ने स्वतंत्र और निष्पक्ष चुनाव कराने में एक अद्‌भुत काम किया है। हमें यह सुनिश्चित करना चाहिए कि ऐसा कुछ भी न किया जाए जिससे चुनाव आयोग की स्वतंत्रता और स्वायत्तता पर प्रतिकूल प्रभाव पड़े।

मंत्रियों द्वारा राजनीतिक भ्रष्टाचार के मामलों को सँभालने के लिए अधिकांश राज्यों में "लोकायुक्त" की संस्था है और लंबे समय तक आन्दोलन के बाद भारत सरकार के स्तर पर लोकपाल को जाँच और कार्रवाई की पूरी शक्तियों के साथ स्थापित किया गया है। मंत्रियों को उनके लिए निर्धारित आचार-संहिता के अनुसार हर साल अपनी सम्पत्ति और दायित्व की घोषणा प्रस्तुत करनी होती है और उन्हें किसी भी व्यवसाय को आरंभ करने या सम्मिलित होने से बचना होता है। उनसे यह अपेक्षा नहीं की जाती है कि वे अपने कार्यालय का उपयोग निजी लाभ के लिए करें या कोई भी ऐसा कार्य करें जिससे उनके पद और कार्यालय की गरिमा को ठेस पहुँचे। साथ ही उनसे यह अपेक्षा भी की जाती है कि वे पारदर्शिता और सत्यनिष्ठा बनाए रखें।

भारत में भ्रष्टाचार निरोधी कानून और एजेंसियाँ

आजादी के समय भ्रष्टाचार से निपटने के लिए भारतीय दंड संहिता का इस्तेमाल किया गया था। तत्पश्चात इस खतरे से निपटने के लिए एक कानूनी ढाँचे के साथ आने का

प्रयास किया गया और भ्रष्टाचार निवारण अधिनियम 1988 (पीसी) अस्तित्व में आया। यह अधिनियम भ्रष्टाचार को परिभाषित नहीं करता है लेकिन रिश्वतखोरी के अपराधों और इसके दंड को सूचीबद्ध करता है। इन अपराधों में किसी भी आधिकारिक कार्य को करने या न करने या किसी व्यक्ति का पक्ष लेने या उसका पक्ष लेने या बिना विचार, दुरुपयोग या आय से अधिक सम्पत्ति रखने के लिए एक मकसद या इनाम के रूप में अवैध सन्तुष्टि सम्मिलित है। पीसी एक्ट भी दंड का प्रावधान करता है। SARCC के अनुसार दुरभिसन्धियुक्त रिश्वतखोरी के विशेष अपराध का प्रावधान करने के लिए पीसी अधिनियम में संशोधन किया जाना चाहिए। एक अपराध को दुरभिसन्धियुक्त रिश्वतखोरी के रूप में वर्गीकृत किया जा सकता है यदि लेन-देन के परिणाम या इच्छित परिणाम से राज्य को नुकसान होता है और यह लोक हित के विरुद्ध होता है। ऐसे मामलों में लोक सेवक और इस कृत्य से लाभ प्राप्त करने वाला लाभार्थी दुरभिसन्धियुक्त रिश्वतखोरी का अपराधी होगा।

अभियोजन के लिए स्वीकृति

एक ईमानदार सिविल सेवक को परम्परागत तरीक़े से लिए गए निर्णयों के लिए परेशान होने से बचाने के लिए पीसी अधिनियम की धारा 19 में अदालत द्वारा अपराध का संज्ञान लेने से पहले सक्षम प्राधिकारी की पूर्व मंजूरी का प्रावधान है। कुछ लोगों का विचार है कि इस प्रावधान को समाप्त कर दिया जाना चाहिए क्योंकि इसका उपयोग भ्रष्ट लोक सेवकों द्वारा ढाल के रूप में किया जाता है। कुछ मामलों में यह सच हो सकता है लेकिन व्यापक सन्दर्भ में यह प्रावधान एक ईमानदार अधिकारी की मदद करने के लिए है और यदि इस प्रावधान को हटा दिया जाता है तो अधिकारी निर्णय लेने से बचेंगे। SARCC ने इस स्थिति से निपटने के लिए कुछ उपाय सुझाए हैं। पहली सिफारिश यह है कि यदि कोई लोक सेवक रिश्वत लेते रँगे हाथों पकड़ा जाता है या उसके पास आय के ज्ञात स्रोतों से बहुत अधिक सम्पत्ति होने के स्पष्ट सबूत हैं तो अभियोजन से पहले मंजूरी लेने की कोई आवश्यकता नहीं होनी चाहिए। SARCC का यह भी मानना है कि गवाह के रूप में एक ट्रायल कोर्ट में एक मंजूरी प्राधिकारी को बुलाने की कोई आवश्यकता नहीं होनी चाहिए क्योंकि अक्सर मामलों में लंबा समय लगता है और यह सम्भव है कि सम्बन्धित प्राधिकारी मामले के सभी पहलुओं को याद नहीं कर सकता है। भ्रष्टाचारियों को संरक्षण देने वाले प्राधिकरण द्वारा मंजूरी देने में देरी की भी शिकायतें हैं। इसे मंजूरी देने के लिए एक समय सीमा निर्धारित करके हल किया जा सकता है। SARCC ने निष्पक्षता सुनिश्चित करने के लिए केन्द्रीय और राज्य सतर्कता आयोगों को मंजूरी का अधिकार देने का समर्थन किया है।

इससे पहले पीसी अधिनियम में एक लोक सेवक को कार्रवाई के लिए उत्तरदायी होने का प्रावधान था, भले ही उसने कोई आर्थिक लाभ नहीं लिया हो और एक निर्णय लिया हो जिससे एक निजी पार्टी को लाभ हुआ हो। यह धारा ईमानदार लोक सेवकों के लिए बहुत कठिनाई का कारण बन रही थी, जो ईमानदार होने के बावजूद भ्रष्टाचार के मामलों में मुकदमे का सामना कर रहे थे। इसने सरकार में नीतिगत पक्षाघात का माहौल

भी पैदा कर दिया क्योंकि अधिकारी निर्णय लेने से बचने लगे, क्योंकि आर्थिक मामलों में लोक सेवक के किसी भी निर्णय से किसी निजी पार्टी को लाभ होगा। सौभाग्य से इस प्रावधान को अब अधिनियम से हटा दिया गया है।

पीसी एक्ट के तहत कई बार मामले सालों तक चलते हैं जिससे उनका प्रभाव काफी कम हो जाता है। इन मामलों की त्वरित सुनवाई सुनिश्चित की जानी चाहिए यदि उन्हें भ्रष्टाचार के लिए एक निवारक के रूप में कार्य करना है। SARCC ने सिफारिश की है कि—

क) परीक्षण के विभिन्न चरणों के लिए समय सीमा निर्धारित की जानी चाहिए।

ख) पीसी अधिनियम के मामलों को सँभालने वाले विशेष न्यायाधीशों पर अन्य ज़िम्मेदारियाँ नहीं डाली जानी चाहिए।

ग) ऐसी अदालतों में कार्यवाही दिन-प्रतिदिन के आधार पर होनी चाहिए।

घ) सर्वोच्च न्यायालय या उच्च न्यायालयों को यह देखने के लिए दिशा-निर्देश निर्धारित करने चाहिए कि कोई अनावश्यक स्थगन और परिहार्य विलंब न हो।

SARCC ने यह भी सिफारिश की है कि यदि कोई लोक सेवक अपने भ्रष्ट कृत्यों से राज्य या उसके नागरिक को नुकसान पहुँचाता है तो उसे नुकसान की भरपाई करने और हर्जाने का भुगतान करने के लिए उत्तरदायी होना चाहिए। यह सच है कि बेईमान सिविल सेवकों पर बहुत सीमित मामलों में मुकदमा चलाया जाता है और इससे भ्रष्टाचार को बढ़ावा मिलता है क्योंकि इसे बेईमान लोग कम जोखिम वाली उच्च लाभ गतिविधि के रूप में देखते हैं।

निजी क्षेत्र से जुड़े भ्रष्टाचार

भ्रष्टाचार लोक सेवक या सार्वजनिक क्षेत्र तक ही सीमित नहीं है। निजी क्षेत्र या निजी लोग इस प्रक्रिया में बहुत अधिक सम्मिलित हैं। एनजीओ के सरकारी प्रोजेक्ट्स के नियंत्रण में भ्रष्टाचार के मामले देखने को मिले हैं। हालाँकि, SARCC का विचार है कि सम्पूर्ण निजी क्षेत्र की गतिविधियों को पीसी अधिनियम के दायरे में लाना न तो वांछनीय है और न ही व्यावहारिक और इसे मौजूदा कानूनों और विनियमों द्वारा नियंत्रित किया जाना चाहिए। हालाँकि, SARCC ने सिफारिश की है कि पीसी अधिनियम में उपयुक्त रूप से संशोधन किया जाना चाहिए; सार्वजनिक सेवाओं के निजी क्षेत्र के प्रदाता और सरकार से पर्याप्त धन प्राप्त करने वाले गैर-सरकारी संगठनों को अपने दायरे में सम्मिलित करना चाहिए।

अवैध रूप से अर्जित सम्पत्तियों की जब्ती

यह आवश्यक है कि भ्रष्ट लोक सेवकों के विरुद्ध सख्त कार्रवाई की जाए और इस उद्देश्य के लिए पीसी अधिनियम में लोक सेवकों की आय के ज्ञात स्रोत से अधिक की सम्पत्ति को जब्त करने का प्रावधान है, लेकिन यह अपर्याप्त साबित हुआ है क्योंकि इस तरह की जब्ती केवल दोषसिद्धि पर ही सम्भव है। सम्पत्ति की कुर्की की प्रक्रिया तभी

आरंभ हो सकती है जब अदालत ने उस अपराध का संज्ञान लिया हो जो भ्रष्ट व्यक्ति को अपनी बीमार सम्पत्ति को छिपाने या समायोजित करने की अनुमति दे सकता है। वास्तव में विधि आयोग ने अपनी 166वीं रिपोर्ट (1999) में इस हद तक देखा कि पीसी अधिनियम भ्रष्टाचार को रोकने में विफल रहा है। इसने आगे कहा कि भले ही भारत सबसे भ्रष्ट देशों में से एक है, भ्रष्टाचार के लिए अभियोगों की संख्या और दोषियों की संख्या बेहद कम है। इसी रिपोर्ट में लॉ कमीशन ने भ्रष्ट लोक सेवकों की सम्पत्ति की जब्ती के लिए एक कानून बनाने का सुझाव दिया है। SARCC का विचार था कि आय के अनुपात में सम्पत्ति की जब्ती के मामलों में सबूत का बोझ भ्रष्ट लोक सेवक पर होना चाहिए।

बेनामी लेन-देन

ये ऐसे लेन-देन हैं जहाँ एक भ्रष्ट लोक सेवक दूसरे व्यक्ति के नाम पर सम्पत्ति अर्जित करता है। इसे नियंत्रित करने के लिए, एक बेनामी लेन-देन निषेध अधिनियम (1988) प्रख्यापित किया गया है। इतने साल बीत जाने के बाद भी सरकार ने इस अधिनियम के तहत इसकी प्रभावशीलता को प्रभावित करने वाले नियम निर्धारित नहीं किए हैं। SARCC ने इस अधिनियम को सख्ती से लागू करने की सिफारिश की है।

मुखबिरों को सुरक्षा

भ्रष्टाचार के कृत्यों को उजागर करने में व्हिसलब्लोअर महत्त्वपूर्ण भूमिका निभाते हैं। विभागों में कार्यरत लोक सेवक अवैध गतिविधियों के बारे में जानते हैं लेकिन कार्रवाई करने से डरते हैं। हालाँकि, यदि उन्हें पर्याप्त सुरक्षा प्रदान की जाती है, तो सम्भावना है कि वे आवश्यक जानकारी देंगे। संगठन में ऐसे लोगों को व्हिसलब्लोअर के रूप में जाना जाता है और उनकी पहचान को गुप्त रखना महत्त्वपूर्ण है ताकि उन्हें किसी तरह की बदले की कार्रवाई का सामना न करना पड़े। व्हिसलब्लोअर वे लोग होते हैं जो उस संगठन का हिस्सा होते हैं जिसके बारे में वे जानकारी देते हैं। SARCC ने सिफारिश की है कि व्हिसलब्लोअर के साथ किसी प्रकार के अन्याय और उत्पीड़न को रोकने के लिए उनके संरक्षण के लिए कानून बनाने की आवश्यकता है। भारत सरकार ने "द व्हिसलब्लोअर प्रोटेक्शन बिल 2011" के रूप में जाना जाने वाला एक बिल पेश किया, हालाँकि इसे लोकसभा ने पारित कर दिया है, लेकिन अभी तक राज्यसभा द्वारा इस पर विचार नहीं किया गया है।

गम्भीर आर्थिक अपराध

आर्थिक अपराधों में वृद्धि हुई जो चिन्ता का विषय बन गया और जिस गति से अर्थव्यवस्था विविध रूपों में विकसित हो रही है उसी गति से आर्थिक अपराधों की नई-नई शाखाएँ भी बढ़ रही हैं। इन आर्थिक अपराधों में कर चोरी, जालसाजी, शेयर बाज़ारों को नुकसान पहुँचाना, जाली खाते, बैंकिंग प्रणाली में धोखाधड़ी, तस्करी, मनी लॉन्ड्रिंग, अन्दरूनी लेन-देन और इसी प्रकार के अन्य अपराध सम्मिलित हैं। ऐसे अपराधों को नियंत्रित

करने वाले अधिनियम बड़ी संख्या में हैं जिनमें भारतीय दंड संहिता, बैंकिंग विनियमन अधिनियम, कम्पनी अधिनियम, आयकर अधिनियम, सीमा शुल्क अधिनियम, तस्करी रोकथाम अधिनियम और विदेशी मुद्रा प्रबन्धन अधिनियम आदि सम्मिलित हैं। अधिकांश राज्यों ने ऐसे मामलों से निपटने के लिए आर्थिक अपराध शाखाएँ स्थापित की हैं। केन्द्रीय जाँच ब्यूरो (सीबीआई) के पास यदि इस तरह के मामले भेजे जाते हैं तो वह भी इनकी जाँच-पड़ताल करती है। गम्भीर कॉर्पोरेट धोखाधड़ी के मामलों से निपटने के लिए 2003 में एक विशेष बहु-अनुशासनात्मक संगठन के रूप में एक गम्भीर धोखाधड़ी जाँच कार्यालय (एसएफआईओ) की स्थापना की गई थी। एसएफआईओ कम्पनी अधिनियम के प्रावधान के तहत जाँच करता है। SARCC ने गम्भीर आर्थिक अपराधों पर अंकुश लगाने के लिए और अधिक कड़े कानूनों की सिफारिश की है।

अनुच्छेद-311—सिविल सेवकों को संवैधानिक संरक्षण

संविधान का भाग XIV सिविल सेवकों की सेवा की शर्तों को नियंत्रित करता है। अनुच्छेद-309 लोक सेवाओं में नियुक्त लोगों की भर्ती और सेवा की शर्तों के बारे में बताता है और अनुच्छेद-310 कहता है कि वे राज्य के राष्ट्रपति या राज्यपाल की इच्छा के अनुकूल ही पद धारण करेंगे। इस प्रक्रिया का विवरण अनुच्छेद-311 के प्रावधानों द्वारा परिबद्ध है। अनुच्छेद कहता है कि किसी भी सिविल सेवक को ऐसे किसी भी प्राधिकारी द्वारा बर्खास्त या हटाया या रैंक में कम नहीं किया जाएगा, जो उस संस्था के अधीनस्थ हो जिसके माध्यम से उसकी नियुक्ति हुई है और उसके विरुद्ध कोई कार्यवाही नहीं कर सकता बशर्ते उसके विरुद्ध कोई जाँच न चल रही हो और अपने ऊपर लगाए गए आरोपों के विरुद्ध अपनी बात कहने का उसे भी एक उचित अवसर मिलेगा, तब तक ऐसी कोई कार्रवाई नहीं की जाएगी जब तक उसके विरुद्ध लगाए गए आरोपों के सम्बन्ध में सुनवाई की जा रही हो। हालाँकि, ये प्रावधान तब लागू नहीं होते जब किसी उल्लिखित सिविल सेवक को किसी आपराधिक आरोप में दोषी ठहराया जाता है या यदि अधिकार प्राप्त प्राधिकारी लिखित में रिकॉर्ड करते हैं कि ऐसी जाँच करना व्यावहारिक नहीं है या यदि राज्यपाल सन्तुष्ट हैं कि इस तरह की जाँच राज्य की सुरक्षा के हित में नहीं है।

अनुच्छेद 311 में निर्धारित इस प्रावधान और प्रक्रिया का उद्देश्य सरकारी कर्मचारियों को कार्यकाल की सुरक्षा प्रदान करना और सरकारी कर्मचारियों की मनमानी, बर्खास्तगी या पदावनति के विरुद्ध सुरक्षा प्रदान करना है।

इस अनुच्छेद के बारे में बहुत बहस हो चुकी है और इसके पक्ष में लोगों का विचार है कि सुनवाई का अवसर देना नैसर्गिक न्याय का एक मूलभूत सिद्धान्त है जो अनुच्छेद 311 के निरस्त होने पर भी लागू होगा। साथ ही यह भी तर्कसंगत है कि नियुक्ति प्राधिकारी को बड़ी सज़ा पर निर्णय लेने की शक्ति प्राप्त हो। यह सरकार में पदानुक्रम के सिद्धान्त के अनुरूप है। इसके अतिरिक्त, सिविल सेवक को जाँच की उचित प्रक्रिया के बाद उसके विरुद्ध किए जाने वाले आरोपों और कार्रवाई का जवाब देने की अनुमति देना ही उचित है। माननीय सर्वोच्च न्यायालय की न्यायिक घोषणाओं

से यह भी संकेत मिलता है कि यह अनुच्छेद अपराधी लोक सेवकों से निपटने में कोई बाधा नहीं है। अदालतें विभागीय कार्यवाही के निष्कर्षों के विरुद्ध अपील नहीं सुनतीं और वे केवल यह सुनिश्चित करती हैं कि क्या जाँच निष्पक्ष रूप से या ठीक से की गई थी।

जो लोग 311 को निरस्त करने के पक्ष में हैं, उनका विचार है कि इस प्रावधान से भ्रष्ट लोक सेवक सज़ा से बच सकते हैं क्योंकि इन प्रावधानों का उपयोग कुछ लोक सेवकों द्वारा उनके विरुद्ध तकनीकी आधार पर पूछताछ को टालने के लिए किया जाता है। कुछ लोगों का कहना है कि एक सरकारी अधिकारी को सुनवाई का उचित अवसर प्रदान किया जाना चाहिए, लेकिन यह बहुत अधिक नहीं होना चाहिए और विलंबित कार्रवाई को गलत अधिकारियों को सार्वजनिक हितों के विरुद्ध कार्य करने के लिए प्रोत्साहित करने का कारण नहीं बनना चाहिए। उन्हें लगता है कि संविधान ने विभाजन के बाद और औपनिवेशिक प्रशासनिक उथल-पुथल के बाद सिविल सेवकों की रक्षा के लिए यह सुरक्षा प्रदान की थी, जब नौकरशाही को बहुत कठिन चुनौतियों का सामना करना पड़ा था। इन सुरक्षा उपायों की अब आवश्यकता नहीं है। सिविल सर्विस में स्थायित्व पर भी सवाल उठाए जा रहे हैं और लोग वरिष्ठ पदों पर संविदा नियुक्ति की बात कर रहे हैं। SARCC 311 और अनुच्छेद 310 को भी निरस्त करने के पक्ष में है और वे अनुशंसा करते हैं कि जनहित में की गई वास्तविक कार्रवाई की रक्षा के लिए अनुच्छेद 309 के तहत सभी आवश्यक नियमों और शर्तों के साथ उपयुक्त कानून प्रदान किया जाना चाहिए और मनमानी कार्रवाई के विरुद्ध एक लोक सेवक को आवश्यक सुरक्षा प्रदान करना चाहिए।

लेखक का विचार है कि उभरते राजनीतिक परिदृश्य में अनुच्छेद 311 को बनाए रखना आवश्यक है क्योंकि अधिक से अधिक सरकारें प्रतिशोधी होती जा रही हैं और राजनीतिक कारणों से लोक सेवकों के विरुद्ध कार्रवाई आरंभ कर रही हैं। हाल ही में हमने देखा है कि राजनीतिक कार्यपालिका के अनुचित आदेशों का पालन नहीं करने पर आईएएस अधिकारियों को निलंबित कर दिया जाता है। संघ लोक सेवा आयोग सिविल सेवकों के लिए नियुक्ति प्राधिकारी है और गम्भीर सज़ा की शक्तियाँ उनके पास निहित होनी चाहिए अन्यथा इससे सभी सिविल सेवक संविधान और कानून के शासन के बजाय सत्ता में राजनीतिक दलों के प्रति प्रतिबद्ध हो जाएँगे। सिविल सेवकों की स्वतंत्रता की रक्षा के लिए अनुच्छेद 311 आवश्यक है।

अनुशासनात्मक कार्यवाही

सिविल सेवकों के विरुद्ध उनकी ओर से किए गए किसी भी कदाचार, जो कि किसी प्रकार की अनियमितता या आपराधिक इरादे से किया गया कोई कार्य हो सकता है, से निपटने के लिए अनुशासनात्मक कार्यवाही आरंभ की जाती है। ऐसी कार्यवाही करने की प्रक्रिया निर्धारित की गई है जो प्राकृतिक न्याय के सिद्धान्तों के अनुरूप है। सरकार सक्षम प्राधिकारी के रूप में प्राथमिक या तथ्यों की जाँच के बाद किसी कर्मचारी या अधिकारी के विरुद्ध विभागीय कार्यवाही आरंभ करने का निर्णय लेती है। फिर अधिकारी को आरोपों का विवरण दिया जाता है और एक जाँच अधिकारी नियुक्त किया जाता है जो उसे ये आरोप जारी करता है। अधिकारी को एक निश्चित समय अवधि के भीतर

जवाब देना होता है जिसे जाँच अधिकारी के विवेक पर बढ़ाया जा सकता है। सम्बन्धित अधिकारी सन्तोषजनक जवाब दाखिल करने के लिए दस्तावेज उपलब्ध कराने के लिए कह सकता है और वह व्यक्तिगत रूप से भी सुनवाई की माँग कर सकता है।

जाँच अधिकारी उचित अवसर प्रदान करने के बाद अपने निष्कर्ष देगा जिसके आधार पर जिस अधिकारी के विरुद्ध पूछताछ की जा रही है उसे दोषमुक्त किया जा सकता है या उसे छोटी या बड़ी सज़ा दी जा सकती है या उसके विरुद्ध आपराधिक कार्यवाही आरंभ करने की सिफारिश की जा सकती है। मामूली दंड में निन्दा, एक निर्दिष्ट अवधि के लिए कर्मचारियों की पदोन्नति रोकना या वेतन वृद्धि रोकना सम्मिलित है, जबकि प्रमुख दंड में बर्खास्तगी, रैंक में कमी या निष्कासन या अनिवार्य सेवानिवृत्ति सम्मिलित है। विभागीय कार्यवाही प्रकृति में अर्ध न्यायिक कार्यवाही है और मुख्य सतर्कता आयुक्त (सीवीसी) ने जाँच के निपटान के लिए समय-सीमा तय की है। हालाँकि, अधिकांश विभागीय पूछताछ में अधिकतर तकनीकी कारणों से बहुत देरी होती है। लंबित विभागीय जाँचों की उचित स्तर पर कड़ी निगरानी से मामलों में तेजी आ सकती है। विभागीय जाँच के लंबित रहने के दौरान अधिकारी को पदोन्नत नहीं किया जा सकता है।

भ्रष्टाचार से निपटने के लिए संस्थागत ढाँचा

कार्मिक और प्रशिक्षण एवं प्रशासनिक सतर्कता विभाग भारत सरकार में सतर्कता और भ्रष्टाचार विरोधी नोडल एजेंसी है। इस उद्देश्य के लिए बनाई गई मुख्य संस्था केन्द्रीय सतर्कता आयोग है।

केन्द्रीय सतर्कता आयोग (सीवीसी)

भ्रष्टाचार की रोकथाम पर संथानम समिति ने केन्द्रीय सतर्कता आयोग की स्थापना की सिफारिश की जिसे 1964 में भारत सरकार द्वारा बनाया गया था। इसे केन्द्रीय सतर्कता आयोग अधिनियम 2003 के माध्यम से विनीत नारायण बनाम भारत संघ में माननीय सर्वोच्च न्यायालय के फैसले के परिणामस्वरूप वैधानिक दर्जा दिया गया था। सीवीसी प्रशासन में सत्यनिष्ठा बनाए रखने से सम्बन्धित सभी मामलों पर केन्द्र सरकार को सलाह देता है। यह केन्द्रीय जाँच ब्यूरो (सीबीआई) के कामकाज पर और भारत सरकार के विभिन्न मंत्रालयों और अन्य संगठनों के सतर्कता प्रशासन पर भी निगरानी रखता है। सीवीसी में एक अध्यक्ष और सदस्यों के रूप में दो से अधिक सतर्कता आयुक्त होते हैं, जिन्हें राष्ट्रपति द्वारा चार साल के लिए या 65 वर्ष की आयु प्राप्त करने तक, जो भी पहले हो, नियुक्त किया जाता है। सीवीसी केन्द्र सरकार के साथ काम करने वाले अखिल भारतीय सेवा अधिकारियों और केन्द्र सरकार के अन्य सभी समूह-ए अधिकारियों और केन्द्रीय सार्वजनिक क्षेत्र और स्वायत्त संगठनों के अधिकारियों से जुड़े मामलों की निगरानी करता है। आयोग भ्रष्टाचार निवारण अधिनियम (पीसी) के तहत अपराधों में सम्मिलित होने के बारे में प्राप्त शिकायतों की जाँच का आदेश दे सकता है। यह जाँच की प्रगति की समीक्षा कर सकता है लेकिन जाँच की प्रक्रिया में हस्तक्षेप नहीं कर सकता है। आयोग सतर्कता के मामलों पर केन्द्र सरकार को सलाह देता है।

भारत सरकार के प्रत्येक मंत्रालय और प्रत्येक केन्द्रीय सार्वजनिक क्षेत्र के उपक्रम में एक मुख्य सतर्कता अधिकारी के अधीन एक सतर्कता विभाग होता है जिसकी नियुक्ति सीवीसी द्वारा अनुमोदित होती है। ऐसे मामलों में जहाँ सीबीआई अधिकारियों के विरुद्ध अभियोजन की मंजूरी के लिए अनुरोध करती है, सीवीसी मामले की जाँच करता है और विभाग को सलाह देता है। सीवीसी ने सरकारी कामकाज में भ्रष्टाचार के क्षेत्रों की भी पहचान की है और इसे रोकने के लिए दिशा-निर्देश जारी किए हैं जैसे निविदा और खरीद प्रक्रिया पर सीवीसी दिशा-निर्देश। इसी तरह प्रत्येक विभाग में सीवीओ ने भी विभाग में भ्रष्टाचार को मिटाने के लिए सिस्टम विकसित किया और वह सतर्कता मामलों के बारे में जागरूकता भी पैदा करता है। सीवीसी के निर्देशों के अनुसार भ्रष्टाचार और सत्यनिष्ठा से सम्बन्धित मुद्दों के बारे में अधिकारियों और कर्मचारियों को जागरूक करने और ईमानदारी का माहौल बनाने के लिए हर वर्ष एक सतर्कता सप्ताह मनाया जाता है।

केन्द्रीय जाँच ब्यूरो (सीबीआई)

सीबीआई भ्रष्टाचार विरोधी मामलों में भारत सरकार की मुख्य जाँच एजेंसी है और दिल्ली विशेष पुलिस स्थापना अधिनियम 1946 से अपनी शक्ति प्राप्त करती है। सीबीआई की तीन इकाइयाँ हैं—

1. भ्रष्टाचार निरोधक विभाग,
2. आर्थिक अपराध शाखा और
3. विशेष अपराध शाखा।

सीबीआई राज्य सरकार के लोक सेवकों के विरुद्ध मामलों की जाँच भी करती है यदि उन्हें मामले सौंपे जाते हैं। सीबीआई निदेशक का चयन एक समिति द्वारा किया जाता है जिसमें प्रधान मंत्री, भारत के मुख्य न्यायाधीश और सबसे बड़े विपक्षी दल के नेता सम्मिलित होते हैं और दो वर्ष के लिए पद धारण करते हैं। चयन प्रक्रिया में पूर्ण निष्पक्षता सुनिश्चित करने के लिए इस उच्च स्तरीय समिति का गठन किया गया है और उनके अधीन निदेशक और सीबीआई से पूरी निष्पक्षता के साथ काम करने की अपेक्षा की जाती है। हालाँकि, एक सामान्य आलोचना है कि इस शक्तिशाली एजेंसी का उपयोग अधिकतर सरकार द्वारा अपने राजनीतिक उद्देश्यों को पूरा करने के लिए किया जाता है। मामला इतना आगे बढ़ गया कि माननीय सर्वोच्च न्यायालय ने एजेंसी को "पिंजरे में बन्द तोता" के रूप में सन्दर्भित किया। हाल ही में कई राज्य सरकारें जो केन्द्र में सत्ता में पार्टी से अलग राजनीतिक दलों के नियंत्रण में हैं, ने सीबीआई को राज्य सरकारों के अधिकार क्षेत्र में आने वाले मामलों की स्वत: जाँच करने की अनुमति देने से इनकार कर दिया है। भ्रष्टाचार के विरुद्ध मुख्य एजेंसी के रूप में कार्य करने के लिए सीबीआई को पूर्ण स्वायत्तता, स्वतंत्रता के साथ काम करने की ज़रूरत है और इसे एक निष्पक्ष एजेंसी के रूप में माना जाना चाहिए।

राज्य सरकारों में सतर्कता प्रणाली

भ्रष्टाचार के मामलों से निपटने के लिए सभी राज्यों में सतर्कता तंत्र हैं। संस्थागत संरचना

अलग-अलग राज्यों में अलग-अलग होती है, लेकिन कुछ समान तत्त्व हैं, उदाहरण के लिए, यूपी में भ्रष्टाचार से सम्बन्धित सभी मामलों को देखने वाला एक प्रमुख सचिव रैंक का अधिकारी है। कुछ राज्यों में यह अतिरिक्त ज़िम्मेदारी के रूप में गृह सचिव के पास है जबकि कुछ अन्य में मुख्य सचिव इस पद पर हैं। पुलिस महानिदेशक (सतर्कता) के अधीन पुलिस में एक सतर्कता विंग है जो पुलिस महानिदेशक के समान वरिष्ठता का है और सभी सतर्कता जाँचों और सरकार को रिपोर्ट की निगरानी करता है। इसके अतिरिक्त राज्य सतर्कता आयुक्त की अध्यक्षता में एक राज्य सतर्कता आयोग भी है। हालाँकि, राज्य सतर्कता आयोग कहीं भी उतना शक्तिशाली नहीं है जितना केन्द्र में सीवीसी है और अक्सर अयोग्य आईएएस अधिकारियों को बिना किन्हीं वास्तविक अधिकारों के उससे जोड़ दिया जाता है। इसके अतिरिक्त इन अपराधों से सम्बन्धित मामलों को देखने के लिए पुलिस विभाग में भ्रष्टाचार विरोधी और आर्थिक अपराध शाखाएँ हैं।

लोकपाल

भारतीय लोकपाल स्कैंडिनेवियाई देशों में विद्यमान लोकपाल की संस्था के विचार पर आधारित है। उच्चतम स्तर पर भ्रष्टाचार के विरुद्ध कार्रवाई करने के लिए लोकपाल अधिनियम के लिए नागरिक समाज द्वारा बहुत आन्दोलन किया गया था। इस सम्बन्ध में अन्ना हजारे के आन्दोलन को सबसे अधिक स्मरण किया जाता है। बहुत बहस और चर्चा के बाद 2013 में लोकपाल और लोकायुक्त अधिनियम पारित किया गया और 1 जनवरी 2014 से लागू हुआ। अधिनियम के अनुसार लोकपाल में एक अध्यक्ष और अधिकतम आठ सदस्य होंगे, जिनमें से चार न्यायिक सदस्य होंगे। अध्यक्ष भारत के सेवारत या सेवानिवृत्त मुख्य न्यायाधीश, सर्वोच्च न्यायालय के न्यायाधीश या एक प्रतिष्ठित व्यक्ति हो सकते हैं। इसी प्रकार न्यायिक सदस्य सर्वोच्च न्यायालय के सेवारत या सेवानिवृत्त न्यायाधीश या उच्च न्यायालय के सेवानिवृत्त मुख्य न्यायाधीश हो सकते हैं। गैर-न्यायिक सदस्यों को त्रुटिहीन सत्यनिष्ठा और कार्य क्षेत्र का ज्ञान रखने वाला होना चाहिए। सदस्यों का 50 प्रतिशत अनुसूचित जाति, अनुसूचित जनजाति, अन्य पिछड़ा वर्ग, अल्पसंख्यक और महिलाओं से सम्बन्धित होना चाहिए। अध्यक्ष और सदस्यों के लिए चयन समिति में अध्यक्ष के रूप में प्रधानमंत्री और सदन के अध्यक्ष, विपक्ष के नेता, भारत के मुख्य न्यायाधीश और राष्ट्रपति द्वारा नामित समिति के सदस्यों द्वारा अनुशंसित एक प्रतिष्ठित न्यायविद सम्मिलित होंगे। अध्यक्ष और सदस्य, पाँच वर्ष या सत्तर वर्ष की आयु तक, पद धारण कर सकते हैं।

लोकपाल सार्वजनिक पदाधिकारियों के विरुद्ध शिकायतों से निपटता है जिसमें प्रधानमंत्री, मंत्री, संसद सदस्य और समूह ए एवं समूह बी अधिकारी या समकक्ष सम्मिलित हैं। लोकपाल में एक जाँच विंग और एक अभियोजन शाखा होगी। शिकायतों से निपटने की एक प्रक्रिया होगी और लोकपाल सीबीआई जाँच का आदेश भी दे सकता है। लोक सेवकों के कब्जे में भ्रष्टाचार की आय को लोकपाल संलग्न कर सकता है। लोकपाल अधिनियम के अनुसार भ्रष्टाचार के लिए लोक सेवकों के विरुद्ध कार्रवाई करने से पूर्व मंज़ूरी लेने का कोई प्रावधान नहीं है।

लोकपाल की संस्था की स्थापना को कई चुनौतियों का सामना करना पड़ा। पहली चुनौती बिल में प्रधानमंत्री को सम्मिलित करने को लेकर थी। इसको लेकर सबके अलग-अलग विचार थे और अन्त में अधिनियम के अनुसार कि लोकपाल प्रधानमंत्री के विरुद्ध भ्रष्टाचार के आरोपों की जाँच कर सकता है यदि यह अन्तरराष्ट्रीय सम्बन्धों, बाहरी और आन्तरिक सुरक्षा, सार्वजनिक व्यवस्था, परमाणु ऊर्जा और अन्तरिक्ष के अतिरिक्त अन्य विषयों को सन्दर्भित करता है, लेकिन लोकपाल की पूर्ण पीठ को मामले पर विचार करना होगा और कम से कम दो तिहाई सदस्यों को जाँच की मंजूरी कैमरे के समक्ष देनी होगी।

दूसरा मुद्दा संसद के अन्दर संसद सदस्यों के आचरण से सम्बन्धित था। परम्परा यह है कि संसद के अन्दर सभी गतिविधियों को अध्यक्ष या सदन द्वारा ही नियंत्रित किया जाता है। लोकपाल अधिनियम सदन के अन्दर संसद सदस्यों के आचरण को लोकपाल की जाँच से बाहर करता है। सेना, नौसेना और वायु सेना के सदस्यों को लोकपाल के दायरे से बाहर रखा गया है। सरकारी कर्मचारियों के ग्रुप सी और डी कैटेगरी को सम्मिलित करने को लेकर कुछ विवाद हुआ था। ये बड़ी संख्या में हैं और इन्हें सम्मिलित करने से एक विशाल समानान्तर नौकरशाही का निर्माण होगा और उत्पीड़न और अवैध कार्रवाई भी होगी। अन्त में लोकसभा द्वारा पारित अधिनियम में इन कर्मचारियों को सम्मिलित किया गया है। तब न्यायपालिका को लोकपाल के दायरे से बाहर करने या सम्मिलित करने का मुद्दा था। हालाँकि, काफी विचार-विमर्श के बाद न्यायपालिका को बाहर कर दिया गया है।

प्रत्येक राज्य सरकार से कुछ सार्वजनिक पदाधिकारियों के विरुद्ध भ्रष्टाचार से सम्बन्धित शिकायतों से निपटने के लिए राज्य विधायिका द्वारा बनाए गए कानून द्वारा राज्य के लिए लोकायुक्त के रूप में एक निकाय स्थापित करने की उम्मीद की जाती है। अधिकांश राज्यों ने लोकायुक्त की स्थापना की है और संस्था का प्रदर्शन मिला-जुला रहा है। लोकायुक्त की नियुक्ति के लिए राज्य सरकारों की एक सामान्य अरुचि रहती है और अक्सर इस महत्त्वपूर्ण पद पर नियुक्ति में बहुत देरी होती है। भले ही चयन समिति में उच्च न्यायालय के मुख्य न्यायाधीश और विपक्ष के नेता मुख्यमंत्री के साथ सदस्यों के रूप में होते हैं, सत्ता पक्ष न्यायपालिका के एक ऐसे सदस्य का चयन करने की पूरी कोशिश करता है जिसके साथ उनके अच्छे सम्बन्ध हों। संस्थान की सफलता के लिए यह महत्त्वपूर्ण है कि चयन पूरी तरह से निष्पक्ष हो और योग्यता के आधार पर पूरी ईमानदारी और निष्पक्षता मुख्य मानदंड हो। राज्य सरकारों में यह भी देखा गया है कि लोकायुक्त की कई रिपोर्टें लंबित रखी जाती हैं यदि उन्होंने कुछ ऐसी सिफारिश की है जो सत्ता में पार्टी को स्वीकार्य नहीं होतीं। हालाँकि, एक प्रावधान है कि किसी भी असहमति के मामले में पूरे मुद्दे को विधायिका के समक्ष रखना होगा। मैंने ऐसे उदाहरण देखे हैं जहाँ लोकायुक्त ने अपनी रिपोर्ट पर कार्रवाई न करने के बारे में राज्यपाल से बात की है और राज्यपाल ने राज्य सरकार से रिपोर्ट माँगी। ऐसे मामले भी सामने आए जहाँ राज्य सरकारों द्वारा अनुपालन न करने के कारण लोकायुक्त ने इस्तीफा दे दिया है। ऐसे मामले भी आए हैं जहाँ लोकायुक्त ने एक मंत्री पर गम्भीर आरोप लगाए हैं और बाद में उसे इस्तीफा देना पड़ा है।

लोकपाल और लोकायुक्त सरकारों के उच्चतम स्तरों पर भ्रष्टाचार पर अंकुश लगाने की दिशा में मूल्यवान शासन सुधार लाने में महत्त्वपूर्ण भूमिका निभा सकते हैं और यदि अध्यक्ष और सदस्य पूरी ईमानदारी के साथ अपने कर्तव्यों का पालन करते हैं तो वे निश्चित रूप से सरकार में सत्यनिष्ठा और पारदर्शिता ला सकते हैं।

सामाजिक अन्तर्संरचना

नागरिक पहल

लोकपाल के निर्माण का नेतृत्व करने वाला नागरिक समाज पिछले कुछ वर्षों में तेजी से सक्रिय हो रहा है और भ्रष्टाचार के मुद्दों को उठा रहा है और सरकार से जवाबदेही की माँग कर रहा है। नागरिक समाज समूहों जैसे एनजीओ, मीडिया, व्यावसायिक संघों और लोगों के अनौपचारिक समूहों ने भ्रष्टाचार पर नियंत्रण और कार्रवाई करने के लिए नागरिकों की माँग को आवाज दी है। वे जागरूकता पैदा करने में बहुत महत्त्वपूर्ण भूमिका निभाते हैं। परम्परागत रूप से सरकारें लोगों द्वारा चुनी गई संसद के प्रति ज़िम्मेदार होती हैं लेकिन नागरिक समाज समूह नागरिकों के प्रति जवाबदेही की माँग करते रहे हैं। नागरिकों के प्रति जवाबदेही और सरकार में पारदर्शिता की इस अवधारणा से निपटने के लिए सिटिजन चार्टर्स की संस्था भी बनाई गई है। SARCC ने अपनी रिपोर्ट में हाँगकांग के भ्रष्टाचार के विरुद्ध स्वतंत्र आयोग का उदाहरण दिया है जिसने भ्रष्टाचार के विरुद्ध नागरिक समाज की लड़ाई में अनुकरणीय परिणाम दिए हैं। भारत में नागरिक समाज 1990 के बाद से सक्रिय हुआ है और इनमें से सार्वजनिक हित के मुकदमों के कुछ उदाहरण, मज़दूर किसान शक्ति संगठन राजस्थान द्वारा जनसुनवाई और लोकसत्ता हैदराबाद द्वारा चुनावी सुधारों से जुड़ा हुआ अभियान है। नागरिक समाज समूहों ने सरकारों पर सुधार के लिए दबाव डाला है और सरकार में भ्रष्टाचार के बारे में लोगों को जागरूक भी किया है। इस तरह इन आन्दोलनों ने आम आदमी को भ्रष्टाचार से लड़ने में सक्षम बनाया है। अगर सरकार भ्रष्टाचार से लड़ने की इच्छुक है तो उसे इन नागरिक समाज समूहों के साथ नियमित रूप से जुड़ना चाहिए और उन्हें सरकारी कार्यक्रमों की निगरानी के लिए आमंत्रित करना चाहिए। सरकार को विश्वसनीय शिकायत तंत्र स्थापित करना चाहिए, सूचना तक लोगों की पहुँच को आसान करना चाहिए, भ्रष्टाचार की घटनाओं पर समाज को जागरूक करना चाहिए, सरकारी गतिविधियों की ऑडिट के लिए सार्वजनिक सुनवाई का उपयोग करना चाहिए और सार्वजनिक सेवा वितरण की गुणवत्ता का आकलन करने के लिए समय-समय पर सर्वेक्षण करना चाहिए। सिटिज़न चार्टर और सूचना का अधिकार अधिनियम इसी दिशा में उठाए गए कदम हैं।

सामाजिक ऑडिट

हम सीएजी द्वारा सरकार के वित्तीय लेन-देन के बारे में किए गए ऑडिट और विभागों एवं कुछ महत्त्वपूर्ण योजनाओं के प्रदर्शन ऑडिट से अवगत हैं। हालाँकि, सरकार की विभिन्न लाभार्थी उन्मुख विकास पहल हैं जहाँ सामाजिक लेखा परीक्षा, एक जवाबदेही उपकरण के रूप में विकसित हुई है जो सेवा वितरण में अन्तराल को मापती हैं, मूल्यांकन

करती है और पहचानती है और फिर इन अन्तरालों को दूर करने का प्रस्ताव करती है। यह पूरी प्रक्रिया इच्छित लाभार्थियों की प्रत्यक्ष भागीदारी द्वारा की जाती है। आमतौर पर ऐसी शिकायतें होती हैं कि इन विकास योजनाओं में बहुत अधिक चूक होती है और अक्सर इसका लाभ इच्छित लाभार्थी को नहीं मिल रहा है, जिसका अर्थ यह है कि धन का प्रभावी ढंग से उपयोग नहीं किया गया है और योजना का उद्देश्य पूरी तरह से पूरा नहीं हुआ है। कभी-कभी यह योजनाओं के प्रावधानों की अपर्याप्त समझ के परिणामस्वरूप होता है, लेकिन अधिकतर यह नौकरशाही के स्तर पर भ्रष्टाचार और ग्राम स्तर पर प्रधानों या सरपंचों के कारण होता है। जिन प्रमुख योजनाओं में सोशल ऑडिट का उपयोग किया गया है उनमें से एक मनरेगा है। इस योजना का सोशल ऑडिट मस्टर रोल जैसे सभी रिकॉर्ड एकत्र करता है और उनका अध्ययन करता है। फिर सर्वेक्षण तैयार किया जाता है तत्पश्चात सोशल ऑडिट किया जाता है और मौके पर निरीक्षण किया जाता है। सर्वेक्षण के प्रतिभागियों को एक जन सुनवाई के लिए बुलाया जाता है जिसमें ग्राम सभा के सदस्य, स्थानीय प्रशासनिक अधिकारी, योजना के लिए बिन्दु व्यक्ति और कभी-कभी स्थानीय राजनेता भी सम्मिलित होते हैं। इस तरह से योजना के प्रावधान और निधि के उपयोग और किए गए कार्यों से अवगत कराकर नागरिकों को सशक्त बनाया जाता है। अनुवर्ती कार्यवाही की प्रतिबद्धता दर्शाई जाती है और उस पर अमल किया जाता है। यह अत्यन्त उपयोगी रहा है क्योंकि भागीदारी के माध्यम से समाज यह पता लगाता है कि योजना में कहाँ गलतियाँ हैं और उसी के अनुरूप सुधारात्मक उपाय अपनाए जाते हैं।

अधिकांश राज्यों ने एक स्वायत्त निकाय के रूप में सामाजिक लेखा परीक्षा निदेशालय की स्थापना की है जो विभिन्न विकास योजनाओं के वास्तविक प्रभाव का आकलन करने के लिए एक के बाद एक गाँवों का अध्ययन करता है। यूपी में हमारे पास एक ऐसी व्यवस्था थी जहाँ सामाजिक लेखा परीक्षा निदेशालय के कामकाज और उसके निष्कर्षों को मुख्य सचिव के स्तर पर उचित महत्त्व देने के लिए किया जाता था। लेखापरीक्षा के निष्कर्षों को एक पोर्टल पर अपलोड किया गया था जो सभी को दिखाई दे रहा था जिससे पूरी प्रक्रिया पारदर्शी हो गई। ग्राम सभाओं को अपने अधिकार क्षेत्र में सभी योजनाओं का सामाजिक अंकेक्षण करने के लिए अधिकृत किया गया है। मध्याह्न भोजन योजना का सफल सामाजिक अंकेक्षण भी किया गया है। अधिकारियों में सोशल ऑडिट में सहयोग करने से बचने की प्रवृत्ति होती है क्योंकि उन्हें लगता है कि इससे उनका पर्दाफाश होगा। एक गाँव की सामाजिक-आर्थिक शक्ति संरचना ऐसी होती है कि मज़बूत जातियाँ और बेहतर जीवन स्थिति वाले लोग सरकारी योजनाओं के अधिकांश लाभों को प्राप्त करने का प्रयास करते हैं, जिनका प्रावधान मूलत: ज़रूरतमन्दों और गरीबों के लिए किया जाता है। इस कारण से सोशल ऑडिट की कवायद को शुरुआत में काफी विरोध का सामना करना पड़ता है और यह तभी सफल हो सकता है जब इसे जिलाधिकारी और सचिवालय स्तर पर वरिष्ठतम स्तर का सहयोग मिले। सत्ताधारी सरकार को सफल सामाजिक लेखा परीक्षा से बहुत कुछ प्राप्त करने की अपेक्षा होती है और उन्हें हर सम्भव सहायता प्रदान करनी चाहिए।

सोशल ऑडिट की संख्या और सोशल ऑडिट के लिए चलाई जा रही योजनाओं की संख्या नियमित रूप से बढ़ रही है लेकिन फिर भी इसे वांछित सफलता नहीं मिली है। मुख्य कारण यह रहा है कि कमियों और खामियों को दूर करने के लिए कार्यवाही नहीं की गई है। इससे पूरी प्रक्रिया बेकार हो जाती है। इसलिए सोशल ऑडिट की रिपोर्ट पर की गई कार्यवाही की सख्ती से निगरानी करना महत्त्वपूर्ण है। इसके अतिरिक्त, कई राज्यों में निदेशालय के लिए अधिकारियों का चयन राजनीतिक प्रभावों के अधीन होता है और अक्सर इसे पसन्दीदा सेवानिवृत्त नौकरशाहों के लिए पार्किंग ग्राउंड के रूप में उपयोग किया जाता है जो सामाजिक लेखा परीक्षा के लिए प्रतिबद्ध नहीं होते हैं और कार्यान्वन में दोषों को इंगित करने से डरते हैं क्योंकि वे सत्तासीन सरकार को शर्मिन्दा नहीं करना चाहते हैं या मौजूदा सत्ता संरचना में किसी प्रकार का अवरोध नहीं उत्पन्न करना चाहते हैं। इसमें कोई सन्देह नहीं है कि यह सामाजिक और ग्रामीण विकास योजनाओं में भ्रष्टाचार को रोकने और सरकारी धन के प्रभावी उपयोग का एक बहुत ही शक्तिशाली उपकरण है। हालाँकि, इन लेखापरीक्षाओं को सफल बनाने के लिए सरकार के वरिष्ठ स्तरों से पूर्ण समर्थन की आवश्यकता है।

प्रणालीगत सुधार

इस बात से इनकार नहीं किया जा सकता है कि सरकार में बड़े पैमाने पर भ्रष्टाचार मौजूद है और अन्तरराष्ट्रीय संस्थानों द्वारा किए गए विभिन्न सर्वेक्षणों ने भारत को भ्रष्टाचार सूचकांक में उच्च दर्जा दिया है। इससे भ्रष्टाचार भले ही पूरी तरह समाप्त न हो, मगर कम से कम उस पर नियंत्रण के लिए कदम उठाना आवश्यक हो जाता है। SARCC ने निम्नलिखित समीकरण देकर भ्रष्टाचार का सुंदर विश्लेषण किया है—

एकाधिकार + विवेक-जवाबदेही = भ्रष्टाचार।

यह इस प्रकार है कि प्रतिस्पर्धा बढ़ाने, विवेक को कम करने और भ्रष्टाचार को कम करने या समाप्त करने के लिए जवाबदेही को लागू करने के लिए प्रणालीगत सुधारों की आवश्यकता है। भ्रष्टाचार को कम करने के लिए निवारक और दंडात्मक उपायों का इष्टतम मिश्रण होना चाहिए। निवारक उपाय प्रणालीगत सुधारों के दायरे में आते हैं। भ्रष्टाचार से निपटने के लिए ई-गवर्नेंस एक और बड़ी पहल है और रेलवे टिकट बुकिंग इसका सबसे बड़ा उदाहरण है। कई सर्वोत्तम प्रथाओं का पालन किया गया है जहाँ सरकारी प्रणालियों और प्रक्रियाओं को सरल और अधिक पारदर्शी बनाया गया है जिससे भ्रष्टाचार कम हुआ है।

प्रतियोगिता को बढ़ावा देना

सरकारी योजनाओं में भ्रष्टाचार की गुंजाइश हमेशा बनी रहती है क्योंकि सरकार अक्सर एकाधिकार की स्थिति में सार्वजनिक सेवाएँ प्रदान करती है। यदि सार्वजनिक सेवाओं के वितरण में प्रतिस्पर्धा का आरंभ हो जाता तो यह भ्रष्टाचार को काफी हद तक नियंत्रित

कर सकता है। इसका प्रमुख उदाहरण दूरसंचार और विमानन क्षेत्र को प्रतिस्पर्धा के लिए खोलना है जिसने भ्रष्टाचार को कम किया है और नागरिकों को बेहतर सेवाएँ भी प्रदान की हैं। हमें निजी क्षेत्र के भ्रष्टाचार से भी बचना होगा और यह सुनिश्चित करना होगा कि नागरिकों के हितों की देखभाल की जाए और इस उद्देश्य के लिए एक नियामक तंत्र बनाया जाए। आज इस तरह के नियामक तंत्र दूरसंचार और बिजली आपूर्ति सहित कई क्षेत्रों में मौजूद हैं। देश में कहीं भी किसी भी उपभोक्ता को अपनी उपज बेचने की अनुमति देने वाले हाल के कृषि सुधारों को कृषि मंडियों के एकाधिकार को तोड़ने के उद्देश्य से किया गया है, जहाँ बड़े पैमाने पर भ्रष्टाचार व्याप्त था। हालाँकि किसान इसका विरोध कर रहे हैं और मामले पर विचार किया जा रहा है।

लेन-देन को सरल बनाना

सरकार के कामकाज के साथ एक बड़ी समस्या प्रक्रियाओं, नियमों और विनियमों के एक जटिल नेटवर्क का होना है जिसके बारे में नागरिक को कोई जानकारी नहीं है और सरकारी कर्मचारी इन प्रणालियों का उपयोग मंजूरी, लाइसेंस, परमिट और अन्य अनुमोदनों को समाप्त करने और जनता को रिश्वत देने के लिए मजबूर करने में करते हैं। चूँकि केवल सरकारी कर्मचारी को ही इन प्रणालियों का ज्ञान होता है, इसलिए वह उनका चुनिन्दा रूप से उपयोग करता है जिससे लोगों का उत्पीड़न होता है और परिणामस्वरूप भ्रष्टाचार होता है। इस प्रकार यह महत्त्वपूर्ण है कि सभी सरकारी लेन-देन की प्रक्रियाओं को सरल बनाया जाए ताकि नागरिकों का शोषण न हो। सभी मंजूरियों के लिए सिंगल विंडो सिस्टम निश्चित रूप से मदद करता है। उदाहरण के लिए, एक उद्योग स्थापित करने के लिए आवश्यक कई मंजूरी और प्रक्रिया में सम्मिलित समय और उत्पीड़न के कारण औद्योगीकरण नहीं हो रहा था। यह सभी देशों के बीच भारत के लिए व्यापार करने में आसानी में निम्न रैंक से परिलक्षित होता है। अब भारत सरकार और राज्य सरकारों के ध्यान से चीज़ों में काफी सुधार हुआ है और व्यापार करने में आसानी में भारत की रैंक काफी बेहतर हो गई है जिससे निवेश के माहौल में सुधार हुआ है। यह उद्योगों के लिए एकल खिड़की प्रणाली आरंभ करने और सम्मिलित प्रक्रियाओं में सुधार करके किया गया था। कई स्वीकृतियों के लिए स्व-प्रमाणन की अनुमति दी गई है और अधिकांश मामलों में अनुमोदन की समयावधि को एक वर्ष से बढ़ाकर तीन या पाँच वर्ष कर दिया गया है। इससे उद्योगपति और सरकारी विभागों के बीच सम्पर्क कम हुआ है और परिणामस्वरूप भ्रष्टाचार में कमी आई है। उदाहरण के लिए प्रदूषण नियंत्रण बोर्ड हर साल अनापत्ति (एनओसी) देता है जिसका मतलब है कि उद्योगपति को हर साल आवेदन करना होगा और सम्बन्धित अधिकारी की हथेलियों को चिकना करना होगा। अब अधिकतर मामलों में यह एनओसी पाँच साल के लिए दी जा रही है और एक निश्चित समय अवधि के भीतर देनी होगी। अधिकांश राज्य सरकारों ने एक सार्वजनिक सेवा वितरण अधिनियम पारित किया है जिसके तहत विशिष्ट अधिकारियों को अपने विभागों के सम्बन्ध में एक निर्धारित समय अवधि में अनुमोदन देने के लिए जवाबदेह बनाया गया है अन्यथा उन्हें दंडित किया जाएगा। घर के निर्माण के लिए नक्शे

की मंजूरी या आय या जाति प्रमाण पत्र प्राप्त करने जैसी साधारण चीज़ें एक कठिन काम हुआ करती थीं और बिना रिश्वत के इन दस्तावेजों को प्राप्त करना सम्भव नहीं था। इन सभी गतिविधियों को अब सरल कर दिया गया है और वे लोक सेवा अधिनियम के तहत आ गए हैं ताकि नागरिक को एक अधिकारी से दूसरे अधिकारी के पास अन्तहीन रूप से दौड़ने के लिए मजबूर न किया जाए।

भारत सरकार के साथ-साथ राज्य सरकारों में पुरातन कानूनों और अप्रासंगिक प्रक्रियाओं को हटाने के लिए एक व्यावसायिक इंजीनियरिंग प्रक्रिया आरंभ की गई है। इन प्रक्रियाओं को कारगर बनाने के लिए बहुत काम करने की आवश्यकता है। हमें नागरिक पर भरोसा करना है और उसे उन नियमों से नहीं बाँधना है जिनका बेईमान अधिकारियों और कर्मचारियों द्वारा फायदा उठाया जाता है।

सूचना प्रौद्योगिकी का उपयोग

जहाँ तक भ्रष्टाचार में कमी का सम्बन्ध है, सूचना प्रौद्योगिकी (आईटी) एक गेम चेंजर रही है। व्यवसाय करने में आसानी के बारे में दिए गए पहले के उदाहरण में एकल खिड़की केवल आवेदनों की ऑनलाइन फाइलिंग और ऑनलाइन मंजूरी की प्रणाली के कारण सम्भव हुई है, जिसका अर्थ है कि एक सम्भावित उद्यमी को सरकारी विभागों से भौतिक रूप से सम्पर्क करने की आवश्यकता नहीं है क्योंकि सूचना प्रौद्योगिकी यह सुनिश्चित करती है कि उसका कार्य वस्तुत: किया जाता है। सब्सिडी, छात्रवृत्ति और पेंशन के वितरण में बहुत अधिक भ्रष्टाचार हुआ करता था जिसे आईटी द्वारा काफी कम कर दिया गया है जो सीधे लाभार्थी के खाते में धन के हस्तान्तरण को सक्षम बनाता है ताकि उस प्रकार का कोई रिसाव न हो। इन प्रत्यक्ष नकद लाभ हस्तान्तरण योजनाओं ने भ्रष्टाचार की घटनाओं को बहुत कम किया है। एक अन्य प्रमुख क्षेत्र जहाँ प्रौद्योगिकी ने भ्रष्टाचार को कम किया है, वह है कर्नाटक में भूमि परियोजना, जिसके उदाहरण के बाद अधिकांश राज्यों में भूमि अभिलेखों का कम्प्यूटरीकरण और भूमि रिकॉर्ड का एक अंश ऑनलाइन उपलब्ध कराना है। इससे भूमि अभिलेखों के रख-रखाव, अद्यतनीकरण और उपलब्धता में होने वाले भ्रष्टाचार में काफी कमी आई है। हालाँकि, सूचना प्रौद्योगिकी तभी उपयोगी होती है जब सरकारी प्रक्रियाओं को पूरी तरह से फिर से तैयार किया गया हो। आजकल अधिक से अधिक ऐप विकसित किए जा रहे हैं ताकि नागरिकों के लिए ऑनलाइन सार्वजनिक सेवाओं का लाभ उठाना आसान हो सके और ऐप पर शिकायतें भी दर्ज कराई जा सकें। यह महत्त्वपूर्ण है कि शिकायतों की निगरानी इस तरह से की जाए कि नागरिक को अन्तिम परिणाम मिले और कोई चूक होने पर ज़िम्मेदारी का निर्धारण किया जाना चाहिए। विभिन्न योजनाओं के लाभार्थियों की पहचान करने और उनका सत्यापन करने तथा लोगों की शिकायतों का निवारण करने के लिए भी मोबाइल का उपयोग किया जा रहा है, जहाँ वे अपने मोबाइल का उपयोग करके शिकायत दर्ज कर सकते हैं और प्रतिक्रिया भी प्राप्त कर सकते हैं। निर्माण परियोजनाओं की भौतिक प्रगति और गुणवत्ता पर नजर रखने के लिए फोटो और वीडियो लेने के लिए स्मार्ट फोन का उपयोग किया जा रहा है जिससे भ्रष्टाचार की सम्भावना काफी कम हो गई है।

सिविल सेवा में सुधार

SARCC का विचार है कि सिविल सेवाओं में सुधार के बिना प्रणालीगत सुधारों का कोई अर्थ नहीं है। भ्रष्टाचार और कुशासन को कम करने के लिए सिविल सेवकों की जवाबदेही सुनिश्चित करना महत्त्वपूर्ण है। सिविल सेवा के प्रत्येक स्तर पर कर्तव्यों और ज़िम्मेदारियों को स्पष्ट रूप से चिन्हित किया जाना चाहिए। पुरस्कार और दंड की एक अन्तर्निहित प्रणाली भी होनी चाहिए। नियमित निष्पादन लेखापरीक्षा से भी सहायता मिलेगी।

निवारक सतर्कता के लिए जोखिम प्रबन्धन

एक कार्यालय जिसमें उच्च स्तर का विवेक और सार्वजनिक सम्पर्क होता है, भ्रष्टाचार के लिए अधिक प्रवण होता है और इसे उच्च भ्रष्टाचार कार्यालय जोखिम कहा जा सकता है। उदाहरण के लिए कर निर्धारण अधिकारी पद को उच्च जोखिम के रूप में वर्गीकृत किया जा सकता है। व्यक्तिगत सरकारी कर्मचारी अपनी सत्यनिष्ठा के स्तर में भिन्न होते हैं। भ्रष्टाचार को नियंत्रित करने के लिए एक जोखिम प्रबन्धन प्रणाली ईमानदार अधिकारियों को उच्च जोखिम वाली नौकरियों में और इसके विपरीत पोस्ट करके जोखिम को कम कर सकती है। अधिकारियों की रिस्क प्रोफाइलिंग प्रतिष्ठित व्यक्तियों की एक समिति द्वारा हर पाँच साल में कम से कम एक बार की जानी चाहिए। कुछ संगठन एक अखंडता परीक्षण के माध्यम से व्यक्ति की अखंडता का आकलन करते हैं। कुछ विकसित देशों में संदिग्ध भ्रष्ट व्यक्तियों की पहचान करने के लिए इस प्रथा का पालन किया जाता है—

ऑडिट

सीएजी सरकारी विभागों और निगमों का ऑडिट करता है और अपनी रिपोर्ट राज्य विधानमंडल या संसद के समक्ष प्रस्तुत करता है। हाल ही में 2जी घोटाला और कोयला घोटाला सीएजी की रिपोर्ट के परिणामस्वरूप सामने आया था। कैग ने अपने ऑडिट में की गई अनियमितताओं और सरकारी खजाने को सम्भावित नुकसान की ओर इशारा किया है। कई लेखापरीक्षा टिप्पणियों से पूछताछ होती है और अक्सर भ्रष्टाचार के मामलों का पर्दाफाश होता है। SARCC ने सिफारिश की है कि ऑडिट टीम को फोरेंसिक ऑडिट में प्रशिक्षण दिया जाना चाहिए।

भ्रष्टाचार पर सक्रिय सतर्कता

1964 में संथानम समिति ने संदिग्ध भ्रष्ट तत्वों की पहचान करके और फिर संवेदनशील पदों पर कब्जा न करने के लिए तंत्र तैयार करके सक्रिय सतर्कता पर ज़ोर दिया। SARCC आयोग ने सक्रिय सतर्कता के लिए निम्नलिखित उपायों को सूचीबद्ध किया है—

1. संदिग्ध सत्यनिष्ठा वाले अधिकारियों की सूची संधारित की जाए।
2. संदिग्ध अधिकारियों की सहमत सूची तैयार कर इन अधिकारियों पर नज़र रखी जाए।

3. संवेदनशील विभागों से निपटने वाले अवांछित बिचौलियों, दलालों की सूची तैयार की जाए।
4. प्रत्येक कार्यालय को अपनी वार्षिक सम्पत्ति विवरणी समय पर जमा करना सुनिश्चित करना चाहिए और ये सार्वजनिक डोमेन में होनी चाहिए।
5. हर बड़ी नियुक्ति के लिए सीवीसी से सतर्कता मंजूरी ली जानी चाहिए।
6. संदिग्ध सत्यनिष्ठा वाले लोगों की जाँच के लिए 50 या 55 वर्ष की आयु के अधिकारियों की अनिवार्य समीक्षा होनी चाहिए।

सतर्कता नेटवर्क

बड़ी संख्या में भ्रष्टाचार के मामले विभिन्न प्राधिकारियों के पास लंबित हैं और वरिष्ठ अधिकारियों द्वारा उनकी समीक्षा किए जाने की आवश्यकता है। SARCC इसके लिए एक राष्ट्रीय डेटाबेस बनाने की सिफारिश करता है।

वफ़ादारी समझौते

भ्रष्टाचार को कम करने के लिए सार्वजनिक अनुबंधों में "ईमानदारी समझौते" जोड़े जाते हैं। यह माल और सेवाओं की खरीद करने वाली एक सार्वजनिक एजेंसी और एक सार्वजनिक अनुबंध के लिए बोली लगाने वाले के बीच एक समझौता है जहाँ बोली लगाने वाले आश्वासन देते हैं कि उन्होंने भुगतान नहीं किया है और वे अनुबंध प्राप्त करने के लिए कोई रिश्वत नहीं देंगे। इन संधियों की निगरानी स्वतंत्र पर्यवेक्षकों द्वारा की जाती है। रक्षा खरीद प्रक्रिया नियमावली 2006 रक्षा अनुबंधों में इन समझौतों को अपनाने का प्रावधान करती है। सामान्य तौर पर हम कह सकते हैं कि विवेक को कम करने के लिए प्रणालीगत सुधार, जवाबदेही में सुधार और अभिगम्यता और जवाबदेही का कार्य वातावरण भ्रष्टाचार को कम करने में एक लंबा रास्ता तय करता है।

ईमानदार सिविल सेवक की रक्षा करना

जिस तरह भ्रष्ट अधिकारियों के विरुद्ध कार्रवाई करना आवश्यक है, उसी तरह ईमानदार सिविल सेवक की रक्षा करना भी महत्त्वपूर्ण है अन्यथा वे ऐसे निर्णय नहीं लेंगे जो राष्ट्र के विकास में सहायक हों। यह सुनिश्चित करने के लिए आवश्यक है कि कोई भी ईमानदार सिविल सेवक निर्णय लेने के दौरान उसके द्वारा की गई वास्तविक गलतियों के लिए पीड़ित न हो। वर्तमान प्रणाली में भ्रष्टाचार के आरोप में किसी सिविल सेवक की जाँच करने या चार्जशीट करने से पहले सम्बन्धित सरकार से मंजूरी लेने की ढाल है। सीवीसी भारत सरकार में इस उद्देश्य के लिए अधिकृत निकाय है और राज्य सतर्कता विभाग राज्यों में ऐसा करता है। यह महत्त्वपूर्ण है कि किसी लोक सेवक के विरुद्ध किसी भी जाँच से पहले भ्रष्टाचार के हर आरोप की गहराई से जाँच की जानी चाहिए और यह उन परिस्थितियों को ध्यान में रखते हुए करना चाहिए जिनके तहत एक विशेष निर्णय लिया गया है।

अध्याय : 10

नैतिकता में वृत्त अध्ययन (केस स्टडीज)

वृत्त अध्ययन का परिचय

सिविल सेवा में मुख्य परीक्षा के लिए चौथा सामान्य अध्ययन का प्रश्न पत्र नैतिकता, अखंडता और योग्यता पर है। पिछले अध्यायों में हमने जीवन में नैतिकता और सिविल सेवा में लोक सेवा नैतिकता के महत्त्व को देखा है। यह पेपर दो खंडों में विभाजित है। खंड ए, नैतिकता के सिद्धान्त से सम्बन्धित है जबकि खंड बी, जो समान अंक रखता है, इन सिद्धान्तों को वास्तविक जीवन स्थितियों में लागू करने से सम्बन्धित है। तद्नुसार केस स्टडी या परिदृश्य विभिन्न विकल्पों के साथ दिए गए हैं और उम्मीदवार से अपेक्षा की जाती है कि वह कार्रवाई का सही तरीका चुने। बेशक, एक शब्द सीमा होती है और उम्मीदवार से केस स्टडी का तार्किक रूप से विश्लेषण करने और इस शब्द सीमा के भीतर निर्णय लेने की अपेक्षा की जाती है।

केस स्टडी को बरतने के लिए दृष्टिकोण

केस स्टडी का उद्देश्य उम्मीदवार की मूल्य-प्रणाली की नैतिक नींव, उसके दृष्टिकोण, योग्यता और सार्वजनिक सेवा में अखंडता के प्रति प्रतिबद्धता की भावना का आकलन करना है। प्रबन्धन शिक्षा में केस स्टडी पद्धति का व्यापक रूप से उपयोग किया गया है। आईएएस में आने से पहले मैंने आईआईएम अहमदाबाद से एमबीए किया था और वहाँ प्रबन्धन के सिद्धान्तों को पढ़ाने की पूरी पद्धति केस स्टडी के माध्यम से थी। प्रबन्धन में बड़ी संख्या में केस स्टडी उपलब्ध हैं लेकिन लोक प्रशासन से सम्बन्धित बहुत कम हैं। समस्या प्रशासन में वास्तविक जीवन की स्थितियों के बहुत कम दस्तावेजीकरण की रही है। लोक प्रशासन एक व्यावहारिक विषय है और प्रशासक को लोगों और अनगिनत खींचतान और दबावों से निपटना पड़ता है। प्रशासन एक विज्ञान के साथ-साथ एक कला भी है। केस स्टडी एक सिविल सेवक की नौकरी के इन पहलुओं को सामने लाती है और इस तरह एक उम्मीदवार की मूल्य-प्रणाली, सिद्धान्तों और चरित्र को सामने लाने के लिए बहुत प्रासंगिक है।

किसी केस स्टडी के प्रश्न का उत्तर देते समय सबसे पहली बात यह है कि केस स्टडी के सूक्ष्म विवरणों को बहुत ध्यान से पढ़ें और समस्या की स्थिति को पूरी तरह

से समझें। एक केस स्टडी में कई पहलुओं का उल्लेख किया जाता है इसलिए उसकी सभी बारीकियों को समझना चाहिए। इसके लिए केस स्टडी का प्रत्येक शब्द महत्त्वपूर्ण है क्योंकि यह दर्शाता है कि परीक्षक क्या कहना चाह रहा है और यह भी इंगित करता है कि आपके उत्तर को क्या संबोधित करना चाहिए। अक्सर एक समस्या के बाद विभिन्न विकल्प दिए जाते हैं। आपको उन विकल्पों को चुनना होगा जो आपके अनुसार समस्या का सबसे अच्छा समाधान करते हैं। कभी-कभी आपसे यह अपेक्षा की जाती है कि आप दिए गए विकल्पों से आगे बढ़कर अपने स्वयं के समाधान के साथ सामने आएँगे। यद्यपि एक शब्द सीमा है, आपको समस्या का उल्लेख करके अपना उत्तर आरंभ करना चाहिए और फिर प्रत्येक विकल्प को लेना चाहिए, उसका विश्लेषण करना चाहिए और फिर स्थिति को सँभालने के लिए सर्वोत्तम विकल्प का चयन करना चाहिए और उसका औचित्य देना चाहिए। यह नैतिकता पर एक प्रश्न पत्र है और इसलिए आपका उत्तर सही नैतिक दृष्टिकोण के अनुसार होना चाहिए जो एक लोक सेवक के पास होना चाहिए। उदाहरण के लिए, एक लोक सेवक के पास पूर्ण वित्तीय सत्यनिष्ठा होनी चाहिए और उसको कभी भी किसी भी प्रकार के भ्रष्टाचार में लिप्त नहीं होना चाहिए। तद्नुसार उम्मीदवार को ऐसा समाधान चुनना चाहिए जिसमें कोई भ्रष्टाचार सम्मिलित न हो या किसी सिविल सेवक की वांछित नैतिक मूल्य-प्रणाली के विरुद्ध हो। आपसे अपेक्षा की जाती है कि आप इस पुस्तक के पिछले अध्यायों में दिए गए नैतिक ढाँचे का उपयोग करें जो नैतिकता के सिद्धान्त से सम्बन्धित है। परीक्षक यह देखना चाहेंगे कि आप वास्तविक जीवन की समस्या की स्थिति में जीवन और सार्वजनिक सेवा के नैतिक मूल्यों को कैसे लागू करते हैं। यह सच है कि वास्तविक जीवन की स्थितियों में वांछित परिणाम प्राप्त करने के लिए अक्सर कूटनीति और चातुर्य का उपयोग करना पड़ता है लेकिन व्यक्ति को कभी भी अपनी नैतिक संहिता से विचलित नहीं होना चाहिए।

इस पुस्तक में मैंने वर्ष 2013 से 2019 तक मुख्य परीक्षा में सम्मिलित होने वाली केस स्टडीज को लिया है और उसके समाधान दिए हैं। तत्पश्चात सिविल सेवा में अपने अनुभवों के आधार पर मैंने केस स्टडी तैयार की है जिसमें पाठ्यक्रम के सभी पहलुओं को सम्मिलित किया गया है और उसके समाधान दिए गए हैं। कभी-कभी मैंने शब्द सीमा का पालन नहीं किया है लेकिन यह जानबूझकर है क्योंकि मैंने उदाहरण देने की कोशिश की है और विस्तार से चर्चा भी की है। बेशक, उम्मीदवार को शब्द सीमा का पालन करना होगा और इसलिए उसे बहुत स्पष्ट और संक्षिप्त होना चाहिए।

केस-स्टडी : यूपीएससी सामान्य अध्ययन-4 पेपर—2013

मामला एक (प्रश्न-10)

एक जन सूचना अधिकारी को आरटीआई एक्ट के तहत आवेदन मिला है। जानकारी इकट्ठा करने के बाद, पीआईओ को पता चलता है कि जानकारी उसके द्वारा लिए गए कुछ फैसलों से सम्बन्धित है, जो पूरी तरह से सही नहीं पाए गए। ऐसे अन्य कर्मचारी भी थे जो इन निर्णयों में पक्षकार थे। सूचना के प्रकटीकरण से उसके साथ-साथ उसके कुछ सहयोगियों के विरुद्ध अनुशासनात्मक कार्रवाई की सम्भावना है। गैर-प्रकटीकरण

या आंशिक प्रकटीकरण या जानकारी के छलावरण के परिणामस्वरूप कम सज़ा या कोई सज़ा नहीं होगी।

पीआईओ अन्यथा एक ईमानदार और कर्तव्यनिष्ठ व्यक्ति है लेकिन यह विशेष निर्णय, जिस पर आरटीआई आवेदन दायर किया गया है, गलत निकला। वह आपके पास सलाह के लिए आता है।

निम्नलिखित कुछ सुझाए गए विकल्प हैं। कृपया प्रत्येक विकल्प के गुण और दोष का मूल्यांकन करें :

1. पीआईओ मामले को अपने वरिष्ठ अधिकारी के पास भेज सकता है और उसकी सलाह ले सकता है और सलाह के अनुसार सख्ती से कार्य कर सकता है, भले ही वह वरिष्ठ की सलाह से पूरी तरह सहमत न हो।
2. पीआईओ छुट्टी पर आगे बढ़ सकता है और मामले को अपने उत्तराधिकारी द्वारा कार्यालय में निपटाने के लिए छोड़ सकता है या आवेदन को किसी अन्य पीआईओ को स्थानान्तरित करने का अनुरोध कर सकता है।
3. पीआईओ अपने कैरियर पर प्रभाव सहित सूचना को सच्चाई से प्रकट करने के परिणामों का मूल्यांकन कर सकता है, और इस तरह से जवाब दे सकता है कि उसे या उसके कैरियर को खतरे में नहीं डालेगा, लेकिन साथ ही साथ जानकारी की सामग्री के साथ थोड़ा समझौता किया जा सकता है।
4. पीआईओ अपने अन्य सहयोगियों से परामर्श कर सकता है जो निर्णय में पक्षकार हैं और उनकी सलाह के अनुसार कार्रवाई कर सकता है।

कृपया उचित कारण बताते हुए (आवश्यक रूप से उपरोक्त विकल्पों तक सीमित किए बिना) बताएँ कि आप क्या सलाह देना चाहते हैं।

उत्तर

आरटीआई अधिनियम के तहत जन सूचना अधिकारी को यह तय करना होता है कि माँगी गई जानकारी का खुलासा करना है या नहीं, भले ही खुलासा उसे सज़ा के लिए उत्तरदायी बना देगा क्योंकि जानकारी उसके द्वारा लिए गए कुछ गलत फैसलों से सम्बन्धित है। मुख्य बात यह है कि पीआईओ एक ईमानदार और कर्तव्यनिष्ठ व्यक्ति है लेकिन उसने गलती की है। साथ ही केस स्टडी का कहना है कि गैर-प्रकटीकरण या आंशिक प्रकटीकरण से कम या कोई सज़ा नहीं होगी। परीक्षक चाहता है कि आप केस की योग्यता और दोष की जाँच विकल्प के आधार पर करें और यह विकल्प भी है कि परीक्षक आपसे उस कार्रवाई का संकेत भी लेना चाहता है जो आप दिए गए विकल्पों तक सीमित किए बिना करेंगे। संकेत स्पष्ट है कि चार विकल्पों में से कोई भी सही नहीं है। आपको अपना स्वयं का एक बेहतर विकल्प सुझाना होगा।

मामला आरटीआई एक्ट से जुड़ा है। यह अधिनियम सरकार में पारदर्शिता और जवाबदेही लाने और नागरिकों की भागीदारी सुनिश्चित करने के लिए प्रख्यापित किया गया है। चूँकि यह एक अधिनियम है, इसलिए पीआईओ को वांछित जानकारी देनी होती है।

पहला विकल्प सम्भव नहीं है क्योंकि अधिनियम के तहत सूचना देने के लिए पीआईओ ज़िम्मेदार होता है और उसे इस पर निर्णय लेना होता है। इस मामले में वरिष्ठों से आधिकारिक रूप से सलाह लेने का कोई प्रावधान नहीं है। बेशक, अनौपचारिक परामर्श लिया जा सकता है। दूसरे विकल्प का कोई मतलब नहीं है। कोई लोक सेवक छुट्टी पर चलकर या स्थानान्तरण का अनुरोध करके अपने कर्तव्य से भाग नहीं सकता। उसे कानून के मुताबिक अपने स्तर पर फैसला लेना होता है।

तीसरे विकल्प का अर्थ होगा कि वह अपने कैरियर को सुरक्षित रखने के लिए गलत जानकारी दे रहा है। अर्थात् वह व्यक्तिगत लाभ को जनहित से ऊपर रख रहे हैं जो लोक सेवा नैतिकता के विरुद्ध है। यह विकल्प स्वीकार्य नहीं है।

चौथा विकल्प उपलब्ध नहीं है। पीआईओ अपने अन्य सहयोगियों से परामर्श कर सकता है, जिनके इस निर्णय के लिए अनौपचारिक रूप से उत्तरदायी होने की सम्भावना है। हालाँकि, अन्ततः उसे अपने विवेक और कानून के अनुसार कार्य करना पड़ता है।

पीआईओ के लिए कार्रवाई का सही तरीका यह होगा कि वह आरटीआई अधिनियम के तहत पीआईओ के रूप में अपना कर्तव्य निभाएँ। पीआईओ एक ईमानदार और कर्तव्यनिष्ठ व्यक्ति है। उन्होंने एक गलत निर्णय लिया है लेकिन यह एक वास्तविक तरीक़े से किया गया है। कोई दुर्भावनापूर्ण इरादा नहीं है। पीआईओ को आरटीआई अधिनियम के तहत वांछित पूरी जानकारी का खुलासा करना चाहिए। जैसा कि उसने किसी अन्य अधिकारी द्वारा गलत निर्णय से सम्बन्धित जानकारी होने पर भी किया होगा। ईमानदारी और सत्यनिष्ठा एक लोक सेवक के आवश्यक गुण हैं।

चर्चा के लिए मुझे यह बताना चाहिए कि यह सम्भव है कि इस जानकारी के प्रकटीकरण से उनके विरुद्ध विभागीय कार्यवाही हो सकती है। हालाँकि, उन्हें एक स्पष्टीकरण देने के लिए कहा जाएगा जहाँ वह उन परिस्थितियों के बारे में बता सकते हैं जिनके तहत निर्णय लिया गया था। चूँकि उनकी ईमानदारी की प्रतिष्ठा है, इसलिए उनके विरुद्ध अन्ततः कोई कार्रवाई नहीं की जाएगी। मुझे यह बताना चाहिए कि यदि कोई लोक सेवक सही इरादे से निर्णय लेता है तो उसे अन्ततः अपने कार्यों की सज़ा नहीं मिलती है।

केस-2 (प्रश्न-11)

आप किसी नगर निगम के निर्माण प्रकोष्ठ में कार्यपालक अभियन्ता के पद पर कार्यरत हैं और वर्तमान में फ्लाईओवर के निर्माण के प्रभारी हैं। आपके अधीन दो कनिष्ठ अभियन्ता हैं जिन पर साइट के दिन-प्रतिदिन के निरीक्षण की ज़िम्मेदारी है और वे आपको रिपोर्ट कर रहे हैं, जबकि आप अन्त में मुख्य अभियन्ता को रिपोर्ट कर रहे हैं जो सेल के प्रमुख हैं। जबकि निर्माण पूरा होने की ओर बढ़ रहा है, कनिष्ठ अभियन्ता नियमित रूप से रिपोर्ट कर रहे हैं कि सभी निर्माण डिजाइन विनिर्देशों के अनुसार हो रहे हैं। हालाँकि, आपके एक औचक निरीक्षण में, आपने कुछ गम्भीर विचलन और कमियाँ देखी हैं, जो आपकी राय में फ्लाईओवर की सुरक्षा को प्रभावित कर सकती हैं। इस स्तर पर इन कमियों को ठीक करने के लिए पर्याप्त मात्रा में विध्वंस और पुनः

कार्य की आवश्यकता होगी जिससे ठेकेदार को एक वास्तविक नुकसान होगा और पूरा होने में भी देरी होगी। क्षेत्र में भारी ट्रैफिक जाम के कारण इस निर्माण को पूरा कराने के लिए निगम पर काफी दबाव है। जब आपने इस मामले को मुख्य अभियन्ता के संज्ञान में लाया, तो उन्होंने आपको सलाह दी कि उनकी राय में यह बहुत गम्भीर चूक नहीं है और इसे अनदेखा किया जा सकता है। उन्होंने परियोजना को समय पर पूरा करने के लिए और तेजी लाने की सलाह दी। हालाँकि, आप आश्वस्त हैं कि यह एक गम्भीर मामला है जो सार्वजनिक सुरक्षा को प्रभावित कर सकता है और इसे बिना किसी समाधान के नहीं छोड़ा जाना चाहिए।

ऐसी स्थिति में आप क्या करेंगे? कुछ विकल्प नीचे दिए गए हैं। इनमें से प्रत्येक विकल्प के गुण-दोषों का मूल्यांकन करें और अन्त में कारण बताते हुए सुझाव दें कि आप कौन-सी कार्रवाई करना चाहेंगे।

विकल्प

1. मुख्य अभियंता की सलाह का पालन करें और आगे बढ़ें।
2. अपने स्वयं के दृष्टिकोण के साथ सभी तथ्यों और विश्लेषणों को सामने लाते हुए स्थिति की विस्तृत रिपोर्ट बनाएँ और मुख्य अभियंता से लिखित आदेश माँगें।
3. कनिष्ठ अभियंताओं से स्पष्टीकरण माँगें और निर्धारित समय के भीतर आवश्यक सुधार के लिए ठेकेदार को आदेश जारी करें।
4. इस मुद्दे को हाईलाइट करें ताकि यह मुख्य अभियंता से ऊपर के वरिष्ठों तक पहुँचे।
5. मुख्य अभियंता के कठोर रवैये को देखते हुए परियोजना से स्थानांतरण की माँग करें या बीमार होने की सूचना दें।

उत्तर

इस केस स्टडी में मुख्य मुद्दा एक नगर निगम के एक कार्यकारी अभियन्ता से सम्बन्धित है, जो मुख्य अभियन्ता को एक फ्लाईओवर के निर्माण और प्रगति की गुणवत्ता के बारे में दिन-प्रतिदिन रिपोर्ट करने के लिए ज़िम्मेदार है। कार्यपालक अभियन्ता को उनके अधीन कार्यरत दो कनिष्ठ अभियन्ताओं से रिपोर्ट मिल रही है। उन्होंने बताया है कि विनिर्देश के अनुसार काम चल रहा है, लेकिन जब कार्यकारी अभियन्ता औचक निरीक्षण करते हैं तो उन्हें गम्भीर चूक मिलती है, जिसके सुधार से परियोजना में देरी होगी। परियोजना को जल्द पूरा करने के लिए जनता का बहुत दबाव है। मुख्य अभियन्ता कार्यकारी अभियन्ता को भी सलाह देता है कि इस मुद्दे को न उठाएँ क्योंकि इससे परियोजना में देरी होगी। परीक्षक जानना चाहता है कि क्या आप कार्यपालक अभियन्ता होते तो आप स्थिति को कैसे सँभालते।

मुख्य अभियन्ता की सलाह का पालन करने और मामले की रिपोर्ट न करने का पहला विकल्प नैतिक रूप से गलत प्रतिक्रिया है। कार्यपालक अभियन्ता फ्लाईओवर

के निर्माण के प्रभारी हैं और यह देखना कर्तव्य है कि फ्लाईओवर का निर्माण वांछित विनिर्देशों के अनुसार किया गया है। जनता का पैसा सम्मिलित है और इसका सही इस्तेमाल किया जाना चाहिए। खराब गुणवत्ता वाले निर्माण का अर्थ है कि जनता का पैसा बर्बाद हो रहा है और यह भ्रष्टाचार की ओर भी संकेत करता है। वास्तव में कार्यपालक अभियन्ता के अधीन कार्यरत दो कनिष्ठ अभियन्ताओं ने निर्माण की गुणवत्ता के बारे में स्पष्ट रिपोर्ट दी है और वे या तो बहुत लापरवाह या भ्रष्ट प्रतीत होते हैं। मुख्य अभियन्ता भी भ्रष्टाचार में सम्मिलित हो सकता है या वह अपने वरिष्ठ से प्रशंसा प्राप्त करने के लिए परियोजना को समय पर पूरा करना चाहता है। कार्यपालक अभियन्ता को मामले की अनदेखी करने के लिए मुख्य अभियन्ता की सलाह का पालन नहीं करना चाहिए।

दूसरा विकल्प ठोस है। कार्यकारी अभियन्ता को लिखित में एक विस्तृत और अपने विश्लेषण के साथ मुख्य अभियन्ता को रिपोर्ट देनी होगी। मुख्य अभियन्ता के लिए इसे लिखित रूप से खारिज करना बहुत मुश्किल होगा। बाद में कोई भी जाँच मुख्य अभियन्ता को सीधे तौर पर ज़िम्मेदार ठहराएगी। कार्यकारी अभियन्ता ने अपनी रिपोर्ट में उल्लेख किया है कि यदि निर्माण के बाद फ्लाईओवर गिर जाता है तो इससे बहुत से लोगों की जान जा सकती है।

मुख्य अभियन्ता को लिखने से पहले कार्यपालक अभियन्ता को कनिष्ठ अभियन्ताओं से स्पष्टीकरण माँगना चाहिए और परियोजना अवधि के भीतर आवश्यक सुधार के लिए ठेकेदार को आदेश जारी करना चाहिए। इसकी ज़िम्मेदारी कार्यपालक अभियन्ता की है। ऐसा करने के लिए उसे किसी की सलाह की आवश्यकता नहीं है। यह उनकी नैतिक व्यवस्था का सवाल है। साथ ही आधिकारिक तौर पर उनसे यही उम्मीद की जाती है।

चौथे विकल्प से बचना होगा। सरकार में अपने बॉस के पास जाना और उसके वरिष्ठ को रिपोर्ट करना सही नहीं है। वास्तव में बाद वाला आपसे पूछेगा कि आपने आधिकारिक चैनल के माध्यम से मामले की सूचना क्यों नहीं दी।

पाँचवाँ विकल्प पूरी तरह से अस्वीकार्य है क्योंकि एक लोक सेवक अपनी ज़िम्मेदारी से नहीं भाग सकता है और न ही उसे भागना चाहिए।

इस प्रकार पहले उसे तीसरे विकल्प के अनुसार कार्य करना होगा और दूसरे विकल्प को चुनना होगा। यह एक नैतिक दुविधा का मामला है। एक तरफ सार्वजनिक परियोजना को समय पर पूरा करने का मुद्दा है और दूसरी तरफ निर्माण की गुणवत्ता का मुद्दा है जो भविष्य में एक बड़ी त्रासदी का कारण बन सकता है जहाँ कार्यकारी अभियन्ता को पूरी तरह से ज़िम्मेदार ठहराया जाएगा और यहाँ तक कि आपराधिक कार्यवाही का भी सामना करना पड़ेगा। इसलिए उसे अपने कर्तव्य का पालन करना चाहिए, भले ही इससे परियोजना में देरी हो।

केस-3 (प्रश्न-12)

तमिलनाडु में शिवकाशी को पटाखों और माचिस के निर्माण समूहों के लिए जाना जाता है। क्षेत्र की स्थानीय अर्थव्यवस्था काफी हद तक पटाखों के उद्योग पर निर्भर है। इससे क्षेत्र में ठोस आर्थिक विकास और जीवन स्तर में सुधार हुआ है।

जहाँ तक पटाखा उद्योग जैसे खतरनाक उद्योगों के लिए बाल श्रम मानदंडों का सम्बन्ध है, अन्तर्राष्ट्रीय श्रम संगठन (ILO) ने न्यूनतम आयु 18 वर्ष निर्धारित की है। हालाँकि भारत में यह उम्र 14 साल है।

पटाखों के औद्योगिक समूहों में इकाइयों को पंजीकृत और गैर-पंजीकृत संस्थाओं में वर्गीकृत किया जा सकता है। एक विशिष्ट इकाई घरेलू-आधारित कार्य है। यद्यपि पंजीकृत/गैर-पंजीकृत इकाइयों में बाल श्रम रोजगार मानदंडों के उपयोग पर कानून स्पष्ट है, लेकिन इसमें घरेलू काम सम्मिलित नहीं हैं। घरेलू कार्य का अर्थ है अपने माता-पिता/रिश्तेदारों की देखरेख में काम करने वाले बच्चे। बाल श्रम मानदंडों से बचने के लिए, कई इकाइयाँ स्वयं को घरेलू काम के रूप में पेश करती हैं लेकिन बाहर से बच्चों को रोजगार देती हैं। कहने की आवश्यकता नहीं है कि बच्चों को रोजगार देने से इन इकाइयों की लागत बच जाती है जिससे मालिकों को अधिक लाभ होता है।

शिवकाशी की किसी एक इकाई के आपके दौरे पर, मालिक आपको उस इकाई के आसपास ले जाता है जिसमें 14 वर्ष से कम उम्र के लगभग 10-15 बच्चे हैं। मालिक आपको बताता है कि उसकी घरेलू इकाई में बच्चे उसके सभी रिश्तेदार हैं। आपने देखा कि जब मालिक आपको यह बताता है तो कई बच्चे मुस्कुराने लगते हैं। गहराई से पूछने पर पता चलता है कि न तो मालिक और न ही बच्चे एक-दूसरे के साथ अपने सम्बन्ध को सन्तोषजनक ढंग से स्थापित कर पा रहे हैं।

प्रश्न

1. उपरोक्त मामले में सम्मिलित नैतिक मुद्दों को सामने लाएँ और उन पर चर्चा करें।
2. उपरोक्त मुलाकात के बाद आपकी क्या प्रतिक्रिया होगी?

उत्तर

यह मामला बाल श्रम से सम्बन्धित कानून के क्रियान्वयन से जुड़ा है। शिवकाशी पटाखों और माचिस के निर्माण से जाना जाता है और लोगों को बड़े पैमाने पर रोज़गार प्रदान करता है जिससे जीवन स्तर में सुधार होता है और आर्थिक विकास होता है। भारत में 14 वर्ष से कम आयु के बाल श्रम के उपयोग की पंजीकृत और गैर-पंजीकृत संस्थाओं में अनुमति नहीं है, लेकिन जो इकाइयाँ घरेलू हैं, वे कानूनी रूप से माता-पिता की देखरेख में अपने ही परिवार के बच्चों से काम ले सकती हैं। एक अधिकारी के रूप में आपके निरीक्षण पर आप पाते हैं कि एक इकाई जो परिवार आधारित है, 14 वर्ष से कम उम्र के बहुत से बच्चों को रोजगार दे रही है। मालिक आपको बताता है कि वे सभी उसके रिश्तेदार हैं लेकिन एक गहरी पूछताछ से पता चलता है कि यह सच नहीं है।

इसमें सम्मिलित बुनियादी नैतिक मुद्दा बच्चों से कानून के विरुद्ध काम लेना है। वास्तव में यह राज्य का कर्तव्य है कि वह इन बच्चों को शिक्षा का अधिकार अधिनियम के तहत शिक्षा प्रदान करे। पटाखे और माचिस बनाना एक खतरनाक उद्योग है और इस प्रकार बच्चों को चोट लगने और अन्य गम्भीर परिणामों के बड़े खतरे से अवगत

कराया जाता है यदि उनसे काम लिया जाता है। यह सुनिश्चित करना महत्त्वपूर्ण है कि उद्योग ठीक से काम करे क्योंकि इससे रोजगार और सर्वांगीण विकास होता है। हालाँकि, यह बच्चों के जीवन और सुरक्षा की कीमत पर नहीं किया जा सकता है। अधिकारी ने पाया है कि एक विशेष इकाई कानून का उल्लंघन कर रही है। उनकी ओर से नैतिक प्रतिक्रिया कानून के अनुसार इकाई के विरुद्ध कार्रवाई करने की होगी।

एक लोक प्रशासक को एक विशिष्ट मामले से परे जाकर देखना होता है। इस घटना से साफ पता चलता है कि कई इकाइयाँ हैं जो इसी तरह से कानून का उल्लंघन कर रही होंगी और कनिष्ठ स्तर के अधिकारी उनके साथ मिलीभगत कर रहे हैं। अधिकारी सभी इकाइयों का विस्तृत निरीक्षण करने का आदेश दें और जहाँ कहीं भी परिवार इकाई के रूप में गलत वर्गीकरण है, उन इकाइयों के विरुद्ध कानून के अनुसार कार्रवाई की जानी चाहिए और उन्हें घरेलू इकाइयों की श्रेणी से बाहर किया जाना चाहिए। साथ ही सम्बन्धित अधिकारी जिन्होंने पहले इन उल्लंघनों की सूचना नहीं दी थी, उन्हें अनुशासनात्मक कार्रवाई का सामना करना चाहिए।

हालाँकि, विस्तृत निरीक्षण अक्सर नहीं किया जा सकता है। एक अधिकारी के रूप में आपको एक प्रणाली तैयार करनी चाहिए ताकि भविष्य में इस तरह की स्थिति न हो। अधिकारियों के विभिन्न समूहों द्वारा नियमित रूप से यादृच्छिक निरीक्षण किया जाना चाहिए। इसके अतिरिक्त कानून के प्रावधानों के बारे में लोगों को शिक्षित करने के लिए जागरूकता अभियान चलाया जाना चाहिए।

अधिकारी बच्चों के हित में एक कदम और आगे बढ़ सकते हैं। उन्हें सरकार में अपने वरिष्ठ को एक विस्तृत सिफारिश भेजनी चाहिए जिसमें अनुरोध किया गया हो कि कानून में संशोधन किया जाए ताकि घरेलू इकाइयों में भी काम करने वाले बच्चों की अनुमति न हो या कम से कम इसके लिए बहुत सख्त मानदंड हों और उल्लंघन के मामले में भारी जुर्माने का प्रावधान हो।

केस-4 (प्रश्न-13)

आप देश के एक प्रमुख तकनीकी संस्थान का नेतृत्व कर रहे हैं। संस्थान प्रोफेसरों के पद के चयन के लिए शीघ्र ही आपकी अध्यक्षता में एक साक्षात्कार पैनल बुलाने की योजना बना रहा है। साक्षात्कार से कुछ दिन पहले, आपको एक वरिष्ठ सरकारी अधिकारी के निजी सचिव (पीएस) का फोन आता है कि इस पद के लिए अधिकारी के एक करीबी रिश्तेदार के चयन के पक्ष में आपके हस्तक्षेप की माँग की जाती है। पीएस आपको यह भी सूचित करता है कि वह आपके संस्थान के आधुनिकीकरण के लिए धन प्रदान करने के लिए लंबे समय से लंबित और तत्काल प्रस्तावों से अवगत है, जो कि अधिकारी के अनुमोदन की प्रतीक्षा कर रहे हैं। वह आपको आश्वासन देता है कि वह इन प्रस्तावों को मंजूरी देगा।

1. आपके लिए क्या विकल्प उपलब्ध हैं?
2. इनमें से प्रत्येक विकल्प का मूल्यांकन करें और कारण बताते हुए उस विकल्प को चुनें जिसे आप अपनाएँगे।

उत्तर

इस केस स्टडी में सम्मिलित मुद्दा प्रोफेसर के पद के लिए एक उम्मीदवार का चयन करना है क्योंकि वरिष्ठ अधिकारी के पीएस ने उनकी सिफारिश की है और योग्यता के आधार पर चयन नहीं किया है।

पहला विकल्प पीएस के निर्देश का पालन करना है ताकि वरिष्ठ अधिकारी प्रसन्न हों और आपके संस्थान के आधुनिकीकरण के लिए धन के प्रस्ताव को मंजूरी दे दें। यह नैतिक रूप से सही नहीं है। एक सिविल सेवक को निष्पक्ष और वस्तुनिष्ठ होना चाहिए। साथ ही इसका अर्थ है गलत उम्मीदवार का चयन जो आपके संस्थान के शिक्षण की गुणवत्ता को प्रभावित करेगा और इससे छात्रों के साथ अन्याय भी होगा।

दूसरा विकल्प पीएस को दो टूक कहना है कि यह सम्भव नहीं है और मेरिट के आधार पर चयन किया जाएगा। नैतिक रूप से यह सही दृष्टिकोण होगा क्योंकि यह चयन प्रक्रिया में निष्पक्षता सुनिश्चित करेगा। हालाँकि, यह वरिष्ठ सरकारी अधिकारी का विरोध करेगा जो तब आपके संस्थान के लिए धन को मंजूरी नहीं देगा और संस्थान के समग्र प्रदर्शन को प्रभावित करने वाले किसी अन्य मामले में सहयोग नहीं करेगा।

तीसरा विकल्प यह है कि विनम्रता से समझाएँ कि एक चयन समिति है और अन्य सदस्य हैं और सभी सदस्यों के विचारों के आधार पर चयन किया जाता है। आप कह सकते हैं कि आप अपना सर्वश्रेष्ठ प्रयास करेंगे बशर्ते उम्मीदवार साक्षात्कार में अच्छा करे। बेहतर होगा कि वरिष्ठ अधिकारी से मिलें और उन्हें व्यक्तिगत रूप से समझाएँ। कभी-कभी पीएस अपनी मर्ज़ी से काम कर रहे होते हैं। वरिष्ठ अधिकारी आमतौर पर तर्क के प्रति अधिक उत्तरदायी होते हैं। आप समझा सकते हैं कि योग्यता के आधार पर किसी व्यक्ति का चयन करना कितना महत्त्वपूर्ण है और यह कि समिति कभी भी ऐसे उम्मीदवार पर सहमत नहीं होगी जो अच्छा प्रदर्शन नहीं करता है। इसके बाद मेरिट के आधार पर चयन होना चाहिए। वास्तविक जीवन में ऐसी स्थितियाँ काफी आम हैं। यदि साक्षात्कार में पदाधिकारी के उम्मीदवार सहित दो उम्मीदवार समान रूप से प्रदर्शन करते हैं तो आप बाद वाले के पक्ष में अपने विवेक का प्रयोग कर सकते हैं। आप पदाधिकारी को स्पष्ट कर सकते हैं कि उनके प्रत्याशी के साथ किसी प्रकार का अन्याय नहीं होगा। प्रशासन में आपको विनम्रता से ना कहने और कुंद या आक्रामक न होने की कला सीखनी होगी।

केस-5 (प्रश्न-14)

वित्त मंत्रालय में एक वरिष्ठ अधिकारी के रूप में, आपके पास नीतिगत निर्णयों के बारे में कुछ गोपनीय और महत्त्वपूर्ण जानकारी होती है, जिसकी घोषणा सरकार करने वाली है। इन निर्णयों का आवास और निर्माण उद्योग पर दूरगामी प्रभाव पड़ने की सम्भावना है। यदि बिल्डरों के पास पहले से यह जानकारी पहुँच जाय तो वे भारी मुनाफा कमा सकते हैं। बिल्डरों में से एक ने सरकार के लिए बहुत सारे गुणवत्तापूर्ण काम किए

हैं और आपके तत्काल वरिष्ठ के करीबी के रूप में जाना जाता है, जो आपको उक्त बिल्डर को इस जानकारी का खुलासा करने के लिए कहता है।

1. आपके लिए क्या विकल्प उपलब्ध हैं?
2. इनमें से प्रत्येक विकल्प का मूल्यांकन करें और कारण बताते हुए उस विकल्प को चुनें जिसे आप अपनाएँगे।

उत्तर

यह मामला वित्त मंत्रालय के एक वरिष्ठ अधिकारी के रूप में आपके गोपनीय और महत्त्वपूर्ण निर्णय से अवगत होने से सम्बन्धित है, जिसकी घोषणा सरकार करने वाली है। अगर बिल्डरों को इसकी जानकारी पहले से मिल जाती तो उन्हें भारी लाभ होता। आपका तत्काल वरिष्ठ आपसे इस जानकारी को एक बिल्डर को प्रकट करने के लिए कहता है जिसने सरकार के लिए गुणवत्तापूर्ण काम किया है और आपके तत्काल वरिष्ठ के करीब है।

पहला विकल्प अपने वरिष्ठ के निर्देशों का पालन करना है। हालाँकि, ऐसा करना पूरी तरह से अनैतिक बात होगी। यह भ्रष्टाचार की श्रेणी में आता है और एक अधिकारी की आचार-संहिता और आचरण के विरुद्ध है। आपके वरिष्ठों के मौखिक आदेश जो अवैध और अनैतिक हैं, उनका पालन नहीं किया जाना चाहिए।

इसलिए दूसरा विकल्प यह है कि आप अपने वरिष्ठ के आदेशों का पालन न करें। आप उसे विनम्रता से कह सकते हैं कि यह सम्भव नहीं होगा और यदि बाद में यह कृत्य दूसरों के संज्ञान में आता है तो आप इसके लिए आपराधिक कार्यवाही का सामना करेंगे। इसके अतिरिक्त, यह अधिनियम सरकारी कामकाज की नैतिकता और मूल्यों का उल्लंघन होगा। वरिष्ठ को यह पसन्द नहीं आ सकता है लेकिन आपको इस मामले में दृढ़ रहना होगा। गुणवत्तापूर्ण कार्य करने वाले बिल्डर का आपके निर्णय पर कोई प्रभाव नहीं पड़ना चाहिए। यदि आप पहले से जानकारी का खुलासा करते हैं तो आप बिल्डरों और भ्रष्ट अधिकारियों को अवैध धन बनाने की अनुमति देंगे। यह सीधे तौर पर भ्रष्टाचार का मामला होगा। इसलिए अधिकारी को अपने वरिष्ठ की बात नहीं सुननी चाहिए और सम्बन्धित बिल्डर को जानकारी का खुलासा नहीं करना चाहिए।

केस-6 (प्रश्न-15)

आप एक आने वाली इन्फोटेक कम्पनी के कार्यकारी निदेशक हैं जो बाजार में अपना नाम बना रही है।

मिस्टर ए, जो एक स्टार परफॉर्मर हैं, मार्केटिंग टीम का नेतृत्व कर रहे हैं। एक साल की छोटी अवधि में, उन्होंने कम्पनी के लिए राजस्व को दोगुना करने के साथ-साथ एक उच्च ब्रांड इक्विटी बनाने में मदद की है कि आप उसे बढ़ावा देने के बारे में सोच रहे हैं। हालाँकि, आपको कई कोनों से महिला सहकर्मियों के प्रति उनके रवैये के बारे में जानकारी मिलती रही है; खासकर महिलाओं पर फालतू कमेंट करने की उनकी

आदत। इसके अतिरिक्त, वह नियमित रूप से अपनी महिला सहयोगियों सहित टीम के सभी सदस्यों को अश्लील एसएमएस भेजते हैं।

एक दिन, देर शाम, श्रीमती एक्स, जो मिस्टर ए की टीम के सदस्यों में से एक है, आपके पास स्पष्ट रूप से परेशान होकर आती है। वह मिस्टर ए के निरन्तर दुराचार के विरुद्ध शिकायत करती है, जो उसके प्रति अवांछनीय हरकतें कर रहा है और यहाँ तक कि अपने केबिन में उसे अनुचित तरीक़े से छूने की कोशिश भी करता है। वह अपना इस्तीफा दे देती है और आपका कार्यालय छोड़ देती है।

1. आपके लिए क्या विकल्प उपलब्ध हैं?
2. इनमें से प्रत्येक विकल्प का मूल्यांकन करें और कारण बताते हुए उस विकल्प को चुनें जिसे आप अपनाना चाहते हैं।

उत्तर

आप एक आने वाली सूचना तकनीक कम्पनी के कार्यकारी निदेशक हैं और एक उत्कृष्ट विपणन प्रबन्धक श्री ए ने आपकी कम्पनी के राजस्व को दोगुना कर दिया है और बाजार में एक ब्रांड बनाया है। आप उसे पदोन्नति के योग्य पाते हैं लेकिन उसके बारे में अपनी महिला सहयोगियों के प्रति अभद्र व्यवहार दिखाने की खबरें हैं। वास्तव में श्रीमती एक्स आपके पास आती हैं और श्री ए द्वारा अनुचित व्यवहार की एक विशिष्ट शिकायत करती हैं और अपना इस्तीफा दे देती हैं।

आपके लिए उपलब्ध विकल्प हैं—

1. चुप रह सकते हैं क्योंकि एक प्रबन्धक के रूप में श्री ए का प्रदर्शन बेहतरीन रहा है और इसलिए आप इस मुद्दे को दबा सकते हैं।
2. मिसेज एक्स और मिस्टर ए दोनों को बुलाकर उन्हें मामले को सुलझाने के लिए राजी कर सकते हैं।
3. आप मिस्टर ए को फोन कर सकते हैं और उन्हें कड़ी चेतावनी दे सकते हैं और सिर्फ मौखिक चेतावनी देकर उन्हें छोड़ सकते हैं।
4. कम्पनी के नैतिक मानकों को बनाए रखने के लिए आपको कड़ी कार्रवाई करनी चाहिए और मिस्टर ए को बर्खास्त करना चाहिए।

पहले विकल्प के अनुसार एक्शन लेना एक भयानक भूल होगी। किसी संगठन में यौन दुराचार के मामले को कभी भी बर्दाश्त नहीं किया जाना चाहिए चाहे आरोपी व्यक्ति कितना ही मेधावी क्यों न हो।

दूसरा विकल्प भी उचित नहीं है। मिस्टर ए ने न केवल मिसेज एक्स बल्कि अन्य महिलाओं के विरुद्ध भी ऐसा काम किया है। इसके अतिरिक्त ये इतना गम्भीर कदाचार है कि इसके समाधान के रूप में समझौता नहीं किया जा सकता। श्रीमती एक्स की गरिमा का उल्लंघन किया गया है और उन्हें दंडित नहीं किया जा सकता है।

तीसरे विकल्प का भी कोई परिणाम नहीं निकलेगा। मिस्टर ए एक आदतन अपराधी है और केवल चेतावनी से उनमें परिवर्तन नहीं किया जा सकता। इसके अतिरिक्त श्रीमती

एक्स की शिकायत भी जस की तस बनी रहेगी। इससे संगठन की कार्य-संस्कृति के बारे में भी एक बुरा संकेत जाएगा।

चौथा विकल्प सबसे अच्छा है। मिस्टर ए को बर्खास्त किया जाना चाहिए। किसी संगठन में यौन दुराचार के मामलों को कभी बर्दाश्त नहीं किया जाना चाहिए। वास्तव में हर संगठन को ऐसी घटनाओं से निपटने के लिए अनिवार्य रूप से एक नीति बनानी होगी। कम्पनी की संस्कृति के लिए यह महत्त्वपूर्ण है कि वह अपनी महिला कर्मचारियों के सम्मान की रक्षा करे। कम समय में अधिक लाभ कमाने की नीति को कार्यकारी निदेशक के निर्णय पर हावी नहीं होना चाहिए। यह अच्छे कॉर्पोरेट प्रशासन का भी एक बुनियादी सिद्धान्त है।

केस-स्टडी : यूपीएससी सामान्य अध्ययन पेपर—2014

केस-1 (प्रश्न-10)

मान लीजिए कि आपका कोई करीबी दोस्त, जो सिविल सेवाओं में जाना चाहता है, आपके पास लोक सेवा से जुड़े नैतिक आचरण से सम्बन्धित कुछ मुद्दों पर चर्चा करने के लिए आता है। वह निम्नलिखित बिन्दु उठाता है—

1. वर्तमान समय में, जब अनैतिक क्रियाकलाप बड़ी सामान्य सी बात हो गई है, नैतिक सिद्धान्तों पर टिके रहने के व्यक्तिगत प्रयास किसी के कैरियर में बहुत सारी समस्याएँ पैदा कर सकते हैं। यह परिवार के सदस्यों को कठिनाई के साथ-साथ किसी के जीवन के लिए जोख़िम का कारण भी बन सकता है। हमें व्यावहारिक क्यों नहीं होना चाहिए और बहुत अधिक प्रतिरोध नहीं करना चाहिए, और जो कुछ भी हम कर सकते हैं उसे करने में प्रसन्न रहना चाहिए?
2. जब इतने सारे लोग गलत तरीक़े अपना रहे हैं और व्यवस्था को भारी नुकसान पहुँचा रहे हैं, तो मेरे एक अकेले नैतिक होने से क्या फ़र्क़ पड़ेगा? बल्कि हमारा सारा प्रयास बेकार जाएगा और सिर्फ निराशा ही हाथ लगेगी।
3. अगर हम नैतिक विचारों को लेकर बहुत मीनमेख करते हैं, तो क्या यह हमारे देश की आर्थिक प्रगति में बाधा नहीं डालेगा? आखिरकार, उच्च प्रतिस्पर्धा के वर्तमान युग में, हम विकास की दौड़ में पीछे नहीं रह सकते।
4. यह समझ में आता है कि हमें घोर अनैतिक प्रथाओं में सम्मिलित नहीं होना चाहिए, लेकिन छोटी-छोटी सन्तुष्टि देने तथा स्वीकार करने और छोटे-छोटे उपकार करने से सभी की प्रेरणा बढ़ती है। यह सिस्टम को और अधिक कुशल भी बनाता है। ऐसी प्रथाओं को अपनाने में क्या गलत है?

उपरोक्त दृष्टिकोण-बिन्दुओं का समालोचनात्मक विश्लेषण करें। इस विश्लेषण के आधार पर आप अपने मित्र को क्या सलाह देंगे?

उत्तर

यह केस स्टडी आपके एक ऐसे करीबी दोस्त से सम्बन्धित है जो लोक सेवा में जाने का इच्छुक है और उससे जुड़े नैतिक आचरण के बारे में आपकी सलाह लेना चाहता है।

1. आपको उसे स्पष्ट रूप से बताना होगा कि पहला तर्क स्वीकार्य नहीं है। इस डर से कि कहीं कैरियर में कोई समस्या न आए या परिवार पर कोई संकट न आए या स्वयं के जीवन के लिए कोई जोखिम न हो, गलत बात का प्रतिरोध न करना और नैतिक सिद्धान्तों का परित्याग करना पूरी तरह से अनैतिक है। यदि आप व्यक्तिगत लाभ को जनहित की सेवा से ऊपर रखते हैं तो यह सत्यनिष्ठा की पूर्ण कमी को दर्शाता है।
2. यह तर्क भी मान्य नहीं है। एक लोक सेवक को अपनी नैतिकता और नैतिक मूल्यों को बनाए रखना होता है और अपने उदाहरण से आगे बढ़ना होता है। सिर्फ इसलिए कि दूसरे गलत तरीक़े अपना रहे हैं, आपको उनके जैसा नहीं बनना चाहिए। यहाँ तक कि एक व्यक्ति भी फर्क ला सकता है, इससे कोई फर्क नहीं पड़ता कि आपके साथ कोई है या नहीं। इसके अतिरिक्त एक व्यक्ति अपने विवेक और नैतिक मानकों के प्रति जवाबदेह होता है और अनैतिक होने में बहुमत का पालन करने का रवैया अपनाना नैतिक कमज़ोरी को दर्शाता है।
3. यह मानने का कोई आधार नहीं है कि नैतिक विचारों का पालन करने से आर्थिक प्रगति बाधित होगी। वास्तव में भ्रष्टाचार और सत्यनिष्ठा की कमी के कारण धीमी आर्थिक वृद्धि होती है। आर्थिक विकास के लिए सुशासन आवश्यक है।
4. छोटे उपहार या किसी प्रकार का लाभ स्वीकार करना एक लोक सेवक की सत्यनिष्ठा के साथ उसी तरह समझौता करना होगा है जैसे कि नैतिक कदाचार के बड़े मुद्दों के साथ। यह निश्चित रूप से सिस्टम को अधिक कुशल नहीं बनाता। यह एक अधिकारी की निष्पक्षता और तटस्थता को प्रभावित करता है और जनहित में निर्णय लेने की उसकी क्षमता पर प्रतिकूल प्रभाव डालता है।

आपको अपने मित्र को स्पष्ट सलाह देनी चाहिए। लोक सेवा में नैतिकता के मामलों को लेकर कोई समझौता नहीं किया जा सकता है और न ही मानकों को कमज़ोर किया जा सकता है। यदि मित्र जनहित और आचार-संहिता के अनुसार काम करने की प्रतिबद्धता जताता है तो ही उसे सिविल सेवाओं की आकांक्षा करनी चाहिए अन्यथा उसे अपने लिए किसी अन्य कैरियर पर विचार करना चाहिए।

केस-2 (प्रश्न-11)

आप एक गम्भीर, ईमानदार अधिकारी हैं। आपको एक ऐसे विभाग का नेतृत्व करने के लिए एक दूरस्थ जिले में स्थानान्तरित कर दिया गया है जो अपनी अक्षमता और लापरवाही के लिए कुख्यात है। आप पाते हैं कि **खराब स्थि**ति का मुख्य कारण कर्मचारियों के एक वर्ग की अनुशासनहीनता है। वे स्वयं **काम नहीं करते** हैं और दूसरों के काम में भी बाधा डालते हैं। आपने पहले संकट पैदा करने वा**लों को** चेतावनी दी कि वे अपने तरीक़े सुधारें वरना अनुशासनात्मक कार्रवाई का सामना करना पड़ेगा। जब चेतावनी का बहुत कम प्रभाव पड़ा, तो आपने उन्हें कारण बताओ नोटिस जारी किया। जवाबी कार्रवाई के तौर पर इन उपद्रवियों ने अपने बीच की एक महिला कर्मचारी को आपके विरुद्ध महिला आयोग में यौन उत्पीड़न की शिकायत दर्ज कराने के लिए उकसाया। आयोग तुरन्त आपका स्पष्टीकरण चाहता है। आपको और शर्मिन्दा करने के लिए इस मामले को मीडिया में भी प्रचारित किया जाता है। इस स्थिति से निपटने के कुछ विकल्प इस प्रकार हो सकते हैं :

1. आयोग को अपना स्पष्टीकरण दें और अनुशासनात्मक कार्रवाई पर नरमी बरतें।
2. आयोग की उपेक्षा करें और अनुशासनात्मक कार्रवाई के साथ दृढ़ता से आगे बढ़ें।
3. अपने उच्च अधिकारियों को संक्षेप में बताएँ, उनसे निर्देश माँगें और उसके अनुसार कार्य करें।

कोई अन्य सम्भावित विकल्प सुझाएँ। उन सभी का मूल्यांकन करें और इसके लिए अपने कारण बताते हुए सर्वोत्तम कार्रवाई का सुझाव दें।

उत्तर

इस मामले में अनुशासनहीनता और अकुशलता में लिप्त लोगों के विरुद्ध कार्रवाई करके अपने विभाग के कामकाज में सुधार करने की कोशिश कर रहे एक ईमानदार और सख्त अधिकारी मुसीबत में पड़ गए हैं क्योंकि उनके विरुद्ध झूठी शिकायत दर्ज की गई है।

आपके विरुद्ध यौन उत्पीड़न की शिकायत करने के लिए एक महिला कर्मचारी को उकसाया गया है और महिला आयोग ने आपसे स्पष्टीकरण माँगा है और मीडिया ने भी इस मुद्दे को प्रचारित किया है। अधिकारी उस आयोग की उपेक्षा नहीं कर सकता जो एक कानूनी प्राधिकरण है। उसे आयोग को एक विस्तृत स्पष्टीकरण देना चाहिए और अनुशासनहीनता को नियंत्रित करने के लिए उसने जो कार्रवाई की है और ये शिकायतें कैसे इसका परिणाम हैं, यह भी बताएँ। उन्हें अनुशासनात्मक कार्रवाई में नरमी नहीं बरतनी चाहिए क्योंकि इसका अर्थ यह होगा कि वह कुछ गलत कर रहे थे। साथ ही यह भी दर्शाता है कि वह एक कमज़ोर व्यक्ति हैं और अपने नैतिक आचरण के लिए **एक स्टैंड** लेने में सक्षम नहीं हैं।

वास्तव में दूसरे विकल्प के अनुसार आयोग को स्पष्टीकरण देने के बाद अनुशासनात्मक कार्रवाई के साथ सख्ती से आगे बढ़ना चाहिए।

यदि वह अपने उच्चाधिकारियों से निर्देश माँगता है और उसके अनुसार कार्य करता है तो यह मदद नहीं करेगा। उसे अपने कार्यों के लिए ज़िम्मेदार होना चाहिए और संगठन के कुशल कामकाज के हित में अपने मूल्यों के लिए खड़े होने का नैतिक साहस होना चाहिए। हालाँकि, मीडिया ने इस मुद्दे को उठाया है और लोग मीडिया पर विश्वास करते हैं। इस प्रकार, उनके लिए यह उचित होगा कि वे अपने वरिष्ठों को मामले के बारे में पूरी तरह से जानकारी दें और उनका समर्थन माँगें। इससे उनके बारे में बनी गलत धारणा दूर होगी। इसके अतिरिक्त, ऐसे मामलों में यदि अधिकारी मीडिया के उन सम्पादकों से बात करता है और उन्हें तथ्यों से अवगत कराता है जिन्होंने झूठी खबर को प्रचारित किया है तो इससे भी उसे मदद मिल सकती है। वे अधिकारी के बयान को प्रकाशित करने के लिए बाध्य होंगे। ऐसी घटनाएँ काफी आम हैं, खासकर जब आप एक नए संगठन में सम्मिलित होते हैं और उपद्रव करने वालों के विरुद्ध सख्त कार्रवाई करना चाहते हैं। झूठी शिकायतों के पीछे का मकसद आपको अनुशासनात्मक कार्रवाई करने से रोकना है। हालाँकि, अगर आप डटे रहते हैं तो उन्हें पता चलता है कि आप मूल्यों और साहस के अधिकारी हैं और धीरे-धीरे वे लाइन में आ जाएँगे।

केस-3 (प्रश्न-12)

मान लीजिए कि आप किसी सरकारी विभाग द्वारा उपयोग किए जाने वाले विशेष इलेक्ट्रॉनिक उपकरण बनाने वाली कम्पनी के सीईओ हैं। आपने विभाग को इस उपकरण की आपूर्ति के लिए अपनी बिड जमा कर दी है। आपके ऑफ़र की गुणवत्ता और लागत दोनों ही प्रतिस्पर्धियों की तुलना में बेहतर हैं। फिर भी सम्बन्धित अधिकारी टेंडर स्वीकृत करने के बदले मोटी रिश्वत की माँग कर रहा है। ऑर्डर प्राप्त करना आपके और आपकी कम्पनी दोनों के लिए महत्त्वपूर्ण है। ऑर्डर नहीं मिलने का मतलब प्रोडक्शन लाइन को बन्द करना होगा। यह आपके अपने कैरियर को भी प्रभावित कर सकता है। हालाँकि, नैतिक मूल्यों के प्रति जागरूक व्यक्ति के रूप में आप रिश्वत नहीं देना चाहते हैं।

रिश्वत देने और आर्डर प्राप्त करने, रिश्वत देने से इनकार करने और आर्डर न मिल पाने का जोखिम उठाने, दोनों के लिए वैध तर्क दिए जा सकते हैं। वे तर्क क्या हो सकते हैं? क्या इस दुविधा से बाहर निकलने का कोई बेहतर तरीका हो सकता है? यदि ऐसा है तो इस तीसरे मार्ग के मुख्य तत्वों को रेखांकित करते हुए इसके गुणों की ओर संकेत करें।

उत्तर

इस केस स्टडी में आप एक सरकारी भागीदार के लिए विशेष इलेक्ट्रॉनिक उपकरण बनाने वाली कम्पनी के सीईओ हैं। आपने विभाग को बिड जमा कर दी है लेकिन सम्बन्धित अधिकारी मोटी रिश्वत की माँग कर रहा है। आदेश आपकी कम्पनी के लिए महत्त्वपूर्ण है लेकिन आप मूल्य के प्रति जागरूक व्यक्ति भी हैं। रिश्वत देने और रिश्वत देने से इनकार करने, दोनों के लिए तर्क दिए जा सकते हैं।

रिश्वत देने के पक्ष में तर्क हो सकते हैं—

1. आपकी कम्पनी को अधिक लाभ मिलेगा और उत्पादन लाइन बन्द नहीं करनी पड़ेगी जिससे श्रमिकों का रोजगार नहीं छिनेगा और अन्य नुकसान नहीं होंगे।
2. कम्पनी इस विशेष विभाग द्वारा उपयोग किए जाने वाले विशेष इलेक्ट्रॉनिक उपकरण बनाती है। रिश्वत न देने से विभाग के अधिकारी कम्पनी से नाखुश होंगे और भविष्य में भी उन्हें आर्डर न देकर कम्पनी को नुकसान पहुँचाने की कोशिश करेंगे। चूँकि कम्पनी एक विशेष उपकरण बनाती है, इसलिए यह अपने खास ग्राहकों को खोने के बराबर हो सकता है और कम्पनी को भारी नुकसान उठाने के लिए मजबूर कर सकता है।
3. वर्तमान और भविष्य के ऑर्डर्स को खोने से सीईओ के कैरियर पर प्रतिकूल प्रभाव पड़ सकता है।

दूसरी ओर रिश्वत देने के विरुद्ध तर्क इस प्रकार हैं—

1. रिश्वत देना एक अवैध और अनैतिक कार्य है। अगर भविष्य में यह बात सामने आती है तो कम्पनी और सीईओ पर आपराधिक कार्रवाई हो सकती है।
2. यह अच्छे कॉर्पोरेट प्रशासन के बुनियादी सिद्धान्तों के विरुद्ध है और एक कम्पनी जो इन सिद्धान्तों से विचलित होती है, अन्ततः नुकसान उठाती है।
3. सीईओ मूल्य के प्रति जागरूक व्यक्ति हैं। वह व्यावसायिक लाभ के लिए अपने मूल्यों का त्याग कर रहा होगा और यह उसके नैतिक मूल्यों और नैतिकता के मानक के विपरीत होगा। मूल्यों का कोई उपयोग नहीं है यदि उनके रास्ते में बाधाएँ आने पर उनसे समझौता किया जा सकता हो।
4. अनैतिक तरीकों से मुनाफा कमाना गलत है चाहे परिस्थिति कैसी भी हो।

यह स्पष्ट है कि सीईओ को सरकारी अधिकारी को रिश्वत का भुगतान नहीं करना चाहिए जिससे ईमानदारी का उच्च स्तर बना रहे। वह सम्बन्धित सरकारी अधिकारी के वरिष्ठ अधिकारियों से सम्पर्क कर सकते हैं और मामले को उनकी जानकारी में ला सकते हैं। आम तौर पर वरिष्ठ अधिकारी हस्तक्षेप करते हैं और लेन-देन में निष्पक्षता सुनिश्चित करते हैं। अगर, फिर भी कम्पनी की बोली अवैध रूप से खारिज कर दी जाती है तो वह एक लिखित प्रतिनिधित्व कर सकती है। सूचना का अधिकार अधिनियम के दिनों में सरकारी विभाग के लिए मनमाने ढंग से कार्य करना आसान नहीं है। सबसे खराब स्थिति में वह अदालतों का दरवाजा खटखटा सकता है।

केस-4 (प्रश्न-13)

रामेश्वर ने प्रतिष्ठित सिविल सेवा परीक्षा में सफलता हासिल की और इस तरह वह सिविल सेवाओं के माध्यम से देश की सेवा करने के लिए मिलने वाले अवसर को लेकर

बेहद उत्साहित थे। हालाँकि, सेवाओं में सम्मिलित होने के तुरन्त बाद, उन्होंने महसूस किया कि चीज़ें उतनी गुलाबी नहीं हैं जितनी उन्होंने कल्पना की थी।

उन्होंने पाया कि उन्हें सौंपे गए विभाग में कई कदाचार प्रचलित थे। उदाहरण के लिए, विभिन्न योजनाओं और अनुदानों के तहत धन का दुरुपयोग किया जा रहा था। आधिकारिक सुविधाओं का उपयोग अक्सर अधिकारियों और कर्मचारियों द्वारा व्यक्तिगत आवश्यकताओं के लिए किया जाता था। कुछ समय बाद उन्होंने देखा कि कर्मचारियों की भर्ती की प्रक्रिया भी सही नहीं थी। सम्भावित उम्मीदवारों को एक परीक्षा देनी थी जिसमें बहुत अधिक धोखाधड़ी चल रही थी। कुछ उम्मीदवारों को परीक्षा में बाहरी सहायता प्रदान की गई। रामेश्वर इन घटनाओं को अपने वरिष्ठों के संज्ञान में लेकर आए। हालाँकि, उन्हें सलाह दी गई थी कि वे अपनी आँखें, कान और मुँह बन्द रखें और इन सभी चीज़ों को नज़रअन्दाज़ करें जो उच्चाधिकारियों की मिलीभगत से हो रही थीं। रामेश्वर ने अत्यधिक मोहभंग और असहज महसूस किया। वह आपकी सलाह लेने के लिए आपके पास आता है।

ऐसे विभिन्न विकल्पों को इंगित करें जो आपको लगता है कि इस स्थिति में उपलब्ध हैं। आप इन विकल्पों का मूल्यांकन करने और अपनाए जाने के लिए सबसे उपयुक्त मार्ग चुनने में उसकी मदद कैसे करेंगे?

उत्तर

यह मामला एक ईमानदार सिविल सेवक से सम्बन्धित है जो अपने विभाग में अनैतिक व्यवहार होते देखता है। वह पाता है कि उसके अपने वरिष्ठ अधिकारियों की मिलीभगत से कर्मचारियों की भर्ती में धोखाधड़ी हो रही है। रामेश्वर का मोहभंग हो जाता है और वह सलाह के लिए आपके पास आता है।

1. वह अपने वरिष्ठों की सलाह सुन सकता है और भर्ती में धोखाधड़ी सहित सभी अनैतिक प्रथाओं के लिए अपनी आँखें बन्द कर सकता है। हालाँकि, इसका मतलब यह होगा कि वह अपनी ईमानदारी से पूरी तरह समझौता करता है। गलत या अवैध गतिविधियों के विरुद्ध कार्रवाई न करना आपको उनका हिस्सा बना देता है और वह दूसरों की तरह बेईमान हो जाता है। ऐसा व्यवहार एक लोक सेवक की नैतिकता के विपरीत है और अन्ततः इसका खामियाजा नागरिकों को भुगतना पड़ता है। यह विकल्प स्वीकार्य नहीं है।
2. यह देखना रामेश्वर की ज़िम्मेदारी है कि उनके विभाग में काम ईमानदारी और निष्पक्षता से हो और सरकारी संसाधनों का निजी आवश्यकताओं के लिए दुरुपयोग न हो। वह अपने विभाग के कामकाज के लिए जवाबदेह है और वरिष्ठों की सलाह के पीछे आश्रय लेकर अपनी ज़िम्मेदारी को नजरअन्दाज नहीं कर सकता। उसे चीज़ों को सुधारने के लिए तुरन्त कार्रवाई करनी चाहिए। वह निम्नलिखित कार्रवाई कर सकता है।
   क) उसे व्यक्तिगत रूप से भर्ती प्रक्रिया में निरीक्षण और पर्यवेक्षण की एक प्रणाली लागू करनी चाहिए ताकि यह सुनिश्चित हो सके कि कोई

धोखाधड़ी नहीं है। धोखाधड़ी करने वालों के विरुद्ध कड़ी कार्रवाई होनी चाहिए।

ख) उसे निर्देश जारी करना चाहिए कि आधिकारिक सुविधाओं का उपयोग व्यक्तिगत आवश्यकताओं के लिए नहीं किया जाएगा। उसके बाद उसे यह देखने के लिए दृष्टि रखनी चाहिए कि उसके निर्देशों का पालन किया जा रहा है या नहीं।

ग) उसे विभिन्न योजनाओं और अनुदानों के लिए निधियों का तत्काल ऑडिट करवाना चाहिए और किसी भी तरह के दुरुपयोग के विरुद्ध कार्रवाई करनी चाहिए। उसे यह सुनिश्चित करने के लिए एक प्रणाली तैयार करनी चाहिए कि पूर्ण वित्तीय औचित्य और वित्तीय नियमों का पालन किया जाता है।

घ) उसकी हरकतें उसके वरिष्ठों को अप्रसन्न कर सकती हैं। वह लिखित में विस्तृत रिपोर्ट तैयार करें और अपने वरिष्ठ अधिकारियों को भेजें। एक बार बात लिखित रूप में आ जाने के बाद कोई भी वरिष्ठ अधिकारी उनसे असहमत नहीं हो पाएगा। वे उसे स्थानान्तरित करने का प्रयास कर सकते हैं लेकिन किसी को इस बारे में चिन्ता नहीं करनी चाहिए। बेईमान अधिकारियों में एक ईमानदार सिविल सेवक को नुकसान पहुँचाने का नैतिक साहस नहीं होता है।

केस-5 (प्रश्न-14)

हमारे देश में ग्रामीण लोगों का शहरों और कस्बों की ओर पलायन तेजी से बढ़ रहा है। इससे ग्रामीण और शहरी दोनों क्षेत्रों में गम्भीर समस्याएँ पैदा हो रही हैं। वास्तव में, चीज़ें वास्तव में असहनीय होती जा रही हैं। क्या आप इस समस्या का विस्तार से विश्लेषण कर सकते हैं और इस समस्या के लिए ज़िम्मेदार न केवल सामाजिक-आर्थिक बल्कि भावनात्मक और व्यवहार सम्बन्धी कारकों को भी बता सकते हैं? इसके अतिरिक्त, स्पष्ट रूप से बताएँ कि क्यों—

1. शिक्षित ग्रामीण युवा शहरी क्षेत्रों में जाने की कोशिश कर रहे हैं;
2. भूमिहीन गरीब लोग शहरी मलिन बस्तियों की ओर पलायन कर रहे हैं;
3. यहाँ तक कि कुछ किसान भी अपनी जमीन बेच रहे हैं और छोटे-मोटे काम करके शहरी क्षेत्रों में बसने की कोशिश कर रहे हैं।
4. हमारे देश की इस गम्भीर समस्या को नियंत्रित करने के लिए आप कौन से व्यवहार्य कदम सुझा सकते हैं?

उत्तर

यह प्रश्न ग्रामीण लोगों के शहरों और कस्बों की ओर पलायन की महत्त्वपूर्ण समस्या से सम्बन्धित है, जिससे ग्रामीण और शहरी दोनों क्षेत्रों में गम्भीर समस्या उत्पन्न हो रही है।

शिक्षित युवाओं के लिए ग्रामीण क्षेत्रों में रोजगार के सीमित अवसर हैं और वे बेहतर रोजगार पाने के लिए शहरी क्षेत्रों में पलायन करना चाहते हैं। वे अपने खेतों पर काम नहीं करना चाहते क्योंकि उन्हें लगता है कि वे खेतों में काम करके उतना नहीं कमा पाएँगे जितना वे शहर में एक नौकरी करके कमा लेंगे। कृषि भी अलाभकारी हो गई है और ग्रामीण क्षेत्रों में बहुत कम औद्योगीकरण हो रहा है।

भूमिहीन गरीब लोग भी शहरी मलिन बस्तियों में चले जाते हैं क्योंकि उन्हें निर्माण उद्योग और शहरी क्षेत्रों में कारखानों में काम करने के लिए उच्च मजदूरी मिलती है। यही कारण है कि किसान अपनी जमीन बेचकर शहरी क्षेत्रों में छोटे-मोटे काम करने लगते हैं। वास्तव में जनसंख्या वृद्धि के साथ गाँवों में जोत का औसत आकार बहुत छोटा हो गया है और कृषि धीरे-धीरे अव्यावहारिक होती जा रही है। किसानों को उनकी उपज का उचित मूल्य भी नहीं मिल पा रहा है।

शहरी क्षेत्रों में प्रवास एक प्राकृतिक घटना है और यह हर देश में हुआ है। हालाँकि, समस्या यह है कि उन्हें शहरी क्षेत्रों में बहुत अधिक मजदूरी नहीं मिल रही है और वे मलिन बस्तियों में अस्वस्थ वातावरण में रहने को मजबूर हैं। स्थिति को निम्नलिखित क्षेत्रों में तत्काल नीतिगत सुधारों की आवश्यकता है।

1. एक ऐसा सिस्टम हो जो इस बात को सुनिश्चित करे कि किसान को उसकी उपज का सही मूल्य मिले और उसकी आय में लगातार वृद्धि हो।
2. किसान को रियायती दरों पर इनपुट और क्रेडिट उपलब्ध कराई जाए।
3. प्राकृतिक आपदाओं से निपटने के लिए एक व्यापक फसल बीमा पॉलिसी की व्यवस्था हो।
4. कृषि को पशुपालन या मत्स्य पालन जैसी अतिरिक्त आय अर्जित करने वाली गतिविधियों के साथ मिलाया जाए।
5. ग्रामीण क्षेत्रों में कृषि उद्योगों के केन्द्र बनाए जाएँ और सामान्य रूप से ग्रामीण क्षेत्रों में औद्योगीकरण को प्रोत्साहित किया जाए।
6. ग्रामीण क्षेत्रों में भौतिक बुनियादी ढाँचे में सुधार की आवश्यकता है। गाँवों में रहने वाले लोगों को अच्छी गुणवत्ता का जीवन देने के लिए बेहतर सड़कें, बिजली, स्कूल और अस्पताल उपलब्ध कराने होंगे।

केस-स्टडी : यूपीएससी सामान्य अध्ययन पेपर—2015

केस-1 (प्रश्न-9)

एक निजी कम्पनी अपनी दक्षता, पारदर्शिता और कर्मचारी कल्याण के लिए जानी जाती है। हालाँकि यह निजी व्यक्ति के स्वामित्व वाली कम्पनी का एक सहकारी चरित्र है जहाँ कर्मचारी स्वामित्व की भावना महसूस करते हैं। कम्पनी में लगभग 700 कर्मचारी कार्यरत हैं और उन्होंने स्वेच्छा से यूनियन नहीं बनाने का फैसला किया है।

एक दिन अचानक सुबह नौकरी की माँग को लेकर राजनीतिक दल से जुड़े करीब 40 आदमी फैक्ट्री के अन्दर घुस आए। उन्होंने प्रबन्धन और कर्मचारियों को धमकाया और अभद्र भाषा का भी प्रयोग किया। कर्मचारी निराश थे।

यह स्पष्ट था कि फैक्ट्री में जबरन घुसने वाले लोग कम्पनी के पेरोल पर होने के साथ-साथ पार्टी के स्वयंसेवकों/सदस्यों के रूप में बने रहना चाहते थे।

कम्पनी सत्यनिष्ठा में उच्च मानकों को बनाए रखती है और नागरिक प्रशासन के पक्ष में नहीं है जिसमें कानून प्रवर्तन एजेंसी भी सम्मिलित है। सार्वजनिक क्षेत्र में भी ऐसी घटनाएँ होती हैं।

1. मान लें कि आप कम्पनी के सीईओ हैं। कम्पनी परिसर के अन्दर बैठी हिंसक भीड़ के साथ अस्थिर स्थिति को दूर करने के लिए आप क्या करेंगे?
2. मामले में चर्चा किए गए मुद्दे का दीर्घकालिक समाधान क्या हो सकता है?
3. आपके द्वारा सुझाए गए प्रत्येक समाधान/कार्य का आप (सीईओ), कर्मचारियों और कर्मचारियों के प्रदर्शन पर नकारात्मक और सकारात्मक प्रभाव पड़ेगा। अपने सुझाए गए प्रत्येक कार्य के परिणामों का विश्लेषण करें।

उत्तर

सीईओ के लिए यह एक मुश्किल स्थिति है। एक राजनीतिक दल से जुड़े 40 लोग जबरन फैक्ट्री के अन्दर घुस आए और प्रबन्धन व कर्मचारियों को धमकाया। कम्पनी की संस्कृति है कि प्रबन्धन और कर्मचारियों के बीच एक उत्कृष्ट सम्बन्ध है जिसके कारण कर्मचारियों ने अपनी कोई यूनियन नहीं बनाई है। कम्पनी ईमानदारी के उच्च मानकों को भी बनाए रखती है और राजनीतिक दलों और सरकारी अधिकारियों को पक्ष नहीं देती है। कर्मचारियों को प्रबन्धन पर पूरा भरोसा है और इस घटना ने उनका मनोबल गिरा दिया है। सीईओ को उनकी सुरक्षा सुनिश्चित करनी होगी। उसे कम्पनी के सुरक्षा बल का इस्तेमाल कर्मचारियों और सम्पत्ति की सुरक्षा के लिए करना चाहिए। हालाँकि, ऐसा प्रतीत होता है कि सुरक्षा बल घुसपैठियों को नियंत्रित करने में सक्षम नहीं हैं। वे अवैध रूप से कारखाने में घुसे हैं और हिंसा की धमकी दे रहे हैं। सीईओ को तुरन्त पुलिस में शिकायत दर्ज करनी चाहिए। उसे जिला मजिस्ट्रेट (डीएम) और पुलिस अधीक्षक (एसपी) जैसे उच्च अधिकारियों से बात करनी चाहिए और जान-माल की रक्षा के लिए तत्काल कार्रवाई का अनुरोध करना चाहिए।

सीईओ को वरिष्ठ अधिकारियों के साथ उस भीड़ का नेतृत्व करने वाले लोगों को बुलाकर उनसे चर्चा करनी चाहिए। उन्हें यह बताना चाहिए कि इस तरह का व्यवहार स्वीकार्य नहीं है। उन्हें बताया जाना चाहिए कि कम्पनी के नियमों के अनुसार किसी राजनीतिक दल का सदस्य होते हुए कोई कम्पनी के पेरोल पर नहीं हो सकता है। उन्हें यह भी बताया जाए कि नौकरी देने की एक प्रक्रिया है जिसका पालन करना होगा। कम्पनी ऐसे ही किसी को नौकरी नहीं दे सकती है। सम्भव है कि वे सहमत हो जाएँ अन्यथा पुलिस द्वारा उन्हें बाहर निकालना होगा।

इसका दीर्घकालिक समाधान यह होगा कि वरिष्ठ अधिकारियों, मंत्रियों से लेकर राज्य के मुख्यमंत्री तक से सम्पर्क किया जाए। यह बात सामने रखनी चाहिए कि फैक्ट्री इस तरह से काम नहीं कर पाएगी और प्रबन्धन के पास फैक्ट्री को बन्द करके दूसरे राज्य

में जाने के अतिरिक्त कोई विकल्प नहीं होगा। इससे राज्य में बेरोजगारी बढ़ेगी। कोई भी सरकार ऐसा नहीं होने देगी और उनके द्वारा कार्रवाई की जाएगी। मंत्री और मुख्यमंत्री से सम्पर्क करना आवश्यक है क्योंकि इस तरह के व्यवहार में लिप्त लोग सम्भावित रूप से सत्तारूढ़ दल से होंगे और उन्हें राजनीतिक रूप से नियंत्रित करना होगा क्योंकि कभी-कभी ज़िला प्रशासन भी सत्ताधारी पार्टी के कार्यकर्ताओं के विरुद्ध कार्रवाई करने के लिए अनिच्छुक होता है। इससे कर्मचारियों का मनोबल बढ़ेगा और वे बेहतर प्रदर्शन करेंगे क्योंकि उन्हें विश्वास होगा कि प्रबन्धन उनके जीवन और सम्पत्ति की रक्षा के लिए सभी कदम उठा रहा है और कर्मचारियों की भर्ती में पूरी ईमानदारी बनाए रख रहा है।

स्थिति को सफलतापूर्वक सँभालने से उनकी कम्पनी में सीईओ की छवि बढ़ेगी और भविष्य में उनको कैरियर में मदद मिलेगी। हालाँकि, सीईओ, यहाँ तक कि स्वयं कम्पनी भी भले ही प्रशासन को किसी प्रकार का कोई लाभ न पहुँचाए, मगर डीएम और एसपी के साथ अच्छे सामाजिक सम्बन्ध विकसित करने चाहिए ताकि उन्हें भविष्य में भी समर्थन मिलता रहे।

केस-2 (प्रश्न-10)

आप पंचायत के सरपंच हैं। आपके क्षेत्र में सरकार द्वारा संचालित एक प्राथमिक विद्यालय है। स्कूल में आने वाले बच्चों को मध्याह्न भोजन उपलब्ध कराया जाता है। प्रधानाध्यापक ने अब भोजन तैयार करने के लिए स्कूल में एक नया रसोइया नियुक्त किया है। हालाँकि, जब यह पाया जाता है कि रसोइया दलित समुदाय से है, तो उच्च जातियों के लगभग आधे बच्चों को उनके माता-पिता भोजन करने की अनुमति देने से इनकार कर देते हैं। फलस्वरूप, स्कूलों में उपस्थिति तेज़ी से गिरती है। इसके परिणामस्वरूप मध्याह्न भोजन योजना को बन्द करने, उसके बाद शिक्षण स्टाफ और बाद में स्कूल बन्द करने की सम्भावना हो सकती है।

1. संघर्ष को दूर करने और सही माहौल बनाने के लिए कुछ व्यावहारिक रणनीतियों पर चर्चा करें।
2. ऐसे परिवर्तनों को स्वीकार करने के लिए सकारात्मक सामाजिक माहौल बनाने के लिए विभिन्न सामाजिक क्षेत्रों और एजेंसियों की ज़िम्मेदारियाँ क्या होनी चाहिए?

उत्तर

यह भारत में जाति व्यवस्था की बुराइयों से सम्बन्धित एक केस स्टडी है। छात्रों के माता-पिता उन्हें दलित समुदाय के एक नए रसोइए द्वारा पकाया गया मध्याह्न भोजन लेने की अनुमति नहीं दे रहे हैं। यह स्थिति पूरी तरह से स्वीकार्य नहीं है। सरपंच को अपने अधिकार का उपयोग पंचायत की बैठक बुलाने और सभी माता-पिता को समझाने के लिए करना चाहिए कि उन्हें नए रसोइए पर आपत्ति नहीं करनी चाहिए। बेहतर होगा कि वह सरकारी अधिकारियों की भी मदद लें। उन्हें मिलकर लोगों को समझाना चाहिए कि छुआछूत भारत में एक अपराध है और इस तरह की कार्रवाई से देश में गाँव की छवि

धूमिल होगी और अगर मध्याह्न भोजन बन्द कर दिया जाता है या स्कूल बन्द कर दिया जाता है तो इस गाँव के छात्रों को नुकसान होगा। यह एक गम्भीर मुद्दा है और इस बारे में ज़िला कलेक्टर, मुख्य विकास अधिकारी और पुलिस अधीक्षक को सूचित करना उचित होगा। उच्च स्तर के हस्तक्षेप से लोगों से सकारात्मक प्रतिक्रिया मिल सकेगी।

सरपंच को पंचायत के सदस्यों और उच्च जाति के प्रबुद्ध सदस्यों के साथ दूसरों को शिक्षित करना जारी रखना चाहिए कि इस तरह का जातिगत भेदभाव सही नहीं है। इसमें सरकारी अधिकारियों को भी सकारात्मक भूमिका निभानी होगी। इसमें स्थानीय विधायक और सांसद समेत अन्य अपनी राय दे सकते हैं।

केस-3 (प्रश्न-11)

एक प्रमुख दवा कम्पनी की अनुसंधान एवं विकास प्रयोगशाला में काम करने वाले वैज्ञानिकों में से एक को पता चलता है कि कम्पनी की सबसे अधिक बिकने वाली पशु चिकित्सा दवाओं में से एक में वर्तमान में आदिवासी क्षेत्रों में प्रचलित एक लाइलाज लीवर की बीमारी को ठीक करने की क्षमता है। हालाँकि, मानव के लिए उपयुक्त दवा का एक प्रकार विकसित करने के लिए बहुत सारे अनुसंधान और विकास की आवश्यकता थी, जिसमें लगभग 50 करोड़ रुपये तक का भारी खर्च हुआ। इस बात की कोई सम्भावना नहीं दिखाई देती थी कि कम्पनी लागत की वसूली भी कर पाएगी क्योंकि बीमारी केवल गरीबी से त्रस्त क्षेत्रों में और बहुत कम बाजार वाले क्षेत्रों में व्याप्त थी।

अगर आप सीईओ होते तो—

1. उन विभिन्न कार्रवाइयों की पहचान करें जो आप कर सकते हैं।
2. अपने प्रत्येक कार्य के गुण-दोष का मूल्यांकन करें।

उत्तर

सीईओ के पास एक विकल्प के रूप में परियोजना को छोड़ना हो सकता है क्योंकि यह आर्थिक रूप से व्यावहारिक नहीं है। कम्पनियों का उद्देश्य लाभ को अधिकतम करना होता है और इस दवा के विकास से लागत की वसूली नहीं होगी। हालाँकि, यह चीज़ों को देखने का एक नैतिक तरीका नहीं है।

कम्पनियों की भी समाज के प्रति ज़िम्मेदारी होती है। इस दवा में लीवर की बीमारी को ठीक करने की क्षमता है जो क्षेत्र के गरीब लोगों में व्याप्त है। समाज के लाभ के लिए इस दवा का अनुसंधान और निर्माण आवश्यक है। लाभदायक कम्पनियों से अपेक्षा की जाती है कि वे अपने औसत का दो प्रतिशत कॉर्पोरेट सामाजिक उत्तरदायित्व पर खर्च करें। सीईओ इस प्रोजेक्ट को कॉरपोरेट सोशल रिस्पॉन्सिबिलिटी के अन्तर्गत ले सकते हैं।

यह सम्भव है कि कॉर्पोरेट सोशल रिस्पांसिबिलिटी के तहत 50 करोड़ का भारी खर्च सम्भव न हो। कार्रवाई का सबसे अच्छा तरीका सरकार के साथ मामला उठाना होगा जिसका प्राथमिक कर्तव्य लोगों के स्वास्थ्य की देखभाल करना है, विशेष रूप से आदिवासी क्षेत्रों में। सरकार निश्चित रूप से कम्पनी की अनुसंधान लागत का समर्थन कर सकती है और उत्पादन लागत को सब्सिडी देने की नीति भी ला सकती है। ऐसी

कई परियोजनाओं को सार्वजनिक निजी भागीदारी (पीपीपी) मोड में लिया जाता है। यह सरकार की ज़िम्मेदारी है और कम्पनी का नैतिक कर्तव्य भी है कि वह एक ऐसी दवा का उत्पादन करे जो एक लाइलाज बीमारी को ठीक कर सके।

केस-4 (प्रश्न-12)

एक आपदा-आशंकित राज्य है जिसमें बार-बार भूस्खलन, जंगल की आग, बादल फटना, अचानक बाढ़ और भूकंप आदि आते हैं। इनमें से कुछ मौसमी और अधिकतर अप्रत्याशित होते हैं। आपदा की भयावहता हमेशा अप्रत्याशित होती है। एक ऐसे ही मौसम में एक बादल फटने से विनाशकारी बाढ़ और भूस्खलन हुआ जिससे बड़ी संख्या में लोग हताहत हुए। सड़कों, पुलों और बिजली उत्पादन इकाइयों जैसे बुनियादी ढाँचे को बड़ी क्षति हुई।

इसके कारण 1,00,000 से अधिक तीर्थयात्री, पर्यटक और अन्य स्थानीय लोग विभिन्न मार्गों और स्थानों में फँस गए। आपकी ज़िम्मेदारी के क्षेत्र में फँसे लोगों में वरिष्ठ नागरिक, अस्पतालों में मरीज़, महिलाएँ और बच्चे, पैदल यात्री, पर्यटक, सत्ताधारी दल, क्षेत्रीय अध्यक्ष और उनके साथ उनका पूरा परिवार, पड़ोसी राज्य के अतिरिक्त मुख्य सचिव और जेल में बन्द कैदी सम्मिलित हैं।

राज्य के एक सिविल सेवा अधिकारी के रूप में आप किस क्रम में इन लोगों को छुड़ाएँगे और क्यों? औचित्य दीजिए।

उत्तर

एक विनाशकारी बादल फटा है जिससे बड़ी संख्या में लोग हताहत हुए हैं। सड़क, पुल जैसे बड़े बुनियादी ढाँचों को नुकसान पहुँचा है। एक लाख तीर्थयात्री फँस गए और उन्हें निकाला जाना है। सभी को एक साथ हटाना सम्भव नहीं है। ऐसे मामलों में, सिविल सेवक को प्राथमिकता देनी होगी। उसे पहले उन लोगों को दूसरे स्थान पर पहुँचाना चाहिए जो सबसे अधिक असुरक्षित हैं और सबसे अधिक संकट का सामना कर रहे हैं।

उन्हें पहले अस्पतालों में मरीज़ों को बचाना चाहिए क्योंकि उन्हें तत्काल चिकित्सा की आवश्यकता होती है अन्यथा कई लोगों की जान जा सकती है।

इसके बाद महिलाओं और बच्चों को निकालना चाहिए। वे अतिसंवेदनशील वर्ग से सम्बन्धित हैं और उन्हें स्थानान्तरित करने में किसी भी तरह की देरी से चोट लग सकती है या जान भी जा सकती है।

इसके बाद उन्हें वरिष्ठ नागरिकों को निकालना चाहिए क्योंकि वृद्ध लोग कठिनाइयों का सामना नहीं कर पाएँगे और यहाँ तक कि अपनी जान भी गँवा सकते हैं। वरिष्ठ नागरिक आमतौर पर दुर्बल होते हैं और बीमारियों से पीड़ित होते हैं।

इसके बाद पर्यटकों को हटाना चाहिए क्योंकि उन्हें भोजन और दवाओं की आवश्यकता होगी और उनमें से अधिकांश उस मुश्किल से निपट सकने की स्थिति में नहीं होंगे।

इसके बाद उन्हें अपने परिवार के साथ सत्ताधारी पार्टी के क्षेत्रीय अध्यक्ष को

निकालना चाहिए। इसका औचित्य यह है कि उनके साथ उनका परिवार भी है जिस पर ध्यान देने की आवश्यकता होगी।

इसके बाद पड़ोसी राज्य के अतिरिक्त मुख्य सचिव को बचाना चाहिए। वह दूसरे राज्य का एक वरिष्ठ अधिकारी है और इसलिए उसे बचाया जाना चाहिए। और हो सकता है उनकी उम्र भी अधिक हो।

फिर वह जेल में बन्द कैदियों को निकालेगा। वे अलग-अलग आयु वर्ग के और शारीरिक रूप से बहुत मज़बूत नहीं हो सकते हैं।

अन्त में पैदल यात्रियों को निकालना चाहिए क्योंकि वे युवा होंगे, शारीरिक रूप से मज़बूत होंगे, स्थिति को समायोजित करने में सक्षम होंगे और इस कठिन परिस्थिति में अधिक समय तक जीवित रहने की क्षमता रखने वाले होंगे।

सम्भव है कि सत्तारूढ़ दल के अध्यक्ष के परिवार में महिलाएँ और बच्चे हों। उन्हें अन्य महिलाओं और बच्चों के साथ बाहर निकाला जाना चाहिए। ऐसी स्थिति में अतिरिक्त मुख्य सचिव को बचाने की भी सलाह दी जा सकती है क्योंकि वह अपने परिवार के क्षेत्रीय पार्टी अध्यक्ष और वयस्क पुरुष सदस्य से पहले एक पड़ोसी राज्य से सम्बन्धित है। पार्टी अध्यक्ष बचाव के आयोजन में भी प्रशासन की मदद कर सकते हैं।

केस-5 (प्रश्न-13)

आप किसी विभाग में वहाँ के जिला प्रशासन के मुखिया हैं, राज्य मुख्यालय के वरिष्ठ अधिकारी आपको फोन करते हैं और बताते हैं कि रामपुर ग्राम के एक प्लाट पर एक स्कूल का निर्माण किया जाना है। उनका आगमन निश्चित किया जाता है, जिसमें वह मौके पर चीफ इंजीनियर और सीनियर आर्किटेक्ट के साथ जाएँगे। वह चाहते हैं कि आप इससे सम्बन्धित सभी कागज़ी कार्यवाही पूरी कर दें, और यह सुनिश्चित करें कि उनका दौरा भली-भाँति व्यवस्थित हो जाए।

आप उस फाइल की जाँच करते हैं जो आपके विभाग में सम्मिलित होने से पहले की अवधि से सम्बन्धित है। स्थानीय पंचायत के लिए मामूली कीमत पर भूमि का अधिग्रहण किया गया था और कागज़ात से पता चला कि तीन प्राधिकरणों में से दो के लिए मंज़ूरी प्रमाण पत्र उपलब्ध हैं, जिन्हें साइट की उपयुक्तता को प्रमाणित करना है। फ़ाइल पर वास्तुकार द्वारा कोई प्रमाणीकरण उपलब्ध नहीं है। आप यह सुनिश्चित करने के लिए रामपुर जाने का निर्णय लेते हैं कि फाइल के अनुसार सब कुछ क्रम में है। जब आप रामपुर जाते हैं, तो आप पाते हैं कि सन्दर्भाधीन भूखंड ठाकुरगढ़ किले का एक हिस्सा है और इसके चारों ओर दीवारें, प्राचीर आदि बने हुए हैं। किला मुख्य गाँव से काफी दूर है, इसलिए यहाँ बच्चों के लिए स्कूल बहुत असुविधाजनक होगा। हालाँकि, गाँव के पास के क्षेत्र में एक बड़े आवासीय क्षेत्र में विस्तार करने की क्षमता है। किले में मौजूदा भूखंड पर विकास शुल्क बहुत अधिक होगा और साथ ही उसके विरासत स्थल होने के सवाल पर भी विचार नहीं किया गया है। इसके अतिरिक्त, सरपंच, भूमि अधिग्रहण के समय, आपके पूर्ववर्ती अधिकारी का रिश्तेदार था। ऐसा लगता है कि पूरा लेन-देन किसी निहित स्वार्थ के साथ किया गया है।

1. सम्बन्धित पक्षों के सम्भावित निहित स्वार्थों की सूची बनाएँ।
2. आपके लिए उपलब्ध कार्रवाई के कुछ विकल्प नीचे सूचीबद्ध हैं। प्रत्येक विकल्प के गुण-दोषों की विवेचना कीजिए :
   (i) आप वरिष्ठ अधिकारी के दौरे की प्रतीक्षा कर सकते हैं और उन्हें निर्णय लेने दें।
   (ii) आप लिखित में या फोन पर उनकी सलाह ले सकते हैं।
   (iii) आप अपने पूर्ववर्ती/सहयोगियों आदि से परामर्श कर सकते हैं और फिर निर्णय ले सकते हैं कि क्या करना है।
   (iv) आप पता लगा सकते हैं कि क्या बदले में कोई वैकल्पिक भूखंड मिल सकता है और फिर एक व्यापक लिखित रिपोर्ट भेजें।

क्या आप उचित औचित्य के साथ कोई अन्य विकल्प सुझा सकते हैं?

उत्तर

(ए) इस मामले में निहित स्वार्थ वाले कई पक्ष हैं—

1. भूमि अधिग्रहण के समय सरपंच निश्चित रूप से चाहता है कि स्कूल प्रस्तावित स्थल पर स्थित हो और उसका एक मौद्रिक हित हो।
2. वर्तमान अधिकारी के पूर्ववर्ती का भी निहित स्वार्थ होता है। वास्तव में स्कूल के लिए अधिग्रहित भूमि के लिए एक अच्छा मुआवजा होने की सम्भावना है और अधिकारी और सरपंच को इससे आर्थिक लाभ भी होने की सम्भावना है।
3. इसके अतिरिक्त स्कूल बनने से आवासीय कॉलोनी का निर्माण करने वाले बिल्डर के लिए सम्भावित मूल्य में वृद्धि होगी। सम्भावना है कि बिल्डर, सरपंच और अधिकारी की मिलीभगत हो।

(बी) यह स्पष्ट है कि स्कूल का स्थान उपयुक्त नहीं है। यह मुख्य गाँव से बहुत दूर है जबकि स्कूल को हमेशा बस्ती के पास होना चाहिए ताकि बच्चे बिना किसी असुविधा के उसमें जा सकें। इसके अतिरिक्त, यह ठाकुरगढ़ किले का हिस्सा है जिसका अर्थ है कि यह एक विरासत क्षेत्र में स्थित है जो सही नहीं है क्योंकि विरासत स्थलों को संरक्षित किया जाता है। साथ ही इसमें जो दीवारें और प्राचीर आदि हैं वो इसे एक स्कूल के लिए पूरी तरह से अनुपयुक्त बनाती हैं। इसके अतिरिक्त, फ़ाइल पर उपलब्ध किसी वास्तुकार द्वारा कोई प्रमाणीकरण नहीं है।

(1) पहला विकल्प स्वीकार्य नहीं है। तथ्यों को जानने के बाद अधिकारी अपने वरिष्ठ अधिकारी के निर्णय की प्रतीक्षा नहीं कर सकता।
(2) यह विकल्प भी स्वीकार्य नहीं है। वह तथ्यों से अवगत है और लिखित या फोन पर सलाह की कोई आवश्यकता नहीं है।
(3) पूर्ववर्ती या किसी सहकर्मी से परामर्श करने की आवश्यकता नहीं है। विशेष रूप से पूर्ववर्ती अधिकारी के मामले में स्पष्ट रूप से निहित स्वार्थ है।

(4) यह विकल्प सबसे उपयुक्त है। यह देखना उसकी ज़िम्मेदारी है कि बच्चों की आवश्यकताओं को पूरा करने के लिए क्षेत्र में एक स्कूल आए। वर्तमान प्रस्तावित भूमि पूरी तरह से अनुपयुक्त है। एक लोक सेवक को कई उद्‌देश्यों को पूरा करना होता है और उसे न केवल समस्या का संकेत देना होता है बल्कि समाधान भी निकालना होता है। इस प्रकार उसे स्कूल के लिए एक वैकल्पिक भूखंड का चयन करना चाहिए और आवश्यक मंज़ूरी के लिए आगे बढ़ना चाहिए और अपने वरिष्ठों को व्यापक लिखित रिपोर्ट भी भेजनी चाहिए जिसमें स्कूल के लिए प्रस्तावित वर्तमान भूमि को स्पष्ट रूप से अस्वीकार कर दिया गया हो और अपना नया प्रस्ताव दिया जाए।

एक अन्य विकल्प यह है कि प्रस्तावित वर्तमान भूमि को अस्वीकार करते हुए एक विस्तृत रिपोर्ट भेजें और वास्तव में उस टीम को दिखाएँ जो दौरे के लिए आ रही है। टीम को विभिन्न विकल्प दिखाए जा सकते हैं और पारस्परिक परामर्श के माध्यम से चयनित भूमि का एक नया टुकड़ा दिखाया जा सकता है।

केस-6 — (प्रश्न-14)

आप हाल ही में एक ज़िले के ज़िला विकास अधिकारी के रूप में तैनात हैं। कुछ ही समय बाद आपने पाया कि आपके ज़िले के ग्रामीण क्षेत्रों में लड़कियों को स्कूलों में भेजने के विवाद पर काफी तनाव है।

गाँव के वृद्धों को लगता है कि लड़कियों के शिक्षित होने और घर के सुरक्षित माहौल से बाहर निकलने के कारण कई समस्याएँ खड़ी हो गई हैं। उनका मत है कि न्यूनतम शिक्षा के साथ लड़कियों का शीघ्र विवाह कर देना चाहिए। लड़कियाँ शिक्षा के बाद नौकरियों के लिए भी प्रतिस्पर्धा कर रही हैं, जो परम्परागत रूप से लड़कों के लिए माने जाने वाले क्षेत्रों में दिखाई देने लगी है, जिससे पुरुष वर्ग में बेरोजगारी बढ़ रही है।

युवा पीढ़ी को लगता है कि वर्तमान युग में लड़कियों को शिक्षा और रोज़गार के साथ-साथ आजीविका के अन्य साधनों के समान अवसर मिलने चाहिए। पूरा इलाका दो पीढ़ियों में बँटा हुआ। आपको पता चलता है कि पंचायत में या अन्य स्थानीय निकायों में या व्यस्त चौराहों पर भी इस विवाद पर तीखी बहस हो रही है।

एक दिन आपको सूचित किया जाता है कि एक अप्रिय घटना घटी है। कुछ लड़कियों के साथ स्कूल जाते समय छेड़खानी की गई है। इस घटना के कारण कई समूहों के बीच झड़पें हुईं और कानून व्यवस्था की समस्या पैदा हो गई। बड़ी चर्चा के बाद बच्चियों को स्कूल न जाने देने और उनके हुक्म का पालन न करने वाले सभी परिवारों का सामाजिक बहिष्कार करने का संयुक्त फैसला लिया है। (250 शब्द) (25 अंक)

1. लड़कियों की शिक्षा को बाधित किए बिना उनकी सुरक्षा सुनिश्चित करने के लिए आप क्या कदम उठाएँगे?

2. अन्तर-पीढ़ी के सम्बन्धों में सामंजस्य सुनिश्चित करने के लिए आप गाँव के वृद्धों के पितृसत्तात्मक रवैये को कैसे प्रबंधित करेंगे और कैसे बदलेंगे?

उत्तर

यह दो पीढ़ियों के दृष्टिकोण और मूल्य-प्रणाली में अन्तर का एक गम्भीर मामला है। मामला लड़कियों की पढ़ाई से जुड़ा है।

क. कानून-व्यवस्था की समस्या को प्राथमिकता के आधार पर हल करना होगा। ज़िला विकास अधिकारी को तत्काल ज़िला मजिस्ट्रेट और पुलिस अधीक्षक को इसकी जानकारी देनी चाहिए और यह देखना चाहिए कि लड़कियों के साथ छेड़छाड़ और हिंसक झड़पों में सम्मिलित लोगों के विरुद्ध कड़ी कार्रवाई की जाए। कार्रवाई इतनी कड़ी होनी चाहिए कि ऐसी स्थितियों की पुनरावृत्ति न हो।

स्कूल के रास्ते में पुलिस की गश्त से ही लड़कियों की सुरक्षा सुनिश्चित की जा सकती है। पुलिस को भी सभी असामाजिक तत्वों के विरुद्ध निवारक कार्रवाई करनी चाहिए। लड़कियों को समूहों में घूमने की सलाह दी जा सकती है। लड़कियों को स्कूल तक ले जाने के लिए गाँव के समझदार लोगों को स्वयंसेवकों के रूप में इस्तेमाल किया जा सकता है।

ख. अधिकारी को सम्मिलित सभी समूहों के साथ ग्राम स्तर पर बैठकें करनी चाहिए। उसे जिलाधिकारी की भी मदद लेनी चाहिए। लड़कियों को स्कूल भेजने से होने वाले फायदों के बारे में गाँव के लोगों को आश्वस्त होना चाहिए। लड़कियों की शिक्षा का विरोध करने वाली पुरानी पीढ़ी के मन में कुछ भ्रांतियाँ हैं जिन्हें दूर करने के लिए उन्हें अन्य गाँवों का उदाहरण देकर और उनके परिवारों और गाँव को लड़कियों की स्कूली शिक्षा का लाभ देकर दूर करने की आवश्यकता है। यह भी स्पष्ट किया जाना चाहिए कि यह सरकार की नीति का हिस्सा है। पुरानी पीढ़ी में भी कुछ लोग लड़कियों की शिक्षा के पक्ष में होंगे। दूसरों को समझाने के लिए उन्हें सलाह देने वाले बुज़ुर्गों के रूप में प्रयोग किया जा सकता है। ऐसी स्थितियों में स्थानीय विधायक या सांसद भी बहुत प्रभावी हो सकते हैं क्योंकि उनका लोगों के साथ अच्छा तालमेल होता है।

केस-स्टडी—यू.पी.एस.सी. सामान्य अध्ययन प्रश्न पत्र-4—2016

केस-1—(प्रश्न-9)

एक युवा इंजीनियरिंग स्नातक को एक प्रतिष्ठित रासायनिक उद्योग में नौकरी मिलती है। उसे काम पसन्द है। वेतन भी अच्छा है। हालाँकि, कुछ महीनों के बाद उसे अचानक पता चलता है कि एक अत्यधिक जहरीले कचरे को गुप्त रूप से पास की एक नदी में छोड़ा जा रहा है। इससे निचले इलाकों में रहने वाले ग्रामीणों को स्वास्थ्य समस्याएँ हो

रही हैं जो अपनी पानी की आवश्यकताओं के लिए नदी पर निर्भर हैं। इस बात से वह चिन्तित हो जाती है और अपने सहयोगियों से अपनी चिन्ता का उल्लेख करती है जो लंबे समय से कम्पनी के साथ रहे हैं। वे उसे सलाह देते हैं कि जो कोई भी इस विषय का उल्लेख करता है उसे सरसरी तौर पर खारिज कर दिया जाता है। वह अपनी नौकरी खोने का जोखिम नहीं उठा सकती क्योंकि वह अपने परिवार के लिए एकमात्र कमाने वाली है और उसे अपने बीमार माता-पिता और भाई-बहनों का समर्थन करना है। पहले तो वह सोचती है कि अगर उसके वरिष्ठ चुप हैं, तो वह क्यों खतरा मोल ले। लेकिन उसकी अन्तरात्मा उसे नदी और उस पर निर्भर लोगों को बचाने के लिए कुछ करने के लिए उकसाती है। दिल से उसे लगता है कि उसके दोस्तों द्वारा दी गई चुप्पी की सलाह सही नहीं है, हालाँकि वह इसका कारण नहीं बता सकती। वह सोचती है कि आप एक बुद्धिमान व्यक्ति हैं और वह आपकी सलाह चाहती है।

1. आप उसे यह विश्वास दिलाने के लिए कौन से तर्क दे सकते हैं कि चुप रहना नैतिक रूप से सही नहीं है?
2. आप उसे कौन-सी कार्रवाई करने की सलाह देंगे और क्यों?

उत्तर

क. यह स्पष्ट है कि इंजीनियरिंग स्नातक की व्यक्तिगत स्थिति जो भी हो रासायनिक उद्योगों द्वारा नदी में फेंके जा रहे ज़हरीले कचरे के बारे में उन्हें चुप नहीं रहना चाहिए। सबसे पहले, यह जल प्रदूषण अधिनियम से सम्बन्धित पर्यावरण कानूनों के विरुद्ध है। किसी भी उद्योग को ज़हरीले अपशिष्टों को नदियों में छोड़ने की अनुमति नहीं है और उन्हें एक अपशिष्ट उपचार संयंत्र स्थापित करना होगा। किसी अवैध कार्य की जानकारी होने और उसके बारे में कुछ न करने का अर्थ यह है कि आप भी की जा रही अवैधता का हिस्सा हैं।

दूसरे यह अपशिष्ट मछली और अन्य जलीय जीवों और पौधों को नष्ट कर देगा जो कि एक आपराधिक कृत्य भी है और क्षेत्र की जैव-विविधता पर प्रतिकूल प्रभाव डालता है।

गाँव के लोग इस पानी का उपयोग पीने और अन्य कार्यों के लिए करते हैं। इससे लोगों में गम्भीर बीमारियाँ हो सकती हैं और यहाँ तक कि यह उनकी जीवन अवधि को भी कम कर सकता है।

अपने विवेक की उपेक्षा करना और अनैतिक अभ्यास को जारी रखने की अनुमति देना नैतिक रूप से भी गलत है। उपरोक्त सभी कारणों के आधार पर उसे अपने सहयोगियों की सलाह नहीं सुननी चाहिए और इस विवाद को उठाना चाहिए।

ख. ऐसा लगता है कि कम्पनी इस मुद्दे को उठाने वाले किसी भी व्यक्ति को खारिज कर देती है। लड़की को अच्छा वेतन मिल रहा है और वह परिवार की एकमात्र कमाने वाली है और उसे अपने भाई-बहनों का भरण-पोषण करना पड़ता है। उन्हें लिखित रूप से यह मामला उठाना चाहिए। लिखित में संगठन

के लिए रखे गए मुद्दों की उपेक्षा करना आसान नहीं होगा। इसके अतिरिक्त अब सरकार की एक नीति है और निगमों के लिए एक व्हिसलब्लोअर सुरक्षा नीति लागू है। उसे इस मुद्दे को एक व्हिसलब्लोअर के रूप में उठाना चाहिए। कम्पनी उसे सरसरी तौर पर खारिज नहीं कर सकती। ऐसा करने का एक बुद्धिमत्तापूर्ण तरीका यह होगा कि मीडिया को चुपचाप जानकारी दी जाए। जैसे ही यह मीडिया की कहानी बन जाएगी तो सरकारी प्राधिकरण तुरन्त कार्रवाई करेगा और कम्पनी को भी सुधारात्मक उपाय करने होंगे या बन्द का सामना करना पड़ेगा। कभी-कभी समाज के बड़े लाभ के लिए ऐसे कदम उठाने पड़ते हैं। इसके अतिरिक्त उसे वैकल्पिक नौकरियों की तलाश आरंभ कर देनी चाहिए और जैसे ही उसे मिलती है उसे नई नौकरी पर चले जाना चाहिए क्योंकि यह कम्पनी नैतिक मानकों का पालन नहीं कर रही है और लंबे समय तक उनके लिए काम करना बुद्धिमानी नहीं होगी।

केस-2 (प्रश्न-10)

खनन, बाँध और अन्य बड़े पैमाने की परियोजनाओं के लिए आवश्यक भूमि अधिकतर आदिवासियों, पहाड़ी निवासियों और ग्रामीण समुदायों से अधिग्रहित की जाती है। विस्थापित व्यक्तियों को कानूनी प्रावधानों के अनुसार मुआवज़े के तौर पर एक राशि प्रदान की जाती है। हालाँकि, भुगतान अक्सर उन्हें देर से मिलता है और यह विस्थापित परिवारों के लम्बे समय तक गुजारा चलाने के लिए अपर्याप्त होती है। इन लोगों के पास ऐसा कोई और कौशल भी नहीं होता जिससे ये कोई और व्यवसाय करके अपनी जीवन चर्या चला सकें। आख़िरकार न्यूनतम वेतन पर प्रवासी मज़दूर के रूप में काम करने के अतिरिक्त इनके पास कोई और चारा नहीं होता। इसके अतिरिक्त, उनके सामुदायिक जीवन जीने के पारम्परिक तरीक़े नष्ट हो जाते हैं। इस प्रकार, विकास का लाभ उद्योगों, उद्योगपतियों और शहरी समुदायों को जाता है जबकि लागत इन गरीब असहाय लोगों को दी जाती है। लागतों और लाभों का यह अन्यायपूर्ण वितरण अनैतिक है।

मान लीजिए कि आपको ऐसे विस्थापित व्यक्तियों के लिए एक बेहतर मुआवजा-सह-पुनर्वास नीति का मसौदा तैयार करने का काम सौंपा गया है, तो आप समस्या को लेकर किस प्रकार का दृष्टिकोण अपनाएँगे और आपकी सुझाई गई नीति के मुख्य तत्त्व क्या होंगे?

उत्तर

यह केस स्टडी प्रशासनिक सेवा में आने वालीं कुछ नैतिक दुविधाओं का स्पष्ट उदाहरण है। बाँध या बड़े पैमाने पर परियोजनाओं के निर्माण से राज्य और लोगों का विकास होता है। हालाँकि, परियोजना के लिए भूमि प्राप्त करने के लिए आदिवासियों जैसे पारम्परिक समुदायों को विस्थापित किया जाता है, जिससे उन्हें बहुत तरह की कठिनाइयों का सामना करना पड़ता है। जो मुआवजा उन्हें दिया जाता है वह अक्सर पर्याप्त नहीं होता है और गरीब लोगों के पास कम वेतन वाले प्रवासी मज़दूर बनने के अतिरिक्त कोई

और विकल्प नहीं रह जाता। अमीर को लाभ होता है और गरीब को नुकसान होता है। यह अनैतिक है।

भूमि अधिग्रहण किसी महत्त्वपूर्ण बुनियादी ढाँचे के निर्माण हेतु करना चाहिए। सबसे पहले एक पूर्ण पुनर्वास-सह-मुआवजा योजना की नीति तैयार की जानी चाहिए। इस योजना में निम्नलिखित प्रावधान होने चाहिए—

1. उदार, वित्तीय मुआवजा दिया जाना चाहिए। नई भूमि अधिग्रहण नीति में इस बात की ज़िम्मेदारी सुनिश्चित की गई है।
2. पुनर्वास के लिए एक उचित नई बस्ती का चयन किया जाना चाहिए जो लोगों की सामाजिक और आर्थिक आवश्यकताओं को पूरा करती हो।
3. नई व्यवस्था की समुचित योजना बनाई जानी चाहिए, जिसमें चौड़ी सड़कें, नालियाँ, जलापूर्ति, बिजली आपूर्ति और अन्य मूलभूत सुविधाएँ उपलब्ध हों।
4. विस्थापित समुदाय को सेवा प्रदान करने के लिए स्कूलों और अस्पतालों के लिए प्रावधान होना चाहिए।
5. परियोजना में परिवार के कम से कम एक सदस्य को नौकरी दी जानी चाहिए।
6. युवाओं को कौशल विकास प्रशिक्षण दिया जाना चाहिए ताकि उन्हें लाभकारी रोज़गार मिल सके।
7. विभिन्न सरकारी योजनाओं का लाभ उन तक पहुँचाया जाए। उदाहरण के लिए आवास के लिए सरकारी योजना के तहत घरों का निर्माण किया जा सकता है।
8. इस बात का ध्यान रखा जाना चाहिए कि लोगों की संस्कृति और सामाजिक रीति-रिवाज़ों में कोई व्यवधान न हो।

केस-3 (प्रश्न-11)

मान लीजिए कि आप वृद्ध और निराश्रित महिलाओं को सहायता प्रदान करने के लिए एक सामाजिक सेवा योजना को लागू करने के प्रभारी अधिकारी हैं। योजना का लाभ लेने के लिए एक बूढ़ी और अनपढ़ महिला आपके पास आती है। हालाँकि, उसके पास यह दिखाने के लिए कोई दस्तावेज़ नहीं है कि वह पात्रता-मानदंड को पूरा करती है। लेकिन उससे मिलने और उसकी बात सुनने के बाद आपको लगता है कि उसे अवश्य सहारे की आवश्यकता है। आपकी पूछताछ से यह भी पता चलता है कि वह वास्तव में बेसहारा है और दयनीय स्थिति में रह रही है। आप दुविधा में हैं कि क्या करें। उसे बिना आवश्यक दस्तावेज़ों के योजना के तहत रखना स्पष्ट रूप से नियमों का उल्लंघन होगा। लेकिन उसे समर्थन से वंचित करना क्रूर और अमानवीय होगा।

(क) क्या आप इस दुविधा का कोई तर्कसंगत हल निकाल सकते हैं?

(ख) इसके लिए अपने तर्क दीजिए।

उत्तर

क. योजना वृद्ध और निराश्रित महिलाओं को सहायता प्रदान करने के लिए है। जो महिला आपके पास आती है वह बूढ़ी और अनपढ़ है लेकिन उसके पास योजना के लिए अपनी पात्रता साबित करने के लिए कोई दस्तावेज नहीं है। आपकी पूछताछ से पता चला है कि वह योग्य है लेकिन आप नियमों का उल्लंघन नहीं कर सकते। यह एक नैतिक दुविधा है। एक लोक सेवक को नियमों के अनुसार काम करना चाहिए लेकिन गरीबों और निराश्रितों के ऊपर भी दया करनी चाहिए। ऐसे में आपके लिए यह उचित होगा कि आप इस महिला के मामले को एक स्पेशल केस के रूप में देखें और उसे लाभार्थियों की सूची में सम्मिलित करें। आप तहसीलदार से उसकी आय की स्थिति के बारे में एक रिपोर्ट ले सकते हैं और मौके पर पूछताछ भी कर सकते हैं और उसका रिकॉर्ड बना सकते हैं। सबूत के तौर पर आसपास रहने वाले लोगों के बयान लिए जा सकते हैं। इस आधार पर आप इस महिला को लाभ दे सकते हैं और आपके द्वारा की गई कार्रवाई के बारे में अपने वरिष्ठों को भी सूचित कर सकते हैं।

ख. उपरोक्त कार्रवाई का औचित्य यह है कि नियमानुसार प्रक्रिया से कहीं अधिक महत्त्वपूर्ण है मनुष्य। यह स्पष्ट है कि महिला पात्र है लेकिन समस्या यह है कि उसके पास आवश्यक दस्तावेज़ नहीं हैं। इस स्थिति में अधिकारी को पहल करनी चाहिए और दस्तावेज़ तैयार करने चाहिए ताकि योजना का वास्तविक परिणाम प्राप्त हो सके। प्रशासन में प्रक्रियाएँ महत्त्वपूर्ण हैं लेकिन यह अधिक महत्त्वपूर्ण है कि आपको सही नतीजे मिलें। यही नैतिक सार्वजनिक सेवा का मूल उद्देश्य है। इसके अतिरिक्त आप सम्बन्धित विभाग को भविष्य के लिए योजना में संशोधन करने के लिए लिख सकते हैं ताकि इस तरह के ऐसे दूसरे मामलों को सम्मिलित करने की अनुमति दी जा सके जिनके पास आवश्यक दस्तावेज़ नहीं हैं और इसके लिए निर्धारित प्रक्रिया के लिए कह सकते हैं।

केस-4 (प्रश्न-12)

आप एक युवा, महत्त्वाकांक्षी और ईमानदार कर्मचारी हैं और अपने विभाग के निदेशक के सहायक के रूप में कार्यरत हैं। चूँकि आप हाल ही में बहाल हुए हैं, इसलिए आपको सीखने और आगे बढ़ने की आवश्यकता है। सौभाग्य से आपका वरिष्ठ अधिकारी आपके प्रति बहुत उदार है और आपको आपकी नौकरी से सम्बन्धित प्रशिक्षण देने के लिए तैयार है। वह एक बहुत ही बुद्धिमान और हर विभाग की अच्छी जानकारी रखता है। संक्षेप में, आप अपने बॉस का सम्मान करते हैं और उससे बहुत कुछ सीखने की आशा करते हैं।

चूँकि बॉस के साथ आपका अच्छा मेल-जोल है, इसलिए वह आप पर निर्भर होने लगा। एक दिन स्वास्थ्य खराब होने के कारण उन्होंने आपको अपने घर पर किसी आवश्यक काम को पूरा करने के लिए आमंत्रित किया।

आप उसके घर पहुँचे और घंटी बजाने से पहले आपने चिल्लाने की आवाज़ें सुनीं। आपने कुछ देर इंतजार किया। घर में प्रवेश करने के बाद बॉस ने आपका अभिवादन किया और काम समझाया। लेकिन आप लगातार एक महिला के रोने से परेशान थे। अन्त में, आपने बॉस से पूछताछ की लेकिन उसके जवाब से आप सन्तुष्ट नहीं हुए। अगले दिन, कार्यालय में आप बिना पूछताछ किए रह नहीं पाए और आपको पता चला कि वह अधिकारी अपनी पत्नी के साथ बुरा व्यवहार करता है। वह अपनी पत्नी को पीटता भी है।

उसकी पत्नी उच्च शिक्षित नहीं है और अपने पति की तुलना में एक साधारण महिला है। आप देखते हैं कि आपका बॉस ऑफिस में भले ही अच्छा इंसान है, लेकिन वह घर में घरेलू हिंसा में लिप्त है।

ऐसे में आपके पास निम्नलिखित विकल्प बचे हैं। प्रत्येक विकल्प का उसके परिणामों के साथ विश्लेषण करें।

(क) इसके बारे में ध्यान न दें क्योंकि यह उनका निजी मामला है।

(ख) मामले को उपयुक्त प्राधिकारी को रिपोर्ट करें।

(ग) स्थिति के प्रति अपना कोई विशेष दृष्टिकोण अपनाएँ।

उत्तर

यह नैतिक दुविधा से जुड़ा एक विशिष्ट तरह का मसला है। विभाग का निदेशक अपने सहायक के लिए बहुत अच्छा है, वह उसे प्रशिक्षित करता है और उस पर निर्भर करता है और वह अपने क़ाम में भी बहुत अच्छा है। सहायक भी उनका बहुत सम्मान करता है। हालाँकि, उनकी जानकारी में यह बात आती है कि निदेशक अपने घर में घरेलू हिंसा में लिप्त है जो कि एक अपराध के साथ-साथ एक अमानवीय और अनैतिक कृत्य भी है।

क. वह मामले को अनदेखा करने के बारे में सोच सकता था क्योंकि यह एक व्यक्तिगत मुद्दा है और इसका निदेशक के काम के पेशेवर पहलू से कोई लेना-देना नहीं है। उनके बॉस के साथ उनके सम्बन्ध पूरी तरह से आधिकारिक हैं और बॉस उनके साथ बहुत अच्छा व्यवहार भी करते रहे हैं। इसके अतिरिक्त उसने अपने बॉस को घरेलू हिंसा में लिप्त नहीं देखा है। उसने इसके बारे में तभी सुना है जब वह अपने बॉस के घर गया तो उसने चिल्लाने की आवाज़ें और एक महिला के रोने की आवाज़ सुनी। असली मामला क्या है, इस बारे में उसे कोई पुख्ता जानकारी नहीं है। इस प्रकार वह इस मामले को नजरअन्दाज करने के बारे में सोच सकता था लेकिन यहाँ व्यक्ति के व्यक्तिगत नैतिक मूल्य और नैतिकता आड़े आती है। ज़ाहिर है एक महिला को उसके पति द्वारा प्रताड़ित किया जा रहा है। अगर इस पर रोक नहीं लगाई गई तो यह और अधिक हिंसा या आत्महत्या तक का कारण बन सकता है। सहायक को अपनी अन्तरात्मा की आवाज को भी जवाब देना होता है। इसलिए वह इस मुद्दे को नज़रअन्दाज़ नहीं कर सकते और स्थिति को सँभालने के किसी विशेष तरीक़े के बारे में नहीं सोच सकते।

ख. मामले को पुलिस या महिलाओं के लिए आयोग या यहाँ तक कि कम्पनी में उच्च-अधिकारियों को रिपोर्ट करना स्थिति को सँभालने का एक सीधा तरीका होगा। हालाँकि, इससे डायरेक्टर से दुश्मनी हो सकती है और यह भी सम्भव है कि घरेलू हिंसा का कोई सबूत न मिले। यहाँ तक कि अधिकारी की पत्नी भी अपने घरेलू मामले के बारे में अधिकारियों के सामने बोलना पसन्द न करे। ऐसे में कुछ नहीं होगा और सहायक की नौकरी भी चली जाएगी।

ग. निदेशक सहायक को पसन्द करता है और उस पर निर्भर भी करता है। सहायक को अपने निदेशक से अकेले मिलना चाहिए और उसे बताना चाहिए कि कार्यालय में इस तरह की बातें चल रही हैं कि उनके और उनकी पत्नी के बीच सम्बन्ध अच्छे नहीं हैं और लोग यहाँ तक कहते हैं कि वह घरेलू हिंसा में लिप्त है। उसे यह बहुत विनम्रता से कहना चाहिए कि वह अपने बॉस की प्रतिष्ठा को प्रभावित नहीं करना चाहता। उन्हें धीरे से सुझाव देना चाहिए कि मामला वरिष्ठों के संज्ञान में आ सकता है और मीडिया द्वारा भी उठाया जा सकता है। आज समाज में लैंगिक मुद्दों को लेकर काफी संवेदनशीलता है और अगर मामला सार्वजनिक हो जाता है तो यह निदेशक की प्रतिष्ठा और कैरियर को नुकसान पहुँचाएगा। आप सुझाव दे सकते हैं कि वह समस्या को ठीक करने के लिए कुछ कदम उठाए। सम्भव है कि इसके बाद निदेशक अपने को सुधार लें।

केस-5 (प्रश्न-13)

एबीसी लिमिटेड एक बड़ी अन्तरराष्ट्रीय कम्पनी है जिसके पास एक विशाल शेयरधारक आधार के साथ विविध व्यावसायिक गतिविधियाँ हैं। कम्पनी लगातार विस्तार कर रही है और रोज़गार पैदा कर रही है। कम्पनी, अपने विस्तार और विविधीकरण कार्यक्रम में, विकासपुरी में एक नया संयंत्र स्थापित करने का निर्णय लेती है, जो कि एक अविकसित क्षेत्र है। नया संयंत्र ऊर्जा संवर्धन प्रौद्योगिकी का उपयोग करने के लिए डिज़ाइन किया गया है जो कम्पनी की उत्पादन लागत को 20 प्रतिशत तक बचाने में मदद करेगा। कम्पनी की योजना ऐसे अविकसित क्षेत्रों को विकसित करके निवेश आकर्षित करने की है जो सरकार की नीति के अनुकूल है। सरकार ने अविकसित क्षेत्रों में निवेश करने वाली कम्पनियों के लिए पाँच साल के लिए कर-मुक्ति की भी घोषणा की है। हालाँकि, नया संयंत्र विकासपुरी क्षेत्र के निवासियों के लिए अराजकता ला सकता है, जो आमतौर पर एक शान्त क्षेत्र है। नए संयंत्र के परिणामस्वरूप रहने की लागत में वृद्धि हो सकती है, इस क्षेत्र में आने वाले बाहरी लोग, सामाजिक और आर्थिक व्यवस्था को बिगाड़ सकते हैं। सम्भावित विरोध को भाँपते हुए कम्पनी ने विकासपुरी क्षेत्र के लोगों और आम जनता को शिक्षित करने की कोशिश की कि कैसे उसकी कॉर्पोरेट सामाजिक सोशल रेस्पॉन्सिबिल्टी (सीएसआर) नीति विकासपुरी क्षेत्र के निवासियों की सम्भावित कठिनाइयों को दूर करने में मदद करेगी। इसके बावजूद विरोध आरंभ हो गया और कुछ निवासियों ने न्यायपालिका से सम्पर्क करने का फैसला किया क्योंकि सरकार के समक्ष उनकी दलील का कोई नतीजा नहीं निकला।

क) मामले में सम्मिलित मुद्दों की पहचान करें।
ख) कम्पनी के लक्ष्य को पूरा करने और निवासियों की चिन्ताओं को दूर करने के लिए क्या सुझाव दिया जा सकता है?

उत्तर

क. यह विकास और उस क्षेत्र के निवासियों पर इसके प्रभाव के बीच संघर्ष का एक उत्कृष्ट मामला है। इस मामले में सम्मिलित मुद्दे हैं—

1. अविकसित क्षेत्रों का विकास करना है और यही सरकार की नीति भी है। सरकार कम्पनियों को पिछड़े क्षेत्रों में निवेश करने के लिए आकर्षक प्रोत्साहन दे रही है। ऐसे क्षेत्रों का विकास करना कल्याणकारी राज्य का कर्तव्य है।
2. कम्पनी भी विस्तार और रोज़गार पैदा करना चाहती है और यही कारण है कि वे विकासपुरी में एक नया संयंत्र स्थापित करने की योजना बना रहे हैं। वे ऊर्जा संवर्धित प्रौद्योगिकी का भी उपयोग कर रहे हैं और उनकी कार्रवाई से क्षेत्र का विकास होगा।
3. कम्पनी उस क्षेत्र के निवासियों के हितों की रक्षा के लिए अपना कॉर्पोरेट सोशल रेस्पोंसबिलिटी फण्ड खर्च करने के लिए भी तैयार है। कम्पनी के इरादे नेक हैं और वह लोगों का शोषण नहीं करना चाहती है।
4. निवासी अप्रसन्न हैं क्योंकि उन्हें लगता है कि इस संयंत्र से यहाँ रहने की लागत में वृद्धि होगी, इस क्षेत्र में बाहर से आने वाले लोगों के कारण वहाँ की सामाजिक और आर्थिक व्यवस्था में गड़बड़ी होगी।
5. निवासी सरकार की प्रतिक्रिया से सन्तुष्ट नहीं हैं और न्यायपालिका से सम्पर्क करना चाहते हैं।

ख. ऐसी स्थिति से निपटने का सबसे अच्छा तरीका सम्बन्धित लोगों के साथ सीधी बातचीत करना है। कुछ ऐसे नेता होंगे जो आगे बढ़कर लोगों को सलाह देते होंगे, उन्हें भी कम्पनी चर्चा में सम्मिलित कर सकती है। यह भी उचित होगा कि सरकार के अधिकारी भी वार्ता में सम्मिलित हों। पहले उन्हें लोगों की समस्याओं को समझने की कोशिश करनी चाहिए और फिर समाधान के बारे में सोचना चाहिए और लोगों को दिए गए उपायों से सन्तुष्ट करना चाहिए। उन्हें लोगों को यह बताना चाहिए कि किस प्रकार क्षेत्र के विकास से उनके लिए अधिक रोज़गार और उच्च गुणवत्ता वाला जीवन प्राप्त होगा। सरकार को विभिन्न सरकारी योजनाओं के तहत क्षेत्र को सड़क, स्कूल, अस्पताल देते हुए राहत पैकेज देना चाहिए। कम्पनी को लोगों के परामर्श से एक कॉर्पोरेट, सोशल रेस्पॉन्सिबिल्टी प्लान भी बनाना चाहिए। सस्ती कीमत पर बुनियादी आवश्यकताएँ प्रदान करने के लिए विशिष्ट उपाय सुझाए जा सकते हैं। साथ ही इस बात पर भी चर्चा की जा सकती है कि कैसे सामाजिक और आर्थिक

व्यवस्था में गड़बड़ी नहीं होगी, भले ही बदलाव ज़रूर होगा लेकिन कुल मिलाकर लोगों को परियोजना से लाभ होगा। वे यह भी आश्वासन दे सकते हैं कि लोगों की शिकायतों का समाधान करने के लिए उनके साथ नियमित बातचीत की जाएगी। एक बार जब लोगों को लगेगा कि यह परियोजना उन्हें जीवन की बेहतर गुणवत्ता प्रदान करेगी तो वे इसे स्वीकार करेंगे।

केस-6 (प्रश्न-14)

सरस्वती यूएसए में एक सफल आईटी कम्पनी में काम करती थीं। देश के लिए कुछ करने की देशभक्ति की भावना से प्रेरित होकर वह भारत लौट आईं। अपने कुछ समान विचारधारा वाले दोस्तों के साथ, उन्होंने एक गरीब ग्रामीण समुदाय के लिए एक स्कूल बनाने के लिए एक एनजीओ का गठन किया।

स्कूल का उद्‌देश्य नाममात्र के शुल्क पर सर्वोत्तम गुणवत्ता वाली आधुनिक शिक्षा प्रदान करना था। उन्हें जल्द ही पता चला कि इसके लिए उन्हें कई सरकारी एजेंसियों से अनुमति लेनी पड़ेगी जिसके नियम और प्रक्रियाएँ काफी भ्रमित करने वाले और बोझिल थे। जिस बात ने उन्हें सबसे अधिक निराश किया वह थी देरी, अधिकारियों का कठोर रवैया और लगातार रिश्वत की माँग। उनके और उनके जैसे कई अन्य लोगों के इस तरह के निराशाजनक अनुभवों के कारण लोग समाज सेवा से जुड़े प्रोजेक्ट्स पर काम करने से कतराने लगे हैं।

स्वैच्छिक सामाजिक कार्य पर सरकार का नियंत्रण निश्चित रूप से आवश्यक है। लेकिन इसका प्रयोग बलपूर्वक या भ्रष्ट तरीक़े से नहीं किया जाना चाहिए। आप यह सुनिश्चित करने के लिए क्या उपाय सुझा सकते हैं कि किस तरह नियंत्रण रखते हुए भी ईमानदार एनजीओ को उनका काम करने की पूरी स्वतन्त्रता दी जा सकती है?

उत्तर

सरस्वती एक आदर्शवादी आईटी कम्पनी में नौकरी करती हैं, जो देशभक्ति से प्रेरित होकर यूएसए में अपनी नौकरी छोड़कर भारत आती हैं और गरीबों के लिए एक स्कूल बनाने के लिए एक एनजीओ आरंभ करना चाहती हैं। वह नाममात्र की लागत पर सर्वोत्तम गुणवत्ता वाली शिक्षा प्रदान करना चाहती हैं। हालाँकि, सरकारी व्यवस्था ऐसी है कि निजी स्कूल स्थापित करने के लिए बहुत सारी अनुमतियाँ और स्वीकृतियाँ लेनी पड़ती हैं। प्रणाली बोझिल है। इसके अतिरिक्त, सरकार में एनजीओ के बारे में एक नकारात्मक धारणा है और इसलिए वे आसानी से मंजूरी नहीं देते हैं। सबसे बुरी बात यह है कि हर स्तर पर असामान्य देरी और रिश्वत की माँग होती है।

सरकार को व्यक्तियों, गैर सरकारी संगठनों और अन्य लोगों को समुदाय के विकास के हित में सामाजिक कार्य से जुड़े प्रोजेक्ट्स को आरंभ करने के लिए प्रोत्साहित करना चाहिए। हालाँकि, यह सच है कि सरकार को भी नियंत्रण रखना चाहिए ताकि काम का एक समान मानक हो और गैर सरकारी संगठनों द्वारा धन की हेराफेरी न हो और काम मानदंडों के अनुसार किया जाए।

एनजीओ द्वारा स्कूलों जैसी सामाजिक परियोजनाओं को मंजूरी देने के लिए सरकार के कुछ नियम और प्रक्रियाएँ होनी चाहिए। हालाँकि, पहले यह सुनिश्चित करने के लिए नियमों की समीक्षा की जानी चाहिए कि कोई ऐसे नियम या प्रक्रिया तो नहीं हैं जो अनावश्यक हों। प्रक्रिया की पूर्ण रूप से समीक्षा की जानी चाहिए। फिर प्रत्येक अनुमोदन के लिए समय सीमा निर्धारित करनी चाहिए और इसके लिए ज़िम्मेदार अधिकारी का नाम भी बताना चाहिए। आदर्श रूप से विभाग के पास एक नागरिक चार्टर होना चाहिए जहाँ सभी विवरण दिए जाएँ और जवाबदेही का संकेत दिया जाए। भ्रष्टाचार को रोकने के लिए सूचना प्रौद्योगिकी का उपयोग किया जाना चाहिए। सरस्वती को मंजूरी के लिए एक कार्यालय से दूसरे कार्यालय जाने की आवश्यकता नहीं होनी चाहिए। उसके पास मंजूरी प्राप्त करने के लिए ऑनलाइन आवेदन करने की सुविधा होनी चाहिए और प्रत्येक निकासी की स्थिति को ऑनलाइन ट्रैक करने की सुविधा भी होनी चाहिए। इससे हर स्तर पर रिश्वत माँगने की समस्या समाप्त होगी। सरकार के पास एक ऐसी व्यवस्था होनी चाहिए जहाँ एक सामाजिक उद्यमी देरी, उत्पीड़न या भ्रष्टाचार के विरुद्ध शिकायत कर सके। शीर्ष स्तर पर उनकी निगरानी की जानी चाहिए और दोषी अधिकारियों के विरुद्ध कड़ी कार्रवाई की जानी चाहिए। सिस्टम को एनजीओ से पूर्ण पारदर्शिता रखनी चाहिए, जो अपनी वेबसाइट पर अपने और अपने खातों के बारे में सभी विवरण दें। इस तरह ईमानदार और प्रामाणिक एनजीओ को सामाजिक परियोजनाओं में निवेश करने के लिए प्रोत्साहित किया जाए जिससे गरीबों का विकास हो सके।

केस-स्टडी—यूपीएससी सामान्य अध्ययन—4 पेपर—2017

केस-1 (प्रश्न-9)

आप एक ईमानदार और ज़िम्मेदार सिविल सेवक हैं। अक्सर आप ये पाते हैं कि—

(क) लोगों में आमतौर पर एक सामान्य धारणा है कि नैतिक आचरण का पालन करने से स्वयं को कठिनाइयों का सामना करना पड़ सकता है और परिवार के लिए भी समस्याएँ पैदा हो सकती हैं, जबकि अनुचित तौर-तरीक़े कैरियर के लक्ष्यों को प्राप्त करने में मददगार साबित हो सकते हैं।

(ख) जब अनुचित साधनों को अपनाने वाले लोगों की संख्या बड़ी होती है, तो नैतिक साधनों के प्रति झुकाव रखने वाला एक अकेला व्यक्ति कुछ नहीं कर सकता।

(ग) नैतिक साधनों से चिपके रहना बड़े विकास लक्ष्यों के लिए हानिकारक है।

(घ) हालाँकि कोई व्यक्ति किसी बड़ी अनैतिक प्रक्रिया में सम्मिलित न होता हो, लेकिन छोटे-छोटे उपहार देना और स्वीकार करना व्यवस्था को और अधिक कुशल बनाता है।

उपरोक्त कथनों का उनके गुण-दोषों के साथ परीक्षण कीजिए।

उत्तर

(क) यह सच है कि एक सामान्य धारणा है कि नैतिक आचरण से आमतौर पर कोई लाभ नहीं होता है और जो लोग अनुचित व्यवहार में लिप्त होते हैं वे

अक्सर शीर्ष पर पहुँच जाते हैं। यह कभी-कभी सच होता है लेकिन हमेशा नहीं। नैतिक आचरण को व्यवहार में अपनाने से किसी भी अधिकारी को दीर्घावधि में लाभ पहुँचता है। आपको बार-बार तबादलों का सामना करना पड़ सकता है या महत्त्वहीन पोस्टिंग मिल सकती है और कभी-कभी पूछताछ का भी सामना करना पड़ सकता है। अगर आप भ्रष्टाचार के विरुद्ध कार्रवाई करते हैं तो सम्भव है कि कभी आपके परिवार की जान और सुरक्षा खतरे में पड़ जाए। फिर भी किसी को भी यह महसूस करना चाहिए कि जो लोग अनैतिक किस्म के क्रियाकलाप में लिप्त हैं वे कभी भी पकड़े जा सकते हैं और उन पर आपराधिक कार्रवाई भी हो सकती है जिससे उनका पूरा कैरियर बर्बाद हो सकता है। वैसे भी जो लोग अनैतिक होते हैं उनकी प्रतिष्ठा पर भी चिह्न लग जाता है, जिससे वे कभी भी अपने शीर्ष पर नहीं पहुँच पाते हैं। ईमानदार लोगों को कठिनाइयों का सामना करना पड़ता है लेकिन अन्ततः जीवन और कैरियर में वे सफल होते हैं।

(ख) एक छोटी बूँद से भी फर्क पड़ता है। भले ही ईमानदार और ज़िम्मेदार सिविल सेवक अल्पमत में हों, वे व्यवस्था को बदल सकते हैं और सरकार के कामकाज को नैतिक, पारदर्शी और जवाबदेह बना सकते हैं। वे लोगों का सम्मान अर्जित करते हैं जो अनैतिक अधिकारी कभी नहीं प्राप्त कर पाते हैं।

(ग) यह बिलकुल गलत है। वास्तव में भ्रष्टाचार या अनैतिक व्यवहार का अर्थ है कि जनता के पैसे का सही तरीक़े से उपयोग नहीं किया जाता है, जिससे सार्वजनिक सेवा खराब होती है और विकास की प्रक्रिया धीमी हो जाती है। अध्ययनों से पता चला है कि सिर्फ भ्रष्टाचार पर नियंत्रण से किसी देश की जीडीपी में उल्लेखनीय वृद्धि हो सकती है।

(घ) छोटी या बड़ी अनैतिक प्रथा जैसी कोई बात नहीं है। पेंसिल की चोरी सोने के गहनों की चोरी के समान ही एक आपराधिक कृत्य है। जिस क्षण एक अधिकारी छोटे-छोटे उपहार लेकर स्वयं से समझौता करना आरंभ कर देता है, वह भ्रष्ट होने की राह पर होता है और बहुत जल्द गम्भीर किस्म के अनैतिक क्रियाकलाप में निष्णात हो जाता है। यह सोचना भ्रांतिपूर्ण है कि छोटे-छोटे उपहारों को स्वीकार करने से व्यवस्था बेहतर हो सकती है। वास्तव में नैतिकता को लेकर किया गया कोई भी समझौता व्यवस्था में अक्षमता की ओर ले जाता है।

केस-2 (प्रश्न-10)

आप एक आईएएस अधिकारी बनने के इच्छुक हैं और आपने विभिन्न चरणों को पास कर लिया है और अब आपको व्यक्तिगत साक्षात्कार के लिए चुना गया है। साक्षात्कार के दिन, कार्यक्रम स्थल के रास्ते में आपने एक दुर्घटना देखी, जहाँ एक माँ और बच्चा जो आपके रिश्तेदार हैं, बुरी तरह घायल हो गए। उन्हें तत्काल मदद की आवश्यकता थी।

ऐसी स्थिति में आपने क्या किया होगा? अपनी कार्रवाई का औचित्य साबित करें।

उत्तर

आईएएस अधिकारी बनना आपका सपना है और आपको व्यक्तिगत साक्षात्कार के लिए चुना गया है। हालाँकि, जब आप अपने साक्षात्कार के लिए जा रहे हैं, तो आपके सामने एक दुर्घटना घटित होती है जहाँ एक माँ और बच्चा जो आपके रिश्तेदार हैं, बुरी तरह से घायल हो गए हैं और उन्हें तत्काल सहायता की आवश्यकता है। हो सकता है कि अगर आप मदद के लिए रुके तो आपको अपने इंटरव्यू के लिए देर हो जाए जो आपके आईएएस अधिकारी बनने के सपने को समाप्त कर दे। हालाँकि, एक अच्छा इंसान होना आवश्यक है, भले ही इसका अर्थ कुछ त्याग करना हो। एक मां और बच्चे को काफी चोट आई है। आपको उनके जीवन को बचाने और उन्हें तत्काल चिकित्सा सहायता देने के लिए कार्य करना होगा। इससे कोई फर्क नहीं पड़ता कि वे आपके रिश्तेदार हैं या नहीं।

सबसे पहले आपको पुलिस को सूचित करना होगा और कॉल सेंटर नंबरों का उपयोग करके एम्बुलेंस के लिए कॉल करना होगा। यदि आप कार में हैं तो घायलों को नज़दीकी अस्पताल ले जाने के लिए आप अपनी कार का उपयोग कर सकते हैं। वैकल्पिक रूप से आप सड़क पर किसी वाहन को रोक सकते हैं और उनसे घायलों को नज़दीकी अस्पताल ले जाने का अनुरोध कर सकते हैं और आपको उनका साथ देना चाहिए। अगर वे आपके रिश्तेदार हैं तो आपको तुरन्त अन्य रिश्तेदारों को फोन करके अस्पताल पहुँचने के लिए कहना चाहिए। नहीं तो आप उनसे घायलों के करीबी रिश्तेदारों का नंबर ले सकते हैं और उन्हें सूचित कर सकते हैं।

आप घायलों के साथ अस्पताल के आपातकालीन विंग में जा सकते हैं। जब उन्हें चिकित्सा सुविधा मिलनी आरंभ हो जाए और उनके कुछ रिश्तेदार मौके पर पहुँच जाएँ तो आप वहाँ से निकल सकते हैं और आईएएस साक्षात्कार के लिए जा सकते हैं। हो सकता है कि आप समय पर पहुँच जाएँ। फिर आप एक गिलास पानी पी सकते हैं, आराम कर सकते हैं और मानसिक रूप से साक्षात्कार की तैयारी कर सकते हैं। यदि आप अपनी बारी से चूक गए हैं तो आपको तुरन्त उपलब्ध वरिष्ठ अधिकारी से मिलना चाहिए और देरी के कारणों की व्याख्या करनी चाहिए। आप इसे लिखित में भी दे सकते हैं। वरिष्ठ अधिकारी निश्चित रूप से आपके मामले पर विचार करेंगे और आपको साक्षात्कार के लिए बुलाया जाएगा।

हमेशा सलाह दी जाती है कि साक्षात्कार स्थल पर नियत समय से पहले पहुँच जाएँ। इस प्रकार आपके लिए घायलों को अस्पताल भेजना, उनके रिश्तेदारों को सूचित करना और साक्षात्कार स्थल पर समय से पहुँचना सम्भव है।

केस-3 (प्रश्न-11)

आप किसी संगठन के मानव संसाधन विभाग के प्रमुख हैं। एक दिन एक कर्मचारी की ड्यूटी के दौरान मृत्यु हो गई। परिजन मुआवज़े की माँग कर रहे थे। हालाँकि, कम्पनी ने मुआवज़े से इनकार किया क्योंकि जाँच में पता चला कि दुर्घटना के समय वह नशे

में था। कम्पनी के कर्मचारी मृतक के परिवार को मुआवजे की माँग को लेकर हड़ताल पर चले गए। प्रबन्धन बोर्ड के अध्यक्ष ने आपकी सिफारिश माँगी है।

आप प्रबन्धन को क्या सुझाव देंगे?

प्रत्येक अनुशंसा के गुण-दोषों की विवेचना कीजिए।

उत्तर

ड्यूटी के दौरान कर्मचारी की मृत्यु हुई है। हालाँकि पता चला है कि हादसे के वक्त वह नशे में था। कर्मचारी मुआवज़े की माँग को लेकर हड़ताल पर जाने की धमकी दे रहे हैं, जिसे कम्पनी ने ड्यूटी पर कर्मचारी के नशे में होने के कारण मना कर दिया है।

अध्यक्ष ने संगठन के मानव संसाधन विभाग के प्रमुख के रूप में आपकी सिफारिश माँगी है। एक विचार यह लिया जा सकता है कि चूँकि दुर्घटना के समय कर्मचारी नशे में था और यह नियमों के विरुद्ध है, इसलिए उसे मुआवज़े से वंचित किया जाना चाहिए। लेकिन यह स्थिति का एक बहुत ही संकीर्ण और अमानवीय दृष्टिकोण है। यह भी साबित नहीं हुआ है कि हादसा मज़दूर के नशे में होने का कारण हुआ है। उसकी जान चली गई है और उन्हें मुआवज़ा देना संगठन का नैतिक कर्तव्य है। यदि कम्पनी मुआवज़े का भुगतान नहीं करने का निर्णय लेती है तो इससे संगठन के कर्मचारियों और अधिकारियों का मनोबल गिरेगा। यह कम्पनी के हित में नहीं होगा क्योंकि इससे प्रदर्शन और उत्पादकता प्रभावित होगी। साथ ही श्रमिक हड़ताल पर जाएँगे जिससे उत्पादन में कमी आएगी और कम्पनी में औद्योगिक सम्बन्धों पर प्रतिकूल प्रभाव पड़ेगा।

आपको सिफारिश करनी चाहिए कि मुआवज़ा दिया जाना चाहिए। यह स्पष्ट नहीं है कि दुर्घटना उसके नशे में होने के कारण हुई थी। ड्यूटी के दौरान शराब के नशे में होना भी अनुशासनहीनता है लेकिन अब जब उसकी मृत्यु हो चुकी है तो इन बातों का कोई अर्थ नहीं है। भविष्य के लिए कम्पनी को यह कदम उठाना चाहिए कि नशे में होने पर किसी भी व्यक्ति को कारखाने में प्रवेश करने की अनुमति न मिले। दुर्घटना के कारणों का मूल्यांकन किया जाना चाहिए और निवारक उपाय किए जाने चाहिए ताकि भविष्य में ऐसी घटना की पुनरावृत्ति न हो। मुआवज़े के भुगतान का मतलब यह भी होगा कि श्रमिक हड़ताल पर नहीं जाएँगे और श्रमिकों और प्रबन्धन के बीच अच्छे सम्बन्ध बने रहेंगे और हड़ताल के कारण उत्पादन का नुकसान नहीं होगा। इसके अतिरिक्त, कर्मचारी के परिवार को भी आर्थिक रूप से राहत मिलेगी। भविष्य में बेहतर प्रदर्शन के लिए कर्मचारियों का मनोबल भी बढ़ेगा।

केस-4 (प्रश्न-12)

आप एक स्पेयर पाट्र्स कम्पनी ए के प्रबन्धक हैं और आपको एक बड़ी निर्माण कम्पनी बी के प्रबन्धक के साथ सौदा करना है। इस डील में बहुत सारी अन्य कम्पनियाँ प्रतिस्पर्धा कर रही हैं और आपकी कम्पनी के लिए ये डील हासिल करना बहुत आवश्यक है। रात के भोज पर डील पर काम हो रहा है। रात के खाने के बाद निर्माण कम्पनी बी के प्रबन्धक ने आपको अपनी कार में होटल छोड़ने की पेशकश की। होटल के रास्ते में

उसने मोटरसाइकिल को टक्कर मार दी जिससे मोटरसाइकिल सवार बुरी तरह घायल हो गया। आप जानते हैं कि प्रबन्धक तेज़ी से गाड़ी चला रहा था और इस तरह नियंत्रण खो बैठा। कानून प्रवर्तन अधिकारी मामले की जाँच के लिए आते हैं और आप इसके एकमात्र चश्मदीद गवाह हैं। सड़क दुर्घटनाओं से सम्बन्धित सख्त कानूनों के बारे में आप जानते हैं और आपको इस बात का भी आभास है कि घटना के बारे में आपकी सच्ची गवाही से प्रबन्धक के विरुद्ध मुकदमा चलाया जा सकता है और परिणामस्वरूप सौदा खतरे में पड़ सकता है, जो आपकी कम्पनी के लिए बहुत महत्त्वपूर्ण है।

आपके मन में किस प्रकार के सवाल उठ रहे हैं? स्थिति पर आपकी क्या प्रतिक्रिया होगी?

उत्तर

यह मामला पेशेवर लाभ और निजी नैतिकता के बीच संघर्ष को सामने लाता है। आप एक स्पेयर पार्ट्स कम्पनी के प्रबन्धक के रूप में एक बड़ी निर्माण कम्पनी के साथ एक डील फाइनल करने के लिए बहुत उत्सुक हैं क्योंकि यह आपके अस्तित्व और लाभप्रदता के लिए महत्त्वपूर्ण होगा। रात के खाने के बाद कम्पनी बी का प्रबन्धक आपको अपनी कार में आपके होटल में छोड़ रहा है, जब तेज़ गति से गाड़ी चलाने के कारण वह एक मोटरसाइकिल सवार को टक्कर मारकर बुरी तरह घायल कर देता है। आप एकमात्र चश्मदीद गवाह हैं और कानून प्रवर्तन अधिकारी आपके पास जाँच करने आए हैं।

आप जानते हैं कि दुर्घटना कम्पनी बी के प्रबन्धक की लापरवाही से गाड़ी चलाने के कारण हुई है। यदि आप सच बताते हैं तो पुलिस सम्बन्धित प्रबन्धक पर मुकदमा चलाने के लिए कार्रवाई करेगी। यह निश्चित रूप से कम्पनी बी से ऑर्डर प्राप्त करने की आपकी सम्भावनाओं को समाप्त कर देगा। यह आपकी कम्पनी को मिलने वाले लाभ पर प्रतिकूल प्रभाव डालेगा और कम्पनी का प्रबन्धन आपसे अप्रसन्न हो सकता है और यहाँ तक कि आपको सेवाओं से मुक्त भी कर सकता है। तो सच बोलकर आप बहुत कुछ खो सकते हैं। हालाँकि, कानून प्रवर्तन अधिकारी का झूठ बोलना अपने आप में एक आपराधिक कृत्य है और आप पर भी मुकदमा चलाया जा सकता है। एक मोटरसाइकिल सवार के बुरी तरह से घायल हो जाने पर झूठ बोलना नैतिक रूप से भी गलत है। इस प्रकार, सन्तुलित रूप से अगर देखें तो आपके द्वारा पुलिस को झूठ बोलने का विकल्प उचित नहीं होगा।

आपको सच बताना होगा जो निश्चित रूप से कम्पनी बी के प्रबन्धक के विरुद्ध मुकदमा चलाएगा। अब आपको स्थिति को इस तरह से सँभालना होगा कि आपकी कम्पनी और कैरियर को कम से कम नुकसान हो। आपको कम्पनी में अपने वरिष्ठों को घटना और अपने रुख के बारे में बताना चाहिए जो कानूनी और नैतिक रूप से सही है। बहुत सम्भव है कि आपके उच्च अधिकारी समझेंगे और आपके विरुद्ध कार्रवाई नहीं करेंगे। आपकी कम्पनी के वरिष्ठ प्रबन्धकों को कम्पनी बी के वरिष्ठ प्रबन्धन के साथ बैठक करनी चाहिए और उन्हें स्थिति स्पष्ट करनी चाहिए। यह सम्भव है कि कम्पनी बी आपकी कम्पनी के साथ सौदे पर आगे बढ़े।

केस-5 (प्रश्न-13)

एक इमारत, जिसकी सिर्फ तीन मंज़िल बनाने की अनुमति दी गई थी, और जिसे बिल्डर ने अवैध रूप से तीन की बजाय छह मंज़िल तक बढ़ा दिया, ढह जाती है। परिणामस्वरूप, महिलाओं और बच्चों सहित कई निर्दोष मज़दूरों की मृत्यु हो जाती है। ये मज़दूर अलग-अलग जगहों के प्रवासी हैं। सरकार ने पीड़ित परिवारों को तत्काल नकद राहत देने की घोषणा की और बिल्डर को गिरफ्तार कर लिया।

देश भर में इस तरह की हो रही ऐसी घटनाओं के कारण बताइए। ऐसी घटनाओं को रोकने के उपाय सुझाएँ।

उत्तर

इस मामले में एक बिल्डर ने अवैध रूप से एक इमारत को तीन मंजिल से छह मंजिल तक बढ़ा दिया है, जिसके परिणामस्वरूप वह ढह गई और महिलाओं और बच्चों सहित कई निर्दोष मज़दूरों की मृत्यु हो गई। ये मजदूर अधिकतर प्रवासी हैं। सरकार ने पीड़ित परिवारों को नकद मुआवजा देने और बिल्डर को गिरफ्तार करने की घोषणा की है। यह सरकार द्वारा की गई सही कार्रवाई है लेकिन इसे स्वीकृत मानचित्रों के अनुसार भवनों के निर्माण की निगरानी के लिए ज़िम्मेदार अपने अधिकारियों के विरुद्ध भी कार्रवाई करनी चाहिए।

ऐसी घटनाएँ अक्सर होती रहती हैं। मुख्य कारण बिल्डरों का लालच है जो अधिक पैसा बनाने के लिए अवैध कार्य करते हैं। इस प्रकार सरकार को यह सुनिश्चित करने के लिए कानून के अनुसार हर सम्भव कार्रवाई करनी होगी कि ऐसी घटनाएँ न हों।

दूसरा मुख्य कारण यह है कि सरकारी अधिकारी जिनकी ज़िम्मेदारी होती है ये सुनिश्चित करना कि निर्माण स्वीकृत मानचित्रों और भवन नियमों और विनियमों के अनुसार हो रहा है या नहीं, वे भी अपना कर्तव्य ठीक से नहीं करते हैं। दरअसल इसमें बड़े पैमाने पर भ्रष्टाचार होता है। अधिकारी अनैतिक बिल्डरों से हाथ मिलाते हैं, रिश्वत लेते हैं और ऐसे अवैध निर्माण की अनुमति देते हैं। सरकार ऐसे मामलों के लिए अधिकारियों को जवाबदेह ठहराकर इसे रोक सकती है और उसे केस स्टडी जैसे गम्भीर मामलों में अधिकारियों के विरुद्ध आपराधिक कार्रवाई करनी चाहिए। यह दूसरों के लिए एक निवारक के रूप में कार्य करेगा।

जब नक्शा अनुमोदन के लिए प्रस्तुत किया जाता है तो उसे एक वास्तुकार द्वारा प्रमाणित किया जाता है, जिसे दिए गए मानदंडों और अनुमोदन के अनुसार निर्माण की निगरानी करनी होती है। इस मामले में जिस तरह का उल्लंघन हुआ है, उसके लिए वह वास्तुकार ज़िम्मेदार हैं। सरकार को स्पष्ट रूप से यह कहते हुए आदेश पारित करना चाहिए कि यदि ऐसा कोई मामला सामने आता है तो वास्तुकार के विरुद्ध भी मुकदमा चलाया जाएगा और भविष्य के लिए ब्लैक लिस्टेड भी किया जाएगा। यदि कुछ मामलों में इस तरह की कड़ी कार्रवाई की जाती है तो यह एक निवारक वातावरण तैयार करेगा जो भविष्य में ऐसी घटनाओं को रोकेगा।

इस दुर्घटना में महिलाओं और बच्चों की मृत्यु हो गई है। बिल्डर को बच्चों को काम पर नहीं रखना चाहिए था। साफ़ है कि ऐसा करके उसने श्रम कानूनों का उल्लंघन किया है। श्रम विभाग और बिल्डर के अधिकारियों के विरुद्ध कार्रवाई किए जाने की आवश्यकता है। महिलाओं के लिए काम करने की स्थिति भी असुरक्षित थी। श्रमिकों की सुरक्षा के लिए ज़िम्मेदार सम्बन्धित प्राधिकारी को जवाबदेह ठहराया जाना चाहिए। यह सलाह दी जानी चाहिए कि सरकार ऐसी परियोजनाओं में काम करने की स्थिति सुनिश्चित करने के बारे में कड़ा कानून बनाए।

सरकार के पास ठेकेदारों को पंजीकृत करने की एक प्रणाली होनी चाहिए जो यह वचन दे कि हर सम्भव सावधानी बरती जाएगी। अन्त में सरकार को चाहिए कि इस तरह के मुद्दों के बारे में बहुत अधिक जन जागरूकता पैदा करे ताकि लोग स्वयं सतर्क रहें।

केस-6 (प्रश्न-14)

आप एक सरकारी विभाग में जन सूचना अधिकारी (पीआईओ) हैं। आप जानते हैं कि सूचना का अधिकार अधिनियम, 2005 प्रशासन में पारदर्शिता और जवाबदेही की परिकल्पना करता है। अधिनियम का मूल उद्देश्य निरंकुश तरीक़े से प्रशासनिक कामकाज पर नज़र रखना है। हालाँकि, एक पीआईओ के रूप में आपने देखा है कि ऐसे बहुत से नागरिक हैं जिन्होंने अपने लिए नहीं बल्कि ऐसे हितधारकों की ओर से आरटीआई आवेदन दायर किए हैं जो कथित तौर पर अपने कुछ विशेष हित साधने के लिए सूचना प्राप्त करना चाहते हैं। साथ ही ऐसे आरटीआई कार्यकर्ता हैं जो नियमित रूप से आरटीआई आवेदन दायर करते हैं और निर्णय लेने वालों से पैसे निकालने का प्रयास करते हैं। इस प्रकार की आरटीआई सक्रियता ने प्रशासन के कामकाज पर प्रतिकूल प्रभाव डाला है और सम्भवत: उन आवेदनों की वास्तविकता को भी संकट में डाल दिया है जिनका उद्देश्य अनिवार्य रूप से न्याय प्राप्त करना है।

वास्तविक और गैर-वास्तविक आवेदनों को अलग करने के लिए आप क्या उपाय सुझाएँगे? अपने सुझावों के गुण-दोष बताइए।

उत्तर

शासन में पारदर्शिता और जवाबदेही सुनिश्चित करने के लिए आरटीआई अधिनियम एक उत्कृष्ट प्रशासनिक नवाचार है। हालाँकि, कुछ नागरिकों ने दूसरों और अपने स्वयं के हितों के लिए जानकारी प्राप्त करना अपना व्यवसाय बना लिया है। हर जगह आप देखते हैं कि आरटीआई कार्यकर्ता बढ़ गए हैं जो अधिकारियों से पैसे निकालने के लिए इस अधिनियम का दुरुपयोग कर रहे हैं। इससे आरटीआई कानून की बदनामी हुई है और प्रशासन के कामकाज पर भी प्रतिकूल प्रभाव पड़ा है। इस केस स्टडी में पीआईओ भी कुछ ऐसी ही स्थिति में है।

सूचना का अधिकार अधिनियम के अनुसार जन सूचना अधिकारी का यह कर्तव्य है कि वह माँगी गई सूचना दें कि क्या यह अधिनियम के अनुसार अनुमेय है। हालाँकि, अगर उसे लगता है कि किसी गुप्त कारण से जानकारी माँगी जा रही है तो वह अभिलेखीय

आधार पर इसे अस्वीकार कर सकता है। हालाँकि, सूचना देने से इनकार करने पर पीआईओ के आदेशों के विरुद्ध अपील करने का प्रावधान है। यह देखना सूचना आयुक्तों और मुख्य सूचना आयुक्त का कर्तव्य है कि इस तरह की सूचनाओं का दुरुपयोग न हो। उन्हें ऐसी स्थितियों में जानकारी देने की अनुमति नहीं देनी चाहिए। उनके लिए आवेदनों की वास्तविकता का आकलन करना बहुत कठिन नहीं है।

यह भी देखना आवश्यक है कि जानकारी माँगने वाले का इसमें कोई हिस्सा है या नहीं। साथ ही विभाग और सूचना आयोग उन आरटीआई कार्यकर्ताओं की सूची बना सकते हैं जो पैसे निकालने के लिए अधिनियम का उपयोग करते हों और उनके आवेदनों को अवास्तविक मानते हुए उनके आवेदन को अस्वीकार कर सकते हैं। बेशक कुछ ऐसे लोग भी होते हैं जो आम जनता के मुद्दों को उठाते रहते हैं और इसके साथ-साथ मीडिया भी वास्तविक जनहित के मुद्दों को उठाने के लिए जानकारी माँगती है। जनहित के लिए सूचना देने और इसके दुरुपयोग को रोकने के बीच सन्तुलन बनाना होगा।

यह देखा गया है कि सरकारी कर्मचारियों द्वारा उनकी सेवा-शर्तों से सम्बन्धित मामलों में आरटीआई का अधिकतम उपयोग किया जाता है। आप इसे रोक नहीं सकते क्योंकि अधिकारी को अपने मामले को सेवा अधिकरणों और न्यायालयों के समक्ष उठाने के लिए इस जानकारी की आवश्यकता होती है। वहीं अगर कोई अन्य अधिकारी या नागरिक किसी कर्मचारी की नौकरी की जानकारी चाहता है तो वह नहीं दी जानी चाहिए। सूचना का अधिकार अधिनियम के बारे में बहुत अधिक जागरूकता पैदा करने की आवश्यकता है ताकि नागरिक इसका उचित उपयोग कर सकें।

उन्हें अधिनियम में कुछ संशोधन करने चाहिए जिससे पीआईओ से वरिष्ठ अधिकारी को सूचना के लिए उन आवेदनों को अस्वीकार करने की अनुमति मिल सके जो निरर्थक हों और वास्तविक नहीं हों।

आरटीआई अधिनियम नया है और इसका एक नेक उद्देश्य है। इसमें कुछ आरंभिक कठिनाइयाँ आएँगी। हालाँकि, मुख्य सचिव या विभाग के सचिव के स्तर पर और मुख्य सूचना आयुक्त के स्तर पर भी अधिनियम के कामकाज की नियमित समीक्षा होनी चाहिए।

इस तरह की समीक्षा से सरकार और आयोग के बीच घनिष्ठ सामंजस्य बना रहेगा और इसके परिणामस्वरूप अधिनियम के उद्देश्य को प्राप्त किया जा सकेगा। सिर्फ इसलिए कि कुछ लोग कदाचार में लिप्त हैं इसका अर्थ यह नहीं है कि पारदर्शिता को कम किया जाना चाहिए। आरटीआई कानून को अनावश्यक रूप से कमज़ोर नहीं किया जाना चाहिए।

केस-स्टडी—यूपीएससी सामान्य अध्ययन—4 पेपर—2018

केस-1 (प्रश्न-7)

राकेश एक ज़िम्मेदार ज़िला स्तर के अधिकारी हैं, और अपने उच्च अधिकारियों का विश्वासपात्र है। उनकी ईमानदारी को जानते हुए सरकार ने उन्हें वरिष्ठ नागरिकों के लिए बनाई गई स्वास्थ्य देखभाल योजना के तहत लाभार्थियों की पहचान करने की ज़िम्मेदारी सौंपी।

लाभार्थी होने के मानदंड निम्नलिखित हैं :

(ए) 60 वर्ष या उससे अधिक आयु।

(बी) एक आरक्षित समुदाय से सम्बन्धित।

(सी) प्रति वर्ष 1 लाख रुपये से कम की पारिवारिक आय।

(डी) उपचार के बाद लाभार्थी के जीवन की गुणवत्ता में सकारात्मक बदलाव लाने की उच्च सम्भावना हो।

एक दिन, एक वृद्ध दम्पती अपने आवेदन के साथ राकेश के कार्यालय में आया। वे जन्म से ही उसके ज़िले के एक गाँव के निवासी हैं। वृद्ध व्यक्ति को एक ऐसी बीमारी है जिसमें उस वृद्ध की बड़ी आँत में रुकावट है। नतीजतन, उसे बार-बार पेट में तेज़ दर्द होता है जिसके कारण वह कोई भी शारीरिक श्रम करने में अक्षम है। दम्पती की कोई संतान नहीं है जिससे उन्हें कोई मदद मिल सके। जिस विशेषज्ञ सर्जन से उन्होंने सम्पर्क किया, वह बिना किसी शुल्क के सर्जरी करने को तैयार है। हालाँकि, दम्पती को एक लाख रुपये का आकस्मिक शुल्क, जैसे कि दवाएँ, अस्पताल में भर्ती, आदि का खर्च वहन करना होगा। दम्पती 'बी' को छोड़कर सभी मानदंडों को पूरा करता है। हालाँकि, किसी भी प्रकार की वित्तीय सहायता निश्चित रूप से उनके जीवन की गुणवत्ता में महत्त्वपूर्ण बदलाव लाएगी।

राकेश को इस स्थिति पर कैसे प्रतिक्रिया देनी चाहिए?

उत्तर

यह मामला नियमों और मानवीय विचारों के अनुसार कार्य करने के बीच एक विशिष्ट नैतिक दुविधा प्रस्तुत करता है। राकेश अपने वरिष्ठों की दृष्टि में ईमानदार और ज़िम्मेदार और भरोसेमन्द अधिकारी हैं इसलिए उन्हें उनके वरिष्ठों द्वारा चार मानदंडों के अनुसार लाभार्थियों का चयन करने के लिए सौंपा गया है। एक गरीब वृद्ध उनके पास एक गम्भीर बीमारी का निदान करने के लिए आता है। सर्जन मुफ्त में सर्जरी करने को तैयार है, लेकिन अस्पताल में भर्ती होने और दवा के लिए एक लाख रुपये की आवश्यकता होगी, जिसे वृद्ध दम्पती वहन नहीं कर सकते।

एक संवेदनशील इंसान और अधिकारी के रूप में उनके लिए एक विकल्प यह है कि वृद्ध व्यक्ति का नाम वरिष्ठ नागरिकों के लिए स्वास्थ्य देखभाल योजना के लाभार्थियों की सूची में सम्मिलित किया जाए ताकि वह अस्पताल में भर्ती होने और सर्जरी के दवा खर्च को पूरा करने में सक्षम हो सके जिससे उसके जीवन की गुणवत्ता में बहुत सुधार सम्भव है। हालाँकि, वह योजना के मानदंड "बी" को पूरा नहीं करता है। यह मानदंड कहता है कि लाभार्थी एक आरक्षित समुदाय से सम्बन्धित होना चाहिए जो वृद्ध पूरी नहीं करते हैं। स्पष्ट रूप से वृद्ध व्यक्ति योजना के तहत लाभ के लिए पात्र नहीं है। यदि राकेश सही नीयत से भी उसे योजना का लाभ गलत तरीक़े से देता है तो यह उस नियम का उल्लंघन होगा जिसका विकल्प अधिकारियों के पास नहीं होता है। बाद में नियमों का पालन नहीं करने पर उन पर जुर्माना लगाया जा सकता है। यह

अमानवीय लग सकता है लेकिन एकरूपता सुनिश्चित करने और स्व-विवेक का प्रयोग न किया जा सके इसके लिए नियम बनाए जाते हैं जो अक्सर भ्रष्टाचार का कारण होते हैं। इसलिए राकेश को लाभार्थियों की सूची में वृद्ध का नाम सम्मिलित नहीं करना चाहिए।

उसके लिए एक विकल्प यह है कि वह अपने वरिष्ठ अधिकारियों को पत्र लिखकर मानदंड में संशोधन करने का अनुरोध करे। वह सुझाव दे सकता है कि एक आरक्षित समुदाय से सम्बन्धित लाभार्थी के बजाय लाभार्थी का आय के स्तर को मानदंड के रूप में सम्मिलित करना चाहिए और इसे किसी भी समुदाय विशेष तक सीमित नहीं करना चाहिए। हालाँकि, निर्णय आने में लंबा समय लगेगा और शायद उस वृद्ध व्यक्ति को कोई लाभ भी न हो जिसकी हालत स्पष्ट रूप से गम्भीर है। इसके अतिरिक्त सरकार आम तौर पर आरक्षित और अन्य हाशिए के समुदायों के लाभ के लिए योजनाएँ लेकर आती है और सम्भवत: वह अपने मानदंड में कोई परिवर्तन नहीं करेगी।

ज़िला अधिकारी राकेश के लिए सबसे अच्छा विकल्प परोपकारी संगठनों या व्यापारियों या उद्योगों या गैर-सरकारी संगठनों के संघों से धन जुटाना और वृद्ध व्यक्ति को सहायता प्रदान करना है। फिर वह यह भी देख सकता है कि किस सरकारी योजना के तहत वृद्ध दम्पती को उनके जीवन स्तर में सुधार के लिए और लाभ दिए जा सकते हैं।

केस-2 (प्रश्न-8)

मंत्रालय में एक वरिष्ठ अधिकारी के रूप में, सार्वजनिक डोमेन में अधिसूचित होने से पहले आपके पास महत्त्वपूर्ण नीतिगत निर्णयों और सड़क निर्माण परियोजनाओं जैसी आगामी बड़ी घोषणाओं तक पहुँच होती है। मंत्रालय एक बड़ी सड़क परियोजना की घोषणा करने वाला है जिसके लिए रेखाचित्र पहले से ही तैयार हैं। निजी पार्टियों से न्यूनतम भूमि अधिग्रहण के साथ सरकारी भूमि का उपयोग करने के लिए योजनाकारों द्वारा पर्याप्त ध्यान रखा गया था। निजी पार्टियों के लिए मुआवजे की दर को भी सरकारी नियमों के अनुसार अन्तिम रूप दिया गया था। वनों की कटाई को कम करने के लिए भी ध्यान रखा गया था। एक बार परियोजना की घोषणा हो जाने के बाद, यह आशा की जाती है कि उस क्षेत्र और उसके आसपास अचल सम्पत्ति की कीमतों में भारी उछाल आएगा।

इस बीच, सम्बन्धित मंत्री ज़ोर देकर कहते हैं कि आप सड़क को इस तरह से संरेखित करें कि यह उनके 20 एकड़ के फार्महाउस के निकट आ जाए। वह यह भी सुझाव देते हैं कि वह प्रस्तावित मेगा रोड परियोजना के आस-पास प्रचलित न्यूनतम दर पर आपकी पत्नी के नाम पर भूमि के एक बड़े भूखंड की खरीद की सुविधा प्रदान करेंगे। वह आपको यह कहकर समझाने की भी कोशिश करते हैं कि इसमें कोई बुराई नहीं है क्योंकि वह कानूनी रूप से भूमि खरीद रहे हैं। यहाँ तक कि अगर आपके पास भूमि खरीदने के लिए पर्याप्त धन नहीं है, तो वह उसकी भी पूर्ति करने का वादा करते हैं। हालाँकि, पुनर्संरेखण के कार्य से, बहुत सारी कृषि भूमि का अधिग्रहण करना पड़ेगा, जिससे सरकार पर बहुत वित्तीय बोझ पड़ेगा, और किसानों का विस्थापन भी होगा। इतना ही नहीं, इसमें बड़ी संख्या में पेड़ों को काटना सम्मिलित हो सकता है जो इसके हरित आवरण के क्षेत्र को प्रभावित करते हैं।

इस स्थिति का सामना करते हुए, आप क्या करेंगे? विभिन्न हितों के टकराव का समालोचनात्मक परीक्षण करें और बताएँ कि एक लोक सेवक के रूप में आपकी क्या ज़िम्मेदारियाँ हैं।

उत्तर

एक ईमानदार लोक सेवक के काम करने का तरीका बिलकुल स्पष्ट है। उसे मंत्री के कहने पर उन्हें सड़क को फिर से संरेखित करने से मना कर देना चाहिए।

सड़क परियोजना देश और उसके लोगों के विकास के लिए महत्त्वपूर्ण है और इसके कार्यान्वयन में कोई बाधा नहीं आनी चाहिए। हालाँकि, परियोजना के कारण क्षेत्र में अचल सम्पत्ति की कीमतें बढ़ गई हैं और यह एक आम बात है कि बिल्डर्स, राजनेता और नौकरशाह इसका लाभ उठाते हैं और पैसा बनाने के लिए क्षेत्र में भूमि खरीदना आरंभ करते हैं। ऐसी किसी भी परम्परा को अस्वीकार करने के लिए सभी कदम उठाए जाने चाहिए।

इस मामले में मंत्री सड़क को फिर से संरेखित करना चाहते हैं ताकि यह उनके 20 एकड़ के फार्महाउस के करीब आ जाए। स्पष्ट है इससे उनके फार्महाउस की कीमत बढ़ेगी जिसे सरकार सड़क परियोजना के लिए अधिग्रहित करेगी। मंत्री इस परियोजना से पैसा कमाना चाहते हैं, भले ही इससे अधिक पेड़ कटेंगे, भूमि अधिग्रहण की लागत बढ़ेगी और इस तरह परियोजना की लागत भी बढ़ेगी। मंत्री जनता के पैसे के नुकसान की कीमत पर अपने निजी लाभ की तलाश में हैं। एक अधिकारी के रूप में मंत्री से सहमत होने से इनकार कर देना चाहिए।

मंत्री यह कहकर अधिकारी को बेईमान बनाने की कोशिश कर रहे हैं कि वह अपनी पत्नी के नाम पर भूमि का एक भूखंड खरीद लें ताकि सड़क परियोजना के कारण भूमि की कीमत बढ़ने पर उसे भी फायदा हो। एक अधिकारी को इस तरह के सुझावों से कभी भी सहमत नहीं होना चाहिए क्योंकि यह घोर भ्रष्टाचार और अनैतिक आचरण के बराबर है।

इसके अतिरिक्त इस पुनर्संरेखण से पहले के विकल्प की तुलना में अधिक कृषि भूमि का अधिग्रहण होगा जो फिर से अनैतिक है। सरकार हमेशा बुनियादी ढाँचा परियोजनाओं के लिए कम से कम कृषि भूमि लेना चाहती है क्योंकि खाद्य उत्पादन के लिए कृषि भूमि की आवश्यकता होती है जो देश की खाद्य सुरक्षा के लिए आवश्यक है। साथ ही यह बहुत से किसानों को विस्थापित करेगा जो पुनर्वास के मुद्दे पैदा कर रहे हैं और इन दोनों कारकों से सरकार पर अधिक वित्तीय बोझ पड़ेगा और यह सार्वजनिक धन का उचित उपयोग नहीं है।

एक अन्य महत्त्वपूर्ण बिन्दु पर्यावरण से सम्बन्धित है। इस संरेखण में बड़ी संख्या में पेड़ों को काटा जाएगा जिससे हरित आवरण में भारी कमी आएगी जिससे वायु प्रदूषण और अन्य मुद्दों में वृद्धि होगी और यह उचित नहीं है। वन सम्पदा (पेड़ों) को संरक्षित करना महत्त्वपूर्ण है।

उपरोक्त सभी कारणों से अधिकारी को प्रस्तावित संरेखण का समर्थन करते हुए

और प्रस्तावित वैकल्पिक संरेखण को अस्वीकार करते हुए लिखित में रिपोर्ट भेजनी चाहिए। एक लोक सेवक के रूप में यह उनका कर्तव्य और ज़िम्मेदारी है।

केस-3 (प्रश्न-9)

यह एक ऐसा राज्य है जहाँ शराबबन्दी लागू है। आपको हाल ही में शराब के अवैध आसवन के लिए कुख्यात ज़िले के पुलिस अधीक्षक के रूप में नियुक्त किया गया है। अवैध शराब से कई मौतें होती हैं, कुछ रिपोर्ट की जाती हैं और कुछ रिपोर्ट नहीं की जाती हैं और जिला अधिकारियों के लिए एक बड़ी समस्या का कारण बनती हैं।

अब तक दृष्टिकोण यह था कि इसे कानून और व्यवस्था की समस्या के रूप में देखा जाए और उसी के अनुसार निपटा जाए। छापे, गिरफ्तारी, पुलिस मामले और आपराधिक मुकदमे—इन सभी का केवल सीमित प्रभाव था। समस्या हमेशा की तरह गम्भीर बनी हुई है।

आपके निरीक्षण से पता चलता है कि जिले के जिन हिस्सों में आसवन फलता-फूलता है, वे आर्थिक, औद्योगिक और शैक्षिक रूप से पिछड़े हैं। सिंचाई की खराब व्यवस्था से कृषि बुरी तरह प्रभावित है। समुदायों के बीच बार-बार होने वाली झड़पों ने अवैध आसवन को बढ़ावा दिया। अतीत में न तो सरकार की ओर से और न ही सामाजिक संगठनों की ओर से लोगों की स्थिति में सुधार के लिए कोई बड़ी पहल की गई थी।

समस्या को नियंत्रण में लाने के लिए आप कौन-सा नया तरीका अपनाएँगे?

उत्तर

पुलिस अधीक्षक (एसपी) अपने क्षेत्र में अपराध को नियंत्रित करने के लिए ज़िम्मेदार है। ज़िले में शराबबन्दी लागू होने के बावजूद वह शराब के अवैध आसवन के लिए कुख्यात है, जिससे कई मौतें हुई हैं। कानून को लागू करना उसका कर्तव्य है और वह शराब माफियाओं और इस अवैध व्यापार में सम्मिलित लोगों के बारे में खुफिया जानकारी जुटाए, छापेमारी करे, अपराधियों को गिरफ्तार करे और इन अपराधियों के विरुद्ध एक बड़े अभियान का नेतृत्व करे।

हालाँकि, उसने स्थिति का अध्ययन किया है और पाया है कि औद्योगिक, शैक्षिक और आर्थिक रूप से पिछड़े क्षेत्रों में अवैध आसवन मौजूद है। इन क्षेत्रों में कृषि उत्पादकता कम सिंचाई के कारण अल्प है और लोग बहुत गरीब हैं जिससे समुदायों के बीच संघर्ष होता है। साफ है कि अगर अवैध शराब के आसवन की समस्या से निपटना है तो इन समस्याओं पर ध्यान देना होगा।

स्पष्ट रूप से विकासात्मक पहल की जानी चाहिए। हालाँकि विकास की सीधी ज़िम्मेदारी पुलिस विभाग की नहीं है और विकास अधिकारी एसपी के अधीन काम नहीं करते हैं। जिला मजिस्ट्रेट (डीएम) विकास के लिए ज़िम्मेदार अधिकारी है और वह विकास विभागों के कामकाज का समन्वय और पर्यवेक्षण करता है। डीएम कानून और व्यवस्था के लिए भी ज़िम्मेदार है और इस मामले में शराबबन्दी पर सरकार के निर्देश को लागू करता है। स्थिति को सँभालने के लिए डीएम और एसपी को मिलकर काम करना होगा। एसपी

डीएम को स्थिति से अवगत कराएँ और अपना विश्लेषण दें। इसके बाद डीएम और एसपी संयुक्त रूप से सभी विकास विभागों की बैठक बुला सकते हैं और जिले के पिछड़ेपन को दूर करने के लिए कार्ययोजना बना सकते हैं। यह भी एक अच्छा विचार होगा कि डीएम और एसपी सम्बन्धित अधिकारियों के साथ उन गाँवों का दौरा करें जहाँ सबसे अधिक अवैध आसवन होता है और लोगों की आवश्यकताओं को समझें और उन्हें शराबबन्दी की सरकारी नीति और अवैध शराब के उपभोग के दुष्प्रभावों के बारे में जागरूकता पैदा करने के साथ संबोधित करें। इसके अतिरिक्त मनरेगा और राष्ट्रीय आजीविका मिशन जैसी योजनाओं के तहत लोगों को रोजगार उपलब्ध कराने के लिए कदम उठाए जाएँ।

सिंचाई में सुधार की योजनाएँ आरंभ की जानी चाहिए और कृषि उत्पादकता में सुधार के लिए ठोस उपाय किए जाने चाहिए। क्षेत्र में स्कूल खोले जाएँ और अभिभावकों को अपने बच्चों को स्कूल भेजने के लिए प्रेरित किया जाए। उन्हें क्षेत्र में एक औद्योगिक इकाई स्थापित करने के लिए एक उद्यमी को प्रेरित करने का भी प्रयास करना चाहिए। अन्य सभी विकास आवश्यकताओं जैसे सड़क, पेयजल और स्वास्थ्य सुविधाओं पर ध्यान दिया जाना चाहिए। लोगों को विकास की इस प्रक्रिया में सम्मिलित होना चाहिए। परियोजनाओं और धन के मामले में राज्य मुख्यालयों से सहायता माँगी जानी चाहिए।

लोगों के व्यवहार में बदलाव लाने के लिए गैर-सरकारी संगठनों और धार्मिक नेताओं और अन्य सलाह देने वाले नेताओं की मदद लेना भी उचित होगा। लोगों के साथ लगातार संवाद से उनके व्यवहार में बदलाव लाने में मदद मिलेगी। अपराधियों के विरुद्ध सख्त कार्रवाई, जागरूकता फैलाने और डीएम व अन्य अधिकारियों के सहयोग से विकास को बढ़ावा देने से समस्या को नियंत्रण में लाने में मदद मिलेगी।

केस-4 (प्रश्न-10)

एक बड़ा कारपोरेट घराना बड़े पैमाने पर औद्योगिक रसायनों के निर्माण में लगा हुआ है। यह अतिरिक्त इकाई स्थापित करने का प्रस्ताव करता है। कई राज्यों ने पर्यावरण पर हानिकारक प्रभाव के कारण इसके प्रस्ताव को खारिज कर दिया लेकिन एक राज्य सरकार ने अनुरोध को स्वीकार कर लिया और सभी विरोधों को दरकिनार करते हुए एक शहर के करीब इकाई की अनुमति दे दी।

इकाई 10 साल पहले स्थापित की गई थी और हाल तक पूरे ज़ोरों पर थी। औद्योगिक अपशिष्टों के कारण होने वाला प्रदूषण क्षेत्र में भूमि, पानी और फसलों को प्रभावित कर रहा था। यह मनुष्यों और जानवरों के लिए गम्भीर स्वास्थ्य समस्याएँ भी पैदा कर रहा था। इसने आन्दोलन की एक श्रृंखला को जन्म दिया जिसमें हज़ारों लोगों ने भाग लिया, जिससे कानून और व्यवस्था की समस्या पैदा हो गई और कड़ी पुलिस कार्रवाई की आवश्यकता हुई। जनता के आक्रोश के बाद राज्य सरकार ने कारखाने को बन्द करने का आदेश दिया।

कारखाने के बन्द होने से न केवल वे श्रमिक बेरोज़गार हुए जो कारखाने में लगे हुए थे, बल्कि वे भी जो सहायक इकाइयों में काम कर रहे थे। इसने उन उद्योगों को भी बहुत बुरी तरह प्रभावित किया जो इसके द्वारा निर्मित रसायनों पर निर्भर थे।

एक वरिष्ठ अधिकारी के रूप में आपको इस मुद्दे को सँभालने की ज़िम्मेदारी सौंपी गई है, आप इससे कैसे निपटेंगे?

उत्तर

इस केस स्टडी में सम्मिलित मुख्य मुद्दा एक शहर के निकट स्थित एक औद्योगिक रासायनिक इकाई है जो अपने अपशिष्टों के माध्यम से प्रदूषण पैदा करके पर्यावरण को नुकसान पहुँचा रही है जिससे लोगों को गम्भीर स्वास्थ्य समस्याएँ हो रही हैं। इसके विरुद्ध आन्दोलन हुआ जिसके फलस्वरूप एक गम्भीर कानून व्यवस्था की समस्या पैदा हो गई और पुलिस कार्रवाई करनी पड़ी। राज्य सरकार ने फैक्ट्री को बन्द करने का आदेश दिया है। इससे कारखाने और सहायक इकाइयों में लगे श्रमिकों के साथ-साथ इस कारखाने से रसायन खरीदने वाले उद्योगों पर भी असर पड़ा है।

आपके सामने एक विकल्प यह हो सकता है कि सरकार को कारखाने खोलने की अनुमति देने की सिफारिश की जाए ताकि बेरोज़गारी के कारण लोगों का नुकसान न हो। हालाँकि, आप प्रदूषण के गम्भीर मुद्दे को नज़रअन्दाज़ नहीं कर सकते। मामले की जाँच करने के लिए आपके पास एक तकनीकी समिति होनी चाहिए और यह देखना चाहिए कि क्या यह सम्भव है कि कारखाना एक अपशिष्ट उपचार संयंत्र स्थापित कर सकता है जो पर्यावरण में विषाक्त पदार्थों के छोड़े जाने को रोक सकता है। कारखाने को इस उपकरण को अपनी लागत पर स्थापित करने के लिए सहमत होना होगा और कभी भी अनुपचारित अपशिष्ट को न छोड़ने का वचन देना होगा। आप प्रदूषण विभाग को कारखाने द्वारा अपशिष्ट उपचार संयंत्र के उपयोग की निगरानी की ज़िम्मेदारी दे सकते हैं। इसे तकनीकी रूप से सम्भव होना चाहिए। वास्तव में कई प्रदूषणकारी उद्योगों जैसे आसवनी और सीमेंट संयंत्रों को अपशिष्ट उपचार या शून्य निर्वहन प्रौद्योगिकी को स्थापित करने के बाद कार्य करने की अनुमति दी जाती है।

चूँकि लोग आन्दोलित हो गए हैं, इसलिए प्रभावित लोगों के सभी वर्गों के साथ बैठकें करना और उठाए जा रहे उपायों के बारे में उन्हें विश्वास में लेना महत्त्वपूर्ण होगा। उन्हें आश्वासन दिया जा सकता है कि अगर भविष्य में किसी भी समय अनुपचारित अपशिष्ट छोड़ते हैं तो कारखाने को बन्द कर दिया जाएगा। आप उन लोगों की देखभाल के लिए चिकित्सा दल भी तैनात कर सकते हैं जिनके स्वास्थ्य पर प्रदूषण का बहुत प्रतिकूल प्रभाव पड़ा है।

आम तौर पर ऐसा तकनीकी समाधान सम्भव है लेकिन यदि ऐसा नहीं हो पाता है तो संयंत्र को किसी अन्य स्थान पर स्थानान्तरित करने का एकमात्र विकल्प है जहाँ आस-पास कोई रिहाइश नहीं होगी और इसलिए यह लोगों के जीवन और आजीविका को प्रभावित नहीं करेगा। इस तरह श्रमिक भी बेरोजगार नहीं होंगे और इन रसायनों पर निर्भर उद्योग अपना उत्पादन जारी रख सकेंगे।

दोनों में से किसी एक समाधान में आपको प्रदूषण की समस्या को बेरोज़गारी के साथ सन्तुलित करना होगा। एक समाधान निश्चित रूप से खोजा जा सकता है जो दोनों समस्याओं को हल कर सकता है।

केस-5 (प्रश्न-11)

डॉ. एक्स किसी शहर में एक प्रमुख चिकित्सा व्यवसायी है। उन्होंने एक धर्मार्थ ट्रस्ट की स्थापना की है जिसके माध्यम से उन्होंने समाज के सभी वर्गों की चिकित्सा आवश्यकताओं को पूरा करने के लिए शहर में एक सुपर स्पेशियलिटी अस्पताल स्थापित करने की योजना बनाई है। संयोग से, राज्य के उस हिस्से की वर्षों से उपेक्षा की गई थी। प्रस्तावित अस्पताल उस क्षेत्र के लिए वरदान साबित होगा।

आप उस क्षेत्र की कर जाँच एजेंसी का नेतृत्व कर रहे हैं। डॉक्टर के क्लीनिक के निरीक्षण के दौरान आपके अधिकारियों को कुछ बड़ी अनियमितताएँ मिली हैं। इनमें से कुछ अनियमितताएँ ऐसी थीं जिनके कारण कर का भुगतान नहीं किया जा रहा था और अब उस कर का भुगतान किया जाना आवश्यक था। डॉक्टर पूरी तरह से जाँच में सहयोग कर रहा है। वह तुरन्त कर का भुगतान करने का वचन देता है।

हालाँकि, उसके कर अनुपालन में कुछ अन्य कमियाँ हैं जो पूरी तरह से तकनीकी प्रकृति की हैं। यदि एजेंसी इन तकनीकी चूकों को बहुत अधिक महत्त्व देती है, तो डॉक्टर का काफी समय और ऊर्जा उन मुद्दों पर लग जाएँगे जो कर संग्रह प्रक्रिया के लिए इतने गम्भीर, आवश्यक और मददगार भी नहीं हैं। इसके अतिरिक्त, ये भी हो सकता है कि इससे अस्पताल बनने की सम्भावनाओं में बाधा उत्पन्न हो।

आपके सामने दो विकल्प हैं :

1. एक व्यापक दृष्टिकोण रखते हुए, पर्याप्त कर अनुपालन सुनिश्चित करें और उन चूकों को अनदेखा करें जो केवल तकनीकी प्रकृति की हैं।
2. मामले का सख्ती से पालन करें और सभी मोर्चों पर आगे बढ़ें, चाहे वह वस्तुगत हो या केवल तकनीकी।

कर एजेंसी के प्रमुख के रूप में, आप कौन-सी कार्रवाई का चुनाव करेंगे और क्यों?

उत्तर

1. पहला विकल्प व्यापक दृष्टिकोण अपनाना, पर्याप्त कर अनुपालन सुनिश्चित करना और तकनीकी चूकों को अनदेखा करना है। यह विकल्प समाज के व्यापक हित में है क्योंकि डॉ. एक्स एक सुपर स्पेशियलिटी अस्पताल खोल रहे हैं जो इस क्षेत्र के लोगों के लिए एक बहुत बड़ा वरदान होगा। एक कर अधिकारी के रूप में यह आपका कर्तव्य है कि आप उन करों को एकत्र करें जो देश के विकास के लिए संसाधन जुटाने के लिए आवश्यक हैं। आपने कुछ बड़ी अनियमितताएँ पाई हैं लेकिन डॉ. ने सहयोग किया है और कर का भुगतान करने का बीड़ा उठाया है। आपको यह सुनिश्चित करना होगा कि वह तुरन्त यह भुगतान कर दे। जहाँ तक तकनीकी अनुपालन का सम्बन्ध है, यह स्पष्ट है कि वे कर संग्रह प्रक्रिया में सहायक भी नहीं होंगे। तकनीकी अनुपालनों पर बहुत अधिक ज़ोर देना उचित प्रतीत नहीं होता है। सरकार भी कर प्रशासन की एक प्रणाली बनाना चाहती है जो

पेशेवरों या व्यापारियों को परेशान न करे। छोटी-छोटी तकनीकी बातों पर बेवजह ध्यान देना उत्पीड़न के समान है और साथ ही इससे कर विभाग का कीमती समय भी बर्बाद होता है। वास्तव में यही वे मामले हैं जो अक्सर भ्रष्टाचार की ओर ले जाते हैं। मुझे लगता है कि कर अधिकारी को व्यापक दृष्टिकोण रखना चाहिए, जिसका अर्थ होगा कि कर राजस्व एकत्र किया जाए और सुपर स्पेशियलिटी अस्पताल भी लोगों की सेवा के लिए समय पर स्थापित किया जाए।

2. दूसरा विकल्प वह है जिसका आमतौर पर कर संग्रह विभाग पालन करते हैं। कर एकत्र करना और प्रक्रियात्मक अनुपालन सुनिश्चित करना उनका कर्तव्य है। अक्सर ऐसा होता है कि कर अधिकारी समाज के व्यापक हितों पर बहुत ध्यान नहीं देते हैं और वे ये दावा कर सकते हैं कि अस्पताल बनता है या नहीं, यह उनकी ज़िम्मेदारी नहीं है। इसके अतिरिक्त यदि वह तकनीकी अनुपालन की उपेक्षा करते हैं तो उसके वरिष्ठ अधिकारी उसे बाद में इसके लिए जवाबदेह ठहरा सकते हैं और उस पर अनुशासनात्मक कार्रवाई हो सकती है। विडम्बना यह है कि सरकार में एक अधिकारी को छोटी-मोटी प्रक्रियात्मक खामियों का सामना करना पड़ता है और उसने जो बड़े उद्देश्य हासिल किए हैं, उनकी अनदेखी की जाती है। इससे उनमें इस प्रकार का दृष्टिकोण आ जाता है कि वे अपनी सुरक्षा को सबसे पहले अहमियत देते हैं और इसलिए इस बात की सम्भावना बढ़ जाती है कि इस मामले में कर अधिकारी सभी अनुपालनों पर ही ज़ोर देने लगते हैं।

एक कर अधिकारी के रूप में मैं पहले विकल्प को अपनाना चाहूँगा क्योंकि समाज का व्यापक हित सभी लोक सेवकों का लक्ष्य है। इसके अतिरिक्त इससे कर एकत्र भी हो जाएगा और सरकार को राजस्व का कोई नुकसान भी नहीं होगा। यहाँ यह भी किया जा सकता है कि अधिकारी लिखित रूप में एक नोट तैयार करें और इस कार्रवाई के लिए अपने वरिष्ठों को सूचित करें और उनका अनुमोदन लें ताकि बाद में आपको किसी प्रकार की उलझन का सामना न करना पड़े।

केस-6 (प्रश्न-12)

एडवर्ड स्नोडेन, एक कंप्यूटर विशेषज्ञ और पूर्व सीआईए प्रशासक, ने सरकारी निगरानी कार्यक्रमों के अस्तित्व के बारे में प्रेस को गोपनीय सरकारी दस्तावेज जारी किए। कई कानूनी विशेषज्ञों और अमेरिकी सरकार के अनुसार, राज्य के गोपनीय दस्तावेज़ों को सार्वजनिक करने की उनकी इस कार्रवाई ने 1971 के जासूसी अधिनियम का उल्लंघन किया, जो राजद्रोह के अन्तर्गत आता है। फिर भी, इस तथ्य के बावजूद कि उन्होंने कानून तोड़ा, स्नोडेन ने तर्क दिया कि ऐसा करना उनका नैतिक दायित्व था। उन्होंने अपने व्हिसलब्लोअर के रूप में अपने कार्य को औचित्यपूर्ण ठहराते हुए कहा कि उनका कर्तव्य है कि "जनता को यह बताएँ कि उनके नाम पर क्या किया जाता है और क्या कुछ उनके विरुद्ध किया जाता है।"

स्नोडेन के अनुसार, सरकार की गोपनीयता के उल्लंघन को वैधता की परवाह किए बिना उजागर किया जाना ज़रूरी था क्योंकि सामाजिक कार्रवाई और सार्वजनिक नैतिकता के अधिक महत्त्वपूर्ण मुद्दे इसमें सम्मिलित थे। कई लोग स्नोडेन से सहमत थे। कुछ लोगों ने तर्क दिया कि उन्होंने कानून तोड़ा और राष्ट्रीय सुरक्षा से समझौता किया, जिसके लिए उन्हें जवाबदेह ठहराया जाना चाहिए।

क्या आप इस बात से सहमत हैं कि कानूनी रूप से निषिद्ध होने पर भी स्नोडेन के कार्यों को नैतिक रूप से उचित ठहराया जा सकता है? यदि हाँ तो क्यों और नहीं तो क्यों नहीं? इस मामले में दोनों विकल्पों की तुलनात्मक समीक्षा करके अपना तर्क दें।

उत्तर

एडवर्ड स्नोडेन ने सरकारी निगरानी कार्यक्रमों के बारे में प्रेस को गोपनीय सरकारी दस्तावेज़ जारी किए हैं। कानूनी विशेषज्ञ इसे 1971 के जासूसी अधिनियम का उल्लंघन मानते हैं जो उनके कार्य को देशद्रोह के रूप में मानता है। हालाँकि, स्नोडेन ने स्वयं को यह कहकर सही ठहराया कि इस मामले को लोगों के ज्ञान में लाना एक नैतिक दायित्व है क्योंकि यह गोपनीयता का उल्लंघन है और इसलिए सामाजिक कार्रवाई और सार्वजनिक नैतिकता का मुद्दा है। स्नोडेन स्वयं को एक व्हिसलब्लोअर के रूप में देखते हैं।

मैं इस बात से सहमत नहीं हूँ कि स्नोडेन की हरकतें नैतिक रूप से उचित हैं। आप कानून का उल्लंघन नहीं कर सकते और दावा नहीं कर सकते कि ऐसा करके आप कोई नैतिक कार्य कर रहे हैं। राजद्रोह राज्य के विरुद्ध एक गम्भीर अपराध है और इसे किसी भी आधार पर माफ नहीं किया जा सकता है। यदि इस तरह के अधिनियमों को अनुमति दी जाती है तो इससे अराजकता पैदा होगी और ऐसी स्थिति पैदा होगी जहाँ किसी भी प्रकार का शासन सम्भव नहीं होगा। उनका यह कृत्य व्हिसलब्लोअर की श्रेणी में नहीं आता है। यह सच है कि ऐसे कानून और परम्पराएँ हैं जो व्हिसलब्लोअर की रक्षा करती हैं। हालाँकि, व्हिसलब्लोअर अवैध कृत्यों या किसी संगठन द्वारा किए जा रहे भ्रष्टाचार के मामलों की ओर इशारा करता है लेकिन इस मामले में उनका कार्य कानून के विरुद्ध है और इसलिए, वह व्हिसलब्लोअर के रूप में सुरक्षा का दावा नहीं कर सकते हैं।

यह हो सकता है कि स्नोडेन को वास्तव में लगता हो कि सरकार व्यक्तियों की निजता में घुसपैठ कर रही है और राज्य के पास ऐसी शक्तियाँ नहीं होनी चाहिए। व्यक्ति बनाम राज्य के अधिकारों के व्यापक सन्दर्भ में, स्नोडेन दावा कर सकते हैं कि उनकी कार्रवाई सार्वजनिक नैतिकता और व्यक्ति की स्वतंत्रता का मामला है। हालाँकि, प्रेस को गोपनीय दस्तावेज जारी करने का जो रास्ता उन्होंने चुना है वह निश्चित रूप से अवैध है। उनके सामने विकल्प यह है कि वे अदालतों का रुख करें और जासूसी अधिनियम में संशोधन के लिए कहें और अदालत से यह भी अनुरोध करें कि अदालत यह तय करें कि सरकारें किस हद तक व्यक्ति की गोपनीयता में घुसपैठ कर सकती हैं।

इस प्रकार स्नोडेन का अधिनियम नैतिक रूप से उचित नहीं है क्योंकि यह अवैध है। कुछ भी जो अवैध है वह नैतिक नहीं हो सकता। हालाँकि, कानूनों को अदालतों में चुनौती दी जा सकती है और अगर स्नोडेन को लगता है कि इस मुद्दे को उठाना उनका

नैतिक कर्तव्य है तो उन्हें अदालतों का रुख करना चाहिए। इससे निजता के अधिकार की परिभाषा के अहम मुद्दे पर मीडिया में बहस की प्रक्रिया भी आरंभ हो जाएगी।

केस-स्टडी—यूपीएससी सामान्य अध्ययन—4 पेपर—2019

केस-1 (प्रश्न-7)

आप गम्भीर प्राकृतिक आपदा से प्रभावित क्षेत्र में बचाव अभियान का नेतृत्व कर रहे हैं, हज़ारों लोग बेघर हो गए हैं और भोजन, पीने के पानी और अन्य बुनियादी सुविधाओं से वंचित हैं। भारी बारिश से बचाव कार्य बाधित हो गया है और आपूर्ति मार्ग क्षतिग्रस्त हो गए हैं। सीमित बचाव कार्यों में देरी के विरुद्ध स्थानीय लोग गुस्से में हैं। जब आपकी टीम प्रभावित क्षेत्र में पहुँचती है, तो वहाँ के लोग टीम के कुछ सदस्यों के साथ अभद्रता और मारपीट भी करते हैं। आपकी टीम का एक सदस्य भी गम्भीर रूप से घायल है। इस संकट का सामना करते हुए टीम के कुछ सदस्य आपसे अपने जीवन की रक्षा के लिए इस अभियान को रोक देने का अनुरोध करते हैं।

ऐसी विषम परिस्थितियों में आपकी क्या प्रतिक्रिया होगी? एक लोक सेवक के उन गुणों का परीक्षण कीजिए जो ऐसी परिस्थितियों का प्रबन्धन करने के लिए आवश्यक होंगे।

उत्तर

इस तरह की स्थिति अक्सर बनती रहती है। गम्भीर प्राकृतिक आपदा से प्रभावित क्षेत्रों में बचाव अभियान चलाना लोक सेवक का कर्तव्य है। अत्यधिक वर्षा या आपूर्ति मार्गों को नुकसान होने से बचाव कार्यों में अक्सर देरी होती है। ऐसे में स्थानीय लोग धैर्य खो देते हैं और हिंसक हो जाते हैं। इसका अर्थ यह नहीं है कि एक लोक सेवक को बचाव कार्यों को बन्द कर देना चाहिए। एक लोक सेवक में धैर्य, करुणा, सहानुभूति और विशाल हृदय के गुण होने चाहिए। उसे अपनी भावनात्मक बुद्धि का उपयोग करना चाहिए और स्थिति को सकारात्मक दृष्टिकोण, चातुर्य और शान्ति के साथ सँभालना चाहिए। उसे लोगों से बात करनी चाहिए, उन्हें विश्वास दिलाना चाहिए कि आप उन्हें हर सम्भव मदद देने और उनका सहयोग करने आए हैं। अधिकारी को लोगों को यह बताना होगा कि वे राहत प्रदान करने के लिए क्या-क्या कदम उठाएँगे और उनसे धैर्य बनाए रखने और हिंसा में सम्मिलित नहीं होने के लिए अनुरोध करना चाहिए जिससे बचाव कार्यों में और बाधा न आए।

साथ ही एक अधिकारी के रूप में अपनी टीम के सदस्यों के मनोबल को बढ़ाने का भी ध्यान रखना चाहिए। इनमें से एक मारपीट से गम्भीर रूप से घायल हो गया है। उसे तत्काल चिकित्सीय उपचार दिया जाना चाहिए और अस्पताल में स्थानान्तरित कर दिया जाना चाहिए। टीम के अन्य सदस्यों को भी खतरा महसूस हो रहा है। अधिकारी को उनसे बात करनी चाहिए और उन्हें उनकी सुरक्षा का आश्वासन देना चाहिए और उन्हें बचाव अभियान जारी रखने की आवश्यकता के बारे में बताना चाहिए। ऐसी स्थिति में पुलिस को भी कॉल की जा सकती है ताकि आपकी टीम के सदस्य सुरक्षित महसूस करें। आप प्रभावित लोगों को यह भी बता दें कि अगर वे हिंसा का सहारा लेते हैं तो

उनके विरुद्ध कानूनी कार्रवाई भी की जाएगी। भीड़ में हमेशा उपद्रवी लोग होते हैं। उन्हें समझाना चाहिए कि अगर वे हिंसा करते हैं तो उनके विरुद्ध कड़ी कार्रवाई की जाएगी।

सम्बद्ध कार्यालय को नेतृत्व और टीम भावना के अनुकरणीय गुणों और अपनी टीम को प्रेरित करने और प्रेरित करने की क्षमता दिखाने के साथ-साथ अपनी ईमानदारी और सार्वजनिक सेवा की भावना के साथ लोगों का विश्वास जीतना है।

केस-2 (प्रश्न-8)

ईमानदारी और शुचितापूर्ण व्यवहार सिविल सेवकों की पहचान है। इन गुणों वाले सिविल सेवकों को किसी भी मज़बूत संगठन की रीढ़ की हड्डी माना जाता है। कर्तव्य निर्वाह के क्रम में वे विभिन्न निर्णय लेते हैं, ऐसे में कभी-कभी कुछ गलतियाँ भी हो जाती हैं। जब तक ऐसे निर्णय जानबूझकर नहीं लिए जाते हैं और अधिकारी को व्यक्तिगत रूप से कोई लाभ नहीं होता है, तब तक अधिकारी को दोषी नहीं कहा जा सकता है। हालाँकि इस तरह के फैसले कई बार लंबी अवधि में अप्रत्याशित प्रतिकूल परिणाम दे सकते हैं।

हाल के दिनों में, कुछ ऐसे उदाहरण सामने आए हैं जिनमें कुछ सिविल सेवक कोई वास्तविक भूल करके फँस जाते हैं। उन पर अक्सर मुकदमा चलाया जाता है और जेल भी हो जाती है। इन उदाहरणों ने सिविल सेवकों को नैतिक रूप से बहुत परेशान कर दिया है।

यह प्रवृत्ति सिविल सेवाओं के कामकाज को कैसे प्रभावित करती है? इसके लिए क्या उपाय किए जा सकते हैं कि ईमानदार सिविल सेवकों को उनकी ओर से वास्तविक गलतियों के लिए नहीं फँसाया जाए? अपने जवाब का औचित्य साबित करें।

उत्तर

हाल के उदाहरणों ने दुर्भाग्य से ईमानदार सिविल सेवकों को वास्तविक गलतियों के लिए फँसाया है और कुछ ऐसे सिविल सेवकों के कारावास और अभियोजन के चौंकाने वाले मामले सामने आए हैं जो सत्यनिष्ठा और क्षमता के उच्चतम मानकों को बनाए रखने के लिए जाने जाते हैं। इससे सिविल सेवकों के आत्मविश्वास को ठेस पहुँची है जिससे उनका मनोबल गिर रहा है और प्रशासनिक सुस्ती और निष्क्रियता का सामान्य माहौल बन रहा है। एक सिविल सेवक को एक दिन में कई निर्णय लेने होते हैं और वह उन्हें दी गई जानकारी और मौजूदा नीतियों और परम्पराओं के आधार पर लेता है। यह सम्भव है कि वास्तविक गलती की गई हो। किसी भी संगठन में शीर्ष व्यक्ति के लिए शत-प्रतिशत सही निर्णय लेना सम्भव नहीं है। महत्त्वपूर्ण बात इरादा है। यदि इरादा दुर्भावनापूर्ण है तो सिविल सेवक पर मुकदमा चलाया जाना चाहिए लेकिन यदि नीयत गलत नहीं है तो अधिकारी को भुगतना नहीं चाहिए। हम सभी इस बात से परिचित हैं कि ईमानदार अधिकारियों के विरुद्ध आपराधिक कार्यवाही के मौजूदा दौर ने नीतिगत पंगुता का माहौल पैदा कर दिया है। सिविल सेवक अब निर्णय लेने से बच रहे हैं और इसका परिणाम यह है कि इसका देश के विकास पर प्रतिकूल प्रभाव पड़ रहा है। कभी-कभी अधिकारियों को कुछ प्रक्रियात्मक त्रुटियों के लिए अभियोजन का सामना करना

पड़ रहा है जो आपराधिक दायित्व का गठन नहीं करते हैं क्योंकि इसमें कोई मेन्स री (आपराधिक इरादा) सम्मिलित नहीं है। इन्हें अधिक से अधिक अनियमितताएँ कहा जा सकता है न कि आपराधिक कृत्य। सीबीआई, ईडी और इसी तरह की एजेंसियाँ एक सिविल सेवक पर केवल इसलिए आरोप लगाती हैं क्योंकि उसने मामले की परिस्थितियों को देखे बिना फाइल पर हस्ताक्षर कर दिए हैं।

उच्च शासनाधिकारियों द्वारा भले ही बार-बार इस बात का आश्वासन दिया जाता हो कि सिविल सेवकों को उनके द्वारा लिए गए फैसलों के कारण कोई परेशानी नहीं उठानी पड़ेगी, भले ही वे गलत ही क्यों न साबित हो जाएँ, लेकिन, वास्तव में इन मामलों में कोई सुरक्षा नहीं दी जाती है। सबसे खराब स्थिति तब होती है जब सरकार बदल जाती है और वे पिछली सरकार को फँसाने की कोशिश करते हैं और इस राजनीतिक प्रतिशोध का खामियाजा सिविल सेवकों को भुगतना पड़ता है।

हाल ही में सरकार ने भ्रष्टाचार निवारण अधिनियम में संशोधन किया है। अब एक अधिकारी को उत्तरदायी नहीं ठहराया जाता है अगर उसने कोई औचित्यपूर्ण निर्णय लिया है और उसके इस निर्णय से किसी का हित भी हुआ है।

यह ज़रूरी है कि किसी भी मामले को किसी जाँच एजेंसी को भेजे जाने से पहले प्रशासनिक स्तर पर इसकी जाँच की जानी चाहिए ताकि सिविल सेवक को अपना मामला समझाने का पूरा मौका मिल सके और यदि जाँच के दौरान यह पाया जाता है कि अधिकारी ने किसी दुर्भावना के आधार पर कोई कार्य किया है तो ही मामले को किसी जाँच एजेंसी के पास भेजा जाना चाहिए। इस एजेंसी को यह भी पूछताछ करनी चाहिए कि क्या रिश्वत का भुगतान किया गया है या किसी सिविल सेवक को उनके कर्तव्य निर्वाह करने के लिए कोई लाभ भी दिया गया है। उन्हें देखना चाहिए कि कहीं पैसों का लेन-देन तो नहीं है। यदि पैसे लिए जाने का कोई सबूत नहीं है तो आपराधिक कार्रवाई नहीं की जानी चाहिए और अनुशासनात्मक कार्रवाई की सिफारिश की जानी चाहिए। यदि आपराधिक कार्रवाई का प्रस्ताव भी है तो भी सम्बन्धित सरकार से अभियोजन की मंजूरी अवश्य ली जानी चाहिए। इसके अतिरिक्त यदि कोई गलती की गई है तो सिविल सेवक को उत्तरदायी नहीं ठहराया जाना चाहिए। यदि उसने नियमों और प्रक्रियाओं का पालन किया है, साथ ही लिए गए सामूहिक निर्णयों के लिए या जिनके लिए मंत्री की मंजूरी है, सिविल सेवक को पीड़ित नहीं करना चाहिए।

केस-3 (प्रश्न-9)

एक परिधान निर्माण कम्पनी की जिसमें बड़ी संख्या में महिला कर्मचारी थीं, विभिन्न कारकों के कारण बिक्री में कमी आ रही थी। कम्पनी ने एक प्रतिष्ठित मार्केटिंग एक्जीक्यूटिव को काम पर रखा, जिसने थोड़े समय के भीतर बिक्री की मात्रा में वृद्धि की। हालाँकि, कार्यस्थल पर उनके यौन उत्पीड़न में लिप्त होने के सम्बन्ध में कुछ अपुष्ट खबरें आईं।

कुछ समय बाद एक महिला कर्मचारी ने प्रबन्धन के पास मार्केटिंग एक्जीक्यूटिव के विरुद्ध यौन उत्पीड़न की औपचारिक शिकायत की। कम्पनियों की उदासीनता देख

कर और अपनी शिकायतों का संज्ञान नहीं लेने पर उस महिला ने पुलिस में प्राथमिकी दर्ज कराई।

स्थिति की संवेदनशीलता और गम्भीरता को समझते हुए कम्पनी ने महिला कर्मचारी को बातचीत के लिए बुलाया। उसमें उसे शिकायत और प्राथमिकी वापस लेने के लिए मोटी रकम की पेशकश की गई थी और उससे यह लिखित में देने के लिए कहा गया कि मार्केटिंग एक्जीक्यूटिव मामले में सम्मिलित नहीं है।

इस मामले में सम्मिलित नैतिक मुद्दों की पहचान करें। महिला कर्मचारी के लिए क्या विकल्प उपलब्ध हैं?

उत्तर

यह केस स्टडी बहुत गम्भीर नैतिक मुद्दों को उठाती है। इसमें यौन उत्पीड़न का गम्भीर मामला सम्मिलित है। कम्पनी महिला कर्मचारी की शिकायत के प्रति उदासीन है। इससे पता चलता है कि प्रबन्धन नैतिक प्रथाओं का पालन नहीं कर रहा है और एक गम्भीर मुद्दे की अनदेखी कर रहा है सिर्फ ऐसे एक्जीक्यूटिव को बचाने के लिए है जो उनकी कम्पनी को लाभ दे रहा है। सिर्फ लाभ प्राप्त करना और संगठन में अनैतिक और मूल्यहीन गतिविधियों की अनुमति देना कॉर्पोरेट प्रशासन के आदर्शों के विरुद्ध है और कानून का भी उल्लंघन है। यह महिला कर्मचारियों और उनकी सुरक्षा के प्रति उच्च स्तर की असंवेदनशीलता को भी दर्शाता है।

कर्मचारी द्वारा पुलिस में प्राथमिकी दर्ज कराने के बाद भी कम्पनी महिला कर्मचारी को बातचीत के लिए बुला रही है और उसे एफआईआर वापस लेने और मार्केटिंग एक्जीक्यूटिव को बचाने के लिए मोटी रकम की पेशकश कर रही है। इस तरह से प्रबन्धन उस आपराधिक और अनैतिक कृत्य को और अधिक जटिल बना रहा है। वे यौन उत्पीड़न का शिकार हुई एक कर्मचारी को रिश्वत देने का प्रयास कर रहे हैं। प्रबन्धन संकेत दे रहा है कि जब तक कम्पनी लाभ कमाती है वह किसी भी अनैतिक और निकृष्ट कृत्य को माफ करने को तैयार है। इस तरह की सोच संगठन की कार्य-संस्कृति के लिए हानिकारक है और कोई भी महिला कर्मचारी ऐसे संगठन में काम नहीं करना चाहेगी। इस प्रकार प्रबन्धन के व्यवहार की कड़ी निन्दा की जानी चाहिए।

महिला कर्मचारी ने प्रबन्धन के पास शिकायत दर्ज कर सही काम किया और बाद में कोई कार्रवाई नहीं करने पर उसने पुलिस में प्राथमिकी दर्ज कराई। उसे प्रबन्धन द्वारा दी जाने वाली राशि को दृढ़ता से अस्वीकार करना चाहिए और अपनी प्राथमिकी पर कायम रहना चाहिए। यदि वह प्रबन्धन से सहमत होती है तो वह अपनी नैतिक कमज़ोरी दिखाती है और भविष्य में उसे इसी तरह के उत्पीड़न का सामना करना पड़ सकता है। इसलिए उन्हें प्रबन्धन से बातचीत के बारे में सोचना भी नहीं चाहिए. ये गम्भीर मामले हैं। पुलिस मार्केटिंग एक्जीक्यूटिव के विरुद्ध कार्रवाई करेगी। कम्पनी को उसे भी बर्खास्त करना होगा। कम्पनी महिला कर्मचारी के विरुद्ध कोई कार्रवाई करने की हिम्मत नहीं कर सकती क्योंकि वह नैतिक रूप से सही है।

केस-4 (प्रश्न-10)

एक आधुनिक लोकतांत्रिक राज्य व्यवस्था में राजनीतिक कार्यपालिका की अवधारणा होती है। निर्वाचित जनप्रतिनिधियों से राजनीतिक कार्यपालिका बनती है और नौकरशाही स्थायी कार्यपालिका बनाती है। मंत्री नीतिगत निर्णय लेते हैं और नौकरशाह इन्हें क्रियान्वित करते हैं।

स्वतंत्रता के बाद के आरंभिक दशकों में, स्थायी अधिकारियों और राजनीतिक अधिकारियों के बीच सम्बन्धों की आपसी समझ, सम्मान और सहयोग की भावना थी, बिना एक-दूसरे के कार्यक्षेत्र का अतिक्रमण किए।

हालाँकि, बाद के दशकों में स्थिति बदल गई। राजनीतिक कार्यपालिका के ऐसे उदाहरण हैं जो स्थायी कार्यपालकों से अपने एजेंडे का पालन करने पर ज़ोर देते हैं। ईमानदार नौकरशाहों की सराहना के सम्मान में कमी आई है। राजनीतिक कार्यपालिका के बीच नियमित प्रशासनिक मामलों जैसे स्थानान्तरण, पोस्टिंग आदि में सम्मिलित होने की प्रवृत्ति बढ़ रही है। इस परिदृश्य के तहत, 'नौकरशाही के राजनीतिकरण' की ओर एक निश्चित प्रवृत्ति है। सामाजिक जीवन में बढ़ते भौतिकवाद और अधिग्रहण ने स्थायी कार्यपालिका और राजनीतिक कार्यपालिका दोनों के नैतिक मूल्यों पर प्रतिकूल प्रभाव डाला है।

नौकरशाही के इस 'राजनीतिकरण' के परिणाम क्या हैं? चर्चा कीजिए।

उत्तर

यह सच है कि राजनीतिक कार्यपालिका और स्थायी कार्यपालिका के बीच सम्बन्ध पिछले कुछ वर्षों में खराब हुए हैं। प्रारम्भ में सम्बन्ध परस्पर सम्मान, सहयोग और एक-दूसरे की भूमिका की समझ पर आधारित थे। आज राजनीतिक कार्यकारिणी तबादलों और पोस्टिंग जैसे मामलों में सम्मिलित होकर अधिकारी के अधिकार क्षेत्र में अतिक्रमण कर रही है। हालात ऐसे हो गए हैं कि राजनीतिक कार्यकारिणी नीति निर्माण पर कम और तबादलों जैसे नियमित प्रशासनिक मुद्दों पर बहुत अधिक ध्यान और समय दे रही है। इससे काम का माहौल खराब हो गया है क्योंकि कनिष्ठ अधिकारी अक्षम होने के बावजूद मंत्रियों को उनकी पसन्द की पोस्टिंग पाने के लिए रिश्वत दे रहे हैं। यह सरकारों की दक्षता पर प्रतिकूल प्रभाव डालता है और ऐसी स्थिति भी पैदा करता है जहाँ एक वरिष्ठ अधिकारी अपने अधीनस्थ से काम नहीं ले सकता या दंडित नहीं कर सकता क्योंकि अधीनस्थ के राजनीतिक सम्बन्ध हैं।

यह भी सच है कि समाज में हर जगह भौतिकवाद और अधिग्रहण की प्रवृत्ति बढ़ रही है जिससे मूल्यों और शुचिता का सामान्य क्षरण हो रहा है। यही प्रवृत्ति राजनीतिक कार्यपालिका और लोक सेवक के नैतिक मूल्यों में गिरावट में परिलक्षित होती है क्योंकि वे एक ही समाज से आते हैं। इससे सिविल सेवकों और राजनीतिक अधिकारियों के बीच व्यापक भ्रष्टाचार हुआ है। सबसे खराब स्थिति तब होती है जब दोनों मिलीभगत करते हैं और जनता के पैसे का गबन करते हैं। इससे राष्ट्र के विकास की प्रक्रिया पर

प्रतिकूल प्रभाव पड़ता है और शासन व्यवस्था में पतन होता है। इस स्थिति में नौकरशाही का पूर्ण राजनीतिकरण होता है। आजकल सिविल सेवकों के जातिगत आधार पर या भ्रष्टाचार के लिए मिलीभगत के आधार पर राजनीतिक दलों से जुड़े होने की बात बहुत सामान्य हो गई है। इसका तात्पर्य यह है कि सिविल सेवक अब निष्पक्ष, उद्देश्यपूर्ण, पारदर्शी और उत्तरदायी नहीं हैं और केवल सुशासन या कुशल सार्वजनिक सेवा प्रदान करने की बजाय निजी लाभ के प्रति अधिक चिन्तित हैं। गम्भीर शासन सुधारों के लिए आवश्यक है कि राजनेता और सिविल सेवक अपनी भूमिका पर ध्यान केन्द्रित करें और एक-दूसरे के कार्यक्षेत्र का अतिक्रमण न करें। साथ ही सुधार लाने के लिए आवश्यक है कि नौकरशाही का राजनीतिकरण न हो और बेईमानी और ईमानदारी की कमी को दंडित किया जाए और नैतिकता और शुचितापूर्ण व्यवहार को पुरस्कृत किया जाए।

केस-5 (प्रश्न-11)

सीमांत राज्य के जिलों में से एक में नशीले पदार्थों का भय व्याप्त है। इसके परिणामस्वरूप मनी लॉन्ड्रिंग, अफीम की खेती, हथियारों की तस्करी बढ़ गई है और शिक्षा लगभग ठप हो गई है। व्यवस्था चरमराने के कगार पर है। अपुष्ट रिपोर्टों के अनुसार, इस कारण स्थिति और खराब हो गई है कि स्थानीय राजनेताओं के साथ-साथ कुछ वरिष्ठ पुलिस अधिकारी ड्रग माफिया को गुप्त संरक्षण प्रदान कर रहे हैं। उस समय स्थिति को सामान्य करने के लिए एक महिला पुलिस अधिकारी, जो ऐसी परिस्थितियों से निपटने के अपने कौशल के लिए जानी जाती है, को पुलिस अधीक्षक के रूप में नियुक्त किया जाता है।

यदि आप एक पुलिस अधिकारी हैं, तो संकट के विभिन्न आयामों की पहचान करें। अपनी समझ के आधार पर संकट से निपटने के उपाय सुझाएँ।

उत्तर

इस केस स्टडी में आप एक महिला पुलिस अधिकारी हैं जो पुलिस अधीक्षक के रूप में तैनात हैं और मादक पदार्थ प्रभावित ज़िले की समस्याओं से निपटने की अपनी दक्षता के लिए जानी जाती हैं। नशीले पदार्थों के व्यापार ने मनी लॉन्ड्रिंग, व्यापक अफीम की खेती, हथियारों की तस्करी को बढ़ावा दिया है और शिक्षा को बाधित किया है। स्थिति बहुत ख़राब है। स्थानीय राजनेता और वरिष्ठ पुलिस अधिकारी ड्रग माफिया को संरक्षण प्रदान कर रहे हैं।

यह वास्तव में एक जबरदस्त चुनौती है। सबसे पहले उसे अवैध नशीले पदार्थों के व्यापार, मनी लॉन्ड्रिंग और हथियारों की तस्करी में सम्मिलित लोगों के विरुद्ध कड़ी कार्रवाई करनी चाहिए। ज्ञात अपराधियों के विरुद्ध प्राथमिकी दर्ज की जानी चाहिए और राष्ट्रीय सुरक्षा अधिनियम और गैंगस्टर अधिनियम जैसे विभिन्न विशेष अधिनियमों के तहत मादक पदार्थ अधिनियम और मनी लॉन्ड्रिंग अधिनियम के प्रावधान के तहत कड़ी कार्रवाई की जानी चाहिए। उसे इस खतरे से निपटने के लिए ईमानदार और समर्पित पुलिस अधिकारियों की एक टीम बनानी चाहिए। वह उन अधिकारियों की पहचान करें जो माफिया के साथ जुड़े हुए हैं और उनके विरुद्ध आपराधिक और विभागीय कार्रवाई

आरंभ करें। इससे पूरे जिले में कड़ा सन्देश जाएगा। उसे मनी लॉन्ड्रिंग के लिए प्रवर्तन निदेशक और नशीले पदार्थों से सम्बन्धित अपराधों के लिए राष्ट्रीय नारकोटिक्स ब्यूरो के साथ भी समन्वय स्थापित करना चाहिए।

उन्हें राज्य में गृह मंत्रालय और पुलिस महानिदेशक को एक विस्तृत रिपोर्ट भी भेजनी चाहिए। यह आवश्यक है ताकि उसे ऊपर से समर्थन मिले जो कि आवश्यक है क्योंकि इस मामले में वरिष्ठ पुलिस अधिकारी और स्थानीय राजनेता सम्मिलित हैं। यह भी उचित होगा कि वह जिला मजिस्ट्रेट के साथ घनिष्ठ समन्वय बनाए रखें और उन दोनों को एक साथ मिलने का समय लेना चाहिए और मुख्यमंत्री को इसमें सम्मिलित स्थानीय राजनेताओं के नाम भी बताना चाहिए। इससे उसे चौतरफा सहयोग मिलेगा जिसके बिना वह इस जटिल स्थिति को नहीं सँभाल पाएगी।

फिर वह अफीम की खेती के क्षेत्रों की पहचान करने और किसानों को अफीम नहीं उगाने के लिए राज़ी करने के लिए जिला मजिस्ट्रेट और कृषि विभाग के साथ गाँवों में किसानों के साथ बैठकें करें। बेहतर रिटर्न देने वाली वैकल्पिक फसल का सुझाव उस किसान को दिया जा सकता है और उसे इस नई फसल को लेने के लिए प्रेरित किया जाए।

नशीले पदार्थों के खतरे और लोगों के स्वास्थ्य और शिक्षा पर इसके प्रभाव के बारे में जिले में व्यापक जागरूकता पैदा करने के लिए सामाजिक नेताओं, सलाह देने वाले नेताओं और धार्मिक नेताओं को सम्मिलित करना भी महत्त्वपूर्ण है। मीडिया को भी नियमित रूप से जानकारी दी जानी चाहिए ताकि वे उनके द्वारा आरंभ किए जा रहे अभियान की व्यापक कवरेज करें। जिले में शिक्षा प्रभावित स्कूलों में नामांकन, उपस्थिति और सीखने में सुधार के लिए जिला मजिस्ट्रेट और शिक्षा विभाग के अधिकारियों और गैर-सरकारी संगठन के साथ एक बड़ा अभियान चलाया जाना चाहिए। बच्चों को नशीली दवाओं के सेवन की बुराइयों के बारे में विशेष रूप से शिक्षित किया जाना चाहिए।

केस-6 (प्रश्न-12)

हाल के दिनों में, भारत में सिविल सेवा में नैतिकता, आचार-संहिता, पारदर्शिता के उपायों, नैतिकता और पारदर्शी व्यवस्था व भ्रष्टाचारविरोधी एजेंसियों को विकसित करने के प्रति जागरूकता बढ़ रही है। इसे देखते हुए, तीन विशिष्ट क्षेत्रों पर ध्यान केन्द्रित करने की आवश्यकता महसूस की जा रही है, जो सित्रिल सेवाओं में ईमानदारी और नैतिकता को समाहित करने के मुद्दे से सीधे तौर पर सम्बन्धित हैं। ये इस प्रकार हैं :

1. सिविल सेवाओं में नैतिक मानकों और सत्यनिष्ठा के लिए सम्भावित संकटों का पूर्वानुमान,
2. सिविल सेवक की नैतिक क्षमता को मज़बूत करना, और
3. प्रशासनिक प्रक्रियाओं और परम्पराओं का विकास करना जो सिविल सेवाओं में नैतिक मूल्यों और सत्यनिष्ठा को बढ़ावा देते हैं।

उपरोक्त तीन मुद्दों के समाधान के लिए संस्थागत उपायों का सुझाव दें।

उत्तर

यह सच है कि हाल के दिनों में सिविल सेवकों की नैतिकता में गिरावट और बढ़ते भ्रष्टाचार को लेकर काफी चिन्ता है। आचार-संहिता में संशोधन किया गया है, अधिक पारदर्शिता और जवाबदेही लाने के लिए सूचना का अधिकार अधिनियम और सिटिज़न चार्टर पेश किया गया है और सरकार में भ्रष्टाचार की जाँच के लिए स्थापित लोकपाल की संस्था, मुख्य सतर्कता आयोग (सीवीसी) की भूमिका को मज़बूत किया गया है लेकिन अभी भी सिविल सेवाओं में लगातार गिरते नैतिक मानकों को लेकर बहुत आलोचनाएँ होती रहती हैं।

1. भौतिकवाद के बढ़ते आकर्षण और अधिक दिखावटी जीवन शैली की इच्छा के कारण समाज में नैतिकता में सामान्य गिरावट आ गई है और भ्रष्टाचार को आश्चर्यजनक रूप से स्वीकृति मिल रही है। सिविल सेवक भी इसी समाज से निकलते हैं और सामाजिक मूल्यों में इन परिवर्तनों से उनकी सत्यनिष्ठा भी प्रभावित होती है।

   सिविल सेवा में प्रदर्शन के आधार पर जो मूल्यांकन प्रणाली है, वह भ्रष्ट और अक्षम लोगों को बाहर नहीं निकालती है। अधिकारियों को पता रहता है कि भ्रष्ट होने में अधिक संकट नहीं है क्योंकि उन्हें पता होता है कि उन पर पकड़े जाने या मुकदमा चलाए जाने की सम्भावना नहीं होती और प्रतिष्ठा गँवाने के बावजूद वे शीर्ष पर पहुँच सकते हैं।

   इसके अतिरिक्त, राजनेताओं द्वारा प्रशासन में बढ़ते हस्तक्षेप का माहौल है और जो अधिकारी राजनेताओं की बात नहीं मानता है वह प्रताड़ित होता है। इसका परिणाम यह होता है कि कैरियर में उन्नति के लिए सिविल सेवक सही या गलत की परवाह किए बिना राजनीतिक कार्यकारिणी की इच्छा के आगे रेंगने को तैयार रहते हैं। सिविल सेवकों का राजनीतिकरण उनकी ईमानदारी के लिए एक बड़ा खतरा है।

   इस प्रकार सिविल सेवकों के लिए यह महत्त्वपूर्ण है कि वे अपनी सत्यनिष्ठा को बनाए रखने के लिए उपरोक्त खतरों का अनुमान लगाएँ और उनसे अपनी रक्षा करें। सिविल सेवकों को अपने व्यवहार में निष्पक्षता, पारदर्शिता, वस्तुनिष्ठता और सत्यनिष्ठा के साथ बने रहना चाहिए। उन्हें राजनीतिक अधिकारियों द्वारा उनसे की गई अवैध माँगों के आगे नहीं झुकना चाहिए।

2. लोक सेवा के सन्दर्भ में विशेष रूप से नीतिशास्त्र, मूल्यों और नैतिकता का प्रशिक्षण देकर सिविल सेवकों की नैतिक क्षमता को बहुत मज़बूत किया जा सकता है। यह सिविल सेवकों में सत्यनिष्ठा और नैतिकता का गुण विकसित करने में बहुत लाभदायक होगा। इन प्रशिक्षणों को समय-समय पर आयोजित किया जाना चाहिए और सर्वोत्तम कार्य प्रणालियों व प्रेरक उदाहरणों पर ध्यान केन्द्रित करने के साथ-साथ उन्हें अपनी आचार-संहिता और नीतिशास्त्र के प्रति जागरूक करना चाहिए।

3. प्रशासनिक प्रक्रियाओं को विकसित करना बहुत महत्त्वपूर्ण है जिससे यह सुनिश्चित हो सके कि एक सिविल सेवक सार्वजनिक हित में और पूर्ण सत्यनिष्ठा के साथ कार्य करे। राजनेताओं के साथ गठजोड़ को तोड़ने की आवश्यकता है, सिविल सेवकों के तबादलों और पोस्टिंग को राजनीतिक हस्तक्षेप से स्वतंत्र करके योग्यता के आधार पर किया जाना चाहिए। ऐसी प्रक्रियाओं को विकसित करने की आवश्यकता है जो इस बात पर नज़र रख सके कि कोई राजनेता सिविल सेवक के क्षेत्र का अतिक्रमण न करे।

   इसके अतिरिक्त प्रक्रियाओं में निष्पक्षता, पारदर्शिता और जवाबदेही सुनिश्चित करनी चाहिए और एक सिविल सेवक के प्रदर्शन का मूल्यांकन उसके द्वारा दिए गए परिणामों और उसके द्वारा बनाए गए नैतिकता के मानकों के आधार पर किया जाना चाहिए। व्यवस्था ऐसी होनी चाहिए कि केवल वही लोग शीर्ष पर पहुँच सकें जो वास्तविक और औचित्यपूर्ण ढंग से कार्य करते हों। अधिकारी को अपने क्षेत्र से जुड़े निर्णय लेने को प्रोत्साहित किया जाना चाहिए और व्यवस्था ऐसी होनी चाहिए कि एक ईमानदार अधिकारी को कष्ट न हो और बेईमान भाग न सके। प्रौद्योगिकी के उपयोग को प्रोत्साहित किया जाना चाहिए और सिविल सेवकों की जवाबदेही सुनिश्चित की जानी चाहिए।

पाठ्यक्रम के अन्य विषयों पर केस स्टडीज

केस-1

राम कुमार आईएएस में आदर्शवाद के साथ सम्मिलित हुए। शीघ्र ही उन्हें सेवा में सत्यनिष्ठा और सक्षम अधिकारी के रूप में जाना जाने लगा। वह एक निम्न विनम्र पृष्ठभूमि से थे और उन्होंने पैसे की कमी की समस्याओं को झेला था, इसलिए उन्होंने ईमानदार रहने के लिए दृढ़ संकल्प किया था। उन्हें एक बड़े शहर के नगर आयुक्त के रूप में नियुक्त किया गया था और जल्द ही उन्हें एहसास हुआ कि उनके विभाग में बहुत भ्रष्टाचार है। जनता भ्रष्टाचार के मामलों की शिकायत करती थी और विशेष रूप से इंजीनियरिंग विभाग में निर्माण की बहुत खराब गुणवत्ता और ठेकेदारों से उच्च कमीशन वसूलने का चलन था। वह सोच रहे थे कि इस भ्रष्टाचार को कैसे नियंत्रित किया जाए। एक दिन उनके मुख्य अभियन्ता, जो उनकी उम्र से दोगुने थे और एक बहुत ही धार्मिक व्यक्ति थे, लेकिन ईमानदारी के बारे में नकारात्मक छवि रखते थे, ने उनसे कुछ मुद्दों पर चर्चा करने के लिए घर पर नियुक्ति के लिए कहा। राम कुमार आश्चर्यचकित रह गए जब मुख्य अभियन्ता ने उन्हें एक पैकेट दिया और कहा कि यह इंजीनियरिंग विभाग से उनका कमीशन है और हर महीने उपलब्ध कराया जाएगा। राम कुमार ने इसका विरोध किया लेकिन मुख्य अभियन्ता ने उन्हें बताया कि यह किसी के पक्ष में नहीं है, लेकिन यह हर महीने आयुक्त को उपलब्ध कराने की परम्परा थी और उनके सभी पूर्ववर्तियों ने इसे स्वीकार कर लिया था। उसने राम

कुमार से यह भी कहा कि राम कुमार को अपनी बहनों की शादी करनी है, जिसके लिए यह पैसा काम आएगा।

आप राम कुमार को क्या करने की सलाह देंगे?

विकल्प

1. कमीशन को उसी रूप में स्वीकार करना जैसा कि पूर्व में किया जाता था और कोई विशेष उपकार नहीं माँगा जाता था।
2. उसे कमीशन लेना चाहिए, क्योंकि उसे अपनी बहनों की शादी के लिए पैसे की आवश्यकता होगी और स्वयं को आश्वस्त करना चाहिए कि वह इससे अपने काम को प्रभावित नहीं होने देगा।
3. वह कमीशन को मना कर दें और मुख्य अभियन्ता को इसे न दोहराने के लिए कहें।
4. वह कमीशन को मना करे और मुख्य अभियन्ता के विरुद्ध कार्रवाई करे और भ्रष्टाचार को नियंत्रित करने के लिए सिस्टम भी विकसित करे।

विचार-विमर्श

पहले दो विकल्प स्पष्ट रूप से स्वीकार्य नहीं हैं और ये बेईमानी के समान हैं। इससे कोई फर्क नहीं पड़ता कि यह परम्परा है। गलत आचरण को जारी नहीं रखना चाहिए। इसके अतिरिक्त, कमीशन लेकर अपने व्यवहार में निष्पक्षता और ईमानदारी लाना सम्भव नहीं है। ऐसा करने पर मुख्य अभियन्ता और उनकी टीम राम कुमार पर हावी होने लगेगी और वह कभी भी खराब निर्माण के मामलों में कार्रवाई नहीं कर पाएँगे। हर व्यक्ति की कुछ निजी समस्याएँ होती हैं, लेकिन केवल अपनी बहनों की शादी के लिए वह ईमानदारी नहीं छोड़ सकता है। अत: यह कार्रवाई अनैतिक होगी।

स्पष्ट रूप से उन्हें आयोग को मना कर देना चाहिए। इससे उसे भ्रष्ट आचरण के विरुद्ध कार्रवाई करने का नैतिक अधिकार मिलेगा। उन्हें भ्रष्टाचार को कम करने के लिए संगठन में तुरन्त सिस्टम विकसित करना चाहिए और जब भी उनके सामने भ्रष्टाचार का कोई मामला आता है, तो सख्त कार्रवाई करनी चाहिए। इस मामले में उन्हें मुख्य अभियन्ता को चेतावनी देकर कड़ी निगरानी रखनी चाहिए और यदि कोई शिकायत सामने आती है, तो उनके विरुद्ध कड़ी कार्रवाई आरंभ करनी चाहिए। सम्भव है कि मुख्य अभियन्ता उनका सहयोग नहीं करेंगे और अन्य अधिकारियों को भी राम कुमार के विरुद्ध भड़काएँगे। वह राम कुमार को बदनाम करने के लिए मीडिया में कहानियाँ भी डाल सकते हैं, लेकिन इससे राम कुमार को अपनी ईमानदारी के रास्ते को नहीं छोड़ना चाहिए और उन्हें इसका मुकाबला करना चाहिए। यह भी सम्भव है कि मुख्य अभियन्ता राम कुमार का तबादला कराने के लिए राजनीतिक दबाव का प्रयोग करें। अगर ऐसा होता है, तो राम कुमार को इसे स्वीकार करना चाहिए। उन्हें ऐसी चिन्ताओं को लेकर नैतिकता और अखंडता के प्रति अपनी प्रतिबद्धता को कमज़ोर नहीं होने देना चाहिए।

केस-2

आप एक ज़िले में अपराध प्रवण विभाग में पुलिस अधीक्षक के पद पर तैनात हैं। आप अपराध को कम करने और अपराधियों में कानून का भय पैदा करने के लिए दृढ़ हैं। आप पाते हैं कि थाना प्रभारी एफआईआर दर्ज नहीं करते हैं। अपराधियों और माफियाओं की मिलीभगत ही जिले में अपराध में वृद्धि का मुख्य कारण है। आप प्रत्येक पुलिस थाने का निरीक्षण करके तथा अपराध की स्थितियों की निगरानी करके और स्टेशन हाउस के अधिकारियों को ज़िम्मेदार ठहराते हुए कार्य आरंभ करते हैं। आपके रवैये और प्रदर्शन से जनता बहुत खुश है, हालाँकि कुछ स्थानीय राजनेता, जिनका अपराधियों के साथ गठजोड़ है, और वो आपसे प्रसन्न नहीं हैं। आपकी नियुक्ति करने के लगभग एक महीने बाद एक दिन आपका निजी सहायक आपके पास आता है और आपको एक लिफाफा देता है, जिसमें बहुत सारा पैसा होता है। आप उससे पूछें कि यह कहाँ से आया है। वह आपको बताता है कि यह एक नियमित परम्परा है कि हर थाना हर महीने एसपी को एक निश्चित राशि का भुगतान करता है। वह आपको यह भी बताता है कि आपके सभी पूर्ववर्तियों ने इसे स्वीकार किया है।

आप क्या करेंगे?

1. चूँकि यह एक परम्परा है और कोई प्रत्यक्ष पक्ष नहीं माँगा जा रहा है, अत: आप इस राशि को स्वीकार करेंगे और पहले की तरह अपना काम करते रहेंगे। आप इस परम्परा को उचित ठहराएँगे कि आप इसे अपने पेशेवर कामकाज में हस्तक्षेप करने की अनुमति नहीं दे रहे हैं।
2. आप इस राशि को लेने से मना कर देंगे और असिस्टेंट को वापस करने को कह देंगे।
3. आप पैसे देने से मना कर देंगे और थानाध्यक्षों की एक बैठक बुलाकर उनसे कहेंगे कि आप इस तरह के पारितोषण को स्वीकार नहीं करेंगे और उन्हें चेतावनी देंगे कि आप उनके काम की नज़दीकी से निगरानी करेंगे और अगर वे अपराध को नियंत्रित करने में सक्षम नहीं हैं या उनके विरुद्ध भ्रष्टाचार की शिकायतें हैं, तो आप वहाँ कार्रवाई करेंगे।

विचार-विमर्श

यह केस स्टडी पहले वाले के समान है और उत्तर भी वही है। त्रासदी यह है कि ज़िलों में पुलिस विभाग में यह एक बहुत ही सामान्य बात है और यही कारण है कि एसपी अपने थाना प्रभारियों को नियंत्रित करने में सक्षम नहीं है।

केवल इसलिए कि यह एक परम्परा है और कोई सीधी तरफदारी नहीं माँगी जा रही है, इसका मतलब यह नहीं है कि एक अधिकारी को अपनी ईमानदारी से समझौता करना चाहिए। वास्तविकता यह है कि अधिकांश भ्रष्ट अधिकारी यह कहकर अपने व्यवहार को सही ठहराते हैं, क्योंकि दूसरे पैसे ले रहे हैं। यह एक ऐसी परम्परा है, जिसमें उनके पैसे न लेने से व्यवस्था में सुधार नहीं होगा। हालाँकि ये मात्र खुद को

समझाने का एक तरीका है। आप इस मासिक भुगतान को जिस क्षण स्वीकार कर लेंगे, तभी से आपका नियंत्रण अपने पुलिस थानों पर बहुत कम हो जाएगा और आप कभी भी अपराध को नियंत्रित करने में सक्षम नहीं होंगे। इसके अतिरिक्त आपकी जनता में प्रतिष्ठा भी खराब होगी। सबसे अच्छा तरीका यह है कि इसे मना कर दिया जाए, लेकिन इसमें यह खतरा हमेशा बना रहता है कि निजी सहायक पैसे को स्वयं रख लेगा और स्टेशन हाउस के अधिकारियों को कोई सन्देश नहीं देगा। ऐसे में सभी थाना प्रभारियों की बैठक बुलाकर उन्हें यह स्पष्ट करना आवश्यक है कि भ्रष्टाचार की ये सभी परम्पराएँ समाप्त होनी चाहिए और अब से आप अधिकारियों की योग्यता और ईमानदारी का मूल्यांकन करेंगे। आपको भ्रष्टाचार पर नजर रखने के लिए सिस्टम भी विकसित करना चाहिए और जब भी कोई भ्रष्ट आचरण में लिप्त पाया जाता है, तो उस अधिकारी पर कड़ी कार्रवाई करनी चाहिए। यह सच है कि वे खुश नहीं होंगे और एक बार फिर आपका तबादला कराने के लिए राजनीतिक दबाव का प्रयोग करने की कोशिश करेंगे, लेकिन यह नौकरी के दौरान आने वाला सिर्फ एक खतरा है, जिससे आपको अपने कदमों को नहीं रोकना चाहिए।

केस-3

आप एक बड़े जिले में एक जिला मजिस्ट्रेट के रूप में तैनात हैं और आपने अभी-अभी विधानसभा चुनाव का प्रबन्धन सफलतापूर्वक किया है। एक मज़बूत स्थानीय नवनिर्वाचित राजनेता जिसे राज्य मंत्रिमंडल में सम्मिलित किया गया है, वह उस ज़िले के दौरे पर आता है। लोग नेता का भव्य स्वागत करते हैं। उन्हें मुख्यमंत्री का बेहद करीबी माना जाता है। जब आप उससे मिलते हैं, तो आपकी उनसे बहुत अच्छी बातचीत होती है और वो आपको बताते हैं कि आपको कैसे निष्पक्ष और पारदर्शी होना चाहिए और सार्वजनिक सेवाएँ प्रदान करनी चाहिए। उसके जाने के बाद एक दिन आपका पुलिस अधीक्षक (एसपी) एक फाइल लेकर आपके पास आता है और आपकी स्वीकृति चाहता है। आप समझते हैं कि यह राष्ट्रीय सुरक्षा अधिनियम के तहत लगभग एक दर्जन लोगों के विरुद्ध कार्रवाई करने का प्रस्ताव है, जहाँ डीएम के पास प्रस्ताव को मंजूरी देने का अधिकार है। आप उन लोगों की सूची पर नज़र डालते हैं, तो आप पाते हैं कि कार्रवाई के लिए प्रस्तावित लोग अपराधी नहीं हैं, बल्कि सामान्य नागरिक हैं। इन लोगों का कोई आपराधिक रिकॉर्ड भी नहीं है। आपके प्रश्न के उत्तर में एसपी गुप्त रूप से आपको बताते हैं कि यह सूची मंत्री द्वारा उन्हें इस विशेष निर्देश के साथ दी गई थी कि इन लोगों को राष्ट्रीय सुरक्षा अधिनियम के तहत हिरासत में लिया जाना चाहिए। उन्होंने स्वीकार किया कि ये नागरिक अपराधी नहीं हैं, बल्कि मंत्री के मुख्य राजनीतिक विरोधी के सक्रिय समर्थक हैं। एसपी स्वयं इस गलत कार्रवाई के पक्ष में नहीं थे, लेकिन उन्होंने कहा कि मंत्री बहुत शक्तिशाली हैं और उन्होंने स्पष्ट रूप से कहा था कि अगर ज़िले में बने रहना चाहते हैं, तो एसपी को यह कार्रवाई करनी होगी।

आप डीएम को क्या करने की सलाह देंगे?

विचार-विमर्श

डीएम उल्लिखित आधारों के विवरण में गए बिना भी प्रस्ताव को मंज़ूरी दे सकते हैं नहीं तो मंत्री नाराज़ हो जाएँगे और एसपी को भी परेशानी होगी। हालाँकि यह कार्रवाई करके वह एक सिविल सेवक की बुनियादी नैतिकता के विरुद्ध जा रहे होंगे। इसका अर्थ यह होगा कि वह निष्पक्ष नहीं हैं और नागरिकों को उनकी स्वतंत्रता से बिना किसी औचित्य के वंचित करने के लिए राष्ट्रीय सुरक्षा अधिनियम जैसे कड़े कानून का उपयोग कर रहे हैं। इस तरह के कृत्य प्रशासन के ताने-बाने को कमज़ोर करते हैं। यह बहुत खराब शासन के उदाहरण हैं, जहाँ आप नागरिकों के प्रति अपना कर्तव्य निभाने के बजाय अपने निजी हितों की रक्षा के लिए एक राजनीतिक व्यक्ति के आगे झुक रहे हैं। लोक सेवा में नैतिकता का सार यह है कि लोगों, संविधान और कानून के प्रति अपने कर्तव्य को हमेशा अपने व्यक्तिगत लाभ के विचारों से ऊपर रखा जाए। आपकी छवि एक कमज़ोर अधिकारी के रूप में होगी और राजनेता आपसे अधिक से अधिक माँग करते रहेंगे। कार्रवाई का सबसे अच्छा तरीका प्रस्ताव को मंज़ूरी नहीं देना है। एसपी हमेशा कह सकता है कि यह डीएम था जिसने स्वीकृति नहीं दी और इसलिए उसकी कोई गलती नहीं है। डीएम से नाराज़ हुए मंत्री डीएम, गृह सचिव और मुख्य सचिव को मामले की जानकारी दे सकते हैं तथा मुख्यमंत्री से मिलने का समय भी माँग सकते हैं और उन्हें भी जानकारी दे सकते हैं। इससे उन्हें सम्बन्धित मंत्री की सिफारिश पर किसी भी कार्रवाई से बचाने में मदद मिलेगी। मंत्री के साथ शीत युद्ध होगा, लेकिन अगर डीएम को ऊपर से समर्थन मिलता है, तो वह जिले में बने रहने में सक्षम होना चाहिए। केवल पोस्टिंग पर बने रहने के लिए गलत काम नहीं करना चाहिए, क्योंकि अधिकारियों की प्रतिबद्धता संविधान और कानून के शासन के प्रति होती है। साथ ही एक बार जब कोई अधिकारी दृढ़ता और सत्यनिष्ठा की प्रतिष्ठा प्राप्त कर लेता है, तो राजनेता भी उस पर अवैध कार्य करने के लिए अनावश्यक दबाव नहीं डालते हैं। हर कोई एक ऐसे अधिकारी का सम्मान करता है, जिसके पास बेदाग ईमानदारी हो।

केस-4

रमेश सिंह एक सरकारी इंजीनियरिंग कॉलेज के निदेशक हैं, वो शिक्षाविदों की बहुत अच्छी प्रतिष्ठा न होने से असंतुष्ट हैं और इसे बदलने के लिए दृढ़ हैं। वह स्थिति का गहराई से विश्लेषण करते हैं और संस्थान में शिक्षा की गुणवत्ता में सुधार करने के लिए शिक्षकों और छात्रों के साथ चर्चा भी करते हैं। रमेश ने पाया कि शिक्षकों की भारी कमी है और मौजूदा शिक्षक भी आवश्यक योग्यता के अनुसार चयनित नहीं हैं, क्योंकि उनमें से अधिकांश वरिष्ठ अधिकारियों या राजनेताओं की सिफारिशों पर नियुक्त किए गए हैं। रमेश विशुद्ध रूप से योग्यता के आधार पर शिक्षकों की भर्ती करके और अकादमिक मानकों को बनाए रखने के लिए उन्हें जवाबदेह ठहराकर इसे बदलना चाहते हैं। वह शिक्षकों के पदों के लिए विज्ञापन देते हैं और अपनी अध्यक्षता में विशेषज्ञों की एक समिति बनाते हैं, जो साक्षात्कार करके सर्वश्रेष्ठ का चयन कर सके। हालाँकि, जैसे ही इंटरव्यू की तिथि निकट आती है, रमेश को सूचना मिलती है कि कई उम्मीदवार मंत्री

के पास जा रहे हैं और उनके द्वारा पैसे की पेशकश की जाने की भी अफवाहें फैली हैं। रमेश को भरोसा है कि वह विशेषज्ञों की मदद से निष्पक्ष चयन करेंगे। हालाँकि, साक्षात्कार से कुछ दिन पहले उन्हें मंत्री द्वारा बुलाया जाता है और उम्मीदवारों की एक अहस्ताक्षरित सूची इस निर्देश के साथ दी जाती है कि उनका चयन किया जाए। वह यह कहकर विरोध करने की कोशिश करते हैं कि चयन योग्यता के आधार पर होगा, लेकिन मंत्री नहीं सुनता और यह भी कहता है कि अगर वह सहमत नहीं हैं, तो उसके लिए नौकरी जारी रखना मुश्किल होगा।

रमेश सिंह को आप किस प्रकार की कार्रवाई की सलाह देंगे?

1. चूँकि मंत्री बॉस होता है, इसलिए उसे चुपचाप सहमत होना चाहिए और अपनी स्थिति की रक्षा भी करनी चाहिए और मंत्री द्वारा वांछित उम्मीदवार का चयन करना चाहिए, भले ही वे इसके योग्य न हों।
2. उन्हें एक बार फिर मंत्री से मिलना चाहिए और उन्हें यह समझाने की कोशिश करनी चाहिए कि उम्मीदवारों का चयन योग्यता के आधार पर किया जाए, तो यह संस्थान के हित में होगा।
3. वह अपना इस्तीफा सौंप देता है।
4. वह वरिष्ठ अधिकारियों से सम्पर्क करता है और उनकी मदद लेने के लिए स्थिति की व्याख्या करता है और योग्यता के आधार पर चयन के साथ आगे बढ़ता है। यदि मंत्री द्वारा वांछित कोई उम्मीदवार अच्छा प्रदर्शन करता है, तो वह उसका चयन भी करेगा।

विचार-विमर्श

सरकार में भर्ती के दौरान इस तरह का दबाव बहुत आम बात है और कई अधिकारियों को इसका सामना करना पड़ता है। यदि रमेश पहले विकल्प को अपनाता है और मंत्री की इच्छा के अनुसार उम्मीदवारों का चयन करता है, तो वह अनुचित, अनैतिक और पक्षपातपूर्ण व्यवहार होगा। इस तरह के व्यवहार की अपेक्षा किसी सरकारी अधिकारी से नहीं की जा सकती है। इसके अतिरिक्त इन उम्मीदवारों ने सम्भवत: पैसे की पेशकश की होगी और वे आवश्यक मानकों के नहीं होंगे। इस तरह के उम्मीदवारों के चयन के कारण कॉलेज की प्रतिष्ठा और नीचे जाएगी और कॉलेज में शिक्षा की गुणवत्ता में सुधार करना असम्भव होगा, जिसके कारण रमेश असफल होंगे।

दूसरा विकल्प कोशिश करने लायक है। उन्हें मंत्री से मिलना चाहिए और साथ ही उन्हें आश्वस्त करने का प्रयास करना चाहिए कि यदि कोई उम्मीदवार उचित मापदंड के अनुसार उपयुक्त है, तो वह उसे समायोजित करेगा। हालाँकि यह सम्भावना है कि इससे मंत्री सहमत नहीं होंगे।

इस स्थिति में त्याग-पत्र देना हार मानने जैसा है, जो कभी भी उचित नहीं है। एक सिविल सेवक को अपने कैरियर में बड़ी चुनौतियों का सामना करना पड़ता है और उसे उनके लिए खड़ा होना पड़ता है अन्यथा उसे कमज़ोर करार दिया जाएगा और उसके चरित्र पर भी अपने कर्तव्यों को न निभाने का सवाल उठेगा।

चौथा विकल्प सबसे अच्छा है, क्योंकि सचिव या महानिदेशक जैसे उनके विभाग के अधिकारी उनके दृष्टिकोण को समझेंगे और उनका समर्थन करेंगे। सम्भव है कि सभी वरिष्ठ अधिकारी मंत्री के पास जाएँ तो वह मान जाएँ। अगर वह नहीं भी मानते, तो निदेशक को उसके कार्यों के लिए सरकार से समर्थन प्राप्त होता है और मंत्री उसे हटाने में सक्षम नहीं होंगे। रमेश वरिष्ठ अधिकारियों को विश्वास में लेकर आगे बढ़ें और सर्वोत्तम सम्भव उम्मीदवारों का चयन करें। इससे महाविद्यालय की प्रतिष्ठा में वृद्धि होगी और रमेश शैक्षणिक मानकों में वांछित सुधार लाने में सक्षम होंगे। राजनेता बहुत बार सिविल सेवक की परीक्षा लेता है और इसके बाद उसका मन औऱ दृढ़ हो जाएगा, अत: राजनेता अनावश्यक ज़ोर नहीं डालते। अगर वह यह करता है, तो यह नागरिक के हित में लड़ने लायक लड़ाई है, जो सबसे महत्त्वपूर्ण बात है। रमेश को कभी भी मंत्री से बहस या अशिष्टता से बात नहीं करनी चाहिए, क्योंकि इससे वह गलत हो जाएगा। सिविल सेवा में अपने उद्देश्य को प्राप्त करना महत्त्वपूर्ण है, जो राजनयिक कौशल का उपयुक्त उपयोग करता है।

केस-5

आप ग्रामीण विकास विभाग के प्रधान सचिव हैं और आपने देखा कि ग्राम स्तर के अधिकारियों की भारी कमी के कारण काम प्रभावित हो रहा है। आप आगे जाकर उन्हें भर्ती करना चाहते हैं। आप पाते हैं कि इन अधिकारियों की भर्ती के लिए पहले भी प्रयास हुए हैं, लेकिन चयन प्रक्रिया में भ्रष्टाचार के आरोपों के कारण कभी सफल नहीं हुए हैं। आप पद का विज्ञापन करके आगे बढ़ते हैं और फिर कंप्यूटर आधारित ओएमआर शीट के उपयोग के माध्यम से परीक्षा को निष्पक्ष तरीक़े से करने के लिए एक स्वतंत्र सलाहकार नियुक्त करते हैं। आप इंटरव्यू के अंक भी कम कर दें, ताकि पक्षपात की सम्भावना कम हो। यह भी निर्णय लिया गया है कि ओएमआर शीट की एक प्रति मूल्यांकन के लिए प्रस्तुत की जाएगी और एक उम्मीदवार को दी जाएगी और तीसरी सरकार की निगरानी में रखी जाएगी। इस तरह आप अनुचित प्रथाओं के किसी भी अवसर को समाप्त करना चाहते हैं। हालाँकि परीक्षा के करीब मंत्री तीसरी प्रति को हटाने के लिए सचिव पर दबाव डालते हैं और केवल दो प्रतियाँ रखते हैं और कई नए परीक्षा केन्द्रों को अनुमति देते हैं, जिन्हें आपने जिला प्रशासन से प्रतिकूल रिपोर्ट के कारण अस्वीकार कर दिया था। आप यह भी सुनते हैं कि बड़ी मात्रा में धन का आदान-प्रदान हो रहा है और यह महसूस होता है कि यदि तीसरी प्रति पर ज़ोर नहीं दिया गया तो बेईमानी की सम्भावना है। आप क्या करेंगे?

1. आप मंत्री के निर्देश को मान कर तीसरी प्रति निकाल कर सन्दिग्ध केन्द्रों को स्वीकृति देंगे।
2. आप साफ मना कर देंगे।
3. आप यह महसूस करेंगे कि निष्पक्ष परीक्षा आयोजित करना और चयन प्रक्रिया को स्थगित करना सम्भव नहीं है।
4. आप मुद्दों की जाँच के लिए एक समिति बनाएँगे और समिति की सिफारिश

के आधार पर मंत्री को एक नोट प्रस्तुत करेंगे कि किसी भी बदलाव से भ्रष्टाचार के आरोप लगेंगे और ऐसा नहीं किया जाना चाहिए।

विचार-विमर्श

पहला विकल्प बिलकुल भी उचित नहीं है। आपको परीक्षा में सम्भावित कदाचार के बारे में जानकारी है और पिछले अनुभव समान रहे हैं। केवल मंत्री की सहमति से आप परीक्षा प्रक्रिया को प्रभावित करने वाले बेईमान तत्वों के लिए एक अवसर पैदा कर रहे होंगे। अयोग्य उम्मीदवारों का चयन किया जाएगा और बाद में इसकी जाँच हो सकती है, जहाँ आपको फँसाया जा सकता है, क्योंकि अनुचित साधनों का इस्तेमाल किया गया होगा। सत्यनिष्ठा के मामलों में कोई समझौता नहीं होना चाहिए।

तीसरा विकल्प भी सही दृष्टिकोण नहीं है। परीक्षा स्थगित करने से आप आवश्यक पदों को नहीं भर पाएँगे और ग्रामीण विकास के कार्य पर प्रतिकूल प्रभाव पड़ेगा। एक सिविल सेवक को नागरिकों को कुशलता से सार्वजनिक सेवाएँ देनी होती हैं और इसके लिए आपको रिक्त पदों को भरने की आवश्यकता होती है। इसके अतिरिक्त किसी कठिन परिस्थिति से बचने या भागने की सलाह कभी नहीं दी जाती है।

दूसरे और चौथे विकल्प को एक साथ लेने की आवश्यकता है। निष्पक्ष चयन प्रक्रिया के साथ आगे बढ़ना सबसे अच्छा तरीका है, ताकि आप सही व्यक्ति का चयन कर सकें और यह सुनिश्चित कर सकें कि जनता के पैसे का सही तरीक़े से उपयोग किया जा रहा है और नागरिकों को अच्छी गुणवत्ता वाली सेवाएँ प्रदान की जा रही हैं। हालाँकि मंत्री का खुलकर विरोध करना कभी भी उचित नहीं होगा, क्योंकि इससे संघर्ष की स्थिति पैदा होगी और इससे सबसे अधिक सम्भावना है कि मंत्री आपका स्थानान्तरण करवा देंगे या आपको असहज करने के लिए हर सम्भव प्रयास करेंगे। चौथा विकल्प पसन्दीदा होना चाहिए। आपको इस मामले पर वरिष्ठ अधिकारियों की एक समिति में चर्चा करनी चाहिए, जहाँ परिवर्तनों का विरोध करने वाले विचार आएँगे जिन्हें बैठक की कार्यवाही में रखा जाना चाहिए और मंत्री को यह सुझाव देते हुए फाइल को प्रस्तुत करना चाहिए कि वरिष्ठ अधिकारियों की समिति के रूप में इन परिवर्तनों को करना गलत होगा। इससे अधिकारी असहमत हैं। कोई भी मंत्री लिखित में विपरीत आदेश पारित नहीं करेगा और आप एक निष्पक्ष पारदर्शी चयन करने में सक्षम होंगे, जो यह सुनिश्चित करेगा कि सरकारी योजनाओं का लाभ इच्छित लाभार्थी तक पहुँचे।

केस-6

आप लोक निर्माण विभाग में पदस्थापित कार्यपालन अभियन्ता हैं और लगभग 1000 हज़ार करोड़ की लागत वाली एक बड़ी परियोजना के प्रभारी बनाए गए हैं। आपको एहसास होता है कि आपको काम की उच्च गुणवत्ता सुनिश्चित करनी होगी अन्यथा आपकी अपनी और विभाग की प्रतिष्ठा को नुकसान होगा। आप निष्पक्ष निविदा प्रक्रिया के माध्यम से सर्वश्रेष्ठ ठेकेदारों का चयन करना चाहते हैं। हालाँकि आपका मुख्य अभियन्ता आपको कॉल करता है और आपको बताता है कि ऊपर से निर्देश हैं कि

कुछ ठेकेदारों को काम दिया जाना चाहिए। आप इस बात पर ज़ोर देते हैं कि निविदा पारदर्शी तरीक़े से होनी चाहिए और यह सुनिश्चित करना सम्भव नहीं है कि कोई विशेष ठेकेदार अनुबंध प्राप्त करने में सफल हो। मुख्य अभियन्ता आपको बताता है कि आप इसके पक्ष में बैठें और निविदा शर्तों को इस तरह से तैयार करें कि केवल यह पार्टी योग्य होगी। आप जानते हैं कि इस ठेकेदार के पास इतनी बड़ी परियोजना का अनुभव नहीं है और निष्पादन की गुणवत्ता आवश्यक मानकों की नहीं होगी। अयोग्य होने के कारण समय और लागत के अधिक होने की पूरी सम्भावना है।

आप कार्यपालक अभियन्ता को क्या करने की सलाह देंगे?

1. वह मुख्य अभियन्ता के मौखिक निर्देश को स्वीकार करता है और किसी विशेष पार्टी के पक्ष में वांछित के रूप में निविदा दस्तावेज़ तैयार करता है।
2. वह ऐसा करने से इनकार करता है और निष्पक्षता और पारदर्शिता सुनिश्चित करते हुए नियमानुसार निविदा प्रक्रिया को आगे बढ़ाता है।
3. वह इस परियोजना से स्थानान्तरण के लिए अनुरोध करता है।
4. वह कहेगा कि वह इस मामले को निविदा समिति के समक्ष रखेगा, जिसमें वित्त विभाग के प्रतिनिधि भी होंगे और उनके मतानुसार निर्णय लेंगे। इसके बाद वह यह सुनिश्चित करेंगे कि समिति एक निष्पक्ष और पारदर्शी निविदा प्रक्रिया की सिफारिश करे और फिर मुख्य अभियन्ता की लिखित में स्वीकृति लेने के बाद उसके अनुसार आगे बढ़े।

विचार-विमर्श

यदि वह पहला विकल्प स्वीकार करता है, तो वह गलत ठेकेदार का चयन कर रहा होगा और आंशिक और पक्षपातपूर्ण व्यवहार कर रहा होगा। परियोजना की गुणवत्ता पर प्रतिकूल प्रभाव पड़ेगा और उनके विरुद्ध भ्रष्टाचार के आरोप लगाए जाने की सम्भावना है, इसलिए यह विकल्प बिलकुल भी उचित नहीं है।

एक बार फिर स्थानान्तरण के लिए अनुरोध करने का तीसरा विकल्प किसी उद्देश्य की पूर्ति नहीं करता है और यह आपकी ज़िम्मेदारी से भागने के बराबर है। अधिकारियों को परिस्थितियों का सामना करना पड़ता है और उनसे बचना नहीं है क्योंकि उनका कर्तव्य आम आदमी के प्रति है, जिसकी उन्हें ईमानदारी से सेवा करनी है।

उसे निष्पक्ष और पारदर्शी तरीक़े से निविदा प्रक्रिया को अंजाम देना होगा और सर्वश्रेष्ठ ठेकेदार का चयन करना होगा। हालाँकि, मुख्य अभियन्ता उसका मालिक है और वह खुले तौर पर उसकी अवज्ञा नहीं कर सकता। साथ ही मुख्य अभियन्ता का कहना है कि ऊपर से निर्देश आए हैं। इस प्रकार कार्यकारी अभियन्ता के लिए यह सलाह दी जाती है कि वह चौथा विकल्प अपनाए और मामले को एक समिति को सौंपे, जहाँ वह विचार-विमर्श का मार्गदर्शन कर सके। इसके बाद वह निविदा समिति द्वारा अन्तिम रूप दी गई निविदा शर्तों को मुख्य अभियन्ता को अनुमोदन के लिए रख सकता है, जिसके पास इसे स्वीकृत करने के अतिरिक्त कोई विकल्प नहीं होगा। इस तरह वह एक निष्पक्ष निविदा करने में सक्षम होगा और परियोजना को पूरा करने के

लिए सर्वोत्तम सम्भव ठेकेदार का चयन करेगा, जिसमें भारी सार्वजनिक धन सम्मिलित है। एक सिविल सेवक का कर्तव्य यह देखना है कि जनता के धन का सही उपयोग हो और धन के गबन की कोई सम्भावना न हो। ऐसे मामलों में सबसे अच्छी बात यह है कि मौखिक आदेशों को कभी स्वीकार न करें, बल्कि उन्हें लिखित रूप में लें। इन दिनों सूचना के अधिकार अधिनियम के तहत फाइलों पर कुछ भी पारदर्शी बनाकर कोई भी अधिकारी अवैध आदेश देना नहीं चाहेगा। साथ ही यदि कार्यपालक अभियन्ता सचिव और अन्य वरिष्ठ अधिकारियों को जानकारी देता है, तो यह सहायक होगा, क्योंकि यह सम्भव है कि मुख्य अभियन्ता अपने दम पर कार्य कर रहा हो, न कि ऊपर से दिए गए निर्देशों के अनुसार जैसा वह दावा करता है।

केस-7

कृष्ण कुमार विकास प्राधिकरण के एक मुख्य अभियन्ता हैं, जहाँ एक पार्क और पर्यटन स्थल विकसित करने वाली एक बड़ी परियोजना आरंभ की जा रही है। यह एक प्राथमिकता वाली परियोजना है और इसे मंत्री और मुख्यमंत्री का समर्थन प्राप्त है और यह नियमित रूप से मीडिया का ध्यान आकर्षित कर रहा है। आपका काम परियोजना की निगरानी करना है, जबकि वास्तविक निविदा और निष्पादन सम्बन्धित कार्यकारी अभियन्ता द्वारा किया जाना है। यह आपकी जानकारी में आता है कि प्रतिस्पर्धा को हतोत्साहित करने के लिए निविदा दिशा-निर्देशों का उल्लंघन किया जा रहा है और पसन्दीदा ठेकेदारों को अनुमान से अधिक दर पर अनुबंध प्रदान किया जा रहा है। आपके निरीक्षण के दौरान ये विसंगतियाँ सामने आती हैं। आप कार्यकारी अभियन्ता को बुलाते हैं और आप उन्हें वित्तीय दिशा-निर्देशों का पालन करने के लिए निर्देशित करते हैं, लेकिन वह आपको बताता है कि उसके पास कुछ ठेकेदारों को अनुबंध देने के लिए सीधे उच्च लोगों से आदेश हैं और यही कारण है कि वह एक विशेष तरीक़े से निविदा प्रक्रिया को सँभाल रहा है। कृष्ण कुमार जानते हैं कि यह कार्यकारी अभियन्ता मंत्री के करीबी हैं, लेकिन उन्होंने मीडिया में कुछ प्रतिकूल टिप्पणियाँ भी देखी हैं। कृष्ण कुमार की सेवानिवृत्ति के कुछ ही वर्ष शेष हैं और वे मंत्री की नाराज़गी का शिकार नहीं होना चाहते हैं अन्यथा वह अपना पद खो सकते हैं।

कृष्ण कुमार को इस स्थिति का जवाब कैसे देना चाहिए?

1. चूँकि मंत्री और अन्य वरिष्ठ लोग सम्मिलित हैं, उन्हें चुप रहना चाहिए, क्योंकि वह सीधे तौर पर ज़िम्मेदार नहीं हैं और केवल परियोजना को समय पर पूरा करने पर ध्यान केन्द्रित करते हैं।
2. सचिव और मंत्री से मिलें और उन्हें मामले की जानकारी दें और फिर उनके निर्देशानुसार कार्रवाई करें।
3. वह शासन के दिशा-निर्देशों का पालन करने के लिए कार्यपालक अभियन्ता को लिखित रूप में आदेश पारित करें और कहें कि किसी भी विसंगति के लिए वे स्वयं ज़िम्मेदार होंगे।
4. वह एक गोपनीय रिपोर्ट सचिव और मंत्री को भेजकर लिखित में आदेश माँगें।

5. उन्हें चुपचाप मीडिया को जानकारी देनी चाहिए, ताकि वे इस घोटाले के बारे में कहानियाँ प्रकाशित कर सकें और उम्मीद कर सकें कि इससे चीज़ें ठीक हो जाएँगी।

विचार-विमर्श

कृष्ण कुमार के लिए सबसे आसान काम पहले विकल्प का पालन करना है, लेकिन ऐसा करके वह लोक सेवक के रूप में अपने कर्तव्यों का पालन नहीं कर रहे हैं। यह भी हो सकता है कि वह सीधे निविदाओं को मंजूरी नहीं दे रहे हों, लेकिन पर्यवेक्षण उनकी ज़िम्मेदारी है। इसका अर्थ है कि उन्हें यह देखना होगा कि इस प्रक्रिया में कोई भ्रष्टाचार या अवैधता नहीं है। इसके अतिरिक्त मीडिया अपने आप में अवैधता के बारे में कहानियाँ प्रकाशित करना आरंभ कर सकता है, जिससे जाँच हो सकती है, जिसमें मुख्य अभियन्ता ज़िम्मेदार होगा। एक बार जाँच हो जाने पर कोई भी वरिष्ठ अधिकारी या मंत्री किसी की मदद नहीं करते, भले ही अधीनस्थ उनके निर्देश पर काम कर रहे हों। प्रत्येक अधिकारी अपने कार्यों के लिए ज़िम्मेदार है। इसके अतिरिक्त गलत चीज़ों को होते हुए देखना और चुप रहना बौद्धिक रूप से बेईमानी है। यह बुनियादी नैतिकता के विरुद्ध है, जो एक इंसान में होनी चाहिए।

पाँचवाँ विकल्प खतरनाक है। मीडिया एक दोधारी तलवार है और एक अधिकारी को कभी भी मीडिया का सहारा नहीं लेना चाहिए। मुख्य अभियन्ता मीडिया को विवरण लीक करके अपनी ज़िम्मेदारी से नहीं बच सकते। साथ ही मीडिया रिपोर्ट्स से इस बात की जाँच हो सकती है और वह भी मुसीबत में पड़ सकता है और प्रोजेक्ट में देरी भी होगी।

दूसरा विकल्प विचार करने योग्य है, क्योंकि उन्हें अपने सचिव और मंत्री को तथ्यों के बारे में बताना चाहिए और उनके निर्देश प्राप्त करने चाहिए। हालाँकि अगर शीर्ष के लोग भी इसमें सम्मिलित हैं, तो उनसे कोई मदद नहीं मिलेगी और वे उसका समर्थन नहीं करेंगे। वे यह भी कह सकते हैं कि उन्हें कार्यकारी अभियन्ता को अपना काम करने देना चाहिए, क्योंकि इस परियोजना को समय पर पूरा करना है। वह कह सकते हैं कि उन्होंने उसके बारे में कोई शिकायत नहीं सुनी है। इस तरह सरकार में मौखिक चर्चा का कोई अर्थ नहीं है।

सभी वित्तीय नियमों का पालन सुनिश्चित करने के लिए कार्यपालक अभियन्ता को निर्देश जारी करने का तीसरा विकल्प किया जाना चाहिए, ताकि बाद में कोई यह न कहे कि कृष्ण कुमार से अपने अवैध कार्यों में कार्यपालक अभियन्ता की मिलीभगत है। इसके साथ ही वह चौथे विकल्प के अनुसार वरिष्ठों को रिपोर्ट भेजकर कार्यपालक अभियन्ता को अपने आदेश की एक प्रति भी संलग्न करें। अगर इसके बाद भी हालात नहीं सुधरे, तो वह कार्यपालक अभियन्ता के विरुद्ध कार्रवाई करने की स्थिति में हैं और कोई भी हस्तक्षेप नहीं कर पाएगा। सम्भव है कि कुछ समय बाद मंत्री उनका तबादला कर दें, लेकिन उनके विरुद्ध कोई अन्य कार्रवाई नहीं की जा सकती है। हर समय न केवल नैतिक रूप से सही काम करना महत्त्वपूर्ण है, बल्कि अगर आपकी जानकारी में है, तो कुछ भी गलत नहीं होने देना चाहिए। इसके अतिरिक्त यह वरिष्ठ अधिकारी

की ज़िम्मेदारी है कि वह निगरानी प्रणाली तैयार करे, जो कुछ भी गलत या अवैध होने पर कड़े कदम उठाए।

केस-8

आप शिक्षा विभाग के सचिव हैं और आपने विश्लेषण किया है कि सरकारी स्कूलों में शिक्षा की खराब गुणवत्ता का एक मुख्य कारण शिक्षकों की अनुपस्थिति है। आप यह भी पाते हैं कि शिक्षा विभाग के अधिकारी तबादलों और पोस्टिंग के मामलों में शिक्षकों के साथ मिलीभगत कर रहे हैं और इसलिए शिक्षकों पर उनका कोई नियंत्रण नहीं है। आपके मंत्री ज़ोर देकर कहते हैं कि सभी स्थानान्तरण उनके स्तर पर किए जाएँगे और आप पाते हैं कि शिक्षा निदेशक आपसे मंत्री द्वारा अनुमोदित सूची को पास करवा रहे हैं। भले ही उनके पास अतिरिक्त निदेशक के स्तर से नीचे के शिक्षकों और अधिकारियों को स्थानान्तरित करने का पूरा अधिकार है, लेकिन वह अनौपचारिक रूप से मंत्रियों से निर्देश प्राप्त कर रहे हैं और तदनुसार आदेश जारी कर रहे हैं। आपको लगता है कि यदि अधिकारियों और शिक्षकों को राजनीतिक संरक्षण के अनुसार तैनात किया जाता है, तो शिक्षा की गुणवत्ता में सुधार करना मुश्किल होगा।

आप स्थिति को कैसे सँभालेंगे?

1. आप चुप रह सकते हैं और चीज़ों को वैसे ही जारी रहने दे सकते हैं जैसे कि कोई भी हस्तक्षेप मंत्री को परेशान करेगा, जो आपके लिए जीवन को कठिन बना सकता है।
2. आप निदेशक को बुलाएँगे और कहेंगे कि सभी स्थानान्तरण प्रस्ताव आपके पास आने चाहिए और मंत्री की मंजूरी लेने से पहले आप उनकी विस्तार से जाँच करें।
3. आप मंत्री से अनुरोध कर सकते हैं कि वह तबादलों में हस्तक्षेप न करें, क्योंकि इससे विभाग की कार्य-संस्कृति प्रभावित होगी।
4. आप निदेशक से कहेंगे कि अपने स्तर पर तबादलों को अंजाम दें और मंत्री से निर्देश न लें।
5. आप स्पष्ट दिशा-निर्देश देते हुए शिक्षकों और अधिकारियों के स्थानान्तरण की एक वैज्ञानिक और पारदर्शी प्रणाली तैयार करेंगे और इस बात पर ज़ोर देंगे कि किसी भी परिवर्तन के लिए आपकी स्वीकृति की आवश्यकता होगी और यह कि निदेशक व्यक्तिगत रूप से डिजाइन की गई प्रणाली के अनुसार कार्य करने के लिए ज़िम्मेदार होगा।

विचार-विमर्श

स्थानान्तरण में राजनीतिक हस्तक्षेप अत्यन्त सामान्य बात है और इस प्रक्रिया में अक्सर धन का आदान-प्रदान होता है। इसके अतिरिक्त जब अधिकारियों या शिक्षकों को पता चलता है कि उनका स्थानान्तरण रिश्वत के माध्यम से हुआ है, तो वे भी भ्रष्ट तरीक़े से कार्य करेंगे, जिससे सार्वजनिक सेवा वितरण पर प्रतिकूल प्रभाव पड़ेगा। वास्तविकता

यह है कि अधिकांश सिविल सेवक चुप रहने के पहले विकल्प को चुनते हैं, ताकि मंत्री नाराज़ न हो। हालाँकि, यह कमज़ोरी का संकेत है और एक अनैतिक प्रतिक्रिया है। सचिव का काम सभी को अच्छी गुणवत्ता वाली शिक्षा प्रदान करना है और यह सम्भव नहीं है कि यदि अधिकारी और शिक्षक भ्रष्ट तरीकों से अपनी पोस्टिंग करवाए तो शिक्षक पढ़ाएँगे नहीं और अधिकारी उनकी ठीक से निगरानी नहीं करेंगे, क्योंकि वे जानते है कि उनके राजनीतिक सम्बन्ध हैं और उनका भविष्य इस पर निर्भर नहीं है। अत: सचिव इस स्थिति की अनदेखी नहीं कर सकता और उसे कार्रवाई करनी चाहिए।

दूसरा, तीसरा और चौथा विकल्प भी कोई परिणाम नहीं देगा। यदि आप निदेशक को प्रतिनिधिमंडल के अनुसार अपनी शक्तियों का उपयोग करने और अपने स्तर पर स्थानान्तरण करने के लिए कहते हैं, तो वह अनुरोध करेगा कि वह असहाय है, क्योंकि मंत्री उसे बुलाता है और उसे स्थानान्तरण सूची देता है। यदि आप मंत्री से तबादलों में हस्तक्षेप न करने का अनुरोध करते हैं, तो वह आपको दरकिनार कर देंगे। वह आपसे कह सकते हैं कि एक जन प्रतिनिधि होने के कारण वह उनसे मिलने वाले लोगों को ना नहीं कह सकते और लोग उनसे स्थानान्तरण के लिए अनुरोध कर सकते हैं। वह कभी स्वीकार नहीं करेगा कि इस प्रक्रिया में किसी भी पैसे का आदान-प्रदान किया जा रहा है। निदेशक को आपके माध्यम से स्थानान्तरण सूची भेजने के लिए कहने से मदद मिल सकती है, क्योंकि आप सूची में संशोधन कर सकते हैं। निदेशक इस बात पर ज़ोर दे सकता है कि सूची मंत्री के निर्देशों के अनुसार है और आपके हस्तक्षेप से मंत्री इससे अप्रसन्न होंगे।

पाँचवाँ विकल्प सबसे अच्छा है। आपका कर्तव्य है कि आपको स्पष्ट दिशा-निर्देशों के साथ स्थानान्तरण की एक पारदर्शी प्रणाली तैयार करना चाहिए। आजकल विवेक का प्रयोग कम करना पड़े, इसलिए सभी स्थानान्तरण ऑनलाइन किए जा सकते हैं। आप इस प्रस्ताव को कैबिनेट या मुख्यमंत्री से मंजूरी दिलवा सकते हैं। इसके बाद निदेशक प्रणाली से विचलित नहीं हो पाएगा, क्योंकि यह पारदर्शी होगी और कोई भी मनमाने ढंग से स्थानान्तरण पर सवाल उठा सकता है। साथ ही मंत्री के भी हाथ बँधे होंगे।

एक सिविल सेवक का यह कर्तव्य है कि वह ऐसी कार्यप्रणाली को डिजाइन करे, जो विवेक को कम करे और पारदर्शिता को बढ़ाए और इस तरह विभाग में भ्रष्टाचार को नियंत्रित करे। जहाँ तक सम्भव हो प्रौद्योगिकी का उपयोग किया जाना चाहिए।

केस-9

प्रेम चन्द्र आपके अधीन काम करने वाले एक उज्ज्वल और ईमानदार अधिकारी हैं और हमेशा अपने कर्तव्यों को ईमानदारी से निभाते हैं। एक दिन मंत्री आपको फोन करते हैं और आपको सम्बन्धित अधिकारी को तुरन्त निलंबित करने का आदेश देते हैं और आपको लिखित में आदेश भी देते हैं। आप कारण जानना चाहते हैं तो मंत्री कहते हैं कि प्रेम चन्द्र एक अशिष्ट अधिकारी है, जो अवज्ञा का दोषी है। आप कोशिश करें और तथ्यों का पता लगाएँ और पता करें कि प्रेम चन्द्र मंत्री के निर्देशानुसार कोई अवैध काम तो नहीं कर रहे हैं और जाँच के बाद इस पर प्रतिक्रिया दे रहे हैं।

आप इस पर कैसी प्रतिक्रिया देने वाले हैं?

1. आप मंत्री के आदेश का पालन करेंगे और प्रेम चन्द्र को निलंबित कर उनके विरुद्ध विभागीय जाँच आरंभ करेंगे।
2. आप मंत्री से अकेले में बात करेंगे और कहेंगे कि प्रेम चन्द्र एक उत्कृष्ट अधिकारी हैं और उन्हें निलंबित करना गलत संकेत देगा। साथ ही किसी को निलंबित करने के लिए आपको विशिष्ट आरोपों की आवश्यकता होती है, जो इस मामले में तय करना मुश्किल है। आप उसे मनाने की कोशिश करेंगे।
3. आप सख्त नोट लिखकर मंत्री को फाइल भेजेंगे और सुझाव देंगे कि मंत्री अपने आदेशों पर पुनर्विचार करें।

विचार-विमर्श

प्रेम चन्द्र ने मंत्री के क्रोध को झेला है, क्योंकि उन्होंने अवैध आदेशों का पालन नहीं किया है। आप उन्हें निलंबित करके विभाग के लिए एक बहुत ही खराब उदाहरण स्थापित करेंगे और एक ईमानदार और कुशल अधिकारी का समर्थन न करके अपनी विश्वसनीयता खो देंगे। इस तरह की छोटी-छोटी बातें विभाग के कामकाज को बुरी तरह से नुकसान पहुँचा सकती हैं और इसके बाद आप अपने अधिकारियों से ईमानदारी और जनसेवा की भावना से काम नहीं करा पाएँगे। इस प्रकार पहला विकल्प स्वीकार्य नहीं है।

तीसरा विकल्प सही है, लेकिन इससे मंत्री नाराज़ होंगे, क्योंकि उन्हें लगेगा कि आप उनके आदेशों का पालन नहीं कर रहे हैं। दूसरा विकल्प पसन्दीदा विकल्प है। आप को मंत्री को प्रेम चन्द्र के बारे में विस्तार से बताना चाहिए और उन्हें यह भी बताना चाहिए कि उन्हें तुच्छ आधार पर निलंबित करने से एक बुरा उदाहरण बनेगा और विभाग के सभी अधिकारियों का विरोध होगा। आप मंत्री को यह भी बता सकते हैं कि प्रेम चन्द्र कोर्ट जाएँगे, तो उन्हें राहत मिल जाएगी। आम तौर पर मंत्री व्यावहारिक होते हैं और यदि सभी तथ्य उनके सामने सही स्थिति में रखे जाते है, तो वे ईमानदारी से सुनेंगे। ईमानदारी से कार्य करने के लिए एक ईमानदार अधिकारी को गलत आरोपों से बचाना आपका कर्तव्य होगा। चूँकि मंत्री ने लिखित रूप में आदेश जारी किए हैं, इसलिए आप उन्हें अपने आदेशों पर पुनर्विचार करने का अनुरोध करते हुए एक विनम्र नोट के साथ फाइल भेज सकते हैं और कूटनीतिक रूप से कह सकते हैं कि आपने प्रेम चन्द्र को मंत्री के साथ बुरा व्यवहार न करने की सलाह दी है। इस प्रस्ताव को मंत्री स्वीकार करेंगे, क्योंकि वे अपनी छवि को धूमिल नहीं करना चाहते है। अत: मंत्री ने स्वयं अपने निर्णय पर पुनर्विचार किया है।

एक वरिष्ठ अधिकारी को हमेशा अपने अधीनस्थों का समर्थन करना चाहिए। यदि उसके नीचे के अधिकारी ईमानदारी और दक्षता के साथ कार्य कर रहे हों। यदि आप अपने व्यक्तिगत लाभ के लिए दूसरों का बलिदान करके अपनी टीम का सम्मान खो देते हैं, तो आप एक विभाग का नेतृत्व नहीं कर सकते।

केस-10

आप आपराधिक गतिविधि वाले ज़िले में पुलिस अधीक्षक के रूप में तैनात हैं और आप अपराध को नियंत्रित करने और कानून व्यवस्था में सुधार लाने के लिए कई कदम उठा रहे हैं। इसके लिए आपने थाना प्रभारी के रूप में कार्यभार सँभालने के लिए सर्वश्रेष्ठ उप-निरीक्षकों का चयन किया है। आप में से एक बेहतरीन सब-इंस्पेक्टर योगेन्द्र अति संवेदनशील थाने का प्रभार सँभाल रहे हैं और उत्कृष्ट कार्य कर रहे हैं। उसने अपराधियों में ईश्वर का भय डाला है और आप इस काम से बहुत प्रसन्न हैं। एक दिन आपको सूचना मिलती है कि एक निचली जाति की महिला के साथ सामूहिक बलात्कार का मामला सामने आया है और महिला ने अस्पताल में दम तोड़ दिया है। इस मामले को मीडिया और विपक्षी दलों ने उठाया है। आपको पता चलता है कि दुष्कर्म के बाद लड़की अपने माता-पिता के साथ थाने में प्राथमिकी दर्ज कराने गई थी जहाँ योगेन्द्र प्रभारी हैं, लेकिन उसकी प्राथमिकी दर्ज नहीं की गई। लड़की की मृत्यु के बाद ही प्राथमिकी दर्ज की गई, लेकिन कोई कार्रवाई नहीं की गई है। राष्ट्रीय मीडिया ने इस मुद्दे को उठाया है और सरकार भी आपको आवश्यक कार्रवाई करने के लिए कह रही है। हालाँकि आप पाते हैं कि योगेन्द्र ने आरंभ में प्राथमिकी दर्ज नहीं की जो उनकी बहुत बड़ी गलती है, लेकिन यह भी बड़ा सच है कि वह एक उत्कृष्ट अधिकारी हैं। इसके अतिरिक्त आरोपी उसी जाति के हैं, जो सत्तारूढ़ दल के हैं और इसलिए सरकार भी उनके विरुद्ध कार्रवाई के लिए बहुत उत्सुक नहीं है और योगेन्द्र भी आरोपी को गिरफ्तार करने के लिए स्वयं से प्रयास नहीं कर रहे हैं।

आपकी राय में एसपी के लिए कार्रवाई का सबसे अच्छा तरीका क्या है?

विचार-विमर्श

महिलाओं के विरुद्ध अपराध से सम्बन्धित मामलों में जीरो टॉलरेंस की नीति बनानी चाहिए। एसपी तुरन्त एक उच्च स्तरीय टीम गठित करें और यह सुनिश्चित करें कि आरोपी व्यक्तियों को जल्द से जल्द गिरफ्तार किया जाए। जाँच तुरन्त आरंभ हो, ताकि चार्जशीट दाखिल करने में देरी न हो। एसपी को इस बात की चिन्ता नहीं करनी चाहिए कि आरोपी सत्तारूढ़ दल से जुड़े हुए हैं, क्योंकि राष्ट्रीय मीडिया ने इस मुद्दे को उठाया है और कोई भी सरकार उन पर ऐसा करने के लिए दबाव नहीं डालेगी। अगर मीडिया ने इस मामले को हाईलाइट न किया होता, तो भी अधिकारी को अपनी ड्यूटी करनी पड़ती है। उसे कानून के समक्ष सभी के साथ समान व्यवहार करना चाहिए और केवल अपने कैरियर की खातिर पक्षपातपूर्ण या राजनीतिक रूप से संरेखित तरीक़े से कार्य नहीं करना चाहिए। सार्वजनिक सेवा को निजी लाभ से पहले रखना चाहिए। यही नैतिकता और अखंडता का सार है। एसपी को भी नियमित रूप से मीडिया को कार्रवाई की जानकारी देनी चाहिए अन्यथा मीडिया इस मुद्दे को इस हद तक भड़का देगा कि यह उसके नियंत्रण से बाहर हो जाएगा।

एसपी को जो सबसे अहम फैसला लेना है, वह योगेन्द्र के विरुद्ध कार्रवाई को

लेकर है, जिन्होंने अब तक बहुत अच्छा प्रदर्शन किया है। एसपी के मन में कोई शंका नहीं होनी चाहिए। योगेन्द्र के पिछले प्रदर्शन के बावजूद उन्होंने महिलाओं के विरुद्ध अपराध से सम्बन्धित इस बेहद संवेदनशील मामले में गलती की है। योगेन्द्र को तत्काल थाने से हटाकर निलम्बित कर उनके विरुद्ध विभागीय जाँच आरंभ कर दी जाए। एसपी को योगेन्द्र के विरुद्ध अपने कर्तव्यों के प्रति लापरवाही बरतने के लिए प्राथमिकी दर्ज करने पर विचार करना पड़ सकता है। जब तक वह इस तरह की कड़ी कार्रवाई नहीं करते, तब तक एसपी का नाम इस मामलें में उछाला जाएगा। पूरे मामले में योगेन्द्र को स्थानान्तरित किया जा सकता है और सम्भवत: निलंबित भी किया जा सकता है। योगेन्द्र के विरुद्ध उसकी चूक के लिए कार्रवाई करना उसका कर्तव्य है।

यह सुनिश्चित करना लोक सेवक का कर्तव्य है कि महिलाओं, कमज़ोर वर्गों और समाज के अन्य वंचित वर्गों का शोषण न हो। यही सुशासन का मूलमंत्र है।

केस-11

आप राज्य के मुख्य सचिव हैं और एक बहुत ही महत्त्वपूर्ण योजना को लागू कर रहे हैं, जिसके माध्यम से एक निश्चित स्तर से कम आय वाले परिवारों की महिलाओं को पेंशन दी जा रही है। इस योजना के लिए 2000 करोड़ से अधिक का बजट आवंटित किया गया है। आपके कल्याण विभाग के प्रभारी सचिव इस योजना को देख रहे हैं, जो एक बहुत ही ईमानदार और समर्पित अधिकारी हैं। यह सुनिश्चित करने के लिए बहुत विस्तार से लाभार्थियों की एक सही सूची तैयार की जा रही है। जिला अधिकारियों को विस्तृत निर्देश और दिशा-निर्देश जारी कर दिए गए हैं और सही व्यक्ति का चयन करने के लिए ग्राम स्तर की आम सभा की बैठक की जा रही है। किसी भी शिकायत की तत्काल जाँच की जा रही है। हालाँकि स्थानीय राजनेता और मंत्री नाखुश हैं, क्योंकि वे स्वयं लाभार्थियों का चयन करना चाहते हैं और इसे अपने समर्थकों को संरक्षण देने की प्रणाली के रूप में उपयोग करना चाहते हैं, जो योजना में सम्मिलित होने के योग्य नहीं हैं। सचिव दबाव में नहीं झुकता है और आहत मंत्री मुख्यमंत्री को उसके स्थानान्तरण का आदेश देने और अपने पसन्द के व्यक्ति को पोस्ट करने के लिए मजबूर करते हैं। सीएम आपको उसी के अनुसार निर्देश देते हैं।

आपकी प्रतिक्रिया क्या होनी चाहिए?

1. चूँकि मुख्यमंत्री ने अपना मन बना लिया है, आप आगे बढ़कर सम्बन्धित अधिकारी का तबादला कर देंगे।
2. आप मंत्रियों से बात करने की कोशिश करेंगे और उन्हें अपना मन बदलने को प्रोत्साहित करेंगे।
3. आप अधिकारी का तबादला करेंगे, लेकिन अपनी पसन्द का एक नया पदस्थापित करेंगे, जो सही कार्रवाई के लिए भी खड़ा होगा।
4. आप मुख्यमंत्री से मिलेंगे और उन्हें विश्वास दिलाएँगे कि यह स्थानान्तरण राज्य के हित में नहीं है और लाभार्थियों का गलत चयन होने पर कार्यक्रम को बहुत नुकसान होगा।

विचार-विमर्श

मुख्य सचिव के लिए सबसे आसान काम पहले विकल्प का पालन करना है। मुख्यमंत्री और मंत्री प्रसन्न होंगे और आपको कोई तनाव नहीं होगा। हालाँकि इसका असर पेंशन योजना के उद्देश्य पर पड़ेगा, क्योंकि मंत्रियों को जो नया अधिकारी चाहिए, वह राजनीतिक लोगों की माँगों को समायोजित करेगा और लाभार्थियों की एक सूची तैयार करेगा जो सही नहीं है। अर्थात् योजना का उद्देश्य पूरा नहीं होगा और जनता का पैसा बर्बाद होगा। एक लोक सेवक को जनता के धन का सही प्रयोग करना होता है और यह देखना होता है कि वह सिस्टम और प्रक्रियाओं को डिजाइन करता है, ताकि लक्षित लोगों के लाभ के लिए पैसा खर्च किया जा सके। इसके अतिरिक्त यह भ्रष्टाचार को जन्म देगा, क्योंकि सूची में नाम सम्मिलित करने के लिए पैसे का आदान-प्रदान होगा। नागरिकों को योजना का लाभ नहीं मिलेगा। यह खराब सार्वजनिक सेवा वितरण है, जो कि सिविल सेवक की ज़िम्मेदारी है। यह नौकरशाही को एक बहुत ही गलत संकेत भी देगा कि ईमानदारी से और लोगों के लाभ के लिए काम करने का कोई लाभ नहीं है और राजनीतिक दबाव में झुकना सुरक्षित है। इससे कार्य-संस्कृति खराब होगी।

मुख्य सचिव सम्बन्धित मंत्रियों से बात कर सकते हैं और वे उनकी बात सुन सकते हैं, लेकिन माँग करेंगे कि अधिकारी को उनकी इच्छा के अनुसार समायोजित करना चाहिए। इसलिए दूसरा विकल्प उद्देश्य की पूर्ति नहीं कर सकता है।

तीसरा विकल्प व्यवहार्य है और वास्तविक जीवन में अक्सर इसका सहारा लिया जाता है। राजनेताओं के अनुरोध पर एक अधिकारी को हटाया जा सकता है, लेकिन नया अधिकारी मुख्य सचिव की पसन्द का होना चाहिए। उसे समान क्षमता और सत्यनिष्ठ अधिकारी होना चाहिए, ताकि योजना को नुकसान न हो। हालाँकि नए व्यक्ति को समझने में समय लगेगा और योजना के क्रियान्वयन में देरी हो सकती है। इसके अतिरिक्त जिन राजनेताओं ने खून का स्वाद चखा है, वे नए अधिकारी के खून के लिए भी तरसने लगेंगे।

सबसे अच्छा विकल्प चौथा है। मुख्य सचिव को व्यक्तिगत रूप से मुख्यमंत्री को सचिव के ईमानदार और सही कामकाज के बारे में जानकारी देनी चाहिए कि यह योजना कैसे राज्य के हित में है और वह उसे जारी रखें। वह समझा सकते हैं कि लाभार्थियों के गलत चयन का मतलब होगा कि योजना का उद्देश्य पूरा नहीं होगा और जनता का पैसा बर्बाद होगा। भ्रष्टाचार के भी आरोप लगेंगे, जिससे सरकार एक महत्त्वपूर्ण पेंशन योजना को लागू करने के लिए अधिक ऋण का दावा नहीं कर पाएगी। एक बार तथ्यों को ठीक से सामने रखने के बाद मुख्यमंत्री सहमत होंगे और आप योजना को कुशलता से लागू करने में सक्षम होंगे और अपने अधिकारियों की टीम को एक उचित संकेत भी देंगे।

केस-12

आप एक सार्वजनिक क्षेत्र के निगम के प्रबन्ध निदेशक हैं, जो घाटे में चल रही कम्पनी के भाग्य को बदलने के लिए दृढ़ है। इस उद्देश्य के लिए आपने अधिकारियों की एक उत्कृष्ट टीम बनाई है। आपके बिक्री और विपणन निदेशक मिस्टर एक्स एक उत्कृष्ट

पेशेवर हैं, जिन्होंने कम्पनी के उत्पाद के लिए एक ब्रांड छवि बनाई है और आपको विश्वास है कि उनके साथ आप सक्षम होंगे और एक साल से भी कम समय में परिणाम प्राप्त कर लेंगे। एक दिन एक महिला कर्मचारी, जो बिक्री विभाग में डिस्पैच क्लर्क के रूप में काम कर रही है, मानव संसाधन प्रमुख के पास जाती है और मिस्टर एक्स के विरुद्ध शिकायत करती है। वह रोते हुए कहती है कि मिस्टर एक्स अनुचित प्रगति कर रहा है और उसे धमका रहा है। एचआर हेड आपके पास आता है। आपको एहसास है कि यह गम्भीर समस्या है, लेकिन आपको मिस्टर एक्स की भी आवश्यकता है।

आप स्थिति को कैसे सँभालेंगे?

1. आप बस स्थिति को नजरअन्दाज कर देंगे और एचआर प्रमुख को मामले को शान्त करने की सलाह देंगे।
2. आप एचआर प्रमुख से कहेंगे कि उस महिला को बुलाएँ तथा उसे अपनी शिकायत वापस लेने के लिए मनाएँ और उसे बताएँ कि यह उसके हित में है।
3. आप एचआर प्रमुख को सलाह देंगे कि दोनों के साथ बैठक करें और एक समझौता करें, जहाँ महिला अपनी शिकायत वापस ले लेगी और मिस्टर एक्स उसे फिर से परेशान नहीं करेंगे।
4. आप ऐसे मामलों में सरकार के दिशा-निर्देशों के अनुसार तुरन्त एक जाँच समिति का गठन करेंगे और 15 दिनों के भीतर जाँच पूरी कर लेंगे और यदि श्री एक्स दोषी हैं, तो आप उन्हें सेवा से बर्खास्त कर देंगे।

विचार-विमर्श

यह केस स्टडी एमडी के सामने दुविधा खड़ी करती है। मिस्टर एक्स उनका सबसे अच्छा प्रबन्धक है और वह अपनी क्षमता के कारण कम्पनी को चालू करने की स्थिति में है, लेकिन साथ ही कार्यस्थल पर महिलाओं का उत्पीड़न एक अत्यन्त गम्भीर मामला है और यह एक बहुत ही खराब मिसाल कायम करेगा। भविष्य के लिए और अगर वह शिकायत की अनदेखी करता है, तो संगठन की कार्य-संस्कृति को नुकसान पहुँचाता है। पहला विकल्प स्वीकार्य नहीं है। एक बार मामला एमडी के संज्ञान में आ जाने के बाद वह इसे नजरअन्दाज नहीं कर सकते। अगर वह नजरअन्दाज करता है, तो यह मिस्टर एक्स के गलत व्यवहार में उसकी भी मिलीभगत समझी जाएगी।

दूसरा और तीसरा विकल्प भी सही नहीं हैं। महिला कर्मचारियों का उत्पीड़न एक बहुत ही गम्भीर मामला है और उचित कार्रवाई के बिना मामले को बन्द करने का कोई प्रयास नहीं किया जाना चाहिए। कार्रवाई का सबसे अच्छा तरीका आखिरी विकल्प है, जिससे मामले में कम से कम समय में एक रिपोर्ट देने के लिए तत्काल जाँच का आदेश दिया जाना चाहिए। यदि मिस्टर एक्स के विरुद्ध आरोप सिद्ध होते हैं, तो उनकी बर्खास्तगी की कार्रवाई की जानी चाहिए। यह सच है कि काम प्रभावित हो सकता है और एमडी जितनी तेजी से चाहते थे, निगम प्रगति नहीं कर सकता। ऐसी स्थिति में एक अधिकारी को अपनी अन्तरात्मा की आवाज़ सुननी चाहिए और कानून के अनुसार सही काम भी करना चाहिए। महिला कर्मचारियों की सुरक्षा संगठन को लाभप्रद बनाने

से कहीं बड़ा काम है। इसके अतिरिक्त अगर ऐसी घटनाओं को नजरअन्दाज किया जाता है, तो वे कार्य-संस्कृति को नुकसान पहुँचाएँगे और अन्ततः संगठन की दक्षता पर प्रतिकूल प्रभाव डालेंगा। कोई भी अधिकारी या प्रबन्धक ऐसा नहीं है कि आप प्रदर्शन के हित में उसके गलत कार्यों को सहन करते हैं। कोई भी अपरिहार्य नहीं है। मिस्टर एक्स जाएगा और आपको हमेशा एक और प्रबन्धक मिल सकता है जो समान रूप से सक्षम हो सकता है। इसके अतिरिक्त एक लीडर के तौर पर यदि आप सही उदाहरण सेट करते हैं, तो आपको अपनी टीम का सम्मान मिलेगा।

केस-13

आपको आयकर की जाँच शाखा में पदोन्नत किया गया है और यह आपका कर्तव्य है कि आप पुराने बकाएदारों की पहचान करें, उनके विरुद्ध सबूत एकत्र करें और छापेमारी करें, ताकि उनसे आयकर और जुर्माने की सही राशि एकत्र की जा सके। आप बहुत ईमानदार और सख्त होने की प्रतिष्ठा वाले अधिकारी हैं और आपके सभी छापे बहुत सफल रहे हैं, क्योंकि इसमें कई बड़े नामी लोग पकड़े गए हैं। आप पदोन्नति की किसी भी समय उम्मीद कर रहे हैं। हालाँकि, एक दिन आपका वरिष्ठ आपको कॉल करता है और आपको लोगों की एक अहस्ताक्षरित सूची देता है और आपसे तुरन्त उनके विरुद्ध छापेमारी करने के लिए कहता है। जब आप सूची देखते हैं, तो आप पाते हैं कि ये राजनीतिक लोग हैं, जिनके विरुद्ध आयकर में कोई फाइल या कर बकाएदार होने की जानकारी नहीं है। जब आप इसे इंगित करते हैं, तो आपका वरिष्ठ आपको बताता है कि यह सूची शीर्ष राजनीतिक स्तर से आई है और वहीं से इसकी निगरानी की जा रही है। आपका बॉस भी चुपचाप संकेत करता है कि आपकी पदोन्नति होनी है इस समय कुछ भी नहीं करना चाहिए, जिससे राजनीतिक आका नाराज़ हों।

आप कैसे प्रतिक्रिया देंगे?

विकल्प

1. यह जानकर कि यह सूची आपके वरिष्ठ के माध्यम से राजनीतिक आकाओं की ओर से आई है, आप निर्देशों का पालन करेंगे और सूची में जो लोग हैं, उन पर छापा मारेंगे।
2. आप ऐसा करने से साफ मना कर देंगे और चले जाएँगे।
3. आप मामले की जाँच करेंगे और एक बार जब आप पाएँगे कि इन लोगों पर छापा मारने का कोई कारण नहीं है तो आप लिखित रूप में एक रिपोर्ट पेश करेंगे जिसमें कहा गया है कि इस तरह की कार्रवाई कानून के तहत आवश्यक नहीं है।

विचार-विमर्श

आयकर अधिकारी का यह कर्तव्य है कि वह अधिकतम कर वसूल करे, जो देश के विकास के लिए उपयोग किया जाता है। यह अधिकारी बहुत अच्छा और निष्पक्ष रूप

से काम कर रहा है और केवल प्रमुख विलफुल डिफॉल्टरों/बकाएदारों और कर चोरों के विरुद्ध छापेमारी कर रहा है। निर्दोष लोगों के विरुद्ध सिर्फ इसलिए छापेमारी करना, क्योंकि सत्ता में राजनीतिक दल चाहता है, यह अनैतिक आचरण है। इस तरह आप सिर्फ निर्दोष लोगों को परेशान कर रहे होंगे। साथ ही कानून और अपने विवेक के विरुद्ध काम कर रहे होंगे। यह सच है कि यदि आप सहमत हैं, तो आपको पदोन्नत किया जाएगा और शीर्ष पर एक सुगम कैरियर होगा, लेकिन व्यक्तिगत लाभ के लिए यह सही या नैतिक नहीं है कि ऐसे कार्यों को अंजाम दिया जाए, जो कानून द्वारा वारंट अधिकार न हों। इसलिए पहला विकल्प स्वीकार्य नहीं है।

सबसे अच्छी बात मना करना है, लेकिन अगर आप अहंकार और गुस्से में ऐसा करते हैं, तो आपके वरिष्ठ और राजनीतिक आका आपके लिए परेशानी पैदा करेंगे। वे आपके जीवन को दयनीय बना देंगे और आपके कैरियर को नुकसान पहुँचाएँगे।

तीसरा विकल्प सबसे अच्छा है। आप सही काम करते हैं, लेकिन एकत्र किए गए सबूतों के आधार पर और आपके पास जो कागज़ात हैं, उसे लिखित रूप में दे रहे हैं। वरिष्ठ आप पर शासन करने में सक्षम नहीं होंगे और यहाँ तक कि राजनीतिक मालिक भी चुप रहेंगे, भले ही वे आपसे अप्रसन्न हों और भविष्य में आपको पसन्दीदा कार्य के लिए विचार न करें। यदि आप नैतिक आचरण और संविधान और नागरिक के प्रति कर्तव्य के पथ पर दृढ़ रहना चाहते हैं, तो हमेशा कुछ त्याग करना होगा। इसके अतिरिक्त यदि किसी अधिकारी के पास नैतिक होने की प्रतिष्ठा है, तो आमतौर पर वरिष्ठ अधिकारी उस पर कुछ भी गलत करने के लिए दबाव नहीं डालते हैं। उसे एक बार स्टैंड लेना होगा और फिर उसकी प्रतिष्ठा उसके भविष्य के कैरियर का प्रबन्धन करेगी।

केस-14

एक रासायनिक उद्योग गंगा नदी के तट पर स्थित है और नदी में अपशिष्टों को प्रवाहित करने के लिए जाना जाता है, जिससे नदी का पानी दूषित हो जाता है और जलीय जीवन नष्ट हो जाता है। आप किसी राज्य के पर्यावरण विभाग में सचिव हैं और नदियों के प्रदूषण को नियंत्रित करने के लिए हर सम्भव प्रयास कर रहे हैं। आप तुरन्त अपनी टीम भेजें और उद्योग को एक मज़बूत व प्रभावी ट्रीटमेंट प्लांट लगाने के लिए मजबूर करें, ताकि फैक्ट्री से निकलने वाले अवशेष को नदी में प्रवेश करने से पहले पूरी तरह से ट्रीट किया जा सके। उद्योग अनुपालन करता है और आपके अधिकारी आपको रिपोर्ट देते हैं कि उपचार संयंत्र सन्तोषजनक ढंग से काम कर रहा है। एक दिन समाचार पत्रों में एक समाचार छपता है कि इस प्लांट के पास हज़ारों मछलियाँ मर गई हैं और नदी में तैरती हुई पाई गई हैं। आप आश्वस्त हैं कि यह उद्योग द्वारा नदी में ज़हरीले पदार्थ के छोड़े जाने के कारण है। आपके अधिकारी आपको उद्योग का समर्थन करते हुए रिपोर्ट देते हैं। आपको मालूम है कि वे झूठी रिपोर्ट दे रहे हैं, लेकिन आप कार्रवाई करने में सक्षम नहीं हैं, क्योंकि कागज पर सब कुछ सही लगता है।

आप इस स्थिति का समाधान कैसे करेंगे?

विचार-विमर्श

नदी जल प्रदूषण एक प्रमुख मुद्दा है और इससे नदियाँ खत्म हो रही हैं। यहाँ तक कि गंगा का पवित्र जल भी पीने या नहाने लायक नहीं रह गया है। इस प्रकार नागरिकों के स्वास्थ्य और जलीय जीवन को बचाने के लिए यह सबसे महत्त्वपूर्ण है कि नदियों के प्रदूषण को नियंत्रित करने के लिए कड़े कदम उठाए जाएँ। उद्योग से निकलने वाले डिस्चार्ज को नदी में प्रवाहित करना, इस प्रदूषण का एक प्रमुख कारण है और अब कानून के अनुसार ऐसी सभी इकाइयों के लिए यह अनिवार्य है कि निर्वहन से पहले जहरीले पदार्थ का उपचार करने के लिए अपशिष्ट उपचार संयंत्र स्थापित करें। हालाँकि इन उपचार संयंत्रों को चलाने के लिए एक लागत है और इसलिए उद्योग ऐसा करने से बचने की कोशिश करता है। ऐसा अक्सर पर्यावरण विभाग के स्थानीय अधिकारियों की मिलीभगत से होता है। जब भी अधिकारी संयंत्र का दौरा करते हैं, तो उद्योगपति कुछ समय के लिए उपचार इकाई चलाता है और अधिकारी इसे अपने निरीक्षण नोट में दर्ज करते हैं। तथ्य यह है कि हज़ारों मछलियाँ मर चुकी हैं, स्पष्ट रूप से इस रासायनिक उद्योग से निकलने वाले अवशेष से पानी के दूषित होने की ओर इशारा करती हैं। आपके स्थानीय अधिकारी उद्योगपति के साथ मिलीभगत से भ्रष्टाचार में लिप्त हैं और इसलिए उन्होंने आपको एक गलत रिपोर्ट दी है।

आपको मौके का दौरा करके पानी की गुणवत्ता की जाँच करनी चाहिए। जाँच की रिपोर्ट देने के लिए तुरन्त विशेषज्ञों सहित एक टीम बनानी होगी। एक बार जब आपको उद्योग द्वारा नदी के प्रदूषण की पुष्टि करने वाली रिपोर्ट मिल जाती है, तो आपको उद्योग को बन्द करने का आदेश देकर और उनके विरुद्ध प्राथमिकी दर्ज करके कानून के तहत सख्त कार्रवाई करनी चाहिए। हालाँकि आपको अपने अधिकारियों को निलंबित करके और विभागीय जाँच करके उनके विरुद्ध भी कार्रवाई करनी चाहिए। इस प्रकार की घटनाएँ भविष्य में न हों, इसके लिए निगरानी प्रणाली विकसित करने और प्रौद्योगिकी का उपयोग करने के लिए भी कदम उठाएँगे। प्रौद्योगिकी के उपयोग के माध्यम से वास्तविक समय की निगरानी सम्भव है। यह देखना भी महत्त्वपूर्ण है कि ऐसे उद्योग जो जहरीले पदार्थ छोड़ते हैं, वो नदी के पास स्थित नहीं हों या स्थानांतरित कर दिए जाएँ। एक सिविल सेवक को पर्यावरण के संरक्षण के लिए पूर्ण प्रतिबद्धता होनी चाहिए।

केस-15

आप ज़िला विकास अधिकारी के पद पर कार्यरत हैं और सरकार द्वारा ग्रामीण रोजगार के लिए एक बड़ी योजना आरंभ की गई है। लक्ष्य जारी कर दिए गए हैं। आप वास्तव में लोगों के लिए रोजगार पैदा करने के लिए बहुत मेहनत कर रहे हैं। महीने के अन्त में रिपोर्ट भेजनी होती है और आपके अधीनस्थ एक रिपोर्ट पेश करते हैं, जिसमें लक्ष्य को शत-प्रतिशत पूरा किया जाता है। आप जानते हैं कि यह रिपोर्ट झूठी है, लेकिन आपका अधीनस्थ जो एक अनुभवी कर्मचारी है, आपको बताता है कि यदि 100 प्रतिशत से कम उपलब्धि दिखाने वाली रिपोर्ट भेजी जाती है, तो इसे शीर्ष पर प्रतिकूल रूप से देखा

जाएगा। अन्यथा जिले के सभी अधिकारियों को इसके परिणाम को भुगतना होगा। आप उनकी सलाह नहीं सुनते और सही तस्वीर देने के लिए आँकड़े ठीक करवाते हैं और जानकारी राज्य मुख्यालय को भेजते हैं। आपको आश्चर्य होता है, जब आपको सचिव से एक पत्र मिलता है जिसमें आपसे स्पष्टीकरण माँगा जाता है कि आप लक्ष्य को पूरा करने में सक्षम नहीं हैं, जबकि अन्य सभी ने ऐसा किया है। आप पाते हैं कि आपका जिला एकमात्र ऐसा है, जो 100 प्रतिशत से कम प्रदर्शन कर रहा है।

आप कैसे प्रतिक्रिया देंगे?

विकल्प

1. आप अपने अधीनस्थ से चर्चा करेंगे और सुझाव देंगे कि वह रिपोर्ट में संशोधन करें और फिर लक्ष्य की 100 प्रतिशत पूर्ति दिखाते हुए एक नई रिपोर्ट सरकार को भेजें।
2. आप एक स्पष्टीकरण भेजेंगे कि चीज़ें बेहतर होंगी और अगले महीने से अपने अधीनस्थ द्वारा आरंभ में सलाह के अनुसार 100 प्रतिशत पूर्णता रिपोर्ट भेजें।
3. आप अपने द्वारा किए गए कार्यों और आपने प्रामाणिक आँकड़े कैसे दिए हैं, यह बताते हुए एक विस्तृत विवरण भेजेंगे और यह भी सुझाव देंगे कि आपके जिले में राज्य मुख्यालयों और अन्य लोगों द्वारा भी भौतिक सत्यापन किया जा सकता है। आप भविष्य में भी सही आँकड़े देते रहेंगे।

विचार-विमर्श

सरकार में कई अधिकारी हमेशा आँकड़े देने की कला में माहिर होते हैं, जो बताते हैं कि लक्ष्य पूरे हो गए हैं। आपका अधीनस्थ इस श्रेणी का है। आपने उनकी सलाह नहीं सुनी और आपने सही आँकड़ा सरकार के सामने रखा, जिसमें आपके प्रदर्शन को राज्य सरकार द्वारा प्रतिकूल रूप से देखा गया है। अन्य जिलों ने स्पष्ट रूप से रिपोर्ट भेजी है, जो वास्तविक तस्वीर नहीं देती है, लेकिन लक्ष्यों की पूर्ति दिखाती है। आपका अधीनस्थ आपको संकेत दे सकता है कि इस मामले को सँभाला जा सकता है, अगर कहा जाए कि कुछ डेटा छूट गया है और आप एक नई रिपोर्ट दे सकते हैं। इस तरह आप आसानी से अपनी स्थिति को बचा सकते हैं, लेकिन यह सही नहीं है। इस तरह गलत जानकारी से खराब सेवा वितरण और सार्वजनिक धन का अनुचित उपयोग होता है और यह स्पष्ट रूप से एक अनैतिक प्रथा है। इसी तर्क को आगे बढ़ाते हुए दूसरा विकल्प भी ठीक नहीं है।

कार्रवाई का सबसे अच्छा तरीका तीसरा है; जहाँ आप अपने द्वारा किए गए कार्यों को सूचीबद्ध करके सरकार को विस्तृत विवरण देते हैं और कार्यान्वियन के वास्तविक स्तर का पता लगाने के लिए सभी ज़िलों में राज्य मुख्यालय द्वारा सत्यापन करने का अनुरोध भी करते हैं। आप कार्यक्रम को सही ढंग से लागू करने के लिए आपके द्वारा उठाए गए कदमों को इंगित कर सकते हैं और उन प्रणालियों को भी बता सकते हैं, जिन्हें

आपने इसकी निगरानी के लिए विकसित किया है। यदि आपको लगता है कि लक्ष्य अत्यधिक है तो आप इसे विनम्रता से इंगित कर सकते हैं और अधिक यथार्थवादी लक्ष्य तैयार करने का अनुरोध कर सकते हैं। पूरी सम्भावना है कि सरकार आपके अनुरोध को स्वीकार करेगी और जब बाद में योजना का मूल्यांकन किया जाएगा, तो यह पाया जाएगा कि आपके जिले का डेटा वास्तविक है, जबकि कई अन्य लोगों ने गलत डेटा दिया है।

सरकारी कार्यक्रमों के बारे में झूठी रिपोर्ट देना एक व्यापक रूप से प्रचलित प्रथा है और अधिकांश अधिकारी इस जाल में फँस जाते हैं, क्योंकि उन्हें यह सुविधाजनक लगता है। हालाँकि यही मुख्य कारण है कि योजनाओं का वास्तविक लाभ वास्तविक लाभार्थियों तक नहीं पहुँच पाता है। इस तरह से भ्रष्टाचार की सम्भावना हमेशा बनी रहती है, क्योंकि वास्तविक कार्य करने के बजाय सभी का ध्यान केवल लक्ष्यों को पूरा करने पर होता है।

केस-16

आप गंगा नदी के तट पर स्थित एक महत्त्वपूर्ण जिले के जिलाधिकारी हैं। हज़ारों लोगों को रोज़गार देने वाली नदी के किनारे बहुत सारे चर्मशोधन कारखाने हैं और आपके ज़िले में चमड़ा उद्योग की रीढ़ हैं जो निर्यात के रूप में बहुत अधिक मूल्य उत्पन्न करते हैं। उद्योग अर्थव्यवस्था के लिए महत्त्वपूर्ण हैं। हालाँकि, रिपोर्टें आप तक पहुँचती हैं कि टेनरियों से ज़हरीला कचरा नियमित रूप से नदी में बह रहा है जिससे उच्च स्तर का प्रदूषण होता है जिससे पानी किसी भी तरह के उपयोग के लिए पूरी तरह से अनुपयुक्त हो जाता है। गंगा नदी का प्रदूषण न हो, यह देखना भी सरकार की नीति है। औद्योगीकरण को बढ़ावा देना भी सरकार की नीति है। आप अपने अधिकारियों की टीम के साथ एक निरीक्षण करते हैं और पाते हैं कि एक सामान्य अपशिष्ट उपचार संयंत्र है, लेकिन वह खराब रखरखाव के कारण काम नहीं कर रहा है और साथ ही अधिक से अधिक चर्मशोधन कारखाने आ रहे हैं, जो कि उपचार संयंत्र की तुलना में अधिक है। आपके इंजीनियर्स आपको बताते हैं कि नया प्लांट लगाने में 400 करोड़ रुपए खर्च होंगे और प्रदूषणकारी वेतन सिद्धान्त के मुताबिक चर्मकारियाँ इसमें अपना योगदान देंगी। हालाँकि, चर्मकारियाँ ऐसा करने के लिए वित्तीय स्थिति में नहीं हैं और सरकार इतना बजट उपलब्ध नहीं करा पा रही है।

एक प्रशासक के रूप में आप इस स्थिति से कैसे निपटेंगे?

विचार-विमर्श

एक लोक सेवक को किसी समस्या को हल करने का प्रयास करते समय स्थिति के सभी पहलुओं को ध्यान में रखना होता है। वास्तविक दुनिया में आदर्श समाधान शायद ही कभी सम्भव हो। हालाँकि, यह महत्त्वपूर्ण है कि जिला मजिस्ट्रेट चीज़ों को जारी रखने की अनुमति न दें क्योंकि नदी के प्रदूषण को सभी परिस्थितियों में रोकना होगा। आपके लिए एक विकल्प चर्मशोधन कारखानों को बन्द करने का आदेश देना है लेकिन इससे बड़े पैमाने पर बेरोजगारी बढ़ेगी और चमड़ा उद्योग पर प्रतिकूल प्रभाव पड़ेगा जो

निर्यात की दृष्टि से बहुत महत्त्वपूर्ण है। दूसरा विकल्प चर्मशोधन शालाओं का सर्वेक्षण करना है और केवल उतनी संख्या में चर्मशोधन कारखानों को अनुमति देना है जिनका निर्वहन मौजूदा संयंत्र द्वारा किया जा सकता है और संयंत्र की स्थापना के बाद आने वाली चर्मशोधनशालाओं को बन्द करना है। एक बार फिर यह समस्याएँ पैदा करेगा क्योंकि यह कहना कठिन होगा कि कौन-सी चर्मशाला पहले आई है और कौन-सी बाद में, ऐसी सूची बनाने में निचले स्तर पर भ्रष्टाचार की गुंजाइश हमेशा रहेगी। एक सिविल सेवक को यह देखना होता है कि उसके द्वारा बनाई गई कोई भी नीति भ्रष्ट आचरण के लिए जगह नहीं बनाती है। एक नया संयंत्र स्थापित करना एक अच्छा विचार है, लेकिन चर्मशोधन कारखानों को इसके लिए भुगतान करना कठिन होगा। सरकार भी पूरी राशि खर्च करने को तैयार नहीं है और सुप्रीम कोर्ट के निर्देश हैं कि प्रदूषक को भुगतान करना होगा। एक समझौता समाधान सरकार और उद्योग के बीच लागत को साझा करना और एक पेशेवर निकाय द्वारा किए जाने वाले पूरे रखरखाव का हो सकता है, जिसकी लागत चर्मशोधन कारखाने द्वारा वहन की जाएगी। दोनों पक्षों को इस फॉर्मूले को स्वीकार करने के लिए जिला मजिस्ट्रेट को सरकारी स्तर पर और चर्मशोधन कारखानों के साथ कई बैठकें करनी पड़ती हैं। हालाँकि, यदि कोई नया संयंत्र भी आता है, तो इस बात की पूरी सम्भावना है कि रखरखाव बहुत अच्छा नहीं होगा और डिस्चार्ज को बढ़ाने के लिए और अधिक टेनरियों का निर्माण होगा और वही स्थिति दोहराई जाएगी। इसके अतिरिक्त, जब भी ट्रीटमेंट प्लांट ठीक से काम नहीं कर रहा होगा, तो डिस्चार्ज नदी में चला जाएगा। जिला मजिस्ट्रेट एक समाधान पर विचार कर सकता है जहाँ वह नदी से दूर उद्योग को भूमि आवंटित करता है और उन्हें मौजूदा भूमि का व्यावसायिक उपयोग करने की अनुमति देने के लिए उन्हें स्थानान्तरित करने के लिए प्रेरित करता है ताकि वे भी आर्थिक रूप से लाभान्वित हो सकें। अगर वह ऐसा करने में सक्षम है तो परिस्थितियों में यह सबसे अच्छा समाधान होगा।

लोक सेवकों को एक पेशेवर और कुशल तरीक़े से व्यवहार करना होता है और निर्णय लेने से पहले हमेशा सभी चिन्ताओं को देखना होता है। उन्हें परिणाम देने के लिए नेतृत्व की सहभागी पद्धति का उपयोग करना चाहिए। एक सिविल सेवक के लिए न केवल ईमानदार होना बल्कि परिणाम देना और परिणामोन्मुखी होना भी महत्त्वपूर्ण है।

केस-17

योगेश शर्मा को एक औद्योगिक इकाई का कार्यकारी निदेशक नियुक्त किया गया है, जो अच्छा काम नहीं कर रहे हैं उनका काम इन्हें पुन: चालू करना है। वह प्रबन्धकों की एक अच्छी टीम नियुक्त करते हैं और उनके प्रदर्शन की सख्ती से निगरानी करते हैं और परिणाम प्राप्त करना आरंभ हो जाता है। यह औद्योगिक इकाई ज़हरीले तरल कचरे को एक नहर में छोड़ती है, जहाँ से यह नदी में जाती है। इससे निपटने के लिए एफ्लुएंट ट्रीटमेंट प्लांट लगाया गया है और प्रदूषण विभाग ने इसकी मंजूरी दे दी है। हालाँकि, योगेश को पता चलता है कि यह संयंत्र ज्यादातर समय काम नहीं कर रहा है और आपका संचालन प्रबन्धक आपको सूचित करता है कि संयंत्र चलाना महँगा है और

इसलिए इसे बन्द रखना बेहतर है, ताकि कम्पनी अधिक मुनाफा कमाकर प्राफिट ट्रैक पर आ सके। साथ ही उनका यह भी कहना है कि ज़हरीले कचरे को नदी में नहीं छोड़ा जा रहा है, बल्कि भूमिगत भेजा जा रहा है। योगेश इसका विरोध करते हैं, लेकिन संचालन प्रबन्धक उसे कम्पनी के अध्यक्ष और प्रबन्ध निदेशक द्वारा दिए गए लाभ के लक्ष्यों की याद दिलाता है। उन्होंने इशारा करते हुए यह भी कहा कि योगेश और संचालन प्रबन्धक की नौकरी उत्पादन और मुनाफे के लक्ष्यों को पूरा करने से जुड़ी हुई है। उसकी सलाह से योगेश सहमत हो जाते हैं और चुप रहते हैं। एक दिन वह समाचार-पत्रों में पढ़ते हैं कि आसपास के गाँवों के लोग दूषित पानी पीने के परिणामस्वरूप शारीरिक विकृतियों से पीड़ित हैं, जो उनके उद्योग के निर्वहन से प्रदूषित हो गया है। योगेश इसे सत्यापित करने के लिए एक टीम भेजते हैं और समाचार को सही पाते हैं। यह बात उसकी अन्तरात्मा में चुभती है, लेकिन उसे नुकसान होने और अपनी नौकरी खोने की चिन्ता है।

योगेश को क्या करना चाहिए?

विचार-विमर्श

योगेश के लिए सबसे आसान तरीका यह है कि संचालन प्रबन्धक की सलाह के अनुसार चुप रहें और अपशिष्ट उपचार संयंत्र को बन्द रखें और भूजल को प्रदूषित करने के लिए डिस्चार्ज को भूमिगत होने दें और मुनाफा कमाना जारी रखें। इस तरह से उनके वरिष्ठों द्वारा उनके कार्य की सराहना की जाएगी और उनका काम ऐसे ही जारी रहेगा। वह यह भी जानते है कि रिश्वत के भुगतान के माध्यम से प्रदूषण विभाग का प्रबन्धन किया जा सकता है और वे कभी भी यह रिपोर्ट नहीं करेंगे कि ये रोग इस औद्योगिक इकाई से निकलने वाले अवशेष से होने वाले जल प्रदूषण का परिणाम हैं। यह सबसे आसान तरीका है, लेकिन सबसे अनैतिक है। आप केवल व्यक्तिगत लाभ के लिए इतने सारे नागरिकों के स्वास्थ्य और जीवन को नुकसान पहुँचा रहे हैं। यहाँ कोई दुविधा नहीं होनी चाहिए। योगेश को यह देखना होगा कि उपचार योजना काम करती है और कोई ज़हरीला पानी भूमिगत नहीं छोड़ा जाता है। लागत बढ़ जाएगी, लेकिन योगेश अपने शीर्ष प्रबन्धन को पूरी स्थिति के बारे में सूचित कर सकते हैं और सम्भावना है कि वे भी उनके तर्क को सुनेंगे और समझेंगे। इसके अतिरिक्त यदि योगेश एक सक्षम लीडर हैं, तो उन्हें इकाई को लाभदायक बनाने के अन्य तरीक़े खोजने चाहिए। किसी भी दशा में अनैतिक साधनों को उचित नहीं ठहराया जा सकता। अगर इसके अन्त में सारा प्रबन्धन उससे अप्रसन्न है और उसे हटा भी देता है, तो उसे इसे स्वीकार करना चाहिए। नौकरी न रहने से उसकी दुनिया का अन्त नहीं होगा। अल्पकालिक लाभ की तुलना में नैतिक मूल्य अधिक महत्त्वपूर्ण होते हैं। वास्तव में योगेश को एक कदम और आगे जाना चाहिए और प्रभावित लोगों को चिकित्सा देखभाल देने के लिए कॉर्पोरेट सामाजिक ज़िम्मेदारी कोष का उपयोग करना चाहिए। किसी भी प्रशासक या प्रबन्धक को मनुष्य के जीवन को किसी अन्य लक्ष्य से पहले रखना चाहिए और हमेशा छोटे लाभों के बजाय बड़ी तस्वीर को देखना चाहिए।

केस-18

आपको एबीसी लिमिटेड कम्पनी में एक स्वतंत्र निदेशक के रूप में नियुक्त किया गया है। आप जानते हैं कि कम्पनी कानून के अनुसार आपको स्वतंत्र तरीक़े से व्यवहार करना होगा और यह देखना होगा कि कम्पनी सभी कानूनी अनुपालन करती है। इसके साथ ही कम्पनी नैतिकता और कॉर्पोरेट प्रशासन के सिद्धान्तों का भी पालन करे। कम्पनी के अध्यक्ष आपके साथ बहुत सम्मान से पेश आते हैं और आपको बोर्ड के सामने आने वाले अधिकांश विषयों पर स्वतंत्र रूप से चर्चा करने की अनुमति देते हैं। हालाँकि यह आपके संज्ञान में आता है कि बहुत से मामलों को बोर्ड के सामने रखे बिना निर्णय लिया जा रहा है और एबीसी लिमिटेड से अध्यक्ष के बेटे और रिश्तेदारों की कम्पनियों को पैसा दिया जा रहा है। इसमें लेखा परीक्षक भी सम्मिलित है और वह बोर्ड को इन लेन-देन की रिपोर्ट नहीं कर रहा है, क्योंकि उसे यह कम्पनी कानून के तहत करना है।

आपको कैसी प्रतिक्रिया देनी चाहिए?

विचार-विमर्श

कम्पनी कानून के तहत, यह सुनिश्चित करने के लिए न्यूनतम संख्या में स्वतंत्र निदेशकों को अनिवार्य किया गया है कि वे कम्पनी में अनैतिक या अवैध प्रथाओं के बारे में पता करें। आपको प्रहरी के रूप में कार्य करना होगा और आप यह कहकर स्वयं को बचा नहीं सकते कि ये सभी मामले बोर्ड के सामने नहीं आए हैं और इसलिए आप इसमें ज़िम्मेदार नहीं हैं। इन मुद्दों को उठाना आपका कर्तव्य है। ऐसा न करके आप कानून के अनुसार काम नहीं कर रहे हैं और इस आपराधिक मिलीभगत के दोषी हैं। एक विकल्प यह है कि आप तुरन्त इस्तीफा दे दें, लेकिन इससे कोई फायदा नहीं होगा और आपके संज्ञान में आने वाली किसी अवैध चीज़ पर कार्रवाई न करने के लिए आप अपने विवेक के प्रति भी सच्चे नहीं होंगे। अवैध या अन्यायपूर्ण कृत्यों को सहन करना या अपना स्थानान्तरण या त्याग-पत्र देकर आप इन कृत्यों के परिणामों से स्वयं को बचा नहीं सकते हैं। एक स्वतंत्र निदेशक के रूप में आप उन सभी स्वतंत्र निदेशकों की बैठक कर सकते हैं, जहाँ अध्यक्ष और प्रबन्ध निदेशक को आमंत्रित नहीं किया जाए और इन मुद्दों को उठा सकते हैं। फिर एक साथ मामले को बोर्ड के ध्यान में लाया जाना चाहिए और लेखा परीक्षक को विस्तृत और निष्पक्ष लेखा परीक्षा करने और अपनी रिपोर्ट प्रस्तुत करने के लिए कहा जाना चाहिए। एक बार बोर्ड के समक्ष मामला उठाए जाने के बाद अध्यक्ष या लेखा परीक्षकों के लिए चीज़ों को छिपाना सम्भव नहीं होगा। सच्चाई सामने आ जाएगी और आप इन प्रथाओं को समाप्त करने के लिए तुरन्त कार्रवाई कर सकते हैं और जहाँ भी सम्भव हो अनुशासनात्मक या कानूनी कार्रवाई आरंभ कर सकते हैं। लेखापरीक्षक ऐसी गतिविधियों में लिप्त होने के कारण अपने पेशेवर प्रमाणपत्र को खो सकते हैं और इसलिए ऐसा करने के लिए दबाव डालने पर उनके पास सही तस्वीर पेश करने के अतिरिक्त कोई विकल्प नहीं होगा। आपकी ज़िम्मेदारी शेयरधारकों के धन और देश के कानून के प्रति है। आप अपनी आँखें बन्द नहीं रख सकते हैं और इसके लिए आपको कार्य करना होगा।

केस-19

आप एक ऐसे जिले में जिला मजिस्ट्रेट के रूप में तैनात हैं, जहाँ एक प्रमुख सीमेंट निर्माण संयंत्र है, जो स्थानीय लोगों को बहुत अधिक रोजगार दे रहा है और कई छोटे पैमाने की सहायक इकाइयों का समर्थन भी कर रहा है। आपके पास एक बहुत ही सक्षम पुलिस अधीक्षक है, जो युवा और तेजतर्रार है और अपराध को नियंत्रित करने के लिए प्रतिबद्ध है। एक दिन उस संयंत्र के महाप्रबन्धक आपके पास आते हैं। वे बहुत परेशान दिखते हैं और आपको सूचित करते हैं कि उनकी कम्पनी में स्थानीय विधायक और उनके समर्थकों के अनुचित हस्तक्षेप के कारण कारखाने को बन्द करने की योजना बना रहे हैं, जो लगातार कारखाने से पैसे निकाल रहे हैं और केवल अपने लोगों को अनुबंध देना चाहते हैं। आप उसे आश्वस्त करने की कोशिश करते हैं और महसूस करते हैं कि अगर कारखाना बन्द हो जाता है, तो इससे जिले और राज्य का नाम खराब होगा और जिला प्रशासन के प्रदर्शन पर खराब असर पड़ेगा। आप एसपी से बात करें और मामले को सुलझाने के लिए एक संयुक्त टीम मौके पर भेजें। हालाँकि 15 दिनों के बाद महाप्रबन्धक आपके पास आते हैं और कहते हैं कि कोई सुधार नहीं हुआ है और 15 दिनों के भीतर कारखाना बन्द कर दिया जाएगा। आप और एसपी उस टीम के अधिकारियों को बुलाते हैं, जिन्हें आपने इस कार्य के लिए नियुक्त किया था और वे कहते हैं कि विधायक बहुत शक्तिशाली और मुख्यमंत्री के करीबी हैं, इसलिए उनके विरुद्ध कोई कार्रवाई करना सम्भव नहीं है।

अब डीएम और एसपी क्या करें?

विकल्प

1. आप दोनों भी चुप रहेंगे, क्योंकि विधायक को परेशान करने से आपका कैरियर खतरे में पड़ सकता है और आपका तबादला भी हो सकता है।
2. आप कोशिश करेंगे कि विधायक से बात कर फैक्ट्री के प्रबन्धन को परेशान न करने के लिए मना लें।
3. आप इस मामले में व्यक्तिगत रूप से हस्तक्षेप करेंगे और आपराधिक तत्वों के विरुद्ध कार्रवाई करेंगे और कारखाने की सुरक्षा सुनिश्चित करेंगे।

क्या आप कोई अन्य कार्रवाई करने के बारे में सोच सकते हैं?

विचार-विमर्श

पहला विकल्प सबसे आसान है, लेकिन यह कर्तव्य की अवहेलना है और राजनीतिक दबाव के कारण अपराधियों को मनमानी करने की अनुमति देने से कारखाने को बन्द करने की नौबत आ जाएगी, जिससे बड़े पैमाने पर बेरोजगारी बढ़ेगी और राज्य की भी बदनामी होगी। ऐसी स्थिति में नए निवेशकों को आकर्षित करना मुश्किल हो जाएगा। स्थिति की संवेदनशीलता को देखते हुए डीएम और एसपी विधायक को बुला सकते हैं और उन पर अकेले में फैक्ट्री के कार्यों में हस्तक्षेप न करने का दबाव बना सकते हैं।

हालाँकि विधायक के इस बात से सहमत होने और यहाँ तक कि यह कहकर विरोध करने की सम्भावना नहीं है कि उनके लोग आपराधिक कृत्यों में लिप्त नहीं हैं और इसके बजाय कारखाने के प्रबन्धन के विरुद्ध अपनी शिकायतें दर्ज कराते हैं। कार्रवाई का सबसे अच्छा तरीका तीसरा है, क्योंकि कानून के शासन को लागू करना और राज्य के विकास के हित में यह देखना आपका कर्तव्य है कि कारखाने बन्द न हों और बेरोजगारी बढ़ने का कारण न बनें। एक लोक सेवक को अपने काम में पेशेवर और परिणामोन्मुखी होना चाहिए। अवैध गतिविधियों के बारे में जागरूक होना और इसके बारे में चुप रहना अनैतिक है। हालाँकि विधायक शक्तिशाली होने के कारण जिले से आपका स्थानान्तरण करा सकता है।

ऐसी स्थिति में सबसे अच्छा यही होगा कि वरिष्ठों को इसकी जानकारी दी जाए। आप और एसपी को राज्य मुख्यालय में जाकर गृह सचिव और मुख्य सचिव से मिलकर अपनी प्रस्तावित कार्रवाई के लिए उनकी मंजूरी लेनी चाहिए। आप लिखित में रिपोर्ट भी दे सकते हैं। यदि वरिष्ठ अधिकारियों द्वारा ऐसा करने की सलाह दी जाती है, तो आप मुख्यमंत्री से मिल सकते हैं और उन्हें इसकी जानकारी दे सकते हैं। एक बार जब कोई मुख्यमंत्री अपनी मंजूरी दे देता है, तो आप कड़ी से कड़ी कार्रवाई कर सकते हैं और आपको कोई नुकसान नहीं होगा। एक सिविल सेवक को इस मामले में लापरवाही न करते हुए कड़े फैसला लेना चाहिए। वह सामाजिक और राजनीतिक वातावरण को नजरअन्दाज नहीं कर सकता है और उसे रणनीतिक तरीक़े से स्थितियों को सँभालना पड़ता है, ताकि उसके लिए बिना किसी समस्या के उद्देश्य प्राप्त हो सके। सामान्य ज्ञान और बुनियादी बुद्धि का उपयोग बहुत आवश्यक है।

केस-20

आप एक जिले में तैनात एक युवा अधिकारी हैं और जिला मजिस्ट्रेट आपको बहुत सारी कहानियाँ सुनाते हैं कि कैसे उन्होंने कठिन कानून-व्यवस्था की स्थितियों को सँभाला है। आप उनसे बहुत प्रभावित हैं। हालाँकि जब आप जिले के अन्य अधिकारियों से बात करते हैं, तो आप पाते हैं कि वे डीएम के बारे में बहुत अलग राय रखते हैं और उनका कोई सम्मान नहीं है, लेकिन वे उनसे डरते हैं। आपको पता चलता है कि डीएम के काम करने की शैली के कारण जिले में कानून-व्यवस्था की समस्या होती है, तो वह स्वयं मौके पर नहीं जाते हैं और वास्तव में जिले के किसी अन्य हिस्से के दौरे पर जाते हैं और बाद में दिन में ही वापस आ आते हैं। यदि इस स्थिति से ठीक से निपटा जाए, तो वह सारा श्रेय लेते रहेंगे और उसी के अनुसार सरकार को लिखते रहेंगे। हालाँकि अगर लाठीचार्ज जैसी कोई बात हुई है या पुलिस द्वारा फायरिंग का सहारा लिया गया है, तो वह तुरन्त अपने अधीनस्थों को दोष देते है और सरकार को उनके विरुद्ध कार्रवाई करने के लिए लिखते हैं। आपको आश्चर्य होता है कि क्या स्थिति को सँभालने का यह सही तरीका है।

विचार-विमर्श

जिला मजिस्ट्रेट को अपने वरिष्ठ अधिकारियों और सम्भवत: अच्छे मीडिया कवरेज से सराहना मिल रही है, लेकिन उनकी टीम को वह नापसन्द हैं। अगर चीज़ें अच्छी होती हैं, तो वह इसका श्रेय लेते हैं और कुछ भी गलत होने पर अपने अधीनस्थों को दोष देते हैं। यह एक लीडर का बहुत खराब गुण है। एक सिविल सेवक को अनुकरणीय नेतृत्व गुणों को दिखाना होगा यदि वह अपनी टीम के सदस्यों को प्रेरित करना चाहता है और सभी अधिकारियों को सही टीम भावना के साथ एक एकजुट इकाई में ढालना चाहता है। लक्ष्य और उद्देश्य तभी प्राप्त होते हैं, जब कोई लीडर अपनी टीम को उचित दिशा देने में सक्षम होता है और उनका सम्मान हासिल करता है। इस तरह का एक ज़िला मजिस्ट्रेट कभी भी सफल नहीं होगा, क्योंकि उसकी टीम के सदस्य उसका समर्थन नहीं करेंगे और निर्णय लेने में बहुत सावधान रहेंगे। वे निर्णय लेने से बचने, पहल न करने और डीएम को तथ्यों या सही स्थिति की रिपोर्ट न करने की प्रवृत्ति विकसित करेंगे। एक लोक सेवक को पेशेवर रूप से सक्षम होना चाहिए और लोगों को प्रभावी ढंग से परिणाम देना चाहिए। एक युवा अधिकारी के रूप में आपको कभी भी डीएम की कार्यशैली का पालन नहीं करना चाहिए। यह अनैतिक है कि आप अपनी टीम का समर्थन न करें और केवल अपने व्यक्तिगत हितों की रक्षा के लिए हर चीज़ के लिए उन पर दोष मढ़ें।

केस-21

आप एक सार्वजनिक क्षेत्र की कम्पनी के महाप्रबन्धक के रूप में तैनात हैं और इसके निर्माण संयंत्र की देखभाल कर रहे हैं। आप पाते हैं कि संयंत्र कुशलता से नहीं चल रहा है और बार-बार टूटने के कारण उत्पादन लक्ष्य पूरा नहीं हो पा रहा है। आप कारणों की जाँच करने के लिए एक समिति का गठन करते हैं और पाते हैं कि मुख्य कारकों में से एक उपयोग किए जा रहे स्पेयर पार्ट्स की खराब गुणवत्ता है, जिनकी लाइफ बहुत कम है और अक्सर टूट जाता है। आपको यह भी पता चलता है कि घटिया कलपुर्जे खरीदे जा रहे हैं, क्योंकि निविदा आमंत्रित करने और सबसे कम कीमत देने वाले को ऑर्डर देने की नीति है। इसके अतिरिक्त आपको यह जानकारी मिलती है कि अधिकांश आपूर्तिकर्ता आपके वरिष्ठ इंजीनियरों से जुड़े हुए हैं, जो हमेशा उन्हें सलाह देते हैं और गुणवत्ता के बारे में कभी शिकायत नहीं करते हैं। साथ ही प्लांट में काफी भ्रष्टाचार है। आप समस्या को सँभालने का निर्णय लेते हैं, लेकिन आपके प्रशासनिक अधिकारी द्वारा चेतावनी दी जाती है कि यूनियनों का नियंत्रण वरिष्ठ इंजीनियरों के हाथ में होता है और वे हमेशा किसी भी महाप्रबन्धक के लिए परेशानी पैदा करने के लिए यूनियनों का उपयोग करते हैं, जो उनकी भ्रष्ट प्रथाओं को रोकने की कोशिश करते हैं।

इस स्थिति पर आपकी क्या प्रतिक्रिया होगी?

विचार-विमर्श

महाप्रबन्धक के रूप में यह सुनिश्चित करना आपका कर्तव्य है कि उत्पादन लक्ष्यों को पूरा किया जाए और सार्वजनिक क्षेत्र की कम्पनी लाभ कमाती है अन्यथा जनता का पैसा एक अक्षम और भ्रष्टाचार से ग्रस्त कम्पनी को बचाए रखने की कोशिश में अनावश्यक रूप से खर्च किया जाएगा। हालाँकि आपके अधिकांश वरिष्ठ इंजीनियर अपने व्यक्तिगत लाभ के लिए सार्वजनिक संसाधनों का अनैतिक तरह से उपयोग कर रहे हैं, जिसे नियंत्रित करना मुश्किल है, क्योंकि वे सभी महाप्रबन्धक के विरुद्ध गिरोह बनाकर उनके जीवन को दयनीय बना देंगे। यदि महाप्रबन्धक कोई कार्रवाई नहीं करता है, तो वह एक लोक सेवक के रूप में अपने कर्तव्य में विफल हो जाएगा और सफलतापूर्वक प्रदर्शन करने में भी सक्षम नहीं होगा। वह अपनी ज़िम्मेदारी से केवल इसलिए नहीं बच सकता, क्योंकि वह निहित स्वार्थों को लेने से डरता है। उसे डेटा एकत्र करना चाहिए और इंजीनियरों को खराब गुणवत्ता वाले स्पेयर पार्ट्स के बारे में जानकारी देनी चाहिए, जिससे ब्रेकडाउन हो सकता है। उनके साथ चर्चा करके उन्हें समझाना चाहिए कि प्रत्येक स्पेयर पार्ट के आर्थिक जीवन की गणना करने की एक प्रणाली होनी चाहिए और देखें कि क्या खरीदे जा रहे पुर्जे उस आर्थिक जीवन को देते हैं। आपको एक ऐसी प्रणाली तैयार करनी चाहिए, जहाँ सामग्री प्रबन्धक, इन्वेंट्री मैनेजर और प्रोडक्शन इंजीनियर की ज़िम्मेदारियाँ निर्दिष्ट हों और उन्हें उनके विरुद्ध जवाबदेह ठहराया जाए। आप संचालन की आन्तरिक लेखापरीक्षा को लगातार करने के लिए एक ऑडिट टीम की स्थापना कर सकते हैं, ताकि ऐसी समस्याएँ नियमित रूप से सामने आएँ। यूनियनों के सम्बन्ध में महाप्रबन्धक को व्यक्तिगत रूप से बातचीत करके और श्रमिकों की सभी वास्तविक समस्याओं को नियमित रूप से हल करके उनके साथ समझ विकसित करनी चाहिए। इस तरह उसे बहुसंख्यक मजदूरों का समर्थन मिलेगा और किसी भी संघ के लिए उन्हें भड़काना मुश्किल होगा। अगर कोई यूनियन हड़ताल पर जाती है, तो उससे सख्ती से निपटा जाना चाहिए। सभी अधिकारी या मज़दूर भ्रष्ट नहीं होते। उन्हें कुछ सबसे भ्रष्ट इंजीनियरों और कर्मचारियों के विरुद्ध भी कार्रवाई करनी चाहिए। यदि जीएम को ईमानदार, प्रतिबद्ध और एक अच्छे लीडर के रूप में देखा जाए, तो अधिकांश कर्मचारी और अधिकारी उसका समर्थन करने लगेंगे। परिणाम यह होगा कि कम्पनी के प्रदर्शन में सुधार होगा और महाप्रबन्धक को अपने वरिष्ठों से उनके कार्यों के लिए प्रशंसा मिलेगी। एक सिविल सेवक को प्रतिदिन कठिन परिस्थितियों का सामना करना पड़ता है, लेकिन उसे कभी भी उनसे भागना नहीं चाहिए और अपने प्रशासनिक और नेतृत्व कौशल का उपयोग करके उनसे निपटना चाहिए।

केस-22

मिस्टर एक्स बेहद काबिल अधिकारी हैं, जिन्हें दूरस्थ जिले में जिलाधिकारी के पद पर तैनात किया गया है। वह जिले के आर्थिक विकास और सुशासन के लिए बहुत प्रयासरत रहते हैं। एक दिन वह ज़िला अस्पताल के निरीक्षण पर जाते हैं। प्रभारी चिकित्सा

अधिकारी उन्हें अस्पताल का मुआयना करा रहे हैं और अस्पताल की कार्यप्रणाली में सुधार के लिए उठाए गए कदमों के बारे में बता रहे हैं। मिस्टर एक्स ने निरीक्षण के दौरान पाया कि स्वच्छता और सफाई का स्तर सन्तोषजनक है और चीज़ें नियंत्रण में लग रही हैं। हालाँकि जैसे ही मिस्टर एक्स अस्पताल से जाने वाले होते हैं, कुछ लोग उनके पास पहुँचते हैं और शिकायत करते हैं कि सरकार की मुफ्त दवाएँ देने की नीति के बावजूद अस्पताल से उन्हें कोई दवा नहीं दी जा रही है और डॉक्टर भी मरीज़ों को बाहर से दवाएँ खरीदने की सलाह दे रहे हैं। ऐसी स्थिति में प्रभारी चिकित्सा अधिकारी अपने डॉक्टरों का बचाव करना आरंभ कर देता है और दावा करता है कि ये लोग गलत मंशा से शिकायत कर रहे हैं। वह मिस्टर एक्स को स्टोर रूम में ले जाता है और उन्हें दिखाता है कि सभी आवश्यक दवाएँ उपलब्ध हैं। इससे मिस्टर एक्स आश्वस्त नहीं हैं और उन्हें लगता है कि कुछ गड़बड़ है। उन्होंने यह भी देखा कि अस्पताल के गेट के ठीक बाहर केमिस्ट की बहुत सारी दुकानें हैं और हर दुकान के सामने बहुत भीड़ है। अत: मिस्टर एक्स आश्वस्त हैं कि शिकायत वास्तविक थी।

मिस्टर एक्स को स्थिति को कैसे सँभालना चाहिए?

विचार-विमर्श

मिस्टर एक्स डॉक्टरों पर विश्वास कर सकते हैं और कुछ नहीं करेंगे। हालाँकि उन्हें पर्याप्त संकेत दिए गए हैं कि मरीजों को दवा देने के सम्बन्ध में कदाचार चल रहा है। इस मामलें में मिस्टर एक्स को एक ज़िम्मेदार लोक सेवक के रूप में कार्रवाई करनी चाहिए, क्योंकि सरकार मरीज़ों को मुफ्त दवा की आपूर्ति के लिए इतना पैसा खर्च कर रही है, लेकिन उन्हें इसका लाभ नहीं मिल रहा है।

एक विकल्प यह है कि मिस्टर एक्स निरीक्षण के समय ही डॉक्टरों पर चिल्लाना आरंभ कर दें और उन पर भ्रष्टाचार का आरोप लगाते हुए भविष्य में सावधान रहने की चेतावनी दें। हालाँकि, इससे समस्या का समाधान नहीं हो सकता है। कुछ समय के लिए हालात में सुधार हो सकता है, लेकिन फिर पहले की स्थिति वापस आ जाएगी। ऐसा प्रतीत होता है कि इस प्रकरण में बड़ी संख्या में लोग जैसे डॉक्टर, केमिस्ट, स्टोरकीपर और यहाँ तक कि प्रभारी चिकित्सा अधिकारी भी सम्मिलित हैं। इसके अतिरिक्त एक जिला मजिस्ट्रेट को सार्वजनिक रूप से अपना विवेक नहीं खोना चाहिए और अगर वह बिना सबूत के डॉक्टरों पर भ्रष्टाचार का आरोप लगाता है, तो वे एक साथ मिल सकते हैं और उसके विरुद्ध विरोध करना आरंभ कर सकते हैं। यह हकीकत है कि डॉक्टरों और अन्य विभागीय अधिकारियों के बहुत मज़बूत सम्बन्ध हैं, जो तुरन्त अपने सदस्यों के समर्थन में आ जाएँगे।

इस मामलें में कार्रवाई का सबसे अच्छा तरीका सबूत इकट्ठा करने के बाद इसका उपाय करना है। मिस्टर एक्स को सच्चाई का पता लगाने के लिए मरीजों के रूप में कुछ लोगों को भेजने जैसे तरीकों का उपयोग करना चाहिए और इसकी गोपनीय जाँच करानी चाहिए। इसमें सबसे अधिक सम्भावना इस बात की है कि दवाओं की आपूर्ति में एक बड़ा रैकेट हो। सरकार अस्पतालों में दवाएँ भेज रही है, लेकिन फिर भी मरीज दवाओं के लिए बाहर केमिस्टों की दुकानों तक पहुँच रहे हैं। जब भी कोई डॉक्टर दवा लिखता

है, तो अस्पताल का मेडिकल स्टोर रोगी को बताता है कि यह उपलब्ध नहीं है और वे इसे बाहर से खरीद सकते हैं। मिस्टर एक्स पाएँगे कि इसमें बहुत सारे लोग सम्मिलित हैं। फिर उन्हें सभी सम्बन्धित लोगों के विरुद्ध कार्रवाई करनी होगी और डॉक्टरों के विरुद्ध सरकार को लिखना होता है। हालाँकि उनका काम यहीं खत्म नहीं होता है। उसे यह सुनिश्चित करने के लिए एक प्रणाली तैयार करनी चाहिए कि भविष्य में ऐसी चीज़ें न घटित हों। एक लोक सेवक को यह सुनिश्चित करना होता है कि सार्वजनिक सेवाओं को ठीक से वितरित किया जाए और सरकारी योजनाओं का लाभ लोगों तक पहुँचे, क्योंकि इसमें बहुत अधिक सार्वजनिक धन सम्मिलित होता है।

केस-23

आपको हाल ही में जिला अधिकारी के रूप में नियुक्त किया गया है और जिले की मुख्य समस्याओं का पता लगाने के लिए आपने नागरिकों की एक बैठक ली है। यह पता चला है कि लोगों की मुख्य चिन्ताओं में से एक सरकारी स्कूलों में प्राथमिक शिक्षा की खराब गुणवत्ता है। आप कुछ विद्यालयों का निरीक्षण करते हैं और पाते हैं कि बच्चों ने पढ़ने की कोई योग्यता प्राप्त नहीं की है। कक्षा-V का एक छात्र कक्षा-II के लिए निर्धारित पुस्तकों को पढ़ने में सक्षम नहीं है और अंकगणित में भी यही स्थिति है। आप यह भी पाते हैं कि शिक्षकों की अनुपस्थिति का प्रतिशत बहुत अधिक है। आप शिक्षकों की उपस्थिति की जाँच के लिए एक अभियान चलाते हैं और अनुपस्थित पाए जाने वाले सभी शिक्षकों को निलंबित करते हैं। इससे शिक्षकों में काफी आक्रोश है और आप पर राज्य मुख्यालय से भी उनका निलंबन निरस्त करने का दबाव है। आप यह भी पाते हैं कि आपकी इस कार्रवाई से स्कूलों की गुणवत्ता में कोई सुधार नहीं हुआ है।

एक प्रशासक के रूप में आपको स्थिति पर कैसे प्रतिक्रिया देनी चाहिए?

विचार-विमर्श

आपने ज़िले की समस्याओं को समझने के लिए नागरिकों के विभिन्न समूहों की बैठक बुलाकर सही काम किया है। एक लोक सेवक जनता को विश्वास में लेकर, उनकी समस्याओं को समझकर और उनकी समस्याओं का समाधान करके सबसे अच्छे तरीक़े से लोगों की सेवा कर सकता है। सरकारी स्कूलों की गुणवत्ता में सुधार करना बहुत जरूरी है अन्यथा बच्चे बड़े होकर बेरोजगार हो जाएँगे। आपने विद्यालय का निरीक्षण करके और शिक्षकों की शिक्षा की खराब गुणवत्ता और लापरवाही का पता लगाकर एक बार फिर सही कदम उठाया है। स्थिति का आकलन करने के लिए वास्तव में मौके पर जाने के अतिरिक्त प्रशासन में कोई और बेहतर तरीका नहीं है और आपने ऐसा किया है। औचक निरीक्षण करने का आपका तरीका अच्छा है। आपने बड़ी संख्या में शिक्षकों को निलंबित करके एक कड़ा सन्देश दिया है। बहरहाल आपकी कार्रवाई से शिक्षकों ने आन्दोलन कर दिया है और इतने बड़े पैमाने पर निलंबन से राज्य मुख्यालय का दबाव बढ़ गया है। इसके अतिरिक्त अब स्कूलों की स्थिति और भी खराब है, क्योंकि शिक्षकों की कमी है और पढ़ाई नहीं हो रही है।

एक लोक सेवक के रूप में आपकी ज़िम्मेदारी है कि आप स्थिति का व्यापक जायजा लें और स्कूली शिक्षा की गुणवत्ता में सुधार करें। शिक्षक उपस्थिति की जाँच के लिए एक अभियान आयोजित करना एक अच्छा विचार है, लेकिन आप निलंबित करने के बजाय अनुपस्थित पाए गए सभी लोगों को कड़ी चेतावनी जारी कर सकते थे। फिर कुछ महीनों के बाद आप अभ्यास को दोहरा सकते हैं और अब अनुपस्थित पाए जाने वालों को निलंबित कर सकते हैं। इस बार अनुपस्थिति का प्रतिशत कम होगा और इसलिए आपकी कार्रवाई शिक्षकों या राज्य मुख्यालय को उस हद तक उत्तेजित नहीं करेगी। हालाँकि आपकी ज़िम्मेदारी यहीं समाप्त नहीं होती है और आपको शिक्षकों और अन्य हितधारकों के साथ बैठना होगा और एक ऐसी प्रणाली विकसित करनी होगी, जो यह सुनिश्चित करेगी कि वास्तविक शिक्षा कक्षा में हो और जहाँ भी आवश्यक हो आप राज्य में शिक्षा विभाग मुख्यालय की मदद ले सकते हैं। शिक्षकों को विश्वास में लेकर आप उन्हें स्कूलों में उपस्थित होने और वास्तव में पढ़ाने के लिए प्रेरित कर सकते हैं। एक लोक सेवक हमेशा सख्त कार्रवाई कर सकता है, लेकिन अक्सर वह अकेले परिणाम नहीं देता है और इसलिए उसे सभी सम्बन्धित लोगों को सम्मिलित करना होगा और स्थायी तरीक़े से बेहतर के लिए चीज़ों को बदलने के लिए सिस्टम विकसित करना होगा। आपको यह देखकर आश्चर्य होगा कि अगर लोगों को विश्वास में लिया जाता है और परिवर्तन की प्रक्रिया में भाग लेने की अनुमति दी जाती है तो वे सकारात्मक प्रतिक्रिया कैसे देते हैं।

केस-24

आप एक सार्वजनिक क्षेत्र की कम्पनी में एक बहुत वरिष्ठ पद से सेवानिवृत्त हुए हैं और अब एक बड़ी निजी क्षेत्र की बहुराष्ट्रीय कम्पनी आपको एक स्वतंत्र निदेशक के रूप में बोर्ड में ले गई है। आप जानते हैं कि आपकी भूमिका कॉर्पोरेट प्रशासन के उच्च मानकों को सुनिश्चित करना है और यह देखना है कि सभी कानूनों और विनियमों का पारदर्शी और निष्पक्ष तरीक़े से पालन किया जाए। कम्पनी के अध्यक्ष और प्रबन्धन आपको बहुत सम्मान और महत्त्व देते हैं और आप उनके साथ अच्छी दोस्ती विकसित करते हैं। हालाँकि अब आपके संज्ञान में आया है कि कम्पनी अनुचित श्रम प्रथाओं का पालन कर रही है। वे आठ के बजाय बारह घंटे काम कर रहे हैं और उन्हें कोई सुरक्षा उपकरण नहीं मुहैय्या कराए गए हैं, भले ही उनमें से कई खतरनाक परिस्थितियों में काम कर रहे हों। आप यह भी पाते हैं कि कम्पनी जहरीले कचरे का निर्वहन कर रही है, जो आसपास के गाँवों में स्वास्थ्य समस्याएँ पैदा कर रहा है और पर्यावरण कानूनों के विरुद्ध है। आप चिन्तित हैं कि आप मामले को उठाएँगे, तो इससे अध्यक्ष नाराज़ होंगे और कड़वाहट पैदा होगी।

आपको आश्चर्य है कि आपको कैसे प्रतिक्रिया देनी चाहिए?

विकल्प

1. आप अपने पास आई जानकारी को नज़रअन्दाज़ करते हैं और चुप रहते हैं और अन्य मुद्दों पर बोर्ड की चर्चा में भाग लेते रहते हैं और प्रबन्धन के साथ अच्छे सम्बन्ध बनाए रखते हैं।

2. आप अपना त्याग-पत्र दे दें।
3. आप बोर्ड में मामला उठाते हैं और रिपोर्ट माँगते हैं और अगर रिपोर्ट प्रबन्धन के पक्ष में आती है, तो आप सन्तुष्ट हैं।
4. आप प्रबन्धन की रिपोर्ट पर भरोसा नहीं करते हैं और कम्पनी के श्रम और पर्यावरण सम्बन्धी प्रथाओं के माध्यम से ऑडिट करने के लिए विशेषज्ञों की एक समिति पर ज़ोर देते हैं और रिपोर्ट के आधार पर स्थिति को सुधारने के लिए सभी कदम उठाते हैं।

विचार-विमर्श

भले ही अध्यक्ष और प्रबन्धक से आपके घनिष्ठ सम्बन्ध हों और वो आपको बहुत सम्मान देते हों। फिर भी आप उस जानकारी को नज़रअन्दाज़ नहीं कर सक़ते, जो आपके पास आई है। एक स्वतंत्र निदेशक के रूप में यह आपका कर्तव्य है कि श्रम कानूनों और विनियमों के साथ-साथ पर्यावरण कानूनों का पालन किया जाए। आप अनदेखी करके प्रबन्धन की अवैध प्रथाओं में भागीदार बन जाएँगे और तब आप एक स्वतंत्र निदेशक नहीं रहेंगे।

त्याग-पत्र देना एक गलत कदम नहीं है, क्योंकि आपको ऐसे संगठन का हिस्सा नहीं रहना चाहिए, जो अनुचित और अवैध कृत्यों में लिप्त है। हालाँकि आपके सभी उत्तरदायित्वों से मुक्त होने के बावजूद समस्याएँ बनी रहती हैं। आप एक विवेक सम्पन्न और नैतिक पृष्ठभूमि वाले व्यक्ति हैं और यदि अन्यायपूर्ण चीज़ें चल रही हैं, तो आप प्रसन्न नहीं हैं।

इस मामले को बोर्ड के सामने उठाना उचित होगा, लेकिन प्रबन्धन आसानी से अपने पक्ष में रिपोर्ट लेकर आ सकता है और फिर आपके पास कहने के लिए कुछ नहीं होगा। इसलिए मामले को उठाने के बाद आपको इस मामले की जाँच के लिए बाहरी एजेंसी या समिति से आग्रह करना चाहिए। इससे निश्चित तौर पर सही रिपोर्ट आएगी। इसके बाद आप सुधारात्मक कार्रवाई पर ज़ोर दे सकते हैं और उन अधिकारियों पर कड़े कदम भी उठा सकते हैं, जो अवैध कृत्यों के लिए ज़िम्मेदार हैं। एक स्वतंत्र निदेशक का यह कर्तव्य है कि वह यह देखे कि कम्पनी द्वारा सभी कानूनों का पालन किया जाता है।

केस-25

आपको राज्य सरकार में सचिव उद्योग के रूप में तैनात किया गया है, जो ज़ोर-शोर से घोषणा कर रहा है कि उन्होंने व्यापार करने में आसानी से सम्बन्धित कई सुधारों को लागू किया है और अन्य राज्यों की तुलना में अच्छी रैंकिंग हासिल की है। प्रिंट और इलेक्ट्रॉनिक मीडिया में विज्ञापनों के माध्यम से आप सम्भावित निवेशकों से राज्य में निवेश करने का अनुरोध कर रहे हैं। एक दिन आपको अपना एक सहकर्मी एक उद्योगपति से मिलने का ज़िक्र करता है, जिसे कुछ समस्या हो रही है। वह आपसे सम्पर्क करने की कोशिश कर रहा है, लेकिन आपका निजी सहायक उसे आपसे मिलने नहीं दे रहा है। आप उसे समय देते हैं और नियत दिन पर वह व्यक्ति आता है। वह थोड़ी देर से आने के

लिए माफी माँगता है, क्योंकि उसे गेट पर पास ऑफिस से निकलने में और फिर आपके कार्यालय का पता लगाने की कोशिश करने में बहुत समय लगा। आप उसे चिन्ता न करने और उसकी समस्या बताने को कहते हैं, लेकिन बीच-बीच में आपके मोबाइल पर बहुत सारे कॉल आ रहे हैं, जिनका आप जवाब दे रहे हैं। जब उद्योगपति बोलना समाप्त कर दे, तो आप उसे बताएँ कि यह एक समस्या है जिसे आपके कनिष्ठ अधिकारी द्वारा सुलझाया जा सकता है और उसे जाकर उनसे मिलना चाहिए। उद्योगपति यह कहने की कोशिश करता है कि उसने बिना किसी सफलता के कनिष्ठ अधिकारी से मिलने की कोशिश की है और आपसे मदद करने का अनुरोध करता है। आप उससे कहते हैं कि वह आपका समय बर्बाद न करें और कनिष्ठ अधिकारी के पास जाए। इन शब्दों के साथ आप उस उद्योगपति को जाने को कहते हैं, जो बहुत असन्तुष्ट महसूस करता है।

क्या आपको लगता है कि सचिव उद्योग ने स्थिति को सही ढंग से सँभाला है?

विचार-विमर्श

प्रदेश और देश का औद्योगिक विकास करने के लिए निजी निवेश आकर्षित करने के लिए जहाँ-तहाँ ईज ऑफ डूइंग बिजनेस की बात हो रही है। सचिव उद्योग के रूप में आप राज्य में नए निवेश लाने के लिए ज़िम्मेदार और जवाबदेह हैं। हालाँकि भले ही आप विज्ञापनों के माध्यम से घोषणा करते हैं कि आपने एक व्यवसायी के जीवन को आसान बनाने के लिए कदम उठाए हैं और नए निवेश के लिए अनुरोध कर रहे हैं, लेकिन जमीनी स्तर पर वास्तविकता अलग है। इस मामले में एक उद्योगपति को एक वास्तविक समस्या है, लेकिन उसके प्रति आपकी प्रतिक्रिया ने उसे अवांछित महसूस कराया है जो राज्य में नया निवेश प्राप्त करने के हित में नहीं है। सबसे पहले उद्योगपति आपसे सम्पर्क नहीं कर पाया है, क्योंकि आपके पीए ने शायद आपसे उसकी बात नहीं कराई और उसे ठंडे बस्ते में डाल दिया होगा। आप उससे तभी मिलते हैं, जब आपका सहकर्मी आपसे बात करता है। यह सही नहीं है, क्योंकि एक लोक सेवक का एक अनिवार्य गुण जन सुलभ होना है। समय देने के बाद भी आपने कोई व्यवस्था नहीं की है और आगंतुक को आपके क़ार्यालय तक पहुँचने के लिए बहुत समय बर्बाद करना पड़ता है। इन समस्याओं के कारण नागरिक वरिष्ठ सरकारी अधिकारियों से सम्पर्क करने से कतराते हैं। उससे मिलते समय आप अपना पूरा ध्यान उस पर नहीं देते और मोबाइल कॉल अटेंड करते रहते हैं। यह निश्चित रूप से उद्योगपति को बहुत गलत संकेत देता है। यह महत्त्वपूर्ण है कि एक लोक सेवक अपना पूरा ध्यान उस नागरिक पर दे, जो उसके पास शिकायत लेकर आया है। अन्त में आप उसे अपने कनिष्ठ अधिकारी से सम्पर्क करने के लिए कहते हैं, जो उद्योगपति के लिए मददगार नहीं रहा है। आपको अपने स्तर पर उनकी समस्या पर ध्यान देना चाहिए था और उसके समाधान के लिए हर सम्भव प्रयास करना चाहिए था। यदि आवश्यक हो तो आपको कनिष्ठ अधिकारी से फोन पर बात करनी चाहिए थी और उसे एक समय सीमा के भीतर कार्रवाई करने का निर्देश देना चाहिए था। यदि आपने ऐसा किया होता, तो उद्योगपति आपके विभाग के बारे में सकारात्मक छवि से सन्तुष्ट होकर जाता और

राज्य में निवेश करता। अपने उदासीन और नकारात्मक व्यवहार से आपने उसे दूर कर दिया है और यह व्यापार करने में आसानी के माहौल के विपरीत है। एक लोक सेवक को लोगों के प्रति उत्तरदायी होना चाहिए और उसके व्यवहार में सहानुभूति और चिन्ता का भाव होना चाहिए। अहंकार कभी भी सही दृष्टिकोण नहीं होता है। यदि आप इस तरह का व्यवहार करना जारी रखते हैं, तो आप उद्योग सचिव के रूप में अपनी नौकरी में सम्भवत: सफल नहीं होंगे।

पाठ्यक्रम के अन्य विषयों पर केस स्टडीज

केस-26

कुछ समय पहले एक बड़े उद्योगपति ने सुझाव दिया था कि काम के एवज में माँगी जाने वाली रिश्वत को वैध किया जाना चाहिए। सबसे पहले एक प्रसिद्ध अर्थशास्त्री ने इस विचार को सामने रखा था। अवधारणा यह थी कि भारत में एक बड़ी समस्या यह है कि छोटे से छोटे वैध काम के लिए भी विभिन्न स्तरों पर अधिकारियों को रिश्वत देनी पड़ती है। इसमें न केवल समय लगता है बल्कि लोगों का काफी उत्पीड़न भी होता है। सुझाव यह था कि प्रत्येक मंज़ूरी या लाइसेंस के लिए एक निश्चित राशि सुविधा शुल्क के रूप में तय की जानी चाहिए जो कि 5000 रुपये या 10,000 रुपये हो सकती है और सम्बन्धित अधिकारियों को इसका भुगतान किया जाना चाहिए जिससे वे उनके काम को अटकाएँ नहीं। कई लोग इस सुझाव से सहमत थे लेकिन कई अन्य लोगों के हिसाब से ये तरीका सही नहीं था।

साथ ही यह भी सुझाव दिया गया कि भ्रष्टाचार निवारण अधिनियम में संशोधन होना चाहिए और केवल रिश्वत लेने वाले को ही दंडित किया जाना चाहिए न कि रिश्वत देने वाले को। इससे लोगों को रिश्वत माँगने वालों के विरुद्ध शिकायत दर्ज कराने के लिए प्रोत्साहित किया जाएगा और सम्बन्धित अधिकारी को पकड़ा जाना रिश्वत देने वाले के हित में होगा। इससे रिश्वत की माँग में कमी आएगी।

प्रश्न : उपरोक्त सुझाव पर आपकी क्या प्रतिक्रिया होगी?

विचार-विमर्श

यह एक नैतिक दुविधा से जुड़ा हुआ मसला है। उद्योग धंधे से जुड़े लोगों में इस बात को लेकर काफी निराशा है कि बिना रिश्वत के सरकार में कुछ भी आसानी से नहीं चलता है और इसलिए सम्बन्धित अधिकारियों को सुविधा शुल्क देने का विचार रखा गया जिससे कि रिश्वत को एक वैध रूप दिया जा सके ताकि वे निर्णय लेने में देरी न करें और आवेदकों को परेशान न करें। इस तरह की व्यवस्था तीव्र आर्थिक विकास के उद्देश्य को पूरा कर सकती है लेकिन यह नैतिक नहीं है। भ्रष्टाचार को वैध बनाने की कोशिश करने के बजाय इसके लिए जीरो टॉलरेंस होना चाहिए। भ्रष्टाचार एक अवैध और अनैतिक कार्य है और इसे सरकार या समाज द्वारा किसी भी स्थिति में स्वीकार नहीं किया जाना चाहिए। इसके अतिरिक्त, सुविधा शुल्क की एक निश्चित राशि तय

करने से कभी भी भ्रष्टाचार का उन्मूलन नहीं होगा। सबसे पहला सवाल तो यह है कि इसकी सीमा कैसे तय की जाएगी। दूसरे, एक भ्रष्ट व्यक्ति हमेशा अधिक धन का लालची होता है और उसके पास आने वाली एक निश्चित राशि से सन्तुष्ट नहीं होता। उसकी माँग और बढ़ेगी और इस तरह से स्थिति में कोई सुधार नहीं होगा। अगर कोई समाज भ्रष्टाचार को स्वीकार करता है और उसे संस्थागत रूप देता है, तो उससे न केवल उस समाज में कार्य करने का माहौल अनैतिक होता है बल्कि भ्रष्टाचार भी अपने चरम पर पहुँच जाता है।

रिश्वत देने वाले को भ्रष्टाचार निवारण अधिनियम से बाहर किए जाने का दूसरा सुझाव भी स्वीकार्य नहीं है। रिश्वत देना रिश्वत लेने के समान अनैतिक है। वास्तव में, अधिकांश व्यवसायी और अन्य लोग अक्सर सरकार से अपने पक्ष में कुछ निर्णय करवाना चाहते हैं, खासकर उन मामलों में जिनमें प्रस्ताव स्वीकार करने योग्य नहीं होते। एक रिश्वत देने वाला, अगर वह अपना काम कराना चाहता है, तो रिश्वत लेने वाले के विरुद्ध कभी शिकायत नहीं करेगा। शिकायत दर्ज होने की ऐसी स्थिति तभी उत्पन्न होगी जब रिश्वत देने वाले और रिश्वत लेने वाले के बीच मतभेद हो। अनैतिक कार्यों को माफ नहीं किया जा सकता है। इस प्रकार उपरोक्त दो सुझावों में से किसी को भी नैतिक नहीं कहा जा सकता है और इसे स्वीकार नहीं किया जाना चाहिए।

केस-27

भारतीय वन सेवा के एक बहुत ही युवा और तेजतर्रार अधिकारी को एक राष्ट्रीय उद्यान के फील्ड निदेशक के रूप में तैनात किया गया है और वह उत्कृष्ट कार्य कर रहे हैं। उन्होंने ऐसी बहुत सी तकनीक लागू की है जिसके माध्यम से वे बड़ी आसानी से जंगली जानवरों के अवैध शिकार और पेड़ों की अवैध कटाई के मामलों की पहचान कर लेते हैं। नतीजतन पार्क में बाघों और अन्य प्रजातियों की संख्या बढ़ गई है और जंगल को वन और लकड़ी माफिया से बचाया जा रहा है। हालाँकि, माफिया की महत्त्वपूर्ण राजनीतिक हस्तियों के साथ बहुत घनिष्ठता है जो अधिकारियों और उनके परिवार को धमकी देकर उन्हें नियंत्रित करने की कोशिश करता है लेकिन यह अधिकारी ईमानदार और साहसी है और समझौता नहीं करता है। अन्त में, माफिया अपने राजनीतिक सम्बन्धों का उपयोग करते हैं और उच्च स्तर के राजनेताओं को रिश्वत के रूप में अच्छी रकम देते हैं और इस अधिकारी को स्थानान्तरित कर देते हैं। उनके स्थान पर एक अन्य युवा और सक्रिय अधिकारी श्री रमेश कुमार को नियुक्त किया गया है। वह भी अवैध शिकार और जंगलों की अवैध कटाई को नियंत्रित करना चाहता है लेकिन उसे बताया जाता है कि अगर वह ऐसा करता है तो उसका भी वही हश्र होगा जो उसके पूर्ववर्ती का था। वह अपने कैरियर के हित में चुप रहने और यथास्थिति बनाए रखने का फैसला करता है।

यदि आप रमेश कुमार के स्थान पर होते तो आप क्या करते और क्या आप उनके दृष्टिकोण से सहमत हैं?

विचार-विमर्श

पर्यावरण को संरक्षित करने के लिए यह आवश्यक है कि हम अपने जंगल और वन्य जीवन प्रजातियों की विविधता का संरक्षण करें। इस उद्देश्य के लिए वनस्पतियों और जीवों की रक्षा के लिए राष्ट्रीय उद्यान बनाए गए हैं। पहले अधिकारी ने अपना काम ईमानदारी से किया और उनका आचरण नैतिक था। वह धमकियों के आगे नहीं झुके, शिकारियों और जंगल माफियाओं के विरुद्ध कार्रवाई करते रहे। इसका परिणाम यह हुआ कि वन्य जीवन और जंगल का संरक्षण तथा विकास हुआ। अधिकारी अपना काम सफलतापूर्वक कर रहा था। हालाँकि, अक्सर ऐसा होता है कि अपराधियों के राजनीतिक सम्बन्ध होते हैं और वे ईमानदार अधिकारियों को ऐसी पोस्टिंग से हटाने के लिए बड़ी रकम देने को तैयार रहते हैं। वे उनका स्थानान्तरण कराने में सफल हो जाते हैं लेकिन नए अधिकारी श्री रमेश कुमार भी अवैध गतिविधियों के विरुद्ध कार्रवाई करना चाहते हैं। हालाँकि, उन्हें धमकी दी जाती है और कहा जाता है कि उनको भी स्थानान्तरित कर दिया जाएगा। वे इस प्रतिष्ठित पद पर बने रहने के दबावों के आगे झुक जाते हैं और माफिया को उनकी अवैध गतिविधियों को जारी रखने का फैसला करते हैं। इस तरह से वह निश्चित रूप से एक ऐसी स्थिति का नेतृत्व करेंगे जहाँ वह लंबे समय तक अपने पद पर बने रहेंगे और राजनेताओं में भी लोकप्रिय होंगे और साथ ही अवैध धन भी कमाएँगे। हालाँकि, इससे राष्ट्रीय उद्यान का पूर्ण विनाश होगा। रमेश द्वारा लिया गया यह निर्णय एक ईमानदार आदमी द्वारा लिया गया निर्णय नहीं है। उन्होंने अपने चरित्र की कमज़ोरी दिखाई है और सार्वजनिक सेवा की भावना के साथ अपने कर्तव्य को ठीक से करने के बजाय अपने व्यक्तिगत लाभ को प्राथमिकता दी है। यदि हर अधिकारी कानून के अनुसार और पूरी ईमानदारी के साथ दृढ़ता से काम करना आरंभ कर दे तो माफिया और राजनेताओं के बीच गठजोड़ एक सीमा तक ही सफल हो सकते हैं। आपराधिक तत्त्व तभी सफल होते हैं जब अधिकारी अपनी ईमानदारी से समझौता करने और भ्रष्ट व्यवस्था का हिस्सा बनने को तैयार होते हैं

केस-28

हिमालय पर्वतमाला में बहुत सारे पर्यावरण संवेदनशील क्षेत्र हैं। ग्लेशियोलॉजिस्ट और अन्य भूवैज्ञानिक विशेषज्ञों द्वारा किए गए एक अध्ययन में बताया गया है कि हिमालय अपेक्षाकृत युवा पर्वत प्रणाली है जो अभी तक स्थिर नहीं हुआ है और इसलिए इसमें भूकंप, भूस्खलन और अचानक बाढ़ आने की सम्भावना बनी रहती है। सरकार एक जलविद्युत परियोजना स्थापित करने के लिए पहाड़ी नदी का दोहन करने की इच्छुक है जो क्षेत्र के विकास में योगदान देगी और लोगों को रोज़गार भी प्रदान करेगी। स्थानीय राजनेता और स्थानीय लोग भी इसके समर्थन में हैं। सरकार ने जिलाधिकारी मिस्टर कैलाश से मामले में अपनी रिपोर्ट देने को कहा है। कैलाश को विश्वास है कि इस तरह की परियोजना से एक बड़ी आपदा आ सकती है जिससे भविष्य में जान-माल का नुकसान हो सकता है लेकिन उसके वरिष्ठों ने उसे अपनी स्वीकृति देने के लिए दबाव डाला है।

प्रश्न : श्री कैलाश कुमार को इस स्थिति पर कैसी प्रतिक्रिया देनी चाहिए?

विचार-विमर्श

यह फिर से एक क्लासिक नैतिक दुविधा का मामला है—विकास बनाम पर्यावरण। जिला मजिस्ट्रेट के पास विशेषज्ञों की रिपोर्ट है जो कहती है कि नदी पर एक जलविद्युत परियोजना की अनुमति देने से पर्वतीय प्रणालियों में गड़बड़ी हो सकती है जिससे भविष्य में एक बड़ी आपदा हो सकती है। हालाँकि, सरकार में वरिष्ठ अधिकारी और राजनेता इस परियोजना के पक्ष में हैं क्योंकि उनका कहना है कि इससे क्षेत्र का पर्याप्त आर्थिक विकास होगा। इससे बिजली पैदा होगी और रोज़गार भी। जिला मजिस्ट्रेट को विशेषज्ञों की समिति द्वारा इस प्रोजेक्ट के जोखिमों के मूल्यांकन करने के लिए कहना चाहिए। समिति को स्थिति के सभी पहलुओं का मूल्यांकन करना चाहिए और इस विषय में अपनी सलाह देनी चाहिए कि क्या ऐसी परियोजना हिमालय पर्वतमाला के एक पर्यावरण संवेदनशील क्षेत्र के लिए उपयुक्त है या नहीं। जब तक कोई उच्च तकनीकी समिति अपनी मंजूरी नहीं देती और परियोजना प्राधिकरण द्वारा जोखिम प्रबन्धन के सभी पहलुओं का ध्यान नहीं रखा जाता है, तब तक परियोजना के लिए पूरी मंजूरी देना नैतिकता के विरुद्ध होगा। हो सकता है कि वरिष्ठ अधिकारी और राजनेता उनके दृष्टिकोण को पसन्द न करें, लेकिन उन्हें अपनी रिपोर्ट लिखित रूप में देनी चाहिए ताकि भले ही उन्हें उनके पद से हटा दिया जाए, उनके द्वारा प्रस्तुत किया गया पेपर फाइल में बना रहे और सरकार के वरिष्ठतम स्तर तक उनकी रिपोर्ट पहुँच सके। अधिकारियों से एक स्पष्ट दृष्टि की अपेक्षा की जाती है, ऐसा माना जाता है कि वे अल्पकालिक लक्ष्यों को नहीं बल्कि विकास परियोजनाओं के दीर्घकालिक प्रभाव को देखते हैं।

केस-29

आपको राज्य में परिवहन आयुक्त के रूप में नियुक्त किया जाता है और आप पाते हैं कि विभाग बहुत भ्रष्ट है। क्षेत्रीय परिवहन अधिकारी लगभग हर गतिविधि के लिए रिश्वत लेने के लिए जाने जाते हैं जैसे ड्राइविंग लाइसेंस, सड़क योग्य प्रमाण पत्र, वाहनों का पंजीकरण या कुछ मार्गों पर बसों और निजी परिवहन की अनुमति देना। आप यह भी देखते हैं कि राज्य के हर परिवहन कार्यालय के पास बिचौलिए या दलाल बैठे हैं जो काम करवाने के लिए अधिकारियों की ओर से पैसे लेते हैं। आप पाते हैं कि किसी भी नागरिक के लिए इन दलालों से गुज़रे बिना और पैसे दिए बिना कोई काम करवाना लगभग असम्भव है। आप यह भी जानते हैं कि इन अधिकारियों को शीर्ष स्तर के राजनेताओं का समर्थन प्राप्त है।

प्रश्न : एक अधिकारी के रूप में आप इस स्थिति पर कैसी प्रतिक्रिया देंगे?

विचार-विमर्श

परिवहन आयुक्त के रूप में यह आपका कर्तव्य है कि भ्रष्टाचार को खत्म करने के लिए कदम उठाएँ जिससे आम नागरिक को बहुत परेशानी होती है और आपके विभाग का

नाम भी खराब हो रहा है। हालाँकि, समस्या का समाधान सिर्फ लोगों से सुधरने और भ्रष्टाचार में सम्मिलित न होने के लिए कहने से नहीं होगा। साथ ही आपको उस पद से स्थानान्तरित कराने का प्रयास भी किया जाएगा। आपको सबसे पहले भ्रष्टाचार के कुछ प्रमुख मामलों की पहचान करनी होगी, सम्बन्धित अधिकारियों को निलंबित करना होगा और उनके विरुद्ध जाँच करनी होगी और जाँच रिपोर्ट के आधार पर उनके विरुद्ध कड़ी कार्रवाई करनी होगी। इससे सही सन्देश जाएगा। हालाँकि, यह पर्याप्त नहीं है। आपको ऐसी तकनीक आरंभ करनी होगी और ऐसी प्रणाली विकसित करनी होगी जो अधिकारियों और नागरिकों के बीच दलालों की भूमिका को समाप्त कर दे। उदाहरण के लिए, आप एक ऐसी व्यवस्था अपना सकते हैं जिसमें वाहनों का पंजीकरण और रोड टैक्स का ऑनलाइन भुगतान किया जाता हो। इसी तरह, आप ड्राइविंग टेस्ट जैसी तकनीक का इस्तेमाल कर सकते हैं जो एक आटोमेटिक स्कोर देकर यह निर्धारित करे कि ड्राइविंग लाइसेंस जारी किया जाना है या नहीं। यह सम्बन्धित अधिकारी के विवेक पर निर्भर नहीं होना चाहिए। एक बार सिस्टम बन जाने के बाद लोगों द्वारा उनकी सराहना की जाएगी और किसी के लिए भी कोशिश करना और उन्हें बदलना या आपको उस पद से हटाना बहुत मुश्किल होगा। सरकार में यह अकेला मामला नहीं है। ज्यादातर विभागों में ऐसी स्थिति है। एक अधिकारी का कर्तव्य बिना किसी भ्रष्टाचार के गुणवत्तापूर्ण सार्वजनिक सेवा प्रदान करना है।

ऐसा करने के लिए नई प्रणालियाँ विकसित करनी होंगी और जहाँ तक सम्भव हो, तकनीक का सहारा लेना होगा। तकनीक ऐसी होनी चाहिए जिससे कई नागरिकों को अधिकारियों के ऐच्छिक निर्णयों पर कम से कम निर्भर रहना पड़े। यह अच्छे और नैतिक शासन का तरीका है।

केस-30

आप किसी राज्य की राजधानी में निष्पादित की जा रही मेट्रो परियोजना के मुख्य कार्यकारी अधिकारी हैं। मेट्रो का संरेखण भीड़-भाड़ वाली सड़कों से होकर जाता है। परियोजना की लागत आपको भूमिगत होने की अनुमति नहीं देती है क्योंकि यह बहुत महँगा है। मेट्रो के रास्ते में बहुत अधिक अतिक्रमण मौजूद है और इस मेट्रो के निर्माण के लिए सरकारी विभागों के कुछ भवनों सहित कई दुकानों और इमारतों को गिराना होगा। कुछ लोग जनता के हित में इस परियोजना के विरोध में आन्दोलन करके बाधा डालने की कोशिश कर रहे हैं और स्टे ऑर्डर लेने के लिए अदालत में जाने की धमकी भी दे रहे हैं। इन अवैध दुकानों और घरों में से कई को बिजली कनेक्शन मिल गया है और उनके पास जारी किए गए राशन कार्ड भी हैं और एक ही स्थान पर कई वर्षों से व्यापार करने का दावा करते हैं। आप जानते हैं कि यदि एक व्यक्ति भी न्यायालय से स्थगन आदेश प्राप्त कर लेता है तो परियोजना कई वर्षों तक विलंबित हो जाएगी जिससे परियोजना की लागत में वृद्धि होगी।

आप इस दुविधा का समाधान कैसे करेंगे?

विचार-विमर्श

विशिष्ट विकास परियोजनाओं को लागू करने में इस तरह की स्थिति बहुत आम है। जनता को लाभ पहुँचाने वाली योजनाओं को पूरा करना भी बहुत ज़रूरी है। यह भी आवश्यक है कि इन परियोजनाओं को समय पर पूरा किया जाए अन्यथा परियोजना की लागत बढ़ जाती है और परियोजना को वित्तपोषित करना मुश्किल हो जाता है। इससे भी अक्सर काम की गुणवत्ता निम्न हो जाती है। अतिक्रमणकारियों का वहाँ रहने का कोई अधिकार नहीं है और उन्हें जबरन बेदखल किया जा सकता है लेकिन समस्या यह है कि अधिकारियों ने उन्हें कई वर्षों तक रहने दिया और यहाँ तक कि उन्हें बिजली कनेक्शन या राशन कार्ड जैसी कानूनी सुविधाएँ भी दीं। इसके आधार पर वे कोर्ट से राहत का दावा कर सकते हैं। इसके अतिरिक्त, कई निर्माण कानूनी हैं और सरकारी विभागों से सम्बन्धित हैं। ऐसी स्थिति में कार्रवाई का सबसे अच्छा तरीका लोगों के साथ बातचीत करना और उन्हें परियोजना के लाभ के लिए राजी करना है। उन्हें अलग जगह पर जमीन आवंटित करनी चाहिए और मुआवजा भी देना चाहिए ताकि वे नए घर या दुकानें बना सकें। अवैध घरों या दुकानों को मुआवज़ा देना अनैतिक हो सकता है, लेकिन तथ्य यह है कि वे कई वर्षों से सरकारी अधिकारियों की मिलीभगत के कारण रह रहे हैं और इसलिए उन्हें अलग स्थान पर ले जाने के लिए प्रोत्साहित करने के अतिरिक्त कोई विकल्प नहीं है। मुआवज़ा भी लागत का ही एक हिस्सा होगा। सरकारी भवनों की बात है तो इस सम्बन्ध में मेट्रो परियोजना द्वारा नए भवनों का निर्माण करना होगा। उदाहरण के लिए यदि पुलिस विभाग का कोई कार्यालय भवन है जिसे गिराना पड़े तो अधिकारियों द्वारा एक नए भवन का निर्माण किया जाना चाहिए।

उपरोक्त तरीक़े से आप सभी सम्बन्धित लोगों के सहयोग से समय पर मेट्रो का निर्माण कर सकते हैं। एक लोक सेवक के लिए समय पर परिणाम देना महत्त्वपूर्ण है और इसके लिए उसे कुछ समय के लिए नियम पुस्तिका पर सख्ती से चलने के बजाय व्यावहारिक दृष्टिकोण अपनाना होगा। कानूनी तौर पर आप अवैध इमारत को ध्वस्त कर सकते हैं लेकिन यह मानवीय समस्याएँ पैदा करेगा और साथ ही परियोजना का बहुत विरोध होगा जो अन्तत: आपकी ओर से विफलता का कारण बनेगा। किसी स्थिति के बारे में सन्तुलित दृष्टिकोण रखना और हमेशा परिस्थितियों के मानवीय पहलुओं को ध्यान में रखना महत्त्वपूर्ण है।

केस-31

आप अपने राज्य में तकनीकी शिक्षा निदेशक बन गए हैं और पाते हैं कि शिक्षा की गुणवत्ता सन्तोषजनक नहीं है। मुख्य कारण यह है कि हर वर्ष बहुत सारे अयोग्य कॉलेज विश्वविद्यालय से सम्बद्ध हो रहे हैं और आपको बताया जाता है कि इसमें बहुत भ्रष्टाचार है। आप शिक्षा की गुणवत्ता में सुधार करने के लिए एक तकनीकी ऑडिट आरंभ करते हैं लेकिन आप पाते हैं कि मौजूदा कॉलेजों के बारे में आप ज़्यादा कुछ नहीं कर सकते हैं और आपको ये भी पता चलता है ये कॉलेज कुछ बहुत शक्तिशाली

लोगों के स्वामित्व में हैं। हालाँकि, आप पाते हैं कि हर वर्ष नए कॉलेज सम्बद्धता के लिए आ रहे हैं। आप इस वर्ष स्वीकृति देने में बहुत सख्ती बरतने का संकल्प लेते हैं। जब आप सम्बद्धता समिति की अध्यक्षता करते हैं तो पाते हैं कि जिन अधिकारियों को निरीक्षण करने के लिए भेजा गया था, उन्होंने गलत रिपोर्ट दी है और आपको लोगों द्वारा बताया जाता है कि इस प्रक्रिया में बहुत सारे पैसे का आदान-प्रदान हुआ था। आप अधिक विस्तृत जानकारी माँगते हैं और पाते हैं कि कार्यालय यह जानकारी प्रदान करने के लिए तैयार नहीं है। आप बैठक को स्थगित कर देते हैं और अपने विभाग के तीन वरिष्ठतम अधिकारियों के हस्ताक्षर के तहत जो विवरण चाहते हैं उनकी एक जाँच चेक लिस्ट जारी करते हैं। इसके कुछ दिनों बाद वह अधिकारी जो सम्बद्धता का प्रभारी है आपके पास आता है और आपसे सभी पचास लंबित मामलों को अपनी स्वीकृति देने का अनुरोध करता है और आपको बताता है कि आपको कम से कम पाँच लाख रुपये प्रति मामले में दिए जाएँगे।

उपरोक्त स्थिति पर आपकी क्या प्रतिक्रिया होगी?

विचार-विमर्श

तकनीकी शिक्षा निदेशक के रूप में शिक्षा की गुणवत्ता में सुधार करना आपका कर्तव्य है और अनुमोदन समिति के अध्यक्ष के रूप में सभी प्रासंगिक जानकारी माँगने का आपका अधिकार है। आपको स्पष्ट होना चाहिए कि यह छात्रों के जीवन से सम्बन्धित है और यदि अयोग्य कॉलेजों को मंजूरी दी जाती है तो वे युवा लड़के और लड़कियों के जीवन को खराब कर देंगे। भ्रष्टाचार के सम्बन्ध में आपका सन्देह सही पाया गया है क्योंकि सम्बन्धित अधिकारी आपको पैसे देने का वादा कर रहा है। एक नैतिक लोक सेवक के रूप में आपको दिए जा रहे अवैध धन को अस्वीकार करना चाहिए और सभी आवेदनों की बहुत सख्त जाँच करनी चाहिए। आपको सभी प्रासंगिक जानकारी प्राप्त करने के लिए निरीक्षण दल को भी बदल देना चाहिए, जो अधिमानतः तीसरे पक्ष के निरीक्षण के लिए जा रहा है। आपको अनुमोदन समिति का पुनर्गठन भी करना चाहिए और आवेदनों का निष्पक्ष मूल्यांकन करने के लिए तकनीकी विशेषज्ञों को लाना चाहिए।

अब जब आप जानते हैं कि विभाग में भ्रष्टाचार है, तो आपको सम्बन्धित अधिकारियों के विरुद्ध कार्रवाई करनी होगी और कम से कम उन्हें जल्द से जल्द विभाग से हटाना या स्थानान्तरित करना होगा और नए अधिकारियों को लाना होगा जो अपनी ईमानदारी के लिए जाने जाते हैं। यह भी ज़रूरी है कि आप अपने विभाग में सभी गतिविधियों के लिए ऐसा सिस्टम विकसित करें जिससे भविष्य में भ्रष्टाचार की सम्भावना भले ही पूरी तरह से खत्म न की जा सके मगर कम तो की ही जा सके। आपको मौजूदा कॉलेजों के प्रदर्शन मानकों को भी सार्वजनिक करना चाहिए ताकि छात्र तर्कसंगत रूप से कॉलेज का चयन कर सकें। खराब गुणवत्ता वाली शिक्षा देने वाले कॉलेजों में छात्र एडमिशन नहीं लेंगे तो मजबूरीवश उन्हें बन्द करना ही पड़ेगा।

केस-32

राहुल सिंह, IAS को भारत के एक पिछड़े राज्य में माध्यमिक शिक्षा सचिव के रूप में नियुक्त किया गया है। राहुल ने पाया कि राज्य में एक बड़ी आबादी है और स्कूल की बोर्ड परीक्षा में 20 लाख से अधिक छात्र सम्मिलित हो रहे हैं। आश्चर्य की बात यह है कि 80 प्रतिशत से अधिक छात्र परीक्षा पास कर रहे हैं और मीडिया एजेंसियों के कुछ सर्वेक्षणों से पता चला है कि टॉपर्स को भी अपने विषय के बारे में बुनियादी जानकारी नहीं है। राहुल परीक्षा से सम्बद्ध सभी लोगों के साथ चर्चा करता है और महसूस करता है कि इसका मूल कारण परीक्षा केन्द्रों में बड़े पैमाने पर हो रही नकल है। इस रैकेट में शिक्षक, अभिभावक, छात्र, प्रबन्धक और अधिकारी सभी सम्मिलित हैं। वास्तव में वह पाता है कि निजी स्कूलों के प्रबन्धक अपने स्कूल को परीक्षा केन्द्र घोषित करने के लिए बहुत सारे राजनीतिक प्रभाव का उपयोग करते हैं क्योंकि वे नकल की अनुमति देकर बहुत पैसा कमाएँगे। राहुल को उनके अधिकारी बताते हैं कि इसमें कई प्रभावशाली लोग सम्मिलित हैं जिनमें अधिकारी और राजनेता भी हैं और धोखाधड़ी को नियंत्रित करना लगभग असम्भव है, जिसका अधिकांश लोगों द्वारा विरोध किया जाएगा। उनको परामर्श मिलता है कि जैसा चल रहा है वैसा चलने दें।

आप राहुल को क्या करने का परामर्श देंगे?

विचार-विमर्श

विशेष रूप से देश के पिछड़े राज्यों में परीक्षाओं में नकल करना एक संगठित रैकेट बन गया है। इसमें माता-पिता और शिक्षकों सहित सभी किसी न किसी रूप में सम्मिलित होते हैं। परीक्षा में बड़े पैमाने पर धोखाधड़ी होती है और यह शिक्षा की खराब गुणवत्ता का मुख्य कारण है। इसका परिणाम यह होता है कि हमारे पास ऐसे युवा लड़के-लड़कियों की फौज इकट्ठा हो जाती है जिन्होंने नकल करके परीक्षा तो उत्तीर्ण कर ली लेकिन अब उन्हें रोज़गार नहीं मिल पा रहा। इससे गरीबी के साथ-साथ कानून-व्यवस्था की समस्या भी पैदा होती है क्योंकि इनमें से कई छात्र अपराध करते हैं। युवाओं की प्रतिभा राष्ट्र के विकास में योगदान देने की बजाय गलत दिशा में चली जाती है। राहुल को अपनी टीम के सदस्यों की सलाह नहीं सुननी चाहिए जो उसे यथास्थिति बनाए रखने की सलाह देते हैं। उन्हें सबसे पहले अपने मंत्री और वरिष्ठ अधिकारियों को विश्वास में लेना चाहिए और राजनीतिक कार्यकारिणी को यह विश्वास दिलाना चाहिए कि परीक्षा में नकल को नियंत्रित करने से अन्ततः सरकार को बहुत श्रेय मिलेगा। एक बार जब वह अपने पीछे राजनीतिक इच्छाशक्ति प्राप्त कर लें तो उन्हें अपने नेतृत्व गुणों का उपयोग अपनी टीम के सदस्यों को समझाने और परीक्षा में नकल को समाप्त करने के लक्ष्य के लिए प्रतिबद्ध करने के लिए करना चाहिए। वह सबसे पहले मेरिट के आधार पर परीक्षा केन्द्रों का चयन कराएँ। वहाँ अधिक से अधिक केन्द्रों में क्लोज सर्किट टीवी स्थापित किया जाना चाहिए। निगरानी की बहुत सख्त व्यवस्था होनी चाहिए और केन्द्रों के 500 मीटर के भीतर किसी भी भीड़ को इकट्ठा नहीं होने दिया जाना चाहिए। जिलाधिकारी

एवं पुलिस अधीक्षक इस प्रक्रिया में पूर्ण रूप से सम्मिलित हों तथा उनकी टीम को परीक्षा के दिन परीक्षा केन्द्रों का निरन्तर निरीक्षण करना चाहिए। मूल्यांकन की एक सख्त प्रणाली स्थापित की जानी चाहिए। राहुल को सभी गतिविधियों के समन्वय के लिए व्यक्तिगत रूप से नियमित आधार पर निगरानी करनी चाहिए। इस तरह वह निश्चित रूप से धोखाधड़ी पर अंकुश लगाने में सक्षम होंगे और अपने लिए एक उत्कृष्ट प्रतिष्ठा भी अर्जित करेंगे। वह एक लोक सेवक के रूप में अपना कर्तव्य भी नैतिक रूप से निभा रहे होंगे और उनका कार्य शासन में सत्यनिष्ठा, पारदर्शिता, निष्पक्षता और प्रभावशीलता का एक उदाहरण होगा।

केस-33

देश में एक बड़ी महामारी आई है और बहुत से लोग बीमार हो रहे हैं और उन्हें तत्काल अस्पताल में भर्ती और गहन देखभाल की आवश्यकता है। निर्देश हैं कि संक्रमित होने वाले लोगों की सही संख्या का पता लगाने के लिए बीमारी की जाँच को बढ़ाया जाए ताकि उनका उचित इलाज हो सके। आप उस ज़िले के ज़िला मजिस्ट्रेट हैं जहाँ मामलों की संख्या नियमित आधार पर बढ़ रही है। मुख्यमंत्री अप्रसन्न हैं और उन्होंने इस घटना के लिए आपसे स्पष्टीकरण माँगा है। आप जानते हैं कि इसका कारण यह है कि आपके जिले में राज्य के बाहर से कुछ लोग आए हैं जो मामलों में इस तेजी से वृद्धि का कारण हैं। आपकी टीम आपको सलाह देती है कि आप परीक्षण की गति कम कर दें और वास्तविक मामलों की रिपोर्ट की संख्या भी कम रखें ताकि राज्य मुख्यालय आश्वस्त रहे और आपके जिले का नाम खराब न हो।

आप स्थिति पर कैसे प्रतिक्रिया देंगे?

विचार-विमर्श

यह आपकी ज़िम्मेदारी है कि आप महामारी को कुशल तरीक़े से सँभालें और संक्रमितों की संख्या के साथ-साथ संक्रमण से होने वाली मौतों की संख्या को कम करें। मामले बढ़ते जा रहे हैं और राज्य मुख्यालय ज़ाहिर तौर पर इस स्थिति से अप्रसन्न है। हालाँकि, अपनी टीम की सलाह को सुन कर परीक्षण को कम करना या संक्रमितों की वास्तविक संख्या को कम करके बताना बिलकुल अनैतिक होगा। महामारी को नियंत्रित करने के लिए आपको तुरन्त कड़े कदम उठाने चाहिए। कंटेनमेंट ज़ोन की पहचान की जाए और इन इलाकों में सख्त लॉकडाउन किया जाए। चिकित्सा सुविधाओं को मज़बूत किया जाना चाहिए और आईसीयू में अधिक बेड उपलब्ध कराए जाएँ और वेंटिलेटर और आवश्यक दवाएँ उपलब्ध कराई जाएँ। वास्तव में टेस्टिंग को बढ़ाया जाना चाहिए और सही आँकड़ों की सूचना दी जानी चाहिए और कॉन्टैक्ट ट्रेसिंग और ट्रैकिंग की जानी चाहिए। आपको व्यक्तिगत रूप से नियमित रूप से स्थितियों की निगरानी करनी चाहिए। यह सब निश्चित रूप से मामलों की संख्या और मृत्यु दर में कमी लाएगा। आप मामलों की संख्या में वृद्धि के कारण बताते हुए मुख्यमंत्री को अपना स्पष्टीकरण भेज सकते हैं और अपने जिले में महामारी के प्रसार को नियंत्रित करने के लिए अपनी

कार्ययोजना की रूपरेखा तैयार कर सकते हैं और आप उन्हें आश्वस्त कर सकते हैं कि आप स्थिति को सँभालने में सक्षम होंगे। सच्चाई को छिपाने या गलत तथ्यों या गलत डेटा की रिपोर्ट देने से कोई लाभ नहीं होगा। आपके सामने हमेशा सही पोजीशन होनी चाहिए ताकि आप उसे मैनेज कर सकें।

महत्त्वपूर्ण बात यह है कि आप स्थिति को सँभालने के लिए त्वरित और प्रभावी कार्रवाई कर रहे हैं। एक अच्छा प्रशासन ऐसे ही चल सकता है न कि अनैतिक तरीक़े से वास्तविक स्थिति को छिपाने से।

केस-34

आप एक प्रतिष्ठित मेडिकल कॉलेज के निदेशक हैं और आपको अपने डॉक्टरों की टीम पर गर्व है जो देश के सर्वश्रेष्ठ डॉक्टरों में से हैं। विशेष रूप से कार्डियोलॉजी विभाग के एक डॉक्टर की ख्याति राष्ट्रीय व अन्तर्राष्ट्रीय स्तर पर है और उस मेडिकल कॉलेज में उस डॉक्टर के होने से आपके संस्थान की प्रतिष्ठा में वृद्धि होती है। हालाँकि, एक दिन आपको नर्स एसोसिएशन से एक नोटिस मिलता है, जिसमें इस बात का ज़िक्र है कि संस्थान की नर्सें इस डॉक्टर को हटाने की माँग कर रही हैं अन्यथा वे सभी हड़ताल पर चली जाएँगी। आपको पता चलता है कि नर्सों में से एक ने डॉक्टर के विरुद्ध यौन उत्पीड़न की शिकायत करते हुए कहा है कि वह उसे अपने कमरे में बुलाता है, अश्लील सन्देश भेजता है और उसे शारीरिक रूप से छूने की भी कोशिश करता है। जब नर्स ने कोई प्रतिक्रिया नहीं दी तो डॉक्टर ने उसे डाँटना आरंभ कर दिया और यहाँ तक कि उसके विरुद्ध कार्रवाई करने की धमकी भी दी। आप डॉक्टर को बुलाकर उससे बात करते हैं लेकिन वह सभी आरोपों से इनकार करता है लेकिन नर्स आपको उस डॉक्टर और अन्य नर्सों, कर्मचारियों द्वारा भेजे गए मैसेज दिखाती है कि इस नर्स के प्रति डॉक्टर का व्यवहार सामान्य नहीं था।

एक निदेशक के रूप में यह आपकी ज़िम्मेदारी है कि आप कार्य-संस्कृति और संस्थान की प्रतिष्ठा को बनाए रखें, आप इस स्थिति पर कैसे प्रतिक्रिया देंगे?

विचार-विमर्श

संस्थान की प्रतिष्ठा सबसे अधिक महत्त्वपूर्ण है और एक निदेशक के रूप में यह आपकी ज़िम्मेदारी है कि आप इसे बनाए रखें। यह सच है कि अगर इस हृदय रोग विशेषज्ञ को नौकरी से हटा दिया जाता है तो इसका संस्थान पर प्रतिकूल प्रभाव पड़ेगा। वहीं, यौन उत्पीड़न की शिकायत बेहद गम्भीर मामला है और इसे नजरअन्दाज नहीं किया जा सकता है। अन्ततः, यह संस्थान की प्रतिष्ठा को भी नुकसान पहुँचाएगा और कार्य-संस्कृति और कार्य-नैतिकता और लिंग-नैतिकता पर भी प्रतिकूल प्रभाव डालेगा। एक निदेशक के रूप में आप समझौता करने की कोशिश नहीं कर सकते। ऐसी स्थितियों से सख़्ती से निपटना होगा। किसी संगठन में यौन उत्पीड़न के मामलों को लेकर, सुप्रीम कोर्ट के फैसले के बाद स्पष्ट विशाखा गाइडलाइन्स जारी किए गए हैं। आपको दिशा-निर्देशों का कड़ाई से पालन करना चाहिए और दोनों पक्षों को सुनने और साक्ष्य का मूल्यांकन

करने का उचित अवसर देने के बाद 15 दिनों के भीतर जाँच और रिपोर्ट प्रस्तुत करने के लिए स्वतंत्र जाँच समिति का गठन करना चाहिए। 15 दिन बाद अगर रिपोर्ट मिलती है कि शिकायत सही है तो आपके पास संस्थान की सेवा से हटाने सहित डॉक्टर के विरुद्ध कार्रवाई करने के अतिरिक्त कोई विकल्प नहीं है। इसका मतलब यह होगा कि संस्थान में नैतिक प्रथाओं का पालन किया जा रहा है और संस्थान की प्रतिष्ठा को बढ़ाने में इसका दीर्घकालिक प्रभाव पड़ेगा।

केस-35

चुनाव कराना ज़िला प्रशासन की एक प्रमुख ज़िम्मेदारी है जिसे बिना हिंसा या कानून-व्यवस्था की गड़बड़ी के स्वतंत्र और निष्पक्ष चुनाव सुनिश्चित करना है। चुनाव की अवधि के दौरान जिला मजिस्ट्रेट और उनकी टीम चुनाव आयोग के अधिकारियों के रूप में काम करती है। विधानसभा चुनाव की घोषणा हो चुकी है और जिलाधिकारी ने चुनाव की तैयारी आरंभ कर दी है। एक दिन उन्हें एक वरिष्ठ मंत्री के कार्यालय से फोन आता है जो कहता है कि पार्टी के स्थानीय उम्मीदवार डीएम से मिलेंगे क्योंकि उन्हें कुछ समस्याएँ हैं और उनसे मुद्दों को सुलझाने का अनुरोध करेंगे। आप इन उम्मीदवारों को समय तो देते हैं लेकिन उनकी माँगों से हैरान हैं। वे चाहते हैं कि कुछ विशिष्ट अधिकारियों को उनके निर्वाचन क्षेत्र और विशेष बूथों पर चुनाव ड्यूटी पर तैनात किया जाए। आप उन्हें बताते हैं कि एक सॉफ्टवेयर है जिसके अनुसार ड्यूटी का आवंटन किया जाता है लेकिन वे आश्वस्त नहीं होते हैं और आप पर चीज़ों को इस तरह से सँभालने के लिए दबाव डालते हैं कि उनका अनुरोध मान लिया जाए। वे आपको उन मतदान केन्द्रों की सूची भी देते हैं जहाँ वे चाहते हैं कि अतिरिक्त पुलिस तैनात की जाए और बूथों की एक अन्य सूची जहाँ वे चाहते हैं कि केवल एक होमगार्ड को ड्यूटी पर रखा जाए क्योंकि बाद वाले बूथों में वे मज़बूत स्थिति में हैं जबकि पहले वाले बूथ पर वे कमज़ोर स्थिति में हैं।

उन्होंने आपसे कुछ ऐसे लोगों के विरुद्ध निवारक धाराओं के तहत कार्रवाई करने के लिए भी कहा, जो विपक्षी दलों के उम्मीदवारों के करीबी हैं। वे आपसे कहते हैं कि उनकी पार्टी सत्ता में वापस आने वाली है और अगर आप उनकी बात मानते हैं तो वे आपके हितों की देखभाल करेंगे। आपके पास भी इस तरह के फीडबैक हैं कि सत्ताधारी दल के सत्ता में बने रहने की सम्भावना है।

आप इस मामले में किस तरह की कार्रवाई करना चाहेंगे?

विचार-विमर्श

स्वतंत्र और निष्पक्ष चुनाव कराना डीएम का कर्तव्य है जो देश में लोकतंत्र के लिए बहुत महत्त्वपूर्ण है। भले ही डीएम के पास यह फीडबैक हो कि सत्तारूढ़ दल सत्ता में वापस आने वाला है और उसे पता चलता है कि यदि वह पार्टी के उम्मीदवारों के अनुरोध का अनुपालन करता है तो वह सत्तारूढ़ दल का विश्वासपात्र बन जाएगा जो उसके कैरियर के लिए बहुत फायदेमन्द होगा। इसके विपरीत यदि वह उनकी बात

नहीं मानता है तो ये लोग उसके विरुद्ध द्वेष रखेंगे और बाद में उसका तबादला कर देंगे और उसके विरुद्ध प्रतिशोधात्मक कार्रवाई भी करेंगे। हालाँकि, वह नैतिक पथ से विचलित नहीं हो सकता।

उन्हें बिलकुल निष्पक्ष तरीक़े से चुनाव कराना चाहिए। वह सत्तारूढ़ दल के उम्मीदवारों के किसी भी अनुरोध से सहमत नहीं हो सकते। उन्हें चुनाव आयोग के दिशा-निर्देशों के अनुसार पारदर्शी तरीक़े से अपने सभी कर्तव्यों का पालन करना चाहिए और किसी भी तरह के राजनीतिक दबाव के आगे नहीं झुकना चाहिए। भले ही उन्हें बाद में नुकसान उठाना पड़ता है, उसे परिणामों की चिन्ता नहीं करनी चाहिए और कानून के नियम के अनुसार अपना कर्तव्य निभाना चाहिए। मतदान अधिकारियों की ड्यूटी गोपनीय और निष्पक्ष तरीक़े से लगनी चाहिए ताकि एक ही जाति या समुदाय के अधिकारी एक ही बूथ पर तैनात न हों और किसी भी उम्मीदवार को इस बात की जानकारी न हो कि किस बूथ पर किस अधिकारी को तैनात किया जा रहा है, यहाँ तक कि पोलिंग अधिकारियों को भी पोलिंग के दिन ही अपने ड्यूटी स्थल का पता चलना चाहिए। अब इस कार्य के लिए चुनाव आयोग द्वारा अनुमोदित एक सॉफ्टवेयर है और इसका उपयोग किया जाना चाहिए। इसी प्रकार, बूथों का संवेदनशील के रूप में वर्गीकरण जिला मजिस्ट्रेट और उनके पुलिस समकक्ष द्वारा उनके वस्तुनिष्ठ मूल्यांकन के आधार पर किया जाना चाहिए। किसी भी स्थिति में किसी अन्य पार्टी के पक्ष में, उम्मीदवार या किसी विशेष पार्टी के समर्थकों के विरुद्ध, आपराधिक प्रक्रिया संहिता की निवारक धाराओं के प्रावधानों का उपयोग नहीं किया जाना चाहिए। चुनाव कराना एक पवित्र कर्तव्य है क्योंकि लोकतंत्र का भविष्य इस पर निर्भर करता है। इसके लिए अधिकारी को अपने व्यापक कर्तव्यों के बारे में जागरूक होना चाहिए।

केस-36

आप एक जिले के मुख्य विकास अधिकारी हैं और आप पाते हैं कि क्षेत्र की प्रमुख समस्याओं में से एक कृषि के उद्देश्य के लिए अत्यधिक दोहन के कारण भूजल भंडार का तेजी से क्षरण होना है। हर वर्ष अधिकाधिक ब्लॉक्स में ये समस्या बढ़ती ही जा रही है। इस दर से पूरा ज़िला कुछ समय बाद बंजर हो सकता है जिससे किसानों की आय का नुकसान हो सकता है और गरीबी बढ़ सकती है। इसका एक मुख्य कारण यह है कि पानी की खपत वाली फसलें उगाई जा रही हैं और दूसरा मुफ्त बिजली और पानी के कारण किसान सीमित जल संसाधनों का आवश्यकता से अधिक दोहन कर रहे हैं। नए नलकूपों के निर्माण पर प्रतिबन्ध लगा हुआ है, लेकिन राजनीतिक कनेक्शन के साथ शक्तिशाली किसान लॉबी द्वारा इसका उल्लंघन किया जा रहा है। आपको अपने अधीनस्थों द्वारा सलाह दी जाती है कि आप इनके स्वार्थों में बाधा न डालें क्योंकि इससे एक शक्तिशाली राजनीतिक प्रतिक्रिया होगी। आपको बताया जाता है कि आप केवल कुछ वर्षों के लिए ज़िले में रहेंगे और ऐसा कुछ भी नहीं करना चाहिए जिससे आपके कैरियर को नुकसान पहुँचे।

मुख्य विकास अधिकारी के रूप में आपके लिए सही दृष्टिकोण क्या होगा?

विचार-विमर्श

आपका काम ज़िले का विकास करना है और जिले के समग्र विकास के लिए सभी कदम ईमानदारी से उठाना आपका नैतिक कर्तव्य है। भूजल का अवक्षय एक गम्भीर समस्या है जिससे किसान और जिले में रहने वाले परिवारों के साथ-साथ पर्यावरणीय समस्याएँ भी पैदा होंगी। इससे जानवरों और इन्सानों में भी बीमारियाँ हो सकती हैं। आप सभी सम्बन्धित विभागों के साथ समन्वय कर एक विस्तृत कार्ययोजना तैयार करें। आप फंडिंग के लिए राज्य सरकार को प्रोजेक्ट भेज सकते हैं। हो सकता है कि राज्य सरकार जवाब न दे। उस स्थिति में आपको विभिन्न योजनाओं के लिए धन जमा करना होगा और अभिसरण द्वारा अपने उद्देश्य को प्राप्त करना होगा। आप भी अपने अधिकारियों की टीम के साथ सभी गाँवों का दौरा करें और किसानों के साथ बैठकें करें। आपको उन्हें समस्याओं की गम्भीरता से अवगत कराना चाहिए और उन्हें समझाना चाहिए कि वे पानी की बहुत खपत करने वाली फसलें न उगाएँ, न ही कोई नया ट्यूबवेल लगाएँ। अपने खेत की सिंचाई के लिए स्प्रिंकलर या ड्रिप सिंचाई का उपयोग करें और सभी आवश्यक पारिस्थितिक और पर्यावरण सुरक्षा गार्डों का पालन करें। एक अधिकारी को किसानों को समझाने में सक्षम होना चाहिए और एक बार वह ऐसा करने में सक्षम हो जाए तो आधी से अधिक लड़ाई जीत ली जाती है। एक अधिकारी को किसी भी योजना या परियोजना में नागरिकों को सम्मिलित करना चाहिए, जिसके लिए नागरिकों को अपने मौजूदा सोच या कार्य करने के तरीकों को बदलने की आवश्यकता हो सकती है। उसके बाद उसे परियोजना को सँभालने के लिए एक टीम बनानी चाहिए और परिणाम देखने के लिए अपने स्तर पर नियमित रूप से इसकी निगरानी करनी चाहिए। वह मीडिया को भी ब्रीफ कर सकता है और अगर उसे मीडिया में अच्छी कवरेज मिलती है तो उसे किसी राजनीतिक हस्तक्षेप का सामना नहीं करना पड़ेगा। उसे एक निर्धारित समय सीमा में जिले में भूजल में और कमी न आने देने और जल स्तर को ऊपर लाने का लक्ष्य निर्धारित करना चाहिए।

केस-37

आप राज्य सरकार के पर्यावरण विभाग में निदेशक के पद पर तैनात हैं और इस बात से चिन्तित हैं कि राज्य में वायु और जल प्रदूषण से निपटने के लिए कोई ठोस कार्ययोजना नहीं है। भारत सरकार द्वारा प्रस्तुत नवीनतम रिपोर्ट से पता चलता है कि आपके राज्य के पाँच प्रमुख शहर राज्य के सबसे प्रदूषित शहरों में शीर्ष 20 में हैं। आप सरकार की उच्च स्तर की बैठक में इस मुद्दे को उठाते हैं लेकिन आपसे कहा जाता है कि बजट में कोई आवंटन नहीं है, साथ ही सरकार की ओर से आपको यह भी बताया जाता है कि सरकार के लिए ये मुद्दा उसकी प्राथमिकता में सम्मिलित नहीं है। आप समस्या से बहुत चिन्तित हैं और इस मुद्दे को हल करने के लिए तुरन्त कुछ करना चाहते हैं क्योंकि आप इस तथ्य से अवगत हैं कि वायु प्रदूषण का यह उच्च स्तर नागरिकों के लिए गम्भीर स्वास्थ्य समस्याएँ पैदा कर रहा है और यहाँ तक कि उनके जीवन काल को कम करने का कारण बन रहा है।

आपका दृष्टिकोण क्या होगा?

विचार-विमर्श

यह स्पष्ट है कि इसमें नैतिकता के दो बुनियादी सिद्धान्त सम्मिलित हैं। पहला तो एक लोक सेवक के रूप में आपका पहला कर्तव्य है कि आप राज्य के नागरिकों को स्वच्छ और रोग मुक्त पर्यावरण प्रदान करें। दूसरी अपनी नौकरी के प्रति भी आपकी प्रतिबद्धता है जिसमें आपसे अपना सर्वश्रेष्ठ देने और कुशल और प्रभावी होने और आपको सौंपी गई ज़िम्मेदारियों में परिणाम देने की उम्मीद की जाती है। आपको अपने वरिष्ठों से उत्साहजनक प्रतिक्रिया नहीं मिली है, जिन्हें लगता है कि यह सरकार की प्राथमिकता नहीं है और फंड्स की भी समस्या है। लेकिन इससे आपको रुकना नहीं चाहिए। एक लोक सेवक को कठिन परिस्थितियों में भी अपना सर्वश्रेष्ठ प्रदर्शन करना चाहिए और उसका काम समस्याओं का समाधान करना है। उसे वायु प्रदूषण के उच्च स्तर और नागरिकों के स्वास्थ्य और जीवन पर पड़ने वाले प्रभाव को दर्शाने वाली एक प्रस्तुति तैयार करनी चाहिए। आपको खतरे से निपटने के लिए समय सीमा और आवश्यक बजटीय संसाधनों के साथ कार्ययोजना भी तैयार करनी चाहिए। फिर आपको मुख्यमंत्री सहित वरिष्ठ अधिकारियों और राजनीतिक कार्यकारिणी से समय निकालकर स्थिति का प्रेजेंटेशन देना चाहिए। यदि मुद्दे को अच्छी तरह से प्रस्तुत किया जाता है तो वे आपकी बात को समझेंगे और समर्थन भी देंगे। सम्भव है कि इस स्थिति से निपटने के लिए कुछ धन भी उपलब्ध करा दिया जाए, लेकिन समस्या के बहुत से गैर-वित्तीय पहलू भी हैं, जिन्हें सरकार के तत्काल निर्देश की आवश्यकता है जैसे पुराने परिवहन वाहनों को चरणबद्ध तरीक़े से समाप्त करना। फिर आप इस समस्या से निपटने के लिए विभिन्न विभागों से फंड्स को भी इकट्ठा कर सकते हैं। आपको राजनीतिक कार्यपालिका को यह समझाने में सक्षम होना चाहिए कि यह राजनीतिक रूप से भी बहुत महत्त्वपूर्ण है, और अगर इस समस्या से जल्दी नहीं निपटा गया तो इससे हमारे राज्य की बदनामी होगी। एक बार जब कार्ययोजना स्वीकृत हो जाती है और धन आवंटित हो जाता है तो आपको राज्य के लोगों को परिणाम सुनिश्चित करने के लिए नियमित आधार पर इसकी निगरानी करनी चाहिए जिससे राज्य के लोगों को इसका लाभ प्राप्त हो। आपको उद्योग और परिवहन जैसे कई विभागों के विरोध का सामना करना पड़ेगा। उन्हें दूर करने के लिए आपको अपने संचार कौशल का उपयोग करना होगा।

केस-38

हम में से अधिकांश लोग शहरों में रह रहे हैं और रोजाना कुछ समस्याओं का सामना करते हैं जैसे कचरे का सही निस्तारण न होना, पानी की आपूर्ति उपलब्ध न होना या स्ट्रीट लाइट काम न करना या सीवर ओवरफ्लो होना आदि। नागरिक इन मुद्दों के बारे में बहुत चिन्तित हैं और दुखी हैं कि उन्हें नहीं पता कि कहाँ शिकायत करनी है और कैसे इन समस्याओं से निपटा जाए। कई बार नागरिक इस बात से अप्रसन्न होते हैं कि उनकी समस्याओं पर प्राथमिकता से ध्यान नहीं दिया जाता है। श्री अंकुर कुमार नगर

X के नगर आयुक्त के पद पर पदस्थापित हैं और पाते हैं कि नगर निगम से नागरिकों को बहुत सी शिकायतें हैं जिनका समाधान किया जा रहा है। आप यह भी पाते हैं कि इस निर्देश के बावजूद कर्मचारी आलसी और अनुशासनहीन हैं और अक्सर शिकायतों पर लंबे समय तक कोई कार्रवाई नहीं करते हैं।

अंकुर कुमार को स्थिति को कैसे सँभालना चाहिए?

विचार-विमर्श

ऐसी स्थिति में अंकुर कुमार को दो काम करने चाहिए। उसे लोगों की समस्याओं पर पकड़ बनाने के लिए तकनीक का इस्तेमाल करना चाहिए और अपनी टीम से भी संवाद करना चाहिए ताकि उनमें अपने और काम और लोगों की शिकायतों के प्रति उनके नकारात्मक रवैए में बदलाव आए। अंकुर नगर आयुक्त के रूप में नागरिकों को समयबद्ध तरीक़े से निवारण प्रदान करने के लिए बाध्य हैं। अंकुर अपनी टीम के सदस्यों के साथ स्वतंत्र रूप से खुलकर चर्चा करके एक शुरुआत कर सकते हैं और उन्हें दृढ़ता से बता सकते हैं कि यह आपका मानना है कि नागरिकों की समस्याओं को सर्वोच्च प्राथमिकता दी जानी चाहिए। आपको अपनी टीम की समस्याओं को मानव और वित्तीय संसाधनों के सन्दर्भ में सुनना चाहिए और इन समस्याओं को हल करने के लिए एक योजना तैयार करनी चाहिए। लोगों की समस्यायों को सुलझाने हेतु अपनी टीम को प्रेरित करने के लिए आप उनकी कार्यकुशलता और तत्परता के आधार पर पुरस्कृत या दंडित कर सकते हैं। इसके अतिरिक्त आप प्रौद्योगिकी का उपयोग कर सकते हैं और एक ऐसा ऐप बना सकते हैं जिसके माध्यम से नागरिक सीधे अपनी शिकायत दर्ज कर सकें। आप एक कॉल सेंटर भी विकसित कर सकते हैं जहाँ लोग अपने मोबाइल या ईमेल के जरिए भी अपनी शिकायत दर्ज करा सकते हों। साथ ही एक सिटिजन चार्टर भी विकसित कर सकते हैं और इसे अपनी वेबसाइट पर और सभी वार्ड कार्यालयों पर भी डाल सकते हैं, जिसमें दिखाया जाए कि कौन-सा अधिकारी किस तरह की समस्या और शिकायतों के निवारण की प्रक्रिया के लिए जवाबदेह है। अंकुर कुमार को व्यक्तिगत रूप से इस बात पर नज़र रखनी होगी कि सभी शिकायतों को समयबद्ध तरीक़े से सुलझाया जाता है अथवा नहीं और एक सिस्टम को विकसित करना होगा जिसके माध्यम से जनता अपनी शिकायतों पर प्रतिक्रिया प्राप्त कर सके। इस तरह अंकुर लोगों को सन्तुष्टि प्रदान करने और कुशल तरीक़े से सार्वजनिक सेवा देने में सक्षम होंगे।

केस-39

विनय कुमार जैसे ही ग्रामीण विकास विभाग में सचिव के रूप में कामकाज सँभालते हैं, वैसे ही उन्हें माननीय उच्च न्यायालय के द्वारा दो मामलों में न्यायालय की अवमानना की नोटिस आती है, जिसमें कुछ अधिकारियों की प्रोन्नति का प्रकरण है। विनय जल्दी से फाइल माँगते हैं और पाते हैं कि माननीय न्यायालय ने कुछ महीने पहले ही उन अधिकारियों की प्रोन्नति किए जाने का आदेश दिया था, जिसका अनुपालन नहीं किया गया है। विनय कानूनी सलाह लेते हैं और उन्हें सलाह दी जाती है कि वह तुरन्त उन आदेशों का अनुपालन

कर दें। वह आदेश का अनुपालन कर देते हैं और फिर न्यायालय के समक्ष हाज़िर हो जाते हैं, जो उन्हें न्यायालय की अवमानना से बरी कर देता है। बाद में, विनय विभाग की प्रोन्नति नीति को देखते हैं और पाते हैं कि अभी तक वरिष्ठता क्रम सूची अन्तिम रूप से बनी ही नहीं है। पन्द्रह सालों से ज्यादा समय से विभागीय प्रोन्नति समिति की मीटिंग ही नहीं हुई है और इस कारण से अधिकारियों को नुकसान उठाना पड़ रहा है, जिसके कारण वह काम में दिलचस्पी नहीं ले रहे हैं। करीब से देखने पर वह पाते हैं कि विभाग में एक रैकेट निचली सीढ़ी के सचिवालय कर्मियों के साथ मिलकर जानबूझकर सही ढंग से अधिकारियों को प्रोन्नति नहीं दे रहे हैं एवं कुछ लोगों को न्यायालय जाने को उकसाते हैं और जब वह आदेश मिल जाते हैं तो उसे सचिव को नहीं दिखाते और न्यायालय की अवमानना का इंतजार करते हैं, जिससे जबरदस्ती अनुपालन कराया जा सके। इस सब में खूब धन उगाही चलती है।

आप विनय कुमार को क्या सलाह देंगे?

विचार-विमर्श

इस तरह की अनैतिक गतिविधियाँ सचिवालय में प्रोन्नति मामलों में काफी आम हैं। विनय कुमार को उनके सचिवालय कर्मियों और कुछ अधिकारियों के इस अनैतिक गठजोड़ को तोड़ने के लिए अवश्य कुछ करना चाहिए। उन्हें अपनी अध्यक्षता में एक कमेटी बनाकर सभी वरिष्ठता सूचियों का परीक्षण करना होगा और सम्बन्धित लोगों से आपत्तियाँ आमंत्रित कर उन्हें अन्तिम रूप देना होगा। तत्पश्चात् न्यायालयों में वरिष्ठता सम्बन्धी लम्बित मामलों को लड़ना होगा और खत्म करना होगा। इसके बाद उन्हें विभाग के दिशा-निर्देशों के अनुरूप एक विभागीय प्रोन्नति कमेटी की मीटिंग बुलानी होगी और सभी प्रोन्नतियों को अद्यतन करना होगा। यह प्रक्रिया उनके फील्ड अधिकारियों को बहुत प्रेरित करेगी और वह अधिक उत्साह व ऊर्जा से काम करेंगे। जब एक बार सभी प्रोन्नतियाँ नियमित हो जाएँगी तो किसी अधिकारी को प्रोन्नति के लिये न्यायालय से आदेश पाने की जरूरत नहीं रहेगी और इस तरह से सचिवालय में चालू गठजोड़ अपने आप निष्प्रभावी हो जाएगा। उन्हें इसी पर नहीं रुक जाना चाहिए, उन्हें उन सचिवालय कर्मियों की पहचान करनी चाहिए जो इस तरह के अनैतिक कार्यों में लिप्त थे और उनके विरुद्ध विभागीय कार्यवाही आरंभ करनी चाहिए साथ ही उनका तबादला भी कर देना चाहिए। भविष्य के लिए उन्हें एक ऐसी व्यवस्था बनानी चाहिए, जिससे माननीय न्यायालय का कोई भी आदेश प्राप्त होने पर उसी दिन उनके संज्ञान में व्यक्तिगत रूप से लाया जाए और उन्हें उस आदेश के अनुपालन के लिये व्यक्तिगत रूप से ध्यान देना चाहिए। स्थापना पटल के मामले सरकारी कर्मचारियों और अधिकारियों के लिये बहुत महत्त्वपूर्ण होते हैं और यह बहुत दुर्भागयपूर्ण है कि कुछ सचिवालय कर्मी इन परिस्थितियों का फायदा अधिकारियों को प्रताड़ित करने के लिये उठाते हैं और मोलभाव कर पैसा बनाते हैं। इस तरह के मामलों में कड़ी कार्यवाही की आवश्यकता है।

केस-40

श्री रणवीर सिंह को एक सार्वजनिक क्षेत्र की इकाई के जनरल मैनेजर के पद पर नियुक्त किया जाता है और यह यूनिट वहाँ मौजूद लड़ाकू ट्रेड यूनियन के साथ खराब रिश्तों के लिये बदनाम है। श्री रणवीर सिंह के पूर्ववर्ती मैनेजर पर फैक्ट्री के अन्दर ही मजदूरों में मौजूद 4 असामाजिक तत्वों द्वारा शारीरिक हमला किया गया था और फिर उन्हें सेवा से बर्खास्त कर दिया गया था। हालाँकि जैसे ही उन मैनेजर का तबादला हुआ और उनकी विदाई पार्टी थी तो मजदूर संघ के लोग उनसे मिले और उनसे उन चार कर्मचारियों के व्यवहार के लिये माफी माँगी और विदाई समारोह के भावुक पलों में उनसे उनकी बहाली के लिये निवेदन किया। जब रणवीर ने कार्यभार सँभाला तो मजदूर संघ के पदाधिकारी उनसे मिले और उन मजदूरों को पुन: नियुक्ति आदेश जारी करने को कहा और बताया कि उनके पूर्ववर्ती मैनेजर पत्रावली पर पहले ही आदेश जारी कर चुके हैं। वह पाते हैं कि बात सही है लेकिन उनके व्यक्तिगत मैनेजर और मुख्य अभियन्ता सलाह देते हैं कि आप ऐसा न करें, क्योंकि जैसा कि वे बताते हैं कि ये चार वाकई असामाजिक तत्त्व हैं और पूर्ववर्ती जी एम पर शारीरिक हमला वाकई बहुत गम्भीर था और अगर उन्हें माफी दे दी गयी तो इससे फैक्ट्री में अनुशासनहीनता बढ़ेगी, जो कि पहले से ही यूनियन के लड़ाकूपन के कारण बुरी दशा में है। रणवीर स्थिति को समझते हैं और पाते हैं कि अगर उन्हें फैक्ट्री को अच्छे से चलाना है तो यूनियन को नियंत्रण में रखना पड़ेगा। वह उन चार मजदूरों की पुन: बहाली से इनकार कर देते हैं। मजदूर संगठन धमकी देते हैं कि वह हड़ताल पर चले जाएँगे। वे उन्हें 15 सूत्रीय माँगों की लिस्ट देते हैं और कहते हैं कि अगर इन माँगों पर 14 दिनों के भीतर कार्यवाही नहीं होती तो वे अनिश्चित कालीन हड़ताल पर चले जाएँगे। क्या रणवीर सिंह को माँगे मान लेनी चाहिए या कुछ और कदम उठाना चाहिए।

आप उन्हें क्या सलाह देना चाहेंगे?

विचार-विमर्श

यह साफ है कि दूसरी बहुत सी संस्थाओं की तरह सार्वजनिक क्षेत्र की यह इकाई भी यूनियनबाज़ी के कारण खराब चल रही है, क्योंकि इस कारण मज़दूर अपना काम सही ढंग से नहीं करते और बहुत सी अनुशासनहीनता करते हैं। इसका नतीजा यह है कि प्लांट की उत्पादन क्षमता का भलीभाँति उपयोग नहीं हो पा रहा है और कम्पनी नुकसान में जा रही है। अगर रणवीर यूनियन के दबाव के आगे झुक जाते हैं तथा उन चार मजदूरों की पुन: बहाली कर देते हैं और यूनियन की उन माँगों को मान लेते हैं, जो कि वैसे मानने योग्य नहीं हैं, तो इसका यह अर्थ निकलेगा कि यूनियन हावी हो जाएगी और उन पर शासन करने लगेगी। प्लांट का माहौल ही दूषित हो जाएगा और उनके वरिष्ठ अधिकारियों के मन में उनके प्रति सम्मान नहीं रहेगा। यूनियन समझ जाएगी कि वह एक कमज़ोर चरित्र वाला रीढ़हीन मैनेजर है और वे उसे प्लांट के कामकाज को बेहतर करने के किसी भी नए उपाय को करने ही नहीं देंगे। वे लगातार हड़ताल की

धमकी देते रहेंगे, जिससे कि अपनी माँगें मनवा सकें। इसका सीधा सा अर्थ होगा कि आप एक प्रभावहीन जनरल मैनेजर होंगे और कम्पनी का खराब प्रदर्शन बना रहेगा। आप सार्वजनिक धन के साथ न्याय नहीं कर पाएँगे और न ही उन ज़िम्मेदारियों को उठा पाएँगे, जो सरकार ने आपको दी हैं। इसलिए रणवीर यूनियन को बहुत सारे दौर की वार्ताओं के लिए बुला सकते हैं और उन्हें इसके लिए राज़ी करने की कोशिश कर सकते हैं कि वे हड़ताल का नोटिस वापस ले लें। वे यह नहीं करते तब रणवीर को हड़ताल को सँभालने के लिए व्यवस्थाएँ करनी होंगी और रणवीर उन्हें हड़ताल करने दें। उन्हें हड़ताल के साथ सख़्ती से पेश आना चाहिए, जिसमें कुछ कर्मचारियों को बर्खास्तगी का नोटिस देना भी सम्मिलित हो सकता है जो हिंसा में लिप्त थे, उन्हें पुलिस और स्थानीय प्रशासन की मदद भी लेनी पड़ सकती है, जिससे कि बड़े नेताओं को गिरफ्तार किया जा सके। अगर वह इस तरीक़े की मंशा को ज़ाहिर कर देते हैं तो आखिरकार यूनियन झुक जाएगी और हड़ताल को बिना शर्त वापस ले लेगी। एक बार जब यह हो जाए तो रणवीर को कर्मचारियों और मजदूर संघों के पास एक अच्छे सक्रिय ढंग से जाना चाहिए और उनकी समस्याओं को सुलझाने के लिए एक व्यवस्था बनानी चाहिए, जिसमें यूनियन के साथ मासिक आधार पर नियमित मीटिंग करना सम्मिलित हो और यह भी हो कि प्रत्येक कर्मचारी को उनसे मिलने का समय मिल सके, अगर उसे कोई दिक्कत हो। इस तरह से वह अपनी साख बना सकेंगे और फिर वहाँ मज़दूर कोई गड़बड़ी नहीं करेंगे और प्लांट अच्छे ढंग से चल सकेगा। रणवीर का यह नैतिक दायित्व है कि संसाधनों का भलीभाँति व प्रभावी ढंग से प्रयोग हो, जो कि उस राज्य के नागरिकों के लिए लाभदायक होगा।

केस-41

आप अभी ही ज़िला मजिस्ट्रेट के रूप में नियुक्त हुए हैं और आपने सरकारी कार्यक्रमों के क्रियान्वयन के लिए बहुत अच्छे तरीक़े से दौरे करने आरंभ कर दिए हैं। निरीक्षणों से आपको यह पता चलता है कि बहुत सारी जगहों पर जो इमारतें और सड़कें बनाई गई हैं, वह बहुत खराब क्वालिटी की हैं, जिनसे पता चलता है कि सरकार के धन का सही से उपयोग नहीं हो रहा है और बहुत अधिक भ्रष्टाचार है। आप जिस तरह से गड़बड़ियों को उजागर करने के साथ सरकारी नीतियों के क्रियान्वयन हेतु कार्य कर रहे हैं इससे आपको बहुत जल्दी ही समाज से सराहना मिलने लगती है साथ ही मीडिया भी आपकी प्रशंसा करता है। फिर भी एक छोटा सा साप्ताहिक समाचार-पत्र है, जिसकी पहुँच पाठकों तक तो बहुत कम है, लेकिन वह आपके बारे में बकवास और बुरी टिप्पणियाँ कर रहा है। आप इसका कारण पता करने की कोशिश करते हैं और आपको पता चलता है कि इस अखबार का एडिटर आपसे पहले के दौर में बनाई गई सड़कों में हुए भ्रष्टाचार का लाभार्थी रहा है। आप जिस तरह से काम कर रहे हैं उससे उसके हित प्रभावित हुए हैं। वह एडिटर एक दिन आपके पास आता है और विज्ञापनों के रूप में आपसे वित्तीय मदद की गुहार करता है। आप यह कहकर मना कर देते हैं कि आपके अखबार का सर्कुलेशन बहुत कम है। वह अखबार पीत पत्रकारिता में लग

जाता है और आपकी प्रतिष्ठा और चरित्र को नष्ट करने के लिए लेख छापने लगता है जो सारे के सारे झूठी रिपोर्टिंग के उदाहरण हैं।

आप इस स्थिति में कैसी प्रतिक्रिया करेंगे?

विचार-विमर्श

यह तो होता ही है कि जब कोई अधिकारी एक शानदार और प्रभावी ढंग से भ्रष्टाचार के कारनामों के विरुद्ध कार्यवाही करता है और पहले से चल रहे यथास्थितिवाद और हित समूहों को तोड़ता है, लोग उसके विरुद्ध हो जाते हैं और उसे बदनाम करने की कोशिश करते हैं। झूठी शिकायतें बनाई जाती हैं और राजनीतिक पहुँच का भी प्रयोग किया जाता है, जिससे कि उस अधिकारी का तबादला कराया जा सके। यह सब करने के एक बड़े एजेंट स्थानीय अखबार होते हैं, जो कि खबरें देने का काम नहीं करते, बल्कि वरिष्ठ अधिकारियों को ब्लैकमेल करके पैसे बनाने के काम में लगे रहते हैं। ऐसे पत्रकार पैसे बनाने के लिए हर तरीक़े के काम करते रहते हैं और खासतौर पर वे निम्न स्तरीय अखबार निकालते रहते हैं, जिससे कि सरकार से विज्ञापन प्राप्त कर सकें, जो कि उनके राजस्व का बड़ा ज़रिया है। अगर उन्हें इसके लिए मना कर दिया जाए, तो वे झूठी खबरें निकाल कर अधिकारियों को ब्लैकमेल करने की कोशिश करते हैं। पत्रकारों द्वारा ऐसा किया जाना बिलकुल अनैतिक कृत्य है। ऐसा नहीं है कि सभी पत्रकार ऐसे ही हैं। अधिकतर पत्रकार समर्पित और प्रोफेशनल होते हैं, लेकिन एक छोटी सी संख्या ऐसी अवश्य होती है जो कि हर तरह के अनैतिक कारनामों में लगी रहती है। आपने ज़िले में अच्छा काम करना आरंभ किया है और इस तरीक़े का कोई भी ऐसा कार्य नहीं होना चाहिए, जिससे कि आप सार्वजनिक सेवाओं को अच्छे ढंग से मुहैया कराने के अपने उद्देश्य से भटकें। वास्तव में नागरिक ऐसे अधिकारियों को पसन्द करते हैं जो कि ईमानदार हो और परिणाम देने वाला हो। आपके पास एक विकल्प यह है कि आप इस तरीक़े की अपने विरुद्ध की जा रही नकारात्मक रिपोर्टिंग को पूरी तरह अनदेखा कर दें। यह सबसे बेहतरीन विकल्प है, क्योंकि जैसे ही आप इन सब चीज़ों पर प्रतिक्रिया देना आरंभ करते हैं तो हर जगह अफवाहें फैल जाती हैं और वे लोग भी जो कि उस अखबार को कभी नहीं पढ़ते, उनका ध्यान इन नई खबरों की ओर चला जाता है और इससे एक अनावश्यक विवाद पैदा होता है।

दूसरा विकल्प यह है कि आप अपनी शक्तियों का प्रयोग कर उस अखबार के आफिस का मुआयना कर सकते हैं और आप पाएँगे कि वहाँ पर सरकार के दिशानिर्देशों का अनुपालन नहीं किया जा रहा है और आप उस अखबार के लाइसेंस को निरस्त करने के लिए कार्यवाही आरंभ कर सकते हैं और पुलिस के द्वारा एक एफ.आई.आर. भी दर्ज करा सकते हैं। अगर समाचार-पत्र इस तरीक़े का समाचार चला रहा है जिससे आपकी छवि को वास्तव में नुकसान हो रहा है तो इस तरह की कार्यवाही की जा सकती है।

तीसरा विकल्प यह है कि आप न्यायालय की शरण में जाएँ और एक अवमानना का केस दायर कर दें। हालाँकि न्यायालयों में इस तरीक़े के मुकदमे काफी लम्बे खिंच जाते हैं जिनमें बड़ा विवाद छिड़ने की गुंजाइश बनी रहती है, जिसे नजरंदाज करना आपके हित में ही होगा।

चौथा विकल्प यह है कि आप उस अखबार को विज्ञापन देना तुरन्त बन्द कर दें और दूसरे लोगों से भी कह दें कि इस समाचार-पत्र को संरक्षण न दें। जैसे ही समाचार-पत्र को वित्तीय सहायता बन्द हो जाती है तो उसके जारी रहने में बहुत दिक्कतें होती हैं। यह शायद सबसे सही कार्यवाही है, अगर वह नकारात्मक समाचार लगातार दिए जा रहा हो। हालाँकि अगर केवल कुछ खबरें ही छपी हों तो सबसे बेहतर है कि उन्हें नजरंदाज किया जाए। जनता अपने आप आपके अच्छे कार्यों को पहचानती है और इस तरीक़े की पीली पत्रकारिता के रंग में नहीं बहती।

एक अच्छे अधिकारी के लिए नैतिक पूर्ण कार्य करना कभी आसान नहीं होता। उसे हर तरफ से विरोध का सामना करना पड़ता है, लेकिन उसे कभी हिम्मत नहीं छोड़नी चाहिए और ईमानदारी व प्रतिबद्धता के साथ अपना काम करते रहना चाहिए। उस उद्देश्य को पूरा करना चाहिए, जिसके लिए वह सेवा में आया है और वह उद्देश्य है जनता को परिणाम देना और उनकी बेहतरी के लिए काम करना।

केस-42

आपको आवास विभाग के सचिव के पद पर तैनात किया गया है और आप पाते हैं कि यह विभाग वास्तव में बिल्डर्स लॉबी द्वारा चलाया जा रहा है। आपके अधिकांश अधिकारी वस्तुतः इन बिल्डरों से पैसे लेते हैं और उनके भ्रष्ट आचरण को अनदेखा कर रहे हैं। कुछ बिल्डर नियमों और दिशा-निर्देशों के अनुसार अपना काम कर रहे हैं और ग्राहकों से लिए गए पैसे को परियोजनाओं पर ही खर्च कर रहे हैं, लेकिन कई अन्य ऐसे भी हैं, जो अवैध रूप से अपने व्यक्तिगत खातों या परियोजनाओं में पैसा निकाल रहे हैं और परिणामस्वरूप काम पूरा होने में देरी हो रही है। इससे परियोजनाओं की लागत में भी वृद्धि हुई है, जिसकी माँग वे असहाय नागरिकों से कर रहे हैं। आप यह भी पाते हैं कि निर्माण की गुणवत्ता घटिया है और आवास व शहरी विकास अधिनियम के कई नियमों और दिशा-निर्देशों का उल्लंघन किया जा रहा है। वास्तव में हरित क्षेत्रों या सड़कों की चौड़ाई या अन्य सामान्य सुविधाओं की आवश्यकता का भी पालन नहीं किया जा रहा है। आप इस स्थिति को ठीक करना चाहते हैं, लेकिन जानते हैं कि बिल्डर माफिया का शक्तिशाली अधिकारियों, राजनेताओं और समाज के अन्य वर्गों के साथ बहुत करीबी गठजोड़ है। क्या आप स्थिति को वैसे ही स्वीकार करेंगे या इसे ठीक करने के लिए आप स्थानान्तरित होने की व्यक्तिगत कीमत पर भी कोई ठोस कदम उठाएँगे और राजनीतिक गुरुओं की नाराज़गी को भी झेलेंगे?

विचार-विमर्श

एक बार फिर विकल्प एक ऐसी स्थिति को बदलने के लिए कुछ नहीं करने का है जहाँ भ्रष्टाचार व्याप्त है। उनका नेतृत्व करने जो-जो घर चाहते हैं, वास्तव में उन नागरिकों के हित में बेहतरी के लिए चीज़ों को बदलने के बीच में है, जिनका वर्तमान व्यवस्था में शोषण किया जा रहा है। आपको इन अनियमितताओं से निपटने के लिए रणनीति और कार्ययोजना तैयार करने के लिए अपने अधिकारियों के साथ स्थिति की समीक्षा

करनी चाहिए। फिर आप बिल्डरों की एक बैठक बुला सकते हैं और उनके साथ अपने विचार साझा कर सकते हैं और उनसे सहयोग करने के लिए कह सकते हैं अन्यथा उनके विरुद्ध कानूनी कार्रवाई करने का भी कह सकते हैं। आप ग्राहकों की शिकायत के निवारण के लिए एक प्रणाली भी तैयार करते हैं, जिससे कोई भी नागरिक जो घर लेना चाहता है और उसे बिल्डरों के साथ समस्या है, शिकायत दर्ज कर सकता है। कई बिल्डर्स अपने काम करने के तरीक़े को बदल देंगे और नियमों के अनुसार काम करना आरंभ कर देंगे, जब उन्हें एहसास होगा कि आप ईमानदार हैं और भ्रष्ट नहीं बनाए जा सकते और गम्भीर हैं। हालाँकि कुछ और विशेष रूप से जो राजनीतिक संरक्षण का आनन्द लेते हैं, वे अनुपालन करने से इनकार कर देंगे और आपको उनके पद से स्थानान्तरित करने के इरादे से आपके विरुद्ध शिकायत करना आरंभ कर देंगे। आवास सचिव को बिल्डर्स माफिया का सामना करना पड़ता है, लेकिन कोई भी अधिकारी जो किसी भी विभाग में भ्रष्ट आचरण को बदलना चाहता है, उसे पता चलेगा कि भ्रष्टाचार के संगठित रैकेट में सम्मिलित लोग उसका विरोध करना आरंभ कर देंगे और उसे हटाने की कोशिश करेंगे। इस मामले में वह अधिकारियों की टीम से कॉलोनियों का निरीक्षण करवाएँ और जहाँ कहीं भी नियमों का उल्लंघन हो, कार्रवाई आरंभ करें। उन्हें अपने कुछ भ्रष्ट अधिकारियों के विरुद्ध भी कार्रवाई करनी चाहिए जिनके बिना सरकारी नियमों और दिशा-निर्देशों की इतने बड़े पैमाने पर अवहेलना नहीं हो सकती है। उसे बिल्डरों को एक प्रणाली के लिए मजबूर करना चाहिए और घर खरीदारों से लिए गए किसी भी पैसे को एक अलग एस्क्रो खाते में रखा जाना चाहिए ताकि इसे समय के भीतर सभी वादा की गई सेवाओं के साथ परियोजना को पूरा करने के लिए इस्तेमाल किया जा सके। यदि बिल्डर वादा करने के बावजूद कोई सामान्य सुविधा प्रदान नहीं कर रहा है तो उसे बिल्डरों को अनुशासित करने के लिए विभिन्न अधिनियमों के तहत आपको दी गई शक्तियों का उपयोग करना चाहिए। यह सम्भावना है कि आपको बहुत कड़े प्रतिरोध का सामना करना पड़ेगा, लेकिन अन्ततः आप देखेंगे कि ग्राहकों को समय पर और बिना अतिरिक्त भुगतान किए अपने घर मिलेंगे और इसलिए राज्य के आम नागरिकों को बहुत सन्तुष्टि मिलेगी।

केस-43

यह एक वास्तविक मामला है और मैंने असली नामों का प्रयोग किया है। कृपया मामले को पढ़ें और सम्बन्धित प्रश्नों के उत्तर दें। सत्येन्द्र दुबे के मामले ने एक व्हिसिल ब्लोअर के साथ हुई घटना व उसके दुखद अन्त के लिए मीडिया और जनता का व्यापक ध्यान आकर्षित किया है। सत्येन्द्र दुबे एनएचएआई (भारतीय राष्ट्रीय राजमार्ग प्राधिकरण) में सहायक परियोजना प्रबन्धक के रूप में नियुक्त थे। वह झारखंड के एक खंड में प्रतिष्ठित स्वर्णिम चतुर्भुज परियोजना में कार्यरत थे। दुबे अपने कार्य की गुणवत्ता के साथ सख्त व उच्च पेशेवर ईमानदारी के लिए जाने जाते थे और ठेकेदारों की ओर से सार्वजनिक संसाधनों की बर्बादी और लापरवाही को बिलकुल बर्दाश्त नहीं करते थे। एनएचएआई के काम की खराब गुणवत्ता और कई अनियमितताओं को देखते हुए

उन्होंने एनएचएआई के अधिकारियों को इन घटनाओं से अवगत कराया। इस पर कोई कार्रवाई नहीं हो रही थी, क्योंकि एनएचएआई के अधिकारियों पर आरोप था कि उनकी ठेकेदारों के साथ मिलीभगत थी। इन अनियमितताओं के विरुद्ध कार्रवाई आरंभ करने के लिए सामान्य तरीकों से थक चुकने के बाद दुबे ने सीधे भारत के प्रधानमंत्री को पत्र लिखा, जिनकी पहल पर इतनी बड़ी परियोजना आरंभ की गई थी। उन्होंने इस पत्र में खास अनुरोध किया था कि उनका नाम गोपनीय रखा जाए। इस अनुरोध के बावजूद दुबे के पत्र को कई सम्बन्धित विभागों में प्रसारित किया गया और उनका नाम गोपनीय न रहकर रोड माफियाओं को लीक हो गया। 27 नवम्बर, 2003 को दुबे एक शादी में सम्मिलित होकर वाराणसी से लौट रहे थे। वह तड़के तीन बजे गया रेलवे स्टेशन पहुँचे। वो अपनी कार आने का इंतजार कर रहे थे। उन्हें उम्मीद थी कि उनकी कार आ जाएगी, लेकिन कार न होने के कारण उन्होंने घर जाने के लिए एक रिक्शा किराए पर लिया। बाद में उनका शव सड़क के किनारे मिला। यह एक व्हिसलब्लोअर का मामला है, जिसमें सच्चाई सामने आने के कारण उनको जान से हाथ धोना पड़ा। व्हिसलब्लोअर की भूमिका को ध्यान में रखते हुए मामले पर चर्चा करें और उन्हें कैसे संरक्षित किया जाना चाहिए यह बताएँ। क्या आपको भी लगता है कि सत्येन्द्र दुबे ने सही काम किया या उन्हें चुप रहना चाहिए था?

विचार-विमर्श

सत्येन्द्र दुबे एक व्हिसलब्लोअर थे, जिनकी पहचान गोपनीय रखी जानी चाहिए थी। यह व्हिसलब्लोअर के लिए सुरक्षा की बुनियादी आवश्यकता है, जो एक संगठन में काम करने वाले लोग हैं और अपने आसपास भ्रष्टाचार के कृत्यों को देखते हैं और उच्च अधिकारियों से शिकायत करते हैं। इसका लाभ यह है कि शीर्ष प्रबन्धन को पता चल जाता है कि निचले स्तर पर क्या हो रहा है, ताकि वे भ्रष्टाचार और अनियमितताओं को नियंत्रित करने के उपाय कर सकें। 2011 के व्हिसलब्लोअर एक्ट और व्हिसलब्लोअर प्रोटेक्शन एक्ट 2014 में भी ये प्रावधान हैं। कॉरपोरेट उपक्रमों और सरकारी संगठनों में व्हिसलब्लोअर की सुरक्षा के सम्बन्ध में दिशा-निर्देश जारी किए गए हैं, हालाँकि प्रतिशोध और व्हिसलब्लोअर के शिकार का डर अभी भी बहुत मौजूद है। सत्येन्द्र दुबे की पहचान सार्वजनिक की गई और स्वाभाविक रूप से इससे भ्रष्टाचार में लिप्त लोगों से दुश्मनी हो गई, जिन्होंने योजना बनाई और उनकी हत्या करवा दी। दुबे की पहचान का खुलासा करना एक अनैतिक और अनुचित कार्य था। हमें सत्येन्द्र दुबे को ईमानदारी, सत्यनिष्ठा और अपने संगठन के प्रति पूर्ण प्रतिबद्धता के व्यक्ति होने का श्रेय देना चाहिए। ऐसा नहीं है कि वह केवल भ्रष्ट आचरण के बारे में जानते थे। अन्य लोग भी इसके बारे में अवश्य ही जानते होंगे, लेकिन वे या तो इसके बारे में चुप रहना चुनते हैं या वे अनैतिक प्रथाओं में सम्मिलित हो जाते हैं। आपको जानकर हैरानी होगी कि अधिकतर लोग इसी श्रेणी के हैं और सत्येन्द्र दुबे दुर्लभ थे। उन्होंने स्थिति के बारे में बहुत गहराई से महसूस किया और जब उनके वरिष्ठों ने कोई जवाब नहीं दिया, तो उन्होंने सीधे प्रधानमंत्री को लिखा। वह सार्वजनिक संसाधनों को बर्बाद नहीं होने दे सकते थे। हमें ऐसे ईमानदार

लोगों का सम्मान और प्रशंसा करनी चाहिए, लेकिन जब तक व्यवस्था लोगों की रक्षा नहीं करेगी, तब तक लोग सच्चाई का साथ देने से पीछे हटेंगे।

केस-44

सीमा शुल्क प्राधिकरण ने विदेश से अवैध रूप से आने वाले कुछ सोने को पकड़ा और ज़ब्त कर लिया। आप इस मामले की जाँच कर रहे हैं और राष्ट्रीय जाँच एजेंसी को भी जाँच करने के लिए कहा गया है। सीमा शुल्क अधिकारी के रूप में आप पाते हैं कि यह एक बड़ा रैकेट है, जिसमें राज्य सरकार के बहुत वरिष्ठ अधिकारी और प्रभावशाली लोग सम्मिलित हैं। आपके अपने स्वयं के विभाग के अधिकारीगण इसमें सम्मिलित हो सकते हैं। आप दोषियों के विरुद्ध मामला बनाने के लिए कदम उठाएँ। आप यह देखने के लिए तकनीक का उपयोग करके सिस्टम भी विकसित करते हैं कि भविष्य में इस तरह की घटना न हो। हालाँकि आपको केन्द्र सरकार में वरिष्ठ स्तर से राज्य सत्ताधारी दल के वरिष्ठ राजनेताओं को फँसाने की कोशिश करने का दबाव मिलता है। आप जानते हैं कि वे आपकी जाँच के अनुसार सम्मिलित नहीं हैं, लेकिन ऊपर से दबाव है। सीमा शुल्क अधिकारी के रूप में आपको स्थिति पर कैसे प्रतिक्रिया देनी चाहिए?

विचार-विमर्श

सीमा शुल्क अधिकारी के रूप में यह देखना आपका कर्तव्य है कि तस्करी न हो और आपको इस मामले में बहुत सख्त कार्रवाई करनी चाहिए। सोना ज़ब्त कर लिया गया है और इसमें कई वरिष्ठ अधिकारी और प्रभावशाली लोग सम्मिलित हैं। आपको किसी के विरुद्ध कार्रवाई करने में संकोच नहीं करना चाहिए, चाहे वह व्यक्ति कितना भी महत्त्वपूर्ण या वरिष्ठ क्यों न हो। हालाँकि, इस स्थिति के कारण मामला बेहद संवेदनशील हो जाता है और इसके राजनीतिक निहितार्थ भी होते हैं। इसके लिए बहुत विस्तृत और गहन जाँच की आवश्यकता है, ताकि कोई भी निर्दोष व्यक्ति पीड़ित न हो और इसमें सम्मिलित कोई भी व्यक्ति इससे बच न सके। आपको ऊपर से किसी भी ऐसे दबाव के आगे झुकना नहीं चाहिए जो चाहता है कि आप कुछ राजनीतिक लोगों को फँसाएँ। हालाँकि अगर वे इसमें सम्मिलित हैं, तो आपको उनके विरुद्ध कार्रवाई करने में संकोच नहीं करना चाहिए। इस प्रकार आपको बहुत गहन जाँच करनी चाहिए और उन सभी लोगों का पता लगाना चाहिए, जो प्रत्यक्ष या अप्रत्यक्ष रूप से सम्मिलित हैं और उनके विरुद्ध सबूत एकत्र करके जल्द से जल्द कार्रवाई करें। आपको सावधान रहना चाहिए कि जाँच पूरी होने से पहले जाँच के किसी भी विवरण का मीडिया में खुलासा न हो। इस तरह की स्थिति का अक्सर भारतीय राजस्व सेवा (आयकर और सीमा शुल्क) के अधिकारियों द्वारा सामना किया जाता है और नैतिक दुविधा से बाहर निकलने का रास्ता आपकी जाँच में बिलकुल पारदर्शी, सही, निष्पक्ष और उद्देश्यपूर्ण होना है।

केस-45

जिस ज़िले में आप डीएम के पद पर पदस्थापित हैं, उस जिले के एक प्रमुख व्यवसायी के अधिकारियों के साथ हमेशा बहुत अच्छे सम्बन्ध रहे हैं। जिस क्षण आप जिले में कार्यभार सँभालते हैं, वह आपको बुलाता है और आप उसे एक बहुत ही सभ्य और सम्मानजनक व्यक्ति पाते हैं। आप पाते हैं कि उन्हें सभी सामाजिक और सांस्कृतिक कार्यक्रमों में आमंत्रित किया जाता रहा है। वह वरिष्ठ अधिकारियों को अपने घर पर रात के खाने के लिए आमंत्रित करते रहते हैं और लगभग सभी अधिकारी उनके कार्यों में सम्मिलित होते हैं, हालाँकि कुछ महीनों के भीतर आपको पता चलता है कि भले ही वह एक धार्मिक व्यक्ति के रूप में बहुत अधिक सामाजिक सेवा और दान करता है, लेकिन वह वास्तव में आवश्यक वस्तुओं और सामानों की कालाबाजारी में लिप्त है। उनका एक पेट्रोल पंप है, जहाँ पेट्रोल मिलावटी है और उनका मूवी हॉल मनोरंजन कर का ठीक से भुगतान नहीं करता है। आप इन गतिविधियों के विरुद्ध कार्रवाई आरंभ करते हैं। एक दिन व्यापारी आपको अपने घर रात के खाने के लिए यह कहते हुए आमंत्रित करता है कि उसने कई अन्य वरिष्ठ अधिकारियों को भी बुलाया है और यदि आप इसमें सम्मिलित होते हैं, तो यह उसके लिए सम्मान की बात होगी। यह स्थिति आपके सामने एक दुविधा पैदा करती है। आप इस स्थिति पर कैसे प्रतिक्रिया देंगे?

विचार-विमर्श

इस तरह की स्थितियाँ अक्सर शान्त हो जाती हैं और आप जिस दुविधा का सामना कर रहे हैं वह असामान्य नहीं है। वह व्यवसायी ज़िले के सबसे सम्मानित लोगों में से एक है और अपना बहुत सारा पैसा सामाजिक कार्यों और दान में खर्च करता है। हालाँकि आपको उसके असामाजिक और अवैध गतिविधियों में सम्मिलित होने के बारे में निश्चित जानकारी है। यदि आप ज़िला मजिस्ट्रेट के रूप में उनके रात्रिभोज में सम्मिलित होते हैं, तो यह लोगों की नज़रों में उनकी छवि साफ होने का संकेत देगा। वास्तव में वह जिले के वरिष्ठ अधिकारियों के साथ अपनी अवैध गतिविधियों को छिपाने के लिए इतने अच्छे सम्बन्ध रखता है। रात के खाने में सम्मिलित होने के लिए आप पर मनोवैज्ञानिक दबाव होगा, क्योंकि अन्य अधिकारी जा रहे हैं और यह व्यक्ति आपके प्रति अपने व्यवहार में बहुत ही सभ्य और विनम्र रहा है। आपका नहीं जाना उसके लिए एक बड़ा संकेत होगा। सिविल सेवकों को अपने सामाजिक सम्बन्धों के बारे में बहुत सावधान रहना होता है, क्योंकि अवैध गतिविधियों में लिप्त कई लोग अपने प्रशासन के साथ अच्छे सामाजिक सम्पर्क बनाए रखते हैं, ताकि कोई उन पर सन्देह न करे। यह एक छोटी सी समस्या लग सकती है, लेकिन इसके बहुत बड़े निहितार्थ हैं। यदि आप ऐसे लोगों के साथ सामाजिक रूप से घुलमिल जाते हैं, तो आप उनके विरुद्ध कार्रवाई नहीं कर पाएँगे और आपके अधीनस्थ भी ऐसे लोगों के विरुद्ध कभी कार्रवाई नहीं करेंगे। इसलिए आपके लिए कार्रवाई का सबसे अच्छा तरीका यह है कि आप किसी बहाने से विनम्रता से निमंत्रण को अस्वीकार कर दें और भविष्य में भी उसके साथ सामाजिक

सम्पर्क से बचें। आपको उन सभी अवैध गतिविधियों के सम्बन्ध में भी कार्रवाई आरंभ करनी चाहिए, जिनमें यह व्यक्ति सम्मिलित है। यह इंगित करना महत्त्वपूर्ण है कि बहुत बार ऐसे लोग आपको समारोहों में आमंत्रित करते हैं और फिर आपके साथ तस्वीरें लेते हैं, जिनका उपयोग बाद की तारीख में आपके विरुद्ध किया जा सकता है। ऐसी स्थिति से बचने के लिए इन लोगों से दूरी बनाए रखना आवश्यक है।

केस-46

आप ग्रामीण विकास के प्रभारी सचिव हैं और व्यक्तिगत लाभार्थियों और सामुदायिक परियोजनाओं दोनों के लिए बहुत सी सरकारी योजनाओं को लागू कर रहे हैं। व्यक्तिगत लाभार्थी योजनाओं के लिए बड़े लक्ष्य पूरे किए जाने हैं, जो बैंकों द्वारा दिए जा रहे ऋण और सरकार द्वारा सब्सिडी पर निर्भर करते हैं। आप अपने अधिकारियों के साथ समीक्षा बैठक करते हैं और पाते हैं कि प्रगति बहुत धीमी है। पूछताछ करने पर आपके अधिकारी आपको बताते हैं कि समस्या उन बैंकों से है जो ऋण स्वीकृत करने में सहयोग नहीं कर रहे हैं। बैंक भारत सरकार के दायरे में आते हैं और सीधे राज्य सरकार के अधीन नहीं होते हैं। हालाँकि, इनमें से कई कार्यक्रम भारत सरकार की पहल का हिस्सा हैं। आप बैंक वालों की बैठक बुलाकर उन्हें लक्ष्य पूरा करने के लिए प्रेरित करते हैं और मामले को राज्य स्तरीय बैंकर समिति में भी उठाते हैं, जहाँ बैंक और सरकार के वरिष्ठ अधिकारी एक साथ बैठकर विचार-विमर्श करते हैं। ऋण स्वीकृत करने में सुधार होता है, लेकिन अचानक आपको शिकायतें मिलने लगती हैं कि बैंक ऋण स्वीकृत करने के लिए रिश्वत ले रहे हैं। आप इसे समाप्त करना चाहते हैं, लेकिन आपके अधिकारी आपको सलाह देते हैं कि अगर आप इसके विरुद्ध किसी भी प्रकार की कार्रवाई जैसे कि आपराधिक शिकायत दर्ज कराते हैं, तो इसका असर सीधा योजनाओं पर पड़ेगा और इस काम को धीमा कर देंगे या ऋण देना बन्द कर देंगे। आपके अधिकारी कहते हैं कि भ्रष्टाचार की शिकायतों को नज़रअन्दाज़ करना ही बेहतर है। आप भ्रष्टाचार को अनुमति देने या लक्ष्यों को पूरा करने में सक्षम नहीं होने के बीच संघर्ष को कैसे सन्तुलित करेंगे?

विचार-विमर्श

ग्रामीण विकास से सम्बन्धित अधिकांश योजनाओं में बैंकों की प्रमुख भूमिका होती है, क्योंकि सभी योजनाओं में ऋण और सब्सिडी घटक होते हैं। बैंक सीधे राज्य सरकार के नियंत्रण में नहीं होते हैं, फिर भी इन योजनाओं की सफलता के लिए उनका सहयोग और समर्थन आवश्यक है। बैंकों और सरकार के बीच समन्वय के लिए राज्य स्तरीय और जिला स्तरीय बैंक समिति की बैठकों जैसे तंत्र हैं। ऐसे में आपने इन चैनलों का इस्तेमाल बैंकों को प्रेरित करने के लिए किया है और आपके जिले के प्रदर्शन में सुधार हुआ है, लेकिन भ्रष्टाचार के आरोप बड़े पैमाने पर आ रहे हैं। आपके पास बैंकों के विरुद्ध सरकार के उच्च स्तर पर शिकायत करने और पुलिस में प्राथमिकी या आपराधिक शिकायत दर्ज करने का विकल्प है। आपके लिए यह सुनिश्चित करना महत्त्वपूर्ण है कि

सरकारी परियोजना में कोई भ्रष्टाचार न हो। हालाँकि यह सच है कि जैसे ही आप कुछ कार्रवाई करेंगे बैंक सहयोग करना बन्द कर देंगे और आप अपने लक्ष्यों को पूरा करने में सक्षम नहीं हो सकते हैं, जो आपके प्रदर्शन मूल्यांकन को प्रभावित करेगा। अन्य ज़िलों में भी इसी तरह की गतिविधियाँ चल रही होंगी, लेकिन वहाँ के अधिकारी बैंकों को कमीशन लेने की अनुमति दे रहे हैं, लेकिन लक्ष्य पूरा करने के लिए दृढ़ हैं और परिणामस्वरूप उनकी तुलना में आपके प्रदर्शन को नुकसान होगा और सरकार में उच्च स्तर के लोग इसकी सराहना नहीं करेंगे। यह एक नैतिक दुविधा की बहुत ही कठिन स्थिति है। प्रत्येक व्यक्ति का इससे निपटने का अपना तरीका हो सकता है, लेकिन एक बार भ्रष्टाचार का पता चलने के बाद इसे नजरअन्दाज भी नहीं किया जा सकता है। सबसे अच्छा तरीका यह होगा कि कुछ मामलों में कार्रवाई की जाए, जहाँ विशिष्ट शिकायतें आपके पास आई हों और सभी के विरुद्ध सामान्य कार्रवाई न करें, जिससे व्यवधान उत्पन्न हो। वास्तव में कुछ के विरुद्ध कार्रवाई करने से अधिकार के संकेत मिलते हैं और अन्य भी सही रास्ते पर आ जाते हैं। आप भ्रष्टाचार को खत्म करने में सक्षम नहीं हो सकते हैं, लेकिन आप निश्चित रूप से इसे नियंत्रित करने में सक्षम होंगे। आपका उद्देश्य अपने लक्ष्यों को पूरा करना है और साथ ही यह सुनिश्चित करना है कि कोई बड़े पैमाने पर भ्रष्टाचार न हो या भ्रष्टाचार की किसी विशेष शिकायत पर ध्यान न दिया जाए।

केस-47

आप उस जिले के पुलिस अधीक्षक हैं, जहाँ एक प्रमुख आपराधिक गिरोह एक "एक्स" के नेतृत्व में काम कर रहा है और वह एक ज्ञात माफिया नेता है। आप कई महीनों से इस गिरोह के विरुद्ध कार्रवाई करने की कोशिश कर रहे हैं और एक्स और उसके गिरोह के विरुद्ध कई आपराधिक मामले दर्ज कर रहे हैं। आपको पता चलता है कि एक्स के आपके पुलिस विभाग में भी लिंक हैं और उसे सारी जानकारी मिल रही है, जिसके परिणामस्वरूप उसे गिरफ्तार करना मुश्किल हो रहा है। एक्स को पूर्व में दो बार गिरफ्तार किया जा चुका है, लेकिन वह हमेशा ज़मानत पर बाहर रहने और अपनी आपराधिक गतिविधियों को जारी रखने में सफल रहा है। आप एक्स और उसके गिरोह पर बहुत दबाव डालते हैं और इसके परिणामस्वरूप एक दिन एक्स अदालत में आत्मसमर्पण कर देता है। आप पुलिस रिमांड की माँग करते हैं, जो अदालत द्वारा दी जाती है। आप इस तथ्य से अवगत हैं कि एक्स के पास पर्याप्त धन और बाहुबल है और वह एक बार फिर जमानत का प्रबन्धन करेगा। आप उसे एक मुठभेड़ में मारने का फैसला करते हैं। आप अपने अधीनस्थों को निर्देश देते हैं और वे उसे यह कहते हुए मार देते हैं कि एक्स पुलिस हिरासत से भाग गया और जब उसका पीछा किया गया, तो उसने कहीं से हथियार प्राप्त करने में कामयाबी हासिल की और पुलिस बल पर फायरिंग आरंभ कर दी, लेकिन पुलिस को जवाबी फायरिंग में एक्स मारा गया। मीडिया में इस मुठभेड़ को लेकर हंगामा है और यहाँ तक कि जनता के कुछ सदस्य भी जाति के आधार पर उसका समर्थन कर रहे हैं और आपके विरुद्ध जाँच की माँग कर रहे हैं। क्या आपको

लगता है कि मिस्टर एक्स के मामले में पुलिस अधीक्षक के रूप में आपने सही तरीक़े से काम किया?

विचार-विमर्श

यह एसपी का कर्तव्य है कि वह अपराधियों के विरुद्ध कानूनसम्मत मज़बूत कार्रवाई करे। एक्स एक अपराधी है, जो ज़िले के लोगों के लिए परेशानी का सबब बनता जा रहा है और उसके विरुद्ध कार्रवाई की सख्त जरूरत है। आपने उसके विरुद्ध कई मामले सही दर्ज किए हैं और अदालत का दरवाजा खटखटाकर और एक्स को पुलिस हिरासत में लेकर सही काम भी किया है। हालाँकि संविधान और कानून पुलिस को मुकदमे की उचित प्रक्रिया के बिना किसी को भी मारने की अनुमति नहीं देते हैं। कानून के अनुसार सही बात यह होगी कि एसपी आरोपों की जाँच करे और अदालत में एक मज़बूत चार्जशीट दाखिल करे, ताकि अदालत एक्स के विरुद्ध कड़ी से कड़ी सज़ा का निर्देश दे। एसपी कानून को अपने हाथ में नहीं ले सकता है। एक वास्तविक मुठभेड़ की अनुमति है, लेकिन निर्मम हत्या करने की नहीं है। हालाँकि इसका एक दूसरा पक्ष भी है। आपराधिक न्याय प्रणाली यह परिणाम देने में सक्षम नहीं रही है कि बहुत बार अपराधी बिना किसी कानूनी कार्रवाई के भाग जाते हैं और नागरिकों के लिए और समस्याएँ पैदा करते हैं। ऐसे में कई बार पुलिस खतरे को खत्म करने के लिए एनकाउंटर का सहारा लेती है। हालाँकि यह कानूनी तौर पर सही नहीं है और अगर अदालत जाँच का आदेश देती है, तो एसपी स्वयं को मुश्किल में डाल सकते हैं। ऐसे मामले सामने आए हैं, जहाँ समान परिस्थितियों में पुलिस अधिकारियों के विरुद्ध आपराधिक कार्रवाई की गई है। अन्तिम समाधान, निश्चित रूप से आपराधिक न्याय प्रणाली को गति देना और उसे प्रभावशाली बनाना है।

केस-48

एक्स और वाई एक ऐसे ज़िले के डीएम और एसपी हैं, जहाँ एक बड़ी जेल में कई बड़े अपराधी हिरासत में हैं। एक्स और वाई पाते हैं कि ज़िले में बहुत सारी आपराधिक गतिविधियाँ हो रही हैं और पूछताछ में पता चला है कि इनमें से अधिकांश अपराध जेल के अन्दर अपराधियों द्वारा अपने मोबाइल फोन का अवैध और गुप्त रूप से उपयोग करके किए जा रहे हैं। एक्स और वाई जेल का औचक निरीक्षण करते हैं और यह जानकर हैरान रह जाते हैं कि प्रमुख अपराधी जेल के अन्दर विलासिता का जीवन जी रहे हैं, जहाँ उन्हें खाने-पीने की हर वस्तु मिल रही है और मोबाइल फोन उन्हें आसानी से उपलब्ध कराए जाते हैं, साथ ही हथियारों तक भी उनकी पहुँच है। एक्स और वाई सभी मोबाइल और हथियारों को जब्त कर लेते हैं और जेल अधिकारियों को इन अपराधियों के साथ सख्त व्यवहार करने के लिए निर्देश जारी करते हैं, क्योंकि उनके साथ कैदियों जैसा व्यवहार किया जाना चाहिए और किसी भी विलासिता की अनुमति नहीं दी जानी चाहिए। हालाँकि जेलर आपको बताता है कि वे स्वयं डरे हुए हैं और उनके लिए इतने खूंखार अपराधियों को नियंत्रित करना सम्भव नहीं है। एक्स और वाई को परिस्थितियों पर कैसे प्रतिक्रिया देनी चाहिए?

विचार-विमर्श

यह एक प्रकार की स्थिति है, जो वास्तविकता में रहती ही है। खूंखार अपराधी इतने मज़बूत होते हैं कि वे जेल अधिकारियों और उनके परिवारों को धमकाते हैं और परिणामस्वरूप मोबाइल और कोई भी अन्य सुविधा जो वे माँगते हैं, प्राप्त करने में सक्षम होते हैं। जेल अधिकारी जान के डर से कोई कार्रवाई नहीं करते हैं और अपराधी जेल परिसर के भीतर बिना किसी रोक-टोक के अपनी आपराधिक गतिविधि जारी रखते हैं। एक्स और वाई ने औचक निरीक्षण पर जाकर सभी मोबाइल और हथियार जब्त कर सही काम किया है और निर्देश दिया है कि इन अपराधियों को कैदी के रूप में माना जाए। हालाँकि जेल अधिकारी कभी भी स्थिति का प्रबन्धन नहीं कर पाएँगे और कुछ महीनों के बाद वही स्थिति दोहराई जाएगी और मोबाइल और अन्य वैभवी सामान जेल में अपना रास्ता खोज लेंगे। एक्स और वाई को सरकार में उच्च अधिकारियों के साथ इस मामले को उठाना होगा और इन प्रमुख अपराधियों को उनकी ज़िला जेल से बाहर निकालकर दूर ज़िलों में भेजना होगा और अलग-अलग जेलों में भी बन्द करना होगा। उन्हें जेलरों को भी सुरक्षा प्रदान करनी चाहिए और मजिस्ट्रेट और पुलिस अधिकारियों द्वारा जेल के नियमित निरीक्षण की व्यवस्था करनी चाहिए। इन अपराधियों को मिल रही वित्तीय सहायता को खत्म करना भी महत्त्वपूर्ण है और इस दिशा में एक्स और वाई द्वारा उचित कार्रवाई की जानी चाहिए। स्थिति को नियंत्रण में रखने के लिए निरन्तर निगरानी की आवश्यकता होगी।

केस-49

आप सरकार में पर्यटन की देखरेख करने वाले अधिकारी के रूप में हैं और एक अध्ययन से पता चला है कि अधिक लोगों को रोज़गार देने का सबसे अच्छा तरीका पर्यटन क्षेत्र पर ध्यान केन्द्रित करना है। इससे बेरोज़गारी को कम करने पर सबसे अधिक प्रभाव पड़ता है। आपके राज्य में एक ऐसा शहर है, जो अपने ऐतिहासिक और विरासत स्मारकों के लिए जाना जाता है। यह स्थान बहुत सारे देशी और विदेशी पर्यटकों को आकर्षित करता है। आपको बताया गया है कि यदि हम पर्यटकों को शहर में अधिक समय बिताने के लिए आकर्षित कर सकें, तो पर्यटन राजस्व में वृद्धि की बहुत अधिक सम्भावनाएँ हैं। एक सुझाव यह है कि यदि कैसीनो के निर्माण की अनुमति दी जाती है, तो अधिक पर्यटक शहर में आएँगे। इस तरह से पर्यटक अधिक समय और पैसा खर्च करेंगे, जिससे अधिक रोजगार बढ़ेगा और समृद्धि होगी। आप इस सुझाव से सहमत हैं और कैसीनो के निर्माण को मंजूरी देते हैं। हालाँकि लगभग तुरन्त ही विपक्षी दलों और जनता के सदस्यों की तरफ से विरोध होता है, जिन्हें लगता है कि कैसीनो जुए को वैध बनाने के लिए है और इसका साफ मतलब है कि सरकार अनैतिक गतिविधियों की अनुमति दे रही है। आपके पास एक नैतिक दुविधा है। इसके बारे में आपके क्या विचार हैं?

विचार-विमर्श

यह एक बहुत ही रोचक दुविधा है, लेकिन सरकार में ऐसी स्थितियों का सामना करना असामान्य नहीं है। उदाहरण के तौर पर अधिकांश राज्यों को उत्पाद शुल्क से राजस्व का एक बड़ा हिस्सा मिलता है, जिसका अर्थ मूल रूप से शराब की बिक्री से है। हर साल आबकारी राजस्व का एक उच्च लक्ष्य होता है, जिसका अर्थ है कि लोगों को अधिक शराब पीने के लिए प्रोत्साहित किया जा रहा है। इसका विरोध कई लोग करते हैं, जो शराबबन्दी की वकालत करते हैं या कम से कम सरकार को शराब की बिक्री से राजस्व कमाने का विचार पसन्द नहीं है। फिर भी अधिकांश राज्य इस नीति को जारी रखते हैं, क्योंकि उन्हें राज्य के विकास के लिए धन की आवश्यकता होती है। इस मामले में भी कैसीनो खोलने से लोगों के साथ-साथ राज्य के लिए अधिक रोज़गार और अधिक आय होगी, जो इसे विकास गतिविधियों पर खर्च कर सकता है। जुए की अनुमति देने के विरुद्ध नैतिक तर्क हैं, लेकिन फिर बहुत सारा पर्यटन राजस्व शराब पीने वाले लोगों जैसी गतिविधियों से आता है। किसी को भी कैसीनो में जाने के लिए बाध्य नहीं किया जाएगा। कैसीनो का स्थान शहर से दूर हो सकता है और निश्चित रूप से किसी भी शैक्षणिक संस्थान या आवासीय कॉलोनी के पास नहीं हो सकता है। इसके अतिरिक्त केवल वयस्कों को कैसीनो में जाने की अनुमति देने पर प्रवेश पर प्रतिबन्ध हो सकता है। कैसीनो की गतिविधियों को भी विनियमित किया जाना चाहिए, ताकि वह राजस्व का स्रोत बने और बुराई का अड्डा न बन पाए। ऐसी स्थितियों में व्यक्ति को व्यावहारिक होना चाहिए और बिना सोचे-समझे नैतिक सिद्धान्तों को लागू नहीं करना चाहिए।

केस-50

सुरेश एक उत्कृष्ट रिकॉर्ड वाले एक शानदार अधिकारी रहे हैं। वह अपनी ईमानदारी और सत्यनिष्ठा के लिए जाने जाते हैं। दुर्भाग्य से वह इस परियोजना को अपनी नेकनीयती के साथ मंजूरी देते हैं, जो बाद में सीबीआई जाँच का विषय बन जाता है। सिर्फ इसलिए कि फाइल पर उनके हस्ताक्षर हैं, जो उन्होंने काम के जल्द पूरा होने और राज्य के अधिक से अधिक विकास सुनिश्चित करने के इरादे से किया है। इस सिलसिले में उनसे पूछताछ की गई है, जिसमें पता चलता है कि उन्हें आपराधिक साजिश और धोखाधड़ी के आरोप में फँसाया गया है। उसे अदालत में मुकदमा लड़ना पड़ेगा, जहाँ यह कई वर्षों तक चलने की सम्भावना है और वकील मामले पर बहस करने के लिए प्रत्येक तारीख पर भारी मात्रा में धन माँग रहे हैं। उसे अपनी व्यक्तिगत क्षमता में अपना बचाव करना होगा, क्योंकि सरकार एक आपराधिक मामले में आपका समर्थन नहीं करती है। वह बेहद ईमानदार अधिकारी रहे हैं और आपके पास केस लड़ने के लिए संसाधन नहीं हैं। एक व्यवसायी उसके पास आता है और उसके कानूनी खर्चों को सँभालने की पेशकश करता है और बदले में कोई एहसान नहीं माँगता है। सुरेश झिझकते हैं, क्योंकि उन्होंने कभी किसी से कुछ भी स्वीकार नहीं किया है। सुरेश आपसे सलाह माँगते है।

आप उन्हें क्या सलाह देंगे?

विचार-विमर्श

इस तरह की स्थिति दुखद है, लेकिन वास्तविक जीवन में ऐसा हुआ है। कभी-कभी ईमानदार अधिकारी अच्छे इरादों के साथ विश्वास पर प्रस्तावों को मंजूरी देते हैं और यदि प्रस्ताव सीबीआई जाँच का विषय बन जाता है, तो फाइल पर हस्ताक्षर करने वाला कोई भी व्यक्ति आपराधिक कार्रवाई के लिए उत्तरदायी हो जाता है। फिर उसे अदालत में अपना बचाव करना पड़ता है, जिसमें बहुत लंबा समय लगता है और इसमें बहुत पैसा खर्च होता है। आपको एक वकील की सेवाएँ लेनी होंगी और एक अच्छे वकील के लिए जाना होगा, क्योंकि अगर आपके मामले पर ठीक से बहस नहीं हुई, तो आप बिना किसी गलती के दोषी ठहराए जा सकते हैं। दुर्भाग्य से अच्छे वकील अत्यधिक उच्च कीमत पर आते हैं। आम तौर पर वे प्रत्येक तिथि के लिए फीस लेते हैं। कोई भी ईमानदार अधिकारी इन वकीलों द्वारा ली जाने वाली फीस को वहन नहीं कर सकता। अगर वह उन्हें नहीं रखता, तो वह जेल जा सकता है जो उसके व्यक्तिगत और पेशेवर जीवन का हमेशा के लिए अन्त कर देगा। इसलिए उसे सर्वोत्तम सम्भव तरीक़े से केस लड़ना चाहिए और सर्वश्रेष्ठ वकील को नियुक्त करना चाहिए। व्यवसायी सुरेश को वकील रखने के लिए आवश्यक धन की पेशकश कर रहा है। पैसा लेना नैतिक नहीं है, लेकिन इस मामले की परिस्थितियाँ ऐसी हैं कि वह या तो अपने जीवन को बर्बाद कर देता है या पेश किए गए पैसे को स्वीकार कर लेता है। इस पर अलग-अलग विचार हो सकते हैं, लेकिन अगर उसके पास आय का कोई अन्य स्रोत नहीं है, तो कार्रवाई का सबसे अच्छा तरीका प्रस्ताव को स्वीकार करना है, ताकि वह केस जीत सके और स्वयं को छुड़ा सके। यह आत्मरक्षा में गोली चलाने और किसी की हत्या करने जैसा है। सुरेश प्रस्ताव को स्वीकार कर सकता था, लेकिन इसे आदत नहीं बना सकता। उसे अपने काम में ईमानदार रहना चाहिए और फिर कभी किसी से पैसा नहीं लेना चाहिए। उनका भविष्य में व्यवसायी के प्रति अनुकूल झुकाव होगा, लेकिन ऐसा कुछ भी नहीं करना चाहिए, जो उनकी मदद करने के लिए घोर अवैध या अनुचित हो। वास्तव में उसे यह बात प्रस्ताव को स्वीकार करते समय ही स्पष्ट कर देनी चाहिए।

✪✪✪